Лев Николаевич

ТОЛСТОЙ

(1828–1910)

РУССКАЯ КЛАССИКА

Лев

ТОЛСТОЙ

Война и мир

Том I—II

Москва

ЭКСМО

УДК 82-3
ББК 84(2Рос-Рус)6-4
Т 52

Оформление серии *Е. Соколовой*

Оформление переплета *Н. Ярусовой*

Толстой Л. Н.

Т 52 Война и мир : роман в 4 т. Т. I—II / Лев Толстой. — М. : Эксмо, 2012. — 736 с. — (Русская классика).

ISBN 978-5-699-40473-5

«Война и мир», самый известный роман Л.Н. Толстого, как никакое другое произведение писателя, отражает глубину его мироощущения и философии. Эта книга из разряда вечных, потому что она обо всем — о жизни и смерти, о любви и чести, о мужестве и героизме, о славе и подвиге, о войне и мире.

УДК 82-3
ББК 84(2Рос-Рус)6-4

ISBN 978-5-699-40473-5

Том первый

ЧАСТЬ ПЕРВАЯ

I

— Eh bien, mon prince. Gênes et Lucques ne sont plus que des apanages, des поместья, de la famille Buonaparte. Non, je vous préviens que si vous ne me dites pas que nous avons la guerre, si vous vous permettez encore de pallier toutes les infamies, toutes les atrocités de cet Antichrist (ma parole, j'y crois) — je ne vous connais plus, vous n'êtes plus mon ami, vous n'êtes plus мой верный раб, comme vous dites[1]. Ну, здравствуйте, здравствуйте. Je vois que je vous fais peur[2], садитесь и рассказывайте.

Так говорила в июле 1805 года известная Анна Павловна Шерер, фрейлина и приближенная императрицы Марии Феодоровны, встречая важного и чиновного князя Василия, первого приехавшего на ее вечер. Анна Павловна кашляла несколько дней, у нее был *грипп*, как она говорила (*грипп* был тогда новое слово, употреблявшееся только редкими). В записочках, разосланных утром с красным лакеем, было написано без различия во всех:

«Si vous n'avez rien de mieux à faire, Monsieur le comte (или mon prince), et si la perspective de passer la soirée chez une pauvre malade ne vous effraye pas trop, je

---

[1] Ну, князь, Генуя и Лукка — поместья фамилии Бонапарте. Нет, я вам вперед говорю, если вы мне не скажете, что у нас война, если вы еще позволите себе защищать все гадости, все ужасы этого Антихриста (право, я верю, что он Антихрист), — я вас больше не знаю, вы уж не друг мой, вы уж не мой верный раб, как вы говорите *(франц.)*. <Переводы, за исключением специально отмеченных, принадлежат Л. Н. Толстому; переводы с французского языка не оговариваются. — *Ред.*>

[2] Я вижу, что я вас пугаю.

serai charmée de vous voir chez moi entre 7 et 10 heures. *Annette Scherer*»[1].

— Dieu, quelle virulente sortie![2] — отвечал, нисколько не смутясь такою встречей, вошедший князь, в придворном, шитом мундире, в чулках, башмаках и звездах, с светлым выражением плоского лица.

Он говорил на том изысканном французском языке, на котором не только говорили, но и думали наши деды, и с теми тихими, покровительственными интонациями, которые свойственны состаревшемуся в свете и при дворе значительному человеку. Он подошел к Анне Павловне, поцеловал ее руку, подставив ей свою надушенную и сияющую лысину, и покойно уселся на диване.

— Avant tout dites moi, comment vous allez, chère amie?[3] Успокойте меня, — сказал он, не изменяя голоса и тоном, в котором из-за приличия и участия просвечивало равнодушие и даже насмешка.

— Как можно быть здоровой... когда нравственно страдаешь? Разве можно, имея чувство, оставаться спокойною в наше время? — сказала Анна Павловна. — Вы весь вечер у меня, надеюсь?

— А праздник английского посланника? Нынче середа. Мне надо показаться там, — сказал князь. — Дочь заедет за мной и повезет меня.

— Я думала, что нынешний праздник отменен. Je vous avoue que toutes ces fêtes et tous ces feux d'artifice commencent à devenir insipides[4].

— Ежели бы знали, что вы этого хотите, праздник бы отменили, — сказал князь, по привычке, как заведенные часы, говоря вещи, которым он и не хотел, чтобы верили.

— Ne me tourmentez pas. Eh bien, qu'a-t-on décidé par rapport à la dépêche de Novosilzoff? Vous savez tout[5].

— Как вам сказать? — сказал князь холодным, скучающим тоном. — Qu'a-t-on décidé? On a décidé que Buona-

---

1 «Если у вас, граф (или князь), нет в виду ничего лучшего и если перспектива вечера у бедной больной не слишком вас пугает, то я буду очень рада видеть вас нынче у себя между семью и десятью часами. *Анна Шерер*».

2 Господи, какое горячее нападение!

3 Прежде всего скажите, как ваше здоровье, милый друг?

4 Признаюсь, все эти праздники и фейерверки становятся несносны.

5 Не мучьте меня. Ну, что же решили по случаю депеши Новосильцева? Вы всё знаете.

parte a brûlé ses vaisseaux, et je crois que nous sommes en train de brûler les nôtres[1].

Князь Василий говорил всегда лениво, как актер говорит роль старой пиесы. Анна Павловна Шерер, напротив, несмотря на свои сорок лет, была преисполнена оживления и порывов.

Быть энтузиасткой сделалось ее общественным положением, и иногда, когда ей даже того не хотелось, она, чтобы не обмануть ожиданий людей, знавших ее, делалась энтузиасткой. Сдержанная улыбка, игравшая постоянно на лице Анны Павловны, хотя и не шла к ее отжившим чертам, выражала, как у избалованных детей, постоянное сознание своего милого недостатка, от которого она не хочет, не может и не находит нужным исправляться.

В середине разговора про политические действия Анна Павловна разгорячилась.

— Ах, не говорите мне про Австрию! Я ничего не понимаю, может быть, но Австрия никогда не хотела и не хочет войны. Она предает нас. Россия одна должна быть спасительницей Европы. Наш благодетель знает свое высокое призвание и будет верен ему. Вот одно, во что я верю. Нашему доброму и чудному государю предстоит величайшая роль в мире, и он так добродетелен и хорош, что Бог не оставит его, и он исполнит свое призвание задавить гидру революции, которая теперь еще ужаснее в лице этого убийцы и злодея. Мы одни должны искупить кровь праведника. На кого нам надеяться, я вас спрашиваю?.. Англия с своим коммерческим духом не поймет и не может понять всю высоту души императора Александра. Она отказалась очистить Мальту. Она хочет видеть, ищет заднюю мысль наших действий. Что они сказали Новосильцеву? Ничего. Они не поняли, они не могут понять самоотвержения нашего императора, который ничего не хочет для себя и все хочет для блага мира. И что они обещали? Ничего. И что обещали, и того не будет! Пруссия уже объявила, что Бонапарте непобедим и что вся Европа ничего не может против него... И я не верю ни в одном слове ни Гарденбергу, ни Гаугвицу. Cette fameuse neutralité prussienne, ce n'est qu'un piège[2]. Я верю в одного Бога и в высокую судьбу нашего милого импера-

---

[1] Что решили? Решили, что Бонапарте сжег свои корабли, и мы тоже, кажется, готовы сжечь наши.

[2] Этот пресловутый нейтралитет Пруссии — только западня.

тора. Он спасет Европу!.. — Она вдруг остановилась с улыбкой насмешки над своею горячностью.

— Я думаю, — сказал князь, улыбаясь, — что, ежели бы вас послали вместо нашего милого Винценгероде, вы бы взяли приступом согласие прусского короля. Вы так красноречивы. Вы дадите мне чаю?

— Сейчас. A propos, — прибавила она, опять успокоиваясь, — нынче у меня два очень интересные человека, le vicomte de Mortemart, il est allié aux Montmorency par les Rohans[1], одна из лучших фамилий Франции. Это один из хороших эмигрантов, из настоящих. И потом l'abbé Morio;[2] вы знаете этот глубокий ум? Он был принят государем. Вы знаете?

— А! Я очень рад буду, — сказал князь. — Скажите, — прибавил он, как будто только что вспомнив что-то и особенно небрежно, тогда как то, о чем он спрашивал, было главной целью его посещения, — правда, что l'impératrice-mère[3] желает назначения барона Функе первым секретарем в Вену? C'est un pauvre sire, ce baron, à ce qu'il paraît[4]. — Князь Василий желал определить сына на это место, которое через императрицу Марию Феодоровну старались доставить барону.

Анна Павловна почти закрыла глаза в знак того, что ни она, ни кто другой не могут судить про то, что угодно или нравится императрице.

— Monsieur le baron de Funke a été recommandé à l'impératrice-mère par sa sœur[5], — только сказала она грустным, сухим тоном. В то время как Анна Павловна, назвала императрицу, лицо ее вдруг представило глубокое и искреннее выражение преданности и уважения, соединенное с грустью, что с ней бывало каждый раз, когда она в разговоре упоминала о своей высокой покровительнице. Она сказала, что ее величество изволила оказать барону Функе beaucoup d'estime[6], и опять взгляд ее подернулся грустью.

Князь равнодушно замолк. Анна Павловна, с свойственною ей придворною и женскою ловкостью и быстротою такта, захотела и щелкануть князя за то, что он дерз-

---

1 Кстати, виконт Мортемар, он в родстве с Монморанси чрез Роганов.
2 аббат Морио.
3 вдовствующая императрица.
4 Барон этот ничтожное существо, как кажется.
5 Барон Функе рекомендован императрице-матери ее сестрою.
6 много уважения.

нул так отозваться о лице, рекомендованном императрице, и в то же время утешить его.

— Mais à propos de votre famille, — сказала она, — знаете ли, что ваша дочь, с тех пор как выезжает, fait les délices de tout le monde. On la trouve belle comme le jour[1].

Князь наклонился в знак уважения и признательности.

— Я часто думаю, — продолжала Анна Павловна после минутного молчания, придвигаясь к князю и ласково улыбаясь ему, как будто выказывая этим, что политические и светские разговоры кончены и теперь начинается задушевный, — я часто думаю, как иногда несправедливо распределяется счастие жизни. За что вам дала судьба таких двух славных детей (исключая Анатоля, вашего меньшого, я его не люблю, — вставила она безапелляционно, приподняв брови), — таких прелестных детей? А вы, право, менее всех цените их и потому их не сто́ите.

И она улыбнулась своею восторженною улыбкой.

— Que voulez-vous? Lafater aurait dit que je n'ai pas la bosse de la paternité[2], — сказал князь.

— Перестаньте шутить. Я хотела серьезно поговорить с вами. Знаете, я недовольна вашим меньшим сыном. Между нами будь сказано (лицо ее приняло грустное выражение), о нем говорили у ее величества и жалеют вас...

Князь не отвечал, но она молча, значительно глядя на него, ждала ответа. Князь Василий поморщился.

— Что ж мне делать? — сказал он наконец. — Вы знаете, я сделал для их воспитания все, что может отец, и оба вышли des imbéciles[3]. Ипполит, по крайней мере, покойный дурак, а Анатоль — беспокойный. Вот одно различие, — сказал он, улыбаясь более неестественно и одушевленно, чем обыкновенно, и при этом особенно резко выказывая в сложившихся около его рта морщинах что-то неожиданно-грубое и неприятное.

— И зачем родятся дети у таких людей, как вы? Ежели бы вы не были отец, я бы ни в чем не могла упрекнуть вас, — сказала Анна Павловна, задумчиво поднимая глаза.

---

[1] Кстати, о вашем семействе... составляет наслаждение всего общества. Ее находят прекрасною, как день.

[2] Что делать! Лафатер сказал бы, что у меня нет шишки родительской любви.

[3] дурни.

— Je suis votre верный раб, et à vous seule je puis l'avouer. Мои дети — ce sont les entraves de mon existence[1]. Это мой крест. Я так себе объясняю. Que voulez vous?..[2] — Он помолчал, выражая жестом свою покорность жестокой судьбе.

Анна Павловна задумалась.

— Вы никогда не думали о том, чтобы женить вашего блудного сына Анатоля. Говорят, — сказала она, — что старые девицы ont la manie des mariages[3]. Я еще не чувствую за собою этой слабости, но у меня есть одна petite personne, которая очень несчастлива с отцом, une parente à nous, une princesse[4] Болконская. — Князь Василий не отвечал, хотя с свойственной светским людям быстротой соображения и памятью движением головы показал, что он принял к соображенью это сведенье.

— Нет, вы знаете ли, что этот Анатоль мне стоит сорок тысяч в год, — сказал он, видимо не в силах удерживать печальный ход своих мыслей. Он помолчал.

— Что будет через пять лет, ежели это пойдет так? Voilà l'avantage d'être père[5]. Она богата, ваша княжна?

— Отец очень богат и скуп. Он живет в деревне. Знаете, этот известный князь Болконский, отставленный еще при покойном императоре и прозванный прусским королем. Он очень умный человек, но со странностями и тяжелый. La pauvre petite est malheureuse comme les pierres[6]. У нее брат, вот что недавно женился на Lise Мейнен, адъютант Кутузова. Он будет нынче у меня.

— Ecoutez, chère Annette[7], — сказал князь, взяв вдруг свою собеседницу за руку и пригибая ее почему-то книзу. — Arrangez-moi cette affaire et je suis votre вернейший раб à tout jamais (*pan* — comme mon староста m'écrit des[8] донесенья: покой-ер-п). Она хорошей фамилии и богата. Все, что мне нужно.

И он с теми свободными и фамильярными грациозными движениями, которые его отличали, взял за руку

---

1 Я ваш... и вам одним могу признаться. Мои дети — обуза моего существования.

2 Что делать?..

3 имеют манию женить.

4 девушка... наша родственница, княжна.

5 Вот выгода быть отцом.

6 Бедняжка несчастлива, как камни.

7 Послушайте, милая Анет.

8 Устройте мне это дело, и я навсегда ваш... как мой староста мне пишет.

фрейлину, поцеловал ее и, поцеловав, помахал фрейлинскою рукой, развалившись на креслах и глядя в сторону.

— Attendez[1], — сказала Анна Павловна, соображая. — Я нынче же поговорю Lise (la femme du jeune Болконский)[2]. И, может быть, это уладится. Ce sera dans votre famille que je ferai mon apprentissage de vieille fille[3].

II

Гостиная Анны Павловны начала понемногу наполняться. Приехала высшая знать Петербурга, люди самые разнородные по возрастам и характерам, но одинаковые по обществу, в каком все жили; приехала дочь князя Василия, красавица Элен, заехавшая за отцом, чтобы с ним вместе ехать на праздник посланника. Она была в шифре и бальном платье. Приехала и известная, как la femme la plus séduisante de Pétersbourg[4], молодая, маленькая княгиня Болконская, прошлую зиму вышедшая замуж и теперь не выезжавшая в *большой* свет по причине своей беременности, но ездившая еще на небольшие вечера. Приехал князь Ипполит, сын князя Василия, с Мортемаром, которого он представил; приехал и аббат Морио и многие другие.

— Вы не видали еще, — или: — вы не знакомы с ma tante?[5] — говорила Анна Павловна приезжавшим гостям и весьма серьезно подводила их к маленькой старушке в высоких бантах, выплывшей из другой комнаты, как скоро стали приезжать гости, называла их по имени, медленно переводя глаза с гостя на ma tante, и потом отходила.

Все гости совершали обряд приветствования никому не известной, никому не интересной и не нужной тетушки. Анна Павловна с грустным, торжественным участием следила за их приветствиями, молчаливо одобряя их. Ma tante каждому говорила в одних и тех же выражениях о его здоровье, о своем здоровье и о здоровье ее величества, которое нынче было, слава Богу, лучше. Все подходившие, из приличия не выказывая поспешности, с чувством облегчения исполненной тяжелой обязанности отходили от старушки, чтоб уж весь вечер ни разу не подойти к ней.

---

1 Постойте.
2 Лизе (жене Болконского).
3 Я в вашем семействе начну обучаться ремеслу старой девицы.
4 самая обворожительная женщина в Петербурге.
5 моей тетушкой?

Молодая княгиня Болконская приехала с работой в шитом золотом бархатном мешке. Ее хорошенькая, с чуть чернѐвшимися усиками верхняя губка была коротка по зубам, но тем милее она открывалась и тем еще милее вытягивалась иногда и опускалась на нижнюю. Как это бывает у вполне привлекательных женщин, недостаток ее — короткость губы и полуоткрытый рот — казались ее особенною, собственно ее красотой. Всем было весело смотреть на эту полную здоровья и живости хорошенькую будущую мать, так легко переносившую свое положение. Старикам и скучающим, мрачным молодым людям казалось, что они сами делаются похожи на нее, побыв и поговорив несколько времени с ней. Кто говорил с ней и видел при каждом слове ее светлую улыбочку и блестящие белые зубы, которые виднелись беспрестанно, тот думал, что он особенно нынче любезен. И это думал каждый.

Маленькая княгиня, переваливаясь, маленькими быстрыми шажками обошла стол с рабочею сумочкой на руке и, весело оправляя платье, села на диван, около серебряного самовара, как будто все, что она ни делала, было partie de plaisir[1] для нее и для всех ее окружавших.

— J'ai apporté mon ouvrage[2], — сказала она, развертывая свой ридикюль и обращаясь ко всем вместе.

— Смотрите, Annette, ne me jouez pas un mauvais tour, — обратилась она к хозяйке. — Vous m'avez écrit que c'était une toute petite soirée; voyez comme je suis attifée[3].

И она развела руками, чтобы показать свое, в кружевах, серенькое изящное платье, немного ниже грудей опоясанное широкою лентой.

— Soyez tranquille, Lise, vous serez toujours la plus jolie[4], — отвечала Анна Павловна.

— Vous savez, mon mari m'abandonne, — продолжала она тем же тоном, обращаясь к генералу, — il va se faire tuer. Dites moi, pourquoi cette vilaine guerre[5], — сказала она князю Василию и, не дожидаясь ответа, обратилась к дочери князя Василия, к красивой Элен.

---

1 увеселение.

2 Я захватила работу.

3 не сыграйте со мной злой шутки; вы мне писали, что у вас совсем маленький вечер. Видите, как я укутана.

4 Будьте покойны, Лиза, вы все-таки будете лучше всех.

5 Вы знаете, мой муж покидает меня. Идет на смерть. Скажите, зачем эта гадкая война.

— Quelle délicieuse personne, que cette petite princesse![1] — сказал князь Василий тихо Анне Павловне.

Вскоре после маленькой княгини вошел массивный, толстый молодой человек с стриженою головой, в очках, светлых панталонах по тогдашней моде, с высоким жабо и в коричневом фраке. Этот толстый молодой человек был незаконный сын знаменитого екатерининского вельможи, графа Безухова, умиравшего теперь в Москве. Он нигде не служил еще, только что приехал из-за границы, где он воспитывался, и был первый раз в обществе. Анна Павловна приветствовала его поклоном, относящимся к людям самой низшей иерархии в ее салоне. Но, несмотря на это низшее по своему сорту приветствие, при виде вошедшего Пьера в лице Анны Павловны изобразилось беспокойство и страх, подобный тому, который выражается при виде чего-нибудь слишком огромного и несвойственного месту. Хотя действительно Пьер был несколько больше других мужчин в комнате, но этот страх мог относиться только к тому умному и вместе робкому, наблюдательному и естественному взгляду, отличавшему его от всех в этой гостиной.

— C'est bien aimable à vous, monsieur Pierre, d'être venu voir une pauvre malade[2], — сказала ему Анна Павловна, испуганно переглядываясь с тетушкой, к которой она подводила его. Пьер пробурлил что-то непонятное и продолжал отыскивать что-то глазами. Он радостно, весело улыбнулся, кланяясь маленькой княгине, как близкой знакомой, и подошел к тетушке. Страх Анны Павловны был не напрасен, потому что Пьер, не дослушав речи тетушки о здоровье ее величества, отошел от нее. Анна Павловна испуганно остановила его словами:

— Вы не знаете аббата Морио? Он очень интересный человек... — сказала она.

— Да, я слышал про его план вечного мира, и это очень интересно, но едва ли возможно...

— Вы думаете?.. — сказала Анна Павловна, чтобы сказать что-нибудь и вновь обратиться к своим занятиям хозяйки дома, но Пьер сделал обратную неучтивость. Прежде он, не дослушав слов собеседницы, ушел; теперь он остановил своим разговором собеседницу, которой нужно

---

1 Что за милая особа, эта маленькая княгиня!

2 Очень мило с вашей стороны, мосье Пьер, что вы приехали навестить бедную больную.

было от него уйти. Он, нагнув голову и расставив большие ноги, стал доказывать Анне Павловне, почему он полагал, что план аббата был химера.

— Мы после поговорим, — сказала Анна Павловна, улыбаясь.

И, отделавшись от молодого человека, не умеющего жить, она возвратилась к своим занятиям хозяйки дома и продолжала прислушиваться и приглядываться, готовая подать помощь на тот пункт, где ослабевал разговор. Как хозяин прядильной мастерской, посадив работников по местам, прохаживается по заведению, замечая неподвижность или непривычный, скрипящий, слишком громкий звук веретена, торопливо идет, сдерживает или пускает его в надлежащий ход, — так и Анна Павловна, прохаживаясь по своей гостиной, подходила к замолкнувшему или слишком много говорившему кружку и одним словом или перемещением опять заводила равномерную, приличную разговорную машину. Но среди этих забот все виден был в ней особенный страх за Пьера. Она заботливо поглядывала на него в то время, как он подошел послушать то, что говорилось около Мортемара, и отошел к другому кружку, где говорил аббат. Для Пьера, воспитанного за границей, этот вечер Анны Павловны был первый, который он видел в России. Он знал, что тут собрана вся интеллигенция Петербурга, и у него, как у ребенка в игрушечной лавке, разбегались глаза. Он все боялся пропустить умные разговоры, которые он может услыхать. Глядя на уверенные и изящные выражения лиц, собранных здесь, он все ждал чего-нибудь особенно умного. Наконец он подошел к Морио. Разговор показался ему интересен, и он остановился, ожидая случая высказать свои мысли, как это любят молодые люди.

III

Вечер Анны Павловны был пущен. Веретена с разных сторон равномерно и не умолкая шумели. Кроме ma tante, около которой сидела только одна пожилая дама с исплаканным, худым лицом, несколько чужая в этом блестящем обществе, общество разбилось на три кружка. В одном, более мужском, центром был аббат; в другом, молодом, — красавица княжна Элен, дочь князя Василия, и хорошенькая, румяная, слишком полная по своей молодости, маленькая княгиня Болконская. В третьем — Мортемар и Анна Павловна.

Виконт был миловидный, с мягкими чертами и приемами, молодой человек, очевидно считавший себя знаменитостью, но, по благовоспитанности, скромно предоставлявший пользоваться собой тому обществу, в котором он находился. Анна Павловна, очевидно, угощала им своих гостей. Как хороший метрдотель подает как нечто сверхъестественно-прекрасное тот кусок говядины, который есть не захочется, если увидать его в грязной кухне, так в нынешний вечер Анна Павловна сервировала своим гостям сначала виконта, потом аббата, как что-то сверхъестественно-утонченное. В кружке Мортемара заговорили тотчас об убиении герцога Энгиенского. Виконт сказал, что герцог Энгиенский погиб от своего великодушия и что были особенные причины озлобления Бонапарта.

— Ah! voyons. Contez-nous cela, vicomte, — сказала Анна Павловна, с радостью чувствуя, как чем-то à la Louis XV отзывалась эта фраза, — contez-nous cela, vicomte[1].

Виконт поклонился в знак покорности и учтиво улыбнулся. Анна Павловна сделала круг около виконта и пригласила всех слушать его рассказ.

— Le vicomte a été personnellement connu de monseigneur[2], — шепнула Анна Павловна одному. — Le vicomte est un parfait conteur[3], — проговорила она другому. — Comme on voit l'homme de la bonne compagnie[4], — сказала она третьему; и виконт был подан обществу в самом изящном и выгодном для него свете, как ростбиф на горячем блюде, посыпанный зеленью.

Виконт хотел уже начать свой рассказ и тонко улыбнулся.

— Переходите сюда, chère Hélène[5], — сказала Анна Павловна красавице княжне, которая сидела поодаль, составляя центр другого кружка.

Княжна Элен улыбалась; она поднялась с той же неизменяющеюся улыбкой вполне красивой женщины, с которою она вошла в гостиную. Слегка шумя своею белою бальною робой, убранною плющом и мохом, и блестя бе-

---

[1] Ах, да. Расскажите нам это, виконт... напоминающим Людовика XV.

[2] Виконт был лично знаком с герцогом.

[3] Виконт удивительный мастер рассказывать.

[4] Как сейчас виден человек хорошего общества.

[5] милая Элен. — *Ред.*

лизной плеч, глянцем волос и бриллиантов, она прошла между расступившимися мужчинами и прямо, не глядя ни на кого, но всем улыбаясь и как бы любезно предоставляя каждому право любоваться красотою своего стана, полных плеч, очень открытой, по тогдашней моде, груди и спины, и как будто внося с собою блеск бала, подошла к Анне Павловне. Элен была так хороша, что не только не было в ней заметно и тени кокетства, но, напротив, ей как будто совестно было за свою несомненную и слишком сильно и победительно-действующую красоту. Она как будто желала и не могла умалить действие своей красоты.

— Quelle belle personne![1] — говорил каждый, кто ее видел. Как будто пораженный чем-то необычайным, виконт пожал плечами и опустил глаза в то время, как она усаживалась пред ним и освещала и его все тою же неизменною улыбкой.

— Madame, je crains pour mes moyens devant un pareil auditoire[2], — сказал он, наклоняя с улыбкой голову.

Княжна облокотила свою открытую полную руку на столик и не нашла нужным что-либо сказать. Она, улыбаясь, ждала. Во все время рассказа она сидела прямо, посматривая изредка то на свою полную красивую руку, легко лежавшую на столе, то на еще более красивую грудь, на которой она поправляла бриллиантовое ожерелье; поправляла несколько раз складки своего платья и, когда рассказ производил впечатление, оглядывалась на Анну Павловну и тотчас же принимала то самое выражение, которое было на лице фрейлины, и потом опять успокоивалась в сияющей улыбке. Вслед за Элен перешла и маленькая княгиня от чайного стола.

— Attendez moi, je vais prendre mon ouvrage, — проговорила она. — Voyons, à quoi pensez-vous? — обратилась она к князю Ипполиту. — Apportez-moi mon ridicule[3].

Княгиня, улыбаясь и говоря со всеми, вдруг произвела перестановку и, усевшись, весело оправилась.

— Теперь мне хорошо, — приговаривала она и, попросив начинать, принялась за работу.

Князь Ипполит перенес ей ридикюль, перешел за нею и, близко придвинув к ней кресло, сел подле нее.

---

[1] Что за красавица!

[2] Я, право, опасаюсь за свое уменье перед такой публикой.

[3] Подождите, я возьму мою работу... Что ж вы? О чем вы думаете? Принесите мой ридикюль.

Le charmant Hippolyte[1] поражал своим необыкновенным сходством с сестрою-красавицею и еще более тем, что, несмотря на сходство, он был поразительно дурен собой. Черты его лица были те же, как и у сестры, но у той все освещалось жизнерадостной, самодовольной, молодой, неизменной улыбкой и необычайной, античной красотой тела; у брата, напротив, то же лицо было отуманено идиотизмом и неизменно выражало самоуверенную брюзгливость, а тело было худощаво и слабо. Глаза, нос, рот — все сжималось как будто в одну неопределенную и скучную гримасу, а руки и ноги всегда принимали неестественное положение.

— Ce n'est pas une histoire de revenants?[2] — сказал он, усевшись подле княгини и торопливо пристроив к глазам свой лорнет, как будто без этого инструмента он не мог начать говорить.

— Mais non, mon cher[3], — пожимая плечами, сказал удивленный рассказчик.

—C'est que je déteste les histoires de revenants[4], — сказал князь Ипполит таким тоном, что видно было, — он сказал эти слова, а потом уже понял, что они значили.

Из-за самоуверенности, с которою он говорил, никто не мог понять, очень ли умно или очень глупо то, что он сказал. Он был в темно-зеленом фраке, в панталонах цвета cuisse de nymphe effrayée[5], как он сам говорил, в чулках и башмаках.

Vicomte рассказал очень мило о том ходившем тогда анекдоте, что герцог Энгиенский тайно ездил в Париж для свидания с m-lle George[6], и что там он встретился с Бонапарте, пользовавшимся тоже милостями знаменитой актрисы, и что там, встретившись с герцогом, Наполеон случайно упал в тот обморок, которому он был подвержен, и находился во власти герцога, которою герцог не воспользовался, но что Бонапарте впоследствии за это-то великодушие и отмстил смертью герцогу.

Рассказ был очень мил и интересен, особенно в том месте, где соперники вдруг узнают друг друга, и дамы, казалось, были в волнении.

---

1 Милый Ипполит. — *Ред.*
2 Это не история о привидениях?
3 Вовсе нет.
4 Дело в том, что я терпеть не могу историй о привидениях.
5 тела испуганной нимфы.
6 актрисой Жорж.

— Charmant[1], — сказала Анна Павловна, оглядываясь вопросительно на маленькую княгиню.

— Charmant, — прошептала маленькая княгиня, втыкая иголку в работу, как будто в знак того, что интерес и прелесть рассказа мешают ей продолжать работу.

Виконт оценил эту молчаливую похвалу и, благодарно улыбнувшись, стал продолжать; но в это время Анна Павловна, все поглядывавшая на страшного для нее молодого человека, заметила, что он что-то слишком горячо и громко говорит с аббатом, и поспешила на помощь к опасному месту. Действительно, Пьеру удалось завязать с аббатом разговор о политическом равновесии, и аббат, видимо заинтересованный простодушной горячностью молодого человека, развивал перед ним свою любимую идею. Оба слишком оживленно и естественно слушали и говорили, и это-то не понравилось Анне Павловне.

— Средство — европейское равновесие и droit des gens[2], — говорил аббат. — Стоит одному могущественному государству, как Россия, прославленному за варварство, стать бескорыстно во главе союза, имеющего целью равновесие Европы, — и оно спасет мир!

— Как же вы найдете такое равновесие? — начал было Пьер; но в это время подошла Анна Павловна и, строго взглянув на Пьера, спросила итальянца о том, как он переносит здешний климат. Лицо итальянца вдруг изменилось и приняло оскорбительно притворно-сладкое выражение, которое, видимо, было привычно ему в разговоре с женщинами.

— Я так очарован прелестями ума и образования общества, в особенности женского, в которое я имел счастье быть принят, что не успел еще подумать о климате, — сказал он.

Не выпуская уже аббата и Пьера, Анна Павловна для удобства наблюдения присоединила их к общему кружку.

В это время в гостиную вошло новое лицо. Новое лицо это был молодой князь Андрей Болконский, муж маленькой княгини. Князь Болконский был небольшого роста, весьма красивый молодой человек с определенными и сухими чертами. Все в его фигуре, начиная от усталого, скучающего взгляда до тихого мерного шага, представляло самую резкую противоположность с его маленькою оживленною

[1] Прелестно.
[2] народное право.

ленною женой. Ему, видимо, все бывшие в гостиной не только были знакомы, но уж надоели ему так, что и смотреть на них и слушать их ему было очень скучно. Из всех же прискучивших ему лиц лицо его хорошенькой жены, казалось, больше всех ему надоело. С гримасой, портившею его красивое лицо, он отвернулся от нее. Он поцеловал руку Анны Павловны и, щурясь, оглядел все общество.

— Vous vous enrôlez pour la guerre, mon prince?[1] — сказала Анна Павловна.

— Le général Koutouzoff, — сказал Болконский, ударяя на последнем слоге *zoff*, как француз, — a bien voulu de moi pour aide-de-camp...[2]

— Et Lise, votre femme?[3]

— Она поедет в деревню.

— Как вам не грех лишать нас вашей прелестной жены?

— André, — сказала его жена, обращаясь к мужу тем же кокетливым тоном, каким она обращалась и к посторонним, — какую историю нам рассказал виконт о m-lle Жорж и Бонапарте!

Князь Андрей зажмурился и отвернулся. Пьер, со времени входа князя Андрея в гостиную не спускавший с него радостных, дружелюбных глаз, подошел к нему и взял его за руку. Князь Андрей, не оглядываясь, сморщил лицо в гримасу, выражавшую досаду на того, кто трогает его за руку, но, увидав улыбающееся лицо Пьера, улыбнулся неожиданно-доброй и приятной улыбкой.

— Вот как!.. И ты в большом свете! — сказал он Пьеру.

— Я знал, что вы будете, — отвечал Пьер. — Я приеду к вам ужинать, — прибавил он тихо, чтобы не мешать виконту, который продолжал свой рассказ. — Можно?

— Нет, нельзя, — сказал князь Андрей смеясь, пожатием руки давая знать Пьеру, что этого не нужно спрашивать. Он что-то хотел сказать еще, но в это время поднялся князь Василий с дочерью, и мужчины встали, чтобы дать им дорогу.

— Вы меня извините, мой милый виконт, — сказал князь Василий французу, ласково притягивая его за рукав вниз к стулу, чтобы он не вставал. — Этот несчастный праздник у посланника лишает меня удовольствия и прерывает вас. Очень мне грустно покидать ваш восхитительный вечер, — сказал он Анне Павловне.

---

[1] Вы собираетесь на войну, князь?
[2] Генералу Кутузову угодно меня к себе в адъютанты...
[3] А Лиза, ваша жена?

Дочь его, княжна Элен, слегка придерживая складки платья, пошла между стульев, и улыбка сияла еще светлее на ее прекрасном лице. Пьер смотрел почти испуганными, восторженными глазами на эту красавицу, когда она проходила мимо его.

— Очень хороша, — сказал князь Андрей.

— Очень, — сказал Пьер.

Проходя мимо, князь Василий схватил Пьера за руку и обратился к Анне Павловне.

— Образуйте мне этого медведя, — сказал он. — Вот он месяц живет у меня, и в первый раз я его вижу в свете. Ничто так не нужно молодому человеку, как общество умных женщин.

IV

Анна Павловна улыбнулась и обещалась заняться Пьером, который, она знала, приходился родня по отцу князю Василью. Пожилая дама, сидевшая прежде с ma tante, торопливо встала и догнала князя Василья в передней. С лица ее исчезла вся прежняя притворность интереса. Доброе, исплаканное лицо ее выражало только беспокойство и страх.

— Что же вы мне скажете, князь, о моем Борисе? — сказала она, догоняя его в передней. (Она выговаривала имя Бориса с особенным ударением на *о*). — Я не могу оставаться дольше в Петербурге. Скажите, какие известия я могу привезти моему бедному мальчику?

Несмотря на то, что князь Василий неохотно и почти неучтиво слушал пожилую даму и даже выказывал нетерпение, она ласково и трогательно улыбалась ему и, чтоб он не ушел, взяла его за руку.

— Что вам сто́ит сказать слово государю, и он прямо будет переведен в гвардию, — просила она.

— Поверьте, что я сделаю все, что могу, княгиня, — отвечал князь Василий, — но мне трудно просить государя; я бы советовал вам обратиться к Румянцеву, через князя Голицына: это было бы умнее.

Пожилая дама носила имя княгини Друбецкой, одной из лучших фамилий России, но она была бедна, давно вышла из света и утратила прежние связи. Она приехала теперь, чтобы выхлопотать определение в гвардию своему единственному сыну. Только затем, чтобы увидеть князя

Василия, она назвалась и приехала на вечер к Анне Павловне, только затем она слушала историю виконта. Она испугалась слов князя Василия; когда-то красивое лицо ее выразило озлобление, но это продолжалось только минуту. Она опять улыбнулась и крепче схватилась за руку князя Василия.

— Послушайте, князь, — сказала она, — я никогда не просила вас, никогда не буду просить, никогда не напоминала вам о дружбе моего отца к вам. Но теперь, я Богом заклинаю вас, сделайте это для моего сына, и я буду считать вас благодетелем, — торопливо прибавила она. — Нет, вы не сердитесь, а вы обещайте мне. Я просила Голицына, он отказал. Soyez le bon enfant que vous avez été[1], — говорила она, стараясь улыбаться, тогда как в ее глазах были слезы.

— Папа́, мы опоздаем, — сказала, поворачивая свою красивую голову на античных плечах, княжна Элен, ожидавшая у двери.

Но влияние в свете есть капитал, который надо беречь, чтоб он не исчез. Князь Василий знал это, и, раз сообразив, что ежели бы он стал просить за всех, кто его просит, то вскоре ему нельзя было бы просить за себя, он редко употреблял свое влияние. В деле княгини Друбецкой он почувствовал, однако, после ее нового призыва, что-то вроде укора совести. Она напомнила ему правду: первыми шагами своими в службе он был обязан ее отцу. Кроме того, он видел по ее приемам, что она одна из тех женщин, особенно матерей, которые, однажды взяв себе что-нибудь в голову, не отстанут до тех пор, пока не исполнят их желания, а в противном случае готовы на ежедневные, ежеминутные приставания и даже на сцены. Это последнее соображение поколебало его.

— Chère Анна Михайловна, — сказал он с своею всегдашнею фамильярностью и скукой в голосе. — Для меня почти невозможно сделать то, что вы хотите; но чтобы доказать вам, как я люблю вас и чту память покойного отца вашего, я сделаю невозможное: сын ваш будет переведен в гвардию, вот вам моя рука. Довольны вы?

— Милый мой, вы благодетель! Я иного и не ждала от вас; я знала, как вы добры.

Он хотел уйти.

---

[1] Будьте тем добрым, каким вы бывали прежде.

Постойте, два слова. Une fois passé aux gardes...[1] — Она замялась. — Вы хороши с Михайлом Иларионовичем Кутузовым, рекомендуйте ему Бориса в адъютанты. Тогда бы я была покойна, и тогда бы уж...

Князь Василий улыбнулся.

— Этого не обещаю. Вы знаете, как осаждают Кутузова с тех пор, как он назначен главнокомандующим. Он мне сам говорил, что все московские барыни сговорились отдать ему всех своих детей в адъютанты.

— Нет, обещайте, я не пущу вас, милый благодетель мой.

— Папа́, — опять тем же тоном повторила красавица, — мы опоздаем.

— Ну, au revoir[2], прощайте, видите...

— Так завтра вы доложите государю?

— Непременно, а Кутузову не обещаю.

— Нет, обещайте, обещайте, Basile, — сказала вслед ему Анна Михайловна, с улыбкой молодой кокетки, которая когда-то, должно быть, была ей свойственна, а теперь так не шла к ее истощенному лицу.

Она, видимо, забыла свои годы и пускала в ход, по привычке, все старинные женские средства. Но как только он вышел, лицо ее опять приняло то же холодное, притворное выражение, которое было на нем прежде. Она вернулась к кружку, в котором виконт продолжал рассказывать, и опять сделала вид, что слушает, дожидаясь времени уехать, так как дело ее было сделано.

— Но как вы находите всю эту последнюю комедию du sacre de Milan?[3] — сказала Анна Павловна. — Et la nouvelle comédie des peuples de Gênes et de Lucques qui viennent présenter leurs vœux à M. Buonaparte. M. Buonaparte assis sur un trône, et exauçant les vœux des nations! Adorable! Non, mais c'est à en devenir folle! On dirait que le monde entier a perdu la tête[4].

Князь Андрей усмехнулся, прямо глядя в лицо Анны Павловны.

---

[1] Но когда его переведут в гвардию...
[2] до свиданья.
[3] коронации в Милане?
[4] И новая комедия: народы Генуи и Лукки изъявляют свои желания господину Бонапарте. И господин Бонапарте сидит на троне и исполняет желания народов. О! это восхитительно! Нет, от этого можно с ума сойти. Подумаешь, что весь свет потерял голову.

— «Dieu me la donne, gare à qui la touche», — сказал он (слова Бонапарте, сказанные при возложении короны). — On dit qu'il a été très beau en prononçant ces paroles[1], — прибавил он и еще раз повторил эти слова по-итальянски: «Dio mi la dona, guai a chi la tocca».

— J'espère enfin, — продолжала Анна Павловна, — que ça a été la goutte d'eau qui fera déborder le verre. Les souverains ne peuvent plus supporter cet homme qui menace tout[2].

— Les souverains? Je ne parle pas de la Russie, — сказал виконт учтиво и безнадежно. — Les souverains, madame! Qu'ont ils fait pour Louis XVI, pour la reine, pour madame Elisabeth? Rien, — продолжал он, одушевляясь. — Et croyez-moi, ils subissent la punition pour leur trahison de la cause des Bourbons. Les souverains? Ils envoient des ambassadeurs complimenter l'usurpateur[3].

И он, презрительно вздохнув, опять переменил положение. Князь Ипполит, долго смотревший в лорнет на виконта, вдруг при этих словах повернулся всем телом к маленькой княгине и, попросив у нее иголку, стал показывать ей, рисуя иголкой на столе, герб Конде. Он растолковывал ей этот герб с таким значительным видом, как будто княгиня просила его об этом.

— Bâton de gueules, engrêlé de gueules d'azur — maison Condé[4], — говорил он.

Княгиня, улыбаясь, слушала.

— Ежели еще год Бонапарте останется на престоле Франции, — продолжал виконт начатый разговор, с видом человека, не слушающего других, но в деле, лучше всех ему известном, следящего только за ходом своих мыслей, — то дела пойдут слишком далеко. Интригой, насилием, изгнаниями, казнями общество, я разумею хорошее общество, французское, навсегда будет уничтожено, и тогда...

---

[1] «Бог мне дал корону. Горе тому, кто ее тронет». Говорят, он был очень хорош, произнося эти слова.

[2] Надеюсь, что это была, наконец, та капля, которая переполнит стакан. Государи не могут более терпеть этого человека, который угрожает всему.

[3] Государи! Я не говорю о России. Государи! Но что они сделали для Людовика XVI, для королевы, для Елизаветы? Ничего. И, поверьте мне, они несут наказание за свою измену делу Бурбонов. Государи! Они шлют послов приветствовать похитителя престола.

[4] Палка из пастей, оплетенная лазоревыми пастями, — дом Конде.

Он пожал плечами и развел руками. Пьер хотел было сказать что-то: разговор интересовал его, но Анна Павловна, караулившая его, перебила.

— Император Александр, — сказала она с грустью, сопутствовавшей всегда ее речам об императорской фамилии, — объявил, что он предоставит самим французам выбрать образ правления. И я думаю, нет сомнения, что вся нация, освободившись от узурпатора, бросится в руки законного короля, — сказала Анна Павловна, стараясь быть любезной с эмигрантом и роялистом.

— Это сомнительно, — сказал князь Андрей. — Monsieur le vicomte[1] совершенно справедливо полагает, что дела зашли уже слишком далеко. Я думаю, что трудно будет возвратиться к старому.

— Сколько я слышал, — краснея, опять вмешался в разговор Пьер, — почти все дворянство перешло уже на сторону Бонапарта.

— Это говорят бонапартисты, — сказал виконт, не глядя на Пьера. — Теперь трудно узнать общественное мнение Франции.

— Bonaparte l'a dit[2], — сказал князь Андрей с усмешкой. (Видно было, что виконт ему не нравился и что он, хотя и не смотрел на него, против него обращал свои речи.)

— «Je leur ai montré le chemin de la gloire, — сказал он после недолгого молчания, опять повторяя слова Наполеона, — ils n'en ont pas voulu; je leur ai ouvert mes antichambres, ils se sont précipités en foule...» Je ne sais pas à quel point il a eu le droit de le dire[3].

— Aucun[4], — возразил виконт. — После убийства герцога даже самые пристрастные люди перестали видеть в нем героя. Si même ça été un héros pour certaines gens, — сказал виконт, обращаясь к Анне Павловне, — depuis l'assassinat du duc il y a un martyr de plus dans le ciel, un héros de moins sur la terre[5].

---

1 Господин виконт.

2 Это говорил Бонапарт.

3 «Я показал им путь славы: они не хотели; я открыл им мои передние: они бросились толпой...» Не знаю, до какой степени имел он право так говорить.

4 Никакого.

5 Если он и был героем для некоторых людей, то после убиения герцога одним мучеником стало больше на небесах и одним героем меньше на земле.

Не успели еще Анна Павловна и другие улыбкой оценить этих слов виконта, как Пьер опять ворвался в разговор, и Анна Павловна, хотя и предчувствовавшая, что он скажет что-нибудь неприличное, уже не могла остановить его.

— Казнь герцога Энгиенского, — сказал Пьер, — была государственная необходимость; и я именно вижу величие души в том, что Наполеон не побоялся принять на себя одного ответственность в этом поступке.

— Dieu! mon dieu![1] — страшным шепотом проговорила Анна Павловна.

— Comment, monsieur Pierre, vous trouvez que l'assassinat est grandeur d'âme?[2] — сказала маленькая княгиня, улыбаясь и придвигая к себе работу.

— Ah! Oh! — сказали разные голоса.

— Capital![3] — по-английски сказал князь Ипполит и принялся бить себя ладонью по коленке. Виконт только пожал плечами.

Пьер торжественно посмотрел сверх очков на слушателей.

— Я потому так говорю, — продолжал он с отчаянностью, — что Бурбоны бежали от революции, предоставив народ анархии; а один Наполеон умел понять революцию, победить ее, и потому для общего блага он не мог остановиться перед жизнью одного человека.

— Не хотите ли перейти к тому столу? — сказала Анна Павловна. Но Пьер, не отвечая, продолжал свою речь.

— Нет, — говорил он, все более и более одушевляясь, — Наполеон велик, потому что он стал выше революции, подавил ее злоупотребления, удержав все хорошее — и равенство граждан, и свободу слова и печати, — и только потому приобрел власть.

— Да, ежели бы он, взяв власть, не пользуясь ею для убийства, отдал бы ее законному королю, — сказал виконт, — тогда бы я назвал его великим человеком.

— Он бы не мог этого сделать. Народ отдал ему власть только затем, чтоб он избавил его от Бурбонов, и потому, что народ видел в нем великого человека. Революция была великое дело, — продолжал мсье Пьер, высказывая этим отчаянным и вызывающим вводным предложением

---

1 Бог мой!
2 Как, мосье Пьер, вы видите в убийстве величие души?
3 Превосходно!

свою великую молодость и желание все поскорее высказать.

— Революция и цареубийство великое дело?.. После этого... да не хотите ли перейти к тому столу? — повторила Анна Павловна.

— Contrat social[1], — с кроткой улыбкой сказал виконт.

— Я не говорю про цареубийство. Я говорю про идеи.

— Да, идеи грабежа, убийства и цареубийства, — опять перебил иронический голос.

— Это были крайности, разумеется, но не в них все значение, а значение в правах человека, в эманципации от предрассудков, в равенстве граждан; и все эти идеи Наполеон удержал во всей их силе.

— Свобода и равенство, — презрительно сказал виконт, как будто решившийся, наконец, серьезно доказать этому юноше всю глупость его речей, — все громкие слова, которые уже давно компрометировались. Кто же не любит свободы и равенства? Еще спаситель наш проповедовал свободу и равенство. Разве после революции люди стали счастливее? Напротив. Мы хотели свободы, а Бонапарте уничтожил ее.

Князь Андрей с улыбкой посматривал то на Пьера, то на виконта, то на хозяйку. В первую минуту выходки Пьера Анна Павловна ужаснулась, несмотря на свою привычку к свету; но когда она увидела, что, несмотря на произнесенные Пьером святотатственные речи, виконт не выходил из себя, и когда она убедилась, что замять этих речей уже нельзя, она собралась с силами и, присоединившись к виконту, напала на оратора.

— Mais, mon cher monsieur Pierre[2], — сказала Анна Павловна, — как же вы объясняете великого человека, который мог казнить герцога, наконец просто человека, без суда и без вины?

— Я бы спросил, — сказал виконт, — как monsieur объясняет 18 брюмера? Разве это не обман? C'est un escamotage, qui ne ressemble nullement à la manière d'agir d'un grand homme[3].

— А пленные в Африке, которых он убил? — сказала маленькая княгиня. — Это ужасно! — И она пожала плечами.

---

1 «Общественный договор» Руссо.
2 Но, мой любезный мосье Пьер.
3 Это шулерство, вовсе не похожее на образ действий великого человека.

— C'est un roturier, vous aurez beau dire[1], — сказал князь Ипполит.

Мсье Пьер не знал, кому отвечать, оглянул всех и улыбнулся. Улыбка у него была не такая, как у других людей, сливающаяся с неулыбкой. У него, напротив, когда приходила улыбка, то вдруг, мгновенно исчезало серьезное и даже несколько угрюмое лицо и являлось другое — детское, доброе, даже глуповатое и как бы просящее прощения.

Виконту, который видел его в первый раз, стало ясно, что этот якобинец совсем не так страшен, как его слова. Все замолчали.

— Как вы хотите, чтоб он всем отвечал вдруг? — сказал князь Андрей. — Притом надо в поступках государственного человека различать поступки частного лица, полководца или императора. Мне так кажется.

— Да, да, разумеется, — подхватил Пьер, обрадованный выступавшею ему подмогой.

— Нельзя не сознаться, — продолжал князь Андрей, — Наполеон как человек велик на Аркольском мосту, в госпитале в Яффе, где он чумным подает руку, но... но есть другие поступки, которые трудно оправдать.

Князь Андрей, видимо желавший смягчить неловкость речи Пьера, приподнялся, сбираясь ехать и подавая знак жене.

Вдруг князь Ипполит поднялся и, знаками рук останавливая всех и прося присесть, заговорил:

— Ah! aujourd'hui on m'a raconté une anecdote moscovite, charmante: il faut que je vous en régale. Vous m'excusez, vicomte, il faut que je raconte en russe. Autrement on ne sentira pas le sel de l'histoire[2].

И князь Ипполит начал говорить по-русски таким выговором, каким говорят французы, пробывшие с год в России. Все приостановились: так оживленно, настоятельно требовал князь Ипполит внимания к своей истории.

— В Moscou есть одна бариня, une dame. И она очень скупо. Ей нужно было иметь два valets de pied[3] за карета.

---

1 Выскочка, что ни говорите.

2 Ах, сегодня мне рассказали прелестный московский анекдот; надо вас им попотчевать. Извините, виконт, я буду рассказывать по-русски; иначе пропадет вся соль анекдота.

3 лакея.

И очень большой ростом. Это было ее вкусу. И она имела une femme de chambre[1], еще большой росту. Она сказала...

Тут князь Ипполит задумался, видимо, с трудом соображая.

— Она сказала... да, она сказала: «Девушка (à la femme de chambre), надень livrée и поедем мной, за карета, faire des visites[2]».

Тут князь Ипполит фыркнул и захохотал гораздо прежде своих слушателей, что произвело невыгодное для рассказчика впечатление. Однако многие, и в том числе пожилая дама и Анна Павловна, улыбнулись.

— Она поехала. Незапно сделалась сильный ветер. Девушка потеряла шляпа, и длинны волоса расчесались...

Тут он не мог уже более держаться и стал отрывисто смеяться и сквозь этот смех проговорил:

— И весь свет узнал...

Тем анекдот и кончился. Хотя и непонятно было, для чего он его рассказал и для чего его надо было рассказать непременно по-русски, однако Анна Павловна и другие оценили светскую любезность князя Ипполита, так приятно закончившего неприятную и нелюбезную выходку мсье Пьера. Разговор после анекдота рассыпался на мелкие, незначительные толки о будущем и прошедшем бале, спектакле, о том, когда и где кто увидится.

V

Поблагодарив Анну Павловну за ее charmante soirée[3], гости стали расходиться.

Пьер был неуклюж. Толстый, выше обыкновенного роста, широкий, с огромными красными руками, он, как говорится, не умел войти в салон и еще менее умел из него выйти, то есть перед выходом сказать что-нибудь особенно приятное. Кроме того, он был рассеян. Вставая, он вместо своей шляпы захватил треугольную шляпу с генеральским плюмажем и держал ее, дергая султан, до тех пор, пока генерал не попросил возвратить ее. Но вся его рассеянность и неуменье войти в салон и говорить в нем выкупались выражением добродушия, простоты и скромнос-

---

[1] девушка.
[2] Ливрею... делать визит.
[3] обворожительный вечер.

ти. Анна Павловна повернулась к нему и, с христианскою кротостью выражая прощение за его выходку, кивнула ему и сказала:

— Надеюсь увидеть вас еще, но надеюсь тоже, что вы перемените свои мнения, мой милый мсье Пьер, — сказала она.

Когда она сказала ему это, он ничего не ответил, только наклонился и показал всем еще раз свою улыбку, которая ничего не говорила, разве только вот что: «Мнения мнениями, а вы видите, какой я добрый и славный малый». И все, и Анна Павловна невольно почувствовали это.

Князь Андрей вышел в переднюю и, подставив плечи лакею, накидывавшему ему плащ, равнодушно прислушивался к болтовне своей жены с князем Ипполитом, вышедшим тоже в переднюю. Князь Ипполит стоял возле хорошенькой беременной княгини и упорно смотрел прямо на нее в лорнет.

— Идите, Annette, вы простудитесь, — говорила маленькая княгиня, прощаясь с Анной Павловной. — C'est arrêté[1], — прибавила она тихо.

Анна Павловна уже успела переговорить с Лизой о сватовстве, которое она затевала между Анатолем и золовкой маленькой княгини.

— Я надеюсь на вас, милый друг, — сказала Анна Павловна тоже тихо, — вы напишете к ней и скажете мне, comment le père envisagera la chose. Au revoir[2], — и она ушла из передней.

Князь Ипполит подошел к маленькой княгине и, близко наклоняя к ней свое лицо, стал полушепотом что-то говорить ей.

Два лакея, один княгинин, другой его, дожидаясь, когда они кончат говорить, стояли с шалью и редингтотом и слушали их, непонятный им, французский говор с такими лицами, как будто они понимали, что говорится, но не хотели показывать этого. Княгиня, как всегда, говорила улыбаясь и слушала смеясь.

— Я очень рад, что не поехал к посланнику, — говорил князь Ипполит, — скука... Прекрасный вечер. Не правда ли, прекрасный?

---

1 Так решено.
2 как отец посмотрит на дело. До свидания.

— Говорят, что бал будет очень хорош, — отвечала княгиня, вздергивая с усиками губку. — Все красивые женщины общества будут там.

— Не все, потому что вас там не будет; не все, — сказал князь Ипполит, радостно смеясь, и, схватив шаль у лакея, даже толкнул его и стал надевать ее на княгиню. От неловкости или умышленно (никто бы не мог разобрать этого) он долго не отпускал рук, когда шаль уже была надета, и как будто обнимал молодую женщину.

Она грациозно, но все улыбаясь, отстранилась, повернулась и взглянула на мужа. У князя Андрея глаза были закрыты: так он казался усталым и сонным.

— Вы готовы? — спросил он жену, обходя ее взглядом.

Князь Ипполит торопливо надел свой редингот, который у него, по-новому, был длиннее пяток, и, путаясь в нем, побежал на крыльцо за княгиней, которую лакей подсаживал в карету.

— Princesse, au revoir[1], — кричал он, путаясь языком так же, как и ногами.

Княгиня, подбирая платье, садилась в темноте кареты; муж ее оправлял саблю; князь Ипполит, под предлогом прислуживания, мешал всем.

— Па-звольте, сударь, — сухо-неприятно обратился князь Андрей по-русски к князю Ипполиту, мешавшему ему пройти.

— Я тебя жду, Пьер, — ласково и нежно проговорил тот же голос князя Андрея.

Форейтор тронул, и карета загремела колесами. Князь Ипполит смеялся отрывисто, стоя на крыльце и дожидаясь виконта, которого он обещал довезти до дому.

— Eh bien, mon cher, votre petite princesse est très bien, très bien, — сказал виконт, усевшись в карету с Ипполитом. — Mais très bien. — Он поцеловал кончики своих пальцев. — Et tout-à-fait française[2].

Ипполит, фыркнув, засмеялся.

— Et savez-vous que vous êtes terrible avec votre petit air innocent, — продолжал виконт. — Je plains le pauvre mari, ce petit officier qui se donne des airs de prince régnant[3].

---

[1] Княгиня, до свидания.

[2] Ну, мой дорогой, ваша маленькая княгиня очень мила. Очень мила. И совсем, совсем француженка.

[3] А знаете ли, вы ужасны с вашим невинным видом. Я жалею бедного мужа, этого офицерика, который корчит из себя владетельную особу.

Ипполит фыркнул еще и сквозь смех проговорил:

— Et vous disiez, que les dames russes ne valaient pas les dames françaises. Il faut savoir s'y prendre[1].

Пьер, приехав вперед, как домашний человек, прошел в кабинет князя Андрея и тотчас же, по привычке, лег на диван, взял первую попавшуюся с полки книгу (это были Записки Цезаря) и принялся, облокотившись, читать ее из середины.

— Что ты сделал с mademoiselle Шерер? Она теперь совсем заболеет, — сказал, входя в кабинет, князь Андрей и потирая маленькие белые ручки.

Пьер поворотился всем телом, так что диван заскрипел, обернул оживленное лицо к князю Андрею, улыбнулся и махнул рукой.

— Нет, этот аббат очень интересен, но только не так понимает дело... По-моему, вечный мир возможен, но я не умею, как это сказать... Но только не политическим равновесием...

Князь Андрей не интересовался, видимо, этими отвлеченными разговорами.

— Нельзя, mon cher[2], везде все говорить, что только думаешь. Ну, что ж, ты решился, наконец, на что-нибудь? Кавалергард ты будешь или дипломат? — спросил князь Андрей после минутного молчания.

Пьер сел на диван, поджав под себя ноги.

— Можете себе представить, я все еще не знаю. Ни то, ни другое мне не нравится.

— Но ведь надо на что-нибудь решиться? Отец твой ждет.

Пьер с десятилетнего возраста был послан с гувернером-аббатом за границу, где он пробыл до двадцатилетнего возраста. Когда он вернулся в Москву, отец отпустил аббата и сказал молодому человеку: «Теперь ты поезжай в Петербург, осмотрись и выбирай. Я на все согласен. Вот тебе письмо к князю Василью, и вот тебе деньги. Пиши обо всем, я тебе во всем помóга». Пьер уже три месяца выбирал карьеру и ничего не делал. Про этот выбор и говорил ему князь Андрей. Пьер потер себе лоб.

— Но он масон должен быть, — сказал он, разумея аббата, которого он видел на вечере.

---

1 А вы говорили, что русские дамы не стоят французских. Надо уметь взяться.

2 мой милый.

— Все это бредни, — остановил его опять князь Андрей, — поговорим лучше о деле. Был ты в конной гвардии?..

— Нет, не был, но вот что мне пришло в голову, и я хотел вам сказать. Теперь война против Наполеона. Ежели б это была война за свободу, я бы понял, я бы первый поступил в военную службу; но помогать Англии и Австрии против величайшего человека в мире... это нехорошо.

Князь Андрей только пожал плечами на детские речи Пьера. Он сделал вид, что на такие глупости нельзя отвечать; но действительно на этот наивный вопрос трудно было ответить что-нибудь другое, чем то, что ответил князь Андрей.

— Ежели бы все воевали только по своим убеждениям, войны бы не было, — сказал он.

— Это-то и было бы прекрасно, — сказал Пьер.

Князь Андрей усмехнулся.

— Очень может быть, что это было бы прекрасно, но этого никогда не будет...

— Ну, для чего вы идете на войну? — спросил Пьер.

— Для чего? Я не знаю. Так надо. Кроме того, я иду...— Он остановился. — Я иду потому, что эта жизнь, которую я веду здесь, эта жизнь — не по мне!

VI

В соседней комнате зашумело женское платье. Как будто очнувшись, князь Андрей встряхнулся, и лицо его приняло то же выражение, какое оно имело в гостиной Анны Павловны. Пьер спустил ноги с дивана. Вошла княгиня. Она была уже в другом, домашнем, но столь же элегантном и свежем платье. Князь Андрей встал, учтиво подвигая ей кресло.

— Отчего, я часто думаю, — заговорила она, как всегда, по-французски, поспешно и хлопотливо усаживаясь в кресло, — отчего Анет не вышла замуж? Как вы все глупы, messieurs, что на ней не женились. Вы меня извините, но вы ничего не понимаете в женщинах толку. Какой вы спорщик, мсье Пьер!

— Я и с мужем вашим все спорю; не понимаю, зачем он хочет идти на войну, — сказал Пьер, без всякого стеснения (столь обыкновенного в отношениях молодого мужчины к молодой женщине) обращаясь к княгине.

Княгиня встрепенулась. Видимо, слова Пьера затронули ее за живое.

— Ах, вот я то же говорю! — сказала она. — Я не понимаю, решительно не понимаю, отчего мужчины не могут жить без войны? Отчего мы, женщины, ничего не хотим, ничего нам не нужно? Ну, вот вы будьте судьей. Я ему все говорю: здесь он адъютант у дяди, самое блестящее положение. Все его так знают, так ценят. На днях у Апраксиных я слышала, как одна дама спрашивает: «C'est ça le fameux prince André? Ma parole d'honneur![1] — Она засмеялась. — Он так везде принят. Он очень легко может быть и флигель-адъютантом. Вы знаете, государь очень милостиво говорил с ним. Мы с Анет говорили, это очень легко было бы устроить. Как вы думаете?

Пьер посмотрел на князя Андрея и, заметив, что разговор этот не нравился его другу, ничего не отвечал.

— Когда вы едете? — спросил он.

— Ah! ne me parlez pas de ce départ, ne m'en parlez pas. Je ne veux pas en entendre parler[2], — заговорила княгиня таким капризно-игривым тоном, каким она говорила с Ипполитом в гостиной и который так, очевидно, не шел к семейному кружку, где Пьер был как бы членом. — Сегодня, когда я подумала, что надо прервать все эти дорогие отношения... И потом, ты знаешь, André? — Она значительно мигнула мужу. — J'ai peur, j'ai peur![3] — прошептала она, содрогаясь спиною.

Муж посмотрел на нее с таким видом, как будто он был удивлен, заметив, что кто-то еще, кроме его и Пьера, находился в комнате; однако с холодною учтивостью вопросительно обратился к жене:

— Чего ты боишься, Лиза? Я не могу понять, — сказал он.

— Вот как все мужчины эгоисты; все, все эгоисты! Сам из-за своих прихотей, Бог знает зачем, бросает меня, запирает в деревню одну.

— С отцом и сестрой, не забудь, — тихо сказал князь Андрей.

— Все равно одна, без *моих* друзей... И хочет, чтоб я не боялась.

---

[1] «Это известный князь Андрей?» Честное слово!

[2] Ах, не говорите мне про этот отъезд, не говорите! Я не хочу про это слышать.

[3] Мне страшно! страшно!

Тон ее уже был ворчливый, губка поднялась, придавая лицу не радостное, а зверское, беличье выражение. Она замолчала, как будто находя неприличным говорить при Пьере про свою беременность, тогда как в этом и состояла сущность дела.

— Все-таки я не понял, de quoi vous avez peur[1], — медлительно проговорил князь Андрей, не спуская глаз с жены.

Княгиня покраснела и отчаянно взмахнула руками.

— Non, André, je dis que vous avez tellement, tellement changé...[2]

— Твой доктор велит тебе раньше ложиться, — сказал князь Андрей. — Ты бы шла спать.

Княгиня ничего не сказала, и вдруг короткая с усиками губка задрожала; князь Андрей, встав и пожав плечами, прошел по комнате.

Пьер удивленно и наивно смотрел через очки то на него, то на княгиню и зашевелился, как будто он тоже хотел встать, но опять раздумал.

— Что мне за дело, что тут мсье Пьер, — вдруг сказала маленькая княгиня, и хорошенькое лицо ее вдруг распустилось в слезливую гримасу. — Я тебе давно хотела сказать, André: за что ты ко мне так переменился? Что я тебе сделала? Ты едешь в армию, ты меня не жалеешь. За что?

— Lise! — только сказал князь Андрей; но в этом слове были и просьба, и угроза, и, главное, уверение в том, что она сама раскается в своих словах; но она торопливо продолжала:

— Ты обращаешься со мной, как с больною или с ребенком. Я все вижу. Разве ты такой был полгода назад?

— Lise, я прошу вас перестать, — сказал князь Андрей еще выразительнее.

Пьер, все более и более приходивший в волнение во время этого разговора, встал и подошел к княгине. Он, казалось, не мог переносить вида слез и сам готов был заплакать.

— Успокойтесь, княгиня. Вам это так кажется, потому что, я вас уверяю, я сам испытал... отчего... потому что... Нет, извините, чужой тут лишний... Нет, успокойтесь... Прощайте...

Князь Андрей остановил его за руку.

---

1 чего ты боишься.

2 Нет, Андрей, ты так переменился, так переменился...

— Нет, постой, Пьер. Княгиня так добра, что не захочет лишить меня удовольствия провести с тобою вечер.

— Нет, он только о себе думает, — проговорила княгиня, не удерживая сердитых слез.

— Lise, — сказал сухо князь Андрей, поднимая тон на ту ступень, которая показывает, что терпение истощено.

Вдруг сердитое беличье выражение красивого личика княгини заменилось привлекательным и возбуждающим сострадание выражением страха; она исподлобья взглянула своими прекрасными глазками на мужа, и на лице ее показалось то робкое и признающееся выражение, какое бывает у собаки, быстро, но слабо помахивающей опущенным хвостом.

— Mon dieu, mon dieu![1] — проговорила княгиня и, подобрав одною рукой складку платья, подошла к мужу и поцеловала его в лоб.

— Bonsoir, Lise[2], — сказал князь Андрей, вставая и учтиво, как у посторонней, целуя руку.

Друзья молчали. Ни тот, ни другой не начинал говорить. Пьер поглядывал на князя Андрея, князь Андрей потирал себе лоб своею маленькою ручкой.

— Пойдем ужинать, — сказал он со вздохом, вставая и направляясь к двери.

Они вошли в изящно, заново, богато отделанную столовую. Все, от салфеток до серебра, фаянса и хрусталя, носило на себе тот особенный отпечаток новизны, который бывает в хозяйстве молодых супругов. В середине ужина князь Андрей облокотился и, как человек, давно имеющий что-нибудь на сердце и вдруг решающийся высказаться, с выражением нервного раздражения, в каком Пьер никогда еще не видал своего приятеля, начал говорить:

— Никогда, никогда не женись, мой друг; вот тебе мой совет, не женись до тех пор, пока ты не скажешь себе, что ты сделал все, что мог, и до тех пор, пока ты не перестанешь любить ту женщину, какую ты выбрал, пока ты не увидишь ее ясно, а то ты ошибешься жестоко и непоправимо. Женись стариком, никуда не годным... А то пропадет все, что в тебе есть хорошего и высокого. Все истра-

---

[1] Боже мой, боже мой!

[2] Прощай, Лиза.

тится по мелочам. Да, да, да! Не смотри на меня с таким удивлением. Ежели ты ждешь от себя чего-нибудь впереди, то на каждом шагу ты будешь чувствовать, что для тебя все кончено, все закрыто, кроме гостиной, где ты будешь стоять на одной доске с придворным лакеем и идиотом... Да что!..

Он энергически махнул рукой.

Пьер снял очки, отчего лицо его изменилось, еще более выказывая доброту, и удивленно глядел на друга.

— Моя жена, — продолжал князь Андрей, — прекрасная женщина. Это одна из тех редких женщин, с которою можно быть покойным за свою честь; но, Боже мой, чего бы я не дал теперь, чтобы не быть женатым! Это я тебе одному и первому говорю, потому что я люблю тебя.

Князь Андрей, говоря это, был еще менее похож, чем прежде, на того Болконского, который, развалившись, сидел в креслах Анны Павловны и сквозь зубы, щурясь, говорил французские фразы. Его сухое лицо все дрожало нервическим оживлением каждого мускула; глаза, в которых прежде казался потушенным огонь жизни, теперь блестели лучистым, ярким блеском. Видно было, что чем безжизненнее казался он в обыкновенное время, тем энергичнее был он в минуты раздражения.

— Ты не понимаешь, отчего я это говорю, — продолжал он. — Ведь это целая история жизни. Ты говоришь, Бонапарте и его карьера, — сказал он, хотя Пьер и не говорил про Бонапарте. — Ты говоришь Бонапарте; но Бонапарте, когда он работал, шаг за шагом шел к своей цели, он был свободен, у него ничего не было, кроме его цели, — и он достиг ее. Но свяжи себя с женщиной — и, как скованный колодник, теряешь всякую свободу. И все, что есть в тебе надежд и сил, все только тяготит и раскаянием мучает тебя. Гостиные, сплетни, балы, тщеславие, ничтожество — вот заколдованный круг, из которого я не могу выйти. Я теперь отправляюсь на войну, на величайшую войну, какая только бывала, а я ничего не знаю и никуда не гожусь. Je suis très aimable et très caustique[1], — продолжал князь Андрей, — и у Анны Павловны меня слушают. И это глупое общество, без которого не может жить моя жена, и эти женщины... Ежели бы ты только мог знать, что это такое toutes les femmes distin-

---

[1] Я хороший болтун.

quées[1] и вообще женщины! Отец мой прав. Эгоизм, тщеславие, тупоумие, ничтожество во всем — вот женщины, когда они показываются так, как они есть. Посмотришь на них в свете, кажется, что что-то есть, а ничего, ничего, ничего! Да, не женись, душа моя, не женись, — кончил князь Андрей.

— Мне смешно, — сказал Пьер, — что *вы себя, себя* считаете неспособным, свою жизнь — испорченною жизнью. У вас все, все впереди. И вы...

Он не сказал, *что вы*, но уже тон его показывал, как высоко ценит он друга и как много ждет от него в будущем.

«Как он может это говорить!» — думал Пьер. Пьер считал князя Андрея образцом всех совершенств именно оттого, что князь Андрей в высшей степени соединял все те качества, которых не было у Пьера и которые ближе всего можно выразить понятием — силы воли. Пьер всегда удивлялся способности князя Андрея спокойного обращения со всякого рода людьми, его необыкновенной памяти, начитанности (он все читал, все знал, обо всем имел понятие) и больше всего его способности работать и учиться. Ежели часто Пьера поражало в Андрее отсутствие способности мечтательного философствования (к чему особенно был склонен Пьер), то и в этом он видел не недостаток, а силу.

В самых лучших, дружеских и простых отношениях лесть или похвала необходимы, как подмазка необходима для колес, чтобы они ехали.

— Je suis un homme fini[2], — сказал князь Андрей. — Что обо мне говорить? Давай говорить о тебе, — сказал он, помолчав и улыбнувшись своим утешительным мыслям. Улыбка эта в то же мгновение отразилась на лице Пьера.

— А обо мне что говорить? — сказал Пьер, распуская свой рот в беззаботную, веселую улыбку. — Что я такое? Je suis un bâtard![3] — И он вдруг багрово покраснел. Видно было, что он сделал большое усилие, чтобы сказать это. — Sans nom, sans fortune...[4] — И что ж, право... — Но он не сказал, *что право*. — Я свободен пока, и мне хорошо. Я только никак не знаю, что мне начать. Я хотел серьезно посоветоваться с вами.

---

[1] эти порядочные женщины.
[2] Я конченый человек.
[3] Незаконный сын!
[4] Без имени, без состояния...

Князь Андрей добрыми глазами смотрел на него. Но во взгляде его, дружеском, ласковом, все-таки выражалось сознание своего превосходства.

— Ты мне дорог, особенно потому, что ты один живой человек среди всего нашего света. Тебе хорошо. Выбери, что хочешь; это все равно. Ты везде будешь хорош, но одно: перестань ты ездить к этим Курагиным, вести эту жизнь. Так это не идет тебе: все эти кутежи, и гусарство, и все...

— Que voulez-vous, mon cher, — сказал Пьер, пожимая плечами, — les femmes, mon cher, les femmes![1]

— Не понимаю, — отвечал Андрей. — Les femmes comme il faut, это другое дело; но les femmes Курагина, les femmes et le vin[2], не понимаю!

Пьер жил у князя Василия Курагина и участвовал в разгульной жизни его сына Анатоля, того самого, которого для исправления собирались женить на сестре князя Андрея.

— Знаете что! — сказал Пьер, как будто ему пришла неожиданно счастливая мысль, — серьезно, я давно это думал. С этою жизнью я ничего не могу ни решить, ни обдумать. Голова болит, денег нет. Нынче он меня звал, я не поеду.

— Дай мне честное слово, что ты не будешь ездить?

— Честное слово!

Уже был второй час ночи, когда Пьер вышел от своего друга. Ночь была июньская петербургская, бессумрачная ночь. Пьер сел в извозчичью коляску с намерением ехать домой. Но чем ближе он подъезжал, тем более он чувствовал невозможность заснуть в эту ночь, походившую более на вечер или на утро. Далеко было видно по пустым улицам. Доро́гой Пьер вспомнил, что у Анатоля Курагина нынче вечером должно было собраться обычное игорное общество, после которого обыкновенно шла попойка, кончавшаяся одним из любимых увеселений Пьера.

«Хорошо бы было поехать к Курагину», — подумал он. Но тотчас же он вспомнил данное князю Андрею честное слово не бывать у Курагина.

Но тотчас же, как это бывает с людьми, называемыми бесхарактерными, ему так страстно захотелось еще раз ис-

---

[1] Что делать, женщины, мой друг, женщины!

[2] Порядочные женщины... женщины Курагина, женщины и вино.

пытать эту столь знакомую ему беспутную жизнь, что он решился ехать. И тотчас же ему пришла в голову мысль, что данное слово ничего не значит, потому что еще прежде, чем князю Андрею, он дал также князю Анатолю слово быть у него; наконец он подумал, что все эти честные слова — такие условные вещи, не имеющие никакого определенного смысла, особенно ежели сообразить, что, может быть, завтра же или он умрет, или случится с ним что-нибудь такое необыкновенное, что не будет уже ни честного, ни бесчестного. Такого рода рассуждения, уничтожая все его решения и предположения, часто приходили Пьеру. Он поехал к Курагину.

Подъехав к крыльцу большого дома у конногвардейских казарм, в котором жил Анатоль, он поднялся на освещенное крыльцо, на лестницу, и вошел в отворенную дверь. В передней никого не было; валялись пустые бутылки, плащи, калоши; пахло вином, слышался дальний говор и крик.

Игра и ужин уже кончились, но гости еще не разъезжались. Пьер скинул плащ и вошел в первую комнату, где стояли остатки ужина и один лакей, думая, что его никто не видит, допивал тайком недопитые стаканы. Из третьей комнаты слышалась возня, хохот, крики знакомых голосов и рев медведя. Человек восемь молодых людей толпились озабоченно около открытого окна. Трое возились с молодым медведем, которого один таскал на цепи, пугая им другого.

— Держу за Стивенса сто! — кричал один.

— Смотри не поддерживать! — кричал другой.

— Я за Долохова! — кричал третий. — Разними, Курагин.

— Ну, бросьте Мишку, тут пари.

— Одним духом, иначе проиграно, — кричал четвертый.

— Яков! Давай бутылку, Яков! — кричал сам хозяин, высокий красавец, стоявший посреди толпы в одной тонкой рубашке, раскрытой на средине груди. — Стойте, господа. Вот он, Петруша, милый друг, — обратился он к Пьеру.

Другой голос невысокого человека, с ясными голубыми глазами, особенно поражавший среди этих всех пьяных голосов своим трезвым выражением, закричал от окна:

— Иди сюда — разойми пари! — Это был Долохов, семеновский офицер, известный игрок и бретёр, живший вместе с Анатолем. Пьер улыбался, весело глядя вокруг себя.

— Ничего не понимаю. В чем дело? — спросил он.

— Стойте, он не пьян. Дай бутылку, — сказал Анатоль и, взяв со стола стакан, подошел к Пьеру.

— Прежде всего пей.

Пьер стал пить стакан за стаканом, исподлобья оглядывая пьяных гостей, которые опять столпились у окна, и прислушиваясь к их говору. Анатоль наливал ему вино и рассказывал, что Долохов держит пари с англичанином Стивенсом, моряком, бывшим тут, в том, что он, Долохов, выпьет бутылку рома, сидя на окне третьего этажа с опущенными наружу ногами.

— Ну, пей же всю, — сказал Анатоль, подавая последний стакан Пьеру, — а то не пущу!

— Нет, не хочу, — сказал Пьер, отталкивая Анатоля, и подошел к окну.

Долохов держал за руку англичанина и ясно, отчетливо выговаривал условия пари, обращаясь преимущественно к Анатолю и Пьеру.

Долохов был человек среднего роста, курчавый и с светлыми голубыми глазами. Ему было лет двадцать пять. Он не носил усов, как и все пехотные офицеры, и рот его, самая поразительная черта его лица, был весь виден. Линии этого рта были замечательно тонко изогнуты. В середине верхняя губа энергически опускалась на крепкую нижнюю острым клином, и в углах образовывалось постоянно что-то вроде двух улыбок, по одной с каждой стороны; и все вместе, а особенно в соединении с твердым наглым, умным взглядом, составляло впечатление такое, что нельзя было не заметить этого лица. Долохов был небогатый человек, без всяких связей. И несмотря на то, что Анатоль проживал десятки тысяч, Долохов жил с ним и успел себя поставить так, что Анатоль и все знавшие их уважали Долохова больше, чем Анатоля. Долохов играл во все игры и почти всегда выигрывал. Сколько бы он ни пил, он никогда не терял ясности головы. И Курагин и Долохов в то время были знаменитостями в мире повес и кутил Петербурга.

Бутылка рома была принесена; раму, не пускавшую сесть на наружный откос окна, выламывали два лакея, видимо, торопившиеся и робевшие от советов и криков окружавших господ.

Анатоль с своим победительным видом подошел к окну. Ему хотелось сломать что-нибудь. Он оттолкнул лакеев и потянул раму, но рама не сдавалась. Он разбил стекло.

— Ну-ка ты, силач, — обратился он к Пьеру.

Пьер взялся за перекладины, потянул и с треском где сломал, где выворотил дубовую раму.

— Всю вон, а то подумают, что я держусь, — сказал Долохов.

— Англичанин хвастает... а?.. хорошо?.. — говорил Анатоль.

— Хорошо, — сказал Пьер, глядя на Долохова, который, взяв в руки бутылку рома, подходил к окну, из которого виднелся свет неба и сливавшихся на нем утренней и вечерней зари.

Долохов с бутылкой рома в руке вскочил на окно.

— Слушать! — крикнул он, стоя на подоконнике и обращаясь в комнату. Все замолчали.

— Я держу пари (он говорил по-французски, чтоб его понял англичанин, и говорил не слишком хорошо на этом языке). Держу пари на пятьдесят империалов, хотите на сто? — прибавил он, обращаясь к англичанину.

— Нет, пятьдесят, — сказал англичанин.

— Хорошо, на пятьдесят империалов, — что я выпью бутылку рома всю, не отнимая ото рта, выпью, сидя за окном, вот на этом месте (он нагнулся и показал покатый выступ стены за окном), и не держась ни за что... Так?..

— Очень хорошо, — сказал англичанин.

Анатоль повернулся к англичанину и, взяв его за пуговицу фрака и сверху глядя на него (англичанин был мал ростом), начал по-английски повторять ему условия пари.

— Постой, — закричал Долохов, стуча бутылкой по окну, чтоб обратить на себя внимание. — Постой, Курагин; слушайте. Если кто сделает то же, то я плачу сто империалов. Понимаете?

Англичанин кивнул головой, не давая никак разуметь, намерен ли он, или нет, принять это новое пари. Анатоль не отпускал англичанина, и, несмотря на то, что тот, кивая, давал знать, что он все понял, Анатоль переводил ему слова Долохова по-английски. Молодой худощавый мальчик, лейб-гусар, проигравшийся в этот вечер, влез на окно, высунулся и посмотрел вниз.

— Ууу! — проговорил он, глядя за окно на камень тротуара.

— Смирно! — закричал Долохов и сдернул с окна офицера, который, запутавшись шпорами, неловко спрыгнул в комнату.

Поставив бутылку на подоконник, чтобы было удобно достать ее, Долохов осторожно и тихо полез в окно. Спустив ноги и распершись обеими руками в края окна, он примерился, уселся, отпустил руки, подвинулся направо, налево и достал бутылку. Анатоль принес две свечки и поставил их на подоконник, хотя было уже совсем светло. Спина Долохова в белой рубашке и курчавая голова его были освещены с обеих сторон. Все столпились у окна. Англичанин стоял впереди. Пьер улыбался и ничего не говорил. Один из присутствующих постарше других, с испуганным и сердитым лицом, вдруг продвинулся вперед и хотел схватить Долохова за рубашку.

— Господа, это глупости; он убьется до смерти, — сказал этот более благоразумный человек.

Анатоль остановил его.

— Не трогай, ты его испугаешь, он убьется. А?.. Что тогда?.. А?..

Долохов обернулся, поправляясь и опять распершись руками.

— Ежели кто ко мне еще будет соваться, — сказал он, редко пропуская слова сквозь стиснутые и тонкие губы, — я того сейчас спущу вот сюда. Ну!..

Сказав «ну!», он повернулся опять, отпустил руки, взял бутылку и поднес ко рту, закинул назад голову и вскинул кверху свободную руку для перевеса. Один из лакеев, начавший подбирать стекла, остановился в согнутом положении, не спуская глаз с окна и спины Долохова. Анатоль стоял прямо, разинув глаза. Англичанин, выпятив вперед губы, смотрел сбоку. Тот, который останавливал, убежал в угол комнаты и лег на диван лицом к стене. Пьер закрыл лицо, и слабая улыбка, забывшись, осталась на его лице, хоть оно теперь выражало ужас и страх. Все молчали. Пьер отнял от глаз руки. Долохов сидел все в том же положении, только голова загнулась назад, так что курчавые волосы затылка прикасались к воротнику рубахи, и рука с бутылкой поднималась все выше и выше, содрогаясь и делая усилие. Бутылка видимо опорожнялась и с тем вместе поднималась, загибая голову. «Что же это так долго?» — подумал Пьер. Ему казалось, что прошло больше получаса. Вдруг Долохов сделал движение назад спиной, и рука его нервически задрожала; этого содрогания было достаточно, чтобы сдвинуть все тело, сидевшее на покатом откосе. Он сдвинулся весь, и еще сильнее задрожали, делая усилие, рука и голова его. Одна рука поднялась, чтобы схватиться за подоконник, но опять опустилась. Пьер опять закрыл глаза и сказал себе, что никогда уж не откроет их. Вдруг он почувствовал, что все вокруг зашевелилось. Он взглянул: Долохов стоял на подоконнике, лицо его было бледно и весело.

— Пуста!

Он кинул бутылку англичанину, который ловко поймал ее. Долохов спрыгнул с окна. От него сильно пахло ромом.

— Отлично! Молодцом! Вот так пари! Черт вас возьми совсем! — кричали с разных сторон.

Англичанин, достав кошелек, отсчитывал деньги. Долохов хмурился и молчал. Пьер вскочил на окно.

— Господа! Кто хочет со мною пари? Я то же сделаю, — вдруг крикнул он. — И пари не нужно, вот что. Вели дать бутылку. Я сделаю... вели дать.

— Пускай, пускай! — сказал Долохов улыбаясь.

— Что ты, с ума сошел? Кто тебя пустит? У тебя и на лестнице голова кружится, — заговорили с разных сторон.

— Я выпью, давай бутылку рома! — закричал Пьер, решительным и пьяным жестом ударяя по столу, и полез в окно.

Его схватили за руки; но он был так силен, что далеко оттолкнул того, кто приблизился к нему.

— Нет, его так не уломаешь ни за что, — говорил Анатоль, — постойте, я его обману. Послушай, я с тобой держу пари, но завтра, а теперь мы все едем к***.

— Едем, — закричал Пьер, — едем!.. И Мишку с собой берем...

И он ухватил медведя и, обняв и подняв его, стал кружиться с ним по комнате.

VII

Князь Василий исполнил обещание, данное на вечере у Анны Павловны княгине Друбецкой, просившей его о своем единственном сыне Борисе. О нем было доложено государю, и, не в пример другим, он был переведен в гвардии Семеновский полк прапорщиком. Но адъютантом, или состоящим при Кутузове, Борис так и не был назначен, несмотря на все хлопоты и происки Анны Михайловны. Вскоре после вечера Анны Павловны Анна Михайловна вернулась в Москву, прямо к своим богатым родственникам Ростовым, у которых она стояла в Москве и у которых с детства воспитывался и годами живал ее обожаемый Боренька, только что произведенный в армейские и тотчас переведенный в гвардейские прапорщики. Гвардия уже вышла из Петербурга 10-го августа, и сын, оставшийся для обмундирования в Москве, должен был догнать ее по дороге в Радзивилов.

У Ростовых были именинницы Натальи — мать и меньшая дочь. С утра не переставая подъезжали и отъезжали цуги, подвозившие поздравителей к большому, всей Москве известному дому графини Ростовой на Поварской. Графиня с красивой старшею дочерью и гостями, не перестававшими сменять один другого, сидели в гостиной.

Графиня была женщина с восточным типом худого лица, лет сорока пяти, видимо, изнуренная детьми, которых у ней было двенадцать человек. Медлительность ее движений и говора, происходившая от слабости сил, придавала ей значительный вид, внушавший уважение. Княгиня Анна Михайловна Друбецкая, как домашний человек, сидела тут же, помогая в деле принимания и занимания разговором гостей. Молодежь была в задних комнатах, не находя нужным участвовать в приеме визитов. Граф встречал и провожал гостей, приглашая всех к обеду.

— Очень, очень вам благодарен, ma chère или mon cher[1] (ma chère или mon cher он говорил всем без исключения, без малейших оттенков, как выше, так и ниже его стоявшим людям), за себя и за дорогих именинниц. Смотрите же, приезжайте обедать. Вы меня обидите, mon cher. Душевно прошу вас от всего семейства, ma chère. — Эти слова с одинаким выражением на полном, веселом и чисто выбритом лице с одинаково крепким пожатием руки и повторяемыми короткими поклонами говорил он всем без исключения и изменения. Проводив одного гостя, граф возвращался к тому или той, которые были еще в гостиной; придвинув кресла и с видом человека, любящего и умеющего пожить, молодецки расставив ноги и положив на колена руки, он значительно покачивался, предлагал догадки о погоде, советовался о здоровье, иногда на русском, иногда на очень дурном, но самоуверен-

---

[1] милая или милый.

ном французском языке, и снова с видом усталого, но твердого в исполнении обязанности человека шел провожать, оправляя редкие седые волосы на лысине, и опять звал обедать. Иногда, возвращаясь из передней, он заходил через цветочную и официантскую в большую мраморную залу, где накрывали стол на восемьдесят кувертов, и, глядя на официантов, носивших серебро и фарфор, раздвигавших столы и развертывавших камчатные скатерти, подзывал к себе Дмитрия Васильевича, дворянина, занимавшегося всеми его делами, и говорил:

— Ну, ну, Митенька, смотри, чтобы все было хорошо. Так, так, — говорил он, с удовольствием оглядывая огромный раздвинутый стол. — Главное — сервировка. То-то... — И он уходил, самодовольно вздыхая, опять в гостиную.

— Марья Львовна Карагина с дочерью! — басом доложил огромный графинин выездной лакей, входя в двери гостиной. Графиня подумала и понюхала из золотой табакерки с портретом мужа.

— Замучили меня эти визиты, — сказала она. — Ну, уж ее последнюю приму. Чопорна очень. Проси, — сказала она лакею грустным голосом, как будто говорила: «Ну, уж добивайте».

Высокая, полная, с гордым видом дама с круглолицею улыбающеюся дочкой, шумя платьями, вошли в гостиную.

— Chère comtesse, il y a si longtemps... elle a été alitée la pauvre enfant... au bal des Razoumovsky... et la comtesse Apraksine... j'ai été si heureuse...[1] — послышались оживленные женские голоса, перебивая один другой и сливаясь с шумом платьев и придвиганием стульев. Начался тот разговор, который затевают ровно настолько, чтобы при первой паузе встать, зашуметь платьями, проговорить: «Je suis bien charmée; la santé de maman... et la comtesse Apraksine»[2], — и опять, зашумев платьями, пройти в переднюю, надеть шубу или плащ и уехать. Разговор зашел о главной городской новости того времени — о болезни известного богача и красавца екатерининского времени старого графа Безухова и о его незаконном сыне Пьере, который так неприлично вел себя на вечере у Анны Павловны Шерер.

---

[1] Уж так давно... Графиня... Больна была бедняжка... на бале Разумовских... графиня Апраксина... я так была рада...

[2] Очень, очень рада... здоровье мама̀... графиня Апраксина.

— Я очень жалею бедного графа, — говорила гостья, — здоровье его и так было плохо, а теперь это огорченье от сына. Это его убьет!

— Что такое? — спросила графиня, как будто не зная, о чем говорит гостья, хотя она раз пятнадцать уже слышала причину огорчения графа Безухова.

— Вот нынешнее воспитание! Еще за границей, — продолжала гостья, — этот молодой человек предоставлен был самому себе, и теперь в Петербурге, говорят, он такие ужасы наделал, что его с полицией выслали оттуда.

— Скажите! — сказала графиня.

— Он дурно выбирал свои знакомства, — вмешалась княгиня Анна Михайловна. — Сын князя Василия, он и один Долохов, они, говорят, Бог знает что делали. И оба пострадали. Долохов разжалован в солдаты; а сын Безухова выслан в Москву. Анатоля Курагина — того отец как-то замял. Но выслали-таки из Петербурга.

— Да что, бишь, они сделали? — спросила графиня.

— Это совершенные разбойники, особенно Долохов, — говорила гостья. — Он сын Марьи Ивановны Долоховой, такой почтенной дамы, и что же? Можете себе представить: они втроем достали где-то медведя, посадили с собой в карету и повезли к актрисам. Прибежала полиция их унимать. Они поймали квартального и привязали его спина с спиной к медведю и пустили медведя в Мойку; медведь плавает, а квартальный на нем.

— Хороша, ma chère, фигура квартального, — закричал граф, помирая со смеху.

— Ах, ужас какой! Чему тут смеяться, граф?

Но дамы невольно смеялись и сами.

— Насилу спасли этого несчастного, — продолжала гостья. — И это сын графа Кирилла Владимировича Безухова так умно забавляется! — прибавила она. — А говорили, что так хорошо воспитан и умен. Вот все воспитание заграничное куда довело. Надеюсь, что здесь его никто не примет, несмотря на его богатство. Мне хотели его представить. Я решительно отказалась: у меня дочери.

— Отчего вы говорите, что этот молодой человек так богат? — спросила графиня, нагибаясь от девиц, которые тотчас же сделали вид, что не слушают. — Ведь у него только незаконные дети. Кажется... и Пьер незаконный.

Гостья махнула рукой.

— У него их двадцать незаконных, я думаю.

Княгиня Анна Михайловна вмешалась в разговор, видимо, желая выказать свои связи и свое знание всех светских обстоятельств.

— Вот в чем дело, — сказала она значительно и тоже полушепотом. — Репутация графа Кирилла Владимировича известна... Детям своим он и счет потерял, но этот Пьер любимый был.

— Как старик был хорош, — сказала графиня, — еще прошлого года! Красивее мужчины я не видывала.

— Теперь очень переменился, — сказала Анна Михайловна. — Так я хотела сказать, — продолжала она, — по жене прямой наследник всего именья князь Василий, но Пьера отец очень любил, занимался его воспитанием и писал государю... так что никто не знает, ежели он умрет (он так плох, что этого ждут каждую минуту, и Lorrain приехал из Петербурга), кому достанется это огромное состояние, Пьеру или князю Василию. Сорок тысяч душ и миллионы. Я это очень хорошо знаю, потому что мне сам князь Василий это говорил. Да и Кирилл Владимирович мне приходится троюродным дядей по матери. Он и крестил Борю, — прибавила она, как будто не приписывая этому обстоятельству никакого значения.

— Князь Василий приехал в Москву вчера. Он едет на ревизию, мне говорили, — сказала гостья.

— Да, но entre nous[1], — сказала графиня, — это предлог, он приехал собственно к графу Кириллу Владимировичу, узнав, что он так плох.

— Однако, ma chère, это славная штука, — сказал граф и, заметив, что старшая гостья его не слушала, обратился уже к барышням. — Хороша фигура была у квартального, я воображаю.

И он, представив, как махал руками квартальный, опять захохотал звучным и басистым смехом, колебавшим все его полное тело, как смеются люди, всегда хорошо евшие и особенно пившие. — Так, пожалуйста же, обедать к нам, — сказал он.

VIII

Наступило молчание. Графиня глядела на гостью, приятно улыбаясь, впрочем не скрывая того, что не огорчится теперь нисколько, если гостья поднимется и уедет.

---

[1] между нами.

Дочь гостьи уже оправляла платье, вопросительно глядя на мать, как вдруг из соседней комнаты послышался бег к двери нескольких мужских и женских ног, грохот зацепленного и поваленного стула, и в комнату вбежала тринадцатилетняя девочка, запахнув что-то короткою кисейною юбкою, и остановилась посередине комнаты. Очевидно было, она нечаянно, с нерассчитанного бега, заскочила так далеко. В дверях в ту же минуту показались студент с малиновым воротником, гвардейский офицер, пятнадцатилетняя девочка и толстый румяный мальчик в детской курточке.

Граф вскочил и, раскачиваясь, широко расставил руки вокруг вбежавшей девочки.

— А, вот она! — смеясь, закричал он. — Именинница! Ma chère именинница!

— Ma chère, il y a un temps pour tout [1], — сказала графиня, притворяясь строгою. — Ты ее балуешь, Elie, — прибавила она мужу.

— Bonjour, ma chère, je vous félicite, — сказала гостья. — Quelle délicieuse enfant![2] — прибавила она, обращаясь к матери.

Черноглазая, с большим ртом, некрасивая, но живая девочка, с своими детскими открытыми плечиками, выскочившими из корсажа от быстрого бега, с своими сбившимися назад черными кудрями, тоненькими оголенными руками и маленькими ножками в кружевных панталончиках и открытых башмачках, была в том милом возрасте, когда девочка уже не ребенок, а ребенок еще не девушка. Вывернувшись от отца, она подбежала к матери и, не обращая никакого внимания на ее строгое замечание, спрятала свое раскрасневшееся лицо в кружевах материной мантильи и засмеялась. Она смеялась чему-то, толкуя отрывисто про куклу, которую вынула из-под юбочки.

— Видите?.. Кукла... Мими... Видите.

И Наташа не могла больше говорить (ей все смешно казалось). Она упала на мать и расхохоталась так громко и звонко, что все, даже чопорная гостья, против воли засмеялись.

— Ну, поди, поди с своим уродом! — сказала мать, притворно сердито отталкивая дочь. — Это моя меньшая, — обратилась она к гостье.

---

[1] Милая, на все есть время.

[2] Здравствуйте, моя милая, поздравляю вас. Какое прелестное дитя!

Наташа, оторвав на минуту лицо от кружевной косынки матери, взглянула на нее снизу сквозь слезы смеха и опять спрятала лицо.

Гостья, принужденная любоваться семейною сценой, сочла нужным принять в ней какое-нибудь участие.

— Скажите, моя милая, — сказала она, обращаясь к Наташе, — как же вам приходится эта Мими? Дочь, верно?

Наташе не понравился тон снисхождения до детского разговора, с которым гостья обратилась к ней. Она ничего не ответила и серьезно посмотрела на гостью.

Между тем все это молодое поколение: Борис — офицер, сын княгини Анны Михайловны, Николай — студент, старший сын графа, Соня — пятнадцатилетняя племянница графа, и маленький Петруша — меньшой сын, — все разместились в гостиной и, видимо, старались удержать в границах приличия оживление и веселость, которыми еще дышала каждая их черта. Видно было, что там, в задних комнатах, откуда они все так стремительно прибежали, у них были разговоры веселее, чем здесь о городских сплетнях, погоде и comtesse Apraksine[1]. Изредка они взглядывали друг на друга и едва удерживались от смеха.

Два молодых человека, студент и офицер, друзья с детства, были одних лет и оба красивы, но не похожи друг на друга. Борис был высокий белокурый юноша с правильными тонкими чертами спокойного и красивого лица. Николай был невысокий курчавый молодой человек с открытым выражением лица. На верхней губе его уже показывались черные волосики, и во всем лице выражались стремительность и восторженность. Николай покраснел, как только вошел в гостиную. Видно было, что он искал и не находил, что сказать; Борис, напротив, тотчас же нашелся и рассказал спокойно, шутливо, как эту Мими, куклу, он знал еще молодою девицей с не испорченным еще носом, как она в пять лет на его памяти состàрелась и как у ней по всему черепу треснула голова. Сказав это, он взглянул на Наташу. Наташа отвернулась от него, взглянула на младшего брата, который, зажмурившись, трясся от беззвучного смеха, и, не в силах более удерживаться, прыгнула и побежала из комнаты так скоро, как только могли нести ее быстрые ножки. Борис не рассмеялся.

---

[1] графине Апраксиной.

— Вы, кажется, тоже хотели ехать, maman? Карета нужна? — сказал он, с улыбкой обращаясь к матери.

— Да, поди, поди, вели приготовить, — сказала она, улыбаясь.

Борис вышел тихо в двери и пошел за Наташей; толстый мальчик сердито побежал за ними, как будто досадуя на расстройство, происшедшее в его занятиях.

IX

Из молодежи, не считая старшей дочери графини (которая была четырьмя годами старше сестры и держала себя уже как большая) и гостьи-барышни, в гостиной остались Николай и Соня-племянница. Соня была тоненькая, миниатюрненькая брюнетка с мягким, оттененным длинными ресницами взглядом, густою черною косою, два раза обвивавшею ее голову, и желтоватым оттенком кожи на лице и в особенности на обнаженных худощавых, но грациозных мускулистых руках и шее. Плавностью движений, мягкостью и гибкостью маленьких членов и несколько хитрою и сдержанною манерой она напоминала красивого, но еще не сформировавшегося котенка, который будет прелестною кошечкой. Она, видимо, считала приличным выказывать улыбкой участие к общему разговору; но против воли ее глаза из-под длинных густых ресниц смотрели на уезжающего в армию cousin с таким девическим страстным обожанием, что улыбка ее не могла ни на мгновение обмануть никого, и видно было, что кошечка присела только для того, чтоб еще энергичнее прыгнуть и заиграть с своим cousin, как скоро только они так же, как Борис с Наташей, выберутся из этой гостиной.

— Да, ma chère, — сказал старый граф, обращаясь к гостье и указывая на своего Николая. — Вот его друг Борис произведен в офицеры, и он из дружбы не хочет отставать от него; бросает и университет и меня, старика: идет в военную службу, ma chère. А уж ему место в архиве было готово, и все. Вот дружба-то? — сказал граф вопросительно.

— Да, ведь война, говорят, объявлена, — сказала гостья.

— Давно говорят, — сказал граф. — Опять поговорят, поговорят, да так и оставят. Ma chère, вот дружба-то! — повторил он. — Он идет в гусары.

Гостья, не зная, что сказать, покачала головой.

— Совсем не из дружбы, — отвечал Николай, вспыхнув и отговариваясь, как будто от постыдного на него наклепа. — Совсем не дружба, а просто чувствую призвание к военной службе.

Он оглянулся на кузину и на гостью-барышню: обе смотрели на него с улыбкой одобрения.

— Нынче обедает у нас Шуберт, полковник Павлоградского гусарского полка. Он был в отпуску здесь и берет его с собой. Что делать? — сказал граф, пожимая плечами и говоря шуточно о деле, которое, видимо, стоило ему много горя.

— Я уж вам говорил, папенька, — сказал сын, — что ежели вам не хочется меня отпустить, я останусь. Но я знаю, что никуда не гожусь, кроме как в военную службу; я не дипломат, не чиновник, не умею скрывать того, что чувствую, — говорил он, все поглядывая с кокетством красивой молодости на Соню и гостью-барышню.

Кошечка, впиваясь в него глазами, казалась каждую секунду готовою заиграть и выказать всю свою ко́шечью натуру.

— Ну, ну, хорошо! — сказал старый граф. — Все горячится. Все Бонапарте всем голову вскружил; все думают, как это он из поручиков попал в императоры. Что ж, дай Бог, — прибавил он, не замечая насмешливой улыбки гостьи.

Большие заговорили о Бонапарте. Жюли, дочь Карагиной, обратилась к молодому Ростову:

— Как жаль, что вас не было в четверг у Архаровых. Мне скучно было без вас, — сказала она, нежно улыбаясь ему.

Польщенный молодой человек с кокетливой улыбкой молодости ближе пересел к ней и вступил с улыбающеюся Жюли в отдельный разговор, совсем не замечая того, что эта его невольная улыбка ножом ревности резала сердце красневшей и притворно улыбавшейся Сони. В середине разговора он оглянулся на нее. Соня страстно-озлобленно взглянула на него и, едва удерживая на глазах слезы, а на губах притворную улыбку, встала и вышла из комнаты. Все оживление Николая исчезло. Он выждал первый перерыв разговора и с расстроенным лицом вышел из комнаты отыскивать Соню.

— Как секреты-то этой всей молодежи шиты белыми нитками! — сказала Анна Михайловна, указывая на выходящего Николая. — Cousinage dangereux voisinage[1], — прибавила она.

— Да, — сказала графиня, после того как луч солнца, проникнувший в гостиную вместе с этим молодым поколением, исчез, и как будто отвечая на вопрос, которого никто ей не делал, но который постоянно занимал ее. — Сколько страданий, сколько беспокойств перенесено за то, чтобы теперь на них радоваться! А и теперь, право, больше страха, чем радости. Все боишься, все боишься! Именно тот возраст, в котором так много опасностей и для девочек и для мальчиков.

— Все от воспитания зависит, — сказала гостья.

— Да, ваша правда, — продолжала графиня. — До сих пор я была, слава Богу, другом своих детей и пользуюсь полным их доверием, — говорила графиня, повторяя заблуждение многих родителей, полагающих, что у детей их нет тайн от них. — Я знаю, что я всегда буду первою confidente[2] моих дочерей и что Николенька, по своему пылкому характеру, ежели будет шалить (мальчику нельзя без этого), то все не так, как эти петербургские господа.

— Да, славные, славные ребята, — подтвердил граф, всегда разрешавший запутанные для него вопросы тем, что все находил славным. — Вот подите! Захотел в гусары! Да вот, что вы хотите, ma chère!

— Какое милое существо ваша меньшая! — сказала гостья. — Порох!

— Да, порох, — сказал граф. — В меня пошла! И какой голос: хоть и моя дочь, а я правду скажу, певица будет, Саломони другая. Мы взяли итальянца ее учить.

— Не рано ли? Говорят, вредно для голоса учиться в эту пору.

— О нет, какой рано! — сказал граф. — Как же наши матери выходили в двенадцать — тринадцать лет замуж?

— Уж она и теперь влюблена в Бориса! Какова? — сказала графиня, тихо улыбаясь, глядя на мать Бориса и, видимо, отвечая на мысль, всегда ее занимавшую, продолжала: — Ну, вот видите, держи я ее строго, запрещай я ей... Бог знает, что бы они делали потихоньку (графиня разумела, они целовались бы), а теперь я знаю каждое ее слово. Она сама вечером прибежит и все мне расскажет.

---

[1] Беда — двоюродные братцы и сестрицы.
[2] советницей.

Может быть, я балую ее, но, право, это, кажется, лучше. Я старшую держала строго.

— Да, меня совсем иначе воспитывали, — сказала старшая, красивая графиня Вера, улыбаясь.

Но улыбка не украсила лица Веры, как это обыкновенно бывает; напротив, лицо ее стало неестественно и оттого неприятно. Старшая, Вера, была хороша, была неглупа, училась прекрасно, была хорошо воспитана, голос у нее был приятный, то, что она сказала, было справедливо и уместно; но, странное дело, все, и гостья и графиня, оглянулись на нее, как будто удивились, зачем она это сказала, и почувствовали неловкость.

— Всегда с старшими детьми мудрят, хотят сделать что-нибудь необыкновенное, — сказала гостья.

— Что греха таить, ma chère! Графинюшка мудрила с Верой, — сказал граф. — Ну, да что ж! Все-таки славная вышла, — прибавил он, одобрительно подмигивая Вере.

Гостьи встали и уехали, обещаясь приехать к обеду.

— Что за манера! Уж сидели, сидели! — сказала графиня, проводя гостей.

X

Когда Наташа вышла из гостиной и побежала, она добежала только до цветочной. В этой комнате она остановилась, прислушиваясь к говору в гостиной и ожидая выхода Бориса. Она уже начинала приходить в нетерпение и, топнув ножкой, сбиралась было заплакать оттого, что он не сейчас шел, когда заслышались не тихие, не быстрые, приличные шаги молодого человека. Наташа быстро бросилась между кадок цветов и спряталась.

Борис остановился посреди комнаты, оглянулся, смахнул рукой соринки с рукава мундира и подошел к зеркалу, рассматривая свое красивое лицо. Наташа, притихнув, выглядывала из своей засады, ожидая, что он будет делать. Он постоял несколько времени перед зеркалом, улыбнулся и пошел к выходной двери. Наташа хотела его окликнуть, но потом раздумала.

— Пускай ищет, — сказала она себе. Только что Борис вышел, как из другой двери вышла раскрасневшаяся Соня, сквозь слезы что-то злобно шепчущая. Наташа удержалась от своего первого движения выбежать к ней и осталась в своей засаде, как под шапкой-невидимкой, высматривая, что делалось на свете. Она испытывала особое новое наслаждение. Соня шептала что-то и оглядывалась на дверь гостиной. Из двери вышел Николай.

— Соня! что с тобою? можно ли это? — сказал Николай, подбегая к ней.

— Ничего, ничего, оставьте меня! — Соня зарыдала.

— Нет, я знаю что.

— Ну знаете, и прекрасно, и подите к ней.

— Соооня! одно слово! Можно ли так мучить меня и себя из-за фантазии? — говорил Николай, взяв ее за руку.

Соня не вырывала у него руки и перестала плакать.

Наташа, не шевелясь и не дыша, блестящими глазами смотрела из своей засады. «Что теперь будет?» — думала она.

— Соня! мне весь мир не нужен! Ты одна для меня все, — говорил Николай. — Я докажу тебе.

— Я не люблю, когда ты так говоришь.

— Ну, не буду, ну прости, Соня! — Он притянул ее к себе и поцеловал.

«Ах, как хорошо!» — подумала Наташа, и когда Соня с Николаем вышли из комнаты, она пошла за ними и вызвала к себе Бориса.

— Борис, подите сюда, — сказала она с значительным и хитрым видом. — Мне нужно сказать вам одну вещь. Сюда, сюда, — сказала она и провела его в цветочную на то место между кадок, где она была спрятана. Борис, улыбаясь, шел за нею.

— Какая же это *одна вещь*? — спросил он.

Она смутилась, оглянулась вокруг себя и, увидев брошенную на кадке свою куклу, взяла ее в руки.

— Поцелуйте куклу, — сказала она.

Борис внимательным, ласковым взглядом смотрел в ее оживленное лицо и ничего не отвечал.

— Не хотите? Ну, так подите сюда, — сказала она и глубже ушла в цветы и бросила куклу. — Ближе, ближе! — шептала она. Она поймала руками офицера за обшлага, и в покрасневшем лице ее видны были торжественность и страх.

— А меня хотите поцеловать? — прошептала она чуть слышно, исподлобья глядя на него, улыбаясь и чуть не плача от волненья.

Борис покраснел.

— Какая вы смешная! — проговорил он, нагибаясь к ней, еще более краснея, но ничего не предпринимая и выжидая.

Она вдруг вскочила на кадку, так что стала выше его, обняла его обеими руками, так что тонкие голые ручки согнулись выше его шеи, и, откинув движением головы волосы назад, поцеловала его в самые губы.

Она проскользнула между горшками на другую сторону цветов и, опустив голову, остановилась.

— Наташа, — сказал он, — вы знаете, что я люблю вас, но...

— Вы влюблены в меня? — перебила его Наташа.

— Да, влюблен, но, пожалуйста, не будем делать того, что сейчас... Еще четыре года... Тогда я буду просить вашей руки.

Наташа подумала.

— Тринадцать, четырнадцать, пятнадцать, шестнадцать... — сказала она, считая по тоненьким пальчикам. — Хорошо! Так кончено?

И улыбка радости и успокоения осветила ее оживленное лицо.

— Кончено! — сказал Борис.

— Навсегда? — сказала девочка. — До самой смерти?

И, взяв его под руку, она с счастливым лицом тихо пошла с ним рядом в диванную.

XI

Графиня так устала от визитов, что не велела принимать больше никого, и швейцару приказано было только звать непременно кушать всех, кто будет еще приезжать с поздравлениями. Графине хотелось с глазу на глаз поговорить с другом своего детства, княгиней Анной Михайловной, которую она не видала хорошенько с ее приезда из Петербурга. Анна Михайловна, с своим исплаканным и приятным лицом, подвинулась ближе к креслу графини.

— С тобой я буду совершенно откровенна, — сказала Анна Михайловна. — Уж мало нас осталось, старых друзей! От этого я так и дорожу твоею дружбой.

Анна Михайловна посмотрела на Веру и остановилась. Графиня пожала руку своему другу.

— Вера, — сказала графиня, обращаясь к старшей дочери, очевидно, нелюбимой. — Как у вас ни на что понятия нет? Разве ты не чувствуешь, что ты здесь лишняя? Поди к сестрам, или...

Красивая Вера презрительно улыбнулась, видимо, не чувствуя ни малейшего оскорбления.

— Ежели бы вы мне сказали давно, маменька, я бы тотчас ушла, — сказала она и пошла в свою комнату. Но, проходя мимо диванной, она заметила, что в ней у двух окошек симметрично сидели две пары. Она остановилась и презрительно улыбнулась. Соня сидела близко подле Николая, который переписывал ей стихи, в первый раз сочиненные им. Борис с Наташей сидели у другого окна и замолчали, когда вошла Вера. Соня и Наташа с виноватыми и счастливыми лицами взглянули на Веру.

Весело и трогательно было смотреть на этих влюбленных девочек, но вид их, очевидно, не возбуждал в Вере приятного чувства.

— Сколько раз я вас просила, — сказала она, — не брать моих вещей, у вас есть своя комната. — Она взяла от Николая чернильницу.

— Сейчас, сейчас, — сказал он, макая перо.

— Вы все умеете делать не вовремя, — сказала Вера. — То прибежали в гостиную, так что всем совестно сделалось за вас.

Несмотря на то, или именно потому, что сказанное ею было совершенно справедливо, никто ей не отвечал, и все четверо только переглядывались между собой. Она медлила в комнате с чернильницей в руке.

— И какие могут быть в ваши годы секреты между Наташей и Борисом и между вами, — все одни глупости!

— Ну, что тебе за дело, Вера? — тихоньким голоском, заступнически проговорила Наташа.

Она, видимо, была ко всем еще более, чем всегда, в этот день добра и ласкова.

— Очень глупо, — сказала Вера, — мне совестно за вас. Что за секреты?..

— У каждого свои секреты. Мы тебя с Бергом не трогаем, — сказала Наташа, разгорячась.

— Я думаю, не трогаете, — сказала Вера, — потому что в моих поступках никогда ничего не может быть дурного. А вот я маменьке скажу, как ты с Борисом обходишься.

— Наталья Ильинишна очень хорошо со мной обходится, — сказал Борис. — Я не могу жаловаться, — сказал он.

— Оставьте, Борис, вы такой дипломат (слово *дипломат* было в большом ходу у детей в том особом значении, какое они придавали этому слову); даже скучно, — сказала Наташа оскорбленным, дрожащим голосом. — За что она ко мне пристает?

— Ты этого никогда не поймешь, — сказала она, обращаясь к Вере, — потому что ты никогда никого не любила; у тебя сердца нет, ты только madame de Genlis (это прозвище, считавшееся очень обидным, было дано Вере Николаем), и твое первое удовольствие — делать неприятности другим. Ты кокетничай с Бергом сколько хочешь, — проговорила она скоро.

— Да уж я, верно, не стану перед гостями бегать за молодым человеком...

— Ну, добилась своего, — вмешался Николай, — наговорила всем неприятностей, расстроила всех. Пойдемте в детскую.

Все четверо, как спугнутая стая птиц, поднялись и пошли из комнаты.

— Мне наговорили неприятностей, а я никому ничего, — сказала Вера.

— Madame de Genlis! Madame de Genlis! — проговорили смеющиеся голоса из-за двери.

Красивая Вера, производившая на всех такое раздражающее, неприятное действие, улыбнулась и, видимо, не затронутая тем, что ей было сказано, подошла к зеркалу и оправила шарф и прическу: глядя на свое красивое лицо, она стала, по-видимому, еще холоднее и спокойнее.

В гостиной продолжался разговор.

— Ah! chère, — говорила графиня, — и в моей жизни tout n'est pas rose. Разве я не вижу, что du train que nous allons[1] нашего состояния нам ненадолго! И все это клуб и его доброта. В деревне мы живем, разве мы отдыхаем? Театры, охоты и Бог знает что. Да что обо мне говорить! Ну, как же ты это все устроила? Я часто на тебя удивляюсь, Annette, как это ты, в твои годы, скачешь в повозке одна, в Москву, в Петербург, ко всем министрам, ко всей знати, со всеми умеешь обойтись, удивляюсь! Ну, как же это устроилось? Вот я ничего этого не умею.

— Ах, душа моя! — отвечала княгиня Анна Михайловна. — Не дай Бог тебе узнать, как тяжело остаться вдовой без подпоры и с сыном, которого любишь до обожания. Всему научишься, — продолжала она с некоторой гордостью. — Процесс мой меня научил. Ежели мне нужно видеть кого-нибудь из этих тузов, я пишу записку: «Princesse

---

[1] не всё розы... при нашем образе жизни.

une telle[1] желает видеть такого-то» — и еду сама на извозчике, хоть два, хоть три раза, хоть четыре — до тех пор, пока не добьюсь того, что мне надо. Мне все равно, что бы обо мне ни думали.

— Ну, как же, кого ты просила о Бореньке? — спросила графиня. — Ведь вот твой уж офицер гвардии, а Николушка идет юнкером. Некому похлопотать. Ты кого просила?

— Князя Василия. Он был очень мил. Сейчас на все согласился, доложил государю, — говорила княгиня Анна Михайловна с восторгом, совершенно забыв все унижение, через которое она прошла для достижения своей цели.

— Что, он постарел, князь Василий? — спросила графиня. — Я его не видала с наших театров у Румянцевых. И думаю, забыл про меня. Il me faisait la cour[2], — вспомнила графиня с улыбкой.

— Все такой же, — отвечала Анна Михайловна, — любезен, рассыпается. Les grandeurs ne lui ont pas tourné la tête du tout[3]. «Я жалею, что слишком мало могу вам сделать, милая княгиня, — он мне говорит, — приказывайте». Нет, он славный человек и родной прекрасный. Но ты знаешь, Nathalie, мою любовь к сыну. Я не знаю, чего я не сделала бы для его счастия. А обстоятельства мои до того дурны, — продолжала Анна Михайловна с грустью и понижая голос, — до того дурны, что я теперь в самом ужасном положении. Мой несчастный процесс съедает все, что я имею, и не подвигается. У меня нет, можешь себе представить, à la lettre[4] нет гривеника денег, и я не знаю, на что обмундировать Бориса. — Она вынула платок и заплакала. — Мне нужно пятьсот рублей, а у меня одна двадцатипятирублевая бумажка. Я в таком положении... Одна моя надежда теперь на графа Кирилла Владимировича Безухова. Ежели он не захочет поддержать своего крестника, — ведь он крестил Борю, — и назначить ему что-нибудь на содержание, то все мои хлопоты пропадут: мне не на что будет обмундировать его.

Графиня прослезилась и молча соображала что-то.

---

1 Княгиня такая-то.
2 Он за мной волочился.
3 Почести не изменили его.
4 иногда.

— Часто думаю, может, это и грех, — сказала княгиня, — а часто думаю: вот граф Кирилл Владимирович Безухов живет один... это огромное состояние... и для чего живет? Ему жизнь в тягость, а Боре только начинать жить.

— Он, верно, оставит что-нибудь Борису, — сказала графиня.

— Бог знает, chère amie![1] Эти богачи и вельможи такие эгоисты. Но я все-таки поеду сейчас к нему с Борисом и прямо скажу, в чем дело. Пускай обо мне думают, что хотят, мне, право, все равно, когда судьба сына зависит от этого. — Княгиня поднялась. — Теперь два часа, а в четыре часа вы обедаете. Я успею съездить.

И с приемами петербургской деловой барыни, умеющей пользоваться временем, Анна Михайловна послала за сыном и вместе с ним вышла в переднюю.

— Прощай, душа моя, — сказала она графине, которая провожала ее до двери, — пожелай мне успеха, — прибавила она шепотом от сына.

— Вы к графу Кириллу Владимировичу, ma chère? — сказал граф из столовой, выходя тоже в переднюю. — Коли ему лучше, зовите Пьера ко мне обедать. Ведь он у меня бывал, с детьми танцевал. Зовите непременно, mà chère. Ну, посмотрим, как-то отличится нынче Тарас. Говорит, что у графа Орлова такого обеда не бывало, какой у нас будет.

XII

— Mon cher Boris[2], — сказала княгиня Анна Михайловна сыну, когда карета графини Ростовой, в которой они сидели, проехала по устланной соломой улице и въехала на широкий двор графа Кирилла Владимировича Безухова. — Mon cher Boris, — сказала мать, выпрастывая руку из-под старого салопа и робким и ласковым движением кладя ее на руку сына, — будь ласков, будь внимателен. Граф Кирилл Владимирович все-таки тебе крестный отец, и от него зависит твоя будущая судьба. Помни это, mon cher[3], будь мил, как ты умеешь быть...

---

1 мой друг!

2 Боренька.

3 милый дружок.

— Ежели бы я знал, что из этого выйдет что-нибудь, кроме унижения... — отвечал сын холодно. — Но я обещал вам и делаю это для вас.

Несмотря на то, что чья-то карета стояла у подъезда, швейцар, оглядев мать с сыном (которые, не приказывая докладывать о себе, прямо вошли в стеклянные сени между двумя рядами статуй в нишах), значительно посмотрев на старенький салоп, спросил, кого им угодно, княжон или графа, и, узнав, что графа, сказал, что их сиятельству нынче хуже и их сиятельство никого не принимают.

— Мы можем уехать, — сказал сын по-французски.

— Mon ami![1] — сказала мать умоляющим голосом, опять дотрагиваясь до руки сына, как будто это прикосновение могло успокоивать или возбуждать его.

Борис замолчал и, не снимая шинели, вопросительно смотрел на мать.

— Голубчик, — нежным голоском сказала Анна Михайловна, обращаясь к швейцару, — я знаю, что граф Кирилл Владимирович очень болен... я затем и приехала... я родственница... Я не буду беспокоить, голубчик... А мне бы только надо увидать князя Василия Сергеевича: ведь он здесь стоит. Доложи, пожалуйста.

Швейцар угрюмо дернул снурок наверх и отвернулся.

— Княгиня Друбецкая к князю Василию Сергеевичу, — крикнул он сбежавшему сверху и из-под выступа лестницы выглядывавшему официанту в чулках, башмаках и фраке.

Мать расправила складки своего крашеного шелкового платья, посмотрелась в цельное венецианское зеркало в стене и бодро, в своих стоптанных башмаках, пошла вверх по ковру лестницы.

— Mon cher, vous m'avez promis[2], — обратилась она опять к сыну, прикосновением руки возбуждая его.

Сын, опустив глаза, спокойно шел за нею.

Они вошли в залу, из которой одна дверь вела в покои, отведенные князю Василью.

В то время как мать с сыном, выйдя на середину комнаты, намеревались спросить дорогу у вскочившего при их входе старого официанта, у одной из дверей повернулась бронзовая ручка, и князь Василий в бархатной шубке, с одною звездой, по-домашнему, вышел, провожая

---

[1] Мой дружок!

[2] Мой друг, ты мне обещал.

красивого черноволосого мужчину. Мужчина этот был знаменитый петербургский доктор Lorrain.

— C'est donc positif?[1] — говорил князь.

— Mon prince, «errare humanum est», mais...[2] — отвечал доктор, грассируя и произнося латинские слова французским выговором.

— C'est bien, c'est bien...[3]

Заметив Анну Михайловну с сыном, князь Василий поклоном отпустил доктора и молча, но с вопросительным видом подошел к ним. Сын заметил, как вдруг глубокая горесть выразилась в глазах его матери, и слегка улыбнулся.

— Да, в каких грустных обстоятельствах пришлось нам свидеться, князь... Ну, что наш дорогой больной? — сказала она, как будто не замечая холодного, оскорбительного, устремленного на нее взгляда.

Князь Василий вопросительно, до недоумения, посмотрел на нее, потом на Бориса. Борис учтиво поклонился. Князь Василий, не отвечая на поклон, отвернулся к Анне Михайловне и на ее вопрос отвечал движением головы и губ, которое означало самую плохую надежду для больного.

— Неужели? — воскликнула Анна Михайловна. — Ах, это ужасно! Страшно подумать... Это мой сын, — прибавила она, указывая на Бориса. — Он сам хотел благодарить вас.

Борис еще раз учтиво поклонился.

— Верьте, князь, что сердце матери никогда не забудет того, что вы сделали для нас.

— Я рад, что мог сделать вам приятное, любезная моя Анна Михайловна, — сказал князь Василий, оправляя жабо и в жесте и голосе проявляя здесь, в Москве, пред покровительствуемою Анною Михайловной еще гораздо бóльшую важность, чем в Петербурге, на вечере у Annette Шерер.

— Старайтесь служить хорошо и быть достойным, — прибавил он, строго обращаясь к Борису. — Я рад... Вы здесь в отпуску? — продиктовал он своим бесстрастным тоном.

---

1 И это верно?

2 Князь, «человеку свойственно ошибаться»...

3 Хорошо, хорошо...

— Жду приказа, ваше сиятельство, чтоб отправиться по новому назначению, — отвечал Борис, не выказывая ни досады за резкий тон князя, ни желания вступить в разговор, но так спокойно и почтительно, что князь пристально поглядел на него.

— Вы живете с матушкой?

— Я живу у графини Ростовой, — сказал Борис, опять прибавив, — ваше сиятельство.

— Это тот Илья Ростов, который женился на Nathalie Шиншиной, — сказала Анна Михайловна.

— Знаю, знаю, — сказал князь Василий своим монотонным голосом. — Je n'ai jamais pu concevoir, comment Nathalie s'est décidée à épouser cet ours mal-léche! Un personnage complètement stupide et ridicule. Et joueur à ce qu'on dit[1].

— Mais très brave homme, mon prince[2], — заметила Анна Михайловна, трогательно улыбаясь, как будто и она знала, что граф Ростов заслуживал такого мнения, но просила пожалеть бедного старика.

— Что говорят доктора? — спросила княгиня, помолчав немного и опять выражая большую печаль на своем исплаканном лице.

— Мало надежды, — сказал князь.

— А мне так хотелось еще раз поблагодарить *дядю* за все его благодеяния мне и Боре. C'est son filleul[3], — прибавила она таким тоном, как будто это известие должно было крайне обрадовать князя Василия.

Князь Василий задумался и поморщился. Анна Михайловна поняла, что он боялся найти в ней соперницу по завещанию графа Безухова. Она поспешила успокоить его.

— Ежели бы не моя истинная любовь и преданность *дяде*, — сказала она, с особенною уверенностию и небрежностию выговаривая это слово, — я знаю его характер, благородный, прямой, но ведь одни княжны при нем... Они еще молоды... — Она наклонила голову и прибавила шепотом: — Исполнил ли он последний долг, князь? Как драгоценны эти последние минуты! Ведь хуже быть не

---

[1] Я никогда не мог понять, как Натали решилась выйти замуж за этого грязного медведя. Совершенно глупая и смешная особа. К тому же игрок, говорят.

[2] Но добрый человек, князь.

[3] Это его крестник.

может; его необходимо приготовить, ежели он так плох. Мы, женщины, князь, — она нежно улыбнулась, — всегда знаем, как говорить эти вещи. Необходимо видеть его. Как бы тяжело это ни было для меня, но я привыкла уже страдать.

Князь, видимо, понял, и понял, как и на вечере у Annette Шерер, что от Анны Михайловны трудно отделаться.

— Не было бы тяжело ему это свидание, chère Анна Михайловна, — сказал он. — Подождем до вечера, доктора обещали кризис.

— Но нельзя ждать, князь, в эти минуты. Pensez, il y va du salut de son âme... Ah! c'est terrible, les devoirs d'un chrétien...[1]

Из внутренних комнат отворилась дверь, и вышла одна из княжон-племянниц графа, с угрюмым и холодным лицом и поразительно-несоразмерною по ногам длинною талией.

Князь Василий обернулся к ней.

— Ну, что он?

— Все то же. И как вы хотите, этот шум... — сказала княжна, оглядывая Анну Михайловну, как незнакомую.

— Ah, chère, je ne vous reconnaissais pas[2], — с счастливою улыбкой сказала Анна Михайловна, легкою иноходью подходя к племяннице графа. — Je viens d'arriver et je suis à vous pour vous aider à soigner *mon oncle*. J'imagine, combien vous avez souffert[3], — прибавила она, с участием закатывая глаза.

Княжна ничего не ответила, даже не улыбнулась и тотчас же вышла. Анна Михайловна сняла перчатки и в завоеванной позиции расположилась на кресле, пригласив князя Василия сесть подле себя.

— Борис! — сказала она сыну и улыбнулась. — Я пойду к графу, к дяде, а ты поди к Пьеру, mon ami, покамест, да не забудь передать ему приглашение от Ростовых. Они зовут его обедать. Я думаю, он не поедет? — обратилась она к князю.

— Напротив, — сказал князь, видимо сделавшийся не в духе. — Je serais très content si vous me débarrassez de

---

[1] Подумайте, дело идет о спасении его души. Ах! это ужасно, долг христианина...

[2] Ах, милая, я вас и не узнала.

[3] Я приехала помогать вам ходить за *дядюшкой*. Воображаю, как вы настрадались.

ce jeune homme...[1] Сидит тут. Граф ни разу не спросил про него.

Он пожал плечами. Официант повел молодого человека вниз и вверх по другой лестнице к Петру Кирилловичу.

XIII

Пьер так и не успел выбрать себе карьеры в Петербурге и действительно был выслан в Москву за буйство. История, которую рассказывали у графа Ростова, была справедлива. Пьер участвовал в связыванье квартального с медведем. Он приехал несколько дней тому назад и остановился, как всегда, в доме своего отца. Хотя он и предполагал, что история его уже известна в Москве и что дамы, окружающие его отца, всегда недоброжелательные к нему, воспользуются этим случаем, чтобы раздражить графа, он все-таки в день приезда пошел на половину отца. Войдя в гостиную, обычное местопребывание княжон, он поздоровался с дамами, сидевшими за пяльцами и за книгой, которую вслух читала одна из них. Их было три. Старшая, чистоплотная, с длинною талией, строгая девица, та самая, которая выходила к Анне Михайловне, читала; младшие, обе румяные и хорошенькие, отличавшиеся друг от друга только тем, что у одной была родинка над губой, очень красившая ее, шили в пяльцах. Пьер был встречен как мертвец или зачумленный. Старшая княжна прервала чтение и молча посмотрела на него испуганными глазами; младшая, без родинки, приняла точно такое же выражение; самая меньшая, с родинкой, веселого и смешливого характера, нагнулась к пяльцам, чтобы скрыть улыбку, вызванную, вероятно, предстоящей сценой, забавность которой она предвидела. Она протянула вниз шерстинку и нагнулась, будто разбирая узоры и едва удерживаясь от смеха.

— Bonjour, ma cousine, — сказал Пьер. — Vous ne me reconnaissez pas?[2]

— Я слишком хорошо вас узнаю, слишком хорошо.

— Как здоровье графа? Могу я видеть его? — спросил Пьер неловко, как всегда, но не смущаясь.

---

[1] Я был бы очень рад, если бы вы меня избавили от этого молодого человека...

[2] Здравствуйте, кузина. Вы меня не узнаете?

— Граф страдает и физически и нравственно, и, кажется, вы позаботились о том, чтобы причинить ему побольше нравственных страданий.

— Могу я видеть графа? — повторил Пьер.

— Гм!.. Ежели вы хотите убить его, совсем убить, то можете видеть. Ольга, поди посмотри, готов ли бульон для дяденьки, скоро время, — прибавила она, показывая этим Пьеру, что они заняты, и заняты успокаиваньем его отца, тогда как он, очевидно, занят только его расстроиванием.

Ольга вышла. Пьер постоял, посмотрел на сестер и, поклонившись, сказал:

— Так я пойду к себе. Когда можно будет, вы мне скажите.

Он вышел, и звонкий, но негромкий смех сестры с родинкой послышался за ним.

На другой день приехал князь Василий и поместился в доме графа. Он призвал к себе Пьера и сказал ему:

— Mon cher, si vous vous conduisez ici, comme à Pétersbourg, vous finirez très mal; c'est tout ce que je vous dis[1]. Граф очень, очень болен: тебе совсем не надо его видеть.

С тех пор Пьера не тревожили, и он целый день проводил один наверху, в своей комнате.

В то время как Борис вошел к нему, Пьер ходил по своей комнате, изредка останавливаясь в углах, делая угрожающие жесты к стене, как будто пронзая невидимого врага шпагой, и строго взглядывая сверх очков и затем вновь начиная свою прогулку, проговаривая неясные слова, пожимая плечами и разводя руками.

— L'Angleterre a vécu[2], — проговорил он, нахмуриваясь и указывая на кого-то пальцем. — Monsieur Pitt comme traître à la nation et au droit des gens est condamné à...[3] — Он не успел договорить приговора Питту, воображая себя в эту минуту самим Наполеоном и вместе с своим героем уже совершив опасный переезд через Па-де-Кале и завоевав Лондон, — как увидал входившего к нему молодого, стройного и красивого офицера. Он остановился. Пьер оставил

[1] Мой милый, если вы будете вести себя здесь, как в Петербурге, вы кончите очень дурно; это верно.

[2] Англии конец... Конец!

[3] Питт, как изменник нации и народному праву, приговаривается к...

Бориса четырнадцатилетним мальчиком и решительно не помнил его; но, несмотря на то, с свойственною ему быстрою и радушною манерой взял его за руку и дружелюбно улыбнулся.

— Вы меня помните? — спокойно, с приятной улыбкой сказал Борис. — Я с матушкой приехал к графу, но он, кажется, не совсем здоров.

— Да, кажется, нездоров. Его всё тревожат, — отвечал Пьер, стараясь вспомнить, кто этот молодой человек.

Борис чувствовал, что Пьер не узнает его, но не считал нужным называть себя и, не испытывая ни малейшего смущения, смотрел ему прямо в глаза.

— Граф Ростов просил вас нынче приехать к нему обедать, — сказал он после довольно долгого и неловкого для Пьера молчания.

— А! Граф Ростов! — радостно заговорил Пьер. — Так вы его сын, Илья? Я, можете себе представить, в первую минуту не узнал вас. Помните, как мы на Воробьевы горы ездили с m-me Jacquot... давно.

— Вы ошибаетесь, — неторопливо, с смелою и несколько насмешливою улыбкой проговорил Борис. — Я Борис, сын княгини Анны Михайловны Друбецкой. Ростова отца зовут Ильей, а сына — Николаем. И я m-me Jacquot никакой не знал.

Пьер замахал руками и головой, как будто комары или пчелы напали на него.

— Ах, ну что это! я все спутал. В Москве столько родных! Вы Борис... да. Ну вот мы с вами и договорились. Ну, что вы думаете о Булонской экспедиции? Ведь англичанам плохо придется, ежели только Наполеон переправится через канал? Я думаю, что экспедиция очень возможна. Вилльнев бы не оплошал!

Борис ничего не знал о Булонской экспедиции, он не читал газет и о Вилльневе в первый раз слышал.

— Мы здесь, в Москве, больше заняты обедами и сплетнями, чем политикой, — сказал он своим спокойным, насмешливым тоном. — Я ничего про это не знаю и не думаю. Москва занята сплетнями больше всего, — продолжал он. — Теперь говорят про вас и про графа.

Пьер улыбнулся своею доброю улыбкой, как будто боясь за своего собеседника, как бы он не сказал чего-нибудь такого, в чем стал бы раскаиваться. Но Борис говорил отчетливо, ясно и сухо, прямо глядя в глаза Пьеру.

— Москве больше делать нечего, как сплетничать, — продолжал он. — Все заняты тем, кому оставит граф свое состояние, хотя, может быть, он переживет всех нас, чего я от души желаю...

— Да, это все очень тяжело, — подхватил Пьер, — очень тяжело. — Пьер все боялся, что этот офицер нечаянно вдастся в неловкий для самого себя разговор.

— А вам должно казаться, — говорил Борис, слегка краснея, но не изменяя голоса и позы, — вам должно казаться, что все заняты только тем, чтобы получить что-нибудь от богача.

«Так и есть», — подумал Пьер.

— А я именно хочу сказать вам, чтоб избежать недоразумений, что вы очень ошибетесь, ежели причтете меня и мою мать к числу этих людей. Мы очень бедны, но, я, по крайней мере, за себя говорю: именно потому, что отец ваш богат, я не считаю себя его родственником, и ни я, ни мать никогда ничего не будем просить и не примем от него.

Пьер долго не мог понять, но когда понял, вскочил с дивана, ухватил Бориса за руку снизу с свойственною ему быстротой и неловкостью и, раскрасневшись гораздо более, чем Борис, начал говорить с смешанным чувством стыда и досады:

— Вот это странно! Я разве... да и кто ж мог думать... Я очень знаю...

Но Борис опять перебил его:

— Я рад, что высказал все. Может быть, вам неприятно, вы меня извините, — сказал он, успокаивая Пьера, вместо того чтоб быть успокоиваемым им, — но я надеюсь, что не оскорбил вас. Я имею правило говорить все прямо... Как же мне передать? Вы приедете обедать к Ростовым?

И Борис, видимо, свалив с себя тяжелую обязанность, сам выйдя из неловкого положения и поставив в него другого, сделался опять совершенно приятен.

— Нет, послушайте, — сказал Пьер, успокоиваясь. — Вы удивительный человек. То, что вы сейчас сказали, очень хорошо, очень хорошо. Разумеется, вы меня не знаете. Мы так давно не видались... детьми еще... Вы можете предполагать во мне... Я вас понимаю, очень понимаю. Я бы этого не сделал, у меня недостало бы духу, но это прекрасно. Я очень рад, что познакомился с вами. Странно, — прибавил он, помолчав и улыбаясь, — что вы во мне предполагали! — Он засмеялся. — Ну, да что ж? Мы познакомимся с вами лучше. Пожалуйста. — Он пожал руку Борису. — Вы знаете ли, я ни разу не был у графа. Он меня не звал... Мне его жалко, как человека... Но что же делать?

— И вы думаете, что Наполеон успеет переправить армию? — спросил Борис, улыбаясь.

Пьер понял, что Борис хотел переменить разговор, и, соглашаясь с ним, начал излагать выгоды и невыгоды Булонского предприятия.

Лакей пришел вызвать Бориса к княгине. Княгиня уезжала. Пьер обещался приехать обедать затем, чтобы ближе сойтись с Борисом, крепко жал его руку, ласково глядя ему в глаза через очки... По уходе его Пьер долго еще ходил по комнате, уже не пронзая невидимого врага шпагой, а улыбаясь при воспоминании об этом милом, умном и твердом молодом человеке.

Как это бывает в первой молодости и особенно в одиноком положении, он почувствовал беспричинную нежность к этому молодому человеку и обещал себе непременно подружиться с ним.

Князь Василий провожал княгиню. Княгиня держала платок у глаз, и лицо ее было в слезах.

— Это ужасно! ужасно! — говорила она. — Но чего бы мне ни стоило, я исполню свой долг. Я приеду ночевать. Его нельзя так оставить. Каждая минута дорога. Я не понимаю, чего мешкают княжны. Может, Бог поможет мне найти средство его приготовить... Adieu, mon prince, que le bon dieu vous soutienne...[1]

— Adieu, ma bonne[2], — отвечал князь Василий, повертываясь от нее.

— Ах, он в ужасном положении, — сказала мать сыну, когда они опять садились в карету. — Он почти никого не узнает.

— Я не понимаю, маменька, какие его отношения к Пьеру? — спросил сын.

— Все скажет завещание, мой друг; от него и наша судьба зависит...

— Но почему вы думаете, что он оставит что-нибудь нам?

---

[1] Прощайте, князь, да поддержит вас Бог...
[2] Прощайте, моя любезная.

— Ах, мой друг! Он так богат, а мы так бедны!

— Ну, это еще недостаточная причина, маменька.

— Ах, Боже мой! Боже мой! как он плох! — восклицала мать.

XIV

Когда Анна Михайловна уехала с сыном к графу Кириллу Владимировичу Безухову, графиня Ростова долго сидела одна, прикладывая платок к глазам. Наконец она позвонила.

— Что вы, милая, — сказала она сердито девушке, которая заставила себя ждать несколько минут. — Не хотите служить, что ли? Так я вам найду место.

Графиня была расстроена горем и унизительною бедностью своей подруги и поэтому была не в духе, что выражалось у нее всегда наименованием горничной «милая» и «вы».

— Виновата-с, — сказала горничная.

— Попросите ко мне графа.

Граф, переваливаясь, подошел к жене с несколько виноватым видом, как и всегда.

— Ну, графинюшка! какое sauté au madère[1] из рябчиков будет, ma chère! Я попробовал; недаром я за Тараску тысячу рублей дал. Стóит!

Он сел подле жены, облокотив молодецки руки на колена и взъерошивая седые волосы.

— Что прикажете, графинюшка?

— Вот что, мой друг, — что это у тебя запачкано здесь? — сказала она, указывая на жилет. — Это соте, верно, — прибавила она, улыбаясь. — Вот что, граф: мне денег нужно.

Лицо ее стало печально.

— Ах, графинюшка!.. — И граф засуетился, доставая бумажник.

— Мне много надо, граф, мне пятьсот рублей надо. — И она, достав батистовый платок, терла им жилет мужа.

— Сейчас, сейчас. Эй, кто там? — крикнул он таким голосом, каким кричат только люди, уверенные, что те, кого они кличут, стремглав бросятся на их зов. — Послать ко мне Митеньку!

---

[1] соте́ с мадерой.

Митенька, тот дворянский сын, воспитанный у графа, который теперь заведовал всеми его делами, тихими шагами вошел в комнату.

— Вот что, мой милый, — сказал граф вошедшему почтительному молодому человеку. — Принеси ты мне... — он задумался. — Да, семьсот рублей, да. Да смотри, таких рваных и грязных, как тот раз, не приноси, а хороших, для графини.

— Да, Митенька, пожалуйста, чтобы чистенькие, — сказала графиня, грустно вздыхая.

— Ваше сиятельство, когда прикажете доставить? — сказал Митенька. — Извольте знать, что... Впрочем, не извольте беспокоиться, — прибавил он, заметив, как граф уже начал тяжело и часто дышать, что всегда было признаком начинавшегося гнева. — Я было и запамятовал... Сию минуту прикажете доставить?

— Да, да, то-то, принеси. Вот графине отдай.

— Экое золото у меня этот Митенька, — прибавил граф, улыбаясь, когда молодой человек вышел. — Нет того, чтобы нельзя. Я же этого терпеть не могу. Все можно.

— Ах, деньги, граф, деньги, сколько от них горя на свете! — сказала графиня. — А эти деньги мне очень нужны.

— Вы, графинюшка, мотовка известная, — проговорил граф и, поцеловав у жены руку, ушел опять в кабинет.

Когда Анна Михайловна вернулась опять от Безухова, у графини лежали уже деньги, всё новенькими бумажками, под платком на столике, и Анна Михайловна заметила, что графиня чем-то растревожена.

— Ну, что, мой друг? — спросила графиня.

— Ах, в каком он ужасном положении! Его узнать нельзя, он так плох, так плох; я минутку побыла и двух слов не сказала...

— Annette, ради Бога, не откажи мне, — сказала вдруг графиня, краснея, что так странно было при ее немолодом, худом и важном лице, доставая из-под платка деньги.

Анна Михайловна мгновенно поняла, в чем дело, и уж нагнулась, чтобы в должную минуту ловко обнять графиню.

— Вот Борису от меня, на шитье мундира...

Анна Михайловна уж обнимала ее и плакала. Графиня плакала тоже. Плакали они о том, что они дружны; и о том, что они добры; и о том, что они, подруги молодости, заняты таким низким предметом — деньгами; и о том, что молодость их прошла... Но слезы обеих были приятны...

XV

Графиня Ростова с дочерьми и уже с большим числом гостей сидела в гостиной. Граф провел гостей-мужчин в кабинет, предлагая им свою охотницкую коллекцию турецких трубок. Изредка он выходил и спрашивал: не приехала ли? Ждали Марью Дмитриевну Ахросимову, прозванную в обществе le terrible dragon[1], даму знаменитую не богатством, не почестями, но прямотой ума и откровенною простотой обращения. Марью Дмитриевну знала царская фамилия, знала вся Москва и весь Петербург, и оба города, удивляясь ей, втихомолку посмеивались над ее грубостью, рассказывали про нее анекдоты; тем не менее все без исключения уважали и боялись ее.

В кабинете, полном дыма, шел разговор о войне, которая была объявлена манифестом, о наборе. Манифеста еще никто не читал, но все знали о его появлении. Граф сидел на оттоманке между двумя курившими и разговаривавшими соседями. Граф сам не курил и не говорил, а, наклоняя голову то на один бок, то на другой, с видимым удовольствием смотрел на куривших и слушал разговор двух соседей своих, которых он стравил между собой.

Один из говоривших был штатский, с морщинистым, желчным и бритым худым лицом, человек, уже приближавшийся к старости, хотя и одетый, как самый модный молодой человек; он сидел с ногами на оттоманке с видом домашнего человека и, сбоку запустив себе далеко в рот янтарь, порывисто втягивал дым и жмурился. Это был старый холостяк Шиншин, двоюродный брат графини, злой язык, как про него говорили в московских гостиных. Он, казалось, снисходил до своего собеседника. Другой, свежий, розовый гвардейский офицер, безупречно вымытый, застегнутый и причесанный, держал янтарь у середины рта и розовыми губами слегка вытягивал дымок, выпуская его колечками из красивого рта. Это был тот поручик Берг, офицер Семеновского полка, с которым Борис ехал вместе в полк и которым Наташа дразнила

---

[1] драгуном.

Веру, старшую графиню, называя Берга ее женихом. Граф сидел между ними и внимательно слушал. Самое приятное для графа занятие, за исключением игры в бостон, которую он очень любил, было положение слушающего, особенно когда ему удавалось стравить двух говорливых собеседников.

— Ну, как же, батюшка, mon très honorable[1] Альфонс Карлыч, — говорил Шиншин, посмеиваясь и соединяя (в чем и состояла особенность его речи) самые простые народные русские выражения с изысканными французскими фразами. — Vous comptez vous faire des rentes sur l'état[2], с роты доходец получить хотите?

— Нет-с, Петр Николаевич, я только желаю доказать, что в кавалерии выгод гораздо меньше против пехоты. Вот теперь, сообразите, Петр Николаевич, мое положение.

Берг говорил всегда очень точно, спокойно и учтиво. Разговор его всегда касался только его одного; он всегда спокойно молчал, пока говорили о чем-нибудь, не имеющем прямого к нему отношения. И молчать таким образом он мог несколько часов, не испытывая и не производя в других ни малейшего замешательства. Но как скоро разговор касался его лично, он начинал говорить пространно и с видимым удовольствием.

— Сообразите мое положение, Петр Николаич: будь я в кавалерии, я бы получал не более двухсот рублей в треть, даже и в чине поручика; а теперь я получаю двести тридцать, — говорил он с радостною, приятною улыбкой, оглядывая Шиншина и графа, как будто для него было очевидно, что его успех всегда будет составлять главную цель желаний всех остальных людей.

— Кроме того, Петр Николаич, перейдя в гвардию, я на виду, — продолжал Берг, — и вакансии в гвардейской пехоте гораздо чаще. Потом, сами сообразите, как я мог устроиться из двухсот тридцати рублей. А я откладываю и еще отцу посылаю, — продолжал он, пуская колечко.

— La balance y est...[3] Немец на обухе молотит хлебец, comme dit le proverbe[4], — перекладывая янтарь на другую сторону рта, сказал Шиншин и подмигнул графу.

---

[1] достоуважаемый.
[2] С правительства доходец хотите получить.
[3] Верно...
[4] по пословице.

Граф расхохотался. Другие гости, видя, что Шиншин ведет разговор, подошли послушать. Берг, не замечая ни насмешки, ни равнодушия, продолжал рассказывать о том, как переводом в гвардию он уже выиграл чин перед своими товарищами по корпусу, как в военное время ротного командира могут убить и он, оставшись старшим в роте, может очень легко быть ротным, и как в полку все любят его, и как его папенька им доволен. Берг, видимо, наслаждался, рассказывая все это, и, казалось, не подозревал того, что у других людей могли быть тоже свои интересы. Но все, что он рассказывал, было так мило, степенно, наивность молодого эгоизма его была так очевидна, что он обезоруживал своих слушателей.

— Ну, батюшка, вы и в пехоте и в кавалерии, везде пойдете в ход; это я вам предрекаю, — сказал Шиншин, трепля его по плечу и спуская ноги с оттоманки.

Берг радостно улыбнулся. Граф, а за ним и гости вышли в гостиную.

Было то время перед званым обедом, когда собравшиеся гости не начинают длинного разговора в ожидании призыва к закуске, а вместе с тем считают необходимым шевелиться и не молчать, чтобы показать, что они нисколько не нетерпеливы сесть за стол. Хозяева поглядывают на дверь и изредка переглядываются между собой. Гости по этим взглядам стараются догадаться, кого или чего еще ждут: важного опоздавшего родственника или кушанья, которое еще не поспело.

Пьер приехал перед самым обедом и неловко сидел посредине гостиной на первом попавшемся кресле, загородив всем дорогу. Графиня хотела заставить его говорить, но он наивно смотрел в очки вокруг себя, как бы отыскивая кого-то, и односложно отвечал на все вопросы графини. Он был стеснителен и один не замечал этого. Большая часть гостей, знавшая его историю с медведем, любопытно смотрели на этого большого, толстого и смирного человека, недоумевая, как мог такой увалень и скромник сделать такую штуку с квартальным.

— Вы недавно приехали? — спрашивала у него графиня.

— Oui, madame[1], — отвечал он, оглядываясь.

— Вы не видали моего мужа?

— Non, madame[2]. — Он улыбнулся совсем некстати.

---

[1] Да, да, да.

[2] Нет еще, нет.

— Вы, кажется, недавно были в Париже? Я думаю, очень интересно.

— Очень интересно.

Графиня переглянулась с Анной Михайловной. Анна Михайловна поняла, что ее просят занять этого молодого человека, и, подсев к нему, начала говорить об отце; но так же, как и графине, он отвечал ей только односложными словами. Гости были все заняты между собой.

— Les Razoumovsky... Ça a été charmant... Vous êtes bien bonne... La comtesse Apraksine...[1] — слышалось со всех сторон. Графиня встала и пошла в залу.

— Марья Дмитриевна? — послышался ее голос из залы.

— Она самая, — послышался в ответ грубый женский голос, и вслед за тем вошла в комнату Марья Дмитриевна.

Все барышни и даже дамы, исключая самых старых, встали. Марья Дмитриевна остановилась в дверях и, с высоты своего тучного тела, высоко держа свою с седыми буклями пятидесятилетнюю голову, оглядела гостей и, как бы засучиваясь, оправила неторопливо широкие рукава своего платья. Марья Дмитриевна всегда говорила по-русски.

— Имениннице дорогой с детками, — сказала она своим громким, густым, подавляющим все другие звуки голосом. — Ты что, старый греховодник, — обратилась она к графу, целовавшему ее руку, — чай, скучаешь в Москве? собак гонять негде? Да что, батюшка, делать, вот как эти пташки подрастут... — она указывала на девиц, — хочешь не хочешь, надо женихов искать.

— Ну, что, казак мой? (Марья Дмитриевна казаком называла Наташу), — говорила она, лаская рукой Наташу, подходившую к ее руке без страха и весело. — Знаю, что зелье девка, а люблю.

Она достала из огромного ридикюля яхонтовые сережки грушками и, отдав их именинно-сиявшей и разрумянившейся Наташе, тотчас же отвернулась от нее и обратилась к Пьеру.

— Э, э! любезный! поди-ка сюда, — сказала она притворно-тихим и тонким голосом. — Поди-ка, любезный...

И она грозно засучила рукава еще выше.

Пьер подошел, наивно глядя на нее через очки.

---

[1] Разумовские... Это было очень мило... Графиня Апраксина...

— Подойди, подойди, любезный! Я и отцу-то твоему правду одна говорила, когда он в случае был, а тебе-то и Бог велит.

Она помолчала. Все молчали, ожидая того, что будет, и чувствуя, что было только предисловие.

— Хорош, нечего сказать! хорош мальчик!.. Отец на одре лежит, а он забавляется, квартального на медведя верхом сажает. Стыдно, батюшка, стыдно! Лучше бы на войну шел.

Она отвернулась и подала руку графу, который едва удерживался от смеха.

— Ну, что ж, к столу, я чай, пора? — сказала Марья Дмитриевна.

Впереди пошел граф с Марьей Дмитриевной; потом графиня, которую повел гусарский полковник, нужный человек, с которым Николай должен был догонять полк. Анна Михайловна — с Шиншиным. Берг подал руку Вере. Улыбающаяся Жюли Карагина пошла с Николаем к столу. За ними шли еще другие пары, протянувшиеся по всей зале, и сзади всех поодиночке дети, гувернеры и гувернантки. Официанты зашевелились, стулья загремели, на хорах заиграла музыка, и гости разместились. Звуки домашней музыки графа заменились звуками ножей и вилок, говора гостей, тихих шагов официантов. На одном конце стола во главе сидела графиня. Справа Марья Дмитриевна, слева Анна Михайловна и другие гости. На другом конце сидел граф, слева гусарский полковник, справа Шиншин и другие гости мужского пола. С одной стороны длинного стола молодежь постарше: Вера рядом с Бергом, Пьер рядом с Борисом; с другой стороны — дети, гувернеры и гувернантки. Граф из-за хрусталя, бутылок и ваз с фруктами поглядывал на жену и ее высокий чепец с голубыми лентами и усердно подливал вина своим соседям, не забывая и себя. Графиня так же, из-за ананасов, не забывая обязанности хозяйки, кидала значительные взгляды на мужа, которого лысина и лицо, казалось ей, своею краснотой резче отличались от седых волос. На дамском конце шло равномерное лепетанье; на мужском все громче и громче слышались голоса, особенно гусарского полковника, который так много ел и пил, все более и более краснея, что граф уже ставил его в пример другим гостям. Берг с нежной улыбкой говорил с Верой о том, что любовь есть чувство не земное, а небесное. Борис называл новому своему приятелю Пьеру бывших за столом гостей и переглядывался с Наташей, сидевшей против него. Пьер мало говорил, оглядывал новые лица и много ел. Начиная от двух супов, из которых он выбрал à la tortue[1], и кулебяки и до рябчиков, он не пропускал ни одного блюда и ни одного вина, которое дворецкий в завернутой салфеткой бутылке таинственно высовывал из-за плеча соседа, приговаривая: или «дреймадера», или «венгерское», или «рейнвейн». Он подставлял первую попавшуюся из четырех хрустальных, с вензелем графа, рюмок, стоявших перед каждым прибором, и пил с удовольствием, все с более и более приятным видом поглядывая на гостей. Наташа, сидевшая против него, глядела на Бориса, как глядят девочки тринадцати лет на мальчика, с которым они в первый раз только что поцеловались и в которого они влюблены. Этот самый взгляд ее иногда обращался на Пьера, и ему под взглядом этой смешной, оживленной девочки хотелось смеяться самому, не зная чему.

Николай сидел далеко от Сони, подле Жюли Карагиной, и опять с той же невольной улыбкой что-то говорил с ней. Соня улыбалась парадно, но, видимо, мучилась ревностью: то бледнела, то краснела и всеми силами прислушивалась к тому, что говорили между собою Николай и Жюли. Гувернантка беспокойно оглядывалась, как бы приготавливаясь к отпору, ежели бы кто вздумал обидеть детей. Гувернер-немец старался запомнить все роды кушаний, десертов и вин с тем, чтобы описать все подробно в письме к домашним в Германию, и весьма обижался тем, что дворецкий с завернутою в салфетку бутылкой обносил его. Немец хмурился, старался показать вид, что он и не желал получить этого вина, но обижался потому, что никто не хотел понять, что вино нужно было ему не для того, чтоб утолить жажду, не из жадности, а из добросовестной любознательности.

XVI

На мужском конце стола разговор все более и более оживлялся. Полковник рассказал, что манифест об объявлении войны уже вышел в Петербурге и что экземпляр,

[1] черепаший.

который он сам видел, доставлен ныне курьером главнокомандующему.

— И зачем нас нелегкая несет воевать с Бонапартом? — сказал Шиншин. — Il a déjà rabattu le caquet à l'Autriche. Je crains que cette fois ce ne soit notre tour[1].

Полковник был плотный, высокий и сангвинический немец, очевидно служака и патриот. Он обиделся словами Шиншина.

— А затэм, м*ы*лост*ы*вый государ, — сказал он, выговаривая *э* вместо *е* и *ъ* вместо *ь*. — Затэм, что импэратор это знаэт. Он в манифэстэ сказал, что нэ можэт смотрэт равнодушно на опасности, угрожающие России, и что бэзопасност импэрии, достоинство ее и святост *союзов*, — сказал он, почему-то особенно налегая на слово «союзов», как будто в этом была вся сущность дела.

И с свойственною ему непогрешимою, официальною памятью он повторил вступительные слова манифеста... «и желание, единственную и непременную цель государя составляющее: водворить в Европе на прочных основаниях мир — решили его двинуть ныне часть войска за границу и сделать к достижению намерения сего новые усилия».

— Вот зачэм, м*ы*лост*ы*вый государ, — заключил он назидательно, выпивая стакан вина и оглядываясь на графа за поощрением.

— Connaissez vous le proverbe[2]: «Ерема, Ерема, сидел бы ты дома, точил бы свои веретёна», — сказал Шиншин, морщась и улыбаясь. — Cela nous convient à merveille[3]. Уж на что Суворова — и того расколотили à plate couture[4], а где у нас Суворовы теперь? Je vous demande un peu[5], — беспрестанно перескакивая с русского на французский язык, говорил он.

— Мы должны драться до послэднэй капли кров, — сказал полковник, ударяя по столу, — и умэр-р-рэт за своэго импэратора, и тогда всэй будэт хорошо. А рассуждать как мо-о-ож-но (он особенно вытянул голос на слове «можно»), как мо-о-ожно менше, — докончил он, опять обращаясь к графу. — Так старые гусары судим, вот и все. А вы как судитэ, молодой человэк и молодой гусар? —

---

1 Он уже сбил спесь с Австрии. Боюсь, не пришел бы теперь наш черед.

2 Знаете пословицу.

3 Это к нам идет удивительно.

4 вдребезги.

5 Я вас спрашиваю.

прибавил он, обращаясь к Николаю, который, услыхав, что дело шло о войне, оставил свою собеседницу и во все глаза смотрел и всеми ушами слушал полковника.

— Совершенно с вами согласен, — отвечал Николай, весь вспыхнув, вертя тарелку и переставляя стаканы с таким решительным и отчаянным видом, как будто в настоящую минуту он подвергался великой опасности, — я убежден, что русские должны умирать или побеждать, — сказал он, сам чувствуя так же, как и другие, после того как слово уже было сказано, что оно было слишком восторженно и напыщенно для настоящего случая и потому неловко.

— C'est bien beau ce que vous venez de dire[1], — сказала сидевшая подле него Жюли, вздыхая. Соня задрожала вся и покраснела до ушей, за ушами и до шеи и плеч, в то время как Николай говорил. Пьер прислушался к речам полковника и одобрительно закивал головой.

— Вот это славно, — сказал он.

— Настоящэй гусар, молодой человэк, — крикнул полковник, ударив опять по столу.

— О чем вы там шумите? — вдруг послышался через стол басистый голос Марьи Дмитриевны. — Что ты по столу стучишь, — обратилась она к гусару, — на кого ты горячишься? верно, думаешь, что тут французы пред тобой?

— Я правду говору, — улыбаясь, сказал гусар.

— Всё о войне, — через стол прокричал граф. — Ведь у меня сын идет, Марья Дмитриевна, сын идет.

— А у меня четыре сына в армии, а я не тужу. На все воля Божья: и на печи лежа умрешь, и в сражении Бог помилует, — прозвучал без всякого усилия, с того конца стола, густой голос Марьи Дмитриевны.

— Это так.

И разговор опять сосредоточился — дамский на своем конце стола, мужской на своем.

— А вот не спросишь, — говорил маленький брат Наташе, — а вот не спросишь!

— Спрошу, — отвечала Наташа.

Лицо ее вдруг разгорелось, выражая отчаянную и веселую решимость. Она привстала, приглашая взглядом Пьера, сидевшего против нее, прислушаться, и обратилась к матери.

---

[1] Прекрасно! прекрасно то, что вы сказали.

— Мама! — прозвучал по всему столу ее детски-грудной голос.

— Что тебе? — спросила графиня испуганно, но, по лицу дочери увидев, что это была шалость, строго замахала ей рукой, делая угрожающий и отрицательный жест головой.

Разговор притих.

— Мама! какое пирожное будет? — еще решительнее, не срываясь, прозвучал голосок Наташи.

Графиня хотела хмуриться, но не могла. Марья Дмитриевна погрозила толстым пальцем.

— Казак! — проговорила она с угрозой.

Большинство гостей смотрели на старших, не зная, как следует принять эту выходку.

— Вот я тебя! — сказала графиня.

— Мама! что́ пирожное будет? — закричала Наташа уже смело и капризно-весело, вперед уверенная, что выходка ее будет принята хорошо.

Соня и толстый Петя прятались от смеха.

— Вот и спросила, — прошептала Наташа маленькому брату и Пьеру, на которого она опять взглянула.

— Мороженое, только тебе не дадут, — сказала Марья Дмитриевна.

Наташа видела, что бояться нечего, и потому не побоялась и Марьи Дмитриевны.

— Марья Дмитриевна! какое мороженое? Я сливочное не люблю.

— Морковное.

— Нет, какое? Марья Дмитриевна, какое? — почти кричала она. — Я хочу знать.

Марья Дмитриевна и графиня засмеялись, и за ними все гости. Все смеялись не ответу Марьи Дмитриевны, но непостижимой смелости и ловкости этой девочки, умевшей и смевшей так обращаться с Марьей Дмитриевной.

Наташа отстала только тогда, когда ей сказали, что будет ананасное. Перед мороженым подали шампанское. Опять заиграла музыка, граф поцеловался с графинюшкою, и гости, вставая, поздравляли графиню, через стол чокались с графом, детьми и друг с другом. Опять забегали официанты, загремели стулья, и в том же порядке, но с более красными лицами, гости вернулись в гостиную и кабинет графа.

XVII

Раздвинули бостонные столы, составились партии, и гости графа разместились в двух гостиных, диванной и библиотеке.

Граф, распустив карты веером, с трудом удерживался от привычки послеобеденного сна и всему смеялся. Молодежь, подстрекаемая графиней, собралась около клавикорд и арфы. Жюли первая, по просьбе всех, сыграла на арфе пиеску с вариациями и вместе с другими девицами стала просить Наташу и Николая, известных своею музыкальностью, спеть что-нибудь. Наташа, к которой обратились как к большой, была, видимо, этим очень горда, но вместе с тем и робела.

— Что будем петь? — спросила она.

— «Ключ», — отвечал Николай.

— Ну, давайте скорее. Борис, идите сюда, — сказала Наташа. — А где же Соня?

Она оглянулась и, увидав, что ее друга нет в комнате, побежала за ней.

Вбежав в Сонину комнату и не найдя там своей подруги, Наташа пробежала в детскую — и там не было Сони. Наташа поняла, что Соня была в коридоре на сундуке. Сундук в коридоре был место печалей женского молодого поколения дома Ростовых. Действительно, Соня в своем воздушном розовом платьице, приминая его, лежала ничком на грязной полосатой няниной перине, на сундуке и, закрыв лицо пальчиками, навзрыд плакала, подрагивая своими оголенными плечиками. Лицо Наташи, оживленное, целый день именинное, вдруг изменилось: глаза ее остановились, потом содрогнулась ее широкая шея, углы губ опустились.

— Соня! что ты?.. Что, что с тобой? У-у-у!..

И Наташа, распустив свой большой рот и сделавшись совершенно дурною, заревела, как ребенок, не зная причины и только оттого, что Соня плакала. Соня хотела поднять голову, хотела отвечать, но не могла и еще больше спряталась. Наташа плакала, присев на синей перине и обнимая друга. Собравшись с силами, Соня приподнялась, начала утирать слезы и рассказывать.

— Николенька едет через неделю, его... бумага... вышла... он сам мне сказал... Да я бы все не плакала (она показала бумажку, которую держала в руке: то были стихи, написанные Николаем) ... я бы все не плакала, но ты не можешь... никто не может понять... какая у него душа.

И она опять принялась плакать о том, что душа его была так хороша.

— Тебе хорошо... я не завидую... я тебя люблю, и Бориса тоже, — говорила она, собравшись немного с силами, — он милый... для вас нет препятствий. А Николай мне cousin... надобно... сам митрополит... и то нельзя. И потом, ежели маменьке (Соня графиню и считала и называла матерью) ... она скажет, что я порчу карьеру Николая, у меня нет сердца, что я неблагодарная, а право... вот ей-богу (она перекрестилась) ... я так люблю и ее и всех вас, только Вера одна... За что? Что я ей сделала? Я так благодарна вам, что рада бы всем пожертвовать, да мне нечем...

Соня не могла больше говорить и опять спрятала голову в руках и перине. Наташа начинала успокоиваться, но по лицу ее видно было, что она понимала всю важность горя своего друга.

— Соня! — сказала она вдруг, как будто догадавшись о настоящей причине огорчения кузины. — Верно, Вера с тобой говорила после обеда? Да?

— Да, эти стихи сам Николай написал, а я списала еще другие; она и нашла их у меня на столе и сказала, что покажет их маменьке, и еще говорила, что я неблагодарная, что маменька никогда не позволит ему жениться на мне, а он женится на Жюли. Ты видишь, как он с ней целый день... Наташа! За что?..

И опять она заплакала горче прежнего. Наташа приподняла ее, обняла и, улыбаясь сквозь слезы, стала ее успокоивать.

— Соня, ты не верь ей, душенька, не верь. Помнишь, как мы все втроем говорили с Николенькой в диванной; помнишь, после ужина? Ведь мы всё решили, как будет. Я уже не помню как, но помнишь, как было все хорошо и все можно. Вот дяденьки Шиншина брат женат же на двоюродной сестре, а мы ведь троюродные. И Борис говорил, что это очень можно. Ты знаешь, я ему все сказала. А он такой умный и такой хороший, — говорила Наташа... — Ты, Соня, не плачь, голубчик милый, душенька, Соня. — И она целовала ее смеясь. — Вера злая, Бог с ней! А все будет хорошо, и маменьке она не скажет; Николенька сам скажет, и он и не думал об Жюли.

И она целовала ее в голову. Соня приподнялась, и котеночек оживился, глазки заблистали, и он готов был, казалось, вот-вот взмахнуть хвостом, вспрыгнуть на мягкие лапки и опять заиграть с клубком, как ему и было прилично.

— Ты думаешь? Право? ей-богу? — сказала она, быстро оправляя платье и прическу.

— Право! ей-богу! — отвечала Наташа, оправляя своему другу под косой выбившуюся прядь жестких волос.

И они обе засмеялись.

— Ну, пойдем петь «Ключ».

— Пойдем.

— А знаешь, этот толстый Пьер, что против меня сидел, такой смешной! — сказала вдруг Наташа, останавливаясь. — Мне очень весело!

И Наташа побежала по коридору.

Соня, отряхнув пух и спрятав стихи за пазуху, к шейке с выступавшими костями груди, легкими, веселыми шагами, с раскрасневшимся лицом, побежала вслед за Наташей по коридору в диванную. По просьбе гостей молодые люди спели квартет «Ключ», который всем очень понравился; потом Николай спел вновь выученную им песню.

В приятну ночь, при лунном свете,
Представить счастливо себе,
Что некто есть еще на свете,
Кто думает и о тебе!
Что и она, рукой прекрасной,
По арфе золотой бродя,
Своей гармониею страстной
Зовет к себе, зовет тебя!
Еще день-два, и рай настанет...
Но ах! твой друг не доживет!

И он не допел еще последних слов, когда в зале молодежь приготовилась к танцам, а на хорах застучали ногами и закашляли музыканты.

Пьер сидел в гостиной, где Шиншин, как с приезжим из-за границы, завел с ним скучный для Пьера политический разговор, к которому присоединились и другие. Когда заиграла музыка, Наташа вошла в гостиную и, подойдя прямо к Пьеру, смеясь глазами и краснея, сказала:

— Мама велела вас просить танцевать.

— Я боюсь спутать фигуры, — сказал Пьер, — но ежели вы хотите быть моим учителем...

И он подал свою толстую руку, низко опуская ее, тоненькой девочке.

Пока расстанавливались пары и строили музыканты, Пьер сел с своей маленькой дамой. Наташа была совершенно счастлива: она танцевала с *большим*, с приехавшим *из-за границы*. Она сидела на виду у всех и разговаривала с ним, как большая. У нее в руке был веер, который ей дала подержать одна барышня. И, приняв самую светскую позу (Бог знает, где и когда она этому научилась), она, обмахиваясь веером и улыбаясь через веер, говорила с своим кавалером.

— Какова? какова? Смотрите, смотрите, — сказала старая графиня, проходя через залу и указывая на Наташу.

Наташа покраснела и засмеялась.

— Ну, что вы, мама? Ну, что вам за охота? Что ж тут удивительного?

В середине третьего экосеза зашевелились стулья в гостиной, где играли граф и Марья Дмитриевна, и бóльшая часть почетных гостей и старички, потягиваясь после долгого сиденья и укладывая в карманы бумажники и кошельки, выходили в двери залы. Впереди шла Марья Дмитриевна с графом — оба с веселыми лицами. Граф с шутливою вежливостью, как-то по-балетному, подал округленную руку Марье Дмитриевне. Он выпрямился, и лицо его озарилось особенною молодецки-хитрою улыбкой, и как только дотанцевали последнюю фигуру экосеза, он ударил в ладоши музыкантам и закричал на хоры, обращаясь к первой скрипке:

— Семен! Данилу Купора знаешь?

Это был любимый танец графа, танцованный им еще в молодости. (Данило Купор была собственно одна фигура *англеза*.)

— Смотрите на папá, — закричала на всю залу Наташа (совершенно забыв, что она танцует с большим), пригибая к коленам свою кудрявую головку и заливаясь своим звонким смехом по всей зале.

Действительно, все, что только было в зале, с улыбкою радости смотрело на веселого старичка, который рядом с своею сановитою дамой, Марьей Дмитриевной, бывшей выше его ростом, округлял руки, в такт потряхивая ими, расправлял плечи, вывертывал ноги, слегка притопывая, и все более и более распускавшеюся улыбкой на своем круглом лице приготовлял зрителей к тому, что будет. Как только заслышались веселые, вызывающие звуки Данилы Купора, похожие на развеселого трепачка, все двери залы вдруг заставились с одной стороны мужскими, с другой — женскими улыбающимися лицами дворовых, вышедших посмотреть на веселящегося барина.

— Батюшка-то наш! Орел! — проговорила громко няня из одной двери.

Граф танцевал хорошо и знал это, но его дама вовсе не умела и не хотела хорошо танцевать. Ее огромное тело стояло прямо, с опущенными вниз мощными руками (она передала ридикюль графине); только одно строгое, но красивое лицо ее танцевало. Что выражалось во всей круглой фигуре графа, у Марьи Дмитриевны выражалось лишь в более и более улыбающемся лице и вздергивающемся носе. Но зато, ежели граф, все более и более расходясь, пленял зрителей неожиданностью ловких вывертов и легких прыжков своих мягких ног, Марья Дмитриевна малейшим усердием при движении плеч или округлении рук в поворотах и притоптываньях производила не меньшее впечатление по заслуге, которую ценил всякий при ее тучности и всегдашней суровости. Пляска оживлялась все более и более. Визави не могли ни на минуту обратить на себя внимание и даже не старались о том. Все было занято графом и Марьею Дмитриевной. Наташа дергала за рукава и платье всех присутствовавших, которые и без того не спускали глаз с танцующих, и требовала, чтобы смотрели на папеньку. Граф в промежутках танца тяжело переводил дух, махал и кричал музыкантам, чтоб они играли скорее. Скорее, скорее и скорее, лише, лише и лише развертывался граф, то на цыпочках, то на каблуках носясь вокруг Марьи Дмитриевны, и, наконец, повернув свою даму к ее месту, сделал последнее па, подняв сзади кверху свою мягкую ногу, склонив вспотевшую голову с улыбающимся лицом и округло размахнув правою рукою среди грохота рукоплесканий и хохота, особенно Наташи. Оба танцора остановились, тяжело переводя дыхание и утираясь батистовыми платками.

— Вот как в наше время танцевали, ma chère[1], — сказал граф.

— Ай да Данила Купор! — тяжело и продолжительно выпуская дух и засучивая рукава, сказала Марья Дмитриевна.

---

[1] матушка.

XVIII

В то время как у Ростовых танцевали в зале шестой *англез* под звуки от усталости фальшививших музыкантов и усталые официанты и повара готовили ужин, с графом Безуховым сделался шестой уже удар. Доктора объявили, что надежды к выздоровлению нет; больному дана была глухая исповедь и причастие; делали приготовления для соборования, и в доме была суетня и тревога ожидания, обыкновенные в такие минуты. Вне дома, за воротами толпились, скрываясь от подъезжающих экипажей, гробовщики, ожидая богатого заказа на похороны графа. Главнокомандующий Москвы, который беспрестанно присылал адъютантов узнавать о положении графа, в этот вечер сам приезжал проститься с знаменитым екатерининским вельможей, графом Безуховым.

Великолепная приемная комната была полна. Все почтительно встали, когда главнокомандующий, пробыв около получаса наедине с больным, вышел оттуда, слегка отвечая на поклоны и стараясь как можно скорее пройти мимо устремленных на него взглядов докторов, духовных лиц и родственников. Князь Василий, похудевший и побледневший за эти дни, провожал главнокомандующего и что-то несколько раз тихо повторил ему.

Проводив главнокомандующего, князь Василий сел в зале один на стул, закинув высоко ногу на ногу, на коленку упирая локоть и рукою закрыв глаза. Посидев так несколько времени, он встал и непривычно-поспешными шагами, оглядываясь кругом испуганными глазами, пошел через длинный коридор на заднюю половину дома, к старшей княжне.

Находившиеся в слабо освещенной комнате неровным шепотом говорили между собой и каждый раз замолкали и полными вопроса и ожидания глазами оглядывались на дверь, которая вела в покои умирающего и издавала слабый звук, когда кто-нибудь выходил из нее или входил в нее.

— Предел человеческий, — говорил старичок, духовное лицо, даме, подсевшей к нему и наивно слушавшей его, — предел положен, его же не прейдеши.

— Я думаю, не поздно ли соборовать? — прибавляя духовный титул, спрашивала дама, как будто не имея на этот счет никакого своего мнения.

— Таинство, матушка, великое, — отвечало духовное лицо, проводя рукою по лысине, по которой пролегало несколько прядей зачесанных полуседых волос.

— Это кто же? сам главнокомандующий был? — спрашивали в другом конце комнаты. — Какой моложавый!..

— А седьмой десяток! Что́, говорят, граф-то не узнает уж? Хотели соборовать?

— Я одного знал: семь раз соборовался.

Вторая княжна вышла из комнаты больного с заплаканными глазами и села подле доктора Лоррена, который в грациозной позе сидел под портретом Екатерины, облокотившись на стол.

— Très beau, — говорил доктор, отвечая на вопрос о погоде, — très beau, princesse, et puis, à Moscou on se croit à la campagne[1].

— N'est-ce-pas?[2] — сказала княжна, вздыхая. — Так можно ему пить?

Лоррен задумался.

— Он принял лекарство?

— Да.

Доктор посмотрел на брегет.

— Возьмите стакан отварной воды и положите une pincée (он своими тонкими пальцами показал, что значит une pincée) de cremortartari...[3]

— *Не пило слушай*, — говорил немец-доктор адъютанту, — *чтопи с третий удар шивь оставался.*

— А какой свежий был мужчина! — говорил адъютант. — И кому пойдет это богатство? — прибавил он шепотом.

— *Окотник найдутся*, — улыбаясь, отвечал немец.

Все опять оглянулись на дверь: она скрипнула, и вторая княжна, сделав питье, показанное Лорреном, понесла его больному. Немец-доктор подошел к Лоррену.

— Еще, может, дотянется до завтрашнего утра? — спросил немец, дурно выговаривая по-французски.

Лоррен, поджав губы, строго и отрицательно помахал пальцем перед своим носом.

---

[1] Прекрасно — прекрасная погода, прекрасная, княжна, и потом Москва так похожа на деревню.

[2] Не правда ли?

[3] щепотку кремортартара...

— Сегодня ночью, не позже, — сказал он тихо, с приличною улыбкой самодовольства в том, что ясно умеет понимать и выражать положение больного, и отошел.

Между тем князь Василий отворил дверь в комнату княжны. В комнате было полутемно, только две лампадки горели перед образами, и хорошо пахло куреньем и цветами. Вся комната была уставлена мелкою мебелью шифоньерок, шкафчиков, столиков. Из-за ширм виднелись белые покрывала высокой пуховой кровати. Собачка залаяла.

— Ах, это вы, mon cousin?

Она встала и оправила волосы, которые у нее всегда, даже и теперь, были так необыкновенно гладки, как будто они были сделаны из одного куска с головой и покрыты лаком.

— Что, случилось что-нибудь? — спросила она. — Я уже так напугалась.

— Ничего, все то же; я только пришел поговорить с тобой, Катишь, о деле, — проговорил князь, устало садясь на кресло, с которого она встала. — Как ты нагрела, однако, — сказал он, — ну, садись сюда, causons[1].

— Я думала, не случилось ли что? — сказала княжна и с своим неизменным, каменно-строгим выражением лица села против князя, готовясь слушать.

— Хотела уснуть, mon cousin, и не могу.

— Ну, что, моя милая? — сказал князь Василий, взяв руку княжны и пригибая ее по своей привычке книзу.

Видно было, что это «ну, что» относилось ко многому такому, что, не называя, они понимали оба.

Княжна, с своею несообразно-длинною по ногам, сухою и прямою талией, прямо и бесстрастно смотрела на князя выпуклыми серыми глазами. Она покачала головой и, вздохнув, посмотрела на образа. Жест ее можно было объяснить и как выражение печали и преданности, и как выражение усталости и надежды на скорый отдых. Князь Василий объяснил этот жест как выражение усталости.

— А мне-то, — сказал он, — ты думаешь легче? Je suis éreinté comme un cheval de poste[2]; а все-таки мне надо с тобой поговорить, Катишь, и очень серьезно.

---

[1] поговорим.

[2] Я заморен, как почтовая лошадь.

Князь Василий замолчал, и щеки его начали нервически подергиваться то на одну, то на другую сторону, придавая его лицу неприятное выражение, какое никогда не показывалось на лице князя Василия, когда он бывал в гостиных. Глаза его тоже были не такие, как всегда: то они смотрели нагло-шутливо, то испуганно оглядывались.

Княжна, своими сухими худыми руками придерживая на коленях собачку, внимательно смотрела в глаза князю Василию; но видно было, что она не прервет молчания вопросом, хотя бы ей пришлось молчать до утра.

— Вот видите ли, моя милая княжна и кузина, Катерина Семеновна, — продолжал князь Василий, видимо, не без внутренней борьбы приступая к продолжению своей речи, — в такие минуты, как теперь, обо всем надо подумать. Надо подумать о будушем, о вас... Я вас всех люблю, как своих детей, ты это знаешь.

Княжна так же тускло и неподвижно смотрела на него.

— Наконец надо подумать и о моем семействе, — сердито отталкивая от себя столик и не глядя на нее, продолжал князь Василий, — ты знаешь, Катишь, что вы, три сестры Мамонтовы, да еще моя жена, мы одни прямые наследники графа. Знаю, знаю, как тебе тяжело говорить и думать о таких вещах. И мне не легче; но, друг мой, мне шестой десяток, надо быть ко всему готовым. Ты знаешь ли, что я послал за Пьером и что граф, прямо указывая на его портрет, требовал его к себе?

Князь Василий вопросительно посмотрел на княжну, но не мог понять, соображала ли она то, что он ей сказал, или просто смотрела на него...

— Я об одном не перестаю молить Бога, mon cousin, — отвечала она, — чтоб он помиловал его и дал бы его прекрасной душе спокойно покинуть эту...

— Да, это так, — нетерпеливо продолжал князь Василий, потирая лысину и опять с злобой придвигая к себе отодвинутый столик, — но, наконец... наконец, дело в том, ты сама знаешь, что прошлою зимой граф написал завещание, по которому он все имение, помимо прямых наследников и нас, отдавал Пьеру.

— Мало ли он писал завещаний, — спокойно сказала княжна, — но Пьеру он не мог завещать. Пьер незаконный.

— Ma chère, — сказал вдруг князь Василий, прижав к себе столик, оживившись и начав говорить скорей, — но что, ежели письмо написано государю и граф просит усыновить Пьера? Понимаешь, по заслугам графа его просьба будет уважена.

Княжна улыбнулась, как улыбаются люди, которые думают, что знают дело больше, чем те, с кем разговаривают.

— Я тебе скажу больше, — продолжал князь Василий, хватая ее за руку, — письмо было написано, хотя и не отослано, и государь знал о нем. Вопрос только в том, уничтожено ли оно, или нет. Ежели нет, то как скоро *все кончится*, — князь Василий вздохнул, давая этим понять, *что́* он разумел под словами *все кончится*, — и вскроют бумаги графа, завещание с письмом будет передано государю, и просьба его, наверно, будет уважена. Пьер, как законный сын, получит все.

— А наша часть? — спросила княжна, иронически улыбаясь так, как будто все, но только не это, могло случиться.

— Mais, ma pauvre Catiche, c'est clair comme le jour[1]. Он один тогда законный наследник всего, а вы не получите ни вот этого. Ты должна знать, моя милая, были ли написаны завещание и письмо и уничтожены ли они. И ежели почему-нибудь они забыты, то ты должна знать, где они, и найти их, потому что...

— Этого только недоставало! — перебила его княжна, сардонически улыбаясь и не изменяя выражения глаз. — Я женщина; по-вашему, мы все глупы; но я настолько знаю, что незаконный сын не может наследовать... Un bâtard, — прибавила она, полагая этим переводом окончательно показать князю его неосновательность.

— Как ты не понимаешь, наконец, Катишь! Ты так умна, как ты не понимаешь: ежели граф написал письмо государю, в котором просит его признать сына законным, — стало быть, Пьер уж не будет Пьер, а граф Безухов, и тогда он по завещанию получит все. И ежели завещание с письмом не уничтожены, то тебе, кроме утешения, что ты была добродетельна et tout ce qui s'en suit[2], ничего не останется. Это верно.

— Я знаю, что завещание написано; но знаю тоже, что оно недействительно, и вы меня, кажется, считаете за совершенную дуру, mon cousin, — сказала княжна с тем вы-

---

[1] Но, милая Катишь, это ясно, как день.
[2] и всего, что отсюда вытекает.

ражением, с которым говорят женщины, полагающие, что они сказали нечто остроумное и оскорбительное.

— Милая ты моя княжна Катерина Семеновна! — нетерпеливо заговорил князь Василий. — Я пришел к тебе не затем, чтобы пикироваться с тобой, а затем, чтобы, как с родной, хорошею, доброю, истинною родной, поговорить о твоих же интересах. Я тебе говорю десятый раз, что ежели письмо к государю и завещание в пользу Пьера есть в бумагах графа, то ты, моя голубушка, и с сестрами, не наследница. Ежели ты мне не веришь, то поверь людям знающим: я сейчас говорил с Дмитрием Онуфриичем (это был адвокат дома), он то же сказал.

Видимо, что-то вдруг изменилось в мыслях княжны; тонкие губы побледнели (глаза остались те же), и голос, в то время как она заговорила, прорывался такими раскатами, каких она, видимо, сама не ожидала.

— Это было бы хорошо, — сказала она. — Я ничего не хотела и не хочу.

Она сбросила свою собачку с колен и оправила складки платья.

— Вот благодарность, вот признательность людям, которые всем пожертвовали для него, — сказала она. — Прекрасно! Очень хорошо! Мне ничего не нужно, князь.

— Да, но ты не одна, у тебя сестры, — ответил князь Василий.

Но княжна не слушала его.

— Да, я это давно знала, но забыла, что, кроме низости, обмана, зависти, интриг, кроме неблагодарности, самой черной неблагодарности, я ничего не могла ожидать в этом доме...

— Знаешь ли ты, или не знаешь, где это завещание? — спрашивал князь Василий еще с большим, чем прежде, подергиванием щек.

— Да, я была глупа, я еще верила в людей и любила их и жертвовала собой. А успевают только те, которые подлы и гадки. Я знаю, чьи это интриги.

Княжна хотела встать, но князь удержал ее за руку. Княжна имела вид человека, вдруг разочаровавшегося во всем человеческом роде; она злобно смотрела на своего собеседника.

— Еще есть время, мой друг. Ты помни, Катишь, что все это сделалось нечаянно, в минуту гнева, болезни, и потом забыто. Наша обязанность, моя милая, исправить его ошибку, облегчить его последние минуты тем, чтобы не допустить его сделать этой несправедливости, не дать ему умереть в мыслях, что он сделал несчастными тех людей...

— Тех людей, которые всем пожертвовали для него, — подхватила княжна, порываясь опять встать, но князь не пустил ее, — чего он никогда не умел ценить. Нет, mon cousin, — прибавила она со вздохом, — я буду помнить, что на этом свете нельзя ждать награды, что на этом свете нет ни чести, ни справедливости. На этом свете надо быть хитрою и злою.

— Ну, voyons[1], успокойся; я знаю твое прекрасное сердце.

— Нет, у меня злое сердце.

— Я знаю твое сердце, — повторил князь, — ценю твою дружбу и желал бы, чтобы ты была обо мне того же мнения. Успокойся и parlons raison[2], пока есть время — может, сутки, может, час; расскажи мне все, что ты знаешь о завещании, и главное, где оно: ты должна знать. Мы теперь же возьмем его и покажем графу. Он, верно, забыл уже про него и захочет его уничтожить. Ты понимаешь, что мое одно желание — свято исполнить его волю; я затем только и приехал сюда. Я здесь только затем, чтобы помогать ему и вам.

— Теперь я все поняла. Я знаю, чьи это интриги. Я знаю, — говорила княжна.

— Не в том дело, моя душа.

— Это ваша protégée, ваша милая Анна Михайловна, которую я не желала бы иметь горничной, эту мерзкую, гадкую женщину.

— Ne perdons point de temps[3].

— Ах, не говорите! Прошлую зиму она втерлась сюда и такие гадости, такие скверности наговорила графу на всех нас, особенно на Sophie, — я повторить не могу, — что граф сделался болен и две недели не хотел нас видеть. В это время, я знаю, что он написал эту гадкую, мерзкую бумагу; но я думала, что эта бумага ничего не значит.

— Nous y voilà[4], отчего же ты прежде ничего не сказала мне?

---

[1] Ну, ну.
[2] поговорим толком.
[3] Не будем терять время.
[4] В этом-то и дело.

— В мозаиковом портфеле, который он держит под подушкой. Теперь я знаю, — сказала княжна, не отвечая. — Да, ежели есть за мной грех, большой грех, то это ненависть к этой мерзавке, — почти прокричала княжна, совершенно изменившись. — И зачем она втирается сюда? Но я ей выскажу все, все. Придет время!

XIX

В то время как такие разговоры происходили в приемной и в княжниной комнатах, карета с Пьером (за которым было послано) и с Анной Михайловной (которая нашла нужным ехать с ним) въезжала во двор графа Безухова. Когда колеса кареты мягко зазвучали по соломе, настланной под окнами, Анна Михайловна, обратившись к своему спутнику с утешительными словами, убедилась в том, что он спит в углу кареты, и разбудила его. Очнувшись, Пьер за Анной Михайловной вышел из кареты и тут только подумал о том свидании с умирающим отцом, которое его ожидало. Он заметил, что они подъехали не к парадному, а к заднему подъезду. В то время как он сходил с подножки, два человека в мещанской одежде торопливо отбежали от подъезда в тень стены. Приостановившись, Пьер разглядел в тени дома с обеих сторон еще несколько таких же людей. Но ни Анна Михайловна, ни лакей, ни кучер, которые не могли не видеть этих людей, не обратили на них внимания. Стало быть, это так нужно, решил сам с собой Пьер и прошел за Анною Михайловной. Анна Михайловна поспешными шагами шла вверх по слабо освещенной узкой каменной лестнице, подзывая отстававшего за ней Пьера, который, хотя и не понимал, для чего ему надо было вообще идти к графу, и еще меньше, зачем ему надо было идти по задней лестнице, но, судя по уверенности и поспешности Анны Михайловны, решил про себя, что это было необходимо нужно. На половине лестницы чуть не сбили их с ног какие-то люди с ведрами, которые, стуча сапогами, сбегали им навстречу. Люди эти прижались к стене, чтобы пропустить Пьера с Анною Михайловной, и не показали ни малейшего удивления при виде их.

— Здесь на половину княжон? — спросила Анна Михайловна одного из них.

— Здесь, — отвечал лакей смелым, громким голосом, как будто теперь все уже было можно, — дверь налево, матушка.

— Может быть, граф не звал меня, — сказал Пьер в то время, как он вышел на площадку, — я пошел бы к себе.

Анна Михайловна остановилась, чтобы поравняться с Пьером.

— Ah, mon ami! — сказала она с тем же жестом, как утром с сыном, дотрогиваясь до его руки, — croyez, que je souffre, autant que vous, mais soyez homme[1].

— Право, я пойду? — спросил Пьер, ласково чрез очки глядя на Анну Михайловну.

— Ah, mon ami, oubliez les torts qu'on a pu avoir envers vous, pensez que c'est votre père... peut-être à l'agonie. — Она вздохнула. — Je vous ai tout de suite aimé comme mon fils. Fiez vous à moi, Pierre. Je n'oublierai pas vos intérêts[2].

Пьер ничего не понимал; опять ему еще сильнее показалось, что все это так должно быть, и он покорно последовал за Анною Михайловной, уже отворявшею дверь.

Дверь выходила в переднюю заднего хода. В углу сидел старик слуга княжон и вязал чулок. Пьер никогда не был на этой половине, даже не предполагал существования таких покоев. Анна Михайловна спросила у обгонявшей их, с графином на подносе, девушки (назвав ее милою и голубушкой) о здоровье княжон и повлекла Пьера дальше по каменному коридору. Из коридора первая дверь налево вела в жилые комнаты княжон. Горничная, с графином, второпях (как и все делалось второпях в эту минуту в этом доме) не затворила двери, и Пьер с Анною Михайловной, проходя мимо, невольно заглянули в ту комнату, где, разговаривая, сидели близко друг от друга старшая княжна с князем Васильем. Увидав проходящих, князь Василий сделал нетерпеливое движение и откинулся назад; княжна вскочила и отчаянным жестом изо всей силы хлопнула дверью, затворяя ее.

Жест этот был так не похож на всегдашнее спокойствие княжны, страх, выразившийся на лице князя Василья,

---

[1] Ах, мой дружок, поверьте, я страдаю не меньше вас, но будьте мужчиной.

[2] Забудьте, друг мой, в чем были против вас неправы, подумайте, что это ваш отец... Может быть, при смерти. Я тотчас полюбила вас, как сына. Доверьтесь мне, Пьер. Я не забуду ваших интересов.

был так несвойствен его важности, что Пьер, остановившись, вопросительно, через очки, посмотрел на свою руководительницу. Анна Михайловна не выразила удивления, она только слегка улыбнулась и вздохнула, как будто показывая, что всего этого она ожидала.

— Soyez homme, mon ami, c'est moi qui veillerai à vos intérêts[1], — сказала она в ответ на его взгляд и еще скорее пошла по коридору.

Пьер не понимал, в чем дело, и еще меньше, что значило veiller à vos intérêts[2], но он понимал, что все это так должно быть. Коридором они вышли в полуосвещенную залу, примыкавшую к приемной графа. Это была одна из тех холодных и роскошных комнат, которые знал Пьер с парадного крыльца. Но и в этой комнате, посередине, стояла пустая ванна и была пролита вода по ковру. Навстречу им вышли на цыпочках, не обращая на них внимания, слуга и причетник с кадилом. Они вошли в знакомую Пьеру приемную с двумя итальянскими окнами, выходом в зимний сад, с большим бюстом и во весь рост портретом Екатерины. Все те же люди, почти в тех же положениях, сидели, перешептываясь, в приемной. Все, смолкнув, оглянулись на вошедшую Анну Михайловну, с ее исплаканным, бледным лицом, и на толстого, большого Пьера, который, опустив голову, покорно следовал за нею.

На лице Анны Михайловны выразилось сознание того, что решительная минута наступила; она, с приемами деловой петербургской дамы, вошла в комнату, не отпуская от себя Пьера, еще смелее, чем утром. Она чувствовала, что так как она ведет за собою того, кого желал видеть умирающий, то прием ее был обеспечен. Быстрым взглядом оглядев всех, бывших в комнате, и заметив графова духовника, она, не то что согнувшись, но сделавшись вдруг меньше ростом, мелкою иноходью подплыла к духовнику и почтительно приняла благословение одного, потом другого духовного лица.

— Слава Богу, что успели, — сказала она духовному лицу, — мы все, родные, так боялись. Вот этот молодой человек — сын графа, — прибавила она тише. — Ужасная минута!

---

[1] Будьте мужчиною, друг мой, а я уж буду блюсти за вашими интересами.

[2] блюсти его интересы.

Проговорив эти слова, она подошла к доктору.

— Cher docteur, — сказала она ему, — ce jeune homme est le fils du comte... y a-t-il de l'espoir?[1]

Доктор молча, быстрым движением возвел кверху глаза и плечи. Анна Михайловна точно таким же движением возвела плечи и глаза, почти закрыв их, вздохнула и отошла от доктора к Пьеру. Она особенно почтительно и нежно-грустно обратилась к Пьеру.

— Ayez confiance en sa miséricorde![2] — сказала она ему и, указав ему диванчик, чтобы сесть подождать ее, сама неслышно направилась к двери, на которую все смотрели, и вслед за чуть слышным звуком этой двери скрылась за нею.

Пьер, решившись во всем повиноваться своей руководительнице, направился к диванчику, который она ему указала. Как только Анна Михайловна скрылась, он заметил, что взгляды всех бывших в комнате больше чем с любопытством и с участием устремились на него. Он заметил, что все перешептывались, указывая на него глазами, как будто со страхом и даже с подобострастием. Ему оказывали уважение, какого прежде никогда не оказывали: неизвестная ему дама, которая говорила с духовными лицами, встала со своего места и предложила ему сесть, адъютант поднял уроненную Пьером перчатку и подал ему; доктора почтительно замолкли, когда он проходил мимо их, и посторонились, чтобы дать ему место. Пьер хотел сначала сесть на другое место, чтобы не стеснять даму, хотел сам поднять перчатку и обойти докторов, которые вовсе и не стояли на дороге; но он вдруг почувствовал, что это было бы неприлично, он почувствовал, что он в нынешнюю ночь есть лицо, которое обязано совершить какой-то страшный и ожидаемый всеми обряд, и что поэтому он должен был принимать от всех услуги. Он принял молча перчатку от адъютанта, сел на место дамы, положив свои большие руки на симметрично выставленные колени, в наивной позе египетской статуи, и решил про себя, что все это так именно должно быть и что ему в нынешний вечер, для того чтобы не потеряться и не наде-

---

[1] Любезный доктор, этот молодой человек — сын графа... Есть ли надежда?

[2] Доверьтесь его милосердию!

лать глупостей, не следует действовать по своим соображениям, а надобно предоставить себя вполне на волю тех, которые руководили им.

Не прошло и двух минут, как князь Василий, в своем кафтане с тремя звездами, величественно, высоко неся голову, вошел в комнату. Он казался похудевшим с утра; глаза его были больше обыкновенного, когда он оглянул комнату и увидал Пьера. Он подошел к нему, взял руку (чего он прежде никогда не делал) и потянул ее книзу, как будто он хотел испытать, крепко ли она держится.

— Couraqe, courage, mon ami. Il a demandé à vous voir. C'est bien...[1] — и он хотел идти.

Но Пьер почел нужным спросить:

— Как здоровье... — Он замялся, не зная, прилично ли назвать умирающего графом; назвать же отцом ему было совестно.

— Il a eu encore un coup, il y a une demi-heure. Еще был удар. Courage, mon ami...[2]

Пьер был в таком состоянии неясности мысли, что при слове «удар» ему представился удар какого-нибудь тела. Он, недоумевая, посмотрел на князя Василия и уже потом сообразил, что ударом называется болезнь. Князь Василий на ходу сказал несколько слов Лоррену и прошел в дверь на цыпочках. Он не умел ходить на цыпочках и неловко подпрыгивал всем телом. Вслед за ним прошла старшая княжна, потом прошли духовные лица и причетники, люди (прислуга) тоже прошли в дверь. За этою дверью послышалось передвижение, и, наконец, все с тем же бледным, но твердым в исполнении долга лицом, выбежала Анна Михайловна и, дотронувшись до руки Пьера, сказала:

— La bonté divine est inépuisable. C'est la cérémonie de l'extrême onction qui va commencer. Venez[3].

Пьер прошел в дверь, ступая по мягкому ковру, и заметил, что и адъютант, и незнакомая дама, и еще кто-то из прислуги — все прошли за ним, как будто теперь уж не надо было спрашивать разрешения входить в эту комнату.

---

[1] Не унывать, не унывать, мой друг. Он велел вас позвать. Это хорошо...

[2] Был еще удар полчаса назад. Не унывать, мой друг...

[3] Милосердие божие неисчерпаемо. Соборование сейчас начнется. Пойдемте.

XX

Пьер хорошо знал эту большую, разделенную колоннами и аркой комнату, всю обитую персидскими коврами. Часть комнаты за колоннами, где с одной стороны стояла высокая красного дерева кровать под шелковыми занавесками, а с другой — огромный киот с образами, была красно и ярко освещена, как бывают освещены церкви во время вечерней службы. Под освещенными ризами киота стояло длинное вольтеровское кресло, и на кресле, обложенном вверху снежно-белыми, не смятыми, видимо, только что перемененными подушками, укрытая до пояса ярко-зеленым одеялом, лежала знакомая Пьеру величественная фигура его отца, графа Безухова, с тою же седою гривой волос, напоминавших льва, над широким лбом и с теми же характерно-благородными крупными морщинами на красивом красно-желтом лице. Он лежал прямо под образами; обе толстые, большие руки его были выпростаны из-под одеяла и лежали на нем. В правую руку, лежавшую ладонью книзу, между большим и указательным пальцами вставлена была восковая свеча, которую, нагибаясь из-за кресла, придерживал в ней старый слуга. Над креслом стояли духовные лица в своих величественных блестящих одеждах, с выпростанными на них длинными волосами, с зажженными свечами в руках, и медленно-торжественно служили. Немного позади их стояли две младшие княжны, с платком в руках и у глаз, и впереди их старшая, Катишь, с злобным и решительным видом, ни на мгновение не спуская глаз с икон, как будто говорила всем, что не отвечает за себя, если оглянется. Анна Михайловна, с кроткою печалью и всепрощением на лице, и неизвестная дама стояли у двери. Князь Василий стоял с другой стороны двери, близко к креслу, за резным бархатным стулом, который он поворотил к себе спинкой, и, облокотив на нее левую руку со свечой, крестился правою, каждый раз поднимая глаза кверху, когда приставлял персты ко лбу. Лицо его выражало спокойную набожность и преданность воле божией. «Ежели вы не понимаете этих чувств, то тем хуже для вас», — казалось, говорило его лицо.

Сзади его стоял адъютант, доктора и мужская прислуга; как бы в церкви, мужчины и женщины разделились. Все молчало, крестилось, только слышны были церковное чтение, сдержанное, густое басовое пение и в минуту молчания перестановка ног и вздохи. Анна Михайловна, с тем значительным видом, который показывал, что она знает, что делает, перешла через всю комнату к Пьеру и подала ему свечу. Он зажег ее и, развлеченный наблюдениями над окружающими, стал креститься тою же рукой, в которой была свеча.

Младшая, румяная и смешливая, княжна Софи, с родинкою, смотрела на него. Она улыбнулась, спрятала свое лицо в платок и долго не открывала его; но, посмотрев на Пьера, опять засмеялась. Она, видимо, чувствовала себя не в силах глядеть на него без смеха, но не могла удержаться, чтобы не смотреть на него, и во избежание искушений тихо перешла за колонну. В середине службы голоса духовенства вдруг замолкли; духовные лица шепотом сказали что-то друг другу; старый слуга, державший руку графа, поднялся и обратился к дамам. Анна Михайловна выступила вперед и, нагнувшись над больным, из-за спины пальцем поманила к себе Лоррена. Француз-доктор, — стоявший без зажженной свечи, прислонившись к колонне, в той почтительной позе иностранца, которая показывает, что, несмотря на различие веры, он понимает всю важность совершающегося обряда и даже одобряет его, — неслышными шагами человека во всей силе возраста подошел к больному, взял своими белыми тонкими пальцами его свободную руку с зеленого одеяла и, отвернувшись, стал щупать пульс и задумался. Больному дали чего-то выпить, зашевелились около него, потом опять расступились по местам, и богослужение возобновилось. Во время этого перерыва Пьер заметил, что князь Василий вышел из-за своей спинки стула и с тем же видом, который показывал, что он знает, что делает, и что тем хуже для других, ежели они не понимают его, не подошел к больному, а, пройдя мимо его, присоединился к старшей княжне и с нею вместе направился в глубь спальни, к высокой кровати под шелковыми занавесами. От кровати и князь и княжна оба скрылись в заднюю дверь, но перед концом службы один за другим возвратились на свои места. Пьер обратил на это обстоятельство не более внимания, как и на все другие, раз навсегда решив в своем уме, что все, что совершалось перед ним нынешний вечер, было так необходимо нужно.

Звуки церковного пения прекратились, и послышался голос духовного лица, которое почтительно поздравляло больного с принятием таинства. Больной лежал все так же безжизненно и неподвижно. Вокруг него все зашевелилось, послышались шаги и шепоты, из которых шепот Анны Михайловны выдавался резче всех.

Пьер слышал, как она сказала:

— Непременно надо перенести на кровать, здесь никак нельзя будет...

Больного так обступили доктора, княжны и слуги, что Пьер уже не видал той красно-желтой головы с седою гривой, которая, несмотря на то, что он видел и другие лица, ни на мгновение не выходила у него из вида во все время службы. Пьер догадался по осторожному движению людей, обступивших кресло, что умирающего поднимали и переносили.

— За мою руку держись, уронишь так, — послышался ему испуганный шепот одного из слуг, — снизу... еще один, — говорили голоса, и тяжелые дыхания и переступанья ногами людей стали торопливее, как будто тяжесть, которую они несли, была сверх сил их.

Несущие, в числе которых была и Анна Михайловна, поравнялись с молодым человеком, и ему на мгновение из-за спин и затылков людей показалась высокая жирная, открытая грудь, тучные плечи больного, приподнятые кверху людьми, державшими его под мышки, и седая курчавая львиная голова. Голова эта, с необычайно широким лбом и скулами, красивым чувственным ртом и величественным холодным взглядом, была не обезображена близостью смерти. Она была такая же, какою знал ее Пьер назад тому три месяца, когда граф отпускал его в Петербург. Но голова эта беспомощно покачивалась от неровных шагов несущих, и холодный, безучастный взгляд не знал, на чем остановиться.

Прошло несколько минут суетни около высокой кровати; люди, несшие больного, разошлись. Анна Михайловна дотронулась до руки Пьера и сказала ему: «Venez»[1]. Пьер вместе с нею подошел к кровати, на которой, в праздничной позе, видимо, имевшей отношение к только что совершенному таинству, был положен больной. Он лежал, высоко опираясь головой на подушки. Руки его были симметрично выложены на зеленом шелковом одеяле ладонями вниз. Когда Пьер подошел, граф глядел

---

[1] Пойдемте.

прямо на него, но глядел тем взглядом, которого смысл и значение нельзя понять человеку. Или этот взгляд ровно ничего не говорил, как только то, что, покуда есть глаза, надо же глядеть куда-нибудь, или он говорил слишком многое. Пьер остановился, не зная, что ему делать, и вопросительно оглянулся на свою руководительницу Анну Михайловну. Анна Михайловна сделала ему торопливый жест глазами, указывая на руку больного и губами посылая ей воздушный поцелуй. Пьер, старательно вытягивая шею, чтобы не зацепить за одеяло, исполнил ее совет и приложился к ширококостной и мясистой руке. Ни рука, ни один мускул лица графа не дрогнули. Пьер опять вопросительно посмотрел на Анну Михайловну, спрашивая теперь, что ему делать. Анна Михайловна глазами указала ему на кресло, стоявшее подле кровати. Пьер покорно стал садиться на кресло, глазами продолжая спрашивать, то ли он сделал, что нужно. Анна Михайловна одобрительно кивнула головой. Пьер принял опять симметрично-наивное положение египетской статуи, видимо, соболезнуя о том, что неуклюжее и толстое тело его занимало такое большое пространство, и употребляя все душевные силы, чтобы казаться как можно меньше. Он смотрел на графа. Граф смотрел на то место, где находилось лицо Пьера, в то время как он стоял. Анна Михайловна являла в своем выражении сознание трогательной важности этой последней минуты свидания отца с сыном. Это продолжалось две минуты, которые показались Пьеру часом. Вдруг в крупных мускулах и морщинах лица графа появилось содрогание. Содрогание усиливалось, красивый рот покривился (тут только Пьер понял, до какой степени отец его был близок к смерти), из перекривленного рта послышался неясный хриплый звук. Анна Михайловна старательно смотрела в глаза больному и, стараясь угадать, чего было нужно ему, указывала то на Пьера, то на питье, то шепотом вопросительно называла князя Василия, то указывала на одеяло. Глаза и лицо больного выказывали нетерпение. Он сделал усилие, чтобы взглянуть на слугу, который безотходно стоял у изголовья постели.

— На другой бочок перевернуться хотят, — прошептал слуга и поднялся, чтобы переворотить лицом к стене тяжелое тело графа.

Пьер встал, чтобы помочь слуге.

В то время как графа переворачивали, одна рука его беспомощно завалилась назад и он сделал напрасное усилие, чтобы перетащить ее. Заметил ли граф тот взгляд ужаса, с которым Пьер смотрел на эту безжизненную руку, или какая другая мысль промелькнула в его умирающей голове в эту минуту, но он посмотрел на непослушную руку, на выражение ужаса в лице Пьера, опять на руку, и на лице его явилась так не шедшая к его чертам слабая, страдальческая улыбка, выражавшая как бы насмешку над своим собственным бессилием. Неожиданно, при виде этой улыбки, Пьер почувствовал содрогание в груди, щипанье в носу, и слезы затуманили его зрение. Больного перевернули на бок к стене. Он вздохнул.

— Il est assoupi[1], — сказала Анна Михайловна, заметив приходившую на смену княжну. — Allons[2].

Пьер вышел.

XXI

В приемной — никого уже не было, кроме князя Василия и старшей княжны, которые, сидя под портретом Екатерины, о чем-то оживленно говорили. Как только они увидали Пьера с его руководительницей, они замолчали. Княжна что-то спрятала, как показалось Пьеру, и прошептала:

— Не могу видеть эту женщину.

— Catiche a fait donner du thé dans le petit salon, — сказал князь Василий Анне Михайловне. — Allez, ma pauvre Анна Михайловна, prenez quelque chose, autrement vous ne suffirez pas[3].

Пьеру он ничего не сказал, только пожал с чувством его руку пониже плеча. Пьер с Анной Михайловной прошли в petit salon[4].

— Il n'y a rien qui restaure, comme une tasse de cet excellent thé russe après une nuit blanche[5], — говорил Лоррен с выражением сдержанной оживленности, отхлебывая

---

1 Он забылся.

2 Пойдем.

3 Катишь велела подать чай в маленькую гостиную. Вы бы пошли, бедная Анна Михайловна, подкрепили себя, а то вас не хватит.

4 маленькую гостиную.

5 Ничто так не восстановляет после бессонной ночи, как чашка этого превосходного русского чаю.

из тонкой, без ручки, китайской чашки, стоя в маленькой круглой гостиной перед столом, на котором стоял чайный прибор и холодный ужин. Около стола собрались, чтобы подкрепить свои силы, все бывшие в эту ночь в доме графа Безухова. Пьер хорошо помнил эту маленькую круглую гостиную с зеркалами и маленькими столиками. Во время балов в доме графа Пьер, не умевший танцевать, любил сидеть в этой маленькой зеркальной и наблюдать, как дамы в бальных туалетах, бриллиантах и жемчугах на голых плечах, проходя через эту комнату, оглядывали себя в ярко освещенные зеркала, несколько раз повторявшие их отражения. Теперь та же комната была едва освещена двумя свечами, и среди ночи на одном маленьком столике беспорядочно стояли чайный прибор и блюда, и разнообразные, непраздничные люди, шепотом переговариваясь, сидели в ней, каждым движением, каждым словом показывая, что никто не забывает того, что делается теперь и имеет еще совершиться в спальне. Пьер не стал есть, хотя ему и очень хотелось. Он оглянулся вопросительно на свою руководительницу и увидел, что она на цыпочках выходила опять в приемную, где остался князь Василий с старшею княжной. Пьер полагал, что и это было так нужно, и, помедлив немного, пошел за ней. Анна Михайловна стояла подле княжны, и обе они в одно время говорили взволнованным шепотом.

— Позвольте мне, княгиня, знать, что нужно и что не нужно, — говорила княжна, видимо, находясь в том же взволнованном состоянии, в каком она была в то время, как захлопывала дверь своей комнаты.

— Но, милая княжна, — кротко и убедительно говорила Анна Михайловна, заступая дорогу от спальни и не пуская княжну, — не будет ли это слишком тяжело для бедного дядюшки в такие минуты, когда ему нужен отдых? В такие минуты разговор о мирском, когда его душа уже приготовлена...

Князь Василий сидел на кресле, в своей фамильярной позе, высоко заложив ногу на ногу. Щеки его сильно перепрыгивали и, опустившись, казались толще внизу; но он имел вид человека, мало занятого разговором двух дам.

— Voyons, ma bonne Анна Михайловна, laissez faire Catiche[1]. Вы знаете, как граф ее любит.

---

[1] Да нет же, моя милая Анна Михайловна, оставьте Катишь делать, что она знает.

— Я и не знаю, что в этой бумаге, — говорила княжна, обращаясь к князю Василию и указывая на мозаиковый портфель, который она держала в руках. — Я знаю только, что настоящее завещание у него в бюро, а это забытая бумага...

Она хотела обойти Анну Михайловну, но Анна Михайловна, подпрыгнув, опять загородила ей дорогу.

— Я знаю, милая, добрая княжна, — сказала Анна Михайловна, хватаясь рукой за портфель и так крепко, что видно было, она не скоро его пустит. — Милая княжна, я вас прошу, я вас умоляю, пожалейте его. Je vous en conjure...[1]

Княжна молчала. Слышны были только звуки усилий борьбы за портфель. Видно было, что ежели она заговорит, то заговорит не лестно для Анны Михайловны. Анна Михайловна держала крепко, но, несмотря на то, голос ее удерживал всю свою сладкую тягучесть и мягкость.

— Пьер, подойдите сюда, мой друг. Я думаю, что он не лишний в родственном совете: не правда ли, князь?

— Что же вы молчите, mon cousin? — вдруг вскрикнула княжна так громко, что в гостиной услыхали и испугались ее голоса. — Что вы молчите, когда здесь Бог знает кто позволяет себе вмешиваться и делать сцены на пороге комнаты умирающего? Интриганка! — прошептала она злобно и дернула портфель изо всей силы, но Анна Михайловна сделала несколько шагов, чтобы не отстать от портфеля, и перехватила руку.

— Oh! — сказал князь Василий укоризненно и удивленно. Он встал. — C'est ridicule. Voyons[2], пустите. Я вам говорю.

Княжна пустила.

— И вы!

Анна Михайловна не послушалась его.

— Пустите, я вам говорю. Я беру все на себя. Я пойду и спрошу его. Я... довольно вам этого.

— Mais, mon prince[3], — говорила Анна Михайловна, — после такого великого таинства дайте ему минуту покоя. Вот, Пьер, скажите ваше мнение, — обратилась она к молодому человеку, который, вплоть подойдя к ним, удивленно смотрел на озлобленное, потерявшее все приличие лицо княжны и на перепрыгивающие щеки князя Василия.

---

[1] Я вас умоляю...
[2] Это смешно. Ну же.
[3] Но, князь.

— Помните, что вы будете отвечать за все последствия, — строго сказал князь Василий, — вы не знаете, что вы делаете.

— Мерзкая женщина! — вскрикнула княжна, неожиданно бросаясь на Анну Михайловну и вырывая портфель.

Князь Василий опустил голову и развел руками.

В эту минуту дверь, та страшная дверь, на которую так долго смотрел Пьер и которая так тихо отворялась, быстро, с шумом откинулась, стукнув об стену, и средняя княжна выбежала оттуда и всплеснула руками.

— Что вы делаете! — отчаянно проговорила она. — Il s'en va et vous me laissez seule[1].

Старшая княжна выронила портфель. Анна Михайловна быстро нагнулась и, подхватив спорную вещь, побежала в спальню. Старшая княжна и князь Василий, опомнившись, пошли за ней. Через несколько минут первая вышла оттуда старшая княжна, с бледным и сухим лицом и прикушенною нижнею губой. При виде Пьера лицо ее выразило неудержимую злобу.

— Да, радуйтесь теперь, — сказала она, — вы этого ждали.

И, зарыдав, она закрыла лицо платком и выбежала из комнаты.

За княжной вышел князь Василий. Он, шатаясь, дошел до дивана, на котором сидел Пьер, и упал на него, закрыв глаза рукой. Пьер заметил, что он был бледен и что нижняя челюсть его прыгала и тряслась, как в лихорадочной дрожи.

— Ах, мой друг! — сказал он, взяв Пьера за локоть; и в голосе его была искренность и слабость, которых Пьер никогда прежде не замечал в нем. — Сколько мы грешим, сколько мы обманываем, и все для чего? Мне шестой десяток, мой друг... Ведь мне... Все кончится смертью, все. Смерть ужасна. — Он заплакал.

Анна Михайловна вышла последняя. Она подошла к Пьеру тихими, медленными шагами.

— Пьер!.. — сказала она.

Пьер вопросительно смотрел на нее. Она поцеловала в лоб молодого человека, увлажая его слезами. Она помолчала.

---

[1] Он умирает, а вы меня оставляете одну.

— Il n'est plus...[1]

Пьер посмотрел на нее через очки.

— Allons, je vous reconduirai. Tâchez de pleurer. Rien ne soulage comme les larmes[2].

Она провела его в темную гостиную, и Пьер рад был, что никто там не видел его лица. Анна Михайловна ушла от него, и, когда она вернулась, он, подложив под голову руку, спал крепким сном.

На другое утро Анна Михайловна говорила Пьеру:

— Oui, mon cher, c'est une grande perte pour nous tous. Je ne parle pas de vous. Mais dieu vous soutiendra, vous êtes jeune et vous voilà à la tête d'une immense fortune, je l'espère. Le testament n'a pas été encore ouvert. Je vous connais assez pour savoir que cela ne vous tournera pas la tête, mais cela vous impose des devoirs, et il faut être homme[3].

Пьер молчал.

— Peut-être plus tard je vous dirai, mon cher, que si je n'avais pas été là, dieu sait ce que serait arrivé. Vous savez, mon oncle avant-hier encore me promettait de ne pas oublier Boris. Mais il n'a pas eu le temps. J'espère, mon cher ami, que vous remplirez le désir de votre père[4].

Пьер ничего не понимал и молча, застенчиво краснея, смотрел на княгиню Анну Михайловну. Переговорив с Пьером, Анна Михайловна уехала к Ростовым и легла спать. Проснувшись утром, она рассказывала Ростовым и всем знакомым подробности смерти графа Безухова. Она говорила, что граф умер так, как и она желала бы умереть, что конец его был не только трогателен, но и назидателен; последнее же свидание отца с сыном было до того трогательно, что она не могла вспомнить его без слез и что она не знает — кто лучше вел себя в эти страшные минуты: отец ли, который так все и всех вспомнил в последние

---

1 Его нет более...

2 Пойдемте, я вас провожу. Старайтесь плакать: ничто так не облегчает, как слезы.

3 Да, мой друг, это великая потеря для всех нас, не говоря о вас. Но Бог вас поддержит, вы молоды, и вот вы теперь, надеюсь, обладатель огромного богатства. Завещание еще не вскрыто. Я довольно вас знаю и уверена, что это не вскружит вам голову; но это налагает на вас обязанности; и надо быть мужчиной.

4 После я, может быть, расскажу вам, что если б я не была там, то Бог знает, что бы случилось. Вы знаете, что дядюшка третьего дня обещал мне не забыть Бориса, но не успел. Надеюсь, мой друг, вы исполните желание отца.

минуты и такие трогательные слова сказал сыну, или Пьер, на которого жалко было смотреть, как он был убит и как, несмотря на это, старался скрыть свою печаль, чтобы не огорчить умирающего отца. «C'est pénible, mais cela fait du bien: ça élève l'âme de voir des hommes, comme le vieux comte et son digne fils»[1], — говорила она. О поступках княжны и князя Василья она, не одобряя их, тоже рассказывала, но под большим секретом и шепотом.

XXII

В Лысых Горах, имении князя Николая Андреевича Болконского, ожидали с каждым днем приезда молодого князя Андрея с княгиней; но ожидание не нарушило стройного порядка, по которому шла жизнь в доме старого князя. Генерал-аншеф князь Николай Андреевич, по прозванию в обществе le roi de Prusse[2], с того времени, как при Павле был сослан в деревню, жил безвыездно в своих Лысых Горах с дочерью, княжною Марьей, и при ней компаньонкой, m-lle Bourienne[3]. И в новое царствование, хотя ему и был разрешен въезд в столицы, он также продолжал безвыездно жить в деревне, говоря, что ежели кому его нужно, то тот и от Москвы полтораста верст доедет до Лысых Гор, а что ему никого и ничего не нужно. Он говорил, что есть только два источника людских пороков: праздность и суеверие, и что есть только две добродетели: деятельность и ум. Он сам занимался воспитанием своей дочери и, чтобы развить в ней обе главные добродетели, давал ей уроки алгебры и геометрии и распределял всю ее жизнь в беспрерывных занятиях. Сам он постоянно был занят то писанием своих мемуаров, то выкладками из высшей математики, то точением табакерок на станке, то работой в саду и наблюдением над постройками, которые не прекращались в его имении. Так как главное условие для деятельности есть порядок, то и порядок в его образе жизни был доведен до последней степени точности. Его выходы к столу совершались при одних и тех же неизменных условиях, и не только в один и тот же час, но и минуту. С людьми, окружавшими его, от дочери до слуг,

---

[1] Это тяжело, но это поучительно: душа возвышается, когда видишь таких людей, как старый граф и его достойный сын.

[2] прусский король.

[3] мамзель Бурьен.

князь был резок и неизменно-требователен, и потому, не быв жестоким, он возбуждал к себе страх и почтительность, каких не легко мог бы добиться самый жестокий человек. Несмотря на то, что он был в отставке и не имел теперь никакого значения в государственных делах, каждый начальник той губернии, где было имение князя, считал своим долгом являться к нему и точно так же, как архитектор, садовник или княжна Марья, дожидался назначенного часа выхода князя в высокой официантской. И каждый в этой официантской испытывал то же чувство почтительности и даже страха, в то время как отворялась громадно-высокая дверь кабинета и показывалась в напудренном парике невысокая фигурка старика с маленькими сухими ручками и серыми висячими бровями, иногда, как он насупливался, застилавшими блеск умных и молодых блестящих глаз.

В день приезда молодых, утром, по обыкновению, княжна Марья в урочный час входила для утреннего приветствия в официантскую и со страхом крестилась и читала внутренно молитву. Каждый день она входила и каждый день молилась о том, чтоб это ежедневное свидание сошло благополучно.

Сидевший в официантской пудреный старик слуга тихим движением встал и шепотом доложил: «Пожалуйте».

Из-за двери слышались равномерные звуки станка. Княжна робко потянула за легко и плавно отворяющуюся дверь и остановилась у входа. Князь работал за станком и, оглянувшись, продолжал свое дело.

Огромный кабинет был наполнен вещами, очевидно, беспрестанно употребляемыми. Большой стол, на котором лежали книги и планы, высокие стеклянные шкафы библиотеки с ключами в дверцах, высокий стол для писания в стоячем положении, на котором лежала открытая тетрадь, токарный станок, с разложенными инструментами и с рассыпанными кругом стружками, — все выказывало постоянную, разнообразную и порядочную деятельность. По движениям небольшой ноги, обутой в татарский, шитый серебром, сапожок, по твердому налеганию жилистой, сухощавой руки видна была в князе еще упорная и много выдерживающая сила свежей старости. Сделав несколько кругов, он снял ногу с педали станка, обтер стамеску, кинул ее в кожаный карман, приделанный к станку, и, подойдя к столу, подозвал дочь. Он никогда не благословлял своих детей и только, подставив ей щетинистую, еще не бритую нынче щеку, сказал, строго и вместе с тем внимательно-нежно оглядев ее:

— Здорова?.. ну, так садись!

Он взял тетрадь геометрии, писанную его рукой, и подвинул ногой свое кресло.

— На завтра! — сказал он, быстро отыскивая страницу и от параграфа до другого отмечая жестким ногтем.

Княжна пригнулась к столу над тетрадью.

— Постой, письмо тебе, — вдруг сказал старик, доставая из приделанного над столом кармана конверт, надписанный женскою рукой, и кидая его на стол.

Лицо княжны покрылось красными пятнами при виде письма. Она торопливо взяла его и пригнулась к нему.

— От Элоизы? — спросил князь, холодною улыбкой выказывая еще крепкие и желтоватые зубы.

— Да, от Жюли, — сказала княжна, робко взглядывая и робко улыбаясь.

— Еще два письма пропущу, а третье прочту, — строго сказал князь, — боюсь, много вздору пишете. Третье прочту.

— Прочтите хоть это, mon père[1], — отвечала княжна, краснея еще более и подавая ему письмо.

— Третье, я сказал, третье, — коротко крикнул князь, отталкивая письмо, и, облокотившись на стол, пододвинул тетрадь с чертежами геометрии.

— Ну, сударыня, — начал старик, пригнувшись близко к дочери над тетрадью и положив одну руку на спинку кресла, на котором сидела княжна, так что княжна чувствовала себя со всех сторон окруженною тем табачным и старчески-едким запахом отца, который она так давно знала. — Ну, сударыня, треугольники эти подобны; изволишь видеть, угол *abc*...

Княжна испуганно взглядывала на близко от нее блестящие глаза отца; красные пятна переливались по ее лицу, и видно было, что она ничего не понимает и так боится, что страх помешает ей понять все дальнейшие толкования отца, как бы ясны они ни были. Виноват ли был учитель, или виновата была ученица, но каждый день повторялось одно и то же: у княжны мутилось в глазах, она ничего не видела, не слышала, только чувствовала близко подле себя сухое лицо строгого отца, чувствовала его дыхание

---

[1] батюшка.

и запах и только думала о том, как бы ей уйти поскорее из кабинета и у себя на просторе понять задачу. Старик выходил из себя: с грохотом отодвигал и придвигал кресло, на котором сам сидел, делал усилия над собой, чтобы не разгорячиться, и почти всякий раз горячился, бранился, а иногда швырял тетрадью.

Княжна ошиблась ответом.

— Ну, как же не дура! — крикнул князь, оттолкнув тетрадь и быстро отвернувшись, но тотчас же встал, прошелся, дотронулся руками до волос княжны и снова сел.

Он придвинулся и продолжал толкование.

— Нельзя, княжна, нельзя, — сказал он, когда княжна, взяв и закрыв тетрадь с заданными уроками, уже готовилась уходить, — математика великое дело, моя сударыня. А чтобы ты была похожа на наших глупых барынь, я не хочу. Стерпится — слюбится. — Он потрепал ее рукой по щеке. — Дурь из головы выскочит.

Она хотела выйти, он остановил ее жестом и достал с высокого стола новую, неразрезанную книгу.

— Вот еще какой-то *Ключ таинства* тебе твоя Элоиза посылает. Религиозная. А я ни в чью веру не вмешиваюсь... Просмотрел. Возьми. Ну, ступай, ступай!

Он потрепал ее по плечу и сам запер за нею дверь.

Княжна Марья возвратилась в свою комнату с грустным, испуганным выражением, которое редко покидало ее и делало ее некрасивое, болезненное лицо еще более некрасивым, села за свой письменный стол, уставленный миниатюрными портретами и заваленный тетрадями и книгами. Княжна была столь же беспорядочна, как отец ее порядочен. Она положила тетрадь геометрии и нетерпеливо распечатала письмо. Письмо было от ближайшего с детства друга княжны; друг этот была та самая Жюли Карагина, которая была на именинах у Ростовых.

Жюли писала:

«Chère et excellente amie, quelle chose terrible et effrayante que l'absence! J'ai beau me dire que la moitié de mon existence et de mon bonheur est en vous, que malgré la distance qui nous sépare, nos cœurs sont unis par des liens indissolubles; le mien se révolte contre la destinée, et je ne puis, malgré les plaisirs et les distractions qui m'entourent, vaincre une certaine tristesse cachée que je ressens au fond du cœur depuis notre séparation. Pourquoi ne sommes-nous pas réunies, comme cet été dans votre grand cabinet sur le canapé bleu, le canapé à confidences? Pourquoi ne puis-je, comme il y a trois mois, puiser de nouvelles forces morales dans votre regard si doux, si calme et si pénétrant, regard que j'aimais tant et que je crois voir devant moi, quand je vous écris?»[1]

Прочтя до этого места, княжна Марья вздохнула и оглянулась в трюмо, которое стояло направо от нее. Зеркало отразило некрасивое, слабое тело и худое лицо. Глаза, всегда грустные, теперь особенно безнадежно смотрели на себя в зеркало. «Она мне льстит», — подумала княжна, отвернулась и продолжала читать. Жюли, однако, не льстила своему другу: действительно, глаза княжны, большие, глубокие и лучистые (как будто лучи теплого света иногда снопами выходили из них), были так хороши, что очень часто, несмотря на некрасивость всего лица, глаза эти делались привлекательнее красоты. Но княжна никогда не видела хорошего выражения своих глаз, того выражения, которое они принимали в те минуты, когда она не думала о себе. Как и у всех людей, лицо ее принимало натянуто-неестественное, дурное выражение, как скоро она смотрелась в зеркало. Она продолжала читать:

«Tout Moscou ne parle que guerre. L'un de mes deux frères est déjà à l'etranger, l'autre est avec la garde qui se met en marche vers la frontière. Notre cher empereur a quitté Pétersbourg et, à ce qu'on prétend, compte luimême exposer sa précieuse existence aux chances de la guerre. Dieu veuille que le monstre corsicain, qui détruit le repos de l'Europe, soit terrassé par l'ange que le Tout-Puissant, dans sa miséricorde, nous a donné pour souverain. Sans parler de mes frères, cette guerre m'a privée d'une relation des plus chères à mon cœur. Je parle du jeune Nicolas Rostoff qui avec son enthousiasme n'a pu supporter l'inaction et a quitté l'université pour aller

---

[1] Милый и бесценный друг, какая страшная и ужасная вещь разлука! Сколько ни твержу себе, что половина моего существования и моего счастия в вас, что, несмотря на расстояние, которое нас разлучает, сердца наши соединены неразрывными узами, мое сердце возмущается против судьбы, и, несмотря на удовольствия и рассеяния, которые меня окружают, я не могу подавить некоторую скрытую грусть, которую испытываю в глубине сердца со времени нашей разлуки. Отчего мы не вместе, как в прошлое лето, в вашем большом кабинете, на голубом диване, на диване «признаний»? Отчего я не могу, как три месяца тому назад, почерпать новые нравственные силы в вашем взгляде, кротком, спокойном и проницательном, который я так любила и который я вижу пред собой в ту минуту, как пишу вам?

s'enrôler dans l'armée. Eh bien, chère Marie, je vous avouerai, que, malgré son extrême jeunesse, son départ pour l'armée a été un grand chagrin pour moi. Le jeune homme, dont je vous parlais cet été, a tant de noblesse, de véritable jeunesse qu'on rencontre si rarement dans le siècle où nous vivons parmi nos vieillards de vingt ans. Il a surtout tant de franchise et de cœur. Il est tellement pur et poétique, que mes relations avec lui, quelque passagères qu'elles fussent, ont été l'une des plus douces jouissances de mon pauvre cœur, qui a déjà tant souffert. Je vous raconterai un jour nos adieux et tout ce qui s'est dit en partant. Tout cela est encore trop frais. Ah! chère amie, vous êtes heureuse de ne pas connaître ces jouissances et ces peines si poignantes. Vous êtes heureuse, puisque les dernières — sont ordinairement les plus fortes! Je sais fort bien que le comte Nicolas est trop jeune pour pouvoir jamais devenir pour moi quelque chose de plus qu'un ami, mais cette douce amitié, ces relations si poétiques et si pures ont été un besoin pour mon cœur. Mais n'en parlons plus. La grande nouvelle du jour qui occupe tout Moscou est la mort du vieux comte Безухов et son héritage. Figurez-vous que les trois princesses n'ont reçu que très peu de chose, le prince Basile rien, et que c'est M. Pierre qui a tout hérité, et qui par-dessus le marché a été reconnu pour fils légitime, par conséquent comte Безухов est possesseur de la plus belle fortune de la Russie. On prétend que le prince Basile a joué un très vilain rôle dans toute cette histoire et qu'il est reparti tout penaud pour Pétersbourg.

Je vous avoue que je comprends très peu toutes ces affaires de legs et de testament; ce que je sais, c'est que depuis que le jeune homme que nous connaissions tous sous le nom de M. Pierre tout court est devenu comte Безухов et possesseur de l'une des plus grandes fortunes de la Russie. Je m'amuse fort à observer les changements de ton et des manières des mamans accablées de filles à marier et des demoiselles elles-mêmes à l'égard de cet individu qui, par parenthèse, m'a paru toujours être un pauvre sire. Comme on s'amuse depuis deux ans à me donner des promis que je ne connais pas le plus souvent, la chronique matrimoniale de Moscou me fait comtesse Безуховой. Mais vous sentez bien que je ne me soucie nullement de le devenir. A propos de mariage, savez-vous que tout dernièrement *la tante en général* Анна Михайловна m'a confié sous le sceau du plus grand secret un projet de mariage pour vous. Ce n'est ni plus ni moins que le fils du prince Basile, Anatole, qu'on voudrait ranger en le mariant à une personne riche et distinguée, et c'est sur vous qu'est tombé le choix des parents. Je ne sais comment vous envisagerez la chose, mais j'ai cru de mon devoir de vous en avertir. On le dit très beau et très mauvais sujet; c'est tout ce que j'ai pu savoir sur son compte.

Mais assez de bavardage comme cela. Je finis mon second feuillet, et maman me fait chercher pour aller dîner chez les Apraksines. Lisez le livre mystique que je vous envoie et qui fait fureur chez nous. Quoiqu'il y ait des choses dans ce livre difficiles à atteindre avec la faible conception humaine, c'est un livre admirable dont la lecture calme et élève l'âme. Adieu. Mes respects à monsieur votre père et mes compliments à m-lle Bourienne. Je vous embrasse comme je vous aime.

Julie.

P. S. Donnez-moi des nouvelles de votre frère et de sa charmante petite femme»[1].

---

[1] Вся Москва только и говорит что о войне. Один из моих двух братьев уже за границей, другой с гвардией, которая выступает в поход к границе. Наш милый государь оставляет Петербург и, как предполагают, намерен сам подвергнуть свое драгоценное существование случайностям войны. Дай Бог, чтобы корсиканское чудовище, которое возмущает спокойствие Европы, было низвергнуто ангелом, которого всемогущий в своей благости поставил над нами повелителем. Не говоря уже о моих братьях, эта война лишила меня одного из отношений, самых близких моему сердцу. Я говорю о молодом Николае Ростове, который, при своем энтузиазме, не мог переносить бездействия и оставил университет, чтобы поступить в армию. Признаюсь вам, милая Мари, что, несмотря на его чрезвычайную молодость, отъезд его в армию был для меня большим горем. В молодом человеке, о котором я говорила вам прошлым летом, столько благородства, истинной молодости, которую встречаешь так редко в наш век между нашими двадцатилетними стариками! У него особенно так много откровенности и сердца. Он так чист и полон поэзии, что мои отношения к нему, при всей мимолетности своей, были одною из самых сладостных отрад моего бедного сердца, которое уже так много страдало. Я вам расскажу когда-нибудь наше прощание и все, что говорилось при прощании. Все это еще слишком свежо... Ах! милый друг, вы счастливы, что не знаете этих жгучих наслаждений, этих жгучих горестей. Вы счастливы, потому что последние обыкновенно сильнее первых. Я очень хорошо знаю, что граф Николай слишком молод для того, чтобы сделаться для меня чем-нибудь, кроме как другом. Но эта сладкая дружба, эти столь поэтические и столь чистые отношения были потребностью моего сердца. Но довольно об этом. Главная новость,

Княжна подумала, задумчиво улыбнулась (причем лицо ее, освещенное лучистыми глазами, совершенно преобразилось) и, вдруг приподнявшись, тяжело ступая, перешла к столу. Она достала бумагу, и рука ее быстро начала ходить по ней. Так писала она в ответ:

«Chère et excellente amie. Votre lettre du 13 m'a causé une grande joie. Vous m'aimez donc toujours, ma poétique Julie. L'absence, dont vous dites tant de mal, n'a donc pas eu son influence habituelle sur vous. Vous vous plaignez de l'absence — que devrai-je dire moi si *j'osais* me plaindre, privée de tous ceux qui me sont chers? Ah! si nous n'avions pas la religion pour nous consoler, la vie serait bien triste. Pourquoi me supposez-vous un regard sévère quand vous me parlez de votre affection pour le jeune homme? Sous ce rapport je ne suis rigide que pour moi. Je comprends ces sentiments chez les autres et si je ne puis approuver ne les ayant jamais ressentis, je ne les con-

---

занимающая всю Москву,— смерть старого графа Безухова и его наследство. Представьте себе, три княжны получили какую-то малость, князь Василий ничего, а Пьер — наследник всего и, сверх того, признан законным сыном и потому графом Безуховым и владельцем самого огромного состояния в России. Говорят, что князь Василий играл очень гадкую роль во всей этой истории и что он уехал в Петербург очень сконфуженный. Признаюсь вам, я очень плохо понимаю все эти дела по духовным завещаниям, знаю только, что с тех пор как молодой человек, которого мы все знали под именем просто Пьера, сделался графом Безуховым и владельцем одного из лучших состояний России,— я забавляюсь наблюдениями над переменой тона маменек, у которых есть дочери-невесты, и самих барышень в отношении к этому господину, который (в скобках будь сказано) всегда казался мне очень ничтожным. Так как уже два года все забавляются тем, чтобы приискивать мне женихов, которых я большею частью не знаю, то брачная хроника Москвы делает меня графинею Безуховой. Но вы понимаете, что я нисколько этого не желаю. Кстати, о браках. Знаете ли вы, что недавно *всеобщая тетушка* Анна Михайловна доверила мне, под величайшим секретом, замысел устроить ваше супружество. Это ни более, ни менее, как сын князя Василия, Анатоль, которого хотят пристроить, женив его на богатой и знатной девице, и на вас пал выбор родителей. Я не знаю, как вы посмотрите на это дело, но я сочла своим долгом предуведомить вас. Он, говорят, очень хорош и большой повеса. Вот все, что я могла узнать о нем.

Но будет болтать. Кончаю мой второй листок, а маменька прислала за мной, чтобы ехать обедать к Апраксиным.

Прочитайте мистическую книгу, которую я вам посылаю; она имеет у нас огромный успех. Хотя в ней есть вещи, которые трудно понять слабому уму человеческому, но это превосходная книга; чтение ее успокоивает и возвышает душу. Прощайте. Мое почтение вашему батюшке и мои приветствия мамзель Бурьен. Обнимаю вас от всего сердца.

Жюли.

P.S. Известите меня о вашем брате и о его прелестной жене.

damne pas. Il me paraît seulement que l'amour chrétien, l'amour du prochain, l'amour pour ses ennemis est plus méritoire, plus doux et plus beau, que ne le sont les sentiments que peuvent inspirer les beaux yeux d'un jeune homme à une jeune fille poétique et aimante comme vous.

La nouvelle de la mort du comte Безухов nous est parvenue avant votre lettre, et mon père en a été très affecté. Il dit que c'était l'avant-dernier représentant du grand siècle, et qu'à présent c'est son tour; mais qu'il fera son possible pour que son tour vienne le plus tard possible. Que dieu nous garde de ce terrible malheur! Je ne puis partager votre opinion sur Pierre que j'ai connu enfant. Il me paraissait toujours avoir un cœur excellent, et c'est la qualité que j'estime le plus dans les gens. Quant à son héritage et au rôle qu'y a joué le prince Basile, c'est bien triste pour tous les deux. Ah! chère amie, la parole de notre divin sauveur qu'il est plus aisé à un chameau de passer par le trou d'une aiguille, qu'il ne l'est à un riche d'entrer dans le royaume de gieu, cette parole est terriblement vraie; je plains le prince Basile et je regrette encore davantage Pierre. Si jeune et accablé de cette richesse, que de tentations n'aura-t-il pas à subir! Si on me demandait ce que je désirerais le plus au monde, ce serait d'être plus pauvre que le plus pauvre des mendiants. Mille grâces, chère amie, pour l'ouvrage que vous m'envoyez, et qui fait si grande fureur chez vous. Cependant, puisque vous me dites qu'au milieu de plusieurs bonnes choses il y en a d'autres que la faible conception humaine ne peut atteindre, il me paraît assez inutile de s'occuper d'une lecture inintelligible; qui par là même, ne pourrait être d'aucun fruit. Je n'ai jamais pu comprendre la passion qu'ont certaines personnes de s'embrouiller l'entendement en s'attachant à des livres mystiques, qui n'élèvent que des doutes dans leurs esprits, exaltent leur imagination et leur donnent un caractère d'exagération tout-à-fait contraire à la simplicité chrétienne. Lisons les apôtres et l'Evangile. Ne cherchons pas à pénétrer ce que ceux-là renferment de mystérieux, car, comment oserions-nous, misérables pécheurs que nous sommes, prétendre à nous initier dans les secrets terribles et sacrés de la providence, tant que nous portons cette dépouille charnelle, que élève entre nous et l'éternel un voile impénétrable? Bornons-nous donc à étudier les principes sublimes que notre divin sauveur nous a laissé pour notre conduite ici-bas; cherchons à nous y conformer et à les suivre, persuadons-nous que moins nous donnons d'essor à notre faible esprit humain et plus il est agréable à dieu, qui rejette toute science ne venant pas de lui; que moins nous cherchons à approfondir ce qu'il lui a plu de dérober nous en accordera à notre connaissance, et plutôt il nous en accordera la découverte par son divin esprit.

Mon père ne m'a pas parlé du prétendant, mais il m'a dit seulement qu'il a reçu une lettre et attendait une visite du prince Basile. Pour ce qui est du projet de mariage qui me regarde, je vous dirai, chère et excellente amie, que le mariage, selon moi, est une institution divine à laquelle il faut se conformer. Quelque pénible que cela soit pour moi, si le tout-puissant m'impose jamais les devoirs d'épouse et de mère, je tâcherai de les remplir aussi fidèlement que je le pourrai, sans m'inquiéter de l'examen de mes sentiments à l'égard de celui qu'il me donnera pour époux.

J'ai reçu une lettre de mon frère qui m'annonce son arrivée à Лысые Горы avec sa femme. Ce sera une joie de courte durée, puisqu'il nous quitte pour prendre part à cette malheureuse guerre, à laquelle nous sommes entraînés dieu sait comment et pourquoi. Non seulement chez vous, au centre des affaires et du monde, on ne parle que de guerre, mais ici, au milieu de ces travaux champêtres et de ce calme de la nature que les citadins se représentent ordinairement à la campagne, les bruits de la guerre se font entendre et sentir péniblement. Mon père ne parle que marche et contremarche, choses auxquelles je ne comprends rien; et avant-hier en faisant ma promenade habituelle dans la rue du village, je fus témoin d'une scène déchirante... C'était un convoi des recrues enrôlès chez nous et expediés pour l'armée... Il fallait voir l'état dans lequel se trouvaient les méres, les femmes, les enfants des hommes qui partaient et entendre les sanglots des uns et des autres! On dirait que l'humanité a oublié les lois de son divin sauveur qui prêchait l'amour et le pardon des offenses, et qu'elle fait consister son plus grand mérite dans l'art de s'entretuer.

Adieu, chère et bonne amie, que notre divin sauveur et sa très sainte mére vous aient en leur sainte et puissante garde.

Marie»[1].

---

[1] Милый и бесценный друг. Ваше письмо от тринадцатого доставило мне большую радость. Вы все еще меня любите, моя поэтическая Жюли. Разлука, о которой вы говорите так много дурного, видно, не

имела на вас своего обычного влияния. Вы жалуетесь на разлуку, что же я должна была бы сказать, если бы смела,— я, лишенная всех тех, кто мне дорог? Ах, ежели бы не было у нас утешения религии, жизнь была бы очень печальна. Почему приписываете вы мне строгий взгляд, когда говорите о вашей склонности к молодому человеку? В этом отношении я строга только к себе. Я понимаю эти чувства у других, и если не могу одобрять их, никогда не испытавши, то я не осуждаю их. Мне кажется только, что христианская любовь к ближнему, любовь к врагам достойнее, отраднее и лучше, чем те чувства, которые могут внушить прекрасные глаза молодого человека молодой девушке, поэтической и любящей, как вы.

Известие о смерти графа Безухова дошло до нас прежде вашего письма, и мой отец был очень тронут им. Он говорит, что это был предпоследний представитель великого века и что теперь черед за ним, но что он сделает все зависящее от него, чтобы черед этот пришел как можно позже. Избави нас Боже от этого несчастия!

Я не могу разделять вашего мнения о Пьере, которого знала еще ребенком. Мне казалось, что у него было всегда прекрасное сердце, а это то качество, которое я более всего ценю в людях. Что касается до его наследства и до роли, которую играл в этом князь Василий, то это очень печально для обоих. Ах, милый друг, слова нашего божественного спасителя, что легче верблюду пройти в игольное ухо, чем богатому войти в царствие божие,— эти слова страшно справедливы! Я жалею князя Василия и еще более Пьера. Столь молодому быть отягощенным таким огромным состоянием,— через сколько искушений надо будет пройти ему! Если б у меня спросили, чего я желаю более всего на свете,— я сказала бы: желаю быть беднее самого бедного из нищих. Благодарю вас тысячу раз, милый друг, за книгу, которую вы мне посылаете и которая делает столько шуму у вас. Впрочем, так как вы мне говорите, что в ней между многими хорошими вещами есть такие, которых не может постигнуть слабый ум человеческий, то мне кажется излишним заниматься непонятным чтением, которое по этому самому не могло бы принести никакой пользы. Я никогда не могла понять страсть, которую имеют некоторые особы: путать себе мысли, пристращаясь к мистическим книгам, которые возбуждают только сомнения в их умах, раздражают их воображение и дают им характер преувеличения, совершенно противный простоте христианской. Будем читать лучше апостолов и Евангелие. Не будем пытаться проникать то, что в этих книгах есть таинственного, ибо как можем мы, жалкие грешники, познать страшные и священные тайны провидения до тех пор, пока носим на себе ту плотскую оболочку, которая воздвигает между нами и вечным непроницаемую завесу? Ограничимся лучше изучением великих правил, которые наш божественный спаситель оставил нам для нашего руководства здесь, на земле; будем стараться следовать им и постараемся убедиться в том, что чем меньше мы будем давать разгула нашему уму, тем мы будем приятнее Богу, который отвергает всякое знание, исходящее не от него, и что чем меньше мы углубляемся в то, что ему угодно было скрыть от нас, тем скорее даст он нам это открытие своим божественным разумом.

Отец мне ничего не говорил о женихе, но сказал только, что получил письмо и ждет посещения князя Василия; что касается до плана супружества относительно меня, я вам скажу, милый и бесценный друг, что брак, по-моему, есть божественное установление, которому нужно подчиняться. Как бы ни было тяжело для меня, но если всемогущему угодно будет наложить на меня обязанности супруги и матери, я буду стараться исполнять их так верно, как могу, не заботясь об изучении своих чувств в отношении того, кого он мне даст в супруги.

— Ah, vous expédiez le courrier, princesse, moi j'ai déjà expédié le mien. J'ai écris à ma pauvre mère[1], — заговорила быстро-приятным, сочным голоском улыбающаяся m-lle Bourienne, картавя на *р* и внося с собой в сосредоточенную, грустную и пасмурную атмосферу княжны Марьи совсем другой, легкомысленно-веселый и самодовольный мир.

— Princesse, il faut que je vous prévienne, — прибавила она, понижая голос, — le prince a eu une altercation, — altercation, — сказала она, особенно грассируя и с удовольствием слушая себя, — une altercation avec Michel Ivanoff. Il est de très mauvaise humeur, très morose. Soyez prévenue, vous savez...[2]

— Ah! chère amie, — отвечала княжна Марья, — je vous ai priée de ne jamais me prévenir de l'humeur dans laquelle se trouve mon père. Je ne me permets pas de le juger, et je ne voudrais pas que les autres le fassent[3].

Княжна взглянула на часы и, заметив, что она уже пять минут пропустила то время, которое должна была употреблять для игры на клавикордах, с испуганным видом пошла в диванную. Между двенадцатью и двумя часами, сообразно с заведенным порядком дня, князь отдыхал, а княжна играла на клавикордах.

Я получила письмо от брата, который мне объявляет о своем приезде с женой в Лысые Горы. Радость эта будет непродолжительна, так как он оставляет нас для того, чтобы принять участие в этой войне, в которую мы втянуты Бог знает как и зачем. Не только у вас, в центре дел и света, но и здесь, среди этих полевых работ и этой тишины, какую горожане обыкновенно представляют себе в деревне, отголоски войны слышны и дают себя тяжело чувствовать. Отец мой только и говорит, что о походах и переходах, в чем я ничего не понимаю, и третьего дня, делая мою обычную прогулку по улице деревни, я видела раздирающую душу сцену. Это была партия рекрут, набранных у нас и посылаемых в армию. Надо было видеть состояние, в котором находились матери, жены и дети тех, которые уходили, и слышать рыдания тех и других! Подумаешь, что человечество забыло законы своего божественного спасителя, учившего нас любви и прощению обид, и что оно полагает главное достоинство свое в искусстве убивать друг друга.

Прощайте, милый и добрый друг. Да сохранит вас наш божественный спаситель и его пресвятая матерь под своим святым и могущественным покровом.

Мари.

[1] А, вы отправляете письмо, я уж отправила свое. Я писала моей бедной матери.

[2] Княжна, я должна вас предуведомить — князь разбранил Михайла Иваныча. Он очень не в духе, такой угрюмый. Предупреждаю вас, знаете...

[3] Ах, милый друг мой! Я просила вас никогда не говорить мне о том, в каком расположении духа батюшка. Я не позволю себе судить его и не желала бы, чтоб и другие это делали.

XXIII

Седой камердинер сидел, дремля и прислушиваясь к храпению князя в огромном кабинете. Из дальней стороны дома, из-за затворенных дверей слышались по двадцати раз повторяемые трудные пассажи Дюссековой сонаты.

В это время подъехала к крыльцу карета и бричка, и из кареты вышел князь Андрей, высадил свою маленькую жену и пропустил ее вперед. Седой Тихон, в парике, высунувшись из двери официантской, шепотом доложил, что князь почивают, и торопливо затворил дверь. Тихон знал, что ни приезд сына и никакие необыкновенные события не должны были нарушать порядка дня. Князь Андрей, видимо, знал это так же хорошо, как и Тихон; он посмотрел на часы, как будто для того, чтобы поверить, не изменились ли привычки отца за то время, в которое он не видал его, и, убедившись, что они не изменились, обратился к жене.

— Через двадцать минут он встанет. Пройдем к княжне Марье, — сказал он.

Маленькая княгиня потолстела за это время, но глаза и короткая губка с усиками и улыбкой поднималась так же весело и мило, когда она заговорила.

— Mais c'est un palais, — сказала она мужу, оглядываясь кругом, с тем выражением, с каким говорят похвалы хозяину бала. — Allons, vite, vite!..[1] — Она, оглядываясь, улыбалась и Тихону, и мужу, и официанту, провожавшему их.

— C'est Marie qui s'exerce? Allons doucement, il faut la surprendre[2].

Князь Андрей шел за ней с учтивым и грустным выражением.

— Ты постарел, Тихон, — сказал он, проходя, старику, целовавшему его руку.

Перед комнатою, в которой слышны были клавикорды, из боковой двери выскочила хорошенькая белокурая француженка. M-lle Bourienne казалась обезумевшею от восторга.

— Ah! quel bonheur pour la princesse, — заговорила она. — Enfin! Il faut que je la prévienne[3].

---

[1] Да это дворец! — Ну, скорее, скорей!..

[2] Это Мари упражняется? Пойдем потихоньку, чтобы она не видала нас.

[3] Ах, какая радость для княжны! Наконец-то! Надо ее предупредить.

— Non, non, de grâce... Vous êtes mademoiselle Bourienne, je vous connais déjà par l'amitié que vous porte ma belle-sœur, — говорила княгиня, целуясь с нею. — Elle ne nous attend pas![1]

Они подошли к двери диванной, из которой слышался опять и опять повторяемый пассаж. Князь Андрей остановился и поморщился, как будто ожидая чего-то неприятного.

Княгиня вошла. Пассаж оборвался на середине; послышался крик, тяжелые ступни княжны Марьи и звуки поцелуев. Когда князь Андрей вошел, княжна и княгиня, только раз на короткое время видевшиеся во время свадьбы князя Андрея, обхватившись руками, крепко прижимались губами к тем местам, на которые попали в первую минуту. M-lle Bourienne стояла около них, прижав руки к сердцу и набожно улыбаясь, очевидно столько же готовая заплакать, сколько и засмеяться. Князь Андрей пожал плечами и поморщился, как морщатся любители музыки, услышав фальшивую ноту. Обе женщины отпустили друг друга; потом опять, как будто боясь опоздать, схватили друг друга за руки, стали целовать и отрывать руки и потом опять стали целовать друг друга в лицо, и совершенно неожиданно для князя Андрея обе заплакали и опять стали целоваться. M-lle Bourienne тоже заплакала. Князю Андрею было, очевидно, неловко; но для двух женщин казалось так естественно, что они плакали; казалось, они и не предполагали, чтобы могло иначе совершиться это свидание.

— Ah! chère!.. Ah Marie!..— вдруг заговорили обе женщины и засмеялись. — J'ai rêvé cette nuit... — Vous ne nous attendiez donc pas?.. Ah! Marie, vous avez maigri... — Et vous avez repris...[2]

— J'ai tout de suite reconnu madame la princesse[3], — вставила m-lle Бурьен.

— Et moi qui ne me doutais pas!.. — восклицала княжна Марья. — Ah! André, je ne vous voyais pas[4].

Князь Андрей поцеловался с сестрою рука в руку и сказал ей, что она такая же pleurnicheuse[5], как всегда была.

---

1 Нет, нет, пожалуйста... Вы мамзель Бурьен; я уже знакома с вами по той дружбе, какую имеет к вам моя золовка. Она не ожидает нас!

2 Ах, милая!.. Ах, Мари!.. — А я видела во сне. — Так вы нас не ожидали?.. Ах, Мари, вы так похудели. — А вы так пополнели...

3 Я тотчас узнала княгиню.

4 А я и не подозревала!.. Ах, Андрей, я и не видела тебя.

5 плакса.

Княжна Марья повернулась к брату, и сквозь слезы любовный, теплый и кроткий взгляд ее прекрасных в ту минуту, больших лучистых глаз остановился на лице князя Андрея.

Княгиня говорила без умолку. Короткая верхняя губка с усиками то и дело на мгновение слетала вниз, притрагивалась, где нужно было, к румяной нижней губке, и вновь открывалась блестевшая зубами и глазами улыбка. Княгиня рассказывала случай, который был с ними на Спасской горе, грозивший ей опасностию в ее положении, и сейчас же после этого сообщила, что она все платья свои оставила в Петербурге и здесь будет ходить Бог знает в чем, и что Андрей совсем переменился, и что Китти Одынцова вышла замуж за старика, и что есть жених для княжны Марьи pour tout de bon[1], но что об этом поговорим после. Княжна Марья все еще молча смотрела на брата, и в прекрасных глазах ее были и любовь и грусть. Видно было, что в ней установился теперь свой ход мысли, не зависимый от речей невестки. Она в середине ее рассказа о последнем празднике в Петербурге обратилась к брату.

— И ты решительно едешь на войну, André? — сказала она, вздохнув.

Lise вздохнула тоже.

— Даже завтра, — отвечал брат.

— Il m'abandonne ici, et dieu sait pourquoi, quand il aurait pu avoir de l'avancement...[2]

Княжна Марья не дослушала и, продолжая нить своих мыслей, обратилась к невестке, ласковыми глазами указывая на ее живот.

— Наверное? — сказала она.

Лицо княгини изменилось. Она вздохнула.

— Да, наверное, — сказала она. — Ах! Это очень страшно...

Губки Лизы опустились. Она приблизила свое лицо к лицу золовки и опять неожиданно заплакала.

— Ей надо отдохнуть, — сказал князь Андрей, морщась. — Не правда ли, Лиза? Сведи ее к себе, а я пойду к батюшке. Что он, все то же?

---

[1] настоящий.
[2] Он покидает меня здесь, и Бог знает зачем, тогда как он мог бы получить повышение...

— То же, то же самое; не знаю, как на твои глаза, — отвечала радостно княжна.

— И те же часы, и по аллеям прогулки? Станок? — спрашивал князь Андрей с чуть заметною улыбкой, показывавшею, что, несмотря на всю свою любовь и уважение к отцу, он понимал его слабости.

— Те же часы и станок, еще математика и мои уроки геометрии, — радостно отвечала княжна Марья, как будто ее уроки из геометрии были одним из самых радостных впечатлений ее жизни.

Когда прошли те двадцать минут, которые нужны были для срока вставанья старого князя, Тихон пришел звать молодого князя к отцу. Старик сделал исключение в своем образе жизни в честь приезда сына: он велел впустить его в свою половину во время одеванья перед обедом. Князь ходил по-старинному, в кафтане и пудре. И в то время как князь Андрей (не с тем брюзгливым выражением лица и манерами, которые он напускал на себя в гостиных, а с тем оживленным лицом, которое у него было, когда он разговаривал с Пьером) входил к отцу, старик сидел в уборной на широком, сафьяном обитом кресле, в пудроманте, предоставляя свою голову рукам Тихона.

— А! Воин! Бонапарта завоевать хочешь? — сказал старик и тряхнул напудренною головой, сколько позволяла это заплетаемая коса, находившаяся в руках Тихона. — Примись хоть ты за него хорошенько, а то он этак скоро и нас своими подданными запишет. Здоро́во! — И он выставил свою щеку.

Старик находился в хорошем расположении духа после дообеденного сна. (Он говорил, что после обеда серебряный сон, а до обеда золотой). Он радостно из-под своих густых нависших бровей косился на сына. Князь Андрей подошел и поцеловал отца в указанное им место. Он не отвечал на любимую тему разговора отца — подтруниванье над теперешними военными людьми, а особенно над Бонапартом.

— Да, приехал к вам, батюшка, и с беременною женой, — сказал князь Андрей, следя оживленными и почтительными глазами за движением каждой черты отцовского лица. — Как здоровье ваше?

— Нездоровы, брат, бывают только дураки да развратники, а ты меня знаешь: с утра до вечера занят, воздержан, ну и здоров.

— Слава Богу, — сказал сын, улыбаясь.

— Бог тут ни при чем. Ну, рассказывай, — продолжал он, возвращаясь к своему любимому коньку, — как вас немцы с Бонапартом сражаться по вашей новой науке, стратегией называемой, научили.

Князь Андрей улыбнулся.

— Дайте опомниться, батюшка, — сказал он с улыбкою, показывавшею, что слабости отца не мешают ему уважать и любить его. — Ведь я еще и не разместился.

— Врешь, врешь, — закричал старик, встряхивая косичкою, чтобы попробовать, крепко ли она была заплетена, и хватая сына за руку. — Дом для твоей жены готов. Княжна Марья сведет ее и покажет и с три короба наболтает. Это их бабье дело. Я ей рад. Сиди, рассказывай. Михельсона армию я понимаю, Толстого тоже... высадка единовременная... Южная армия что будет делать? Пруссия, нейтралитет... это я знаю. Австрия что? — говорил он, встав с кресла и ходя по комнате с бегавшим и подававшим части одежды Тихоном. — Швеция что? Как Померанию перейдут?

Князь Андрей, видя настоятельность требования отца, сначала неохотно, но потом все более и более оживляясь и невольно посреди рассказа, по привычке, перейдя с русского на французский язык, начал излагать операционный план предполагаемой кампании. Он рассказал, как девяностотысячная армия должна была угрожать Пруссии, чтобы вывести ее из нейтралитета и втянуть в войну, как часть этих войск должна была в Штральзунде соединиться с шведскими войсками, как двести двадцать тысяч австрийцев, в соединении со ста тысячами русских должны были действовать в Италии и на Рейне; и как пятьдесят тысяч русских и пятьдесят тысяч англичан высадятся в Неаполе, и как в итоге пятисоттысячная армия должна была с разных сторон сделать нападение на французов. Старый князь не выказал ни малейшего интереса при рассказе, как будто не слушал, и, продолжая на ходу одеваться, три раза неожиданно прервал его. Один раз он остановил его и закричал:

— Белый! белый!

Это значило, что Тихон подавал ему не тот жилет, который он хотел. Другой раз он остановился, спросил:

— И скоро она родит? — и, с упреком покачав головой, сказал: — Нехорошо! Продолжай, продолжай.

В третий раз, когда князь Андрей оканчивал описание, старик запел фальшивым и старческим голосом: «Malbroug s'en va-t-en guerre. Dieu sait quand reviendra»[1].

Сын только улыбнулся.

— Я не говорю, чтоб это был план, который я одобряю, — сказал сын, — я вам только рассказал, что есть. Наполеон уже составил свой план не хуже этого.

— Ну, новенького ты мне ничего не сказал. — И старик задумчиво проговорил про себя скороговоркой: «Dieu sait quand reviendra». — Иди в столовую.

XXIV

В назначенный час, напудренный и выбритый, князь вышел в столовую, где ожидала его невестка, княжна Марья, m-lle Бурьен и архитектор князя, по странной прихоти его допускаемый к столу, хотя по своему положению незначительный человек этот никак не мог рассчитывать на такую честь. Князь, твердо державшийся в жизни различия состояний и редко допускавший к столу даже важных губернских чиновников, вдруг на архитекторе Михайле Ивановиче, сморкавшемся в углу в клетчатый платок, доказывал, что все люди равны, и не раз внушал своей дочери, что Михайла Иванович ничем не хуже нас с тобой. За столом князь чаще всего обращался к бессловесному Михайле Ивановичу.

В столовой, громадно-высокой, как и все комнаты в доме, ожидали выхода князя домашние и официанты, стоявшие за каждым стулом; дворецкий, с салфеткой на руке, оглядывал сервировку, мигая лакеям и постоянно перебегая беспокойным взглядом от стенных часов к двери, из которой должен был появиться князь. Князь Андрей глядел на огромную, новую для него, золотую раму с изображением генеалогического дерева князей Болконских, висевшую напротив такой же громадной рамы с дурно сделанным (видимо, рукою домашнего живописца) изображением владетельного князя в короне, который должен был происходить от Рюрика и быть родоначальником рода Болконских. Князь Андрей смотрел на это генеалогическое дерево, покачивая головой, и посмеивался

---

[1] «Мальбрук в поход поехал, Бог весть когда вернется».

с тем видом, с каким смотрят на похожий до смешного портрет.

— Как я узнаю его всего тут! — сказал он княжне Марье, подошедшей к нему.

Княжна Марья с удивлением посмотрела на брата. Она не понимала, чему он улыбался. Все, сделанное ее отцом, возбуждало в ней благоговение, которое не подлежало обсуждению.

— У каждого своя ахиллесова пятка, — продолжал князь Андрей. — С *его* огромным умом donner dans ce ridicule![1]

Княжна Марья не могла понять смелости суждений своего брата и готовилась возражать ему, как послышались из кабинета ожидаемые шаги: князь входил быстро, весело, как он и всегда ходил, как будто умышленно своими торопливыми манерами представляя противоположность строгому порядку дома. В то же мгновение большие часы пробили два, и тонким голоском отозвались в гостиной другие. Князь остановился; из-под висящих густых бровей оживленные, блестящие, строгие глаза оглядели всех и остановились на молодой княгине. Молодая княгиня испытывала в то время то чувство, какое испытывают придворные на царском выходе, то чувство страха и почтения, которое возбуждал этот старик во всех приближенных. Он погладил княгиню по голове и потом неловким движением потрепал ее по затылку.

— Я рад, я рад, — проговорил он и, пристально еще взглянув ей в глаза, быстро отошел и сел на свое место. — Садитесь, садитесь! Михаил Иванович, садитесь.

Он указал невестке место подле себя. Официант отодвинул для нее стул.

— Го, го! — сказал старик, оглядывая ее округленную талию. — Поторопилась, нехорошо!

Он засмеялся сухо, холодно, неприятно, как он всегда смеялся — одним ртом, а не глазами.

— Ходить надо, ходить, как можно больше, как можно больше, — сказал он.

Маленькая княгиня не слыхала или не хотела слышать его слов. Она молчала и казалась смущенною. Князь спросил ее об отце, и княгиня заговорила и улыбнулась. Он спросил ее об общих знакомых: княгиня еще более

---

[1] поддаваться этой мелочности!

оживилась и стала рассказывать, передавая князю поклоны и городские сплетни.

— La comtesse Apraksine, la pauvre, a perdu son mari, et elle a pleuré les larmes de ses yeux[1], — говорила она все более и более оживляясь.

По мере того как она оживлялась, князь все строже и строже смотрел на нее и вдруг, как будто достаточно изучив ее и составив себе ясное о ней понятие, отвернулся от нее и обратился к Михайлу Ивановичу.

— Ну, что, Михайла Иванович, Буонапарте-то нашему плохо приходится. Как мне князь Андрей (он всегда так называл сына в третьем лице) порассказал, какие на него силы собираются! А мы с вами все его пустым человеком считали.

Михаил Иванович, решительно не знавший, когда это мы с вами говорили такие слова о Бонапарте, но понимавший, что он был нужен для вступления в любимый разговор, удивленно взглянул на молодого князя, сам не зная, что из этого выйдет.

— Он у меня тактик великий! — сказал князь сыну, указывая на архитектора.

И разговор зашел опять о войне, о Бонапарте и нынешних генералах и государственных людях. Старый князь, казалось, был убежден не только в том, что все теперешние деятели были мальчишки, не смыслившие и азбуки военного и государственного дела, и что Бонапарте был ничтожный французишка, имевший успех только потому, что уже не было Потемкиных и Суворовых противопоставить ему; но он был убежден даже, что никаких политических затруднений не было в Европе, не было и войны, а была какая-то кукольная комедия, в которую играли нынешние люди, притворяясь, что делают дело. Князь Андрей весело выдерживал насмешки отца над новыми людьми и с видимою радостью вызывал отца на разговор и слушал его.

— Все кажется хорошим, что было прежде, — сказал он, — а разве тот же Суворов не попался в ловушку, которую ему поставил Моро, и не умел из нее выпутаться?

— Это кто тебе сказал? Кто сказал? — крикнул князь. — Суворов! — И он отбросил тарелку, которую живо подхватил Тихон. — Суворов!.. Подумавши, князь Андрей. Два:

---

[1] Бедная графиня Апраксина потеряла мужа. Глаза выплакала, бедняжка.

Фридрих и Суворов... Моро! Моро был бы в плену, коли бы у Суворова руки свободны были; а у него на руках сидели хофс-кригс-вурст-шнапс-рат. Ему черт не рад. Вот пойдете, эти хофс-кригс-вурст-раты узнаете! Суворов с ними не сладил, так уж где ж Михайле Кутузову сладить? Нет, дружок, — продолжал он, — вам с своими генералами против Бонапарте не обойтись; надо французов взять, чтобы своя своих не познаша и своя своих побиваша. Немца Палена в Новый-Йорк, в Америку, за французом Моро послали, — сказал он, намекая на приглашение, которое в этом году было сделано Моро вступить в русскую службу. — Чудеса!! Что, Потемкины, Суворовы, Орловы разве немцы были? Нет, брат, либо там вы все с ума сошли, либо я из ума выжил. Дай вам Бог, а мы посмотрим. Бонапарте у них стал полководец великий! Гм!..

— Я ничего не говорю, чтобы все распоряжения были хороши, — сказал князь Андрей, — только я не могу понять, как вы можете так судить о Бонапарте. Смейтесь как хотите, а Бонапарте все-таки великий полководец!

— Михайла Иванович! — закричал старый князь архитектору, который, занявшись жарким, надеялся, что про него забыли. — Я вам говорил, что Бонапарте великий тактик? Вон и он говорит.

— Как же, ваше сиятельство, — отвечал архитектор.

Князь опять засмеялся своим холодным смехом.

— Бонапарте в рубашке родился. Солдаты у него прекрасные. Да и на первых он на немцев напал. А немцев только ленивый не бил. С тех пор как мир стоит, немцев все били. А они никого. Только друг друга. Он на них свою славу сделал.

И князь начал разбирать все ошибки, которые, по его понятиям, делал Бонапарте во всех своих войнах и даже в государственных делах. Сын не возражал, но видно было, что, какие бы доводы ему ни представляли, он так же мало способен был изменить свое мнение, как и старый князь. Князь Андрей слушал, удерживаясь от возражений и невольно удивляясь, как мог этот старый человек, сидя столько лет один безвыездно в деревне, в таких подробностях и с такою тонкостью знать и обсуживать все военные и политические обстоятельства Европы последних годов.

— Ты думаешь, я, старик, не понимаю настоящего положения дел? — заключил он. — А мне оно вот где! Я ночи не сплю. Ну, где же этот великий полководец твой-то, где он показал себя?

— Это длинно было бы, — отвечал сын.

— Ступай же ты к Буонапарте своему. M-lle Bourienne, voilà encore un admirateur de votre goujat d'empereur![1] — закричал он отличным французским языком.

— Vous savez, que je ne suis pas bonapartiste, mon prince[2].

— «Dieu sait quand reviendra...»[3], — пропел князь фальшиво, еще фальшивее засмеялся и вышел из-за стола.

Маленькая княгиня во все время спора и остального обеда молчала и испуганно поглядывала то на княжну Марью, то на свекра. Когда они вышли из-за стола, она взяла за руку золовку и отозвала ее в другую комнату.

— Comme c'est un homme d'esprit votre père, — сказала она, — c'est à cause de cela peut-être qu'il me fait peur[4].

— Ах, он так добр! — сказала княжна.

XXV

Князь Андрей уезжал на другой день вечером. Старый князь, не отступая от своего порядка, после обеда ушел к себе. Маленькая княгиня была у золовки. Князь Андрей, одевшись в дорожный сюртук без эполет, в отведенных ему покоях укладывался с своим камердинером. Сам осмотрев коляску и укладку чемоданов, он велел закладывать. В комнате оставались только те вещи, которые князь Андрей всегда брал с собой: шкатулка, большой серебряный погребец, два турецких пистолета и шашка — подарок отца, привезенный из-под Очакова. Все эти дорожные принадлежности были в большом порядке у князя Андрея: все было ново, чисто, в суконных чехлах, старательно завязано тесемочками.

В минуты отъезда и перемены жизни на людей, способных обдумывать свои поступки, обыкновенно находит серьезное настроение мыслей. В эти минуты обыкновенно поверяется прошедшее и делаются планы будущего. Лицо князя Андрея было очень задумчиво и нежно. Он,

---

1 Мамзель Бурьен, вот еще поклонник вашего холопского императора!

2 Вы знаете, князь, что я не бонапартистка.

3 «Бог весть когда вернется...»

4 Какой умный человек ваш батюшка. Может быть, от этого-то я и боюсь его.

заложив руки назад, быстро ходил по комнате из угла в угол, глядя вперед себя, и задумчиво покачивал головой. Страшно ли ему были идти на войну, грустно ли бросить жену, — может быть, и то и другое, только, видимо, не желая, чтоб его видели в таком положении, услыхав шаги в сенях, он торопливо высвободил руки, остановился у стола, как будто увязывал чехол шкатулки, и принял свое всегдашнее спокойное и непроницаемое выражение. Это были тяжелые шаги княжны Марьи.

— Мне сказали, что ты велел закладывать, — сказала она, запыхавшись (она, видно, бежала), — а мне так хотелось еще поговорить с тобой наедине. Бог знает, на сколько времени опять расстаемся. Ты не сердишься, что я пришла? Ты очень переменился, Андрюша, — прибавила она как бы в объяснение такого вопроса.

Она улыбнулась, произнося слово «Андрюша». Видно, ей самой было странно подумать, что этот строгий, красивый мужчина был тот самый Андрюша, худой, шаловливый мальчик, товарищ детства.

— А где Lise? — спросил он, только улыбкой отвечая на ее вопрос.

— Она так устала, что заснула у меня в комнате на диване. Ах, André! Quel trésor de femme vous avez[1], — сказала она, усаживаясь на диван против брата. — Она совершенный ребенок, такой милый, веселый ребенок. Я так ее полюбила.

Князь Андрей молчал, но княжна заметила ироническое и презрительное выражение, появившееся на его лице.

— Но надо быть снисходительным к маленьким слабостям; у кого их нет, André! Ты не забудь, что она воспитана и выросла в свете. И потом ее положение теперь не розовое. Надобно входить в положение каждого. Tout comprendre, c'est tout pardonner[2]. Ты подумай, каково ей, бедняжке, после жизни, к которой она привыкла, расстаться с мужем и остаться одной в деревне и в ее положении? Это очень тяжело.

Князь Андрей улыбался, глядя на сестру, как мы улыбаемся, слушая людей, которых, нам кажется, что мы насквозь видим.

---

[1] Ах, Андрей! Какое сокровище твоя жена.

[2] Кто все поймет, тот все и простит.

— Ты живешь в деревне и не находишь эту жизнь ужасною, — сказал он.

— Я другое дело. Что обо мне говорить! Я не желаю другой жизни, да и не могу желать, потому что не знаю никакой другой жизни. А ты подумай, André, для молодой и светской женщины похорониться в лучшие годы жизни в деревне, одной, потому что папенька всегда занят, а я... ты меня знаешь... как я бедна en ressources[1], для женщины, привыкшей к лучшему обществу. Mademoiselle Bourienne одна...

— Она мне очень не нравится, ваша Bourienne, — сказал князь Андрей.

— О нет! Она очень милая и добрая, а главное — жалкая девушка. У нее никого, никого нет. По правде сказать, мне она не только не нужна, но стеснительна. Я, ты знаешь, и всегда была дикарка, а теперь еще больше. Я люблю быть одна... Mon père[2] ее очень любит. Она и Михаил Иваныч — два лица, к которым он всегда ласков и добр, потому что они оба облагодетельствованы им; как говорит Стерн: «Мы не столько любим людей за то добро, которое они нам сделали, сколько за то добро, которое мы им сделали». Mon père взял ее сиротой sur le pavé[3], и она очень добрая. И mon père любит ее манеру чтения. Она по вечерам читает ему вслух. Она прекрасно читает.

— Ну, а по правде, Marie, тебе, я думаю, тяжело иногда бывает от характера отца? — вдруг спросил князь Андрей.

Княжна Марья сначала удивилась, потом испугалась этого вопроса.

— Мне?.. Мне?! Мне тяжело?! — сказала она.

— Он и всегда был крут, а теперь тяжел становится, я думаю, — сказал князь Андрей, видимо, нарочно, чтоб озадачить или испытать сестру, так легко отзываясь об отце.

— Ты всем хорош, André, но у тебя есть какая-то гордость мысли, — сказала княжна, больше следуя за своим ходом мыслей, чем за ходом разговора, — и это большой грех. Разве возможно судить об отце? Да ежели бы и возможно было, какое другое чувство, кроме vénération[4], может воз-

1 не весела.
2 Батюшка.
3 на улице.
4 обожания.

будить такой человек, как mon père? И я так довольна и счастлива с ним! Я только желала бы, чтобы вы все были счастливы, как я.

Брат недоверчиво покачал головой.

— Одно, что тяжело для меня, — я тебе по правде скажу, André, — это образ мыслей отца в религиозном отношении. Я не понимаю, как человек с таким огромным умом не может видеть того, что ясно, как день, и может так заблуждаться? Вот это составляет одно мое несчастие. Но и тут в последнее время я вижу тень улучшения. В последнее время его насмешки не так язвительны, и есть один монах, которого он принимал и долго говорил с ним.

— Ну, мой друг, я боюсь, что вы с монахом даром растрачиваете свой порох, — насмешливо, но ласково сказал князь Андрей.

— Ah, mon ami[1]. Я только молюсь Богу и надеюсь, что он услышит меня. André, — сказала она робко после минуты молчания, — у меня к тебе есть большая просьба.

— Что, мой друг?

— Нет, обещай мне, что ты не откажешь. Это тебе не будет стоить никакого труда, и ничего недостойного тебя в этом не будет. Только ты меня утешишь. Обещай, Андрюша, — сказала она, сунув руку в ридикюль и в нем держа что-то, но еще не показывая, как будто то, что она держала, и составляло предмет просьбы и будто прежде получения обещания в исполнении просьбы она не могла вынуть из ридикюля это *что-то*.

Она робко, умоляющим взглядом смотрела на брата.

— Ежели бы это и стоило мне большого труда... — как будто догадываясь, в чем было дело, отвечал князь Андрей.

— Ты что хочешь думай! Я знаю, ты такой же, как и mon père. Что хочешь думай, но для меня это сделай. Сделай, пожалуйста! Его еще отец моего отца, наш дедушка, носил во всех войнах... — Она все еще не доставала того, что держала, из ридикюля. — Так ты обещаешь мне?

— Конечно, в чем дело?

— André, я тебя благословлю образом, и ты обещай мне, что никогда его не будешь снимать... Обещаешь?

— Ежели он не в два пуда и шеи не оттянет... Чтобы тебе сделать удовольствие... — сказал князь Андрей, но

---

[1] Ах, мой друг.

в ту же секунду, заметив огорченное выражение, которое приняло лицо сестры при этой шутке, он раскаялся. — Очень рад, право, очень рад, мой друг, — прибавил он.

— Против твоей воли он спасет и помилует тебя и обратит тебя к себе, потому что в нем одном и истина и успокоение, — сказала она дрожащим от волнения голосом, с торжественным жестом держа в обеих руках перед братом овальный старинный образок спасителя с черным ликом, в серебряной ризе, на серебряной цепочке мелкой работы.

Она перекрестилась, поцеловала образок и подала его Андрею.

— Пожалуйста, André, для меня...

Из больших глаз ее светились лучи доброго и робкого света. Глаза эти освещали все болезненное, худое лицо и делали его прекрасным. Брат хотел взять образок, но она остановила его. Андрей понял, перекрестился и поцеловал образок. Лицо его в одно и то же время было нежно (он был тронут) и насмешливо.

— Merci, mon ami[1].

Она поцеловала его в лоб и опять села на диван. Они молчали.

— Так я тебе говорила, André, будь добр и великодушен, каким ты всегда был. Не суди строго Lise, — начала она. — Она так мила, так добра, и положение ее очень тяжело теперь.

— Кажется, я ничего не говорил тебе, Маша, чтоб я упрекал в чем-нибудь свою жену или был недоволен ею. К чему ты все это говоришь мне?

Княжна Марья покраснела пятнами и замолчала, как будто она чувствовала себя виноватою.

— Я ничего не говорил тебе, а тебе уж *говорили*. И мне это грустно.

Красные пятна еще сильнее выступили на лбу, шее и щеках княжны Марьи. Она хотела сказать что-то и не могла выговорить. Брат угадал: маленькая княгиня после обеда плакала, говорила, что предчувствует несчастные роды, боится их, и жаловалась на свою судьбу, на свекра и на мужа. После слез она заснула. Князю Андрею жалко стало сестру.

---

[1] Благодарю тебя, мой друг.

— Знай одно, Маша, я ни в чем не могу упрекнуть, не упрекал и никогда не упрекну *мою жену*, и сам ни в чем себя не могу упрекнуть в отношении к ней; и это всегда так будет, в каких бы я ни был обстоятельствах. Но ежели ты хочешь знать правду... хочешь знать, счастлив ли я? Нет, счастлива ли она? Нет. Отчего это? Не знаю...

Говоря это, он встал, подошел к сестре и, нагнувшись, поцеловал ее в лоб. Прекрасные глаза его светились умным и добрым, непривычным блеском, но он смотрел не на сестру, а в темноту отворенной двери, через ее голову.

— Пойдем к ней, надо проститься! Или иди одна, разбуди ее, а я сейчас приду. Петрушка! — крикнул он камердинеру, — поди сюда, убирай. Это в сиденье, это на правую сторону.

Княжна Марья встала и направилась к двери. Она остановилась.

— André, si vous avez la foi, vous vous seriez adressé à dieu, pour qu'il vous donne l'amour que vous ne sentez pas, et votre prière aurait été exaucée[1].

— Да — разве это! — сказал князь Андрей. — Иди, Маша, я сейчас приду.

По дороге к комнате сестры, в галерее, соединявшей один дом с другим, князь Андрей встретил мило улыбавшуюся m-lle Bourienne, уже в третий раз в этот день с восторженною и наивною улыбкой попадавшуюся ему в уединенных переходах.

— Ah! je vous croyais chez vous[2], — сказала она, почему-то краснея и опуская глаза.

Князь Андрей строго посмотрел на нее. На лице князя Андрея вдруг выразилось озлобление. Он ничего не сказал ей, но посмотрел на ее лоб и волосы, не глядя в глаза, так презрительно, что француженка покраснела и ушла, ничего не сказав. Когда он подошел к комнате сестры, княгиня уже проснулась, и ее веселый голосок, торопивший одно слово за другим, послышался из отворенной двери. Она говорила, как будто после долгого воздержания ей хотелось вознаградить потерянное время.

— Non, mais figurez-vous, la vieille comtesse Zouboff avec de fausses boucles et la bouche pleine de fausses

---

[1] Андрей, если бы ты имел веру, то обратился бы к Богу с молитвою, чтоб он даровал тебе любовь, которую ты не чувствуешь, и молитва твоя была бы услышана.

[2] Ах, я думала, вы у себя.

dents, comme si elle voulait défier les années...[1] Ха, ха, ха, Marie!

Точно ту же фразу о графине Зубовой и тот же смех уже раз пять слышал при посторонних князь Андрей от своей жены. Он тихо вошел в комнату. Княгиня, толстенькая, румяная, с работой в руках, сидела на кресле и без умолку говорила, перебирая петербургские воспоминания и даже фразы. Князь Андрей подошел, погладил ее по голове и спросил, отдохнула ли она от дороги. Она ответила и продолжала тот же разговор.

Коляска шестериком стояла у подъезда. На дворе была темная осенняя ночь. Кучер не видел дышла коляски. На крыльце суетились люди с фонарями. Огромный дом горел огнями сквозь свои большие окна. В передней толпились дворовые, желавшие проститься с молодым князем; в зале стояли все домашние: Михаил Иванович, m-lle Bourienne, княжна Марья и княгиня. Князь Андрей был позван в кабинет к отцу, который с глазу на глаз хотел проститься с ним. Все ждали их выхода.

Когда князь Андрей вошел в кабинет, старый князь, в стариковских очках и в своем белом халате, в котором он никого не принимал, кроме сына, сидел за столом и писал. Он оглянулся.

— Едешь? — И он опять стал писать.

— Пришел проститься.

— Целуй сюда, — он показал щеку, — спасибо, спасибо!

— За что вы меня благодарите?

— За то, что не просрочиваешь, за бабью юбку не держишься. Служба прежде всего. Спасибо, спасибо! — И он продолжал писать, так что брызги летели с трещавшего пера. — Ежели нужно сказать что, говори. Эти два дела могу делать вместе, — прибавил он.

— О жене... Мне и так совестно, что я вам ее на руки оставляю.

— Что врешь? Говори, что нужно.

— Когда жене будет время родить, пошлите в Москву за акушером... Чтоб он тут был.

Старый князь остановился и, как бы не понимая, уставился строгими глазами на сына.

— Я знаю, что никто помочь не может, коли натура не поможет, — говорил князь Андрей, видимо смущенный. —

---

[1] Нет, представьте себе, старая графиня Зубова, с фальшивыми локонами, с фальшивыми зубами, как будто издеваясь над годами...

Я согласен, что из миллиона случаев один бывает несчастный, но это ее и моя фантазия. Ей наговорили, она во сне видела, и она боится.

— Гм... гм... — проговорил про себя старый князь, продолжая дописывать. — Сделаю.

Он расчеркнул подпись, вдруг быстро повернулся к сыну и засмеялся.

— Плохо дело, а?

— Что плохо, батюшка?

— Жена! — коротко и значительно сказал старый князь.

— Я не понимаю, — сказал князь Андрей.

— Да нечего делать, дружок, — сказал князь, — они все такие, не разженишься. Ты не бойся; никому не скажу; а ты сам знаешь.

Он схватил его за руку своею костлявою маленькою кистью, потряс ее, взглянул прямо в лицо сына своими быстрыми глазами, которые, как казалось, насквозь видели человека, и опять засмеялся своим холодным смехом.

Сын вздохнул, признаваясь этим вздохом в том, что отец понял его. Старик, продолжая складывать и печатать письма с своею привычною быстротой, схватывал и бросал сургуч, печать и бумагу.

— Что делать? Красива! Я все сделаю. Ты будь покоен, — говорил он отрывисто во время печатания.

Андрей молчал: ему и приятно и неприятно было, что отец понял его. Старик встал и подал письмо сыну.

— Слушай, — сказал он, — о жене не заботься: что возможно сделать, то будет сделано. Теперь слушай: письмо Михайлу Илларионовичу отдай. Я пишу, чтоб он тебя в хорошие места употреблял и долго адъютантом не держал: скверная должность! Скажи ты ему, что я его помню и люблю. Да напиши, как он тебя примет. Коли хорош будет, служи. Николая Андреевича Болконского сын из милости служить ни у кого не будет. Ну, теперь поди сюда.

Он говорил такою скороговоркой, что не доканчивал половины слов, но сын привык понимать его. Он подвел сына к бюро, откинул крышку, выдвинул ящик и вынул исписанную его крупным, длинным и сжатым почерком тетрадь.

— Должно быть, мне прежде тебя умереть. Знай, тут мои записки, их государю передать после моей смерти.

Теперь здесь вот ломбардный билет и письмо: это премия тому, кто напишет историю суворовских войн. Переслать в академию. Здесь мои ремарки, после меня читай для себя, найдешь пользу.

Андрей не сказал отцу, что, верно, он проживет еще долго. Он понимал, что этого говорить не нужно.

— Все исполню, батюшка, — сказал он.

— Ну, теперь прощай! — Он дал поцеловать сыну свою руку и обнял его. — Помни одно, князь Андрей: коли тебя убьют, мне, старику, больно будет... — Он неожиданно замолчал и вдруг крикливым голосом продолжал: — А коли узнаю, что ты повел себя не как сын Николая Болконского, мне будет... стыдно! — взвизгнул он.

— Этого вы могли бы не говорить мне, батюшка, — улыбаясь, сказал сын.

Старик замолчал.

— Еще я хотел просить вас, — продолжал князь Андрей, — ежели меня убьют и ежели у меня будет сын, не отпускайте его от себя, как я вам вчера говорил, чтоб он вырос у вас... пожалуйста.

— Жене не отдавать? — сказал старик и засмеялся.

Они молча стояли друг против друга. Быстрые глаза старика прямо были устремлены в глаза сына. Что-то дрогнуло в нижней части лица старого князя.

— Простились... ступай! — вдруг сказал он. — Ступай! — закричал он сердитым и громким голосом, отворяя дверь кабинета.

— Что такое, что? — спрашивали княгиня и княжна, увидев князя Андрея и на минуту высунувшуюся фигуру кричавшего сердитым голосом старика в белом халате, без парика и в стариковских очках.

Князь Андрей вздохнул и ничего не ответил.

— Ну, — сказал он, обратившись к жене, и это «ну» звучало холодною насмешкой, как будто он говорил: «Теперь проделывайте вы ваши штуки».

— André, déjà?[1] — сказала маленькая княгиня, бледнея и со страхом глядя на мужа.

Он обнял ее. Она вскрикнула и без чувств упала на его плечо.

Он осторожно отвел плечо, на котором она лежала, заглянул в ее лицо и бережно посадил ее на кресло.

---

[1] Андрей, что, уже?

— Adieu, Marie[1], — сказал он тихо сестре, поцеловался с нею рука в руку и скорыми шагами вышел из комнаты.

Княгиня лежала в кресле, m-lle Бурьен терла ей виски. Княжна Марья, поддерживая невестку, с заплаканными прекрасными глазами, все еще смотрела в дверь, в которую вышел князь Андрей, и крестила его. Из кабинета слышны были, как выстрелы, часто повторяемые сердитые звуки стариковского сморкания. Только что князь Андрей вышел, дверь кабинета быстро отворилась, и выглянула строгая фигура старика в белом халате.

— Уехал? Ну и хорошо! — сказал он, сердито посмотрев на бесчувственную маленькую княгиню, укоризненно покачал головою и захлопнул дверь.

---

[1] Прощай, Маша.

ЧАСТЬ ВТОРАЯ

I

В октябре 1805 года русские войска занимали села и города эрцгерцогства Австрийского, и еще новые полки приходили из России и, отягощая постоем жителей, располагались у крепости Браунау. В Браунау была главная квартира главнокомандующего Кутузова.

11-го октября 1805 года один из только что пришедших к Браунау пехотных полков, ожидая смотра главнокомандующего, стоял в полумиле от города. Несмотря на нерусскую местность и обстановку: фруктовые сады, каменные ограды, черепичные крыши, горы, видневшиеся вдали, — на нерусский народ, с любопытством смотревший на солдат, — полк имел точно такой же вид, какой имел всякий русский полк, готовившийся к смотру где-нибудь в середине России.

С вечера, на последнем переходе, был получен приказ, что главнокомандующий будет смотреть полк на походе. Хотя слова приказа и показались неясны полковому командиру и возник вопрос, как разуметь слова приказа: в походной форме или нет? — в совете батальонных командиров было решено представить полк в парадной форме на том основании, что всегда лучше перекланяться, чем недокланяться. И солдаты, после тридцативерстного перехода, не смыкали глаз, всю ночь чинились, чистились; адъютанты и ротные рассчитывали, отчисляли; и к утру полк, вместо растянутой беспорядочной толпы, какою он был накануне на последнем переходе, представлял стройную массу двух тысяч людей, из которых каждый знал свое место, свое дело, из которых на каждом каждая пуговка и ремешок были на своем месте и блестели чистотой. Не только наружное было исправно, но ежели бы угодно было главнокомандующему заглянуть под мундиры, то на каждом он увидел бы одинаково чистую рубаху и в каждом ранце нашел бы узаконенное число вещей, «шильце и мыльце», как говорят солдаты. Было только одно обстоятельство, насчет которого никто не мог быть спокоен. Это была обувь. Больше чем у половины людей сапоги были разбиты. Но недостаток этот происходил не от вины полкового командира, так как, несмотря на неоднократные требования, ему не был отпущен товар от австрийского ведомства, а полк прошел тысячу верст.

Полковой командир был пожилой, сангвинический, с седеющими бровями и бакенбардами генерал, плотный и широкий больше от груди к спине, чем от одного плеча к другому. На нем был новый, с иголочки, со слежавшимися складками, мундир и густые золотые эполеты, которые как будто не книзу, а кверху поднимали его тучные плечи. Полковой командир имел вид человека, счастливо совершающего одно из самых торжественных дел жизни. Он похаживал перед фронтом и, похаживая, подрагивал на каждом шагу, слегка изгибаясь спиною. Видно было, что полковой командир любуется своим полком, счастлив им и что все его силы душевные заняты только полком; но, несмотря на то, его подрагивающая походка как будто говорила, что, кроме военных интересов, в душе его немалое место занимают и интересы общественного быта и женский пол.

— Ну, батюшка Михайло Митрич, — обратился он к одному батальонному командиру (батальонный командир, улыбаясь, подался вперед; видно было, что они были счастливы), — досталось на орехи нынче ночью. Однако, кажется, ничего, полк не из дурных... А?

Батальонный командир понял веселую иронию и засмеялся.

— И на Царицыном Лугу с поля бы не прогнали.

— Что? — сказал командир.

В это время по дороге из города, по которой были расставлены махальные, показались два верховые. Это были адъютант и казак, ехавший сзади.

Адъютант был прислан из главного штаба подтвердить полковому командиру то, что было сказано неясно во вчерашнем приказе, а именно то, что главнокомандующий желал видеть полк совершенно в том положении, в котором он шел — в шинелях, в чехлах и без всяких приготовлений.

К Кутузову накануне прибыл член гофкригсрата из Вены, с предложениями и требованиями идти как можно скорее на соединение с армией эрцгерцога Фердинанда и Мака, и Кутузов, не считавший выгодным это соединение, в числе прочих доказательств в пользу своего мнения намеревался показать австрийскому генералу то печальное положение, в котором приходили войска из России. С этой целью он и хотел выехать навстречу полку, так что, чем хуже было бы положение полка, тем приятнее было бы это главнокомандующему. Хотя адъютант и не знал этих подробностей, однако он передал полковому командиру непременное требование главнокомандующего, чтобы люди были в шинелях и чехлах, и что в противном случае главнокомандующий будет недоволен.

Выслушав эти слова, полковой командир опустил голову, молча вздернул плечами и сангвиническим жестом развел руки.

— Наделали дела! — проговорил он. — Вот я вам говорил же, Михайло Митрич, что на походе, так в шинелях, — обратился он с упреком к батальонному командиру — Ах, мой Бог! — прибавил он и решительно выступил вперед. — Господа ротные командиры! — крикнул он голосом, привычным к команде. — Фельдфебелей!.. Скоро ли пожалуют? — обратился он к приехавшему адъютанту с выражением почтительной учтивости, видимо, относившейся к лицу, про которое он говорил.

— Через час, я думаю.

— Успеем переодеть?

— Не знаю, генерал...

Полковой командир, сам подойдя к рядам, распорядился переодеванием опять в шинели. Ротные командиры разбежались по ротам, фельдфебели засуетились (шинели были не совсем исправны), и в то же мгновение заколыхались, растянулись и говором загудели прежде правильные, молчаливые четвероугольники. Со всех сторон отбегали и подбегали солдаты, подкидывали сзади плечом, через голову перетаскивали ранцы, снимали шинели и, высоко поднимая руки, втягивали их в рукава.

Через полчаса все опять пришло в полный порядок, только четвероугольники сделались серыми из черных. Полковой командир опять подрагивающею походкой вышел вперед полка и издалека оглядел его.

— Это что еще? это что? — прокричал он, останавливаясь. — Командира третьей роты!..

— Командир третьей роты к генералу! командира к генералу, третьей роты к командиру!.. — послышались голоса по рядам, и адъютант побежал отыскивать замешкавшегося офицера.

Когда звуки усердных голосов, перевирая, крича уже «генерала в третью роту», дошли по назначению, требуемый офицер показался из-за роты и, хотя человек уже пожилой и не имевший привычки бегать, неловко цепляясь носками, рысью направился к генералу. Лицо капитана выражало беспокойство школьника, которому велят сказать не выученный им урок. На красном (очевидно, от невоздержания) лице выступали пятна, и рот не находил положения. Полковой командир с ног до головы осматривал капитана, в то время как он, запыхавшись, подходил, по мере приближения сдерживая шаг.

— Вы скоро людей в сарафаны нарядите? Это что? — крикнул полковой командир, выдвигая нижнюю челюсть и указывая в рядах 3-й роты на солдата в шинели цвета фабричного сукна, отличавшегося от других шинелей. — Сами где находились? Ожидается главнокомандующий, а вы отходите от своего места? А?.. Я вас научу, как на смотр людей в казакины одевать! А?..

Ротный командир, не спуская глаз с начальника, все больше и больше прижимал свои два пальца к козырьку, как будто в одном этом прижимании он видел теперь свое спасение.

— Ну, что ж вы молчите? Кто у вас там в венгерца наряжен? — строго шутил полковой командир.

— Ваше превосходительство...

— Ну, что «ваше превосходительство»? Ваше превосходительство! Ваше превосходительство! А что ваше превосходительство — никому не известно.

— Ваше превосходительство, это Долохов, разжалованный... — сказал тихо капитан.

— Что, он в фельдмаршалы разжалован, что ли, или в солдаты? А солдат, так должен быть одет, как все, по форме.

— Ваше превосходительство, вы сами разрешили ему походом.

— Разрешил? Разрешил? Вот вы всегда так, молодые люди, — сказал полковой командир, остывая несколько. — Разрешил? Вам что-нибудь скажешь, а вы и... — Полковой командир помолчал. — Вам что-нибудь скажешь, а вы и...

Что? — сказал он, снова раздражаясь. — Извольте одеть людей прилично...

И полковой командир, оглянувшись на адъютанта, своею вздрагивающею походкой направился к полку. Видно было, что его раздражение ему самому понравилось и что он, пройдясь по полку, хотел найти еще предлог своему гневу. Оборвав одного офицера за невычищенный знак, другого за неправильность ряда, он подошел к 3-й роте.

— Ка-а-ак стоишь? Где нога? Нога где? — закричал полковой командир с выражением страдания в голосе, еще человек за пять не доходя до Долохова, одетого в синеватую шинель.

Долохов медленно выпрямил согнутую ногу и прямо, своим светлым и наглым взглядом, посмотрел в лицо генерала.

— Зачем синяя шинель? Долой!.. Фельдфебель! Переодеть его... дря... — Он не успел договорить.

— Генерал, я обязан исполнять приказания, но не обязан переносить... — поспешно сказал Долохов.

— Во фронте не разговаривать!.. Не разговаривать, не разговаривать!..

— Не обязан переносить оскорбления, — громко, звучно договорил Долохов.

Глаза генерала и солдата встретились. Генерал замолчал, сердито оттягивая книзу тугой шарф.

— Извольте переодеться, прошу вас, — сказал он, отходя.

II

— Едет! — закричал в это время махальный.

Полковой командир, покраснев, подбежал к лошади, дрожащими руками взялся за стремя, перекинул тело, оправился, вынул шпагу и с счастливым, решительным лицом, набок раскрыв рот, приготовился крикнуть. Полк встрепенулся, как оправляющаяся птица, и замер.

— Смир-р-р-на! — закричал полковой командир потрясающим душу голосом, радостным для себя, строгим в отношении к полку и приветливым в отношении к подъезжающему начальнику.

По широкой, обсаженной деревьями, большой бесшоссейной дороге, слегка погромыхивая рессорами, шибкою рысью ехала высокая голубая венская коляска цугом.

За коляской скакали свита и конвой кроатов. Подле Кутузова сидел австрийский генерал в странном, среди черных русских, белом мундире. Коляска остановилась у полка. Кутузов и австрийский генерал о чем-то тихо говорили, и Кутузов слегка улыбнулся, в то время как, тяжело ступая, он опускал ногу с подножки, точно как будто и не было этих двух тысяч людей, которые не дыша смотрели на него и на полкового командира.

Раздался крик команды, опять полк звеня дрогнул, сделав на караул. В мертвой тишине послышался слабый голос главнокомандующего. Полк рявкнул: «Здравья желаем, ваше го-го-го-ство!» И опять все замерло. Сначала Кутузов стоял на одном месте, пока полк двигался; потом Кутузов рядом с белым генералом, пешком, сопутствуемый свитою, стал ходить по рядам.

По тому, как полковой командир салютовал главнокомандующему, впиваясь в него глазами, вытягиваясь и подбираясь, как, наклоненный вперед, ходил за генералами по рядам, едва удерживая подрагивающее движение, как подскакивал при каждом слове и движении главнокомандующего, — видно было, что он исполнял свои обязанности подчиненного еще с большим наслаждением, чем обязанности начальника. Полк благодаря строгости и старательности полкового командира был в прекрасном состоянии сравнительно с другими, приходившими в то же время к Браунау. Отсталых и больных было только двести семнадцать человек. И все было исправно, кроме обуви.

Кутузов прошел по рядам, изредка останавливаясь и говоря по нескольку ласковых слов офицерам, которых он знал по турецкой войне, а иногда и солдатам. Поглядывая на обувь, он несколько раз грустно покачивал головой и указывал на нее австрийскому генералу с таким выражением, что как бы не упрекал в этом никого, но не мог не видеть, как это плохо. Полковой командир каждый раз при этом забегал вперед, боясь упустить слово главнокомандующего касательно полка. Сзади Кутузова, в таком расстоянии, что всякое слабо произнесенное слово могло быть услышано, шло человек двадцать свиты. Господа свиты разговаривали между собой и иногда смеялись. Ближе всех за главнокомандующим шел красивый адъютант. Это был князь Болконский. Рядом с ним шел его товарищ Несвицкий, высокий штаб-офицер, чрезвычайно толстый, с добрым, улыбающимся, красивым лицом и влажными глазами. Несвицкий едва удерживался от смеха, возбуждаемого черноватым гусарским офицером, шедшим подле него. Гусарский офицер, не улыбаясь, не изменяя выражения остановившихся глаз, с серьезным лицом смотрел на спину полкового командира и передразнивал каждое его движение. Каждый раз, как полковой командир вздрагивал и нагибался вперед, точно так же, точь-в-точь так же, вздрагивал и нагибался вперед гусарский офицер. Несвицкий смеялся и толкал других, чтобы они смотрели на забавника.

Кутузов шел медленно и вяло мимо тысяч глаз, которые выкатывались из своих орбит, следя за начальником. Поравнявшись с 3-ю ротой, он вдруг остановился. Свита, не предвидя этой остановки, невольно надвинулась на него.

— А, Тимохин! — сказал главнокомандующий, узнавая капитана с красным носом, пострадавшего за синюю шинель.

Казалось, нельзя было вытягиваться больше того, как вытягивался Тимохин в то время, как полковой командир делал ему замечание. Но в эту минуту обращения к нему главнокомандующего капитан вытянулся так, что, казалось, посмотри на него главнокомандующий еще несколько времени, капитан не выдержал бы; и потому Кутузов, видимо, поняв его положение и желая, напротив, всякого добра капитану, поспешно отвернулся. По пухлому, изуродованному раной лицу Кутузова пробежала чуть заметная улыбка.

— Еще измаильский товарищ, — сказал он. — Храбрый офицер! Ты доволен им? — спросил Кутузов у полкового командира.

И полковой командир, отражаясь, как в зеркале, невидимо для себя, в гусарском офицере, вздрогнул, подошел вперед и отвечал:

— Очень доволен, ваше высокопревосходительство.

— Мы все не без слабостей, — сказал Кутузов, улыбаясь и отходя от него. — У него была приверженность к Бахусу.

Полковой командир испугался, не виноват ли он в этом, и ничего не ответил. Офицер в эту минуту заметил лицо капитана с красным носом и подтянутым животом и так похоже передразнил его лицо и позу, что Несвицкий не мог удержать смех. Кутузов обернулся. Видно было, что офицер мог управлять своим лицом, как хотел: в ту минуту, как Кутузов обернулся, офицер успел сделать гримасу, а вслед за тем принять самое серьезное, почтительное и невинное выражение.

Третья рота была последняя, и Кутузов задумался, видимо, припоминая что-то. Князь Андрей выступил из свиты и по-французски тихо сказал:

— Вы приказали напомнить о разжалованном Долохове в этом полку.

— Где тут Долохов? — спросил Кутузов.

Долохов, уже переодетый в солдатскую серую шинель, не дожидался, чтоб его вызвали. Стройная фигура белокурого, с ясными голубыми глазами солдата выступила из фронта. Он подошел к главнокомандующему и сделал на караул.

— Претензия? — нахмурившись слегка, спросил Кутузов.

— Это Долохов, — сказал князь Андрей.

— А! — сказал Кутузов. — Надеюсь, что этот урок тебя исправит, служи хорошенько. Государь милостив. И я не забуду тебя, ежели ты заслужишь.

Голубые ясные глаза смотрели на главнокомандующего так же дерзко, как и на полкового командира, как будто своим выражением разрывая завесу условности, отделявшую так далеко главнокомандующего от солдата.

— Об одном прошу, ваше высокопревосходительство, — сказал он своим звучным, твердым, неспешащим голосом. — Прошу дать мне случай загладить мою вину и доказать мою преданность государю императору и России.

Кутузов отвернулся. На лице его промелькнула та же улыбка глаз, как и в то время, когда он отвернулся от капитана Тимохина. Он отвернулся и поморщился, как будто хотел выразить этим, что все, что ему сказал Долохов, и все, что он мог сказать ему, он давно, давно знает, что все это уже прискучило ему и что все это совсем не то, что нужно. Он отвернулся и направился к коляске.

Полк разобрался ротами и тронулся по назначенным квартирам невдалеке от Браунау, где надеялся обуться, обшиться и отдохнуть после трудных переходов.

— Вы на меня не претендуйте, Прохор Игнатьич! — сказал полковой командир, объезжая двигавшуюся к месту 3-ю роту и подъезжая к шедшему впереди ее капитану Тимохину. Лицо полкового командира после счастливо отбытого смотра выражало неудержимую радость. — Служба царская... нельзя... другой раз во фронте оборвешь... Сам извинюсь первый, вы меня знаете... Очень благодарил! — И он протянул руку ротному.

— Помилуйте, генерал, да смею ли я! — отвечал капитан, краснея носом, улыбаясь и раскрывая улыбкой недостаток двух передних зубов, выбитых прикладом под Измаилом.

— Да господину Долохову передайте, что я его не забуду, чтоб он был спокоен. Да скажите, пожалуйста, я все хотел спросить, чтó он, как себя ведет? И все...

— По службе очень исправен, ваше превосходительство... но характер... — сказал Тимохин.

— А что, что характер? — спросил полковой командир.

— Находит, ваше превосходительство, днями, — говорил капитан, — то и умен, и учен, и добр. А то зверь. В Польше убил было жида, изволите знать...

— Ну да, ну да, — сказал полковой командир, — все надо пожалеть молодого человека в несчастии. Ведь большие связи... Так вы того...

— Слушаю, ваше превосходительство, — сказал Тимохин, улыбкой давая чувствовать, что он понимает желания начальника.

— Ну да, ну да.

Полковой командир отыскал в рядах Долохова и придержал лошадь.

— До первого дела — эполеты, — сказал он ему.

Долохов оглянулся, ничего не сказал и не изменил выражения своего насмешливо улыбающегося рта.

— Ну, вот и хорошо, — продолжал полковой командир. — Людям по чарке водки от меня, — прибавил он громко, чтоб солдаты слышали. — Благодарю всех! Слава Богу! — И он, обогнав роту, подъехал к другой.

— Что ж, он, право, хороший человек, с ним служить можно, — сказал Тимохин субалтерн-офицеру, шедшему подле него.

— Одно слово, червонный!.. (полкового командира прозвали червонным королем), — смеясь, сказал субалтерн-офицер.

Счастливое расположение духа начальства после смотра перешло к солдатам. Рота шла весело. Со всех сторон переговаривались солдатские голоса.

— Как же сказывали, Кутузов кривой, об одном глазу?

— А то нет! Вовсе кривой.

— Не... брат, глазастей тебя, и сапоги и подвертки — все оглядел...

— Как он, братец ты мой, глянет на ноги мне... ну! думаю...

— А другой-то, австрияк, с ним был, словно мелом вымазан. Как мука, белый! Я чай, как амуницию чистят!

— А что, Федешоу!.. сказывал он, что ли, когда страженье начнется? ты ближе стоял? Говорили всё, в Брунове сам Бунапарт стоит.

— Бунапарт стоит! ишь врет, дура! Чего не знает! Теперь пруссак бунтует. Австрияк его, значит, усмиряет. Как он замирится, тогда и с Бунапартом война откроется. А то, говорит, в Брунове Бунапарт стоит! То-то и видно, что дурак, ты слушай больше.

— Вишь, черти квартирьеры! Пятая рота, гляди, уже в деревню заворачивает, они кашу сварят, а мы еще до места не дойдем.

— Дай сухарика-то, черт.

— А табаку-то вчера дал? То-то, брат. Ну, на, Бог с тобой.

— Хоть бы привал сделали, а то еще верст пять пропрем не емши.

— То-то любо было, как немцы нам коляски подавали. Едешь знай: важно!

— А здесь, братец, народ вовсе оголтелый пошел. Там все как будто поляк был, все русской короны; а нынче, брат, сплошной немец пошел.

— Песенники, вперед! — послышался крик капитана.

И перед роту с разных рядов выбежало человек двадцать. Барабанщик-запевало обернулся лицом к песенникам и, махнув рукой, затянул протяжную солдатскую песню, начинавшуюся: «Не заря ли, солнышко занималося...» и кончавшуюся словами: «То-то, братцы, будет слава нам с Каменскиим-отцом...». Песня эта была сложена в Турции и пелась теперь в Австрии, только с тем изменением, что на место «Каменскиим-отцом» вставляли слова: «Кутузовым-отцом».

Оторвав по-солдатски эти последние слова и махнув руками, как будто он бросал что-то на землю, барабанщик, сухой и красивый солдат лет сорока, строго оглянул солдат-песенников и зажмурился. Потом, убедившись, что все глаза устремлены на него, он как будто бережно приподнял обеими руками какую-то невидимую драгоценную вещь над головой, подержал ее так несколько секунд и вдруг отчаянно бросил ее:

Ах вы, сени мои, сени!

«Сени новые мои...», — подхватили двадцать голосов, и ложечник, несмотря на тяжесть амуниции, резво выскочил вперед и пошел задом перед ротой, пошевеливая плечами и угрожая кому-то ложками. Солдаты, в такт песни размахивая руками, шли просторным шагом, невольно попадая в ногу. Сзади роты послышались звуки колес, похрускиванье рессор и топот лошадей. Кутузов со свитой возвращался в город. Главнокомандующий дал знак, чтобы люди продолжали идти вольно, и на его лице и на всех лицах его свиты выразилось удовольствие при звуках песни, при виде пляшущего солдата и весело и бойко идущих солдат роты. Во втором ряду с правого фланга, с которого коляска обгоняла роты, невольно бросался в глаза голубоглазый солдат, Долохов, который особенно бойко и грациозно шел в такт песни и глядел на лица проезжающих с таким выражением, как будто он жалел всех, кто не шел в это время с ротой. Гусарский корнет из свиты Кутузова, передразнивавший полкового командира, отстал от коляски и подъехал к Долохову.

Гуса́рский корнет Жерков одно время в Петербурге принадлежал к тому буйному обществу, которым руководил Долохов. За границей Жерков встретил Долохова солдатом, но не счел нужным узнать его. Теперь, после разговора Кутузова с разжалованным, он с радостью старого друга обратился к нему.

— Друг сердечный, ты как? — сказал он при звуках песни, равняя шаг своей лошади с шагом роты.

— Я как? — отвечал холодно Долохов. — Как видишь.

Бойкая песня придавала особенное значение тону развязной веселости, с которою говорил Жерков, и умышленной холодности ответов Долохова.

— Ну, как ладишь с начальством? — спросил Жерков.

— Ничего, хорошие люди. Ты как в штаб затесался?

— Прикомандирован, дежурю.

Они помолчали.

«Выпускала сокола́ да из правова рукава», — говорила песня, невольно возбуждая бодрое, веселое чувство. Разговор их, вероятно, был бы другой, ежели бы они говорили не при звуках песни.

— Что, правда, австрийцев побили? — спросил Долохов.

— А черт их знает, говорят.

— Я рад, — отвечал Долохов коротко и ясно, как того требовала песня.

— Что ж, приходи к нам когда вечерком, фараон заложишь, — сказал Жерков.

— Или у вас денег много завелось?

— Приходи.

— Нельзя. Зарок дал. Не пью и не играю, пока не произведут.

— Да что ж, до первого дела...

— Там видно будет.

Опять они помолчали.

— Ты заходи, коли что нужно, всё в штабе помогут... — сказал Жерков.

Долохов усмехнулся.

— Ты лучше не беспокойся. Мне что нужно, я просить не стану, сам возьму.

— Да что ж, я так...

— Ну, и я так.

— Прощай.

— Будь здоров...

...И высоко, и далеко,
На родиму сторону...

Жерков тронул шпорами лошадь, которая раза три, горячась, перебила ногами, не зная, с какой начать, справилась и поскакала, обгоняя роту и догоняя коляску, тоже в такт песни.

III

Возвратившись со смотра, Кутузов, сопутствуемый австрийским генералом, прошел в свой кабинет и, кликнув адъютанта, приказал подать себе некоторые бумаги, относившиеся до состояния приходивших войск, и письма, полученные от эрцгерцога Фердинанда, начальствовавшего передовою армией. Князь Андрей Болконский с требуемыми бумагами вошел в кабинет главнокомандующего. Перед разложенным на столе планом сидели Кутузов и австрийский член гофкригсрата.

— А... — сказал Кутузов, оглядываясь на Болконского, как будто этим словом приглашая адъютанта подождать, и продолжал по-французски начатый разговор.

— Я только говорю одно, генерал, — говорил Кутузов с приятным изяществом выражений и интонации, заставлявшим вслушиваться в каждое неторопливо сказанное слово. Видно было, что Кутузов и сам с удовольствием слушал себя. — Я только одно говорю, генерал, что ежели бы дело зависело от моего личного желания, то воля его величества императора Франца давно была бы исполнена. Я давно уже присоединился бы к эрцгерцогу. И верьте моей чести, что для меня лично передать высшее начальство армией более меня сведущему и искусному генералу, какими так обильна Австрия, и сложить с себя всю эту тяжкую ответственность, для меня лично было бы отрадой. Но обстоятельства бывают сильнее нас, генерал.

И Кутузов улыбнулся с таким выражением, как будто он говорил: «Вы имеете полное право не верить мне, и даже мне совершенно все равно, верите ли вы мне, или нет, но вы не имеете повода сказать мне это. И в этом-то все дело».

Австрийский генерал имел недовольный вид, но не мог не в том же тоне отвечать Кутузову.

— Напротив, — сказал он ворчливым и сердитым тоном, так противоречившим лестному значению произносимых слов, — напротив, участие вашего превосходительства в общем деле высоко ценится его величеством; но мы полагаем, что настоящее замедление лишает славные русские войска и их главнокомандующих тех лавров, которые они привыкли пожинать в битвах, — закончил он, видимо, приготовленную фразу.

Кутузов поклонился, не изменяя улыбки.

— А я так убежден и, основываясь на последнем письме, которым почтил меня его высочество эрцгерцог Фердинанд, предполагаю, что австрийские войска, под начальством столь искусного помощника, каков генерал Мак, теперь уже одержали решительную победу и не нуждаются более в нашей помощи, — сказал Кутузов.

Генерал нахмурился. Хотя и не было положительных известий о поражении австрийцев, но было слишком много обстоятельств, подтверждавших общие невыгодные слухи; и потому предположение Кутузова о победе австрийцев было весьма похоже на насмешку. Но Кутузов кротко улыбался, все с тем же выражением, которое говорило, что он имеет право предполагать это. Действительно, последнее письмо, полученное им из армии Мака, извещало его о победе и о самом выгодном стратегическом положении армии.

— Дай-ка сюда это письмо, — сказал Кутузов, обращаясь к князю Андрею. — Вот изволите видеть, — и Кутузов, с насмешливою улыбкой на концах губ, прочел по-немецки австрийскому генералу следующее место из письма эрцгерцога Фердинанда: «Wir haben vollkommen zusammengehaltene Kräfte, nahe an 70 000 Mann, um den Feind, wenn er den Lech passierte, angreifen und schlagen zu können. Wir können, da wir Meister von Ulm sind, den Vorteil, auch von beiden Ufern der Donau Meister zu bleiben, nicht verlieren; mithin auch jeden Augenblick, wenn der Feind den Lech nicht passierte, die Donau übersetzen, uns auf seine Kommunikations-Linie werfen, die Donau unterhalb repassieren um dem Feinde, wenn er sich gegen unsere treue Allierte mit ganzer Macht wenden wollte, seine Absicht alsbald vereiteln. Wir werden auf solche Weise dem Zeitpunkt, wo die Kaiserlich-Russische Armee ausgerüst et sein wird, mutig entgegenharren, und sodann leicht gemeinschaft1ich die Möglichkeit finden, dem Feinde das Schicksal zuzubereiten, so er verdient»[1].

Кутузов тяжело вздохнул, окончив этот период, и внимательно и ласково посмотрел на члена гофкригсрата.

— Но вы знаете, ваше превосходительство, мудрое правило, предписывающее предполагать худшее, — сказал австрийский генерал, видимо, желая покончить с шутками и приступить к делу.

Он недовольно оглянулся на адъютанта.

— Извините, генерал, — перебил его Кутузов и тоже поворотился к князю Андрею. — Вот что, мой любезный,

---

[1] Мы имеем вполне сосредоточенные силы, около семидесяти тысяч человек, так что мы можем атаковать и разбить неприятеля в случае переправы его через Лех. Так как мы уже владеем Ульмом, то мы можем удерживать за собою выгоду командования обоими берегами Дуная, стало быть, ежеминутно, в случае если неприятель не перейдет через Лех, переправиться через Дунай, броситься на его коммуникационную линию, ниже перейти обратно Дунай и неприятелю, если он вздумает обратить всю свою силу на наших верных союзников, не дать исполнить его намерение. Таким образом, мы будем бодро ожидать времени, когда императорская российская армия совсем изготовится, и затем вместе легко найдем возможность уготовить неприятелю участь, коей он заслуживает *(нем.)*.

возьми ты все донесения от наших лазутчиков у Козловского. Вот два письма от графа Ностица, вот письмо от его высочества эрцгерцога Фердинанда, вот еще, — сказал он, подавая ему несколько бумаг. — И из всего этого чистенько, на французском языке, составь memorandum[1], записочку, для видимости всех тех известий, которые мы о действиях австрийской армии имели. Ну, так-то, и представь его превосходительству.

Князь Андрей наклонил голову в знак того, что понял с первых слов не только то, что было сказано, но и то, что желал бы сказать ему Кутузов. Он собрал бумаги и, отдав общий поклон, тихо шагая по ковру, вышел в приемную.

Несмотря на то, что еще не много времени прошло с тех пор, как князь Андрей оставил Россию, он много изменился за это время. В выражении его лица, в движениях, в походке почти не было заметно прежнего притворства, усталости и лени; он имел вид человека, не имеющего времени думать о впечатлении, какое он производит на других, и занятого делом приятным и интересным. Лицо его выражало больше довольства собой и окружающими; улыбка и взгляд его были веселее и привлекательнее.

Кутузов, которого он догнал еще в Польше, принял его очень ласково, обещал ему не забывать его, отличал от других адъютантов, брал с собою в Вену и давал более серьезные поручения. Из Вены Кутузов писал своему старому товарищу, отцу князя Андрея.

«Ваш сын, — писал он, — надежду подает быть офицером, из ряду выходящим по своим знаниям, твердости и исполнительности. Я считаю себя счастливым, имея под рукой такого подчиненного».

В штабе Кутузова между товарищами-сослуживцами и вообще в армии князь Андрей, так же как и в петербургском обществе, имел две совершенно противоположные репутации. Одни, меньшая часть, признавали князя Андрея чем-то особенным от себя и от всех других людей, ожидали от него больших успехов, слушали его, восхищались им и подражали ему; и с этими людьми князь Андрей был прост и приятен. Другие, большинство, не любили князя Андрея, считали его надутым, холодным и неприятным человеком. Но с этими людьми князь Андрей умел поставить себя так, что его уважали и даже боялись.

---

[1] промеморийку.

Выйдя в приемную из кабинета Кутузова, князь Андрей с бумагами подошел к товарищу, дежурному адъютанту Козловскому, который с книгой сидел у окна.

— Ну, что, князь? — спросил Козловский.

— Приказано составить записку, почему нейдем вперед.

— А почему?

Князь Андрей пожал плечами.

— Нет известия от Мака? — спросил Козловский.

— Нет.

— Ежели бы правда, что он разбит, так пришло бы известие.

— Вероятно, — сказал князь Андрей и направился к выходной двери; но в то же время навстречу ему, хлопнув дверью, быстро вошел в приемную высокий, очевидно приезжий, австрийский генерал в сюртуке, с повязанною черным платком головою и с орденом Марии-Терезии на шее. Князь Андрей остановился.

— Генерал-аншеф Кутузов? — быстро проговорил приезжий генерал с резким немецким выговором, оглядываясь на обе стороны и без остановки проходя к двери кабинета.

— Генерал-аншеф занят, — сказал Козловский, торопливо подходя к неизвестному генералу и загораживая ему дорогу от двери. — Как прикажете доложить?

Неизвестный генерал презрительно оглянулся сверху вниз на невысокого ростом Козловского, как будто удивляясь, что его могут не знать.

— Генерал-аншеф занят, — спокойно повторил Козловский.

Лицо генерала нахмурилось, губы его дернулись и задрожали. Он вынул записную книжку, быстро начертил что-то карандашом, вырвал листок, отдал, быстрыми шагами подошел к окну, бросил свое тело на стул и оглянул бывших в комнате, как будто спрашивая: зачем они на него смотрят? Потом генерал поднял голову, вытянул шею, как будто намереваясь что-то сказать, но тотчас же, как будто небрежно начиная напевать про себя, произвел странный звук, который тотчас же пресекся. Дверь кабинета отворилась, и на пороге ее показался Кутузов. Генерал с повязанною головой, как будто убегая от опасности, нагнувшись, большими, быстрыми шагами худых ног подошел к Кутузову.

— Vous voyez le malheureux Mack[1], — проговорил он сорвавшимся голосом.

Лицо Кутузова, стоявшего в дверях кабинета, несколько мгновений оставалось совершенно неподвижно. Потом, как волна, пробежала по его лицу морщина, лоб разгладился; он почтительно наклонил голову, закрыл глаза, молча пропустил мимо себя Мака и сам за собой затворил дверь.

Слух, уже распространенный прежде, о разбитии австрийцев и о сдаче всей армии под Ульмом оказывался справедливым. Через полчаса уже по разным направлениям были разосланы адъютанты с приказаниями, доказывавшими, что скоро и русские войска, до сих пор бывшие в бездействии, должны будут встретиться с неприятелем.

Князь Андрей был один из тех редких офицеров в штабе, который полагал свой главный интерес в общем ходе военного дела. Увидав Мака и услыхав подробности его погибели, он понял, что половина кампании проиграна, понял всю трудность положения русских войск и живо вообразил себе то, что ожидает армию, и ту роль, которую он должен будет играть в ней. Невольно он испытывал волнующее радостное чувство при мысли о посрамлении самонадеянной Австрии и о том, что через неделю, может быть, придется ему увидеть и принять участие в столкновении русских с французами, впервые после Суворова. Но он боялся гения Бонапарта, который мог оказаться сильнее всей храбрости русских войск, и вместе с тем не мог допустить позора для своего героя.

Взволнованный и раздраженный этими мыслями, князь Андрей пошел в свою комнату, чтобы написать отцу, которому он писал каждый день. Он сошелся в коридоре с своим сожителем Несвицким и шутником Жерковым; они, как всегда, чему-то смеялись.

— Что ты так мрачен? — спросил Несвицкий, заметив бледное, с блестящими глазами лицо князя Андрея.

— Веселиться нечему, — отвечал Болконский.

В то время как князь Андрей сошелся с Несвицким и Жерковым, с другой стороны коридора навстречу им шли Штраух, австрийский генерал, состоявший при штабе Кутузова для наблюдения за продовольствием русской армии, и член гофкригсрата, приехавшие накануне. По широкому коридору было достаточно места, чтобы ге-

---

[1] Вы видите несчастного Мака.

нералы могли свободно разойтись с тремя офицерами; но Жерков, отталкивая рукой Несвицкого, запыхавшимся голосом проговорил:

— Идут!.. идут!.. посторонитесь, дорогу! пожалуйста, дорогу!

Генералы проходили с видом желания избавиться от утруждающих почестей. На лице шутника Жеркова выразилась вдруг глупая улыбка радости, которой он как будто не мог удержать.

— Ваше превосходительство, — сказал он по-немецки, выдвигаясь вперед и обращаясь к австрийскому генералу. — Имею честь поздравить.

Он наклонил голову и неловко, как дети, которые учатся танцевать, стал расшаркиваться то одной, то другой ногою.

Генерал, член гофкригсрата, строго оглянулся на него; но, заметив серьезность глупой улыбки, не мог отказать в минутном внимании. Он прищурился, показывая, что слушает.

— Имею честь поздравить, генерал Мак приехал, совсем здоров, только немного тут зашибся, — прибавил он, сияя улыбкой и указывая на свою голову.

Генерал нахмурился, отвернулся и пошел дальше.

— Gott, wie naiv![1]— сказал он сердито, отойдя несколько шагов.

Несвицкий с хохотом обнял князя Андрея, но Болконский, еще более побледнев, с злобным выражением в лице, оттолкнул его и обратился к Жеркову. То нервное раздражение, в которое его привели вид Мака, известие об его поражении и мысли о том, что ожидает русскую армию, нашли себе исход в озлоблении на неуместную шутку Жеркова.

— Если вы, милостивый государь, — заговорил он пронзительно, с легким дрожанием нижней челюсти, — хотите быть *шутом*, то я вам в этом не могу воспрепятствовать; но объявляю вам, что если вы *осмелитесь* другой раз скоморошничать в моем присутствии, то я вас научу, как вести себя.

Несвицкий и Жерков так были удивлены этой выходкой, что молча, раскрыв глаза, смотрели на Болконского.

— Что ж, я поздравил только, — сказал Жерков.

---

[1] Боже, как наивен! *(нем.)*

— Я не шучу с вами, извольте молчать! — крикнул Болконский и, взяв за руку Несвицкого, пошел прочь от Жеркова, не нашедшегося, что ответить.

— Ну, что ты, братец, — успокоивая, сказал Несвицкий.

— Как что? — заговорил князь Андрей, останавливаясь от волнения. — Да ты пойми, что мы — или офицеры, которые служим своему царю и отечеству и радуемся общему успеху и печалимся об общей неудаче, или мы лакеи, которым дела нет до господского дела. Quarante milles hommes massacrés et l'armée de nos alliés détruite, et vous trouvez là le mot pour rire, — сказал он, как будто этою французскою фразой закрепляя свое мнение. — C'est bien pour un garçon de rien comme cet individu dont vous avez fait un ami, mais pas pour vous, pas pour vous[1]. *Мальчишкам* только можно так забавляться, — прибавил князь Андрей по-русски, выговаривая это слово с французским акцентом, заметив, что Жерков мог еще слышать его.

Он подождал, не ответит ли что-нибудь корнет. Но корнет повернулся и вышел из коридора.

IV

Гусарский Павлоградский полк стоял в двух милях от Браунау. Эскадрон, в котором юнкером служил Николай Ростов, расположен был в немецкой деревне Зальценек. Эскадронному командиру, ротмистру Денисову, известному всей кавалерийской дивизии под именем Васьки Денисова, была отведена лучшая квартира в деревне. Юнкер Ростов, с тех самых пор как он догнал полк в Польше, жил вместе с эскадронным командиром.

8-го октября, в тот самый день, когда в главной квартире все было поднято на ноги известием о поражении Мака, в штабе эскадрона походная жизнь спокойно шла по-старому. Денисов, проигравший всю ночь в карты, еще не приходил домой, когда Ростов, рано утром, верхом, вернулся с фуражировки. Ростов в юнкерском мундире подъехал к крыльцу, толканув лошадь, гибким, молодым жестом скинул ногу, постоял на стремени, как

---

[1] Сорок тысяч человек погибло, и союзная нам армия уничтожена, а вы можете при этом шутить. Это простительно ничтожному мальчишке, как вот этот господин, которого вы сделали себе другом, но не вам, не вам.

будто не желая расстаться с лошадью, наконец спрыгнул и крикнул вестового.

— А, Бондаренко, друг сердечный, — проговорил он бросившемуся стремглав к его лошади гусару. — Вы́води, дружок, — сказал он с тою братскою веселою нежностью, с которою обращаются со всеми хорошие молодые люди, когда они счастливы.

— Слушаю, ваше сиятельство, — отвечал хохол, встряхивая весело головой.

— Смотри же, вы́води хорошенько!

Другой гусар бросился тоже к лошади, но Бондаренко уже перекинул поводья трензеля. Видно было, что юнкер давал хорошо на водку и что услужить ему было выгодно. Ростов погладил лошадь по шее, потом по крупу и остановился на крыльце.

«Славно! Такая будет лошадь!» — сказал он сам себе и, улыбаясь и придерживая саблю, взбежал на крыльцо, погромыхивая шпорами. Хозяин-немец, в фуфайке и колпаке, с вилами, которыми он вычищал навоз, выглянул из коровника. Лицо немца вдруг просветлело, как только он увидал Ростова. Он весело улыбнулся и подмигнул: «Schön, gut Morgen! Schön, gut Morgen![1]— повторял он, видимо, находя удовольствие в приветствии молодого человека.

— Schon fleissig![2]— сказал Ростов все с тою же радостною, братскою улыбкой, какая не сходила с его оживленного лица. — Hoch Oestreicher! Hoch Russen! Kaiser Alexander hoch![3]— обратился он к немцу, повторяя слова, говоренные часто немцем-хозяином.

Немец засмеялся, вышел совсем из двери коровника, сдернул колпак и, взмахнув им над головой, закричал:

— Und die ganze Welt hoch![4]

Ростов сам так же, как немец, взмахнул фуражкой над головой и, смеясь, закричал: «Und vivat die ganze Welt!» Хотя не было никакой причины к особенной радости ни для немца, вычищавшего свой коровник, ни для Ростова, ездившего со взводом за сеном, оба человека эти с счастливым восторгом и братскою любовью посмотрели друг на друга, потрясли головами в знак взаимной любви

---

[1] Доброго утра, доброго утра! *(нем.)*

[2] Уж за работой! *(нем.)*

[3] Да здравствуют австрийцы! Да здравствуют русские! Ура император Александр! *(нем.)*

[4] И да здравствует весь свет! *(нем.)*

и, улыбаясь, разошлись — немец в коровник, а Ростов в избу, которую занимал с Денисовым.

— Что барин? — спросил он у Лаврушки, известного всему полку плута-лакея Денисова.

— С вечера не бывали. Верно, проигрались, — отвечал Лаврушка. — Уж я знаю, коли выиграют, рано придут хвастаться, а коли до утра нет, значит продулись, — сердитые придут. Кофею прикажете?

— Давай, давай.

Через десять минут Лаврушка принес кофею.

— Идут! — сказал он. — Теперь беда.

Ростов заглянул в окно и увидал возвращающегося домой Денисова. Денисов был маленький человечек с красным лицом, блестящими черными глазами, черными взлохмаченными усами и волосами. На нем был расстегнутый ментик, спущенные в складках широкие чикчиры и на затылке была надета смятая гусарская шапочка. Он мрачно, опустив голову, приближался к крыльцу.

— Лавг'ушка, — закричал он громко и сердито. — Ну, снимай, болван!

— Да я и так снимаю, — отвечал голос Лаврушки.

— А! ты уж встал, — сказал Денисов, входя в комнату.

— Давно, — сказал Ростов, — я уже за сеном сходил и фрейлейн Матильду видел.

— Вот как! А я пг'одулся, бг'ат, вчег'а, как сукин сын! — закричал Денисов, не выговаривая *р*. — Такого несчастия! Такого несчастия!.. Как ты уехал, так и пошло. Эй, чаю!

Денисов, сморщившись, как бы улыбаясь и выказывая свои короткие крепкие зубы, начал обеими руками с короткими пальцами лохматить, как лес, взбитые черные густые волосы.

— Чег'т меня дег'нул пойти к этой кг'ысе (прозвище офицера), — растирая себе обеими руками лоб и лицо, говорил он. — Можешь себе пг'едставить, ни одной каг'ты, ни одной, ни одной каг'ты не дал.

Денисов взял подаваемую ему закуренную трубку, сжал в кулак и, рассыпая огонь, ударил ею по полу, продолжая кричать:

— Семпель даст, паг'оль бьет; семпель даст, паг'оль бьет.

Он рассыпал огонь, разбил трубку и бросил ее. Потом помолчал и вдруг своими блестящими черными глазами весело взглянул на Ростова.

— Хоть бы женщины были. А то тут, кг'оме как пить, делать нечего. Хоть бы дг'аться ског'ей...

— Эй, кто там? — обратился он к двери, заслышав остановившиеся шаги толстых сапог с бряцаньем шпор и почтительное покашливание.

— Вахмистр! — сказал Лаврушка.

Денисов сморщился еще больше.

— Скверг'но, — проговорил он, бросая кошелек с несколькими золотыми. — Г'остов, сочти, голубчик, сколько там осталось, да сунь кошелек под подушку, — сказал он и вышел к вахмистру.

Ростов взял деньги и, машинально, откладывая и равняя кучками старые и новые золотые, стал считать их.

— А! Телянин! Здог'ово! Вздули меня вчег'а, — послышался голос Денисова из другой комнаты.

— У кого? У Быкова, у крысы?.. Я знал, — сказал другой, тоненький голос, и вслед за тем в комнату вошел поручик Телянин, маленький офицер того же эскадрона.

Ростов кинул под подушку кошелек и пожал протянутую ему маленькую влажную руку. Телянин был перед походом за что-то переведен из гвардии. Он держал себя очень хорошо в полку; но его не любили, и в особенности Ростов не мог ни преодолеть, ни скрывать своего беспричинного отвращения к этому офицеру.

— Ну, что, молодой кавалерист, как вам мой Грачик служит? — спросил он. (Грачик была верховая лошадь, подъездок, проданная Теляниным Ростову.)

Поручик никогда не смотрел в глаза человеку, с кем говорил; глаза его постоянно перебегали с одного предмета на другой.

— Я видел, вы нынче проехали...

— Да ничего, конь добрый, — отвечал Ростов, несмотря на то, что лошадь эта, купленная им за семьсот рублей, не стоила и половины этой цены. — Припадать стала на левую переднюю... — прибавил он.

— Треснуло копыто! Это ничего. Я вас научу, покажу, заклепку какую положить.

— Да, покажите, пожалуйста, — сказал Ростов.

— Покажу, покажу, это не секрет. А за лошадь благодарить будете.

— Так я велю привести лошадь, — сказал Ростов, желая избавиться от Телянина, и вышел, чтобы велеть привести лошадь.

В сенях Денисов, с трубкой, скорчившись на пороге, сидел перед вахмистром, который что-то докладывал.

Увидав Ростова, Денисов сморщился и, указывая через плечо большим пальцем в комнату, в которой сидел Телянин, поморщился и с отвращением тряхнулся.

— Ох, не люблю молодца, — сказал он, не стесняясь присутствием вахмистра.

Ростов пожал плечами, как будто говоря: «И я тоже, да что ж делать!» и, распорядившись, вернулся к Телянину.

Телянин сидел все в той же ленивой позе, в которой его оставил Ростов, потирая маленькие белые руки.

«Бывают же такие противные лица», — подумал Ростов, входя в комнату.

— Что же, велели привести лошадь? — сказал Телянин, вставая и небрежно оглядываясь.

— Велел.

— Да пойдемте сами. Я ведь зашел только спросить Денисова о вчерашнем приказе. Получили, Денисов?

— Нет еще. А вы куда?

— Вот хочу молодого человека научить, как ковать лошадь, — сказал Телянин.

Они вышли на крыльцо и в конюшню. Поручик показал, как делать заклепку, и ушел к себе.

Когда Ростов вернулся, на столе стояла бутылка с водкой и лежала колбаса. Денисов сидел перед столом и трещал пером по бумаге. Он мрачно посмотрел в лицо Ростову.

— Ей пишу, — сказал он.

Он облокотился на стол с пером в руке и, очевидно, обрадованный случаю быстрее сказать словом все, что он хотел написать, высказывал свое письмо Ростову.

— Ты видишь ли, дг'уг, — сказал он. — Мы спим, пока не любим. Мы дети пг'аха... а полюбил — и ты Бог, ты чист, как в пег'вый день созданья... Это еще кто? Гони его к чег'ту. Некогда! — крикнул он на Лаврушку, который, нисколько не робея, подошел к нему.

— Да кому ж быть? Сами велели. Вахмистр за деньгами пришел.

Денисов сморщился, хотел что-то крикнуть и замолчал.

— Скверг'но дело, — проговорил он про себя. — Сколько там денег в кошельке осталось? — спросил он у Ростова.

— Семь новых и три старых.

— Ах, скверг'но! Ну, что стоишь, чучело, пошли вахмистг'а! — крикнул Денисов на Лаврушку.

— Пожалуйста, Денисов, возьми у меня денег, ведь у меня есть, — сказал Ростов, краснея.

— Не люблю у своих занимать, не люблю, — проворчал Денисов.

— А ежели ты у меня не возьмешь денег по-товарищески, ты меня обидишь. Право, у меня есть, — повторял Ростов.

— Да нет же.

И Денисов подошел к кровати, чтобы достать из-под подушки кошелек.

— Ты куда положил, Г'остов?

— Под нижнюю подушку.

— Да нету.

Денисов скинул обе подушки на пол. Кошелька не было.

— Вот чудо-то!

— Постой, ты не уронил ли? — сказал Ростов, по одной поднимая подушки и вытрясая их.

Он скинул и отряхнул одеяло. Кошелька не было.

— Уж не забыл ли я? Нет, я еще подумал, что ты точно клад под голову кладешь, — сказал Ростов. — Я тут положил кошелек. Где он? — обратился он к Лаврушке.

— Я не входил. Где положили, там и должен быть.

— Да нет.

— Вы всё так, бросите куда, да и забудете. В карманах-то посмотрите.

— Нет, коли бы я не подумал про клад, — сказал Ростов, — а то я помню, что положил.

Лаврушка перерыл всю постель, заглянул под нее, под стол, перерыл всю комнату — и остановился посреди комнаты. Денисов молча следил за движениями Лаврушки, и, когда Лаврушка удивленно развел руками, говоря, что нигде нет, он оглянулся на Ростова.

— Г'остов, ты не школьнич...

Ростов, почувствовав на себе взгляд Денисова, поднял глаза и в то же мгновение опустил их. Вся кровь его, бывшая запертою где-то ниже горла, хлынула ему в лицо и глаза. Он не мог перевести дыхание.

— И в комнате-то никого не было, окромя поручика да вас самих. Тут где-нибудь, — сказал Лаврушка.

— Ну, ты, чег'това кукла, повог'ачивайся, ищи, — вдруг закричал Денисов, побагровев и с угрожающим жестом бросаясь на лакея. — Чтоб был кошелек, а то запог'ю. Всех запог'ю!

Ростов, обходя взглядом Денисова, стал застегивать куртку, подстегнул саблю и надел фуражку.

— Я тебе говог'ю, чтоб был кошелек, — кричал Денисов, тряся за плечи денщика и толкая его об стену.

— Денисов, оставь его, я знаю, кто взял, — сказал Ростов, подходя к двери и не поднимая глаз.

Денисов остановился, подумал и, видимо, поняв то, на что намекал Ростов, схватил его за руку.

— Вздог'! — закричал он так, что жилы, как веревки, надулись у него на шее и лбу. — Я тебе говог'ю, ты с ума сошел, я этого не позволю. Кошелек здесь; спущу шкуг'у с этого мег'завца, и будет здесь.

— Я знаю, кто взял, — повторил Ростов дрожащим голосом и пошел к двери.

— А я тебе говог'ю, не смей этого делать, — закричал Денисов, бросаясь к юнкеру, чтоб удержать его.

Но Ростов вырвал свою руку и с такою злобой, как будто Денисов был величайший враг его, прямо и твердо устремил на него глаза.

— Ты понимаешь ли, что говоришь? — сказал он дрожащим голосом. — Кроме меня, никого не было в комнате. Стало быть, ежели не то, так...

Он не мог договорить и выбежал из комнаты.

— Ах, чег'т с тобою и со всеми, — были последние слова, которые слышал Ростов.

Ростов пришел на квартиру Телянина.

— Барина дома нет, в штаб уехали, — сказал ему денщик Телянина. — Или что случилось? — прибавил денщик, удивляясь на расстроенное лицо юнкера.

— Нет, ничего.

— Немного не застали, — сказал денщик.

Штаб находился в трех верстах от Зальценека. Ростов, не заходя домой, взял лошадь и поехал в штаб. В деревне, занимаемой штабом, был трактир, посещаемый офицерами. Ростов приехал в трактир; у крыльца он увидал лошадь Телянина.

Во второй комнате трактира сидел поручик за блюдом сосисок и бутылкою вина.

— А, и вы заехали, юноша, — сказал он, улыбаясь и высоко поднимая брови.

— Да, — сказал Ростов, как будто выговорить это слово стоило большого труда, и сел за соседний стол.

Оба молчали; в комнате сидели два немца и один русский офицер. Все молчали, и слышались звуки ножей о тарелки и чавканье поручика. Когда Телянин кончил завтрак, он вынул из кармана двойной кошелек, изогнутыми кверху, маленькими белыми пальцами раздвинул кольца, достал золотой и, приподняв брови, отдал деньги слуге.

— Пожалуйста, поскорее, — сказал он.

Золотой был новый. Ростов встал и подошел к Телянину.

— Позвольте посмотреть мне кошелек, — сказал он тихим, чуть слышным голосом.

С бегающими глазами, но все поднятыми бровями Телянин подал кошелек.

— Да, хорошенький кошелек... Да... да... — сказал он и вдруг побледнел. — Посмотрите, юноша, — прибавил он.

Ростов взял в руки кошелек и посмотрел и на него, и на деньги, которые были в нем, и на Телянина. Поручик оглядывался кругом по своей привычке и, казалось, вдруг стал очень весел.

— Коли будем в Вене, все там оставлю, а теперь и девать некуда в этих дрянных городишках, — сказал он. — Ну, давайте, юноша, я пойду.

Ростов молчал.

— А вы что ж? тоже позавтракать? Порядочно кормят, — продолжал Телянин. — Давайте же.

Он протянул руку и взялся за кошелек. Ростов выпустил его. Телянин взял кошелек и стал опускать его в карман рейтуз, и брови его небрежно поднялись, а рот слегка раскрылся, как будто он говорил: «Да, да, кладу в карман свой кошелек, и это очень просто, и никому до этого дела нет».

— Ну, что, юноша? — сказал он, вздохнув и из-под приподнятых бровей взглянув в глаза Ростова. Какой-то свет глаз с быстротою электрической искры перебежал из глаз Телянина в глаза Ростова и обратно, обратно и обратно, всё в одно мгновение.

— Подите сюда, — проговорил Ростов, хватая Телянина за руку. Он почти притащил его к окну. — Это деньги Денисова, вы их взяли... — прошептал он ему над ухом.

— Что?.. Что?.. Как вы смеете? Что?.. — проговорил Телянин.

Но эти слова звучали жалобным, отчаянным криком и мольбой о прощении. Как только Ростов услыхал этот звук голоса, с души его свалился огромный камень сомнения. Он почувствовал радость, и в то же мгновение ему стало жалко несчастного, стоявшего перед ним человека; но надо было до конца довести начатое дело.

— Здесь люди Бог знает что могут подумать, — бормотал Телянин, схватывая фуражку и направляясь в небольшую пустую комнату, — надо объясниться...

— Я это знаю, и я это докажу, — сказал Ростов.

— Я...

Испуганное, бледное лицо Телянина начало дрожать всеми мускулами; глаза все так же бегали, но где-то внизу, не поднимаясь до лица Ростова, и послышались всхлипыванья.

— Граф!.. не губите... молодого человека... вот эти несчастные... деньги, возьмите их... — Он бросил их на стол. — У меня отец-старик, мать!..

Ростов взял деньги, избегая взгляда Телянина, и, не говоря ни слова, пошел из комнаты. Но у двери он остановился и вернулся назад.

— Боже мой, — сказал он со слезами на глазах, — как вы могли это сделать?

— Граф, — сказал Телянин, приближаясь к юнкеру.

— Не трогайте меня, — проговорил Ростов, отстраняясь. — Ежели вам нужда, возьмите эти деньги. — Он швырнул ему кошелек и выбежал из трактира.

V

Вечером того же дня на квартире Денисова шел оживленный разговор офицеров эскадрона.

— А я говорю вам, Ростов, что вам надо извиниться перед полковым командиром, — говорил, обращаясь к пунцово-красному, взволнованному Ростову, высокий штаб-ротмистр, с седеющими волосами, огромными усами и крупными чертами морщинистого лица.

Штаб-ротмистр Кирстен был два раза разжалован в солдаты за дела чести и два раза выслуживался.

— Я никому не позволю себе говорить, что я лгу! — вскрикнул Ростов. — Он сказал мне, что я лгу, а я сказал ему, что он лжет. Так с тем и останется. На дежурство может меня назначать хоть каждый день и под арест сажать, а извиняться меня никто не заставит, потому что ежели он как полковой командир считает недостойным себя дать мне удовлетворение, так...

— Да вы постойте, батюшка; вы послушайте меня, — перебил штаб-ротмистр своим басистым голосом, спокойно разглаживая свои длинные усы. — Вы при других офицерах говорите полковому командиру, что офицер украл...

— Я не виноват, что разговор зашел при других офицерах. Может быть, не надо было говорить при них, да я не дипломат. Я затем в гусары и пошел, думал, что здесь не нужно тонкостей, а он мне говорит, что я лгу... так пусть даст мне удовлетворение...

— Это все хорошо, никто не думает, что вы трус, да не в том дело. Спросите у Денисова, похоже это на что-нибудь, чтобы юнкер требовал удовлетворения у полкового командира?

Денисов, закусив ус, с мрачным видом слушал разговор, видимо, не желая вступать в него. На вопрос штаб-ротмистра он отрицательно покачал головой.

— Вы при офицерах говорите полковому командиру про эту пакость, — продолжал штаб-ротмистр. — Богданыч (Богданычем называли полкового командира) вас осадил.

— Не осадил, а сказал, что я неправду говорю.

— Ну да, и вы наговорили ему глупостей, и надо извиниться.

— Ни за что! — крикнул Ростов.

— Не думал я этого от вас, — серьезно и строго сказал штаб-ротмистр. — Вы не хотите извиниться, а вы, батюшка, не только перед ним, а перед всем полком, перед всеми нами, вы кругом виноваты. А вот как: кабы вы подумали да посоветовались, как обойтись с этим делом, а то вы прямо, да при офицерах, и бухнули. Что теперь делать полковому командиру? Надо отдать под суд офицера и замарать весь полк? Из-за одного негодяя весь полк осрамить? Так, что ли, по-вашему? А по-нашему, не так. И Богданыч молодец, он вам сказал, что вы неправду говорите. Неприятно, да что делать, батюшка, сами наскочили. А теперь, как дело хотят замять, так вы из-за фанаберии какой-то не хотите извиниться, а хотите все рассказать. Вам обидно, что вы подежурите, да что вам извиниться перед старым и честным офицером! Какой бы там ни был Богданыч, а все честный и храбрый старый полковник, так вам обидно; а замарать полк вам ничего! — Голос штаб-ротмистра начинал дрожать. — Вы, батюшка, в полку без году неделя; нынче здесь, завтра перешли куда в адъютантики; вам наплевать, что говорить будут: «Между павлоградскими офицерами воры!» А нам не все равно. Так, что ли, Денисов? Не все равно?

Денисов все молчал и не шевелился, изредка взглядывая своими блестящими черными глазами на Ростова.

— Вам своя фанаберия дорога́, извиниться не хочется, — продолжал штаб-ротмистр, — а нам, старикам, как мы выросли, да и умереть, Бог даст, приведется в полку, так нам честь полка дорога, и Богданыч это знает. Ох, как дорога, батюшка! А это нехорошо, нехорошо! Так обижайтесь или нет, а я всегда правду-матку скажу. Нехорошо!

И штаб-ротмистр встал и отвернулся от Ростова.

— Пг'авда, чег'т возьми! — закричал, вскакивая, Денисов. — Ну, Г'остов, ну!

Ростов, краснея и бледнея, смотрел то на одного, то на другого офицера.

— Нет, господа, нет... вы не думайте... я очень понимаю, вы напрасно обо мне думаете так... я... для меня... я за честь полка.... да что? это на деле я покажу, и для меня честь знамени... ну, все равно, правда, я виноват! — Слезы стояли у него в глазах. — Я виноват, кругом виноват! Ну, что вам еще?..

— Вот это так, граф, — поворачиваясь, крикнул штаб-ротмистр, ударяя его большою рукою по плечу.

— Я тебе говог'ю, — закричал Денисов, — он малый славный.

— Так-то лучше, граф, — повторил штаб-ротмистр, как будто за его признание начиная величать его титулом. — Подите и извинитесь, ваше сиятельство, да-с.

— Господа, все сделаю, никто от меня слова не услышит, — умоляющим голосом проговорил Ростов, — но извиниться не могу, ей-богу, не могу, как хотите! Как я буду извиняться, точно маленький, прощенья просить?

Денисов засмеялся.

— Вам же хуже. Богданыч злопамятен, поплатитесь за упрямство, — сказал Кирстен.

— Ей-богу, не упрямство! Я не могу вам описать, какое чувство, не могу...

— Ну, ваша воля, — сказал штаб-ротмистр. — Что же, мерзавец-то этот куда делся? — спросил он у Денисова.

— Сказался больным, завтг'а велено пг'иказом исключить, — проговорил Денисов.

— Это болезнь, иначе нельзя объяснить, — сказал штаб-ротмистр.

— Уж там болезнь не болезнь, а не попадайся он мне на глаза — убью! — кровожадно прокричал Денисов.

В комнату вошел Жерков.

— Ты как? — обратились вдруг офицеры к вошедшему.

— Поход, господа. Мак в плен сдался, и с армией, совсем.

— Врешь!

— Сам видел.

— Как? Мака живого видел? с руками, с ногами?

— Поход! Поход! Дать ему бутылку за такую новость. Ты как же сюда попал?

— Опять в полк выслали, за черта, за Мака. Австрийский генерал пожаловался. Я его поздравил с приездом Мака... Ты что, Ростов, точно из бани?

— Тут, брат, у нас такая каша второй день.

Вошел полковой адъютант и подтвердил известие, привезенное Жерковым. Назавтра велено было выступать.

— Поход, господа!

— Ну, и слава Богу, засиделись.

VI

Кутузов отступил к Вене, уничтожая за собой мосты на реках Инне (в Браунау) и Трауне (в Линце). 23-го октября русские войска переходили реку Энс. Русские обозы, артиллерия и колонны войск в середине дня тянулись через город Энс, по сю и по ту сторону моста.

День был теплый, осенний и дождливый. Пространная перспектива, раскрывавшаяся с возвышения, где стояли русские батареи, защищавшие мост, то вдруг затягивалась кисейным занавесом косого дождя, то вдруг расширялась, и при свете солнца далеко и ясно становились видны предметы, точно покрытые лаком. Виднелся городок под ногами с своими белыми домами и красными крышами, собором и мостом, по обеим сторонам которого, толпясь, лились массы русских войск. Виднелись на повороте Дуная суда, и остров, и замок с парком, окруженный водами впадения Энса в Дунай, виднелся левый скалистый и покрытый сосновым лесом берег Дуная с таинственною далью зеленых вершин и голубеющими ущельями. Виднелись башни монастыря, выдававшегося из-за соснового, казавшегося нетронутым, дикого леса, и далеко впереди на горе, по ту сторону Энса, виднелись разъезды неприятеля.

Между орудиями, на высоте, стояли впереди начальник ариергарда генерал с свитским офицером, рассматривая в трубу местность. Несколько позади сидел на хоботе орудия Несвицкий, посланный от главнокомандующего к ариергарду. Казак, сопутствовавший Несвицкому, подал сумочку и фляжку, и Несвицкий угощал офицеров пирожками и настоящим доппелькюмелем. Офицеры радостно окружали его, кто на коленях, кто сидя по-турецки на мокрой траве.

— Да, не дурак был этот австрийский князь, что тут замок выстроил. Славное место. Что же вы не едите, господа? — говорил Несвицкий.

— Покорно благодарю, князь, — отвечал один из офицеров, с удовольствием разговаривая с таким важным штабным чиновником. — Прекрасное место. Мы мимо самого парка проходили, двух оленей видели, и дом какой чудесный!

— Посмотрите, князь, — сказал другой, которому очень хотелось взять еще пирожок, но совестно было, и который поэтому притворялся, что он оглядывает местность, — посмотрите-ка, уж забрались туда наши пехотные. Вон там, на лужку, за деревней, трое тащат что-то. Они проберут этот дворец, — сказал он с видимым одобрением.

— И то, и то, — сказал Несвицкий. — Нет, а чего бы я желал, — прибавил он, прожевывая пирожок в своем красивом влажном рте, — так это вон туда забраться.

Он указал на монастырь с башнями, видневшийся на горе. Он улыбнулся, глаза его сузились и засветились.

— А ведь хорошо бы, господа!

Офицеры засмеялись.

— Хоть бы попугать этих монашенок. Итальянки, говорят, есть молоденькие. Право, пять лет жизни отдал бы!

— Им ведь и скучно, — смеясь, сказал офицер, который был посмелее.

Между тем свитский офицер, стоявший впереди, указывал что-то генералу; генерал смотрел в зрительную трубку.

— Ну, так и есть, так и есть, — сердито сказал генерал, опуская трубку от глаз и пожимая плечами, — так и есть, станут бить по переправе. И что они там мешкают?

На той стороне простым глазом виден был неприятель и его батарея, из которой показался молочно-белый дымок. Вслед за дымком раздался дальний выстрел, и видно было, как наши войска заспешили на переправе.

Несвицкий, отдуваясь, поднялся и, улыбаясь, подошел к генералу.

— Не угодно ли закусить вашему превосходительству? — сказал он.

— Нехорошо дело, — сказал генерал, не отвечая ему, — замешкались наши.

— Не съездить ли, ваше превосходительство? — сказал Несвицкий.

— Да, съездите, пожалуйста, — сказал генерал, повторяя то, что уже раз подробно было приказано, — и скажите гусарам, чтоб они последние перешли и зажгли мост, как я приказывал, да чтобы горючие материалы на мосту еще осмотреть.

— Очень хорошо, — отвечал Несвицкий.

Он кликнул казака с лошадью, велел убрать сумочку и фляжку и легко перекинул свое тяжелое тело на седло.

— Право, заеду к монашенкам, — сказал он офицерам, с улыбкою глядевшим на него, и поехал по вьющейся тропинке под гору.

— Ну-тка, куда донесет, капитан, хватите-ка! — сказал генерал, обращаясь к артиллеристу. — Позабавьтесь от скуки.

— Прислуга к орудиям! — скомандовал офицер, и через минуту весело выбежали от костров артиллеристы и зарядили.

— Первое! — послышалась команда.

Бойко отскочил 1-й нумер. Металлически, оглушая, зазвенело орудие, и через головы всех наших под горой, свистя, перелетела граната и, далеко не долетев до неприятеля, дымком показала место своего падения и лопнула. Лица солдат и офицеров повеселели при этом звуке; все поднялись и занялись наблюдениями над видными, как на ладони, движениями внизу наших войск и впереди — движениями приближавшегося неприятеля. Солнце в ту же минуту совсем вышло из-за туч, и этот красивый звук одинокого выстрела и блеск яркого солнца слились в одно бодрое и веселое впечатление.

VII

Над мостом уже пролетели два неприятельские ядра, и на мосту была давка. В средине моста, слезши с лошади, прижатый своим толстым телом к перилам, стоял князь Несвицкий. Он, смеючись, оглядывался назад на своего казака, который с двумя лошадьми в поводу стоял несколько шагов позади его. Только что князь Несвицкий хотел двинуться вперед, как опять солдаты и повозки напирали на него и опять прижимали его к перилам, и ему ничего не оставалось, как улыбаться.

— Экой ты, братец мой! — говорил казак фурштатскому солдату с повозкой, напиравшему на толпившуюся у самых колес и лошадей пехоту, — экой ты! Нет, чтобы подождать: видишь, генералу проехать.

Но фурштат, не обращая внимания на наименование генерала, кричал на солдат, запружавших ему дорогу:

— Эй! землячки! держись влево, постой!

Но землячки, теснясь, плечо с плечом, цепляясь штыками и не прерываясь, двигались по мосту одною сплошною массою. Поглядев за перила вниз, князь Несвицкий видел быстрые, шумные, невысокие волны Энса, которые, сливаясь, рябея и загибаясь около свай моста, перегоняли одна другую. Поглядев на мост, он видел столь же однообразные живые волны солдат, кутасы, кивера с чехлами, ранцы, штыки, длинные ружья и из-под киверов лица с широкими скулами, ввалившимися щеками и беззаботно-усталыми выражениями и движущиеся ноги по натасканной на доски моста липкой грязи. Иногда между однообразными волнами солдат, как взбрызг белой пены в волнах Энса, протискивался офицер в плаще, с своею отличною от солдат физиономией; иногда, как щепка, вьющаяся по реке, уносился по мосту волнами пехоты пеший гусар, денщик или житель; иногда, как бревно, плывущее по реке, окруженная со всех сторон, проплывала по мосту ротная или офицерская, наложенная доверху и прикрытая кожами, повозка.

— Вишь, их, как плотину, прорвало, — безнадежно останавливаясь, говорил казак. — Много ль вас еще там?

— Мельон без одного! — подмигивая, говорил близко проходивший в прорванной шинели веселый солдат и скрывался; за ним проходил другой, старый солдат.

— Как *он* (*он* — неприятель) таперича по мосту примется зажаривать, — говорил мрачно старый солдат, обращаясь к товарищу, — забудешь чесаться.

И солдат проходил. За ним другой солдат ехал на повозке.

— Куда, черт, подвертки запихал? — говорил денщик, бегом следуя за повозкой и шаря в задке.

И этот проходил с повозкой.

За этим шли веселые и, видимо, выпившие солдаты.

— Как он его, милый человек, полыхнет прикладом-то в самые зубы... — радостно говорил один солдат в высоко подоткнутой шинели, широко размахивая рукой.

— То-то оно, сладкая ветчина-то, — отвечал другой с хохотом.

И они прошли, так что Несвицкий не узнал, кого ударили в зубы и к чему относилась ветчина.

— Эк торопятся! Что *он* холодную пустил, так и думаешь, всех перебьют, — говорил унтер-офицер сердито и укоризненно.

— Как она пролетит мимо меня, дяденька, ядро-то, — говорил, едва удерживаясь от смеха, с огромным ртом молодой солдат, — я так и обмер. Право, ей-богу, так испужался, беда! — говорил этот солдат, как будто хвастаясь тем, что он испугался.

И этот проходил. За ним следовала повозка, непохожая на все проезжавшие до сих пор. Это был немецкий форшпан на паре, нагруженный, казалось, целым домом; за форшпаном, который вез немец, привязана была красивая, пестрая, с огромным вымем, корова. На перинах сидела женщина с грудным ребенком, старуха и молодая, багрово-румяная, здоровая девушка-немка. Видно, по особому разрешению были пропущены эти выселявшиеся жители. Глаза всех солдат обратились на женщин, и, пока проезжала повозка, двигаясь шаг за шагом, все замечания солдат относились только к двум женщинам. На всех лицах была почти одна и та же улыбка непристойных мыслей об этой женщине.

— Ишь, колбаса-то, тоже убирается!

— Продай матушку, — ударяя на последнем слоге, говорил другой солдат, обращаясь к немцу, который, опустив голову, сердито и испуганно шел широким шагом.

— Эк убралась как! То-то черти!

— Вот бы тебе к ним стоять, Федотов!

— Видали, брат!

— Куда вы? — спрашивал пехотный офицер, евший яблоко, тоже полуулыбаясь и глядя на красивую девушку.

Немец, закрыв глаза, показывал, что не понимает.

— Хочешь, возьми себе, — говорил офицер, подавая девушке яблоко.

Девушка улыбнулась и взяла. Несвицкий, как и все, бывшие на мосту, не спускал глаз с женщин, пока они не проехали. Когда они проехали, опять шли такие же солдаты, с такими же разговорами, и наконец все остановились. Как это часто бывает, на выезде моста замялись лошади в ротной повозке, и вся толпа должна была ждать.

— И что становятся? Порядку-то нет! — говорили солдаты. — Куда прешь? Черт! Нет того, чтобы подождать. Хуже того будет, как *он* мост подожжет. Вишь, и офицера-то приперли, — говорили с разных сторон остановившиеся толпы, оглядывая друг друга, и всё жались вперед к выходу.

Оглянувшись под мост на воды Энса, Несвицкий вдруг услышал еще новый для него звук, быстро приближающегося... чего-то большого и чего-то шлепнувшегося в воду.

— Ишь ты, куда фатает! — строго сказал близко стоявший солдат, оглядываясь на звук.

— Подбадривает, чтобы скорей проходили, — сказал другой неспокойно.

Толпа опять тронулась. Несвицкий понял, что это было ядро.

— Эй, казак, подавай лошадь! — сказал он. — Ну, вы! сторонись, посторонись! дорогу!

Он с большим усилием добрался до лошади. Не переставая кричать, он тронулся вперед. Солдаты пожались, чтобы дать ему дорогу, но снова опять нажали на него так, что отдавили ему ногу, и ближайшие не были виноваты, потому что их давили еще сильнее.

— Несвицкий! Несвицкий! Ты, г'ожа! — послышался в это время сзади хриплый голос.

Несвицкий оглянулся и увидал в пятнадцати шагах отделенного от него живою массою двигающейся пехоты красного, черного, лохматого, в фуражке на затылке и в молодецки накинутом на плече ментике Ваську Денисова.

— Вели ты им, чег'тям, дьяволам, дать дог'огу, — кричал Денисов, видимо, находясь в припадке горячности, блестя и поводя своими черными, как уголь, глазами в воспаленных белках и махая невынутою из ножен саблей, которую он держал такой же красной, как и лицо, голой маленькой рукой.

— Э! Вася! — отвечал радостно Несвицкий. — Да ты что?

— Эскадг'ону пг'ойти нельзя, — кричал Васька Денисов, злобно открывая белые зубы, шпоря своего красивого вороного Бедуина, который, мигая ушами от штыков, на которые он натыкался, фыркая, брызгая вокруг себя пеной с мундштука, звеня, бил копытами по доскам моста и, казалось, готов был перепрыгнуть через перила моста, ежели бы ему позволил седок.

— Что это? как баг’аны! точь-в-точь баг’аны! Пг’очь... дай дог’огу!.. Стой там! ты, повозка, чег’т! Саблей изг’ублю! — кричал он, действительно вынимая наголо саблю и начиная махать ею.

Солдаты с испуганными лицами нажались друг на друга, и Денисов присоединился к Несвицкому.

— Что же ты не пьян нынче? — сказал Несвицкий Денисову, когда он подъехал к нему.

— И напиться-то вг’емени не дадут! — отвечал Васька Денисов. — Целый день то туда, то сюда таскают полк. Дг’аться — так дг’аться. А то чег’т знает что такое!

— Каким ты щеголем нынче! — оглядывая его новый ментик и вальтрап, сказал Несвицкий.

Денисов улыбнулся, достал из ташки платок, распространявший запах духов, и сунул в нос Несвицкому.

— Нельзя, в дело иду! выбг’ился, зубы вычистил и надушился.

Осанистая фигура Несвицкого, сопровождаемая казаком, и решительность Денисова, махавшего саблей и отчаянно кричавшего, подействовали так, что они протискались на ту сторону моста и остановили пехоту. Несвицкий нашел у выезда полковника, которому ему надо было передать приказание, и, исполнив свое поручение, поехал назад.

Расчистив дорогу, Денисов остановился у входа на мост. Небрежно сдерживая рвавшегося к своим и бившего ногой жеребца, он смотрел на двигавшийся ему навстречу эскадрон. По доскам моста раздались прозрачные звуки копыт, как будто скакало несколько лошадей, и эскадрон, с офицерами впереди, по четыре человека в ряд, растянулся по мосту и стал выходить на ту сторону.

Остановленные пехотные солдаты, толпясь в растоптанной у моста грязи, с тем особенным недоброжелательным чувством отчужденности и насмешки, с каким встречаются обыкновенно различные роды войск, смотрели на чистых, щеголеватых гусар, стройно проходивших мимо их.

— Нарядные ребята! Только бы на Подновинское!

— Что от них проку! Только напоказ и водят! — говорил другой.

— Пехота, не пыли! — шутил гусар, под которым лошадь, заиграв, брызнула грязью в пехотинца.

— Прогонял бы тебя с ранцем перехода два, шнурки-то бы повытерлись, — обтирая рукавом грязь с лица, говорил пехотинец, — а то не человек, а птица сидит!

— То-то бы тебя, Зикин, на коня посадить, ловок бы ты был, — шутил ефрейтор над худым, скрюченным от тяжести ранца солдатиком.

— Дубинку промеж ног возьми, вот тебе и конь буде, — отозвался гусар.

VIII

Остальная пехота поспешно проходила по мосту, спираясь воронкой у входа. Наконец повозки все прошли, давка стала меньше, и последний батальон вступил на мост. Одни гусары эскадрона Денисова оставались по ту сторону моста против неприятеля. Неприятель, вдалеке видный с противоположной горы, снизу, от моста, не был еще виден, так как из лощины, по которой текла река, горизонт оканчивался противоположным возвышением не дальше полуверсты. Впереди была пустыня, по которой кое-где шевелились кучки наших разъездных казаков. Вдруг на противоположном возвышении дороги показались войска в синих капотах и артиллерия. Это были французы. Разъезд казаков рысью отошел под гору. Все офицеры и люди эскадрона Денисова, хотя и старались говорить о постороннем и смотреть по сторонам, не переставали думать только о том, что было там, на горе, и беспрестанно все вглядывались в выходившие на горизонт пятна, которые они признавали за неприятельские войска. Погода после полудня опять прояснилась, солнце ярко спускалось над Дунаем и окружающими его темными горами. Было тихо, и с той горы изредка долетали звуки рожков и криков неприятеля. Между эскадроном и неприятелями уже никого не было, кроме мелких разъездов. Пустое пространство, сажен в триста, отделяло их от него. Неприятель перестал стрелять, и тем яснее чувствовалась та строгая, грозная, неприступная и неуловимая черта, которая разделяет два неприятельские войска.

«Один шаг за эту черту, напоминающую черту, отделяющую живых от мертвых, и — неизвестность, страдания и смерть. И что там? кто там? там, за этим полем, и деревом, и крышей, освещенной солнцем? Никто не знает, и хочется знать; и страшно перейти эту черту, и хочется перейти ее; и знаешь, что рано или поздно придется перейти ее и узнать, что там, по той стороне черты, как и неизбежно узнать, что там, по ту сторону смерти. А сам силен, здоров, весел и раздражен и окружен такими здоровыми и раздраженно-оживленными людьми». Так ежели и не думает, то чувствует всякий человек, находящийся в виду неприятеля, и чувство это придает особенный блеск и радостную резкость впечатлений всему происходящему в эти минуты.

На бугре у неприятеля показался дымок выстрела, и ядро, свистя, пролетело над головами гусарского эскадрона. Офицеры, стоявшие вместе, разъехались по местам. Гусары старательно стали выравнивать лошадей. В эскадроне все замолкло. Все поглядывали вперед на неприятеля и на эскадронного командира, ожидая команды. Пролетело другое, третье ядро. Очевидно, что стреляли по гусарам; но ядро, равномерно-быстро свистя, пролетало над головами гусар и ударялось где-то сзади. Гусары не оглядывались, но при каждом звуке пролетающего ядра, будто по команде, весь эскадрон с своими однообразно-разнообразными лицами, сдерживая дыханье, пока летело ядро, приподнимался на стременах и снова опускался. Солдаты, не поворачивая головы, косились друг на друга, с любопытством высматривая впечатление товарища. На каждом лице, от Денисова до горниста, показалась около губ и подбородка одна общая черта борьбы раздраженности и волнения. Вахмистр хмурился, оглядывая солдат, как будто угрожая наказанием. Юнкер Миронов нагибался при каждом пролете ядра. Ростов, стоя на левом фланге, на своем тронутом ногами, но видном Грачике, имел счастливый вид ученика, вызванного перед большою публикой к экзамену, в котором он уверен, что отличится. Он ясно и светло оглядывался на всех, как бы прося обратить внимание на то, как он спокойно стоит под ядрами. Но и в его лице та же черта чего-то нового и строгого, против его воли, показывалась около рта.

— Кто там кланяется? Юнкег' Миг'онов! Нехог'ошо, на меня смотг'ите! — закричал Денисов, которому не стоялось на месте и который вертелся на лошади перед эскадроном.

Курносое и черноволосатое лицо Васьки Денисова и вся его маленькая сбитая фигурка с его жилистою (с короткими пальцами, покрытыми волосами) кистью руки, в которой он держал эфес вынутой наголо сабли, было точно такое же, как и всегда, особенно к вечеру, после выпитых двух бутылок. Он был только более обыкновенного красен и, задрав свою мохнатую голову кверху, как птицы, когда они пьют, безжалостно вдавив своими маленькими ногами шпоры в бока доброго Бедуина, он, будто падая назад, поскакал к другому флангу эскадрона и хриплым голосом закричал, чтоб осмотрели пистолеты. Он подъехал к Кирстену. Штаб-ротмистр на широкой и степенной кобыле шагом ехал навстречу Денисову. Штаб-ротмистр, с своими длинными усами, был серьезен, как и всегда, только глаза его блестели больше обыкновенного.

— Да что? — сказал он Денисову. — Не дойдет дело до драки. Вот увидишь, назад уйдем.

— Чег'т их знает, что делают! — проворчал Денисов. — А! Г'остов! — крикнул он юнкеру, заметив его веселое лицо. — Ну, дождался.

И он улыбнулся одобрительно, видимо, радуясь на юнкера. Ростов почувствовал себя совершенно счастливым. В это время начальник показался на мосту. Денисов поскакал к нему.

— Ваше пг'евосходительство! позвольте атаковать! я их опг'окину.

— Какие тут атаки, — сказал начальник скучливым голосом, морщась, как от докучливой мухи. — И зачем вы тут стоите? Видите, фланкеры отступают. Ведите назад эскадрон.

Эскадрон перешел мост и вышел из-под выстрелов, не потеряв ни одного человека. Вслед за ним перешел и второй эскадрон, бывший в цепи, и последние казаки очистили ту сторону.

Два эскадрона павлоградцев, перейдя мост, один за другим пошли назад на гору. Полковой командир Карл Богданович Шуберт подъехал к эскадрону Денисова и ехал шагом недалеко от Ростова, не обращая на него никакого внимания, несмотря на то, что после бывшего столкновения за Телянина они виделись теперь в первый раз. Ростов, чувствуя себя во фронте во власти человека, перед которым он теперь считал себя виноватым, не спускал глаз с атлетической спины, белокурого затылка и красной шеи полкового командира. Ростову то казалось, что Богданыч только притворяется невнимательным и что вся цель его теперь состоит в том, чтобы испытать храбрость юнкера, и он выпрямлялся и весело оглядывался; то ему казалось, что Богданыч нарочно едет близко, чтобы показать Ростову свою храбрость. То ему думалось, что враг его теперь нарочно пошлет эскадрон в отчаянную атаку, чтобы наказать его, Ростова. То думалось, что после атаки он подойдет к нему и великодушно протянет ему, раненому, руку примирения.

Знакомая павлоградцам, с высоко поднятыми плечами, фигура Жеркова (он недавно выбыл из их полка) подъехала к полковому командиру. Жерков после своего изгнания из главного штаба не остался в полку, говоря, что он не дурак во фронте лямку тянуть, когда он при штабе, ничего не делая, получит наград больше, и умел пристроиться ординарцем к князю Багратиону. Он приехал к своему бывшему начальнику с приказанием от начальника ариергарда.

— Полковник, — сказал он с своею мрачною серьезностью, обращаясь ко врагу Ростова и оглядывая товарищей, — велено остановиться, мост зажечь.

— Кто велено? — угрюмо спросил полковник.

— Уж я и не знаю, полковник, *кто велено*, — серьезно отвечал корнет, — но только мне князь приказал: «Поезжай и скажи полковнику, чтобы гусары вернулись скорей и зажгли бы мост».

Вслед за Жерковым к гусарскому полковнику подъехал свитский офицер с тем же приказанием. Вслед за свитским офицером на казачьей лошади, которая насилу несла его галопом, подъехал толстый Несвицкий.

— Как же, полковник, — кричал он еще на езде, — я вам говорил мост зажечь, а теперь кто-то переврал; там все с ума сходят, ничего не разберешь.

Полковник неторопливо остановил полк и обратился к Несвицкому.

— Вы мне говорили про горючие вещества, — сказал он, — а про то, чтобы зажигать, вы мне ничего не говорили.

— Да как же, батюшка, — заговорил, остановившись, Несвицкий, снимая фуражку и расправляя пухлою рукой мокрые от пота волосы, — как же не говорил, что мост зажечь, когда горючие вещества положили?

— Я вам не «батюшка», господин штаб-офицер, а вы мне не говорили, чтоб мост зажигайт! Я служба знаю, и мне в привычка приказание строго исполняйт. Вы сказали, мост зажгут, а кто зажгут, я святым духом не могу знайт...

— Ну, вот всегда так, — махнув рукой, сказал Несвицкий. — Ты как здесь? — обратился он к Жеркову.

— Да за тем же. Однако ты отсырел, дай я тебя выжму.

— Вы сказали, господин штаб-офицер... — продолжал полковник обиженным тоном.

— Полковник, — перебил свитский офицер, — надо торопиться, а то неприятель пододвинет орудия на картечный выстрел.

Полковник молча посмотрел на свитского офицера, на толстого штаб-офицера, на Жеркова и нахмурился.

— Я буду мост зажигайт, — сказал он торжественным тоном, как будто бы выражал этим, что, несмотря на все делаемые ему неприятности, он все-таки сделает то, что должно.

Ударив своими длинными мускулистыми ногами лошадь, как будто она была во всем виновата, полковник выдвинулся вперед и 2-му эскадрону, тому самому, в котором служил Ростов под командою Денисова, скомандовал вернуться назад к мосту.

«Ну, так и есть, — подумал Ростов, — он хочет испытать меня!» Сердце его сжалось, и кровь бросилась к лицу. «Пускай посмотрит, трус ли я», — подумал он.

Опять на всех веселых лицах людей эскадрона появилась та серьезная черта, которая была на них в то время, как они стояли под ядрами. Ростов, не спуская глаз, смотрел на своего врага, полкового командира, желая найти на его лице подтверждение своих догадок; но полковник ни разу не взглянул на Ростова, а смотрел, как всегда во фронте, строго и торжественно. Послышалась команда.

— Живо! Живо! — проговорило около него несколько голосов.

Цепляясь саблями за поводья, гремя шпорами и торопясь, слезали гусары, сами не зная, что они будут делать. Гусары крестились. Ростов уже не смотрел на полкового командира, — ему некогда было. Он боялся, с замиранием сердца боялся, как бы ему не отстать от гусар. Рука его дрожала, когда он передавал лошадь коноводу, и он чувствовал, как со стуком приливает кровь к его сердцу. Денисов, заваливаясь назад и крича что-то, проехал мимо него. Ростов ничего не видел, кроме бежавших вокруг него гусар, цеплявшихся шпорами и бренчавших саблями.

— Носилки! — крикнул чей-то голос сзади.

Ростов не подумал о том, что значит требование носилок; он бежал, стараясь только быть впереди всех; но у самого моста он, не смотря под ноги, попал в вязкую, растоптанную грязь и, споткнувшись, упал на руки. Его обежали другие.

— По *обоий* сторона, ротмистр, — послышался ему голос полкового командира, который, заехав вперед, стал верхом недалеко от моста с торжествующим и веселым лицом.

Ростов, обтирая испачканные руки о рейтузы, оглянулся на своего врага и хотел бежать дальше, полагая, что чем он дальше уйдет вперед, тем будет лучше. Но Богданыч, хотя и не глядел и не узнал Ростова, крикнул на него.

— Кто посредине моста бежит? На права сторона! Юнкер, назад! — сердито закричал он и обратился к Денисову, который, щеголяя храбростью, въехал верхом на доски моста.

— Зачем рисковайт, ротмистр! Вы бы слезали, — сказал полковник.

— Э! виноватого найдет, — отвечал Васька Денисов, поворачиваясь на седле.

Между тем Несвицкий, Жерков и свитский офицер стояли вместе вне выстрелов и смотрели то на эту небольшую кучку людей в желтых киверах, темно-зеленых куртках, расшитых снурками, и синих рейтузах, копошившихся у моста, то на ту сторону, на приближавшиеся вдалеке синие капоты и группы с лошадьми, которые легко можно было признать за орудия.

«Зажгут или не зажгут мост? Кто прежде? Они добегут и зажгут мост, или французы подъедут на картечный выстрел и перебьют их?» Эти вопросы с замиранием сердца невольно задавал себе каждый из того большого количества войск, которые стояли над мостом и при ярком вечернем свете смотрели на мост и гусаров и на ту сторону, на подвигавшиеся синие капоты со штыками и орудиями.

— Ох! достанется гусарам! — говорил Несвицкий. — Не дальше картечного выстрела теперь.

— Напрасно он так много людей повел, — сказал свитский офицер.

— И в самом деле, — сказал Несвицкий. — Тут бы двух молодцов послать, все равно бы.

— Ах, ваше сиятельство, — вмешался Жерков, не спуская глаз с гусар, но все с своею наивною манерой, из-за которой нельзя было догадаться, серьезно ли, что он говорит, или нет. — Ах, ваше сиятельство! Как вы судите! Двух человек послать, а нам-то кто же Владимира с бантом даст? А так-то хоть и поколотят, да можно эскадрон представить и самому бантик получить. Наш Богданыч порядки знает.

— Ну, — сказал свитский офицер, — это картечь!

Он показал на французские орудия, которые снимались с передков и поспешно отъезжали.

На французской стороне, в тех группах, где были орудия, показался дымок, другой, третий, почти в одно время, и в ту минуту, как долетел звук первого выстрела, показался четвертый. Два звука один за другим, и третий.

— О, ох! — охнул Несвицкий, как будто от жгучей боли, хватая за руку свитского офицера. — Посмотрите, упал один, упал, упал!

— Два, кажется?

— Был бы я царь, никогда бы не воевал, — сказал Несвицкий, отворачиваясь.

Французские орудия опять поспешно заряжали. Пехота в синих капотах бегом двинулась к мосту. Опять, но в разных промежутках, показались дымки и защелкала и затрещала картечь по мосту. Но в этот раз Несвицкий не мог видеть того, что делалось на мосту. С моста поднялся густой дым. Гусары успели зажечь мост, и французские батареи стреляли по ним уже не для того, чтобы помешать, а для того, что орудия были наведены и было по ком стрелять.

Французы успели сделать три картечные выстрела, прежде чем гусары вернулись к коноводам. Два залпа были сделаны неверно, и картечь всю перенесло, но зато последний выстрел попал в середину кучки гусар и повалил троих.

Ростов, озабоченный своими отношениями к Богданычу, остановился на мосту, не зная, что ему делать. Рубить (как он всегда воображал себе сражение) было некого, помогать в зажжении моста он тоже не мог, потому что не взял с собою, как другие солдаты, жгута соломы. Он стоял и оглядывался, как вдруг затрещало по мосту, будто рассыпанные орехи, и один из гусар, ближе всех бывший от него, со стоном упал на перилы. Ростов подбежал к нему вместе с другими. Опять закричал кто-то: «Носилки!» Гусара подхватили четыре человека и стали поднимать.

— Оооо!.. Бросьте, ради Христа, — закричал раненый; но его все-таки подняли и положили.

Николай Ростов отвернулся и, как будто отыскивая чего-то, стал смотреть на даль, на воду Дуная, на небо, на солнце! Как хорошо показалось небо, как голубо, спокойно и глубоко! Как ярко и торжественно опускающееся солнце! Как ласково-глянцевито блестела вода в далеком Дунае. И еще лучше были далекие, голубеющие за Дунаем горы, монастырь, таинственные ущелья, залитые до макуш туманом сосновые леса... там тихо, счастливо... «Ничего, ничего бы я не желал, ничего бы не желал, ежели бы я только был там, — думал Ростов. — Во мне одном и в этом солнце так много счастия, а тут... стоны, страдания, страх и эта неясность, эта поспешность... Вот опять кричат что-то, и опять все побежали куда-то назад, и я бегу с ними, и вот она, вот она, смерть, надо мной, вокруг меня... Мгновенье — и я никогда уже не увижу этого солнца, этой воды, этого ущелья...»

В эту минуту солнце стало скрываться за тучами, впереди Ростова показались другие носилки. И страх смерти и носилок, и любовь к солнцу и жизни — все слилось в одно болезненно-тревожное впечатление.

«Господи боже! Тот, кто там, в этом небе, спаси, прости и защити меня!» — прошептал про себя Ростов.

Гусары подбежали к коноводам, голоса стали громче и спокойнее, носилки скрылись из глаз.

— Что, бг'ат, понюхал пог'оху? — прокричал ему над ухом голос Васьки Денисова.

«Все кончилось; но я трус, да, я трус», — подумал Ростов и, тяжело вздыхая, взял из рук коновода своего отставившего ногу Грачика и стал садиться.

— Что это было, картечь? — спросил он у Денисова.

— Да еще какая! — прокричал Денисов. — Молодцами г'аботали! А г'абота скве г'ная! Атака — любезное дело, г'убай в пе́си, а тут, чег'т знает что, бьют как в мишень.

И Денисов отъехал к остановившейся недалеко от Ростова группе: полкового командира, Несвицкого, Жеркова и свитского офицера.

«Однако, кажется, никто не заметил», — думал про себя Ростов. И действительно, никто ничего не заметил, потому что каждому было знакомо то чувство, которое испытал в первый раз необстрелянный юнкер.

— Вот вам реляция и будет, — сказал Жерков, — глядишь, и меня в подпоручики произведут.

— Доложите кнезу, что я мост зажигал, — сказал полковник торжественно и весело.

— А коли про потерю спросят?

— Пустячок! — пробасил полковник, — два гусара ранено, и один *наповал*, — сказал он с видимою радостью, не в силах удержаться от счастливой улыбки, звучно отрубая красивое слово *наповал*.

IX

Преследуемая стотысячной французской армией под начальством Бонапарта, встречаемая враждебно расположенными жителями, не доверяя более своим союзникам, испытывая недостаток продовольствия и принужденная действовать вне всех предвиденных условий войны, русская тридцатипятитысячная армия, под начальством Кутузова, поспешно отступала вниз по Дунаю, останавливаясь там, где она бывала настигнута неприятелем, и отбиваясь ариергардными делами, лишь насколько это было нужно для того, чтоб отступать, не теряя тяжестей. Были дела при Ламбахе, Амштетене и Мельке; но, несмотря на храбрость и стойкость, признаваемую самим неприятелем, с которою дрались русские, последствием этих дел было только еще быстрейшее отступление. Австрийские войска, избежавшие плена под Ульмом и присоединившиеся к Кутузову у Браунау, отделились теперь от русской армии, и Кутузов был предоставлен только своим слабым, истощенным силам. Защищать более Вену нельзя было и думать. Вместо наступательной, глубоко обдуманной, по законам новой науки — стратегии, войны, план которой был передан Кутузову в его бытность в Вене австрийским гофкригсратом, единственная, почти недостижимая цель, представлявшаяся теперь Кутузову, состояла в том, чтобы, не погубив армии, подобно Маку под Ульмом, соединиться с войсками, шедшими из России.

28-го октября Кутузов с армией перешел на левый берег Дуная и в первый раз остановился, положив Дунай между собой и главными силами французов. 30-го он атаковал находившуюся на левом берегу Дуная дивизию

Мортье и разбил ее. В этом деле в первый раз взяты трофеи: знамя, орудия и два неприятельские генерала. В первый раз после двухнедельного отступления русские войска остановились и после борьбы не только удержали поле сражения, но прогнали французов. Несмотря на то, что войска были раздеты, изнурены, на одну треть ослаблены отсталыми, ранеными, убитыми и больными; несмотря на то, что на той стороне Дуная были оставлены больные и раненые с письмом Кутузова, поручавшим их человеколюбию неприятеля; несмотря на то, что большие госпитали и дома в Кремсе, обращенные в лазареты, не могли уже вмещать в себе всех больных и раненых, — несмотря на все это, остановка при Кремсе и победа над Мортье значительно подняли дух войска. Во всей армии и в главной квартире ходили самые радостные, хотя и несправедливые слухи о мнимом приближении колонн из России, о какой-то победе, одержанной австрийцами, и об отступлении испуганного Бонапарта.

Князь Андрей находился во время сражения при убитом в этом деле австрийском генерале Шмите. Под ним была ранена лошадь, и сам он был слегка оцарапан в руку пулей. В знак особой милости главнокомандующего он был послан с известием об этой победе к австрийскому двору, находившемуся уже не в Вене, которой угрожали французские войска, а в Брюнне. В ночь сражения, взволнованный, но не усталый (несмотря на свое несильное на вид сложение, князь Андрей мог переносить физическую усталость гораздо лучше самых сильных людей), верхом приехав с донесением от Дохтурова в Кремс к Кутузову, князь Андрей был в ту же ночь отправлен курьером в Брюнн. Отправление курьером, кроме наград, означало важный шаг к повышению.

Ночь была темная, звездная; дорога чернелась между белевшим снегом, выпавшим накануне, в день сражения. То перебирая впечатления прошедшего сражения, то радостно воображая впечатление, которое он произведет известием о победе, вспоминая проводы главнокомандующего и товарищей, князь Андрей скакал в почтовой бричке, испытывая чувство человека, долго ждавшего и, наконец, достигшего начала желаемого счастия. Как скоро он закрывал глаза, в ушах его раздавалась пальба ружей и орудий, которая сливалась со стуком колес и впечатлением победы. То ему начинало представляться, что русские бегут, что он сам убит; но он поспешно просыпался, со счастием как будто вновь узнавал, что ничего этого не было и что, напротив, французы бежали. Он снова вспоминал все подробности победы, свое спокойное мужество во время сражения и, успокоившись, задремывал... После темной звездной ночи наступило яркое, веселое утро. Снег таял на солнце, лошади быстро скакали, и безразлично вправе и влеве проходили новые разнообразные леса, поля, деревни.

На одной из станций он обогнал обоз русских раненых. Русский офицер, ведший транспорт, развалясь на передней телеге, что-то кричал, ругая грубыми словами солдата. В длинных немецких форшпанах тряслось по каменистой дороге по шести и более бледных, перевязанных и грязных раненых. Некоторые из них говорили (он слышал русский говор), другие ели хлеб, самые тяжелые, молча, с кротким и болезненным детским участием, смотрели на скачущего мимо их курьера.

Князь Андрей велел остановиться и спросил у солдата, в каком деле ранены.

— Позавчера на Дунаю, — отвечал солдат. Князь Андрей достал кошелек и дал солдату три золотых.

— На всех, — прибавил он, обращаясь к подошедшему офицеру. — Поправляйтесь, ребята, — обратился он к солдатам, — еще дела много.

— Что, господин адъютант, какие новости? — спросил офицер, видимо, желая разговориться.

— Хорошие! Вперед, — крикнул он ямщику и поскакал далее.

Уже было совсем темно, когда князь Андрей въехал в Брюнн и увидал себя окруженным высокими домами, огнями лавок, окон домов и фонарей, шумящими по мостовой красивыми экипажами и всею тою атмосферой большого оживленного города, которая всегда так привлекательна для военного человека после лагеря. Князь Андрей, несмотря на быструю езду и бессонную ночь, подъезжая ко дворцу, чувствовал себя еще более оживленным, чем накануне. Только глаза блестели лихорадочным блеском и мысли сменялись с чрезвычайною быстротой и ясностью. Живо представились ему опять все подробности сражения, уже не смутно, но определенно, в сжатом изложении, которое он в воображении делал императору Францу. Живо представились ему случайные вопросы, которые могли быть ему сделаны, и те ответы, которые он сделает на них. Он полагал, что его сейчас же представят императору. Но у большого подъезда дворца к нему выбежал чиновник и, узнав в нем курьера, проводил его на другой подъезд.

— Из коридора направо; там, Euer Hochgeboren[1], найдете дежурного флигель-адъютанта, — сказал ему чиновник. — Он проводит к военному министру.

Дежурный флигель-адъютант, встретивший князя Андрея, попросил его подождать и пошел к военному министру. Через пять минут флигель-адъютант вернулся и, особенно учтиво наклонясь и пропуская князя Андрея вперед себя, провел его через коридор в кабинет, где занимался военный министр. Флигель-адъютант своею изысканной учтивостью, казалось, хотел оградить себя от попыток фамильярности русского адъютанта. Радостное чувство князя Андрея значительно ослабело, когда он подходил к двери кабинета военного министра. Он почувствовал себя оскорбленным, и чувство оскорбления перешло в то же мгновение незаметно для него самого в чувство презрения, ни на чем не основанного. Находчивый же ум в то же мгновение подсказал ему ту точку зрения, с которой он имел право презирать и адъютанта и военного министра. «Им, должно быть, очень легко покажется одерживать победы, не нюхая пороха!» — подумал он. Глаза его презрительно прищурились; он особенно медленно вошел в кабинет военного министра. Чувство это еще более усилилось, когда он увидал военного министра, сидевшего над большим столом и первые две минуты не обращавшего внимания на вошедшего. Военный министр опустил свою лысую, с седыми висками, голову между двух восковых свечей и читал, отмечая карандашом, бумаги. Он дочитывал, не поднимая головы, в то время как отворилась дверь и послышались шаги.

— Возьмите это и передайте, — сказал военный министр своему адъютанту, подавая бумаги и не обращая еще внимания на курьера.

Князь Андрей почувствовал, что либо из всех дел, занимавших военного министра, действия кутузовской армии менее всего могли его интересовать, либо нужно было это дать почувствовать русскому курьеру. «Но мне это совершенно все равно», — подумал он. Военный ми-

---

[1] Ваше высокоблагородие *(нем.)*.

нистр сдвинул остальные бумаги, сравнял их края с краями и поднял голову. У него была умная и характерная голова. Но в то же мгновение, как он обратился к князю Андрею, умное и твердое выражение лица военного министра, видимо, привычно и сознательно изменилось: на лице его остановилась глупая, притворная, не скрывающая своего притворства, улыбка человека, принимающего одного за другим много просителей.

— От генерал-фельдмаршала Кутузова? — спросил он. — Надеюсь, хорошие вести? Было столкновение с Мортье? Победа? Пора!

Он взял депешу, которая была на его имя, и стал читать ее с грустным выражением.

— Ах, боже мой! Боже мой! Шмит! — сказал он по-немецки. — Какое несчастье, какое несчастье!

Пробежав депешу, он положил ее на стол и взглянул на князя Андрея, видимо, что-то соображая.

— Ах, какое несчастье! Дело, вы говорите, решительное? Мортье не взят однако. (Он подумал.) Очень рад, что вы привезли хорошие вести, хотя смерть Шмита есть дорогая плата за победу. Его величество, верно, пожелает вас видеть, но не нынче. Благодарю вас, отдохните. Завтра будьте на выходе после парада. Впрочем, я вам дам знать.

Исчезнувшая во время разговора глупая улыбка опять явилась на лице военного министра.

— До свиданья, очень благодарю вас. Государь император, вероятно, пожелает вас видеть, — повторил он и наклонил голову.

Когда князь Андрей вышел из дворца, он почувствовал, что весь интерес и счастие, доставленные ему победой, оставлены им теперь и переданы в равнодушные руки военного министра и учтивого адъютанта. Весь склад мыслей его мгновенно изменился: сражение представилось ему давнишним, далеким воспоминанием.

X

Князь Андрей остановился в Брюнне у своего знакомого, русского дипломата Билибина.

— А, милый князь, нет приятнее гостя, — сказал Билибин, выходя навстречу князю Андрею. — Франц, в мою спальню вещи князя! — обратился он к слуге, провожавшему Болконского. — Что, вестником победы? Прекрасно. А я сижу больной, как видите.

Князь, Андрей, умывшись и одевшись, вышел в роскошный кабинет дипломата и сел за приготовленный обед. Билибин покойно уселся у камина.

Князь Андрей не только после своего путешествия, но и после всего похода, во время которого он был лишен всех удобств чистоты и изящности жизни, испытывал приятное чувство отдыха среди тех роскошных условий жизни, к которым он привык с детства. Кроме того, ему было приятно после австрийского приема поговорить хоть не по-русски (они говорили по-французски), но с русским человеком, который, он предполагал, разделял общее русское отвращение (теперь особенно живо испытываемое) к австрийцам.

Билибин был человек лет тридцати пяти, холостой, одного общества с князем Андреем. Они были знакомы еще в Петербурге, но еще ближе познакомились в последний приезд князя Андрея в Вену вместе с Кутузовым. Как князь Андрей был молодой человек, обещающий пойти далеко на военном поприще, так, и еще более, обещал Билибин на дипломатическом. Он был еще молодой человек, но уже немолодой дипломат, так как он начал служить с шестнадцати лет, был в Париже, в Копенгагене и теперь в Вене занимал довольно значительное место. И канцлер, и наш посланник в Вене знали его и дорожили им. Он был не из того большого количества дипломатов, которые обязаны иметь только отрицательные достоинства, не делать известных вещей и говорить по-французски для того, чтобы быть очень хорошими дипломатами; он был один из тех дипломатов, которые любят и умеют работать, и, несмотря на свою лень, он иногда проводил ночи за письменным столом. Он работал одинаково хорошо, в чем бы ни состояла сущность работы. Его интересовал не вопрос «зачем?», а вопрос «как?». В чем состояло дипломатическое дело, ему было все равно; но составить искусно, метко и изящно циркуляр, меморандум или донесение — в этом он находил большое удовольствие. Заслуги Билибина ценились, кроме письменных работ, еще и по его искусству обращаться и говорить в высших сферах.

Билибин любил разговор так же, как он любил работу, только тогда, когда разговор мог быть изящно-остроумен. В обществе он постоянно выжидал случая сказать что-нибудь замечательное и вступал в разговор не иначе, как при этих условиях. Разговор Билибина постоянно пересыпался оригинально-остроумными, законченными фразами, имеющими общий интерес. Эти фразы изготовлялись во внутренней лаборатории Билибина, как будто нарочно портативного свойства, для того чтобы ничтожные светские люди удобно могли запоминать их и переносить из гостиных в гостиные. И действительно, les mots de Bilibine se colportaient dans les salons de Vienne[1], как говорили, и часто имели влияние на так называемые важные дела.

Худое, истощенное, желтоватое лицо его было все покрыто крупными морщинами, которые всегда казались так чистоплотно и старательно промыты, как кончики пальцев после бани. Движения этих морщин составляли главную игру его физиономии. То у него морщился лоб широкими складками, брови поднимались кверху, то брови спускались книзу, и у щек образовывались крупные морщины. Глубоко поставленные, небольшие глаза всегда смотрели прямо и весело.

— Ну, теперь расскажите нам ваши подвиги, — сказал он.

Болконский самым скромным образом, ни разу не упоминая о себе, рассказал дело и прием военного министра.

— Ils m'ont reçu avec ma nouvelle, comme un chien dans un jeu de quilles[2], — заключил он.

Билибин усмехнулся и распустил складки кожи.

— Cependant, mon cher, — сказал он, рассматривая издалека свой ноготь и подбирая кожу над левым глазом, — malgré la haute estime que je professe pour le «православное российское воинство», j'avoue que votre victoire n'est pas des plus victorieuses[3].

Он продолжал все так же на французском языке, произнося по-русски только те слова, которые он презрительно хотел подчеркнуть.

— Как же? Вы со всею массой своею обрушились на несчастного Мортье при одной дивизии, и этот Мортье уходит у вас между рук? Где же победа?

---

[1] отзывы Билибина расходились по венским гостиным.

[2] Они приняли меня с этой вестью, как принимают собаку на кегельный кон.

[3] Однако, мой милый, при всем моем уважении к «православному российскому воинству», я полагаю, что победа ваша не из самых блестящих.

— Однако, серьезно говоря, — отвечал князь Андрей, — все-таки мы можем сказать без хвастовства, что это немного получше Ульма...

— Отчего вы не взяли нам одного, хоть одного маршала?

— Оттого, что не все делается, как предполагается, и не так регулярно, как на параде. Мы полагали, как я вам говорил, зайти в тыл к семи часам утра, а не пришли и к пяти вечера.

— Отчего же вы не пришли к семи часам утра? Вам надо было прийти в семь часов утра, — улыбаясь, сказал Билибин, — надо было прийти в семь часов утра.

— Отчего вы не внушили Бонапарту дипломатическим путем, что ему лучше оставить Геную? — тем же тоном сказал князь Андрей.

— Я знаю, — перебил Билибин, — вы думаете, что очень легко брать маршалов, сидя на диване перед камином. Это правда, а все-таки зачем вы его не взяли? И не удивляйтесь, что не только военный министр, но и августейший император и король Франц не будут очень осчастливлены вашею победой; да и я, несчастный секретарь русского посольства, не чувствую никакой особенной радости...

Он посмотрел прямо на князя Андрея и вдруг спустил собранную кожу со лба.

— Теперь мой черед спросить вас «отчего», мой милый? — сказал Болконский. — Я вам признаюсь, что не понимаю, может быть, тут есть дипломатические тонкости выше моего слабого ума, но я не понимаю: Мак теряет целую армию, эрцгерцог Фердинанд и эрцгерцог Карл не дают никаких признаков жизни и делают ошибки за ошибками, наконец один Кутузов одерживает действительную победу, уничтожает charme[1] французов, и военный министр не интересуется даже знать подробности!

— Именно от этого, мой милый. Voyez-vous, mon cher[2]: ура! за царя, за Русь, за веру! Tout ça est bel et bon[3] но что нам, я говорю — австрийскому двору, за дело до ваших побед? Привезите вы нам сюда хорошенькое известие с победе эрцгерцога Карла или Фердинанда — un archiduc vaut l'autre[4], как вам известно, — хоть над ротой пожарной

---

[1] зарок непобедимости.
[2] Видите ли.
[3] Все это прекрасно.
[4] один эрцгерцог стоит другого.

команды Бонапарте, это другое дело, мы прогремим в пушки. А то это, как нарочно, может только дразнить нас. Эрцгерцог Карл ничего не делает, эрцгерцог Фердинанд покрывается позором. Вену вы бросаете, не защищаете больше, comme si vous nous disiez[1]: с нами Бог, а Бог с вами, с вашею столицей. Один генерал, которого мы все любили, Шмит: вы его подводите под пулю и поздравляете нас с победой!.. Согласитесь, что раздразнительнее того известия, которое вы привозите, нельзя придумать. C'est comme un fait exprès, comme un fait exprès[2]. Кроме того, ну, одержи вы точно блестящую победу, одержи победу даже эрцгерцог Карл, что ж бы это переменило в общем ходе дел? Теперь уж поздно, когда Вена занята французскими войсками.

— Как занята? Вена занята?

— Не только занята, но Бонапарте в Шенбрунне, а граф, наш милый граф Врбна, отправляется к нему за приказаниями.

Болконский после усталости и впечатлений путешествия, приема и в особенности после обеда чувствовал, что он не понимает всего значения слов, которые он слышал.

— Нынче утром был здесь граф Лихтенфельс, — продолжал Билибин, — и показывал мне письмо, в котором подробно описан парад французов в Вене. Le prince Murat et tout le tremblement...[3] Вы видите, что ваша победа не очень-то радостна и что вы не можете быть приняты как спаситель...

— Право, для меня все равно, совершенно все равно! — сказал князь Андрей, начиная понимать, что известие его о сражении под Кремсом действительно имело мало важности в виду таких событий, как занятие столицы Австрии. — Как же Вена взята? А мост, и знаменитый tête de pont[4], и князь Ауэрсперг? У нас были слухи, что князь Ауэрсперг защищает Вену, — сказал он.

— Князь Ауэрсперг стоит на этой, на нашей, стороне и защищает нас; я думаю, очень плохо защищает, но все-таки защищает. А Вена на той стороне. Нет, мост еще не взят и, надеюсь, не будет взят, потому что он минирован и его велено взорвать. В противном случае мы были бы

---

1 как будто бы вы нам сказали.
2 Это как нарочно, как нарочно.
3 Принц Мюрат и все другое...
4 укрепление.

давно в горах Богемии и вы с вашею армией провели бы дурную четверть часа между двух огней.

— Но это все-таки не значит, чтобы кампания была кончена, — сказал князь Андрей.

— А я думаю, что кончена. И так думают большие колпаки здесь, но не смеют сказать этого. Будет то, что я говорил в начале кампании, что не ваша échauffourée de Dürenstein[1], вообще не порох решит дело, а те, кто его выдумали, — сказал Билибин, повторяя одно из своих mots[2], распуская кожу на лбу и приостанавливаясь. Вопрос только в том, что скажет берлинское свидание императора Александра с прусским королем. Ежели Пруссия вступит в союз, on forcera la main à l'Autriche[3], и будет война. Ежели же нет, то дело только в том, чтоб условиться, где составлять первоначальные статьи нового Campo Formio.

— Но что за необычайная гениальность! — вдруг вскрикнул князь Андрей, сжимая свою маленькую руку и ударяя ею по столу. — И что за счастие этому человеку!

— Buonaparte? — вопросительно сказал Билибин, морща лоб и этим давая чувствовать, что сейчас будет un mot. — Buonaparte? — сказал он, ударяя особенно на *u*. — Я думаю, однако, что теперь, когда он предписывает законы Австрии из Шенбрунна, il faut lui faire grâce de l'u[4]. Я решительно делаю нововведение и называю его Bonaparte tout court[5].

— Нет, без шуток, — сказал князь Андрей, — неужели вы думаете, что кампания кончена?

— Я вот что думаю. Австрия осталась в дурах, а она к этому не привыкла. И она отплатит. А в дурах она осталась оттого, что, во-первых, провинции разорены (on dit le православное est terrible pour le pillage), армия разбита, столица взята, и все это pour les beaux yeux du[6] сардинское величество. И потому — entre nous, mon cher[7], — я чутьем слышу, что нас обманывают, я чутьем слышу сношения с Францией и проекты мира, тайного мира, отдельно заключенного.

---

1 перестрелка под Дюренштейном *(франц.* и *нем.).*
2 словечек.
3 то Австрию принудят.
4 надо его избавить от *и.*
5 просто Бонапарт.
6 говорят, православное жестоко грабит... ради прекрасных глаз.
7 между нами, мой милый.

— Это не может быть! — сказал князь Андрей. — Это было бы слишком гадко.

— Qui vivra verra[1], — сказал Билибин, распуская опять кожу в знак окончания разговора.

Когда князь Андрей пришел в приготовленную для него комнату и в чистом белье лег на пуховики и душистые гретые подушки, — он почувствовал, что то сражение, о котором он привез известие, было далеко, далеко от него. Прусский союз, измена Австрии, новое торжество Бонапарта, выход, и парад, и прием императора Франца назавтра занимали его.

Он закрыл глаза, но в то же мгновение в ушах его затрещала канонада, пальба, стук колес экипажа, и вот опять спускаются с горы растянутые ниткой мушкетеры, и французы стреляют, и он чувствует, как содрогается его сердце, и он выезжает вперед рядом с Шмитом, и пули весело свистят вокруг него, и он испытывает то чувство удесятеренной радости жизни, какого он не испытывал с самого детства.

Он пробудился...

«Да, все это было!..» — сказал он, счастливо, детски улыбаясь сам себе, и заснул крепким, молодым сном.

XI

На другой день он проснулся поздно. Возобновляя впечатления прошедшего, он вспомнил прежде всего то, что нынче надо представляться императору Францу, вспомнил военного министра, учтивого австрийского флигель-адъютанта, Билибина и разговор вчерашнего вечера. Одевшись для поездки во дворец в полную парадную форму, которой он уже давно не надевал, он, свежий, оживленный и красивый, с подвязанною рукой, вошел в кабинет Билибина. В кабинете находились четыре господина дипломатического корпуса. С князем Ипполитом Курагиным, который был секретарем посольства, Болконский был знаком; с другими его познакомил Билибин.

Господа, бывавшие у Билибина, светские, молодые, богатые и веселые люди, составляли и в Вене и здесь отдельный кружок, который Билибин, бывший главой этого кружка, называл *наши, les nôtres*. В кружке этом, состоявшем

---

[1] Поживем, увидим.

почти исключительно из дипломатов, видимо, были свои, не имеющие ничего общего с войной и политикой, интересы высшего света, отношений к некоторым женщинам и канцелярской стороны службы. Эти господа, по-видимому, охотно, как *своего* (честь, которую они делали немногим), приняли в свой кружок князя Андрея. Из учтивости, и как предмет для вступления в разговор, ему сделали несколько вопросов об армии и сражении, и разговор опять рассыпался на непоследовательные веселые шутки и пересуды.

— Но особенно хорошо, — говорил один, рассказывая неудачу товарища-дипломата, — особенно хорошо то, что канцлер прямо сказал ему, что назначение его в Лондон есть повышение и чтоб он так и смотрел на это. Видите вы его фигуру при этом?..

— Но что всего хуже, господа, я вам выдаю Курагина: человек в несчастии, и этим-то пользуется этот донжуан, этот ужасный человек!

Князь Ипполит лежал в вольтеровском кресле, положив ноги через ручку. Он засмеялся.

— Parlez-moi de ça[1], — сказал он.

— О донжуан! О змея! — послышались голоса.

— Вы не знаете, Болконский, — обратился Билибин к князю Андрею, — что все ужасы французской армии (я чуть было не сказал — русской армии) — ничто в сравнении с тем, что наделал между женщинами этот человек.

— La femme est la compagne de l'homme[2], — произнес князь Ипполит и стал смотреть в лорнет на свои поднятые ноги.

Билибин и *наши* расхохотались, глядя в глаза Ипполиту. Князь Андрей видел, что этот Ипполит, которого он (должно было признаться) почти ревновал к своей жене, был шутом в этом обществе.

— Нет, я должен вас угостить Курагиным, — сказал Билибин тихо Болконскому. — Он прелестен, когда рассуждает о политике, надо видеть эту важность.

Он подсел к Ипполиту и, собрав на лбу свои складки, завел с ним разговор о политике. Князь Андрей и другие обступили обоих.

— Le cabinet de Berlin ne peut pas exprimer un sentiment d'alliance, — начал Ипполит, значительно оглядывая всех, — sans exprimer... comme dans sa dernière note...

---

1 Ну-ка, ну-ка.

2 Женщина — подруга мужчины.

vous comprenez... vous comprenez... et puis si sa Majesté l'Empereur ne déroge pas au principe de notre alliance...[1]

— Attendez, je n'ai pas fini... — сказал он князю Андрею, хватая его за руку. — Je suppose que l'intervention sera plus forte que la non-intervention. Et... — Он помолчал. — On ne pourra pas imputer à la fin de non-recevoir notre dépêche du 28 novembre. Voilá comment tout cela finira[2].

И он отпустил руку Болконского, показывая тем, что теперь он совсем кончил.

— Démosthène, je te reconnais au caillou que tu as caché dans ta bouche d'or![3]— сказал Билибин, у которого шапка волос подвинулась на голове от удовольствия.

Все засмеялись. Ипполит смеялся громче всех. Он, видимо, страдал, задыхался, но не мог удержаться от дикого смеха, растягивающего его всегда неподвижное лицо.

— Ну, вот что, господа, — сказал Билибин, — Болконский мой гость в доме и здесь в Брюнне, и я хочу его угостить, сколько могу, всеми радостями здешней жизни. Ежели бы мы были в Вене, это было бы легко; но здесь, dans ce vilain trou morave[4], это труднее, и я прошу у всех вас помощи. Il faut lui faire les honneurs de Brünn[5]. Вы возьмите на себя театр, я — общество, вы, Ипполит, разумеется, — женщин.

— Надо ему показать Амели, прелесть! — сказал один из *наших*, целуя кончики пальцев.

— Вообще этого кровожадного солдата, — сказал Билибин, — надо обратить к более человеколюбивым взглядам.

— Едва ли я воспользуюсь вашим гостеприимством, господа, и теперь мне пора ехать, — взглядывая на часы, сказал Болконский.

— Куда?

— К императору..

— О, о! о!

---

1 Берлинский кабинет не может выразить свое мнение о союзе, не выражая... как в своей последней ноте... вы понимаете... вы понимаете... впрочем, если его величество император не изменит сущности нашего союза...

2 Подождите, я не кончил... Я думаю, что вмешательство будет прочнее, чем невмешательство. И... Невозможно считать дело оконченным непринятием нашей депеши от 28 ноября... Вот чем все это кончится.

3 Демосфен, я узнаю тебя по камню, который ты скрываешь в своих золотых устах!

4 в этой гадкой моравской дыре.

5 Надо его попотчевать Брюнном.

— Ну, до свидания, Болконский! До свидания, князь; приезжайте же обедать раньше, — послышались голоса. — Мы беремся за вас.

— Старайтесь как можно более расхваливать порядок в доставлении провианта и маршрутов, когда будете говорить с императором, — сказал Билибин, провожая до передней Болконского.

— И желал бы хвалить, но не могу, сколько знаю, — улыбаясь, отвечал Болконский.

— Ну, вообще как можно больше говорите. Его страсть — аудиенции; а говорить сам он не любит и не умеет, как увидите.

XII

На выходе император Франц только пристально вгляделся в лицо князя Андрея, стоявшего в назначенном месте между австрийскими офицерами, и кивнул ему своей длинной головой. Но после выхода вчерашний флигель-адъютант с учтивостью передал Болконскому желание императора дать ему аудиенцию. Император Франц принял его, стоя посредине комнаты. Перед тем как начинать разговор, князя Андрея поразило то, что император как будто смешался, не зная, что сказать, и покраснел.

— Скажите, когда началось сражение? — спросил он поспешно.

Князь Андрей отвечал. После этого вопроса следовали другие, столь же простые вопросы: «Здоров ли Кутузов? как давно выехал он из Кремса?» и т. п. Император говорил с таким выражением, как будто вся цель его состояла только в том, чтобы сделать известное количество вопросов. Ответы же на эти вопросы, как было слишком очевидно, не могли интересовать его.

— В котором часу началось сражение? — спросил император.

— Не могу донести вашему величеству, в котором часу началось сражение с фронта, но в Дюренштейне, где я находился, войско начало атаку в шестом часу вечера, — сказал Болконский, оживляясь и при этом случае предполагая, что ему удастся представить уже готовое в его голове правдивое описание всего того, что он знал и видел.

Но император улыбнулся и перебил его:

— Сколько миль?

— Откуда и докуда, ваше величество?

— От Дюренштейна до Кремса.

— Три с половиною мили, ваше величество.

— Французы оставили левый берег?

— Как доносили лазутчики, в ночь на плотах переправились последние.

— Достаточно ли фуража в Кремсе?

— Фураж не был доставлен в том количестве...

Император перебил его:

— В котором часу убит генерал Шмит?

— В семь часов, кажется.

— В семь часов? Очень печально! Очень печально!

Император сказал, что он благодарит, и поклонился. Князь Андрей вышел и тотчас же со всех сторон был окружен придворными. Со всех сторон глядели на него ласковые глаза и слышались ласковые слова. Вчерашний флигель-адъютант делал ему упреки, зачем он не остановился во дворце, и предлагал ему свой дом. Военный министр подошел, поздравляя его с орденом Марии-Терезии 3-й степени, которым жаловал его император. Камергер императрицы приглашал его к ее величеству. Эрцгерцогиня тоже желала его видеть. Он не знал, кому отвечать, и несколько секунд собирался с мыслями. Русский посланник взял его за плечо, отвел к окну и стал говорить с ним.

Вопреки словам Билибина, известие, привезенное им, было принято радостно. Назначено было благодарственное молебствие. Кутузов был награжден Марией-Терезией большого креста, и вся армия получила награды. Болконский получал приглашения со всех сторон и все утро должен был делать визиты главным сановникам Австрии. Окончив свои визиты в пятом часу вечера, мысленно сочиняя письмо отцу о сражении и о своей поездке в Брюнн, князь Андрей возвращался домой к Билибину. Прежде чем ехать к Билибину, князь Андрей поехал в книжную лавку запастить на поход книгами и засиделся в лавке. У крыльца дома, занимаемого Билибиным, стояла до половины уложенная вещами бричка, и Франц, слуга Билибина, с трудом таща чемодан, вышел из двери.

— Что такое? — спросил Болконский.

— Ach, Erlaucht! — сказал Франц, с трудом взваливая чемодан в бричку. — Wir ziehen noch weiter. Der Bösewicht ist schon wieder hinter uns her![1]

---

[1] Ах, ваше сиятельство! Мы отправляемся еще далее. Злодей уж опять за нами по пятам! *(нем.)*

— Что такое? Что? — спрашивал князь Андрей.

Билибин вышел навстречу Болконскому. На всегда спокойном лице Билибина было волнение.

— Non, non, avouez que c'est charmant, — говорил он, — cette histoire du pont de Thabor (мост в Вене). Ils l'ont passé sans coup férir[1].

Князь Андрей ничего не понимал.

— Да откуда же вы, что вы не знаете того, что уже знают все кучера в городе?

— Я от эрцгерцогини. Там я ничего не слыхал.

— И не видали, что везде укладываются?

— Не видал... Да в чем дело? — нетерпеливо спросил князь Андрей.

— В чем дело? Дело в том, что французы перешли мост, который защищает Ауэрсперг, и мост не взорвали, так что Мюрат бежит теперь по дороге к Брюнну, и нынче-завтра они будут здесь.

— Как здесь? Да как же не взорвали мост, когда он минирован?

— А это я у вас спрашиваю. Этого никто, и сам Бонапарте, не знает.

Болконский пожал плечами.

— Но ежели мост перейден, значит и армия погибла: она будет отрезана, — сказал он.

— В этом-то и штука, — отвечал Билибин. — Слушайте. Вступают французы в Вену, как я вам говорил. Все очень хорошо. На другой день, то есть вчера, господа маршалы: Мюрат, Ланн и Бельяр, садятся верхом и отправляются на мост. (Заметьте, все трое гасконцы.) Господа, — говорит один, — вы знаете, что Таборский мост минирован и контраминирован и что перед ним грозный tête de pont[2] и пятнадцать тысяч войска, которому велено взорвать мост и нас не пускать. Но нашему государю императору Наполеону будет приятно, ежели мы возьмем этот мост. Поедемте втроем и возьмем этот мост. — Поедемте, говорят другие; и они отправляются и берут мост, переходят его и теперь со всею армией по сю сторону Дуная направляются на нас, на вас и на ваши сообщения.

— Полноте шутить, — грустно и серьезно сказал князь Андрей.

---

[1] Нет, нет, признайтесь, что это прелесть, эта история с Таборским мостом. Они перешли его без сопротивления.

[2] мостовое укрепление.

Известие это было горестно и вместе с тем приятно князю Андрею. Как только он узнал, что русская армия находится в таком безнадежном положении, ему пришло в голову, что ему-то именно предназначено вывести русскую армию из этого положения, что вот он, тот Тулон, который выведет его из рядов неизвестных офицеров и откроет ему первый путь к славе! Слушая Билибина, он соображал уже, как, приехав к армии, он на военном совете подаст мнение, которое одно спасет армию, и как ему одному будет поручено исполнение этого плана.

— Полноте шутить, — сказал он.

— Не шучу, — продолжал Билибин, — ничего нет справедливее и печальнее. Господа эти приезжают на мост одни и поднимают белые платки; уверяют, что перемирие и что они, маршалы, едут для переговоров с князем Ауэрспергом. Дежурный офицер пускает их в tête de pont. Они рассказывают ему тысячу гасконских глупостей: говорят, что война кончена, что император Франц назначил свидание Бонапарту, что они желают видеть князя Ауэрсперга и проч. Офицер посылает за Ауэрспергом; господа эти обнимают офицеров, шутят, садятся на пушки, а между тем французский батальон незамеченный входит на мост, сбрасывает мешки с горючими веществами в воду и подходит к tête de pont. Наконец является сам генерал-лейтенант, наш милый князь Ауэрсперг фон Маутерн. «Милый неприятель! Цвет австрийского воинства, герой турецких войн! Вражда кончена, мы можем подать друг другу руку... император Наполеон сгорает желанием узнать князя Ауэрсперга». Одним словом, эти господа, недаром гасконцы, так забрасывают Ауэрсперга прекрасными словами, он так прельщен своею столь быстро установившеюся интимностью с французскими маршалами, так ослеплен видом мантии и страусовых перьев Мюрата, qu'il n'y voit que du feu, et oublie celui qu'il devait faire, faire sur l'ennemi[1]. (Несмотря на живость своей речи, Билибин не забыл приостановиться после этого mot, чтобы дать время оценить его.) Французский батальон вбегает в tête de pont, заколачивают пушки, и мост взят. Нет, но что лучше всего, — продолжал он, успокоиваясь в своем волнении прелестью собственного рассказа, — это то, что сержант, приставленный к той пушке, по сигналу которой

---

[1] что он видит только их огонь и забывает о своем, о том, который обязан был открыть против неприятеля. — *Ред.*

должно было зажигать мины и взрывать мост, сержант этот, увидав, что французские войска бегут на мост, хотел уже стрелять, но Ланн отвел его руку. Сержант, который, видно, был умнее своего генерала, подходит к Ауэрспергу и говорит: «Князь, вас обманывают, вот французы!» Мюрат видит, что дело проиграно, ежели дать говорить сержанту. Он с притворным удивлением (настоящий гасконец) обращается к Ауэрспергу: «Я не узнаю столь хваленую в мире австрийскую дисциплину, — говорит он, — и вы позволяете так говорить с вами низшему чину!» C'est génial. Le prince d'Auersperg se pique d'honneur et fait mettre le sergent aux arrêts. Non, mais avouez que c'est charmant toute cette histoire du pont de Thabor. Ce n'est ni bêtise, ni lâcheté...[1]

— C'est trahison peut-être[2], — сказал князь Андрей, живо воображая себе серые шинели, раны, пороховой дым, звуки пальбы и славу, которая ожидает его.

— Non plus. Cela met la cour dans de trop mauvais draps, — продолжал Билибин. — Ce n'est ni trahison, ni lâcheté, ni bêtise; c'est comme à Ulm... — Он как будто задумался, отыскивая выражение: — C'est... c'est du Mack. Nous sommes *mackés*[3], — заключил он, чувствуя, что он сказал un mot, и свежее mot, такое mot, которое будет повторяться.

Собранные до тех пор складки на лбу быстро распустились в знак удовольствия, и он, слегка улыбаясь, стал рассматривать свои ногти.

— Куда вы? — сказал он вдруг, обращаясь к князю Андрею, который встал и направился в свою комнату.

— Я еду.

— Куда?

— В армию.

— Да вы хотели остаться еще два дня?

— А теперь я еду сейчас.

И князь Андрей, сделав распоряжение об отъезде, ушел в свою комнату.

---

[1] Это гениально. Князь Ауэрсперг оскорбляется и приказывает арестовать сержанта. Нет, признайтесь, что это прелесть, вся эта история с мостом. Это не то что глупость — не то что подлость...

[2] Быть может, измена.

[3] Также нет. Это ставит двор в слишком дурное положение. Это ни измена, ни подлость, ни глупость; это как при Ульме, это... это *маковщина*. Мы *обмаковались*.

— Знаете что, мой милый, — сказал Билибин, входя к нему в комнату. — Я подумал об вас. Зачем вы поедете?

И в доказательство неопровержимости этого довода складки все сбежали с лица.

Князь Андрей вопросительно посмотрел на своего собеседника и ничего не ответил.

— Зачем вы поедете? Я знаю, вы думаете, что ваш долг — скакать в армию теперь, когда армия в опасности. Я это понимаю, mon cher, c'est de l'héroïsme[1].

— Нисколько, — сказал князь Андрей.

— Но вы un philosophe[2], будьте же им вполне, посмотрите на вещи с другой стороны, и вы увидите, что ваш долг, напротив, беречь себя. Предоставьте это другим, которые ни на что более не годны... Вам не велено приезжать назад, и отсюда вас не отпустили; стало быть, вы можете остаться и ехать с нами, куда нас повлечет наша несчастная судьба. Говорят, едут в Ольмюц. А Ольмюц очень милый город. И мы с вами вместе спокойно поедем в моей коляске.

— Перестаньте шутить, Билибин, — сказал Болконский.

— Я говорю вам искренно и дружески. Рассудите. Куда и для чего вы поедете теперь, когда вы можете оставаться здесь? Вас ожидает одно из двух (он собрал кожу над левым виском): или не доедете до армии и мир будет заключен, или поражение и срам со всею кутузовскою армией.

И Билибин распустил кожу, чувствуя, что дилемма его неопровержима.

— Этого я не могу рассудить, — холодно сказал князь Андрей, а подумал: «Еду для того, чтобы спасти армию».

— Mon cher, vous êtes un héros[3], — сказал Билибин.

XIII

В ту же ночь, откланявшись военному министру, Болконский ехал к армии, сам не зная, где он найдет ее, и опасаясь по дороге к Кремсу быть перехваченным французами.

---

[1] мой милый, это героизм.
[2] философ.
[3] Мой милый, вы — герой.

В Брюнне все придворное население укладывалось, и уже отправлялись тяжести в Ольмюц. Около Эцельсдорфа князь Андрей выехал на дорогу, по которой с величайшею поспешностью и в величайшем беспорядке двигалась русская армия. Дорога была так запружена повозками, что невозможно было ехать в экипаже. Взяв у казачьего начальника лошадь и казака, князь Андрей, голодный и усталый, обгоняя обозы, ехал отыскивать главнокомандующего и свою повозку. Самые зловещие слухи о положении армии доходили до него дорогой, и вид беспорядочно бегущей армии подтверждал эти слухи.

«Cette armée russe que l'or de l'Angleterre a transportée des extrémités de l'univers, nous allons lui faire éprouver le même sort (le sort de l'armée d'Ulm)»[1], — вспоминал он слова приказа Бонапарта своей армии перед началом кампании, и слова эти одинаково возбуждали в нем удивление к гениальному герою, чувство оскорбленной гордости и надежду славы. «А ежели ничего не остается, кроме как умереть? — думал он. — Что же, коли нужно! Я сделаю это не хуже других».

Князь Андрей с презрением смотрел на эти бесконечные, мешавшиеся команды, повозки, парки, артиллерию и опять повозки, повозки и повозки всех возможных видов, обгонявшие одна другую и в три, в четыре ряда запружавшие грязную дорогу. Со всех сторон, назади и впереди, покуда хватал слух, слышались звуки колес, громыхание кузовов, телег и лафетов, лошадиный топот, удары кнутом, крики понуканий, ругательства солдат, денщиков и офицеров. По краям дороги видны были беспрестанно то павшие ободранные и неободранные лошади, то сломанные повозки, у которых, дожидаясь чего-то, сидели одинокие солдаты, то отделившиеся от команд солдаты, которые толпами направлялись в соседние деревни или тащили из деревень кур, баранов, сено или мешки, чем-то наполненные. На спусках и подъемах толпы делались гуще, и стоял непрерывный стон криков. Солдаты, утопая по колена в грязи, на руках подхватывали орудия и фуры; бились кнуты, скользили копыта, лопались постромки и надрывались криками груди. Офицеры, заведовавшие движением, то вперед, то назад проезжали между обоза-

---

[1] «Эту русскую армию, которую английское золото перенесло сюда с конца света, мы заставим ее испытать ту же участь (участь ульмской армии)».

ми. Голоса их были слабо слышны посреди общего гула, и по лицам их видно было, что они отчаивались в возможности остановить этот беспорядок.

«Voilà le cher[1] *православное воинство*», — подумал Болконский, вспоминая слова Билибина.

Желая спросить у кого-нибудь из этих людей, где главнокомандующий, он подъехал к обозу. Прямо против него ехал странный, в одну лошадь, экипаж, видимо, устроенный домашними солдатскими средствами, представлявший середину между телегой, кабриолетом и коляской. В экипаже правил солдат и сидела под кожаным верхом за фартуком женщина, вся обвязанная платками. Князь Андрей подъехал и уже обратился с вопросом к солдату, когда его внимание обратили отчаянные крики женщины, сидевшей в кибиточке. Офицер, заведовавший обозом, бил солдата, сидевшего кучером в этой колясочке, за то, что он хотел объехать других, и плеть попадала по фартуку экипажа. Женщина пронзительно кричала. Увидав князя Андрея, она высунулась из-под фартука и, махая худыми руками, выскочившими из-под коврового платка, кричала:

— Адъютант! Господин адъютант!.. Ради Бога... защитите... Что ж это будет?.. Я лекарская жена седьмого егерского... не пускают; мы отстали, своих потеряли...

— В лепешку расшибу, заворачивай! — кричал озлобленный офицер на солдата. — Заворачивай назад со шлюхой своею!

— Господин адъютант, защитите. Что ж это? — кричала лекарша.

— Извольте пропустить эту повозку. Разве вы не видите, что это женщина? — сказал князь Андрей, подъезжая к офицеру.

Офицер взглянул на него и, не отвечая, поворотился опять к солдату:

— Я те объеду... Назад!

— Пропустите, я вам говорю, — опять повторил, поджимая губы, князь Андрей.

— А ты кто такой? — вдруг с пьяным бешенством обратился к нему офицер. — Ты кто такой? Ты (он особенно упирал на *ты*) начальник, что ль? Здесь я начальник, а не ты. Ты, назад, — повторил он, — в лепешку расшибу.

Это выражение, видимо, понравилось офицеру.

---

[1] Вот оно, милое.

— Важно отбрил адъютантика, — послышался голос сзади.

Князь Андрей видел, что офицер находился в том пьяном припадке беспричинного бешенства, в котором люди не помнят, что говорят. Он видел, что его заступничество за лекарскую жену в кибиточке исполнено того, чего он боялся больше всего в мире, того, что называется ridicule[1], но инстинкт его говорил другое. Не успел офицер договорить последних слов, как князь Андрей с изуродованным от бешенства лицом подъехал к нему и поднял нагайку:

— Из-воль-те про-пус-тить!

Офицер махнул рукой и торопливо отъехал прочь.

— Всё от этих, от штабных, беспорядок весь, — проворчал он. — Делайте ж, как знаете.

Князь Андрей торопливо, не поднимая глаз, отъехал от лекарской жены, называвшей его спасителем, и, с отвращением вспоминая мельчайшие подробности этой унизительной сцены, поскакал дальше к той деревне, где, как ему сказали, находился главнокомандующий.

Въехав в деревню, он слез с лошади и пошел к первому дому с намерением отдохнуть хоть на минуту, съесть что-нибудь и привесть в ясность все эти оскорбительные, мучившие его мысли. «Это толпа мерзавцев, а не войско», — думал он, подходя к окну первого дома, когда знакомый ему голос назвал его по имени.

Он оглянулся. Из маленького окна высовывалось красивое лицо Несвицкого. Несвицкий, пережевывая что-то сочным ртом и махая руками, звал его к себе.

— Болконский, Болконский! Не слышишь, что ли? Иди скорее, — кричал он.

Войдя в дом, князь Андрей увидал Несвицкого и еще другого адъютанта, закусывавших что-то. Они поспешно обратились к Болконскому с вопросом, не знает ли он чего нового? На их столь знакомых ему лицах князь Андрей прочел выражение тревоги и беспокойства. Выражение это особенно заметно было на всегда смеющемся лице Несвицкого.

— Где главнокомандующий? — спросил Болконский.

— Здесь, в том доме, — отвечал адъютант.

— Ну, что ж, правда, что мир и капитуляция? — спрашивал Несвицкий.

---

[1] смешным. — *Ред.*

— Я у вас спрашиваю. Я ничего не знаю, кроме того, что я насилу добрался до вас.

— А у нас, брат, что́! Ужас! Винюсь, брат, над Маком смеялись, а самим еще хуже приходится, — сказал Несвицкий. — Да садись же, поешь чего-нибудь.

— Теперь, князь, ни повозок, ничего не найдете, и ваш Петр Бог его знает где, — сказал другой адъютант.

— Где ж главная квартира?

— В Цнайме ночуем.

— А я так перевьючил себе все, что мне нужно, на двух лошадей, — сказал Несвицкий, — и вьюки отличные мне сделали. Хоть через Богемские горы удирать. Плохо, брат. Да что ты, верно нездоров, что так вздрагиваешь? — спросил Несвицкий, заметив, как князя Андрея дернуло, будто от прикосновения к лейденской банке.

— Ничего, — отвечал князь Андрей.

Он вспомнил в эту минуту о недавнем столкновении с лекарскою женой и фурштатским офицером.

— Что главнокомандующий здесь делает? — спросил он.

— Ничего не понимаю, — сказал Несвицкий.

— Я одно понимаю, что все мерзко, мерзко и мерзко, — сказал князь Андрей и пошел в дом, где стоял главнокомандующий.

Пройдя мимо экипажа Кутузова, верховых замученных лошадей свиты и казаков, громко говоривших между собою, князь Андрей вошел в сени. Сам Кутузов, как сказали князю Андрею, находился в избе с князем Багратионом и Вейротером. Вейротер был австрийский генерал, заменивший убитого Шмита. В сенях маленький Козловский сидел на корточках перед писарем. Писарь на перевернутой кадушке, заворотив обшлага мундира, поспешно писал. Лицо Козловского было измученное — он, видно, тоже не спал ночь. Он взглянул на князя Андрея и даже не кивнул ему головой.

— Вторая линия... Написал? — продолжал он, диктуя писарю. — Киевский гренадерский, Подольский...

— Не поспеешь, ваше высокоблагородие, — отвечал писарь непочтительно и сердито, оглядываясь на Козловского.

Из-за двери слышен был в это время оживленно-недовольный голос Кутузова, перебиваемый другим, незнакомым голосом. По звуку этих голосов, по невниманию, с которым взглянул на него Козловский, по непочтительности измученного писаря, по тому, что писарь и Козловский сидели так близко от главнокомандующего на полу около кадушки, и по тому, что казаки, державшие лошадей, смеялись громко под окном дома, — по всему этому князь Андрей чувствовал, что должно было случиться что-нибудь важное и несчастливое.

Князь Андрей настоятельно обратился к Козловскому с вопросами.

— Сейчас, князь, — сказал Козловский. — Диспозиция Багратиону.

— А капитуляция?

— Никакой нет; сделаны распоряжения к сражению.

Князь Андрей направился к двери, из-за которой слышны были голоса. Но в то время как он хотел отворить дверь, голоса в комнате замолкли, дверь сама отворилась, и Кутузов, с своим орлиным носом на пухлом лице, показался на пороге. Князь Андрей стоял прямо против Кутузова; но по выражению единственного зрячего глаза главнокомандующего видно было, что мысль и забота так сильно занимали его, что как будто застилали ему зрение. Он прямо смотрел на лицо своего адъютанта и не узнавал его.

— Ну, что, кончил? — обратился он к Козловскому.

— Сию секунду, ваше высокопревосходительство.

Багратион, невысокий, с восточным типом твердого и неподвижного лица, сухой, еще не старый человек, вышел за главнокомандующим.

— Честь имею явиться, — повторил довольно громко князь Андрей, подавая конверт.

— А, из Вены? Хорошо. После, после!

Кутузов вышел с Багратионом на крыльцо.

— Ну, князь, прощай, — сказал он Багратиону. — Христос с тобой. Благословляю тебя на великий подвиг.

Лицо Кутузова неожиданно смягчилось, и слезы показались в его глазах. Он притянул к себе левою рукой Багратиона, а правою, на которой было кольцо, видимо, привычным жестом перекрестил его и подставил ему пухлую щеку, вместо которой Багратион поцеловал его в шею.

— Христос с тобой! — повторил Кутузов и подошел к коляске. — Садись со мной, — сказал он Болконскому.

— Ваше высокопревосходительство, я желал бы быть полезен здесь. Позвольте мне остаться в отряде князя Багратиона.

— Садись, — сказал Кутузов, и, заметив, что Болконский медлит, — мне хорошие офицеры самому нужны, самому нужны.

Они сели в коляску и молча проехали несколько минут.

— Еще впереди много, много всего будет, — сказал он со старческим выражением проницательности, как будто поняв все, что делалось в душе Болконского. Ежели из отряда его придет завтра одна десятая часть, я буду Бога благодарить, — прибавил Кутузов, как бы говоря сам с собой.

Князь Андрей взглянул на Кутузова, и ему невольно бросились в глаза, в полуаршине от него, чисто промытые сборки шрама на виске Кутузова, где измаильская пуля пронизала ему голову, и его вытекший глаз. «Да, он имеет право так спокойно говорить о погибели этих людей!» — подумал Болконский.

— От этого я и прошу отправить меня в этот отряд, — сказал он.

Кутузов не ответил. Он, казалось, уж забыл о том, что было сказано им, и сидел задумавшись. Через пять минут, плавно раскачиваясь на мягких рессорах коляски, Кутузов обратился к князю Андрею. На лице его не было и следа волнения. Он с тонкою насмешливостью расспрашивал князя Андрея о подробностях его свидания с императором, об отзывах, слышанных при дворе о кремском деле, и о некоторых общих знакомых женщинах.

XIV

Кутузов через своего лазутчика получил 1-го ноября известие, ставившее командуемую им армию почти в безвыходное положение. Лазутчик доносил, что французы в огромных силах, перейдя венский мост, направились на путь сообщения Кутузова с войсками, шедшими из России. Ежели бы Кутузов решился оставаться в Кремсе, то полуторастатысячная армия Наполеона отрезала бы его от всех сообщений, окружила бы его сорокатысячную изнуренную армию, и он находился бы в положении Мака под Ульмом. Ежели бы Кутузов решился оставить дорогу, ведшую на сообщения с войсками из России, то он должен был вступить без дороги в неизвестные края Богемских гор, защищаясь от превосходного силами неприятеля, и оставить всякую надежду на сообщение с Буксгевденом.

Ежели бы Кутузов решился отступать по дороге из Кремса в Ольмюц на соединение с войсками из России, то он рисковал быть предупрежденным на этой дороге французами, перешедшими мост в Вене, и таким образом быть принужденным принять сражение на походе, со всеми тяжестями и обозами, и имея дело с неприятелем, втрое превосходившим его и окружавшим его с двух сторон.

Кутузов избрал этот последний выход.

Французы, как доносил лазутчик, перейдя мост в Вене, усиленным маршем шли на Цнайм, лежавший по пути отступления Кутузова, впереди его более чем на сто верст. Достигнуть Цнайма прежде французов — значило получить большую надежду на спасение армии; дать французам предупредить себя в Цнайме — значило наверное подвергнуть всю армию позору, подобному ульмскому, или общей гибели. Но предупредить французов со всею армией было невозможно. Дорога французов от Вены до Цнайма была короче и лучше, чем дорога русских от Кремса до Цнайма.

В ночь получения известия Кутузов послал четырехтысячный авангард Багратиона направо горами с кремско-цнаймской дороги на венско-цнаймскую. Багратион должен был пройти без отдыха этот переход, остановиться лицом к Вене и задом к Цнайму, и ежели бы ему удалось предупредить французов, то он должен был задерживать их, сколько мог. Сам же Кутузов со всеми тяжестями тронулся к Цнайму.

Пройдя с голодными, разутыми солдатами, без дороги, по горам, в бурную ночь сорок пять верст, растеряв третью часть отсталыми, Багратион вышел в Голлабрун на венско-цнаймскую дорогу несколькими часами прежде французов, подходивших к Голлабруну из Вены. Кутузову надо было идти еще целые сутки с своими обозами, чтобы достигнуть Цнайма, и потому, чтобы спасти армию, Багратион должен был с четырьмя тысячами голодных, измученных солдат удерживать в продолжение суток всю неприятельскую армию, встретившуюся с ним в Голлабруне, что было, очевидно, невозможно. Но странная судьба сделала невозможное возможным. Успех того обмана, который без боя отдал венский мост в руки французов, побудил Мюрата попытаться обмануть так же и Кутузова. Мюрат, встретив слабый отряд Багратиона на цнаймской дороге, подумал, что это была вся армия Кутузова. Чтобы несомненно раздавить эту армию, он поджидал отставшие по дороге из Вены войска и с этой целью предложил перемирие на три дня, с условием, чтобы и те и другие войска не изменяли своих положений и не трогались с места. Мюрат уверял, что уже идут переговоры о мире и что потому, избегая бесполезного пролития крови, он предлагает перемирие. Австрийский генерал граф Ностиц, стоявший на аванпостах, поверил словам парламентера Мюрата и отступил, открыв отряд Багратиона. Другой парламентер поехал в русскую цепь объявить то же известие о мирных переговорах и предложить перемирие русским войскам на три дня. Багратион отвечал, что не может принимать или не принимать перемирия, и с донесением о сделанном ему предложении послал к Кутузову своего адъютанта.

Перемирие для Кутузова было единственным средством выиграть время, дать отдохнуть измученному отряду Багратиона и пропустить обозы и тяжести (движение которых было скрыто от французов) хотя один лишний переход до Цнайма. Предложение перемирия давало единственную и неожиданную возможность спасти армию. Получив это известие, Кутузов немедленно послал состоявшего при нем генерал-адъютанта Винценгероде в неприятельский лагерь. Винценгероде должен был не только принять перемирие, но и предложить условия капитуляции, а между тем Кутузов послал своих адъютантов назад торопить сколь возможно движение обозов всей армии по кремско-цнаймской дороге. Измученный, голодный отряд Багратиона один должен был, прикрывая собой это движение обозов и всей армии, неподвижно оставаться перед неприятелем, в восемь раз сильнейшим.

Ожидания Кутузова сбылись как относительно того, что предложения капитуляции, ни к чему не обязывающие, могли дать время пройти некоторой части обозов, так и относительно того, что ошибка Мюрата должна была открыться очень скоро. Как только Бонапарте, находившийся в Шенбрунне, в двадцати пяти верстах от Голлабруна, получил донесение Мюрата и проект перемирия и капитуляции, он увидел обман и написал следующее письмо к Мюрату.

«Au prince Murat. Schoenbrunn, 25 brumaire
en 1805 à huit heures du matin

Il m'est impossible de trouver des termes pour vous exprimer mon mécontentement. Vous ne commandez que mon avant-garde et vous n'avez pas le droit de faire d'armistice sans mon ordre. Vous me faites perdre le fruit d'une campagne. Rompez l'armistice sur-le-champ et marchez à l'ennemi. Vous lui ferez déclarer que le général qui a signé cette capitulation n'avait pas le droit de le faire, qu'il n'y a que l'Empereur de Russie qui ait ce droit.

Toutes les fois cependant que l'Empereur de Russie ratifierait la dite convention, je la ratifierai; mais ce n'est qu'une ruse. Marchez, détruisez l'armée russe... vous êtes en position de prendre son bagage et son artillerie.

L'aide-de-camp de l'Empereur de Russie est un... Les officiers ne sont rien quand ils n'ont pas de pouvoirs: celuici n'en avait point... Les Autrichiens se sont laissé jouer pour le passage du pont de Vienne, vous vous laissez jouer par un aide-de-camp de l'Empereur.

Napoléon»[1].

Адъютант Бонапарте во всю прыть лошади скакал с этим грозным письмом к Мюрату. Сам Бонапарте, не доверяя своим генералам, со всею гвардией двигался к полю сражения, боясь упустить готовую жертву, а четырехтысячный отряд Багратиона, весело раскладывая костры, сушился, обогревался, варил в первый раз после трех дней кашу, и никто из людей отряда не знал и не думал о том, что предстояло ему.

XV

В четвертом часу вечера князь Андрей, настояв на своей просьбе у Кутузова, приехал в Грунт и явился к Баг-

---

[1] Принцу Мюрату. Шенбрюнн, 25 брюмера 1805 г. 8 часов утра.

Я не могу найти слов, чтоб выразить вам мое неудовольствие. Вы командуете только моим авангардом и не имеете права делать перемирие без моего приказания. Вы заставляете меня потерять плоды целой кампании. Немедленно разорвите перемирие и идите против неприятеля. Вы объявите ему, что генерал, подписавший эту капитуляцию, не имел на это права, и никто не имеет, исключая лишь российского императора.

Впрочем, если российский император согласится на упомянутое условие, я тоже соглашусь; но это не что иное, как хитрость. Идите, уничтожьте русскую армию... Вы можете взять ее обозы и ее артиллерию.

Генерал-адъютант российского императора обманщик... Офицеры ничего не значат, когда не имеют власти полномочия; он также не имеет его... Австрийцы дали себя обмануть при переходе венского моста, а вы даете себя обмануть адъютантам императора.

Наполеон.

ратиону. Адъютант Бонапарте еще не приехал в отряд Мюрата, и сражение еще не начиналось. В отряде Багратиона ничего не знали об общем ходе дел, говорили о мире, но не верили в его возможность. Говорили о сражении и тоже не верили и в близость сражения.

Багратион, зная Болконского за любимого и доверенного адъютанта, принял его с особенным начальническим отличием и снисхождением, объяснил ему, что, вероятно, нынче или завтра будет сражение, и предоставил ему полную свободу находиться при нем во время сражения или в ариергарде наблюдать за порядком отступления, «что тоже было очень важно».

— Впрочем, нынче, вероятно, дела не будет, — сказал Багратион, как бы успокоивая князя Андрея.

«Ежели это один из обыкновенных штабных франтиков, посылаемых для получения крестика, то он и в ариергарде получит награду, а ежели хочет со мной быть, пускай... пригодится, коли храбрый офицер», — подумал Багратион. Князь Андрей, ничего не ответив, попросил позволения объехать позицию и узнать расположение войск с тем, чтобы в случае поручения знать, куда ехать. Дежурный офицер отряда, мужчина красивый, щеголевато одетый и с алмазным перстнем на указательном пальце, дурно, но охотно говоривший по-французски, вызвался проводить князя Андрея.

Со всех сторон виднелись мокрые, с грустными лицами офицеры, чего-то как будто искавшие, и солдаты, тащившие из деревни двери, лавки и заборы.

— Вот не можем, князь, избавиться от этого народа, — сказал штаб-офицер, указывая на этих людей. Распускают командиры. А вот здесь, — он указал на раскинутую палатку маркитанта, — собьются и сидят. Нынче утром всех выгнал: посмотрите, опять полна. Надо подъехать, князь, пугнуть их. Одна минута.

— Заедемте, и я возьму у него сыру и булку, — сказал князь Андрей, который не успел еще поесть.

— Что ж вы не сказали, князь? Я бы предложил своего хлеба-соли.

Они сошли с лошадей и вошли под палатку маркитанта. Несколько человек офицеров с раскрасневшимися и истомленными лицами сидели за столами, пили и ели.

— Ну, что ж это, господа! — сказал штаб-офицер тоном упрека, как человек, уже несколько раз повторявший одно и то же. — Ведь нельзя же отлучаться так. Князь приказал, чтобы никого не было. Ну, вот вы, господин штабс-капитан, — обратился он к маленькому, грязному, худому артиллерийскому офицеру, который без сапог (он отдал их сушить маркитанту), в одних чулках, встал перед вошедшими, улыбаясь не совсем естественно.

— Ну, как вам, капитан Тушин, не стыдно? — продолжал штаб-офицер, — вам бы, кажется, как артиллеристу, надо пример показывать, а вы без сапог. Забьют тревогу, а вы без сапог очень хороши будете. (Штаб-офицер улыбнулся). Извольте отправляться к своим местам, господа, все, все, — прибавил он начальнически.

Князь Андрей невольно улыбнулся, взглянув на штабс-капитана Тушина. Молча и улыбаясь, Тушин, переступая с босой ноги на ногу, вопросительно глядел большими, умными и добрыми глазами то на князя Андрея, то на штаб-офицера.

— Солдаты говорят: разумшись ловчее, — сказал капитан Тушин, улыбаясь и робея, видимо, желая из своего неловкого положения перейти в шутливый тон.

Но еще он не договорил, как почувствовал, что шутка его не принята и не вышла. Он смутился.

— Извольте отправляться, — сказал штаб-офицер, стараясь удержать серьезность.

Князь Андрей еще раз взглянул на фигурку артиллериста. В ней было что-то особенное, совершенно не военное, несколько комическое, но чрезвычайно привлекательное.

Штаб-офицер и князь Андрей сели на лошадей и поехали дальше.

Выехав за деревню, беспрестанно обгоняя и встречая идущих солдат, офицеров разных команд, они увидали налево краснеющие свежею, вновь вскопанною глиною строящиеся укрепления. Несколько батальонов солдат в одних рубахах, несмотря на холодный ветер, как белые муравьи, копошились на этих укреплениях; из-за вала невидимо кем беспрестанно выкидывались лопаты красной глины. Они подъехали к укреплению, осмотрели его и поехали дальше. За самым укреплением наткнулись они на несколько десятков солдат, беспрестанно переменяющихся, сбегающих с укрепления. Они должны были зажать нос и тронуть лошадей рысью, чтобы выехать из этой отравленной атмосферы.

— Voilà l'agrément des camps, monsieur le prince[1], — сказал дежурный штаб-офицер.

Они выехали на противоположную гору. С этой горы уже видны были французы. Князь Андрей остановился и начал рассматривать.

— Вот тут наша батарея стоит, — сказал штаб-офицер, указывая на самый высокий пункт, — того самого чудака, что без сапог сидел; оттуда все видно: поедемте, князь.

— Покорно благодарю, я теперь один проеду, — сказал князь Андрей, желая избавиться от штаб-офицера, — не беспокойтесь, пожалуйста.

Штаб-офицер отстал, и князь Андрей поехал один.

Чем далее подвигался он вперед, ближе к неприятелю, тем порядочнее и веселее становился вид войск. Самый сильный беспорядок и уныние были в том обозе перед Цнаймом, который объезжал утром князь Андрей и который был в десяти верстах от французов. В Грунте тоже чувствовалась некоторая тревога и страх чего-то. Но чем ближе подъезжал князь Андрей к цепи французов, тем самоувереннее становился вид наших войск. Выстроенные в ряд, стояли в шинелях солдаты, и фельдфебель и ротный рассчитывали людей, тыкая пальцем в грудь крайнему по отделению солдату и приказывая ему поднимать руку; рассыпанные по всему пространству, солдаты тащили дрова и хворост и строили балаганчики, весело смеясь и переговариваясь; у костров сидели одетые и голые, суша рубахи, подвертки или починивая сапоги и шинели, толпились около котлов и кашеваров. В одной роте обед был готов, и солдаты с жадными лицами смотрели на дымившиеся котлы и ждали пробы, которую в деревянной чашке подносил каптенармус офицеру, сидевшему на бревне против своего балагана.

В другой, более счастливой роте, так как не у всех была водка, солдаты, толпясь, стояли около рябого широкоплечего фельдфебеля, который, нагибая бочонок, лил в подставляемые поочередно крышки манерок. Солдаты с набожными лицами подносили ко рту манерки, опрокидывали их и, полоща рот и утираясь рукавами шинелей, с повеселевшими лицами отходили от фельдфебеля. Все лица были такие спокойные, как будто все происходило не в виду неприятеля, перед делом, где должна была остаться на месте по крайней мере половина отряда, а как

---

[1] Вот приятность лагеря, князь.

будто где-нибудь на родине в ожидании спокойной стоянки. Проехав егерский полк, в рядах киевских гренадеров, молодцеватых людей, занятых теми же мирными делами, князь Андрей недалеко от высокого, отличавшегося от других балагана полкового командира наехал на фронт взвода гренадер, перед которыми лежал обнаженный человек. Двое солдат держали его, а двое взмахивали гибкие прутья и мерно ударяли по обнаженной спине. Наказываемый неестественно кричал. Толстый майор ходил перед фронтом и, не переставая и не обращая внимания на крик, говорил:

— Солдату позорно красть, солдат должен быть честен, благороден и храбр; а коли у своего брата украл, так в нем чести нет; это мерзавец. Еще, еще!

И все слышались гибкие удары и отчаянный, но притворный крик.

— Еще, еще, — приговаривал майор.

Молодой офицер, с выражением недоумения и страдания в лице, отошел от наказываемого, оглядываясь вопросительно на проезжавшего адъютанта.

Князь Андрей, выехав в переднюю линию, поехал по фронту. Цепь наша и неприятельская стояли на левом и на правом фланге далеко друг от друга, но в средине, в том месте, где утром проезжали парламентеры, цепи сошлись так близко, что могли видеть лица друг друга и переговариваться между собою. Кроме солдат, занимавших цепь в этом месте, с той и с другой стороны стояло много любопытных, которые, посмеиваясь, разглядывали странных и чуждых для них неприятелей.

С раннего утра, несмотря на запрещение подходить к цепи, начальники не могли отбиться от любопытных. Солдаты, стоявшие в цепи, как люди, показывающие что-нибудь редкое, уж не смотрели на французов, а делали свои наблюдения над приходящими и, скучая, дожидались смены. Князь Андрей остановился рассматривать французов.

— Глянь-ка, глянь, — говорил один солдат товарищу, указывая на русского мушкетера-солдата, который с офицером подошел к цепи и что-то часто и горячо говорил с французским гренадером. — Вишь, лопочет как ловко! Аж хранцуз-то за ним не поспевает. Ну-ка ты, Сидоров!

— Погоди, послухай. Ишь ловко! — отвечал Сидоров, считавшийся мастером говорить по-французски.

Солдат, на которого указывали смеявшиеся, был Долохов. Князь Андрей узнал его и прислушался к его разговору. Долохов вместе с своим ротным пришел в цепь с левого фланга, на котором стоял их полк.

— Ну, еще, еще! — подстрекал ротный командир, нагибаясь вперед и стараясь не проронить ни одного непонятного для него слова. — Пожалуйста, почаще. Что он?

Долохов не отвечал ротному; он был вовлечен в горячий спор с французским гренадером. Они говорили, как и должно было быть, о кампании. Француз доказывал, смешивая австрийцев с русскими, что русские сдались и бежали от самого Ульма; Долохов доказывал, что русские не сдавались, а били французов.

— Здесь велят прогнать вас, и прогоним, — говорил Долохов.

— Только старайтесь, чтобы вас не забрали со всеми вашими казаками, — сказал гренадер-француз.

Зрители и слушатели французы засмеялись.

— Вас заставят плясать, как при Суворове вы плясали (on vous fera danser)[1], — сказал Долохов.

— Qu'est-ce qu'il chante?[2]— сказал один француз.

— De l'histoire ancienne, — сказал другой, догадавшись, что дело шло о прежних войнах. — L'Empereur va lui faire voir à votre Souvara, comme aux autres...[3]

— Бонапарте... — начал было Долохов, но француз перебил его.

— Нет Бонапарте. Есть император! Sacré nom...[4]— сердито крикнул он.

— Черт его дери, вашего императора!

И Долохов по-русски, грубо, по-солдатски обругался и, вскинув ружье, отошел прочь.

— Пойдемте, Иван Лукич, — сказал он ротному.

— Вот так по-хранцузски, — заговорили солдаты в цепи. — Ну-ка, ты, Сидоров!

Сидоров подмигнул и, обращаясь к французам, начал часто, часто лопотать непонятные слова.

— Кари, мала, тафа, сафи, мутер, каска́, — лопотал он, стараясь придать выразительные интонации своему говору.

— Го, го, го! Ха, ха, ха, ха! Ух! Ух! — раздался между солдатами грохот такого здорового и веселого хохота, не-

---

1 вас заставят плясать.
2 Что он там поет?
3 Древняя история. Император покажет вашему Сувара, как и другим...
4 Черт возьми...

вольно через цепь сообщившегося и французам, что после этого, казалось, нужно было поскорее разрядить ружья, взорвать заряды и разойтись поскорее всем по домам.

Но ружья остались заряжены, бойницы в домах и укреплениях так же грозно смотрели вперед и так же, как прежде, остались друг против друга обращенные, снятые с передков пушки.

XVI

Объехав всю линию войск от правого до левого фланга, князь Андрей поднялся на ту батарею, с которой, по словам штаб-офицера, все поле было видно. Здесь он слез с лошади и остановился у крайнего из четырех снятых с передков орудий. Впереди орудий ходил часовой артиллерист, вытянувшийся было перед офицером, но по сделанному ему знаку возобновивший свое равномерное, скучливое хождение. Сзади орудий стояли передки, еще сзади коновязь и костры артиллеристов. Налево, недалеко от крайнего орудия, был новый плетеный шалашик, из которого слышались оживленные офицерские голоса.

Действительно, с батареи открывался вид почти всего расположения русских войск и большей части неприятеля. Прямо против батареи, на горизонте противоположного бугра, виднелась деревня Шенграбен; левее и правее можно было различить в трех местах среди дыма их костров массы французских войск, которых, очевидно, бóльшая часть находилась в самой деревне и за горою. Левее деревни, в дыму, казалось что-то похожее на батарею, но простым глазом нельзя было рассмотреть хорошенько. Правый фланг наш располагался на довольно крутом возвышении, которое господствовало над позицией французов. По нем расположена была наша пехота, и на самом краю видны были драгуны. В центре, где и находилась та батарея Тушина, с которой рассматривал позицию князь Андрей, был самый отлогий и прямой спуск и подъем к ручью, отделявшему нас от Шенграбена. Налево войска наши примыкали к лесу, где дымились костры нашей, рубившей дрова, пехоты. Линия французов была шире нашей, и ясно было, что французы легко могли обойти нас с обеих сторон. Сзади нашей позиции был крутой и глубокий овраг, по которому трудно было отступать артиллерии и коннице. Князь Андрей, облокотясь на пушку и достав бумажник, начертил для себя план расположения войск. В двух местах он карандашом поставил заметки, намереваясь сообщить их Багратиону. Он предполагал, во-первых, сосредоточить всю артиллерию в центре, во-вторых, кавалерию перевести назад, на ту сторону оврага. Князь Андрей, постоянно находясь при главнокомандующем, следя за движениями масс и общими распоряжениями и постоянно занимаясь историческими описаниями сражений, и в этом предстоящем деле невольно соображал будущий ход военных действий только в общих чертах. Ему представлялись лишь следующего рода крупные случайности: «Ежели неприятель поведет атаку на правый фланг, — говорил он сам себе, — Киевский гренадерский и Подольский егерский должны будут удерживать свою позицию до тех пор, пока резервы центра не подойдут к ним. В этом случае драгуны могут ударить во фланг и опрокинуть их. В случае же атаки на центр мы выставляем на этом возвышении центральную батарею и под ее прикрытием стягиваем левый фланг и отступаем до оврага эшелонами», — рассуждал он сам с собою...

Все время, что он был на батарее у орудия, он, как это часто бывает, не переставая слышал звуки голосов офицеров, говоривших в балагане, но не понимал ни одного слова из того, что они говорили. Вдруг звук голосов из балагана поразил его таким задушевным тоном, что он невольно стал прислушиваться.

— Нет, голубчик, — говорил приятный и как будто знакомый князю Андрею голос, — я говорю, что коли бы возможно было знать, что будет после смерти, тогда бы и смерти из нас никто не боялся. Так-то голубчик.

Другой, более молодой голос перебил его:

— Да бойся, не бойся, все равно — не минуешь.

— А все боишься! Эх вы, ученые люди, — сказал третий, мужественный голос, перебивая обоих. — То-то вы, артиллеристы, и учены очень оттого, что все с собой свезти можно, и водочки и закусочки.

И владелец мужественного голоса, видимо, пехотный офицер, засмеялся.

— А все боишься, — продолжал первый знакомый голос. — Боишься неизвестности, вот чего. Как там ни говори, что душа на небо пойдет... ведь это мы знаем, что неба нет, а есть атмосфера одна.

Опять мужественный голос перебил артиллериста.

— Ну, угостите же травником-то вашим, Тушин, — сказал он.

«А, это тот самый капитан, который без сапог стоял у маркитанта», — подумал князь Андрей, с удовольствием признавая приятный философствовавший голос.

— Травничку можно, — сказал Тушин, — а все-таки будущую жизнь постигнуть... — Он не договорил.

В это время в воздухе послышался свист; ближе, ближе, быстрее и слышнее, слышнее и быстрее, и ядро, как будто не договорив всего, что нужно было, с нечеловеческою силой взрывая брызги, шлепнулось в землю недалеко от балагана. Земля как будто ахнула от страшного удара.

В то же мгновение из балагана выскочил прежде всех маленький Тушин с закушенною набок трубочкой; доброе, умное лицо его было несколько бледно. За ним вышел владетель мужественного голоса, молодцеватый пехотный офицер, и побежал к своей роте, на бегу застегиваясь.

XVII

Князь Андрей верхом остановился на батарее, глядя на дым орудия, из которого вылетело ядро. Глаза его разбегались по обширному пространству. Он видел только, что прежде неподвижные массы французов заколыхались и что налево действительно была батарея. На ней еще не разошелся дымок. Французские два конные, вероятно адъютанта, проскакали по горе. Под гору, вероятно, для усиления цепи, двигалась явственно видневшаяся небольшая колонна неприятеля. Еще дым первого выстрела не рассеялся, как показался другой дымок и выстрел. Сражение началось. Князь Андрей повернул лошадь и поскакал назад в Грунт отыскивать князя Багратиона. Сзади себя он слышал, как канонада становилась чаще и громче. Видно, наши начинали отвечать. Внизу, в том месте, где проезжали парламентеры, послышались ружейные выстрелы.

Лемарруа (Lemarrois) с грозным письмом Бонапарта только что прискакал к Мюрату, и пристыженный Мюрат, желая загладить свою ошибку, тотчас же двинул свои войска на центр и в обход обоих флангов, надеясь еще до вечера и до прибытия императора раздавить ничтожный, стоявший перед ним отряд.

«Началось! Вот оно!» — думал князь Андрей, чувствуя, как кровь чаще начинала приливать к его сердцу. «Но где же? Как же выразится мой Тулон?» — думал он.

Проезжая между тех же рот, которые ели кашу и пили водку четверть часа тому назад, он везде видел одни и те же быстрые движения строившихся и разбиравших ружья солдат, и на всех лицах узнавал он то чувство оживления, которое было в его сердце. «Началось! Вот оно! Страшно и весело!» — говорило лицо каждого солдата и офицера.

Не доехав еще до строившегося укрепления, он увидел в вечернем свете пасмурного осеннего дня подвигавшихся ему навстречу верховых. Передовой, в бурке и картузе со смушками, ехал на белой лошади. Это был князь Багратион. Князь Андрей остановился, ожидая его. Князь Багратион приостановил свою лошадь и, узнав князя Андрея, кивнул ему головой. Он продолжал смотреть вперед в то время, как князь Андрей говорил ему то, что он видел.

Выражение «Началось! вот оно!» было даже и на крепком карем лице князя Багратиона с полузакрытыми, мутными, как будто невыспавшимися глазами. Князь Андрей с беспокойным любопытством вглядывался в это неподвижное лицо, и ему хотелось знать, думает ли и чувствует, и что думает, что чувствует этот человек в эту минуту? «Есть ли вообще что-нибудь там, за этим неподвижным лицом?» — спрашивал себя князь Андрей, глядя на него. Князь Багратион наклонил голову, в знак согласия на слова князя Андрея, и сказал «хорошо» с таким выражением, как будто все то, что происходило и что ему сообщали, было именно то, что он уже предвидел. Князь Андрей, запыхавшись от быстрой езды, говорил быстро. Князь Багратион произносил слова с своим восточным акцентом особенно медленно, как бы внушая, что торопиться некуда. Он тронул, однако, рысью свою лошадь по направлению к батарее Тушина. Князь Андрей вместе с свитой поехал за ним. За князем Багратионом ехали: свитский офицер, личный адъютант князя Жерков, ординарец, дежурный штаб-офицер на энглизированной красивой лошади и статский чиновник, аудитор, который из любопытства попросился ехать в сражение. Аудитор, полный мужчина с полным лицом, с наивною улыбкой радости оглядывался вокруг, трясясь на своей лошади, представляя странный вид в своей камлотовой шинели на фурштатском седле, среди гусар, казаков и адъютантов.

— Вот хочет сраженье посмотреть, — сказал Жерков Болконскому, указывая на аудитора, — да под ложечкой уж заболело.

— Ну, полно вам, — проговорил аудитор с сияющею, наивною и вместе хитрою улыбкой, как будто ему лестно было, что он составляет предмет шуток Жеркова, и как будто он нарочно старался казаться глупее, чем он был в самом деле.

— Trés drôle, mon monsieur prince[1], — сказал дежурный штаб-офицер. (Он помнил, что по-французски как-то особенно говорится титул *князь*, и никак не мог наладить).

В это время они все уже подъезжали к батарее Тушина, и впереди их ударилось ядро.

— Что ж это упало? — наивно улыбаясь, спросил аудитор.

— Лепешки французские, — сказал Жерков.

— Этим-то бьют, значит? — спросил аудитор. — Страсть-то какая!

И он, казалось, распускался весь от удовольствия. Едва он договорил, как опять раздался неожиданно страшный свист, вдруг прекратившийся ударом во что-то жидкое, и ш-ш-ш-шлеп — казак, ехавший несколько правее и сзади аудитора, с лошадью рухнулся на землю. Жерков и дежурный штаб-офицер пригнулись к седлам и прочь поворотили лошадей. Аудитор остановился против казака, со внимательным любопытством рассматривая его. Казак был мертв, лошадь еще билась.

Князь Багратион, прищурившись, оглянулся и, увидав причину происшедшего замешательства, равнодушно отвернулся, как будто говоря: «Стóит ли глупостями заниматься!» Он остановил лошадь с приемом хорошего ездока, несколько перегнулся и выправил зацепившуюся за бурку шпагу. Шпага была старинная, не такая, какие носились теперь. Князь Андрей вспомнил рассказ о том, как Суворов в Италии подарил свою шпагу Багратиону, и ему в эту минуту особенно приятно было это воспоминание. Они подъехали к той самой батарее, у которой стоял Болконский, когда рассматривал поле сражения.

— Чья рота? — спросил князь Багратион у фейерверкера, стоявшего у ящиков.

---

[1] Очень забавно, мой господин князь.

Он спрашивал: «Чья рота?», а в сущности, он спрашивал: «Уж не робеете ли вы тут?» И фейерверкер понял это.

— Капитана Тушина, ваше превосходительство, — вытягиваясь, закричал веселым голосом рыжий, с покрытым веснушками лицом, фейерверкер.

— Так, так, — проговорил Багратион, что-то соображая, и мимо передков проехал к крайнему орудию.

В то время как он подъезжал, из орудия этого, оглушая его и свиту, зазвенел выстрел, и в дыму, вдруг окружившем орудие, видны были артиллеристы, подхватившие пушку и, торопливо напрягаясь, накатывавшие ее на прежнее место. Широкоплечий, огромный солдат первый нумер с банником, широко расставив ноги, отскочил к колесу. Второй нумер трясущейся рукой клал заряд в дуло. Небольшой сутуловатый человек, офицер Тушин, спотыкнувшись на хобот, выбежал вперед, не замечая генерала и выглядывая из-под маленькой ручки.

— Еще две линии прибавь, как раз так будет, — закричал он тоненьким голоском, которому он старался придать молодцеватость, не шедшую к его фигуре. — Второе, — пропищал он. — Круши, Медведев!

Багратион окликнул офицера, и Тушин, робким и неловким движением, совсем не так, как салютуют военные, а так, как благословляют священники, приложив три пальца к козырьку, подошел к генералу. Хотя орудия Тушина были назначены для того, чтоб обстреливать лощину, он стрелял брандскугелями по видневшейся впереди деревне Шенграбен, перед которой выдвигались большие массы французов.

Никто не приказывал Тушину, куда и чем стрелять, и он, посоветовавшись с своим фельдфебелем Захарченко, к которому имел большое уважение, решил, что хорошо было бы зажечь деревню. «Хорошо!» — сказал Багратион на доклад офицера и стал оглядывать все открывавшееся перед ним поле сражения, как бы что-то соображая. С правой стороны ближе всего подошли французы. Пониже высоты, на которой стоял Киевский полк, в лощине речки слышалась хватающая за душу перекатная трескотня ружей, и гораздо правее, за драгунами, свитский офицер указывал князю на обходившую наш фланг колонну французов. Налево горизонт ограничивался близким лесом. Князь Багратион приказал двум батальонам из центра идти на подкрепление, направо. Свитский офицер осмелился заметить князю, что по уходе этих батальонов орудия останутся без прикрытия. Князь Багратион обернулся к свитскому офицеру и тусклыми глазами посмотрел на него молча. Князю Андрею казалось, что замечание свитского офицера было справедливо и что действительно сказать было нечего. Но в это время прискакал адъютант от полкового командира, бывшего в лощине, с известием, что огромные массы французов шли низом, что полк расстроен и отступает к киевским гренадерам. Князь Багратион наклонил голову в знак согласия и одобрения. Шагом поехал он направо и послал адъютанта к драгунам с приказанием атаковать французов. Но посланный туда адъютант приехал через полчаса с известием, что драгунский полковой командир уже отступил за овраг, ибо против него был направлен сильный огонь и он понапрасну терял людей и потому спéшил стрелков в лес.

— Хорошо! — сказал Багратион.

В то время как он отъезжал от батареи, налево тоже послышались выстрелы в лесу, и так как было слишком далеко от левого фланга, чтоб успеть самому приехать вовремя, князь Багратион послал туда Жеркова сказать старшему генералу, тому самому, который представлял полк Кутузову в Браунау, чтоб он отступил сколь можно поспешнее за овраг, потому что правый фланг, вероятно, не в силах будет долго удерживать неприятеля. Про Тушина же и батальон, прикрывавший его, было забыто. Князь Андрей тщательно прислушивался к разговорам князя Багратиона с начальниками и к отдаваемым им приказаниям и, к удивлению, замечал, что приказаний никаких отдаваемо не было, а что князь Багратион только старался делать вид, что все, что делалось по необходимости, случайности и воле частных начальников, что все это делалось хоть не по его приказанию, но согласно с его намерениями. Благодаря такту, который выказывал князь Багратион, князь Андрей замечал, что, несмотря на эту случайность событий и независимость их от воли начальника, присутствие его сделало чрезвычайно много. Начальники, с расстроенными лицами подъезжавшие к князю Багратиону, становились спокойны, солдаты и офицеры весело приветствовали его и становились оживленнее в его присутствии и, видимо, щеголяли перед ним своею храбростию.

XVIII

Князь Багратион, выехав на самый высокий пункт нашего правого фланга, стал спускаться книзу, где слышалась перекатная стрельба и ничего не видно было от порохового дыма. Чем ближе они спускались к лощине, тем менее им становилось видно, но тем чувствительнее становилась близость самого настоящего поля сражения. Им стали встречаться раненые. Одного, с окровавленною головой, без шапки, тащили двое солдат под руки. Он хрипел и плевал. Пуля попала, видно, в рот или в горло. Другой, встретившийся им, бодро шел один, без ружья, громко охая и махая от свежей боли рукою, из которой кровь лилась, как из склянки, на его шинель. Лицо его казалось больше испуганным, чем страдающим. Он минуту тому назад был ранен. Переехав дорогу, они стали круто спускаться и на спуске увидали несколько человек, которые лежали; им встретилась толпа солдат, в числе которых были и не раненые. Солдаты шли в гору, тяжело дыша, и, несмотря на вид генерала, громко разговаривали и махали руками. Впереди, в дыму, уже были видны ряды серых шинелей, и офицер, увидав Багратиона, с криком побежал за солдатами, шедшими толпой, требуя, чтоб они воротились. Багратион подъехал к рядам, по которым то там, то здесь быстро щелкали выстрелы, заглушая говор и командные крики. Весь воздух пропитан был пороховым дымом. Лица солдат все были закопчены порохом и оживлены. Иные забивали шомполами, другие подсыпали на полки, доставали заряды из сумок, третьи стреляли. Но в кого они стреляли, этого не было видно от порохового дыма, не уносимого ветром. Довольно часто слышались приятные звуки жужжанья и свистения. «Что это такое? — думал князь Андрей, подъезжая к этой толпе солдат. — Это не может быть цепь, потому что они в куче! Не может быть атака, потому что они не двигаются; не может быть каре: они не так стоят».

Худощавый, слабый на вид старичок, полковой командир, с приятною улыбкой, с веками, которые больше чем наполовину закрывали его старческие глаза, придавая ему кроткий вид, подъехал к князю Багратиону и принял его, как хозяин дорогого гостя. Он доложил князю Багратиону, что против его полка была конная атака французов, но что, хотя атака эта отбита, полк потерял больше половины людей. Полковой командир сказал, что атака была отбита, придумав это военное название тому, что просходило в его полку; но он действительно сам не знал, что происходило в эти полчаса во вверенных ему войсках, и не мог с достоверностью сказать, была ли отбита атака, или полк его был разбит атакой. В начале действий он знал только то, что по всему его полку стали летать ядра и гранаты и бить людей, что потом кто-то закричал: «Конница», и наши стали стрелять. И стреляли до сих пор уже не в конницу, которая скрылась, а в пеших французов, которые показались в лощине и стреляли по нашим. Князь Багратион наклонил голову в знак того, что все это было совершенно так, как он желал и предполагал. Обратившись к адъютанту, он приказал ему привести с горы два батальона 6-го егерского, мимо которых они сейчас проехали. Князя Андрея поразила в эту минуту перемена, происшедшая в лице князя Багратиона. Лицо его выражало ту сосредоточенную и счастливую решимость, которая бывает у человека, готового в жаркий день броситься в воду и берущего последний разбег. Не было ни невыспавшихся, тусклых глаз, ни притворно глубокомысленного вида: круглые, твердые, ястребиные глаза восторженно и несколько презрительно смотрели вперед, очевидно, ни на чем не останавливаясь, хотя в его движениях оставалась прежняя медленность и размеренность.

Полковой командир обратился к князю Багратиону, упрашивая его отъехать назад, так как здесь было слишком опасно. «Помилуйте, ваше сиятельство, ради Бога! — говорил он, за подтверждением взглядывая на свитского офицера, который отвертывался от него. — Вот, изволите видеть!» Он давал заметить пули, которые беспрестанно визжали, пели и свистали около них. Он говорил таким тоном просьбы и упрека, с каким плотник говорит взявшемуся за топор барину: «Наше дело привычное, а вы ручки намозолите». Он говорил так, как будто его самого не могли убить эти пули, и его полузакрытые глаза придавали его словам еще более убедительное выражение. Штаб-офицер присоединился к увещаниям полкового командира; но князь Багратион не отвечал им и только приказал перестать стрелять и построиться так, чтобы дать место подходившим двум батальонам. В то время как он говорил, будто невидимою рукой потянулся справа налево, от поднявшегося ветра, полог дыма, скрывавший лощину, и противоположная гора с двигающимися по ней французами открылась перед ними. Все глаза были невольно устремлены на эту французскую колонну, подвигавшуюся к ним и извивавшуюся по уступам местности. Уже видны были мохнатые шапки солдат; уже можно было отличить офицеров от рядовых; видно было, как трепалось о древко их знамя.

— Славно идут, — сказал кто-то в свите Багратиона.

Голова колонны спустилась уже в лощину. Столкновение должно было произойти на этой стороне спуска...

Остатки нашего полка, бывшего в деле, поспешно строясь, отходили вправо; из-за них, разгоняя отставших, подходили стройно два батальона 6-го егерского. Они еще не поравнялись с Багратионом, а уже слышен был тяжелый, грузный шаг, отбиваемый в ногу всею массой людей. С левого фланга шел ближе всех к Багратиону ротный командир, круглолицый, статный мужчина с глупым, счастливым выражением лица, тот самый, который выбежал из балагана. Он, видимо, ни о чем не думал в эту минуту, кроме того, что он молодцом пройдет мимо начальства.

С фрунтовым самодовольством он шел легко на мускулистых ногах, точно он плыл, без малейшего усилия вытягиваясь и отличаясь этою легкостью от тяжелого шага солдат, шедших по его шагу. Он нес у ноги вынутую тоненькую, узенькую шпагу (гнутую шпажку, не похожую на оружие) и, оглядываясь то на начальство, то назад, не теряя шагу, гибко поворачивался всем своим сильным станом. Казалось, все силы души его были направлены на то, чтобы наилучшим образом пройти мимо начальства, и, чувствуя, что он исполняет это дело хорошо, он был счастлив. «Левой... левой... левой»... — казалось, внутренно приговаривал он через каждый шаг, и по этому такту с разнообразно строгими лицами двигалась стена солдатских фигур, отягченных ранцами и ружьями, как будто каждый из этих сотен солдат мысленно через шаг приговаривал: «Левой... левой... левой...» Толстый майор, пыхтя и разрознивая шаг, обходил куст по дороге; отставший солдат, запыхавшись, с испуганным лицом за свою неисправность, рысью догонял роту; ядро, нажимая воздух, пролетело над головой князя Багратиона и свиты и в такт: «Левой — левой!» — ударилось в колонну. «Сомкнись!» — послышался щеголяющий голос ротного командира. Солдаты дугой обходили что-то в том месте, куда упало ядро, и старый кавалер, фланговый унтер-офицер, отстав около убитых, догнал свой ряд, подпрыгнув, переменил ногу, попал в шаг и сердито оглянулся. «Левой... левой...

левой...» — казалось, слышалось из-за угрожающего молчания и однообразного звука единовременно ударяющих о землю ног.

— Молодцами, ребята! — сказал князь Багратион.

— «Ради... ого-го-го-го-го!» — раздалось по рядам. Угрюмый солдат, шедший слева, крича, оглянулся глазами на Багратиона с таким выражением, как будто говорил: «Сами знаем»; другой, не оглядываясь и как будто боясь развлечься, разинув рот, кричал и проходил.

Велено было остановиться и снять ранцы.

Багратион объехал прошедшие мимо его ряды и слез с лошади. Он отдал казаку поводья, снял и отдал бурку, расправил ноги и поправил на голове картуз. Голова французской колонны, с офицерами впереди, показалась из-под горы.

— С Богом! — проговорил Багратион твердым, слышным голосом, на мгновение обернулся к фронту и, слегка размахивая руками, неловким шагом кавалериста, как бы трудясь, пошел вперед по неровному полю. Князь Андрей чувствовал, что какая-то непреодолимая сила влечет его вперед, и испытывал большое счастие[1]..

Уже близко становились французы; уже князь Андрей, шедший рядом с Багратионом, ясно различал перевязи, красные эполеты, даже лица французов. (Он ясно видел одного старого французского офицера, который вывернутыми ногами в штиблетах, придерживаясь за кусты, с трудом шел в гору). Князь Багратион не давал нового приказания и все так же молча шел перед рядами. Вдруг между французами треснул один выстрел, другой, третий... и по всем расстроившимся неприятельским рядам разнесся дым и затрещала пальба. Несколько человек наших упало, в том числе и круглолицый офицер, шедший так весело и старательно. Но в то же мгновение, как раздался первый выстрел, Багратион оглянулся и закричал: «Ура!»

---

[1] Тут произошла та атака, про которую Тьер говорит: «Les russes se conduisirent vaillament, et chose rare à la guerre, on vit deux masses d'infanterie marcher résolument l'une contre l'autre sans qu'aucune des deux céda avant d'être abordée» (Русские вели себя доблестно, и вещь — редкая на войне, две массы пехоты шли решительно одна против другой, и ни одна из двух не уступила до самого столкновения), а Наполеон на острове св. Елены сказал: «Quelques bataillons russes montrérent de l'intrépidité». *(Прим. Л. Н. Толстого).* <Несколько русских батальонов проявили бесстрашие. — *Ред.*>

«Ура-а-а-а!» — протяжным криком разнеслось по нашей линии, и, обгоняя князя Багратиона и друг друга, нестройною, но веселою и оживленною толпой побежали наши под гору за расстроенными французами.

XIX

Атака 6-го егерского обеспечила отступление правого фланга. В центре действие забытой батареи Тушина, успевшего зажечь Шенграбен, останавливало движение французов. Французы тушили пожар, разносимый ветром, и давали время отступать. Отступление центра через овраг совершалось поспешно и шумно; однако войска, отступая, не путались командами. Но левый фланг, который единовременно был атакован и обходим превосходными силами французов под начальством Ланна и который состоял из Азовского и Подольского пехотных и Павлоградского гусарского полков, был расстроен. Багратион послал Жеркова к генералу левого фланга с приказанием немедленно отступать.

Жерков, бойко, не отнимая руки от фуражки, тронул лошадь и поскакал. Но едва только он отъехал от Багратиона, как силы изменили ему. На него нашел непреодолимый страх, и он не мог ехать туда, где было опасно.

Подъехав к войскам левого фланга, он поехал не вперед, где была стрельба, а стал отыскивать генерала и начальников там, где их не могло быть, и потому не передал приказания.

Командование левым флангом принадлежало по старшинству полковому командиру того самого полка, который представлялся под Браунау Кутузову и в котором служил солдатом Долохов. Командование же крайнего левого фланга было предназначено командиру Павлоградского полка, где служил Ростов, вследствие чего произошло недоразумение. Оба начальника были сильно раздражены друг против друга, и в то самое время как на правом фланге давно уже шло дело и французы уже начали наступление, оба начальника были заняты переговорами, которые имели целью оскорбить друг друга. Полки же, как кавалерийский, так и пехотный, были весьма мало приготовлены к предстоящему делу. Люди полков, от солдата до генерала, не ждали сражения и спокойно занимались мирными делами: кормлением лошадей — в коннице, собиранием дров — в пехоте.

— Есть он, однако, старше моего в чином, — говорил немец, гусарский полковник, краснея и обращаясь к подъехавшему адъютанту, — то оставляй его делать, как он хочет. Я своих гусар не могу жертвовать. Трубач! Играй отступление!

Но дело становилось к спеху. Канонада и стрельба, сливаясь, гремели справа и в центре, и французские капоты стрелков Ланна проходили уже плотину мельницы и выстраивались на этой стороне в двух ружейных выстрелах. Пехотный полковник вздрагивающею походкой подошел к лошади и, взлезши на нее и сделавшись очень прямым и высоким, поехал к павлоградскому командиру. Полковые командиры съехались с учтивыми поклонами и со скрываемою злобой в сердце.

— Опять-таки, полковник, — говорил генерал, — не могу я, однако, оставить половину людей в лесу. Я вас *прошу*, я вас *прошу*, — повторил он, — занять *позицию* и приготовиться к атаке.

— А вас прошу, не мешивайться не свое дело, — отвечал, горячась, полковник. — Коли бы вы был кавалерист...

— Я не кавалерист, полковник, но я русский генерал, и ежели вам это неизвестно...

— Очень известно, ваше превосходительство, — вдруг вскрикнул, трогая лошадь, полковник, и делаясь краснобагровым. — Не угодно ли пожаловать в цепи, и мы будете посмотрейть, что этот позиция никуда не годный. Я не хочу истребляйть своя полка для ваше удовольствий.

— Вы забываетесь, полковник. Я не удовольствие свое соблюдаю и говорить этого не позволю.

Генерал, принимая приглашение полковника на турнир храбрости, выпрямив грудь и нахмурившись, поехал с ним вместе по направлению к цепи, как будто все их разногласие должно было решиться там, в цепи, под пулями. Они приехали в цепь, несколько пуль пролетело над ними, и они молча остановились. Смотреть в цепи нечего было, так как и с того места, на котором они прежде стояли, ясно было, что по кустам и оврагам кавалерии действовать невозможно и что французы обходят левое крыло. Генерал и полковник строго и значительно смотрели, как два петуха, готовящиеся к бою, друг на друга, напрасно выжидая признаков трусости. Оба выдержали экзамен.

Так как говорить было нечего и ни тому, ни другому не хотелось подать повод другому сказать, что он первый выехал из-под пуль, они долго простояли бы там, взаимно испытывая храбрость, ежели бы в это время в лесу, почти сзади их, не послышались трескотня ружей и глухой сливающийся крик. Французы напали на солдат, находившихся в лесу с дровами. Гусарам уже нельзя было отступать вместе с пехотой. Они были отрезаны от пути отступления налево французскою цепью. Теперь, как ни неудобна была местность, необходимо было атаковать, чтобы проложить себе дорогу.

Эскадрон, где служил Ростов, только что успевший сесть на лошадей, был остановлен лицом к неприятелю. Опять, как и на Энском мосту, между эскадроном и неприятелем никого не было, и между ними, разделяя их, лежала та же страшная черта неизвестности и страха, как бы черта, отделяющая живых от мертвых. Все люди чувствовали эту черту, и вопрос о том, перейдут ли, или нет и как перейдут они эту черту, волновал их.

Ко фронту подъехал полковник, сердито ответил что-то на вопросы офицеров и, как человек, отчаянно настаивающий на своем, отдал какое-то приказание. Никто ничего определенного не говорил, но по эскадрону пронеслась молва об атаке. Раздалась команда построения, потом визгнули сабли, вынутые из ножен. Но всё еще никто не двигался. Войска левого фланга, и пехота и гусары, чувствовали, что начальство само не знает, что делать, и нерешимость начальников сообщалась войскам.

«Поскорее, поскорее бы», — думал Ростов, чувствуя, что наконец-то наступило время изведать наслаждение атаки, про которое он так много слышал от товарищей-гусаров.

— С Богом, г’ебята, — прозвучал голос Денисова, — г’ысью, маг’ш!

В переднем ряду заколыхались крупы лошадей. Грачик потянул поводья и сам тронулся.

Справа Ростов видел первые ряды своих гусар, а еще дальше впереди виднелась ему темная полоса, которую он не мог рассмотреть, но считал неприятелем. Выстрелы были слышны, но в отдалении.

— Прибавь рыси! — послышалась команда, и Ростов чувствовал, как поддает задом, перебивая в галоп, его Грачик.

Он вперед угадывал его движения, и ему становилось все веселее и веселее. Он заметил одинокое дерево впереди. Это дерево сначала было впереди, на середине той черты, которая казалась столь страшною. А вот и перешли эту черту, и не только ничего страшного не было, но все веселее и оживленнее становилось. «Ох, как я рубану его», — думал Ростов, сжимая в руке эфес сабли.

— Ур-р-а-а-а!! — загудели голоса.

«Ну, попадись теперь кто бы ни был», — думал Ростов, вдавливая шпоры Грачику, и, перегоняя других, выпустил его во весь карьер. Впереди уже виден был неприятель. Вдруг, как широким веником, стегнуло что-то по эскадрону. Ростов поднял саблю, готовясь рубить, но в это время впереди скакавший солдат Никитенко отделился от него, и Ростов почувствовал, как во сне, что продолжает нестись с неестественною быстротой вперед и вместе с тем остается на месте. Сзади знакомый гусар Бандарчук наскакал на него и сердито посмотрел. Лошадь Бандарчука шарахнулась, и он обскакал мимо.

«Что же это? я не подвигаюсь? — Я упал, я убит...» — в одно мгновение спросил и ответил Ростов. Он был уже один посреди поля. Вместо двигавшихся лошадей и гусарских спин он видел вокруг себя неподвижную землю и жнивье. Теплая кровь была под ним. «Нет, я ранен, и лошадь убита». Грачик поднялся было на передние ноги, но упал, придавив седоку ногу. Из головы лошади текла кровь. Лошадь билась и не могла встать. Ростов хотел подняться и упал тоже: ташка зацепилась за седло. Где были наши, где были французы — он не знал. Никого не было кругом.

Высвободив ногу, он поднялся. «Где, с какой стороны была теперь та черта, которая так резко отделяла два войска?» — спрашивал он себя и не мог ответить. «Уже не дурное ли что-нибудь случилось со мной? Бывают ли такие случаи и что надо делать в таких случаях?» — спросил он сам себя, вставая; и в это время почувствовал, что что-то лишнее висит на его левой онемевшей руке. Кисть ее была как чужая. Он оглядывал руку, тщетно отыскивая на ней кровь. «Ну, вот и люди, — подумал он радостно, увидав несколько человек, бежавших к нему. — Они мне помогут!» Впереди этих людей бежал один в странном кивере и в синей шинели, черный, загорелый, с горбатым носом. Еще два и еще много бежало сзади. Один из них проговорил что-то странное, нерусское. Между задними такими же людьми, в таких же киверах, стоял один русский гусар. Его держали за руки; позади его держали его лошадь.

«Верно, наш пленный... Да. Неужели и меня возьмут? Что это за люди? — все думал Ростов, не веря своим глазам. — Неужели французы?» Он смотрел на приближавшихся французов, и, несмотря на то, что за секунду скакал только затем, чтобы настигнуть этих французов и изрубить их, близость их казалась ему теперь так ужасна, что он не верил своим глазам. «Кто они? Зачем они бегут? Неужели ко мне? Неужели ко мне они бегут? И зачем? Убить меня? *Меня*, кого так любят все?» Ему вспомнилась любовь к нему его матери, семьи, друзей, и намерение неприятелей убить его показалось невозможно. «А может — и убить!» Он более десяти секунд стоял, не двигаясь с места и не понимая своего положения. Передний француз с горбатым носом подбежал так близко, что уже видно было выражение его лица. И разгоряченная, чуждая физиономия этого человека, который со штыком наперевес, сдерживая дыханье, легко подбегал к нему, испугала Ростова. Он схватил пистолет и, вместо того чтобы стрелять из него, бросил им в француза и побежал к кустам что было силы. Не с тем чувством сомнения и борьбы, с каким он ходил на Энский мост, бежал он, а с чувством зайца, убегающего от собак. Одно нераздельное чувство страха за свою молодую, счастливую жизнь владело всем его существом. Быстро перепрыгивая через межи, с тою стремительностью, с которою он бегал, играя в горелки, он летел по полю, изредка оборачивая свое бледное, доброе, молодое лицо, и холод ужаса пробегал по его спине. «Нет, лучше не смотреть», — подумал он, но, подбежав к кустам, оглянулся еще раз. Французы отстали, и даже в ту минуту, как он оглянулся, передний только что переменил рысь на шаг и, обернувшись, что-то сильно кричал заднему товарищу. Ростов остановился. «Что-нибудь не так, — подумал он, — не может быть, чтоб они хотели убить меня». А между тем левая рука его была так тяжела, как будто двухпудовая гиря была привешена к ней. Он не мог бежать дальше. Француз остановился тоже и прицелился. Ростов зажмурился и нагнулся. Одна, другая пуля пролетели, жужжа, мимо него. Он собрал последние силы, взял левую руку в правую и побежал до кустов. В кустах были русские стрелки.

XX

Пехотные полки, застигнутые врасплох в лесу, выбегали из леса, и роты, смешиваясь с другими ротами, уходили беспорядочными толпами. Один солдат в испуге проговорил страшное на войне и бессмысленное слово: «Отрезали!», и слово вместе с чувством страха сообщилось всей массе.

— Обошли! Отрезали! Пропали! — кричали голоса бегущих.

Полковой командир, в ту самую минуту, как он услыхал стрельбу и крик сзади, понял, что случилось что-нибудь ужасное с его полком, и мысль, что он, примерный, много лет служивший, ни в чем не виноватый офицер, мог быть виновен перед начальством в оплошности или нераспорядительности, так поразила его, что в ту же минуту, забыв и непокорного кавалериста-полковника, и свою генеральскую важность, а главное — совершенно забыв про опасность и чувство самосохранения, он, ухватившись за луку седла и шпоря лошадь, поскакал к полку под градом обсыпа́вших, но счастливо миновавших его пуль. Он желал одного: узнать, в чем дело, и помочь и исправить во что бы то ни стало ошибку, ежели она была с его стороны, и не быть виновным ему, двадцать два года служившему, ни в чем не замеченному примерному офицеру.

Счастливо проскакав между французами, он подскакал к полю за лесом, чрез который бежали наши и, не слушаясь команды, спускались под гору. Наступила та минута нравственного колебания, которая решает участь сражений: послушают эти расстроенные толпы солдат голоса своего командира или, оглянувшись на него, побегут дальше. Несмотря на отчаянный крик прежде столь грозного для солдат голоса полкового командира, несмотря на разъяренное, багровое, на себя не похожее лицо полкового командира и маханье шпагой, солдаты всё бежали, разговаривали, стреляли в воздух и не слушали команды. Нравственное колебание, решающее участь сражений, очевидно, разрешалось в пользу страха.

Генерал закашлялся от крика и порохового дыма и остановился в отчаянии. Все казалось потеряно, но в эту минуту французы, наступавшие на наших, вдруг, без видимой причины, побежали назад, скрылись из опушки леса, и в лесу показались русские стрелки. Это была рота Тимохина, которая одна в лесу удержалась в порядке и, засев в канаву у леса, неожиданно атаковала французов. Тимохин с таким отчаянным криком бросился на французов и с такою безумною и пьяною решительностью, с одною шпажкой, набежал на неприятеля, что французы, не успев опомниться, побросали оружие и побежали. Долохов, бежавший рядом с Тимохиным, в упор убил одного француза и первый взял за воротник сдавшегося офицера. Бегущие возвратились, батальоны собрались, и французы, разделившие было на две части войска левого фланга, на мгновение были оттеснены. Резервные части успели соединиться, и беглецы остановились. Полковой командир стоял с майором Экономовым у моста, пропуская мимо себя отступающие роты, когда к нему подошел солдат, взял его за стремя и почти прислонился к нему. На солдате была синеватая, фабричного сукна шинель, ранца и кивера не было, голова была повязана, и через плечо была надета французская зарядная сумка. Он в руках держал офицерскую шпагу. Солдат был бледен, голубые глаза его нагло смотрели в лицо полковому командиру, а рот улыбался. Несмотря на то, что полковой командир был занят отданием приказания майору Экономову, он не мог не обратить внимания на этого солдата.

— Ваше превосходительство, вот два трофея, — сказал Долохов, указывая на французскую шпагу и сумку. — Мною взят в плен офицер. Я остановил роту. — Долохов тяжело дышал от усталости; он говорил с остановками. — Вся рота может свидетельствовать. Прошу запомнить, ваше превосходительство!

— Хорошо, хорошо, — сказал полковой командир и обратился к майору Экономову.

Но Долохов не отошел; он развязал платок, дернул его и показал запекшуюся в волосах кровь.

— Рана штыком, я остался во фронте. Попомните, ваше превосходительство.

Про батарею Тушина было забыто, и только в самом конце дела, продолжая слышать канонаду в центре, князь Багратион послал туда дежурного штаб-офицера и потом князя Андрея, чтобы велеть батарее отступать как можно скорее. Прикрытие, стоявшее подле пушек Тушина, ушло по чьему-то приказанию в середине дела; но батарея продолжала стрелять и не была взята французами только потому, что неприятель не мог предполагать дерзости стрельбы четырех никем не защищенных пушек. Напротив, по энергичному действию этой батареи он предполагал, что здесь, в центре, сосредоточены главные силы русских, и два раза пытался атаковать этот пункт, и оба раза был прогоняем картечными выстрелами одиноко стоявших на этом возвышении четырех пушек.

Скоро после отъезда князя Багратиона Тушину удалось зажечь Шенграбен.

— Вишь, засумятились! Горит! Вишь, дым-то! Ловко! Важно! Дым-то, дым-то! — заговорила прислуга, оживляясь.

Все орудия без приказания били в направлении пожара. Как будто подгоняя, подкрикивали солдаты к каждому выстрелу: «Ловко! Вот так-та́к! Ишь ты... Важно!» Пожар, разносимый ветром, быстро распространялся. Французские колонны, выступившие за деревню, ушли назад, но, как бы в наказание за эту неудачу, неприятель выставил правее деревни десять орудий и стал бить из них по Тушину.

Из-за детской радости, возбужденной пожаром, и азарта удачной стрельбы по французам наши артиллеристы заметили эту батарею только тогда, когда два ядра и вслед за ними еще четыре ударили между орудиями и одно повалило двух лошадей, а другое оторвало ногу ящичному вожатому. Оживление, раз установившееся, однако, не ослабело, а только переменило настроение. Лошади были заменены другими из запасного лафета, раненые убраны, и четыре орудия повернуты против десятипушечной батареи. Офицер, товарищ Тушина, был убит в начале дела, и в продолжение часа из сорока человек прислуги выбыли семнадцать, но артиллеристы всё так же были веселы и оживлены. Два раза они замечали, что внизу, близко от них, показывались французы, и тогда они били по них картечью.

Маленький человек, с слабыми, неловкими движениями, требовал себе беспрестанно у денщика *еще трубочку* за это, как он говорил, и, рассыпая из нее огонь, выбегал вперед и из-под маленькой ручки смотрел на французов.

— Круши, ребята! — приговаривал он и сам подхватывал орудия за колеса и вывинчивал винты.

В дыму, оглушаемый беспрерывными выстрелами, заставлявшими его каждый раз вздрагивать, Тушин, не выпуская своей носогрелки, бегал от одного орудия к другому, то прицеливаясь, то считая заряды, то распоряжаясь переменой и перепряжкой убитых и раненых лошадей, и покрикивал своим слабым, тоненьким, нерешительным голоском. Лицо его все более и более оживлялось. Только когда убивали или ранили людей, он морщился и, отворачиваясь от убитого, сердито кричал на людей, как всегда мешкавших поднять раненого или тело. Солдаты, большею частью красивые молодцы (как и всегда в батарейной роте, на две головы выше своего офицера и вдвое шире его), все, как дети в затруднительном положении, смотрели на своего командира, и то выражение, которое было на его лице, неизменно отражалось на их лицах.

Вследствие этого страшного гула, шума, потребности внимания и деятельности, Тушин не испытывал ни малейшего неприятного чувства страха, и мысль, что его могут убить или больно ранить, не приходила ему в голову. Напротив, ему становилось все веселее и веселее. Ему казалось, что уже очень давно, едва ли не вчера, была та минута, когда он увидел неприятеля и сделал первый выстрел, и что клочок поля, на котором он стоял, был ему давно знакомым, родственным местом. Несмотря на то, что он все помнил, все соображал, все делал, что мог делать самый лучший офицер в его положении, он находился в состоянии, похожем на лихорадочный бред или на состояние пьяного человека.

Из-за оглушающих со всех сторон звуков своих орудий, из-за свиста и ударов снарядов неприятеля, из-за вида вспотевшей, раскрасневшейся, торопящейся около орудий прислуги, из-за вида крови людей и лошадей, из-за вида дымков неприятеля на той стороне (после которых всякий раз прилетало ядро и било в землю, в человека, в орудие или в лошадь), — из-за вида этих предметов у него в голове установился свой фантастический мир, который составлял его наслаждение в эту минуту. Неприятельские пушки в его воображении были не пушки, а трубки, из которых редкими клубами выпускал дым невидимый курильщик.

— Вишь, пыхнул опять, — проговорил Тушин шепотом про себя, в то время как с горы выскакивал клуб дыма и влево полосой относился ветром, — теперь мячик жди — отсылать назад.

— Что прикажете, ваше благородие? — спросил фейерверкер, близко стоявший около него и слышавший, что он бормотал что-то.

— Ничего, гранату... — отвечал он.

— «Ну-ка, наша Матвевна», — говорил он про себя. Матвевной представлялась в его воображении большая крайняя, старинного литья пушка. Муравьями представлялись ему французы около своих орудий. Красавец и пьяница первый нумер второго орудия в его мире был *дядя*; Тушин чаще других смотрел на него и радовался на каждое его движение. Звук то замиравшей, то опять усиливавшейся ружейной перестрелки под горою представлялся ему чьим-то дыханием. Он прислушивался к затиханью и разгоранью этих звуков.

«Ишь задышала опять, задышала», — говорил он про себя.

Сам он представлялся себе огромного роста, мощным мужчиной, который обеими руками швыряет французам ядра.

— Ну, Матвевна, матушка, не выдавай! — говорил он, отходя от орудия, как над его головой раздался чуждый, незнакомый голос:

— Капитан Тушин! Капитан!

Тушин испуганно оглянулся. Это был тот штаб-офицер, который выгнал его из Грунта. Он запыхавшимся голосом кричал ему:

— Что вы, с ума сошли? Вам два раза приказано отступать, а вы...

«Ну, за что они меня?..» — думал про себя Тушин, со страхом глядя на начальника.

— Я... ничего... — проговорил он, приставляя два пальца к козырьку. — Я...

Но полковник не договорил всего, что хотел. Близко пролетевшее ядро заставило его, нырнув, согнуться на лошади. Он замолк и только что хотел сказать еще что-то, как еще ядро остановило его. Он поворотил лошадь и поскакал прочь.

— Отступать! Все отступать! — прокричал он издалека.

Солдаты засмеялись. Через минуту приехал адъютант с тем же приказанием.

Это был князь Андрей. Первое, что он увидел, выезжая на то пространство, которое занимали пушки Тушина, была отпряженная лошадь с перебитою ногой, которая ржала около запряженных лошадей. Из ноги ее, как из ключа, лилась кровь. Между передками лежало несколько убитых. Одно ядро за другим пролетало над ним, в то время как он подъезжал, и он почувствовал, как нервическая дрожь пробежала по его спине. Но одна мысль о том, что он боится, снова подняла его. «Я не могу бояться», — подумал он и медленно слез с лошади между орудиями. Он передал приказание и не уехал с батареи. Он решил, что при себе снимет орудия с позиции и отведет их. Вместе с Тушиным, шагая через тела и под страшным огнем французов, он занялся уборкой орудия.

— А то приезжало сейчас начальство, так скорее дра́ло, — сказал фейерверкер князю Андрею, — не так, как ваше благородие.

Князь Андрей ничего не говорил с Тушиным. Они оба были так заняты, что, казалось, и не видали друг друга. Когда, надев уцелевшие из четырех два орудия на передки, они двинулись под гору (одна разбитая пушка и единорог были оставлены), князь Андрей подъехал к Тушину.

— Ну, до свидания, — сказал князь Андрей, протягивая руку Тушину.

— До свидания, голубчик, — сказал Тушин, — милая душа! прощайте, голубчик, — сказал Тушин со слезами, которые неизвестно почему вдруг выступили ему на глаза.

XXI

Ветер стих, черные тучи низко нависли над местом сражения, сливаясь на горизонте с пороховым дымом. Становилось темно, и тем яснее обозначалось в двух местах зарево пожаров. Канонада стала слабее, но трескотня ружей сзади и справа слышалась еще чаще и ближе. Как только Тушин с своими орудиями, объезжая и наезжая на раненых, вышел из-под огня и спустился в овраг, его встретило начальство и адъютанты, в числе которых были и штаб-офицер и Жерков, два раза посланный и ни разу не доехавший до батареи Тушина. Все они, перебивая один другого, отдавали и передавали приказания, как и куда идти, и делали ему упреки и замечания. Тушин ничем не распоряжался и молча, боясь говорить, потому что при каждом слове он готов был, сам не зная отчего, заплакать, ехал сзади на своей артиллерийской кляче. Хотя раненых велено было бросать, много из них тащилось за войсками и просилось на орудия. Тот самый молодцеватый пехотный офицер, который перед сражением выскочил из шалаша Тушина, был, с пулей в животе, положен на лафет Матвевны. Под горой бледный гусарский юнкер, одною рукой поддерживая другую, подошел к Тушину и попросился сесть.

— Капитан, ради Бога, я контужен в руку, — сказал он робко. — Ради Бога, я не могу идти. Ради Бога!

Видно было, что юнкер этот уже не раз просился где-нибудь сесть и везде получал отказы. Он просил нерешительным и жалким голосом:

— Прикажите посадить, ради Бога.

— Посадите, посадите, — сказал Тушин. — Подложи шинель, ты, дядя, — обратился он к своему любимому солдату. — А где офицер раненый?

— Сложили, кончился, — ответил кто-то.

— Посадите. Садитесь, милый, садитесь. Подстели шинель, Антонов.

Юнкер был Ростов. Он держал одною рукой другую, был бледен, и нижняя челюсть тряслась от лихорадочной дрожи. Его посадили на Матвевну, на то самое орудие, с которого сложили мертвого офицера. На подложенной шинели была кровь, в которой запачкались рейтузы и руки Ростова.

— Что, вы ранены, голубчик? — сказал Тушин, подходя к орудию, на котором сидел Ростов.

— Нет, контужен.

— Отчего же кровь-то на станине? — спросил Тушин.

— Это офицер, ваше благородие, окровянил, — отвечал солдат-артиллерист, обтирая кровь рукавом шинели и как будто извиняясь за нечистоту, в которой находилось орудие.

Насилу с помощью пехоты вывезли орудия в гору и, достигши деревни Гунтерсдорф, остановились. Стало уже так темно, что в десяти шагах нельзя было различить мундиров солдат, и перестрелка стала стихать. Вдруг близко с правой стороны послышались опять крики и пальба. От выстрелов уже блестело в темноте. Это была последняя атака французов, на которую отвечали солдаты, засевшие в домы деревни. Опять всё бросилось из деревни, но орудия Тушина не могли двинуться, и артиллеристы, Тушин и юнкер молча переглядывались, ожидая своей участи. Перестрелка стала стихать, и из боковой улицы высыпали оживленные говором солдаты.

— Цел, Петров? — спрашивал один.

— Задали, брат, жару. Теперь не сунутся, — говорил другой.

— Ничего не видать. Как они в своих-то зажарили! Не видать, темь, братцы. Нет ли напиться?

Французы последний раз были отбиты. И опять, в совершенном мраке, орудия Тушина, как рамой окруженные гудевшею пехотой, двинулись куда-то вперед.

В темноте как будто текла невидимая мрачная река, все в одном направлении, гудя шепотом, говором и звуками копыт и колес. В общем гуле из-за всех других звуков яснее всех были стоны и голоса раненых во мраке ночи. Их стоны, казалось, наполняли собой весь этот мрак, окружавший войска. Их стоны и мрак этой ночи — это было одно и то же. Через несколько времени в движущейся толпе произошло волнение. Кто-то проехал со свитой на белой лошади и что-то сказал, проезжая.

— Что сказал? Куда теперь? Стоять, что ль? Благодарил, что ли? — послышались жадные расспросы со всех сторон, и вся движущаяся масса стала напирать сама на себя (видно, передние остановились), и пронесся слух, что велено остановиться. Все остановились, как шли, на середине грязной дороги.

Засветились огни, и слышнее стал говор. Капитан Тушин, распорядившись по роте, послал одного из солдат отыскивать перевязочный пункт или лекаря для юнкера и сел у огня, разложенного на дороге солдатами. Ростов перетащился тоже к огню. Лихорадочная дрожь от боли, холода и сырости трясла все его тело. Сон непреодолимо клонил его, но он не мог заснуть от мучительной боли в нывшей и не находившей положения руке. Он то закрывал глаза, то взглядывал на огонь, казавшийся ему горячо-красным, то на сутуловатую слабую фигурку Тушина, по-турецки сидевшего подле него. Большие добрые и умные глаза Тушина с сочувствием и состраданием устремлялись на него. Он видел, что Тушин всею душой хотел и ничем не мог помочь ему.

Со всех сторон слышны были шаги и говор проходивших, проезжавших и кругом размещавшейся пехоты. Звуки голосов, шагов и переставляемых в грязи лошадиных копыт, ближний и дальний треск дров сливались в один колеблющийся гул.

Теперь уже не текла, как прежде, во мраке невидимая река, а будто после бури укладывалось и трепетало мрачное море. Ростов бессмысленно смотрел и слушал, что происходило перед ним и вокруг него. Пехотный солдат подошел к костру, присел на корточки, всунул руки в огонь и отвернул лицо.

— Ничего, ваше благородие? — сказал он, вопросительно обращаясь к Тушину. — Вот отбился от роты, ваше благородие; сам не знаю где. Беда!

Вместе с солдатом подошел к костру пехотный офицер с подвязанною щекой и, обращаясь к Тушину, просил приказать подвинуть крошечку орудия, чтобы провезти повозку. За ротным командиром набежали на костер два солдата. Они отчаянно ругались и дрались, выдергивая друг у друга какой-то сапог.

— Как же, ты поднял! Ишь ловок! — кричал один хриплым голосом.

Потом подошел худой, бледный солдат с шеей, обвязанной окровавленною подверткой, и сердитым голосом требовал воды у артиллеристов.

— Что ж, умирать, что ли, как собаке? — говорил он.

Тушин велел дать ему воды. Потом подбежал веселый солдат, прося огоньку в пехоту.

— Огоньку горяченького в пехоту! Счастливо оставаться, землячки, благодарим за огонек, мы назад с процентой отдадим, — говорил он, унося куда-то в темноту краснеющуюся головешку.

За этим солдатом четыре солдата, неся что-то тяжелое на шинели, прошли мимо костра. Один из них споткнулся.

— Ишь, черти, на дороге дрова положили, — проворчал он.

— Кончился, что ж его носить? — сказал один из них.

— Ну вас!

И они скрылись во мраке с своею ношей.

— Что? болит? — спросил Тушин шепотом у Ростова.

— Болит.

— Ваше благородие, к генералу. Здесь в избе стоят, — сказал фейерверкер, подходя к Тушину.

— Сейчас, голубчик.

Тушин встал и, застегивая шинель и оправляясь, отошел от костра...

Недалеко от костра артиллеристов, в приготовленной для него избе, сидел князь Багратион за обедом, разговаривая с некоторыми начальниками частей, собравшимися у него. Тут был старичок с полузакрытыми глазами, жадно обгладывавший баранью кость, и двадцатидвухлетний безупречный генерал, раскрасневшийся от рюмки водки и обеда, и штаб-офицер с именным перстнем, и Жерков, беспокойно оглядывавший всех, и князь Андрей, бледный, с поджатыми губами и лихорадочно блестящими глазами.

В избе стояло прислоненное в углу взятое французское знамя, и аудитор с наивным лицом щупал ткань знамени и, недоумевая, покачивал головой, может быть, оттого, что его и в самом деле интересовал вид знамени, а может быть, и оттого, что ему тяжело было голодному смотреть на обед, за которым ему недостало прибора. В соседней избе находился взятый в плен драгунами французский полковник. Около него толпились, рассматривая его, наши офицеры. Князь Багратион благодарил отдельных начальников и расспрашивал о подробностях дела и о потерях. Полковой командир, представлявшийся под Браунау, докладывал князю, что, как только началось дело, он отступил из леса, собрал дроворубов и, пропустив их мимо себя, с двумя батальонами ударил в штыки и опрокинул французов.

— Как я увидал, ваше сиятельство, что первый батальон расстроен, я стал на дороге и думаю: «Пропущу этих и встречу батальным огнем»; так и сделал.

Полковому командиру так хотелось сделать это, так он жалел, что не успел этого сделать, что ему казалось, что все это точно было. Да, может быть, и в самом деле было? Разве можно было разобрать в этой путанице, что было и чего не было?

— Причем, должен заметить, ваше сиятельство, — продолжал он, вспоминая о разговоре Долохова с Кутузовым и о последнем свидании своем с разжалованным, — что рядовой, разжалованный Долохов, на моих глазах взял в плен французского офицера и особенно отличился.

— Здесь-то я видел, ваше сиятельство, атаку павлоградцев, — беспокойно оглядываясь, вмешался Жерков, который вовсе не видал в этот день гусар, а только слышал о них от пехотного офицера. — Смяли два каре, ваше сиятельство.

На слова Жеркова некоторые улыбнулись, как и всегда ожидая от него шутки; но, заметив, что то, что он говорил, клонилось тоже к славе нашего оружия и нынешнего дня, приняли серьезное выражение, хотя многие очень хорошо знали, что то, что говорил Жерков, была ложь, ни на чем не основанная. Князь Багратион обратился к старичку полковнику.

— Благодарю всех, господа, все части действовали геройски: пехота, кавалерия и артиллерия. Каким образом в центре оставлены два орудия? — спросил он, ища кого-то глазами. (Князь Багратион не спрашивал про орудия левого фланга; он знал уже, что там в самом начале дела были брошены все пушки.) — Я вас, кажется, просил, — обратился он к дежурному штаб-офицеру.

— Одно было подбито, — отвечал дежурный штаб-офицер, — а другое, я не могу понять; я сам там все время был и распоряжался и только что отъехал... Жарко было, правда, — прибавил он скромно.

Кто-то сказал, что капитан Тушин стоит здесь у самой деревни и что за ним уже послано.

— Да вот вы были, — сказал князь Багратион, обращаясь к князю Андрею.

— Как же, мы вместе немного не съехались, — сказал дежурный штаб-офицер, приятно улыбаясь Болконскому.

— Я не имел удовольствия вас видеть, — холодно и отрывисто сказал князь Андрей.

Все помолчали. На пороге показался Тушин, робко пробиравшийся из-за спин генералов. Обходя генералов в тесной избе, сконфуженный, как и всегда, при виде начальства, Тушин не рассмотрел древка знамени и спотыкнулся на него. Несколько голосов засмеялось.

— Каким образом орудие оставлено? — спросил Багратион, нахмурившись не столько на капитана, сколько на смеявшихся, в числе которых громче всех слышался голос Жеркова.

Тушину теперь только, при виде грозного начальства, во всем ужасе представилась его вина и позор в том, что он, оставшись жив, потерял два орудия. Он так был взволнован, что до сей минуты не успел подумать об этом. Смех офицеров еще больше сбил его с толку. Он стоял перед Багратионом с дрожащею нижнею челюстью и едва проговорил:

— Не знаю... ваше сиятельство... людей не было, ваше сиятельство.

— Вы бы могли из прикрытия взять!

Что прикрытия не было, этого не сказал Тушин, хотя это была сущая правда. Он боялся *подвести* этим другого начальника и молча, остановившимися глазами, смотрел прямо в лицо Багратиону, как смотрит сбившийся ученик в глаза экзаменатору.

Молчание было довольно продолжительно. Князь Багратион, видимо, не желая быть строгим, не находился, что сказать; остальные не смели вмешаться в разговор. Князь Андрей исподлобья смотрел на Тушина, и пальцы его рук нервически двигались.

— Ваше сиятельство, — прервал князь Андрей молчание своим резким голосом, — вы меня изволили послать к батарее капитана Тушина. Я был там и нашел две трети людей и лошадей перебитыми, два орудия исковерканными и прикрытия никакого.

Князь Багратион и Тушин одинаково упорно смотрели теперь на сдержанно и взволнованно говорившего Болконского.

— И ежели, ваше сиятельство, позволите мне высказать свое мнение, — продолжал он, — то успехом дня мы обязаны более всего действию этой батареи и геройской стойкости капитана Тушина с его ротой, — сказал князь Андрей и, не ожидая ответа, тотчас же встал и отошел от стола.

Князь Багратион посмотрел на Тушина и, видимо, не желая высказать недоверия к резкому суждению Болконского и вместе с тем чувствуя себя не в состоянии вполне верить ему, наклонил голову и сказал Тушину, что он может идти. Князь Андрей вышел за ним.

— Вот спасибо, выручил, голубчик, — сказал ему Тушин.

Князь Андрей оглянул Тушина и, ничего не сказав, отошел от него. Князю Андрею было грустно и тяжело. Все это было так странно, так непохоже на то, чего он надеялся.

«Кто они? Зачем они? Что им нужно? И когда все это кончится?» — думал Ростов, глядя на переменявшиеся перед ним тени. Боль в руке становилась все мучительнее. Сон клонил непреодолимо, в глазах прыгали красные круги, и впечатление этих голосов и этих лиц и чувство одиночества сливались с чувством боли. Это они, эти солдаты, и раненые и нераненые, — это они-то и давили, и тяготили, и выворачивали жилы, и жгли мясо в его разломанной руке и плече. Чтоб избавиться от них, он закрыл глаза.

Он забылся на одну минуту, но в этот короткий промежуток забвения он видел во сне бесчисленное количество предметов: он видел свою мать и ее большую белую руку, видел худенькие плечи Сони, глаза и смех Наташи, и Денисова с его голосом и усами, и Телянина, и всю свою историю с Теляниным и Богданычем. Вся эта история была одно и то же, что этот солдат с резким голосом, и эта-то вся история и этот-то солдат так мучительно, неотступно держали, давили и все в одну сторону тянули его руку. Он пытался устраниться от них, но они не отпускали ни на волос, ни на секунду его плечо. Оно бы не болело, оно было бы здорово, ежели бы они не тянули его; но нельзя было избавиться от них.

Он открыл глаза и поглядел вверх. Черный полог ночи на аршин висел над светом углей. В этом свете летали порошинки падавшего снега. Тушин не возвращался, лекарь не приходил. Он был один, только какой-то солдатик сидел теперь голый по другую сторону огня и грел свое худое желтое тело.

«Никому не нужен я! — думал Ростов. — Некому ни помочь, ни пожалеть. А был же и я когда-то дома, сильный, веселый, любимый». Он вздохнул и со вздохом невольно застонал.

— Ай болит что? — спросил солдатик, встряхивая свою рубаху над огнем, и, не дожидаясь ответа, крякнув, прибавил: — Мало ли за день народу попортили — страсть!

Ростов не слушал солдата. Он смотрел на порхавшие над огнем снежинки и вспоминал русскую зиму с теплым, светлым домом, пушистою шубой, быстрыми санями, здоровым телом и со всею любовью и заботою семьи. «И зачем я пошел сюда!» — думал он.

На другой день французы не возобновляли нападения, и остаток Багратионова отряда присоединился к армии Кутузова.

ЧАСТЬ ТРЕТЬЯ

I

Князь Василий не обдумывал своих планов, он еще менее думал сделать людям зло для того, чтобы приобрести выгоду. Он был только светский человек, успевший в свете и сделавший привычку из этого успеха. У него постоянно, смотря по обстоятельствам, по сближениям с людьми, составлялись различные планы и соображения, в которых он сам не отдавал себе хорошенько отчета, но которые составляли весь интерес его жизни. Не один и не два таких плана и соображения бывало у него в ходу, а десятки, из которых одни только начинали представляться ему, другие достигались, третьи уничтожались. Он не говорил себе, например: «Вот этот человек теперь в силе, я должен приобрести его доверие и дружбу и через него устроить себе выдачу единовременного пособия», или он не говорил себе: «Вот Пьер богат, я должен заманить его жениться на дочери и занять нужные мне сорок тысяч»; но человек в силе встречался ему, и в ту же минуту инстинкт подсказывал ему, что этот человек может быть полезен, и князь Василий сближался с ним и при первой возможности, без приготовления, по инстинкту, льстил, делался фамильярен, говорил о том, о чем нужно было.

Пьер был у него под рукою в Москве, и князь Василий устроил для него назначение в камер-юнкеры, что тогда равнялось чину статского советника, и настоял на том, чтобы молодой человек с ним вместе ехал в Петербург и остановился в его доме. Как будто рассеянно и вместе с тем с несомненною уверенностью, что так должно быть, князь Василий делал все, что было нужно для того, чтобы женить Пьера на своей дочери. Ежели бы князь Василий обдумывал вперед свои планы, он не мог бы иметь такой естественности в обращении и такой простоты и фамильярности в сношениях со всеми людьми, выше и ниже себя поставленными. Что-то влекло его постоянно к людям сильнее или богаче его, и он одарен был редким искусством ловить именно ту минуту, когда надо и можно было пользоваться людьми.

Пьер, сделавшись неожиданно богачом и графом Безуховым, после недавнего одиночества и беззаботности, почувствовал себя до такой степени окруженным, занятым, что ему только в постели удавалось остаться одному с самим собою. Ему нужно было подписывать бумаги, ведаться с присутственными местами, о значении которых он не имел ясного понятия, спрашивать о чем-то главного управляющего, ехать в подмосковное имение и принимать множество лиц, которые прежде не хотели и знать о его существовании, а теперь были бы обижены и огорчены, ежели бы он не захотел их видеть. Все эти разнообразные лица — деловые, родственники, знакомые, — все были одинаково хорошо, ласково расположены к молодому наследнику; все они, очевидно и несомненно, были убеждены в высоких достоинствах Пьера. Беспрестанно он слышал слова: «С вашею необыкновенною добротой», или: «При вашем прекрасном сердце», или: «Вы сами так чисты, граф...», или: «Ежели бы он был так умен, как вы» и т. п., так что он искренно начинал верить своей необыкновенной доброте и своему необыкновенному уму, тем более что и всегда, в глубине души, ему казалось, что он действительно очень добр и очень умен. Даже люди, прежде бывшие злыми и очевидно враждебными, делались с ним нежными и любящими. Столь сердитая старшая из княжон, с длинною талией, с приглаженными, как у куклы, волосами, после похорон пришла в комнату Пьера. Опуская глаза и беспрестанно вспыхивая, она сказала ему, что очень жалеет о бывших между ними недоразумениях и что теперь не чувствует себя вправе ничего просить, разве только позволения, после постигшего ее удара, остаться на несколько недель в доме, который она так любила и где столько принесла жертв. Она не могла удержаться и заплакала при этих словах. Растроганный тем, что эта статуеобразная княжна могла так измениться, Пьер взял ее за руку и просил извинения, сам не зная за что. С этого дня княжна начала вязать полосатый шарф для Пьера и совершенно изменилась к нему.

— Сделай это для нее, mon cher; все-таки она много пострадала от покойника, — сказал ему князь Василий, давая подписать какую-то бумагу в пользу княжны.

Князь Василий решил, что эту кость, вексель в тридцать тысяч, надо было все-таки бросить бедной княжне с тем, чтобы ей не могло прийти в голову толковать об участии князя Василия в деле мозаикового портфеля. Пьер подписал вексель, и с тех пор княжна стала еще добрее. Младшие сестры стали также ласковы к нему, в особенности самая младшая, хорошенькая, с родинкой, часто смущала Пьера своими улыбками и смущением при виде его.

Пьеру так естественно казалось, что все его любят, так казалось бы неестественно, ежели бы кто-нибудь не полюбил его, что он не мог не верить в искренность людей, окружавших его. Притом ему не было времени спрашивать себя об искренности или неискренности этих людей. Ему постоянно было некогда, он постоянно чувствовал себя в состоянии кроткого и веселого опьянения. Он чувствовал себя центром какого-то важного общего движения; чувствовал, что от него что-то постоянно ожидается; что, не сделай он того-то, он огорчит многих и лишит их ожидаемого, а сделай то-то и то-то, все будет хорошо, — и он делал то, что требовали от него, но это что-то хорошее все оставалось впереди.

Более всех других в это первое время как делами Пьера, так и им самим овладел князь Василий. Со смерти графа Безухова он не выпускал из рук Пьера. Князь Василий имел вид человека, отягченного делами, усталого, измученного, но из сострадания не могущего, наконец, бросить на произвол судьбы и плутов этого беспомощного юношу, сына все-таки его друга, après tout[1], и с таким огромным состоянием. В те несколько дней, которые он пробыл в Москве после смерти графа Безухова, он призывал к себе Пьера или сам приходил к нему и предписывал ему то, что нужно было делать, таким тоном усталости и уверенности, как будто он всякий раз приговаривал:

«Vous savez que je suis accablé d'affaires et que ce n'est que par pure charité, que je m'occupe de vous, et puis vous savez bien que ce que je vous propose est la seule chose faisable»[2].

— Ну, мой друг, завтра мы едем, наконец, — сказал он ему однажды, закрывая глаза, перебирая пальцами его ло-

---

[1] в конце концов.

[2] Ты знаешь, я завален делами; но было бы безжалостно покинуть тебя так; и ты знаешь, — то, что я тебе говорю, есть единственно возможное.

коть и таким тоном, как будто то, что он говорил, было давным-давно решено между ними и не могло быть решено иначе.

— Завтра мы едем, я тебе даю место в своей коляске. Я очень рад. Здесь у нас все важное покончено. А мне уж давно бы надо. Вот я получил от канцлера. Я его просил о тебе, и ты зачислен в дипломатический корпус и сделан камер-юнкером. Теперь дипломатическая дорога тебе открыта.

Несмотря на всю силу тона усталости и уверенности, с которой произнесены были эти слова, Пьер, так долго думавший о своей карьере, хотел было возражать. Но князь Василий перебил его тем воркующим, басистым тоном, который исключал возможность перебить его речь и который употреблялся им в случае необходимости крайнего убеждения.

— Mais, mon cher[1], я это сделал для себя, для своей совести, и меня благодарить нечего. Никогда никто не жаловался, что его слишком любили; а потом, ты свободен, хоть завтра брось. Вот ты все сам в Петербурге увидишь. И тебе давно пора удалиться от этих ужасных воспоминаний. — Князь Василий вздохнул. — Так-та́к, моя душа. А мой камердинер пускай в твоей коляске едет. Ах да, я было и забыл, — прибавил еще князь Василий, — ты знаешь, mon cher[2], у нас были счеты с покойным, так с рязанских я получил и оставлю: тебе не нужно. Мы с тобой сочтемся.

То, что князь Василий называл «с рязанских», было несколько тысяч оброка, которые князь Василий оставил у себя.

В Петербурге, так же как и в Москве, атмосфера нежных, любящих людей окружила Пьера. Он не мог отказаться от места или, скорее, звания (потому что он ничего не делал), которое доставил ему князь Василий, а знакомств, зовов и общественных занятий было столько, что Пьер еще больше, чем в Москве, испытывал чувство отуманенности, торопливости и все наступающего, но не совершающегося какого-то блага.

Из прежнего его холостого общества многих не было в Петербурге. Гвардия ушла в поход, Долохов был разжалован, Анатоль находился в армии, в провинции, князь

---

[1] Но, милый мой.
[2] дружок.

Андрей был за границей, и потому Пьеру не удавалось ни проводить ночей, как он любил проводить их прежде, ни отводить изредка душу в дружеской беседе с старшим, уважаемым другом. Все время его проходило на обедах, балах и преимущественно у князя Василия — в обществе старой толстой княгини, его жены, и красавицы Элен.

Анна Павловна Шерер, так же как и другие, выказала Пьеру перемену, происшедшую в общественном взгляде на него.

Прежде Пьер в присутствии Анны Павловны постоянно чувствовал, что то, что он говорит, неприлично, бестактно, не то, что нужно; что речи его, кажущиеся ему умными, пока он готовит их в своем воображении, делаются глупыми, как скоро он их громко выговорит, и что, напротив, самые тупые речи Ипполита выходят умными и милыми. Теперь все, что ни говорил он, все выходило charmant[1]. Ежели даже Анна Павловна не говорила этого, то он видел, что ей хотелось это сказать, и она только, в уважение его скромности, воздерживалась от этого.

В начале зимы с 1805 на 1806 год Пьер получил от Анны Павловны обычную розовую записку с приглашением, в котором было прибавлено: «Vous trouverez chez moi la belle Hélène, qu'on ne se lasse jamais voir»[2].

Читая это место, Пьер в первый раз почувствовал, что между ним и Элен образовалась какая-то связь, признаваемая другими людьми, и эта мысль в одно и то же время и испугала его, как будто на него накладывалось обязательство, которое он не мог сдержать, и вместе понравилась ему, как забавное предположение.

Вечер Анны Павловны был такой же, как и первый, только новинкой, которою угащивала Анна Павловна своих гостей, был теперь не Мортемар, а дипломат, приехавший из Берлина и привезший самые свежие подробности о пребывании государя Александра в Потсдаме и о том, как два высочайшие друга поклялись там в неразрывном союзе отстаивать правое дело против врага человеческого рода. Пьер был принят Анной Павловной с оттенком грусти, относившейся, очевидно, к свежей потере, постигшей молодого человека, к смерти графа Безухова (все постоянно считали долгом уверять Пьера, что он

---

[1] прелестно.

[2] У меня будет прекрасная Элен, на которую никогда не устанешь любоваться.

очень огорчен кончиною отца, которого он почти не знал), — и грусти точно такой же, как и та высочайшая грусть, которая выражалась при упоминаниях об августейшей императрице Марии Феодоровне. Пьер почувствовал себя польщенным этим. Анна Павловна с своим обычным искусством устроила кружки своей гостиной. Большой кружок, где были князь Василий и генералы, пользовался дипломатом. Другой кружок был у чайного столика. Пьер хотел присоединиться к первому, но Анна Павловна, находившаяся в раздраженном состоянии полководца на поле битвы, когда приходят тысячи новых блестящих мыслей, которые едва успеваешь приводить в исполнение, Анна Павловна, увидев Пьера, тронула его пальцем за рукав:

— Attendez, j'ai des vues sur vous pour ce soir[1]. — Она взглянула на Элен и улыбнулась ей.

— Ma bonne Hélène, il faut que vous soyez charitable pour ma pauvre tante, qui a une adoration pour vous. Allez lui tenir compagnie pour 10 minutes[2]. А чтоб вам не очень скучно было, вот вам милый граф, который не откажется за вами следовать.

Красавица направилась к тетушке, но Пьера Анна Павловна еще удержала подле себя, показывая вид, как будто ей надо сделать еще последнее необходимое распоряжение.

— Не правда ли, она восхитительна? — сказала она Пьеру, указывая на отплывающую величавую красавицу. — Et quelle tenue![3] Для такой молодой девушки и такой такт, такое мастерское уменье держать себя! Это происходит от сердца! Счастлив будет тот, чьей она будет! С нею самый несветский муж будет невольно и без труда занимать блестящее место в свете. Не правда ли? Я только хотела знать ваше мнение, — и Анна Павловна отпустила Пьера.

Пьер с искренностью отвечал Анне Павловне утвердительно на вопрос ее об искусстве Элен держать себя. Ежели он когда-нибудь думал об Элен, то думал именно о ее красоте и о том необыкновенном ее спокойном уменье быть молчаливо-достойною в свете.

---

[1] Погодите, у меня есть на вас виды на этот вечер.

[2] Моя милая Элен, надо, чтобы вы были добры к моей бедной тетке, которая питает к вам обожание. Побудьте с ней минут десять.

[3] И как держит себя!

Тетушка приняла в свой уголок двух молодых людей, но, казалось, желала скрыть свое обожание к Элен и желала более выразить страх перед Анной Павловной. Она взглядывала на племянницу, как бы спрашивая, что ей делать с этими людьми. Отходя от них, Анна Павловна опять тронула пальчиком рукав Пьера и проговорила:

— J'espère que vous ne direz plus qu'on s'ennuie chez moi[1], — и взглянула на Элен.

Элен улыбнулась с таким видом, который говорил, что она не допускала возможности, чтобы кто-либо мог видеть ее и не быть восхищенным. Тетушка прокашлялась, проглотила слюни и по-французски сказала, что она очень рада видеть Элен; потом обратилась к Пьеру с тем же приветствием и с той же миной. В середине скучливого и спотыкающегося разговора Элен оглянулась на Пьера и улыбнулась ему той улыбкой, ясной, красивой, которой она улыбалась всем. Пьер так привык к этой улыбке, так мало она выражала для него, что он не обратил на нее никакого внимания. Тетушка говорила в это время о коллекции табакерок, которая была у покойного отца Пьера, графа Безухова, и показала свою табакерку. Княжна Элен попросила посмотреть портрет мужа тетушки, который был сделан на этой табакерке.

— Это, верно, делано Винесом, — сказал Пьер, называя известного миниатюриста, нагибаясь к столу, чтоб взять в руки табакерку, и прислушиваясь к разговору за другим столом.

Он привстал, желая обойти, но тетушка подала табакерку прямо через Элен, позади ее. Элен нагнулась вперед, чтобы дать место, и, улыбаясь, оглянулась. Она была, как и всегда на вечерах, в весьма открытом по тогдашней моде спереди и сзади платье. Ее бюст, казавшийся всегда мраморным Пьеру, находился в таком близком расстоянии от его глаз, что он своими близорукими глазами невольно различал живую прелесть ее плеч и шеи, и так близко от его губ, что ему стоило немного нагнуться, чтобы прикоснуться до нее. Он слышал тепло ее тела, запах духов и слышал скрып ее корсета при дыхании. Он видел не ее мраморную красоту, составлявшую одно целое с ее платьем, он видел и чувствовал всю прелесть ее тела, которое было закрыто только одеждой. И, раз увидав

---

[1] Надеюсь, вы не скажете другой раз, что у меня скучают.

это, он не мог видеть иначе, как мы не можем возвратиться к раз объясненному обману.

Она оглянулась, взглянула прямо на него, блестя черными глазами, и улыбнулась.

«Так вы до сих пор не замечали, как я прекрасна? — как будто сказала Элен. — Вы не замечали, что я женщина? Да, я женщина, которая может принадлежать всякому и вам даже», — сказал ее взгляд. И в ту же минуту Пьер почувствовал, что Элен не только могла, но должна быть его женою, что это не может быть иначе.

Он знал это в эту минуту так же верно, как бы он знал это, стоя под венцом с нею. Как это будет и когда, он не знал; не знал даже, хорошо ли это будет (ему даже чувствовалось, что это нехорошо почему-то), но он знал, что это будет.

Пьер опустил глаза, опять поднял их и снова хотел увидеть ее такою дальнею, чужою для себя красавицею, какою он видал ее каждый день прежде; но он не мог уже этого сделать. Не мог, как не может человек, прежде смотревший в тумане на былинку бурьяна и видевший в ней дерево, увидав былинку, снова увидеть в ней дерево. Она была страшно близка ему. Она имела уже власть над ним. И между ним и ею не было уже никаких преград, кроме преград его собственной воли.

— Bon, je vous laisse dans votre petit coin. Je vois que vous y êtes très bien[1], — сказал голос Анны Павловны.

И Пьер, со страхом вспоминая, не сделал ли он чего-нибудь предосудительного, краснея, оглянулся вокруг себя. Ему казалось, что все знают, так же как и он, про то, что с ним случилось.

Через несколько времени, когда он подошел к большому кружку, Анна Павловна сказала ему:

— On dit que vous embellissez votre maison de Pétersbourg[2].

(Это была правда: архитектор сказал, что это нужно ему, и Пьер, сам не зная зачем, отделывал свой огромный дом в Петербурге.)

— C'est bien, mais ne déménagez pas de chez le prince Basile. Il est bon d'avoir un ami comme le prince, — сказала она, улыбаясь князю Василию. — J'en sais quelque chose. N'est-ce pas?[3] А вы еще так молоды. Вам нужны со-

---

[1] Хорошо, я вас оставлю в вашем уголке. Я вижу, вам там хорошо.

[2] Говорят, вы отделываете свой петербургский дом.

[3] Это хорошо, но не переезжайте от князя Василия. Хорошо иметь такого друга. Я кое-что об этом знаю. Не правда ли?

веты. Вы не сердитесь на меня, что я пользуюсь правами старух. — Она помолчала, как молчат всегда женщины, чего-то ожидая после того, как скажут про свои года. — Ежели вы женитесь, то другое дело. — И она соединила их в один взгляд. Пьер не смотрел на Элен, и она на него. Но она была все так же страшно близка ему. Он промычал что-то и покраснел.

Вернувшись домой, Пьер долго не мог заснуть, думая о том, что с ним случилось. Что же случилось с ним? Ничего. Он только понял, что женщина, которую он знал ребенком, про которую он рассеянно говорил: «Да, хороша», когда ему говорили, что Элен красавица, он понял, что эта женщина может принадлежать ему.

«Но она глупа, я сам говорил, что она глупа, — думал он. — Ведь это не любовь. Напротив, что-то гадкое есть в том чувстве, которое она возбудила во мне, что-то запрещенное. Мне говорили, что ее брат Анатоль был влюблен в нее, и она влюблена в него, что была целая история и что от этого услали Анатоля. Брат ее — Ипполит. Отец ее — князь Василий. Это нехорошо», — думал он; и в то же время, как он рассуждал так (еще рассуждения эти оставались неоконченными), он заставал себя улыбающимся и сознавал, что другой ряд рассуждений всплывал из-за первых, что он в одно и то же время думал о ее ничтожестве и мечтал о том, как она будет его женой, как она может полюбить его, как она может быть совсем другою и как все то, что он об ней думал и слышал, может быть неправдою. И он опять видел ее не какою-то дочерью князя Василья, а видел все ее тело, только прикрытое серым платьем. «Но нет, отчего же прежде не приходила мне в голову эта мысль?» И опять он говорил себе, что это невозможно, что что-то гадкое, противуестественное, как ему казалось, нечестное было бы в этом браке. Он вспоминал ее прежние слова, взгляды, и слова и взгляды тех, кто их видал вместе. Он вспомнил слова и взгляды Анны Павловны, когда она говорила ему о доме, вспомнил сотни таких же намеков со стороны князя Василья и других, и на него нашел ужас, не связал ли он себя уж чем-нибудь в исполнении такого дела, которое, очевидно, нехорошо и которое он не должен делать. Но в то время, как он сам себе выражал это решение, с другой стороны души всплывал ее образ со всею своей женственной красотою.

II

В ноябре месяце 1805 года князь Василий должен был ехать на ревизию в четыре губернии. Он устроил для себя это назначение с тем, чтобы побывать заодно в своих расстроенных имениях и, захватив с собой (в месте расположения его полка) сына Анатоля, с ним вместе заехать к князю Николаю Андреевичу Болконскому с тем, чтобы женить сына на дочери этого богатого старика. Но прежде отъезда и этих новых дел, князю Василью нужно было решить дела с Пьером, который, правда, последнее время проводил целые дни дома, то есть у князя Василья, у которого он жил, и был смешон, взволнован и глуп (как должен быть влюбленный) в присутствии Элен, но все еще не делал предложения.

«Tout ça est bel et bon, mais il faut que ça finisse»[1], — сказал себе раз утром князь Василий со вздохом грусти, сознавая, что Пьер, стольким обязанный ему (ну, да Христос с ним!), не совсем хорошо поступает в этом деле. «Молодость... легкомыслие... ну, да Бог с ним, — подумал князь Василий, с удовольствием чувствуя свою доброту, — mais il faut que ça finisse[2]. Послезавтра Лелины именины, я позову кое-кого, и ежели он не поймет, что он должен сделать, то уже это будет мое дело. Да, мое дело. Я — отец!»

Пьер полтора месяца после вечера Анны Павловны и последовавшей за ним бессонной, взволнованной ночи, в которую он решил, что женитьба на Элен была бы несчастием и что ему нужно избегать ее и уехать, Пьер после этого решения не переезжал от князя Василья и с ужасом чувствовал, что каждый день он больше и больше в глазах людей связывается с нею, что он не может никак возвратиться к своему прежнему взгляду на нее, что он не может и оторваться от нее, что это будет ужасно, но что он должен будет связать с нею свою судьбу. Может быть, он и мог бы воздержаться, но не проходило дня, чтоб у князя Василья (у которого редко бывал прием) не было бы вечера, на котором должен был быть Пьер, ежели он не хотел расстроить общее удовольствие и обмануть ожидания всех. Князь Василий в те редкие минуты, когда бывал дома, проходя мимо Пьера, дергал его за руку вниз, рассеянно подставлял ему для поцелуя выбритую морщинис-

[1] Все это прекрасно, но всему должен быть конец.
[2] надо, надо положить конец.

тую щеку и говорил или «до завтра», или «к обеду, а то я тебя не увижу», или «я для тебя остаюсь» и т. п. Но несмотря на то, что, когда князь Василий оставался для Пьера (как он это говорил), он не говорил с ним двух слов, Пьер не чувствовал себя в силах обмануть его ожидания. Он каждый день говорил себе все одно и одно: «Надо же, наконец, понять ее и дать себе отчет: кто она? Ошибался ли я прежде, или теперь ошибаюсь? Нет, она не глупа; нет, она прекрасная девушка! — говорил он сам себе иногда. — Никогда ни в чем она не ошибается, никогда она ничего не сказала глупого. Она мало говорит, но то, что она скажет, всегда просто и ясно. Так она не глупа. Никогда она не смущалась и не смущается. Так она не дурная женщина!» Часто ему случалось с нею начинать рассуждать, думать вслух, и всякий раз она отвечала ему на это либо коротким, но кстати сказанным замечанием, показывавшим, что ее это не интересует, либо молчаливой улыбкой и взглядом, которые ощутительнее всего показывали Пьеру ее превосходство. Она была права, признавая все рассуждения вздором в сравнении с этой улыбкой.

Она обращалась к нему всегда с радостной, доверчивой, к нему одному относившейся улыбкой, в которой было что-то значительнее того, что было в общей улыбке, украшавшей всегда ее лицо. Пьер знал, что все ждут только того, чтобы он, наконец, сказал одно слово, переступил через известную черту, и он знал, что он рано или поздно переступит через нее; но какой-то непонятный ужас охватывал его при одной мысли об этом страшном шаге. Тысячи раз в продолжение этого полутора месяца, во время которого он чувствовал себя все дальше и дальше втягиваемым в ту страшившую его пропасть, Пьер говорил себе: «Да что ж это? Нужна решимость! Разве нет у меня ее?»

Он хотел решиться, но с ужасом чувствовал, что не было у него в этом случае той решимости, которую он знал в себе и которая действительно была в нем. Пьер принадлежал к числу тех людей, которые сильны только тогда, когда они чувствуют себя вполне чистыми. А с того дня, как им овладело то чувство желания, которое он испытал над табакеркой у Анны Павловны, несознанное чувство виноватости этого стремления парализовало его решимость.

В день именин Элен у князя Василья ужинало маленькое общество людей самых близких, как говорила княгиня, — родные и друзья. Всем этим родным и друзьям дано было чувствовать, что в этот день должна решиться участь именинницы. Гости сидели за ужином. Княгиня Курагина, массивная, когда-то красивая, представительная женщина, сидела на хозяйском месте. По обеим сторонам ее сидели почетнейшие гости — старый генерал, его жена, Анна Павловна Шерер; в конце стола сидели менее пожилые и почетные гости, и там же сидели как домашние Пьер и Элен — рядом. Князь Василий не ужинал: он похаживал вокруг стола, в веселом расположении духа подсаживаясь то к тому, то к другому из гостей. Каждому он говорил небрежное и приятное слово, исключая Пьера и Элен, которых присутствия он не замечал, казалось. Князь Василий оживлял всех. Ярко горели восковые свечи, блестели серебро и хрусталь посуды, наряды дам и золото и серебро эполет; вокруг стола сновали слуги в красных кафтанах; слышались звуки ножей, стаканов, тарелок и звуки оживленного говора нескольких разговоров вокруг этого стола. Слышно было, как старый камергер в одном конце уверял старушку баронессу в своей пламенной любви к ней и ее смех; с другой — рассказ о неуспехе какой-то Марьи Викторовны. У середины стола князь Василий сосредоточил вокруг себя слушателей. Он рассказывал дамам с шутливой улыбкой на губах последнее — в середу — заседание государственного совета, на котором был получен и читался Сергеем Кузьмичом Вязмитиновым, новым петербургским военным генерал-губернатором, знаменитый тогда рескрипт государя Александра Павловича из армии, в котором государь, обращаясь к Сергею Кузьмичу, говорил, что со всех сторон получает он заявления о преданности народа и что заявление Петербурга особенно приятно ему, что он гордится честью быть главою такой нации и постарается быть ее достойным. Рескрипт этот начинался словами: *Сергей Кузьмич! Со всех сторон доходят до меня слухи* и т. д.

— Так-таки и не пошло дальше, чем «Сергей Кузьмич»? — спрашивала одна дама.

— Да, да, ни на волос, — отвечал, смеясь, князь Василий. — «Сергей Кузьмич... со всех сторон. Со всех сторон, Сергей Кузьмич...» Бедный Вязмитинов никак не мог пойти далее. Несколько раз он принимался снова за письмо, но только что скажет *Сергей...* всхлипывания... *Ку...зьми...ч* — слезы... *и со всех сторон* заглушаются рыданиями, и дальше он не мог. И опять платок, и опять «Сергей Кузьмич, со всех сторон», и слезы ... так что уже попросили прочесть другого.

— Кузьмич... со всех сторон... и слезы... — повторил кто-то смеясь.

— Не будьте злы, — погрозив пальцем, с другого конца стола проговорила Анна Павловна, — c'est un si brave et excellent homme, notre bon Viasmitinoff...[1]

Все очень смеялись. На верхнем, почетном конце стола все были, казалось, веселы и под влиянием самых различных оживленных настроений; только Пьер и Элен молча сидели рядом почти на нижнем конце стола; на лицах обоих сдерживалась сияющая улыбка, не зависящая от Сергея Кузьмича, — улыбка стыдливости перед своими чувствами. Что бы ни говорили и как бы ни смеялись и шутили другие, как бы аппетитно ни кушали и рейнвейн, и соте, и мороженое, как бы ни избегали взглядом эту чету, как бы ни казались равнодушны, невнимательны к ней, чувствовалось почему-то, по изредка бросаемым на них взглядам, что и анекдот о Сергее Кузьмиче, и смех, и кушанье — все было притворно, а все силы внимания всего этого общества были обращены только на эту пару — Пьера и Элен. Князь Василий представлял всхлипыванья Сергея Кузьмича и в это время обегал взглядом дочь; и в то время как он смеялся, выражение его лица говорило: «Так, так, все хорошо идет; нынче все решится». Анна Павловна грозила ему за notre bon Viasmitinoff, а в глазах ее, которые мельком блеснули в этот момент на Пьера, князь Василий читал поздравление с будущим зятем и счастием дочери. Старая княгиня, предлагая с грустным вздохом вина своей соседке и сердито взглянув на дочь, этим вздохом как будто говорила: «Да, теперь нам с вами ничего больше не осталось, как пить сладкое вино, моя милая; теперь время этой молодежи быть так дерзко вызывающе-счастливой». «И что за глупость все то, что я рассказываю, как будто это меня интересует, — думал дипломат, взглядывая на счастливые лица любовников, — вот это счастие!»

Среди тех ничтожно мелких, искусственных интересов, которые связывали это общество, попало простое

---

[1] он такой славный человек, наш добрый Вязмитинов...

чувство стремления красивых и здоровых молодых мужчины и женщины друг к другу. И это человеческое чувство подавило все и парило над всем их искусственным лепетом. Шутки были невеселы, новости неинтересны, оживление — очевидно поддельно. Не только они, но лакеи, служившие за столом, казалось, чувствовали то же и забывали порядок службы, заглядываясь на красавицу Элен с ее сияющим лицом и на это красное, толстое, счастливое и беспокойное лицо Пьера. Казалось, и огни свечей сосредоточены были только на этих двух счастливых лицах.

Пьер чувствовал, что он был центром всего, и это положение и радовало и стесняло его. Он находился в состоянии человека, углубленного в какое-нибудь занятие. Он ничего ясно не видел, не понимал и не слыхал. Только изредка, неожиданно, мелькали в его душе отрывочные мысли и впечатления из действительности.

«Так уж все кончено! — думал он. — И как это все сделалось? Так быстро! Теперь я знаю, что не для нее одной, не для себя одного, но и для всех это должно неизбежно свершиться. Они все так ждут *этого*, так уверены, что это будет, что я не могу, не могу обмануть их. Но как это будет? Не знаю; а будет, непременно будет!» — думал Пьер, взглядывая на эти плечи, блестевшие подле самых глаз его.

То вдруг ему становилось стыдно чего-то. Ему неловко было, что он один занимает внимание всех, что он счастливец в глазах других, что он с своим некрасивым лицом, какой-то Парис, обладающий Еленой. «Но, верно, это всегда так бывает и так надо, — утешал он себя. — И, впрочем, что же я сделал для этого? Когда это началось? Из Москвы я поехал вместе с князем Васильем. Тут еще ничего не было. Потом, отчего же мне было у него не остановиться? Потом я играл с ней в карты и поднял ее ридикюль, ездил с ней кататься. Когда же это началось, когда это все сделалось?» И вот он сидит подле нее женихом; слышит, видит, чувствует ее близость, ее дыхание, ее движения, ее красоту. То вдруг ему кажется, что это не она, а он сам так необыкновенно красив, что оттого-то и смотрят так на него, и он, счастливый общим удивлением, выпрямляет грудь, поднимает голову и радуется своему счастию. Вдруг какой-то голос, чей-то знакомый голос, слышится и говорит ему что-то другой раз. Но Пьер так занят, что не понимает того, что говорят ему.

— Я спрашиваю у тебя, когда ты получил письмо от Болконского, — повторяет третий раз князь Василий. — Как ты рассеян, мой милый.

Князь Василий улыбается, и Пьер видит, что все, все улыбаются на него и на Элен. «Ну, что ж, коли вы все знаете, — говорит сам себе Пьер. — Ну, что ж? это правда», — и он сам улыбается своею кроткой, детской улыбкой, и Элен улыбается.

— Когда же ты получил? Из Ольмюца? — повторяет князь Василий, которому будто нужно это знать для решения спора.

«И можно ли говорить и думать о таких пустяках?» — думает Пьер.

— Да, из Ольмюца, — отвечает он со вздохом.

От ужина Пьер повел свою даму за другими в гостиную. Гости стали разъезжаться, и некоторые уезжали, не простившись с Элен. Как будто не желая отрывать ее от ее серьезного занятия, некоторые подходили на минуту и скорее отходили, запрещая ей провожать себя. Дипломат грустно молчал, выходя из гостиной. Ему представлялась вся тщета его дипломатической карьеры в сравнении с счастием Пьера. Старый генерал сердито проворчал на свою жену, когда она спросила его о состоянии его ноги. «Эка, старая дура, — подумал он. — Вот Елена Васильевна, так та и в пятьдесят лет красавица будет».

— Кажется, что я могу вас поздравить, — прошептала Анна Павловна княгине и крепко поцеловала ее. — Ежели бы не мигрень, я бы осталась.

Княгиня ничего не отвечала; ее мучила зависть к счастию своей дочери.

Пьер во время проводов гостей долго оставался один с Элен в маленькой гостиной, где они сели. Он часто и прежде, в последние полтора месяца, оставался один с Элен, но никогда не говорил ей о любви. Теперь он чувствовал, что это было необходимо, но он никак не мог решиться на этот последний шаг. Ему было стыдно; ему казалось, что тут, подле Элен, он занимает чье-то чужое место. «Не для тебя это счастье, — говорил ему какой-то внутренний голос. — Это счастье для тех, у кого нет того, что есть у тебя». Но надо было сказать что-нибудь, и он заговорил. Он спросил у нее, довольна ли она нынешним вечером? Она, как и всегда, с простотой своей отвечала, что нынешние именины были для нее одними из самых приятных.

Кое-кто из ближайших родных еще оставались. Они сидели в большой гостиной. Князь Василий ленивыми шагами подошел к Пьеру. Пьер встал и сказал, что уже поздно. Князь Василий строго-вопросительно посмотрел на него, как будто то, что он сказал, было так странно, что нельзя было и расслышать. Но вслед за тем выражение строгости изменилось, и князь Василий дернул Пьера вниз за руку, посадил его и ласково улыбнулся.

— Ну, что, Леля? — обратился он тотчас же к дочери с тем небрежным тоном привычной нежности, который усваивается родителями, с детства ласкающими своих детей, но который князем Васильем был только угадан посредством подражания другим родителям.

И опять обратился к Пьеру.

— *Сергей Кузьмич, со всех сторон*, — проговорил он, расстегивая верхнюю пуговицу жилета.

Пьер улыбнулся, но по его улыбке видно было, что он понимал, что не анекдот Сергея Кузьмича интересовал в это время князя Василья; и князь Василий понял, что Пьер понимал это. Князь Василий вдруг пробурлил что-то и вышел. Пьеру показалось, что даже князь Василий был смущен. Вид смущения этого старого светского человека тронул Пьера; он оглянулся на Элен — и она, казалось, была смущена и взглядом говорила: «Что ж, вы сами виноваты».

«Надо, неизбежно перешагнуть, но не могу, я не могу», — думал Пьер и заговорил опять о постороннем, о Сергее Кузьмиче, спрашивая, в чем состоял этот анекдот, так как он его не расслышал. Элен с улыбкой отвечала, что она тоже не знает.

Когда князь Василий вошел в гостиную, княгиня тихо говорила с пожилой дамой о Пьере.

— Конечно, c'est un parti trés brillant, mais le bonheur, ma chère...

— Les mariages se font dans les cieux[1], — отвечала пожилая дама.

Князь Василий, как бы не слушая дам, прошел в дальний угол и сел на диван. Он закрыл глаза и как будто дремал. Голова его было упала, и он очнулся.

— Aline, — сказал он жене, — allez voir ce qu'ils font[2].

---

[1] Конечно, это очень блестящая партия, но счастье, моя милая... — Браки совершаются на небесах.

[2] Алина, посмотри, что они делают.

Княгиня подошла к двери, прошлась мимо нее с значительным, равнодушным видом и заглянула в гостиную. Пьер и Элен так же сидели и разговаривали.

— Все то же, — отвечала она мужу.

Князь Василий нахмурился, сморщил рот на сторону, щеки его запрыгали с свойственным ему неприятным, грубым выражением; он, встряхнувшись, встал, закинул назад голову и решительными шагами, мимо дам, прошел в маленькую гостиную. Он скорыми шагами, радостно подошел к Пьеру. Лицо князя было так необыкновенно-торжественно, что Пьер испуганно встал, увидав его.

— Слава Богу! — сказал он. — Жена мне все сказала! — Он обнял одною рукой Пьера, другою — дочь. — Друг мой Леля! Я очень, очень рад. — Голос его задрожал. — Я любил твоего отца... и она будет тебе хорошая жена... Бог да благословит вас!..

Он обнял дочь, потом опять Пьера и поцеловал его своим старческим ртом. Слезы действительно омочили его щеки.

— Княгиня, иди же сюда, — прокричал он.

Княгиня вышла и заплакала тоже. Пожилая дама тоже утиралась платком. Пьера целовали, и он несколько раз целовал руку прекрасной Элен. Через несколько времени их опять оставили одних.

«Все это так должно было быть и не могло быть иначе, — думал Пьер, — поэтому нечего спрашивать, хорошо ли это или дурно? Хорошо, потому что определенно, и нет прежнего мучительного сомнения». Пьер молча держал руку своей невесты и смотрел на ее поднимающуюся и опускающуюся прекрасную грудь.

— Элен! — сказал он вслух и остановился.

«Что-то такое особенное говорят в этих случаях», — думал он, но никак не мог вспомнить, что такое именно говорят в этих случаях. Он взглянул в ее лицо. Она придвинулась к нему ближе. Лицо ее зарумянилось.

— Ах, снимите эти... как эти... — она указывала на очки.

Пьер снял очки, и глаза его сверх общей странности глаз людей, снявших очки, глаза его смотрели испуганно-вопросительно. Он хотел нагнуться над ее рукой и поцеловать ее; но она быстрым и грубым движением головы перехватила его губы и свела их с своими. Лицо ее поразило Пьера своим изменившимся, неприятно-растерянным выражением.

«Теперь уж поздно, все кончено; да и я люблю ее», — подумал Пьер.

— Je vous aime![1] — сказал он, вспомнив то, что нужно было говорить в этих случаях; но слова эти прозвучали так бедно, что ему стало стыдно за себя.

Через полтора месяца он был обвенчан и поселился, как говорили, счастливым обладателем красавицы жены и миллионов в большом петербургском заново отделанном доме графов Безуховых.

III

Старый князь Николай Андреич Болконский в декабре 1805 года получил письмо от князя Василья, извещавшего его о своем приезде вместе с сыном. («Я еду на ревизию, и, разумеется, мне сто верст не крюк, чтобы посетить вас, многоуважаемый благодетель, — писал он, — и Анатоль мой провожает меня и едет в армию; и я надеюсь, что вы позволите ему лично выразить вам то глубокое уважение, которое он, подражая отцу, питает к вам»).

— Вот Мари и вывозить не нужно: женихи сами к нам едут, — неосторожно сказала маленькая княгиня, услыхав про это.

Князь Николай Андреич поморщился и ничего не сказал.

Через две недели после получения письма, вечером, приехали вперед люди князя Василья, а на другой день приехал и он сам с сыном.

Старый Болконский всегда был невысокого мнения о характере князя Василья, и тем более в последнее время, когда князь Василий в новые царствования при Павле и Александре далеко пошел в чинах и почестях. Теперь же, по намекам письма и маленькой княгини, он понял, в чем дело, и невысокое мнение о князе Василье перешло в душе князя Николая Андреича в чувство недоброжелательного презрения. Он постоянно фыркал, говоря про него. В тот день, как приехать князю Василью, князь Николай Андреич был особенно недоволен и не в духе. Оттого ли он был не в духе, что приезжал князь Василий, или оттого он был особенно недоволен приездом князя Василья, что был не в духе, но он был не в духе, и Тихон еще утром отсоветовал архитектору входить с докладом к князю.

---

[1] Я вас люблю!

— Слышите, как изволят ходить, — сказал Тихон, обращая внимание архитектора на звуки шагов князя. — На всю пятку ступают — уж мы знаем...

Однако, как обыкновенно, в девятом часу князь вышел гулять в своей бархатной шубке с собольим воротником и такой же шапке. Накануне выпал снег. Дорожка, по которой хаживал князь Николай Андреич в оранжереи, была расчищена, следы метлы виднелись на разметанном снегу, и лопата была воткнута в рыхлую насыпь снега, шедшую с обеих сторон дорожки. Князь прошел по оранжереям, по дворне и постройкам, нахмуренный и молчаливый.

— А проехать в санях можно? — спросил он провожавшего его до дома почтенного, похожего лицом и манерами на хозяина, управляющего.

— Глубок снег, ваше сиятельство. Я уже по прешпекту разметать велел.

Князь наклонил голову и подошел к крыльцу. «Слава тебе, Господи, — подумал управляющий, — пронеслась туча».

— Проехать трудно было, ваше сиятельство, — прибавил управляющий. — Как слышно было, ваше сиятельство, что министр пожалуют к вашему сиятельству?

Князь повернулся к управляющему и нахмуренными глазами уставился на него.

— Что? Министр? Какой министр? Кто велел? — заговорил он своим пронзительно-жестким голосом. — Для княжны, моей дочери, не расчистили, а для министра! У меня нет министров!

— Ваше сиятельство, я полагал...

— Ты полагал! — закричал князь, все поспешнее и несвязнее выговаривая слова. — Ты полагал... Разбойники! прохвосты!... Я тебя научу полагать. — И, подняв палку, он замахнулся ею на Алпатыча и ударил бы, ежели бы управляющий невольно не отклонился от удара. — Полагал!.. Прохвосты!.. — торопливо кричал он. Но, несмотря на то, что Алпатыч, сам испугавшийся своей дерзости — отклониться от удара, приблизился к князю, опустив перед ним покорно свою плешивую голову, или, может быть, именно от этого, князь, продолжая кричать: «Прохвосты!.. закидать дорогу!», не поднял другой раз палки и вбежал в комнаты.

Перед обедом княжна и m-lle Bourienne, знавшие, что князь не в духе, стояли, ожидая его: m-lle Bourienne с сияющим лицом, которое говорило: «Я ничего не знаю, я такая же, как всегда», — и княжна Марья — бледная, испуганная, с опущенными глазами. Тяжелее всего для княжны Марьи было то, что она знала, что в этих случаях надо поступать, как m-lle Bourienne, но не могла этого сделать. Ей казалось: «Сделаю я так, как будто не замечаю, он подумает, что у меня нет к нему сочувствия; сделаю я так, что я сама скучна и не в духе, он скажет (как это и бывало), что я нос повесила», и т. п.

Князь взглянул на испуганное лицо дочери и фыркнул.

— Др... или дура!.. — проговорил он.

«И той нет! уж и ей насплетничали», — подумал он про маленькую княгиню, которой не было в столовой.

— А княгиня где? — спросил он. — Прячется?..

— Она не совсем здорова, — весело улыбаясь, отвечала m-lle Bourienne, — она не выйдет. Это так понятно в ее положении.

— Гм! гм! кх! кх! — проговорил князь и сел за стол.

Тарелка ему показалась не чиста; он указал на пятно и бросил ее. Тихон подхватил ее и передал буфетчику. Маленькая княгиня не была нездорова; но она до такой степени непреодолимо боялась князя, что, услыхав о том, как он не в духе, она решила не выходить.

— Я боюсь за ребенка, — говорила она m-lle Bourienne, — Бог знает, что может сделаться от испуга.

Вообще маленькая княгиня жила в Лысых Горах постоянно под чувством страха и антипатии к старому князю, которой она не сознавала, потому что страх так преобладал, что она не могла ее чувствовать. Со стороны князя тоже была антипатия, но она заглушалась презрением. Княгиня, обжившись в Лысых Горах, полюбила особенно m-lle Bourienne, проводила с нею дни, просила ее ночевать с собой и с нею часто говорила о свекоре, судила его.

— Il nous arrive du monde, mon prince[1], — сказала m-lle Bourienne, своими розовенькими руками развертывая белую салфетку. — Son excellence le prince Kouraguine avec son fils, à ce que j'ai entendu dire?[2] — вопросительно сказала она.

— Гм! эта excellence — мальчишка... я его определил в коллегию, — оскорбленно сказал князь. — А сын зачем, не могу понять. Княгиня Лизавета Карловна и княжна

---

[1] К нам едут гости, князь.

[2] Его сиятельство князь Курагин с сыном, сколько я слышала?

Марья, может, знают; я не знаю, к чему он везет этого сына сюда. Мне не нужно. — И он посмотрел на покрасневшую дочь.

— Нездорова, что ли? От страха министра? как нынче этот болван Алпатыч сказал.

— Нет, mon père[1].

Как ни неудачно попала m-lle Bourienne на предмет разговора, она не остановилась и болтала об оранжереях, о красоте нового распустившегося цветка, и князь после супа смягчился.

После обеда он прошел к невестке. Маленькая княгиня сидела за маленьким столиком и болтала с Машей, горничной. Он побледнела, увидав свекора.

Маленькая княгиня очень переменилась. Она скорее была дурна, нежели хороша, теперь. Щеки опустились, губа поднялась кверху, глаза были обтянуты книзу.

— Да, тяжесть какая-то, — отвечала она на вопрос князя, что она чувствует.

— Не нужно ли чего?

— Нет, mersi, mon père[2].

— Ну, хорошо, хорошо.

Он вышел и дошел до официантской. Алпатыч, нагнув голову, стоял в официантской.

— Закидана дорога?

— Закидана, ваше сиятельство; простите, ради Бога, по одной глупости.

Князь перебил его и засмеялся своим неестественным смехом.

— Ну, хорошо, хорошо.

Он протянул руку, которую поцеловал Алпатыч, и прошел в кабинет.

Вечером приехал князь Василий. Его встретили на *прешпекте* (так назывался проспект) кучера́ и официанты, с криком провезли его возки и сани к флигелю по нарочно засыпанной снегом дороге.

Князю Василью и Анатолю были отведены отдельные комнаты.

Анатоль сидел, сняв камзол и подпершись руками в бока, перед столом, на угол которого он, улыбаясь, пристально и рассеянно устремил свои прекрасные большие глаза. На всю жизнь свою он смотрел как на непрерывное

---

1 батюшка.
2 благодарю, батюшка.

увеселение, которое кто-то такой почему-то обязался устроить для него. Так же и теперь он смотрел на свою поездку к злому старику и к богатой уродливой наследнице. Все это могло выйти, по его предположению, очень хорошо и забавно. «А отчего же не жениться, коли она очень богата? Это никогда не мешает», — думал Анатоль.

Он выбрился, надушился с тщательностью и щегольством, сделавшимися его привычкою, и с прирожденным ему добродушно-победительным выражением, высоко неся красивую голову, вошел в комнату к отцу. Около князя Василья хлопотали его два камердинера, одевая его; он сам оживленно оглядывался вокруг себя и весело кивнул входившему сыну, как будто он говорил: «Так, таким мне тебя и надо!»

— Нет, без шуток, батюшка, она очень уродлива? А? — по-французски спросил он, как бы продолжая разговор, не раз веденный во время путешествия.

— Полно, глупости! Главное дело — старайся быть почтителен и благоразумен с старым князем.

— Ежели он будет браниться, я уйду, — сказал Анатоль. — Я этих стариков терпеть не могу. А?

— Помни, что для тебя от этого зависит все.

В это время в девичьей не только был известен приезд министра с сыном, но внешний вид их обоих был уже подробно описан. Княжна Марья сидела одна в своей комнате и тщетно пыталась преодолеть свое внутреннее волнение.

«Зачем они писали, зачем Лиза говорила мне про это? Ведь этого не может быть! — говорила она себе, взглядывая в зеркало. — Как я выйду в гостиную? Ежели бы он даже мне понравился, я бы не могла быть теперь с ним сама собою». Одна мысль о взгляде ее отца приводила ее в ужас.

Маленькая княгиня и m-lle Bourienne получили уже нужные сведения от горничной Маши о том, какой румяный, чернобровый красавец был министерский сын, и о том, как папенька их насилу ноги проволок на лестницу, а он, как орел, шагая по три ступеньки, пробежал за ним. Получив эти сведения, маленькая княгиня с m-lle Bourienne, еще из коридора слышные своими оживленно переговаривавшимися голосами, вошли в комнату княжны.

— Ils sont arrivés, Marie[1], вы знаете? — сказала маленькая княгиня, переваливаясь своим животом и тяжело опускаясь на кресло.

Она уже не была в той блузе, в которой сидела поутру, а на ней было одно из лучших ее платьев; голова ее была тщательно убрана, и на лице ее было оживление, не скрывавшее, однако, опустившихся и помертвевших очертаний лица. В том наряде, в котором она бывала обыкновенно в обществах в Петербурге, еще заметнее было, как много она подурнела. На m-lle Bourienne тоже появилось уже незаметно какое-то усовершенствование наряда, которое придавало ее хорошенькому, свеженькому лицу еще более привлекательности.

— Eh bien, et vous restez comme vous êtes, chère princesse?— заговорила она. — On va venir annoncer que ces messieurs sont au salon; il faudra descendre, et vous ne faites pas un petit brin de toilette![2]

Маленькая княгиня поднялась с кресла, позвонила горничную и поспешно и весело принялась придумывать наряд для княжны Марьи и приводить его в исполнение. Княжна Марья чувствовала себя оскорбленной в чувстве собственного достоинства тем, что приезд обещанного ей жениха волновал ее, и еще более она была оскорблена тем, что обе ее подруги и не предполагали, чтобы это могло быть иначе. Сказать им, как ей совестно было за себя и за них, это значило выдать свое волнение; кроме того, отказаться от наряжания, которое предлагали ей, повело бы к продолжительным шуткам и настаиваниям. Она вспыхнула, прекрасные глаза ее потухли, лицо ее покрылось пятнами, и с тем некрасивым выражением жертвы, чаще всего останавливавшимся на ее лице, она отдалась во власть m-lle Bourienne и Лизы. Обе женщины заботились *совершенно искренно* о том, чтобы сделать ее красивою. Она была так дурна, что ни одной из них не могла прийти мысль о соперничестве с нею; поэтому они совершенно искренно, с тем наивным и твердым убеждением женщин, что наряд может сделать лицо красивым, принялись за ее одеванье.

— Нет, право, ma bonne amie[3], это платье нехорошо, — говорила Лиза, издалека боком взглядывая на княжну, —

---

[1] Они приехали, Мари.

[2] Ну, а вы остаетесь, в чем были? Сейчас придут сказать, что они вышли. Надо будет идти вниз, а вы хоть бы чуть-чуть принарядились!

[3] мой дружок.

вели подать, у тебя там есть масака́! Право! Что ж, ведь это, может быть, судьба жизни решается. А это слишком светло, нехорошо, нет, нехорошо!

Нехорошо было не платье, но лицо и вся фигура княжны, но этого не чувствовали m-lle Bourienne и маленькая княгиня; им все казалось, что ежели приложить голубую ленту к волосам, зачесанным кверху, и спустить голубой шарф с коричневого платья и т. п., то все будет хорошо. Они забывали, что испуганное лицо и фигуру нельзя было изменить, и потому, как они ни видоизменяли раму и украшение этого лица, само лицо оставалось жалко и некрасиво. После двух или трех перемен, которым покорно подчинялась княжна Марья, в ту минуту, как она была зачесана кверху (прическа, совершенно изменявшая и портившая ее лицо), в голубом шарфе и масака́ нарядном платье, маленькая княгиня раза два обошла кругом нее, маленькой ручкой оправила тут складку платья, там подернула шарф и посмотрела, склонив голову, то с той, то с другой стороны.

— Нет, это нельзя, — сказала она решительно, всплеснув руками. — Non, Narie, décidément ça ne vous va pas. Je vous aime mieux dans votre petite robe grise de tous les jours. Non, de grâce, faites cela pour moi[1]. Катя, — сказала она горничной, — принеси княжне серенькое платье, и посмотрите, m-lle Bourienne, как я это устрою, — сказала она с улыбкой предвкушения артистической радости.

Но когда Катя принесла требуемое платье, княжна Марья неподвижно все сидела перед зеркалом, глядя на свое лицо, и в зеркале увидала, что в глазах ее стоят слезы и что рот ее дрожит, приготовляясь к рыданиям.

— Voyons, chère princesse, — сказала m-lle Bourienne, — encore un petit effort[2].

Маленькая княгиня, взяв платье из рук горничной, подходила к княжне Марье.

— Нет, теперь мы это сделаем просто, мило, — говорила она.

Голоса ее, m-lle Bourienne и Кати, которая о чем-то засмеялась, сливались в веселое лепетанье, похожее на пение птиц.

---

[1] Нет, Мари, решительно это не идет к вам. Я вас лучше люблю в вашем сереньком ежедневном платьице; пожалуйста, сделайте это для меня.

[2] Ну, княжна, еще маленькое усилие.

— Non, laissez-moi[1], — сказала княжна.

И голос ее звучал такой серьезностью и страданием, что лепетанье птиц тотчас же замолкло. Они посмотрели на большие, прекрасные глаза, полные слез и мысли, ясно и умоляюще смотревшие на них, и поняли, что настаивать бесполезно и даже жестоко.

— Au moins, changez de coiffure, — сказала маленькая княгиня. — Je vous disais, — с упреком сказала она, обращаясь к m-lle Bourienne, — Marie a une de ces figures, auxquelles ce genre de coiffure ne va pas du tout. Mais du tout, du tout. Changez de grâce[2].

— Laissez-moi, laissez-moi, tout ça m'est parfaitement égal[3], — отвечал голос, едва удерживающий слезы.

M-lle Bourienne и маленькая княгиня должны были признаться самим себе, что княжна Марья в этом виде была очень дурна, хуже, чем всегда; но было уже поздно. Она смотрела на них с тем выражением, которое они знали, выражением мысли и грусти. Выражение это не внушало им страха к княжне Марье. (Этого чувства она никому не внушала). Но они знали, что когда на ее лице появлялось это выражение, она была молчалива и непоколебима в своих решениях.

— Vous changerez, n'est-ce pas?[4] — сказала Лиза, и когда княжна Марья ничего не ответила, Лиза вышла из комнаты.

Княжна Марья осталась одна. Она не исполнила желания Лизы и не только не переменила прически, но и не взглянула на себя в зеркало. Она, бессильно опустив глаза и руки, молча сидела и думала. Ей представлялся муж, мужчина, сильное, преобладающее и непонятно-привлекательное существо, переносящее ее вдруг в свой, совершенно другой, счастливый мир. Ребенок *свой*, такой, какого она видела вчера у дочери кормилицы, — представлялся ей у своей собственной груди. Муж стоит и нежно смотрит на нее и ребенка. «Но нет, это невозможно, я слишком дурна», — думала она.

— Пожалуйте к чаю. Князь сейчас выйдут, — сказал из-за двери голос горничной.

---

1 Нет, оставьте меня.

2 По крайней мере, перемените прическу. Я вам говорила, что у Мари одно из тех лиц, которым этот род прически совсем нейдет. Перемените, пожалуйста.

3 Оставьте меня, мне все равно.

4 Вы перемените, не правда ли?

Она очнулась и ужаснулась тому, о чем она думала. И прежде чем идти вниз, она встала, вошла в образную и, устремив на освещенный лампадкой черный лик большого образа Спасителя, простояла перед ним несколько минут с сложенными руками. В душе княжны Марьи было мучительное сомненье. Возможна ли для нее радость любви, земной любви к мужчине? В помышлениях о браке княжне Марье мечталось и семейное счастие, и дети, но главною, сильнейшею и затаенною ее мечтой была любовь земная. Чувство было тем сильнее, чем более она старалась скрывать его от других и даже от самой себя. «Боже мой, — говорила она, — как мне подавить в сердце своем эти мысли дьявола? Как мне отказаться так, навсегда от злых помыслов, чтобы спокойно исполнять твою волю?» И едва она сделала этот вопрос, как Бог уже отвечал ей в ее собственном сердце: «Не желай ничего для себя; не ищи, не волнуйся, не завидуй. Будущее людей и твоя судьба должна быть неизвестна тебе; но живи так, чтобы быть готовой ко всему. Если Богу угодно будет испытать тебя в обязанностях брака, будь готова исполнить его волю». С этою успокоительною мыслью (но все-таки с надеждой на исполнение своей запрещенной земной мечты) княжна Марья, вздохнув, перекрестилась и сошла вниз, не думая ни о своем платье, ни о прическе, ни о том, как она войдет и что скажет. Что могло все это значить в сравнении с предопределением Бога, без воли которого не падет ни один волос с головы человеческой.

IV

Когда княжна Марья взошла в комнату, князь Василий с сыном уже были в гостиной, разговаривая с маленькой княгиней и m-lle Bourienne. Когда она вошла своей тяжелой походкой, ступая на пятки, мужчины и m-lle Bourienne приподнялись, и маленькая княгиня, указывая на нее мужчинам, сказала: «Voilà Marie!»[1] Княжна Марья видела всех, и подробно видела. Она видела лицо князя Василья, на мгновение серьезно остановившееся при виде княжны и тотчас же улыбнувшееся, и лицо маленькой княгини, читавшей с любопытством на лицах гостей впечатление, которое произведет на них Marie. Она видела

[1] Вот Мари!

и m-lle Bourienne с ее лентой и красивым лицом и оживленным, как никогда, взглядом, устремленным на *него*; но она не могла видеть *его*, она видела только что-то большое, яркое и прекрасное, подвинувшееся к ней, когда она вошла в комнату. Сначала к ней подошел князь Василий, и она поцеловала плешивую голову, наклонившуюся над ее рукой, и отвечала на его слова, что она, напротив, очень хорошо помнит его. Потом к ней подошел Анатоль. Она все еще не видала его. Она только почувствовала нежную руку, твердо взявшую ее руку, и чуть дотронулась до белого лба, над которым были припомажены прекрасные русые волосы. Когда она взглянула на него, красота его поразила ее. Анатоль, заложив большой палец правой руки за застегнутую пуговицу мундира, с выгнутой вперед грудью, а назад — спиною, покачивая одной отставленной ногой и слегка склонив голову, молча, весело глядел на княжну, видимо, совершенно о ней не думая. Анатоль был не находчив, не быстр и не красноречив в разговорах, но у него зато была драгоценная для света способность спокойствия и ничем не изменяемая уверенность. Замолчи при первом знакомстве несамоуверенный человек и выкажи сознание неприличности этого молчания и желание найти что-нибудь, и будет нехорошо; но Анатоль молчал, покачивал ногой, весело наблюдая прическу княжны. Видно было, что он так спокойно мог молчать очень долго. «Ежели кому неловко от молчания, так разговаривайте, а мне не хочется», как будто говорил его вид. Кроме того, в обращении с женщинами у Анатоля была та манера, которая более всего внушает в женщинах любопытство, страх и даже любовь, — манера презрительного сознания своего превосходства. Как будто он говорил им своим видом: «Знаю вас, знаю, да что с вами возиться? А уж вы бы рады!» Может быть, что он этого не думал, встречаясь с женщинами (и даже вероятно, что нет, потому что он вообще мало думал), но такой у него был вид и такая манера. Княжна почувствовала это и, как будто желая ему показать, что она и не смеет думать о том, чтобы занять его, обратилась к старому князю. Разговор шел общий и оживленный благодаря голоску и губке с усиками, поднимавшейся над белыми зубами маленькой княгини. Она встретила князя Василья с тем приемом шуточки, который часто употребляется болтливо-веселыми людьми и который состоит в том, что между человеком, с которым так обращаются, и собой предполагают какие-то давно установившиеся шуточки и веселые, отчасти не всем известные, забавные воспоминания, тогда как никаких таких воспоминаний нет, как их и не было между маленькой княгиней и князем Васильем. Князь Василий охотно поддался этому тону; маленькая княгиня вовлекла в это воспоминание никогда не бывших смешных происшествий и Анатоля, которого она почти не знала. M-lle Bourienne тоже разделила эти общие воспоминания, и даже княжна Марья с удовольствием почувствовала и себя втянутою в это веселое воспоминание.

— Вот, по крайней мере, мы вами теперь вполне воспользуемся, милый князь, — говорила маленькая княгиня, разумеется, по-французски, князю Василью, — это не так, как на наших вечерах у Annette, где вы всегда убежите. Помните cette chère Annette![1]

— А, да вы мне не *подите говорить* про политику, как Annette!

— А наш чайный столик?

— О да!

— Отчего вы никогда не бывали у Annette? — спросила маленькая княгиня у Анатоля. — А! я знаю, знаю, — сказала она, подмигнув, — ваш брат Ипполит мне рассказывал про ваши дела. О! — Она погрозила ему пальчиком. — Еще в Париже ваши проказы знаю!

— А он, Ипполит, тебе не говорил? — сказал князь Василий, обращаясь к сыну и хватая за руку княгиню, как будто она хотела убежать, а он едва успел удержать ее, — а он тебе не говорил, как он сам, Ипполит, иссыхал по милой княгине и как она le mettait à la porte?[2]

— Oh! C'est la perle des femmes, princesse![3] — обратился он к княжне.

С своей стороны m-lle Bourienne не упустила случая при слове Париж вступить тоже в общий разговор воспоминаний.

Она позволила себе спросить, давно ли Анатоль оставил Париж и как понравился ему этот город. Анатоль весьма охотно отвечал француженке и, улыбаясь, глядя на нее, разговаривал с ней про ее отечество. Увидав хорошенькую Bourienne, Анатоль решил, что и здесь, в Лысых

[1] эта милая Аннет!
[2] выгоняла его из дома?
[3] Ах! это перл женщин, княжна!

Горах, будет нескучно. «Очень недурна! — думал он, оглядывая ее. — Очень недурна эта demoiselle de compagnie[1]. Надеюсь, что она возьмет ее с собой, когда выйдет за меня, — подумал он, — la petite est gentille»[2].

Старый князь неторопливо одевался в кабинете, хмурясь и обдумывая то, что ему делать. Приезд этих гостей сердил его. «Что мне князь Василий и его сынок? Князь Василий болтунишка, пустой, ну и сын хорош должен быть», — ворчал он про себя. Его сердило то, что приезд этих гостей поднимал в его душе нерешенный, постоянно заглушаемый вопрос, — вопрос, насчет которого старый князь всегда сам себя обманывал. Вопрос состоял в том, решится ли он когда-либо расстаться с княжной Марьей и отдать ее мужу. Князь никогда прямо не решался задавать себе этот вопрос, зная вперед, что он ответил бы по справедливости, а справедливость противоречила больше чем чувству, а всей возможности его жизни. Жизнь без княжны Марьи князю Николаю Андреевичу, несмотря на то, что он, казалось, мало дорожил ею, была немыслима. «И к чему ей выходить замуж? — думал он. — Наверно, быть несчастною. Вон Лиза за Андреем (лучше мужа теперь, кажется, трудно найти), а разве она довольна своей судьбой? И кто ее возьмет из любви? Дурна, неловка. Возьмут за связи, за богатство. И разве не живут в девках? Еще счастливее!» Так думал, одеваясь, князь Николай Андреевич, а вместе с тем все откладываемый вопрос требовал немедленного решения. Князь Василий привез своего сына, очевидно, с намерением сделать предложение и, вероятно, нынче или завтра потребует прямого ответа. Имя, положение в свете приличное. «Что ж, я не прочь, — говорил сам себе князь, — но пусть он будет стоить ее. Вот это-то мы и посмотрим».

— Это-то мы и посмотрим, — проговорил он вслух. — Это-то мы и посмотрим.

И он, как всегда, бодрыми шагами вошел в гостиную, быстро окинул глазами всех, заметил и перемену платья маленькой княгини, и ленточку Bourienne, и уродливую прическу княжны Марьи, и улыбки Bourienne и Анатоля, и одиночество своей княжны в общем разговоре. «Убралась, как дура! — подумал он, злобно взглянув на дочь. — Стыда нет! А он ее и знать не хочет!»

---

[1] компаньонка.
[2] очень, очень недурна.

Он подошел к князю Василью.

— Ну, здравствуй, здравствуй, рад видеть.

— Для мила дружка семь верст не околица, — заговорил князь Василий, как всегда, быстро, самоуверенно и фамильярно. — Вот мой второй, прошу любить и жаловать.

Князь Николай Андреевич оглядел Анатоля.

— Молодец, молодец! — сказал он. — Ну, поди поцелуй. — И он подставил ему щеку.

Анатоль поцеловал старика и любопытно и совершенно спокойно смотрел на него, ожидая, скоро ли произойдет от него обещанное отцом чудацкое.

Князь Николай Андреевич сел на свое обычное место, в угол дивана, подвинул к себе кресло для князя Василья, указал на него и стал расспрашивать о политических делах и новостях. Он слушал как будто со вниманием рассказ князя Василья, но беспрестанно взглядывал на княжну Марью.

— Так уж из Потсдама пишут? — повторил он последние слова князя Василья и вдруг, встав, подошел к дочери.

— Это ты для гостей так убралась, а? — сказал он. — Хороша, очень хороша. Ты при гостях причесана по-новому, а я при гостях тебе говорю, что вперед не смей ты переодеваться без моего спроса.

— Это я, mon père[1], виновата, — краснея, заступилась маленькая княгиня.

— Вам полная воля-с, — сказал князь Николай Андреевич, расшаркиваясь перед невесткой, — а ей уродовать себя нечего — и так дурна.

И он опять сел на место, не обращая более внимания на до слез доведенную дочь.

— Напротив, эта прическа очень идет княжне, — сказал князь Василий.

— Ну, батюшка, молодой князь, как его зовут? — сказал князь Николай Андреевич, обращаясь к Анатолю, — поди сюда, поговорим, познакомимся.

«Вот когда начинается потеха», — подумал Анатоль и с улыбкой подсел к старому князю.

— Ну, вот что: вы, мой милый, говорят, за границей воспитывались. Не так, как нас с твоим отцом дьячок грамоте учил. Скажите мне, мой милый, вы теперь служите

---

[1] батюшка.

в конной гвардии? — спросил старик, близко и пристально глядя на Анатоля.

— Нет, я перешел в армию, — отвечал Анатоль, едва удерживаясь от смеха.

— А! хорошее дело. Что ж, хотите, мой милый, послужить царю и отечеству? Время военное. Такому молодцу служить надо, служить надо. Что ж, во фронте?

— Нет, князь. Полк наш выступил. А я числюсь. При чем я числюсь, папа? — обратился Анатоль со смехом к отцу.

— Славно служит, славно. При чем я числюсь! Ха-ха-ха! — засмеялся князь Николай Андреевич.

И Анатоль засмеялся еще громче. Вдруг князь Николай Андреевич нахмурился.

— Ну, ступай, — сказал он Анатолю.

Анатоль с улыбкой подошел опять к дамам.

— Ведь ты их там за границей воспитывал, князь Василий? А? — обратился старый князь к князю Василью.

— Я делал, что мог; и я вам скажу, что тамошнее воспитание гораздо лучше нашего.

— Да, нынче все другое, все по-новому. Молодец малый! молодец! Ну, пойдем ко мне.

Он взял князя Василья под руку и повел в кабинет.

Князь Василий, оставшись один на один с князем, тотчас же объявил ему о своем желании и надеждах.

— Что ж ты думаешь, — сердито сказал старый князь, — что я ее держу, не могу расстаться? Вообразят себе! — проговорил он сердито. — Мне хоть завтра! Только скажу тебе, что я своего зятя знать хочу лучше. Ты знаешь мои правила: все открыто! Я завтра при тебе спрошу: хочет она, тогда пусть он поживет. Пускай поживет, я посмотрю. — Князь фыркнул. — Пускай выходит, мне все равно, — закричал он тем пронзительным голосом, которым он кричал при прощанье с сыном.

— Я вам прямо скажу, — сказал князь Василий тоном хитрого человека, убедившегося в ненужности хитрить перед проницательностью собеседника. — Вы ведь насквозь людей видите. Анатоль не гений, но честный, добрый малый, прекрасный сын и родной.

— Ну, ну, хорошо, увидим.

Как это всегда бывает для одиноких женщин, долго проживших без мужского общества, при появлении Анатоля все три женщины в доме князя Николая Андреевича одинаково почувствовали, что жизнь их была не жизнью до этого времени. Сила мыслить, чувствовать, наблюдать мгновенно удесятерилась во всех их, и как будто их жизнь, до сих пор происходившая во мраке, вдруг осветилась новым, полным значения светом.

Княжна Марья вовсе не думала и не помнила о своем лице и прическе. Красивое, открытое лицо человека, который, может быть, будет ее мужем, поглощало все ее внимание. Он ей казался добр, храбр, решителен, мужествен и великодушен. Она была убеждена в этом. Тысячи мечтаний о будущей семейной жизни беспрестанно возникали в ее воображении. Она отгоняла и старалась скрыть их.

«Но не слишком ли я холодна с ним? — думала княжна Марья. — Я стараюсь сдерживать себя, потому что в глубине души чувствую себя к нему уже слишком близкою; но ведь он не знает всего того, что я о нем думаю, и может вообразить себе, что он мне неприятен».

И княжна Марья старалась и не умела быть любезной с новым гостем.

«La pauvre fille! Elle est diablement laide»[1], — думал про нее Анатоль.

M-lle Bourienne, взведенная тоже приездом Анатоля на высокую степень возбуждения, думала в другом роде. Конечно, красивая молодая девушка без определенного положения в свете, без родных и друзей и даже родины не думала посвятить свою жизнь услугам князю Николаю Андреевичу, чтению ему книг и дружбе к княжне Марье. M-lle Bourienne давно ждала того русского князя, который сразу сумеет оценить ее превосходство над русскими, дурными, дурно одетыми, неловкими княжнами, влюбится в нее и увезет ее; и вот этот русский князь, наконец, приехал. У m-lle Bourienne была история, слышанная ею от тетки, доконченная ею самою, которую она любила повторять в своем воображении. Это была история о том, как соблазненной девушке представлялась ее бедная мать, «sa pauvre mère», и упрекала ее за то, что она без брака отдалась мужчине. M-lle Bourienne часто трогалась до слез, в воображении своем рассказывая *ему*, соблазнителю, эту историю. Теперь этот *он*, настоящий русский князь, явился. Он увезет ее, потом явится ma pauvre mère[2], и он же-

[1] Бедняга! Чертовски дурна.
[2] моя бедная мать.

нится на ней. Так складывалась в голове m-lle Bourienne вся ее будущая история в самое то время, как она разговаривала с ним о Париже. Не расчеты руководили m-lle Bourienne (она даже ни минуты не обдумывала того, что ей делать), но все это уже давно было готово в ней и теперь только сгруппировалось около появившегося Анатоля, которому она желала и старалась как можно больше нравиться.

Маленькая княгиня, как старая полковая лошадь, услыхав звук трубы, бессознательно и забывая свое положение, готовилась к привычному галопу кокетства, без всякой задней мысли или борьбы, а с наивным, легкомысленным весельем.

Несмотря на то, что Анатоль в женском обществе ставил себя обыкновенно в положение человека, которому надоела беготня за ним женщин, он чувствовал тщеславное удовольствие, видя свое влияние на этих трех женщин. Кроме того, он начинал испытывать к хорошенькой и вызывающей Bourienne то страстное, зверское чувство, которое на него находило с чрезвычайною быстротой и побуждало его к самым грубым и смелым поступкам.

Общество после чая перешло в диванную, и княжну попросили поиграть на клавикордах. Анатоль облокотился перед ней подле m-lle Bourienne, и глаза его, смеясь и радуясь, смотрели на княжну Марью. Княжна Марья с мучительным и радостным волнением чувствовала на себе его взгляд. Любимая соната переносила ее в самый задушевно-поэтический мир, а чувствуемый на себе взгляд придавал этому миру еще большую поэтичность. Взгляд же Анатоля, хотя и был устремлен на нее, относился не к ней, а к движениям ножки m-lle Bourienne, которую он в это время трогал своею ногой под фортепиано. M-lle Bourienne смотрела тоже на княжну, и в ее прекрасных глазах было тоже новое для княжны Марьи выражение испуганной радости и надежды.

«Как она меня любит! — думала княжна Марья. — Как я счастлива теперь и как могу быть счастлива с таким другом и таким мужем! Неужели мужем?» — думала она, не смея взглянуть на его лицо, чувствуя все тот же взгляд, устремленный на себя.

Ввечеру, когда после ужина стали расходиться, Анатоль поцеловал руку княжны. Она сама не знала, как у ней достало смелости, но она прямо взглянула на приблизившееся к ее близоруким глазам прекрасное лицо. После княжны он подошел к руке m-lle Bourienne (это было неприлично, но он делал все так уверенно и просто), и m-lle Bourienne вспыхнула и взглянула испуганно на княжну.

«Quelle délicatesse[1], — подумала княжна. — Неужели Amélie (так звали m-lle Bourienne) думает, что я могу ревновать ее и не ценить ее чистую нежность и преданность ко мне?» Она подошла к m-lle Bourienne и крепко ее поцеловала. Анатоль подошел к руке маленькой княгини.

— Non, non, non! Quand votre père m'écrira que vous vous conduisez bien, je vous donnerai ma main à baiser. Pas avant[2].

И, подняв пальчик и улыбаясь, она вышла из комнаты.

V

Все разошлись, и, кроме Анатоля, который заснул тотчас же, как лег на постель, никто долго не спал эту ночь.

«Неужели он мой муж, именно этот чужой, красивый, добрый мужчина; главное — добрый», — думала княжна Марья, и страх, который почти никогда не приходил к ней, нашел на нее. Она боялась оглянуться; ей чудилось, что кто-то стоит тут за ширмами, в темном углу. И этот кто-то был он — дьявол, и он — этот мужчина с белым лбом, черными бровями и румяным ртом.

Она позвонила горничную и попросила ее лечь в ее комнате.

M-lle Bourienne в этот вечер долго ходила по зимнему саду, тщетно ожидая кого-то и то улыбаясь кому-то, то до слез трогаясь воображаемыми словами pauvre mère, упрекающей ее за ее падение.

Маленькая княгиня ворчала на горничную за то, что постель была нехороша. Нельзя было ей лечь ни на бок, ни на грудь. Все было тяжело и неловко. Живот ее мешал ей. Он мешал ей больше, чем когда-нибудь, именно нынче, потому что присутствие Анатоля перенесло ее живее в другое время, когда этого не было и ей было все легко и весело. Она сидела в кофточке и чепце на кресле. Катя, сонная и с спутанною косой, в третий раз перебивала и переворачивала тяжелую перину, что-то приговаривая.

---

[1] Какая деликатность.

[2] Нет, нет, нет! Когда отец ваш напишет мне, что вы себя ведете хорошо, тогда я дам вам поцеловать руку. Не прежде.

— Я тебе говорила, что все буграми и ямами, — твердила маленькая княгиня, — я бы сама рада была заснуть; стало быть, я не виновата. — И голос ее задрожал, как у собирающегося плакать ребенка.

Старый князь тоже не спал. Тихон сквозь сон слышал, как он сердито шагал и фыркал носом. Старому князю казалось, что он был оскорблен за свою дочь. Оскорбление самое больное, потому что оно относилось не к нему, а к другому, к дочери, которую он любит больше себя. Он сказал себе, что он передумает все это дело и найдет то, что справедливо и должно сделать, но вместо того он только больше раздражал себя.

«Первый встречный показался — и отец и все забыто, и бежит, кверху чешется и хвостом винтит, и сама на себя не похожа! Рада бросить отца! И знала, что я замечу. Фр... фр... фр... И разве я не вижу, что этот дурень смотрит только на Бурьенку (надо ее прогнать)! И как гордости настолько нет, чтоб понять это! Хотя не для себя, коли нет гордости, так для меня по крайней мере. Надо ей показать, что этот болван о ней и не думает, а только смотрит на Bourienne. Нет у ней гордости, но я покажу ей это...»

Сказав дочери, что она заблуждается, что Анатоль намерен ухаживать за Bourienne, старый князь знал, что он раздражит самолюбие княжны Марьи, и его дело (желание не разлучаться с дочерью) будет выиграно, и потому успокоился на этом. Он кликнул Тихона и стал раздеваться.

«И черт их принес! — думал он в то время, как Тихон накрывал ночной рубашкой его сухое, старческое тело, обросшее на груди седыми волосами. — Я их не звал. Приехали расстраивать мою жизнь. И немного ее осталось».

— К черту! — проговорил он в то время, как голова его еще была покрыта рубашкой.

Тихон знал привычку князя иногда вслух выражать свои мысли, а потому с неизменным лицом встретил вопросительно-сердитый взгляд лица, появившегося из-под рубашки.

— Легли? — спросил князь.

Тихон, как и все хорошие лакеи, знал чутьем направление мыслей барина. Он угадал, что спрашивали о князе Василье с сыном.

— Изволили лечь и огонь потушили, ваше сиятельство.

— Не за чем, не за чем... — быстро проговорил князь и, всунув ноги в туфли и руки в халат, пошел к дивану, на котором он спал.

Несмотря на то, что между Анатолем и m-lle Bourienne ничего не было сказано, они совершенно поняли друг друга в отношении первой части романа, до появления pauvre mère, поняли, что им нужно много сказать друг другу тайно, и потому с утра оба искали случая увидаться наедине. В то время как княжна прошла в обычный час к отцу, m-lle Bourienne сошлась с Анатолем в зимнем саду.

Княжна Марья подходила в тот день с особенным трепетом к двери кабинета. Ей казалось, что не только все знают, что нынче совершится решение ее судьбы, но что и знают то, что она об этом думает. Она читала это выражение и в лице Тихона, и в лице камердинера князя Василья, который с горячей водой встретился в коридоре и низко поклонился ей.

Старый князь в это утро был чрезвычайно ласков и старателен в своем обращении с дочерью. Это выражение старательности хорошо знала у отца княжна Марья. Это было то выражение, которое бывало на его лице в те минуты, когда сухие руки его сжимались в кулак от досады за то, что княжна Марья не понимала арифметической задачи, и он, вставая, отходил от нее и тихим голосом повторял несколько раз одни и те же слова.

Он тотчас же приступил к делу и начал разговор, говоря «вы».

— Мне сделали пропозицию насчет вас, — сказал он, неестественно улыбаясь. — Вы, я думаю, догадались, — продолжал он, — что князь Василий приехал сюда и привез с собой своего воспитанника (почему-то князь Николай Андреич называл Анатоля воспитанником) не для моих прекрасных глаз. Мне вчера сделали пропозицию насчет вас. А так как вы знаете мои правила, я отнесся к вам.

— Как мне вас понимать, mon père? — проговорила княжна, бледнея и краснея.

— Как понимать! — сердито крикнул отец. — Князь Василий находит тебя по своему вкусу для невестки и делает тебе пропозицию за своего воспитанника. Вот как понимать. Как понимать?! А я у тебя спрашиваю.

— Я не знаю, как вы, mon père, — шепотом проговорила княжна.

— Я? я? что́ ж я-то? меня-то оставьте в стороне. Не я пойду замуж. Что *вы*? вот это желательно знать.

Княжна видела, что отец недоброжелательно смотрел на это дело, но ей в ту же минуту пришла мысль, что теперь или никогда решится судьба ее жизни. Она опустила глаза, чтобы не видеть взгляда, под влиянием которого она чувствовала, что не могла думать, а могла по привычке только повиноваться, и сказала:

— Я желаю только одного — исполнить вашу волю, — сказала она, — но ежели бы мое желание нужно было выразить...

Она не успела договорить. Князь перебил ее.

— И прекрасно! — закричал он. — Он тебя возьмет с приданым да кстати захватит mademoiselle Bourienne. Та будет женой, а ты...

Князь остановился. Он заметил впечатление, произведенное этими словами на дочь. Она опустила голову и собиралась плакать.

— Ну, ну, шучу, шучу, — сказал он. — Помни одно, княжна: я держусь тех правил, что девица имеет полное право выбирать. И даю тебе свободу. Помни одно: от твоего решения зависит счастье жизни твоей. Обо мне нечего говорить.

— Да я не знаю... mon père.

— Нечего говорить! Ему велят, он не только на тебе, на ком хочешь женится; а ты свободна выбирать... Поди к себе, обдумай и через час приди ко мне и при нем скажи: да или нет. Я знаю, ты станешь молиться. Ну, пожалуй, молись. Только лучше подумай. Ступай.

— Да или нет, да или нет, да или нет! — кричал он еще в то время, как княжна, как в тумане, шатаясь, уже вышла из кабинета.

Судьба ее решилась и решилась счастливо. Но что отец сказал о m-lle Bourienne, — этот намек был ужасен. Неправда, положим, но все-таки это было ужасно, она не могла не думать об этом. Она шла прямо перед собой через зимний сад, ничего не видя и не слыша, как вдруг знакомый шепот m-lle Bourienne разбудил ее. Она подняла глаза и в двух шагах от себя увидала Анатоля, который обнимал француженку и что-то шептал ей. Анатоль с страшным выражением на красивом лице оглянулся на княжну Марью и не выпустил в первую секунду талии m-lle Bourienne, которая не видала ее.

«Кто тут? Зачем? Подождите!» — как будто говорило лицо Анатоля. Княжна Марья молча глядела на них. Она не могла понять этого. Наконец m-lle Bourienne вскрикнула и убежала. Анатоль с веселой улыбкой поклонился княжне Марье, как будто приглашая ее посмеяться над этим странным случаем, и, пожав плечами, прошел в дверь, ведшую на его половину.

Через час Тихон пришел звать княжну Марью. Он звал ее к князю и прибавил, что и князь Василий Сергеич там. Княжна, в то время как пришел Тихон, сидела на диване в своей комнате и держала в своих объятиях плачущую m-lle Bourienne. Княжна Марья тихо гладила ее по голове. Прекрасные глаза княжны, со всем своим прежним спокойствием и лучистостью смотрели с нежной любовью и сожалением на хорошенькое личико m-lle Bourienne.

— Non, princesse, je suis perdue pour toujours dans votre cœur[1], — говорила m-lle Bourienne.

— Pourquoi? Je vous aime plus que jamais, — говорила княжна Марья, — et je tâcherai de faire tout ce qui est en mon pouvoir pour votre bonheur[2].

— Mais vous me méprisez, vous si pure, vous ne comprendrez jamais cet égarement de la passion. Ah, ce n'est que ma pauvre mère...[3]

— Je comprends tout[4], — отвечала княжна Марья, грустно улыбаясь. — Успокойтесь, мой друг. Я пойду к отцу, — сказала она и вышла.

Князь Василий, загнув высоко ногу, с табакеркой в руках и как бы расчувствованный донельзя, как бы сам сожалея и смеясь над своею чувствительностью, сидел с улыбкой умиления на лице. Когда вошла княжна Марья, он поспешно поднес щепоть табаку к носу.

— Ah, ma bonne, ma bonne[5], — сказал он, встав и взяв ее за обе руки. Он вздохнул и прибавил: — Le sort de mon fils est en vos mains. Décidez, ma bonne, ma chère, ma douce Marie, qui j'ai toujours aimée, comme ma fille[6].

Он отошел. Действительная слеза показалась на его глазах.

---

1 Нет, княжна, я навсегда утратила ваше расположение.

2 Почему же? Я вас люблю больше, чем когда-либо, и постараюсь сделать для вашего счастья все, что в моей власти.

3 Но вы презираете меня; вы, столь чистая, должны презирать меня, вы никогда не поймете этого увлечения страсти. Ах, моя бедная мать...

4 Я все понимаю.

5 Ах, милая, милая.

6 Судьба моего сына в ваших руках. Решите, моя милая, моя дорогая, моя нежная Мари, которую я всегда любил, как дочь.

— Фр... фр... — фыркал князь Николай Андреич.

— Князь от имени своего воспитанника... сына, тебе делает пропозицию. Хочешь ты или нет быть женою князя Анатоля Курагина? Ты говори: да или нет! — закричал он, — а потом я удерживаю за собой право сказать и свое мнение. Да, мое мнение и только свое мнение, — прибавил князь Николай Андреич, обращаясь к князю Василью и отвечая на его умоляющее выражение. — Да или нет? Ну?

— Мое желание, mon père, никогда не покидать вас, никогда не разделять своей жизни с вашею. Я не хочу выходить замуж, — сказала она решительно, взглянув своими прекрасными глазами на князя Василья и на отца.

— Вздор, глупости! Вздор, вздор, вздор! — нахмурившись, закричал князь Николай Андреич, взял дочь за руку, пригнул к себе и не поцеловал, но только, пригнув свой лоб к ее лбу, дотронулся до нее и так сжал руку, которую он держал, что она поморщилась и вскрикнула.

Князь Василий встал.

— Ma chère, je vous dirai que c'est un moment que je n'oublierai jamais, jamais; mais, ma bonne, est-ce que vous ne nous donnerez pas un peu d'espérance de toucher ce cœur si bon, si généreux. Dites que peut-être... L'avenir est si grand. Dites peut-être[1].

— Князь, то, что я сказала, есть все, что есть в моем сердце. Я благодарю за честь, но никогда не буду женой вашего сына.

— Ну, и кончено, мой милый. Очень рад тебя видеть, очень рад тебя видеть. Поди к себе, княжна, поди, — говорил старый князь. — Очень, очень рад тебя видеть, — повторял он, обнимая князя Василья.

«Мое призвание другое, — думала про себя княжна Марья, — мое призвание — быть счастливой другим счастием, счастьем любви и самопожертвования. И чего бы мне это ни стоило, я сделаю счастие бедной Amélie. Она так страстно его любит. Она так страстно раскаивается. Я все сделаю, чтоб устроить ее брак с ним. Ежели он не богат, я дам ей средства, я попрошу отца, попрошу Андрея. Я так буду счастлива, когда она будет его женою. Она

---

[1] Моя милая, я вам скажу, что этой минуты я никогда не забуду, но, моя добрейшая, дайте нам хоть малую надежду тронуть это сердце, столь доброе и великодушное. Скажите: может быть... Будущее так велико. Скажите: может быть.

так несчастлива, чужая, одинокая, без помощи! И Боже мой, как страстно она его любит, ежели она так могла забыть себя. Может быть, и я сделала бы то же!..» — думала княжна Марья.

VI

Долго Ростовы не имели известий о Николушке; только в середине зимы графу было передано письмо, на адресе которого он узнал руку сына. Получив письмо, граф испуганно и поспешно, стараясь не быть замеченным, на цыпочках пробежал в свой кабинет, заперся и стал читать. Анна Михайловна, узнав (как она и все знала, что делалось в доме) о получении письма, тихими шагами вошла к графу и застала его с письмом в руках рыдающим и вместе смеющимся.

Анна Михайловна, несмотря на поправившиеся дела, продолжала жить у Ростовых.

— Mon bon ami?[1] — вопросительно-грустно и с готовностью всякого участия произнесла Анна Михайловна.

Граф зарыдал еще больше.

— Николушка... письмо... ранен... бы... был... ma chère... ранен... голубчик мой... графинюшка... в офицеры произведен... слаcredу Богу... Графинюшке как сказать?..

Анна Михайловна подсела к нему, отерла своим платком слезы с его глаз, с письма, закапанного ими, и свои слезы, прочла письмо, успокоила графа и решила, что за обедом и до чая она приготовит графиню, а после чаю объявит все, коли Бог ей поможет.

Все время обеда Анна Михайловна говорила о слухах войны, о Николушке; спросила два раза, когда получено было последнее письмо от него, хотя знала это и прежде, и заметила, что очень легко, может быть, и нынче получится письмо. Всякий раз как при этих намеках графиня начинала беспокоиться и тревожно взглядывать то на графа, то на Анну Михайловну, Анна Михайловна самым незаметным образом сводила разговор на незначительные предметы. Наташа, из всего семейства более всех одаренная способностью чувствовать оттенки интонаций, взглядов и выражений лиц, сначала обеда насторожила уши и знала, что что-нибудь есть между ее отцом и Анной Ми-

1 Мой добрый друг?

хайловной и что-нибудь касающееся брата и что Анна Михайловна приготавливает. Несмотря на всю свою смелость (Наташа знала, как чувствительна была ее мать ко всему, что касалось известий о Николушке), она не решилась за обедом сделать вопрос и от беспокойства за обедом ничего не ела и вертелась на стуле, не слушая замечаний своей гувернантки. После обеда она стремглав бросилась догонять Анну Михайловну и в диванной с разбега бросилась ей на шею.

— Тетенька, голубушка, скажите, что такое?

— Ничего, мой друг.

— Нет, душенька, голубчик, милая, персик, я не отстану, я знаю, что вы знаете.

Анна Михайловна покачала головой.

— Vous êtes une fine mouche, mon enfant[1], — сказала она.

— От Николеньки письмо? Наверно! — вскрикнула Наташа, прочтя утвердительный ответ в лице Анны Михайловны.

— Но ради Бога, будь осторожнее: ты знаешь, как это может поразить твою maman.

— Буду, буду, но расскажите. Не расскажете? Ну, так я сейчас пойду скажу.

Анна Михайловна в коротких словах рассказала Наташе содержание письма, с условием не говорить никому.

— Честное, благородное слово, — крестясь, говорила Наташа, — никому не скажу, — и тотчас же побежала к Соне.

— Николенька... ранен... письмо... — проговорила она торжественно и радостно.

— Nicolas! — только выговорила Соня, мгновенно бледнея.

Наташа, увидав впечатление, произведенное на Соню известием о ране брата, в первый раз почувствовала всю горестную сторону этого известия.

Она бросилась к Соне, обняла ее и заплакала.

— Немножко ранен, но произведен в офицеры; он теперь здоров, он сам пишет, — говорила она сквозь слезы.

— Вот видно, что все вы, женщины, — плаксы, — сказал Петя, решительными большими шагами прохаживаясь по комнате. — Я так очень рад и, право, очень рад, что брат так отличился. Все вы нюни! Ничего не понимаете.

---

1 Ах, плутовка.

Наташа улыбнулась сквозь слезы.

— Ты не читала письма? — спрашивала Соня.

— Не читала, но она сказала, что все прошло и что он уже офицер...

— Слава Богу, — сказала Соня, крестясь. — Но, может быть, она обманула тебя? Пойдем к maman.

Петя молча ходил по комнате.

— Кабы я был на месте Николушки, я бы еще больше этих французов убил, — сказал он, — такие они мерзкие! Я бы их побил столько, что кучу из них сделали бы, — продолжал Петя.

— Молчи, Петя, какой ты дурак!..

— Не я дурак, а дуры те, кто от пустяков плачут, — сказал Петя.

— Ты его помнишь? — после минутного молчания вдруг спросила Наташа. Соня улыбнулась.

— Помню ли Nicolas?

— Нет, Соня, ты помнишь ли его так, чтобы хорошо помнить, чтобы все помнить, — с старательным жестом сказала Наташа, видимо, желая придать своим словам самое серьезное значение. — И я помню Николеньку, я помню, — сказала она. — А Бориса не помню. Совсем не помню...

— Как? Не помнишь Бориса? — спросила Соня с удивлением.

— Не то что не помню, — я знаю, какой он, но не так помню, как Николеньку. Его, я закрою глаза и помню, а Бориса нет (она закрыла глаза), так, нет — ничего!

— Ах, Наташа! — сказала Соня восторженно и серьезно, не глядя на свою подругу, как будто она считала ее недостойною слышать то, что она намерена была сказать, и как будто она говорила это кому-то другому, с кем нельзя шутить. — Я полюбила раз твоего брата, и, что бы ни случилось с ним, со мной, *я* никогда не перестану любить его — во всю жизнь.

Наташа удивленно, любопытными глазами смотрела на Соню и молчала. Она чувствовала, что то, что говорила Соня, была правда, что была такая любовь, про которую говорила Соня; но Наташа ничего подобного еще не испытывала. Она верила, что это могло быть, но не понимала.

— Ты напишешь ему? — спросила она.

Соня задумалась. Вопрос о том, как писать к Nicolas и нужно ли писать, был вопрос, мучивший ее. Теперь, когда он был уже офицер и раненый герой, хорошо ли было с ее стороны напоминать ему о себе и как будто о том обязательстве, которое он взял на себя в отношении ее.

— Не знаю; я думаю, коли он пишет, — и я напишу, — краснея, сказала она.

— И тебе не стыдно будет писать ему?

Соня улыбнулась.

— Нет.

— А мне стыдно будет писать Борису, я не буду писать.

— Да отчего же стыдно?

— Да так, я не знаю. Неловко, стыдно.

— А я знаю, отчего ей стыдно будет, — сказал Петя, обиженный первым замечанием Наташи, — оттого, что она была влюблена в этого толстого с очками (так называл Петя своего тезку, нового графа Безухова); теперь влюблена в певца в этого (Петя говорил об итальянце, Наташином учителе пенья): вот ей и стыдно.

— Петя, ты глуп, — сказала Наташа.

— Не глупее тебя, матушка, — сказал девятилетний Петя, точно как будто он был старый бригадир.

Графиня была приготовлена намеками Анны Михайловны во время обеда. Уйдя к себе, она, сидя на кресле, не спускала глаз с миниатюрного портрета сына, вделанного в табакерке, и слезы навертывались ей на глаза. Анна Михайловна с письмом, на цыпочках, подошла к комнате графини и остановилась.

— Не входите, — сказала она старому графу, шедшему за ней, — после, — и затворила за собой дверь.

Граф приложил ухо к замку и стал слушать.

Сначала он слышал звуки равнодушных речей, потом один звук голоса Анны Михайловны, говорившей длинную речь, потом вскрик, потом молчание, потом опять оба голоса вместе говорили с радостными интонациями, и потом шаги, и Анна Михайловна отворила ему дверь. На лице Анны Михайловны было гордое выражение оператора, окончившего трудную ампутацию и вводящего публику для того, чтоб она могла оценить его искусство.

— C'est fait![1] — сказала она графу, торжественным жестом указывая на графиню, которая держала в одной руке табакерку с портретом, в другой — письмо и прижимала губы то к тому, то к другому.

---

[1] Готово!

Увидав графа, она протянула к нему руки, обняла его лысую голову и через лысую голову опять посмотрела на письмо и портрет и опять, для того чтобы прижать их к губам, слегка оттолкнула лысую голову. Вера, Наташа, Соня и Петя вошли в комнату, и началось чтение. В письме был кратко описан поход и два сражения, в которых участвовал Николушка, производство в офицеры и сказано, что он целует руки maman и papa, прося их благословения, и целует Веру, Наташу, Петю. Кроме того, он кланяется m-r Шелингу, и m-me Шосс, и няне, и, кроме того, просит поцеловать дорогую Соню, которую он все так же любит и о которой все так же вспоминает. Услыхав это, Соня покраснела так, что слезы выступили ей на глаза. И, не в силах выдержать обратившиеся на нее взгляды, она побежала в залу, разбежалась, закружилась и, раздув баллоном платье, вся раскрасневшаяся и улыбающаяся, села на пол. Графиня плакала.

— О чем же вы плачете, maman? — сказала Вера. — По всему, что он пишет, надо радоваться, а не плакать.

Это было совершенно справедливо, но и граф, и графиня, и Наташа — все с упреком посмотрели на нее. «И в кого она такая вышла!» — подумала графиня.

Письмо Николушки было прочитано сотни раз, и те, которые считались достойными его слушать, должны были приходить к графине, которая не выпускала его из рук. Приходили гувернеры, няни, Митенька, некоторые знакомые, и графиня перечитывала письмо всякий раз с новым наслаждением и всякий раз открывала по этому письму новые добродетели в своем Николушке. Как странно, необычайно, радостно ей было, что сын ее — тот сын, который чуть заметно крошечными членами шевелился в ней самой двадцать лет тому назад, тот сын, за которого она ссорилась с баловником-графом, тот сын, который выучился говорить прежде: «груша», а потом «баба», что этот сын теперь там, в чужой земле, в чужой среде, мужественный воин, один, без помощи и руководства, делает там какое-то свое мужское дело. Весь всемирный вековой опыт, указывающий на то, что дети незаметным путем от колыбели делаются мужами, не существовал для графини. Возмужание ее сына в каждой поре возмужания было для нее так же необычайно, как бы и не было никогда миллионов-миллионов людей, точно так же возмужавших. Как не верилось двадцать лет тому назад, чтобы то маленькое существо, которое жило где-то там у ней под сердцем, закричало бы и стало сосать грудь и стало бы говорить, так и теперь не верилось ей, что это же существо могло быть тем сильным, храбрым мужчиной, образцом сыновей и людей, которым он был теперь, судя по этому письму.

— Что за *штиль*, как он описывает мило! — говорила она, читая описательную часть письма. — И что за душа! О себе ничего... ничего! О каком-то Денисове, а сам, верно, храбрее их всех. Ничего не пишет о своих страданиях. Что за сердце! Как я узнаю его! И как вспомнил всех! Никого не забыл. Я всегда, всегда говорила, еще когда он вот какой был, я всегда говорила...

Более недели готовились, писались брульоны и переписывались набело письма к Николушке от всего дома; под наблюдением графини и заботливостью графа собирались нужные вещицы и деньги для обмундирования и обзаведения вновь произведенного офицера. Анна Михайловна, практическая женщина, сумела устроить себе и своему сыну протекцию в армии даже и для переписки. Она имела случай посылать свои письма к великому князю Константину Павловичу, который командовал гвардией. Ростовы предполагали, что *русская гвардия за границей* — есть совершенно определительный адрес и что ежели письмо дойдет до великого князя, командовавшего гвардией, то нет причины, чтоб оно не дошло до Павлоградского полка, который должен быть там же поблизости; и потому решено было отослать письма и деньги через курьера великого князя к Борису, и Борис уже должен был доставить их к Николушке. Письма были от старого графа, от графини, от Пети, от Веры, от Наташи, от Сони, и, наконец, 6000 денег на обмундировку и различные вещи, которые граф посылал сыну.

VII

12-го ноября кутузовская боевая армия, стоявшая лагерем около Ольмюца, готовилась к следующему дню на смотр двух императоров — русского и австрийского. Гвардия, только что подошедшая из России, ночевала в пятнадцати верстах от Ольмюца и на другой день прямо на смотр, к десяти часам утра, вступила на ольмюцкое поле.

Николай Ростов в этот день получил от Бориса записку, извещавшую его, что Измайловский полк ночует в пятнадцати верстах не доходя Ольмюца и что Борис ждет его, чтобы передать письмо и деньги. Деньги были особенно нужны Ростову теперь, когда, вернувшись из похода, войска остановились под Ольмюцем и хорошо снабженные маркитанты и австрийские жиды, предлагая всякого рода соблазны, наполняли лагерь. У павлоградцев шли пиры за пирами, празднования полученных за поход наград и поездки в Ольмюц к вновь прибывшей туда Каролине Венгерке, открывшей там трактир с женской прислугой. Ростов недавно отпраздновал свое вышедшее производство в корнеты, купил Бедуина, лошадь Денисова, и был кругом должен товарищам и маркитантам. Получив записку Бориса, Ростов с товарищами поехал до Ольмюца, там пообедал, выпил бутылку вина и один поехал в гвардейский лагерь отыскать своего товарища детства. Ростов еще не успел обмундироваться. На нем была затасканная юнкерская куртка с солдатским крестом, такие же, подбитые затертой кожей, рейтузы и офицерская с темляком сабля; лошадь, на которой он ехал, была донская, купленная походом у казака; гусарская измятая шапочка была ухарски надета назад и набок. Подъезжая к лагерю Измайловского полка, он думал о том, как он поразит Бориса и всех его товарищей-гвардейцев своим обстрелянным боевым гусарским видом.

Гвардия весь поход прошла, как на гулянье, щеголяя своею чистотой и дисциплиной. Переходы были малые, ранцы везли на подводах, офицерам австрийское начальство готовило на всех переходах прекрасные обеды. Полки вступали и выступали из городов с музыкой, и весь поход (чем гордились гвардейцы), по приказанию великого князя, люди шли в ногу, а офицеры пешком на своих местах. Борис все время похода шел и стоял с Бергом, теперь уже ротным командиром. Берг, во время похода получив роту, успел своею исполнительностью и аккуратностью заслужить доверие начальства и устроил весьма выгодно свои экономические дела; Борис во время похода сделал много знакомств с людьми, которые могли быть ему полезными, и через рекомендательное письмо, привезенное им от Пьера, познакомился с князем Андреем Болконским, через которого он надеялся получить место в штабе главнокомандующего. Берг и Борис, чисто и аккуратно одетые, отдохнув после последнего дневного перехода, сидели в чистой, отведенной им квартире перед круглым столом и играли в шахматы. Берг держал между колен курящуюся трубочку. Борис с свойственной ему аккуратностью белыми тонкими руками пирамидкой уставлял шашки, ожидая хода Берга, и глядел на лицо своего партнера, видимо, думая об игре, как он и всегда думал только о том, чем он был занят.

— Ну-ка, как вы из этого выйдете? — сказал он.

— Будем стараться, — отвечал Берг, дотрогиваясь до пешки и опять опуская руку.

В это время дверь отворилась.

— Вот он наконец! — закричал Ростов. — И Берг тут! Ах ты, *петизанфан, але куше дормир!*[1] — закричал он, повторяя слова няньки, над которыми они смеивались когда-то вместе с Борисом.

— Батюшки! как ты переменился! — Борис встал навстречу Ростову, но, вставая, не забыл поддержать и поставить на место падавшие шахматы и хотел обнять своего друга, но Николай отстранился от него. С тем особенным чувством молодости, которая боится битых дорог, хочет, не подражая другим, по-новому, по-своему выражать свои чувства, только бы не так, как выражают это, часто притворно, старшие, Николай хотел что-нибудь особенное сделать при свидании с другом: он хотел как-нибудь ущипнуть, толкнуть Бориса, но только никак не поцеловаться, как это делали все. Борис же, напротив, спокойно и дружелюбно обнял и три раза поцеловал Ростова.

Они полгода не видались почти; и в том возрасте, когда молодые люди делают первые шаги на пути жизни, оба нашли друг в друге огромные перемены, совершенно новые отражения тех обществ, в которых они сделали свои первые шаги жизни. Оба много переменились с своего последнего свидания, и оба хотели поскорее выказать друг другу происшедшие в них перемены.

— Ах вы, полотеры проклятые! Чистенькие, свеженькие, точно с гулянья, не то, что мы грешные, армейщина, — говорил Ростов с новыми для Бориса баритонными звуками в голосе и армейскими ухватками, указывая на свои забрызганные грязью рейтузы.

Хозяйка-немка высунулась из двери на громкий голос Ростова.

---

[1] дети, идите ложиться спать! — *Ред.*

— Что, хорошенькая? — сказал он, подмигнув.

— Что ты так кричишь? Ты их напугаешь, — сказал Борис. — А я тебя не ждал нынче, — прибавил он. — Я вчера только отдал тебе записку через одного знакомого адъютанта кутузовского — Болконского. Я не думал, что он так скоро тебе доставит... Ну, что ты, как? Уже обстрелян? — спросил Борис.

Ростов, не отвечая, тряхнул по солдатскому георгиевскому кресту, висевшему на снурках мундира, и, указывая на свою подвязанную руку, улыбаясь, взглянул на Берга.

— Как видишь, — сказал он.

— Вот как, да, да! — улыбаясь, сказал Борис. — А мы тоже славный поход сделали. Ведь ты знаешь, цесаревич постоянно ехал при нашем полку, так что у нас были все удобства и все выгоды. В Польше что за приемы были, что за обеды, балы — я не могу тебе рассказать! И цесаревич очень милостив был ко всем нашим офицерам.

И оба приятеля рассказывали друг другу — один о своих гусарских кутежах и боевой жизни, другой о приятности и выгодах службы под командою высокопоставленных лиц и т. п.

— О гвардия! — сказал Ростов. — А вот что, пошли-ка за вином.

Борис поморщился.

— Ежели непременно хочешь, — сказал он.

И, подойдя к кровати, из-под чистых подушек достал кошелек и велел принести вина.

— Да, и тебе отдать твои деньги и письмо, — прибавил он.

Ростов взял письмо и, бросив на диван деньги, облокотился обеими руками на стол и стал читать. Он прочел несколько строк и злобно взглянул на Берга. Встретив его взгляд, Ростов закрыл лицо письмом.

— Однако денег вам порядочно прислали, — сказал Берг, глядя на тяжелый, вдавившийся в диван кошелек. — Вот мы так и жалованьем, граф, пробиваемся. Я вам скажу про себя...

— Вот что, Берг, милый мой, — сказал Ростов. — Когда вы получите из дома письмо и встретитесь с своим человеком, у которого вам захочется расспросить про все, и я буду тут, — я сейчас уйду, чтобы не мешать вам. Послушайте, уйдите, пожалуйста, куда-нибудь, куда-нибудь... к черту! — крикнул он и тотчас же, схватив его за плечо и ласково глядя в его лицо, видимо, стараясь смягчить грубость своих слов, прибавил: — Вы знаете, не сердитесь; милый, голубчик, я от души говорю, как нашему старому знакомому.

— Ах, помилуйте, граф, я очень понимаю, — сказал Берг, вставая и говоря в себя, горловым голосом.

— Вы к хозяевам пойдите: они вас звали, — прибавил Борис.

Берг надел чистейший, без пятнышка и соринки, сюртучок, взбил перед зеркалом височки кверху, как носил Александр Павлович, и, убедившись по взгляду Ростова, что его сюртучок был замечен, с приятной улыбкой вышел из комнаты.

— Ах, какая я скотина, однако! — проговорил Ростов, читая письмо.

— А что?

— Ах, какая я свинья, однако, что я ни разу не писал и так напугал их. Ах, какая я свинья! — повторил он, вдруг покраснев. — Что же, пошли за вином Гаврилу! Ну, ладно, хватим!.. — сказал он.

В письмах родных было вложено еще рекомендательное письмо к князю Багратиону, которое, по совету Анны Михайловны, через знакомых достала старая графиня и посылала сыну, прося его снести по назначению и им воспользоваться.

— Вот глупости! Очень мне нужно, — сказал Ростов, бросая письмо под стол.

— Зачем ты это бросил? — спросил Борис.

— Письмо какое-то рекомендательное, черта ли мне в письме!

— Как, черта ли в письме? — поднимая и читая надпись, сказал Борис. — Письмо это очень нужное для тебя.

— Мне ничего не нужно, и я в адъютанты ни к кому не пойду.

— Отчего же? — спросил Борис.

— Лакейская должность!

— Ты все такой же мечтатель, я вижу, — покачивая головою, сказал Борис.

— А ты все такой же дипломат. Ну, да не в том дело... Ну, ты что? — спросил Ростов.

— Да вот, как видишь. До сих пор все хорошо; но признаюсь, желал бы, и очень, попасть в адъютанты, а не оставаться во фронте.

— Зачем?

— Затем, что, уже раз пойдя по карьере военной службы, надо стараться сделать, коль возможно, блестящую карьеру.

— Да, вот как! — сказал Ростов, видимо думая о другом.

Он пристально и вопросительно смотрел в глаза своему другу, видимо, тщетно отыскивая разрешения какого-то вопроса.

Старик Гаврило принес вино.

— Не послать ли теперь за Альфонс Карлычем? — сказал Борис. — Он выпьет с тобой, а я не могу.

— Пошли, пошли! Ну, что эта немчура? — сказал Ростов с презрительной улыбкой.

— Он очень, очень хороший, честный и приятный человек, — сказал Борис.

Ростов пристально еще раз посмотрел в глаза Борису и вздохнул. Берг вернулся, и за бутылкой вина разговор между тремя офицерами оживился. Гвардейцы рассказывали Ростову о своем походе, о том, как их чествовали в России, Польше и за границей. Рассказывали о словах и поступках их командира, великого князя, анекдоты о его доброте и вспыльчивости. Берг, как и обыкновенно, молчал, когда дело касалось не лично его, но по случаю анекдотов о вспыльчивости великого князя с наслаждением рассказал, как в Галиции ему удалось говорить с великим князем, когда он объезжал полки и гневался за неправильность движения. С приятной улыбкой на лице он рассказал, как великий князь, очень разгневанный, подъехав к нему, закричал: «Арнауты!» (Арнауты — была любимая поговорка цесаревича, когда он был в гневе), и потребовал ротного командира.

— Поверите ли, граф, я ничего не испугался, потому что я знал, что я прав. Я, знаете, граф, не хвалясь, могу сказать, что я приказы по полку наизусть знаю и устав тоже знаю, как *Отче наш на небесех*. Поэтому, граф, у меня по роте упущений не бывает. Вот моя совесть и спокойна. Я явился. (Берг привстал и представил в лицах, как он с рукой к козырьку явился. Действительно, трудно было изобразить в лице более почтительности и самодовольства.) Уж он меня пушил, как это говорится, пушил, пушил; пушил не на живот, а на смерть, как говорится: и «арнауты», и «черти», и «в Сибирь», — говорил Берг, проницательно улыбаясь. — Я знаю, что я прав, и потому молчу, не так ли, граф? «Что, ты немой, что ли? — он закричал. Я все молчу. Что же вы думаете, граф? На другой день и в приказе не было; вот что значит не потеряться! Так-то, граф, — говорил Берг, закуривая трубку и пуская колечки.

— Да, это славно, — улыбаясь, сказал Ростов.

Но Борис, заметив, что Ростов сбирался посмеяться над Бергом, искусно отклонил разговор. Он попросил Ростова рассказать о том, как и где он получил рану. Ростову это было приятно, и он начал рассказывать, во время рассказа все более и более одушевляясь. Он рассказал им свое Шенграбенское дело совершенно так, как обыкновенно рассказывают про сражения участвовавшие в них, то есть так, как им хотелось бы, чтоб оно было, так, как они слыхали от других рассказчиков, так, как красивее было рассказывать, но совершенно не так, как оно было. Ростов был правдивый молодой человек, он ни за что умышленно не сказал бы неправды. Он начал рассказывать с намерением рассказать все, как оно точно было, но незаметно, невольно и неизбежно для себя перешел в неправду. Ежели бы он рассказал правду этим слушателям, которые, как и он сам, слышали уже множество раз рассказы об атаках и составили себе определенное понятие о том, что такое была атака, и ожидали точно такого же рассказа, — или бы они не поверили ему, или, что еще хуже, подумали бы, что Ростов был сам виноват в том, что с ним не случилось того, что случается обыкновенно с рассказчиками кавалерийских атак. Не мог он им рассказать так просто, что поехали все рысью, он упал с лошади, свихнул руку и изо всех сил побежал в лес от француза. Кроме того, для того чтобы рассказать все, как было, надо было сделать усилие над собой, чтобы рассказывать только то, что было. Рассказать правду очень трудно, и молодые люди редко на это способны. Они ждали рассказа о том, как горел он весь в огне, сам себя не помня, как бурею налетал на каре; как врубался в него, рубил направо и налево; как сабля отведала мяса и как он падал в изнеможении, и тому подобное. И он рассказал им все это.

В середине его рассказа, в то время как он говорил: «Ты не можешь представить, какое странное чувство бешенства испытываешь во время атаки», в комнату вошел князь Андрей Болконский, которого ждал Борис. Князь Андрей, любивший покровительственные отношения к молодым людям, польщенный тем, что к нему обращались за протекцией, и хорошо расположенный к Борису, который умел ему понравиться накануне, желал исполнить желание молодого человека. Присланный с бумагами от Кутузова к цесаревичу, он зашел к молодому человеку, надеясь застать его одного. Войдя в комнату и увидав рассказывающего военные похождения армейского гусара (сорт людей, которых терпеть не мог князь Андрей), он ласково улыбнулся Борису, поморщился, прищурился на Ростова и, слегка поклонившись, устало и лениво сел на диван. Ему неприятно было, что он попал в дурное общество. Ростов вспыхнул, поняв это. Но это было ему все равно: это был чужой человек. Но, взглянув на Бориса, он увидал, что и ему как будто стыдно за армейского гусара. Несмотря на неприятный, насмешливый тон князя Андрея, несмотря на общее презрение, которое с своей армейской боевой точки зрения имел Ростов ко всем этим штабным адъютантикам, к которым, очевидно, причислялся и вошедший, Ростов почувствовал себя сконфуженным, покраснел и замолчал. Борис спросил, какие новости в штабе и что, без нескромности, слышно о наших предположениях?

— Вероятно, пойдут вперед, — видимо, не желая при посторонних говорить более, отвечал Болконский.

Берг воспользовался случаем спросить с особенною учтивостию, будут ли выдавать теперь, как слышно было, удвоенное фуражное армейским ротным командирам? На это князь Андрей с улыбкой отвечал, что он не может судить о столь важных государственных распоряжениях, и Берг радостно рассмеялся.

— О вашем деле, — обратился князь Андрей опять к Борису, — мы поговорим после, — и он оглянулся на Ростова. — Вы приходите ко мне после смотра, мы все сделаем, что можно будет.

И, оглянув комнату, он обратился к Ростову, которого положение детского непреодолимого конфуза, переходящего в озлобление, он и не удостоивал заметить, и сказал:

— Вы, кажется, про Шенграбенское дело рассказывали? Вы были там?

— *Я* был там, — с озлоблением сказал Ростов, как будто бы этим желая оскорбить адъютанта.

Болконский заметил состояние гусара, и оно ему показалось забавно. Он слегка презрительно улыбнулся.

— Да! много теперь рассказов про это дело.

— Да, рассказов! — громко заговорил Ростов, вдруг сделавшимися бешеными глазами глядя то на Бориса, то на Болконского. — Да, рассказов много, но наши рассказы — рассказы тех, которые были в самом огне неприятеля, наши рассказы имеют вес, а не рассказы тех штабных молодчиков, которые получают награды, ничего не делая.

— К которым, вы предполагаете, что я принадлежу? — спокойно и особенно приятно улыбаясь, проговорил князь Андрей.

Странное чувство озлобления и вместе с тем уважения к спокойствию этой фигуры соединилось в это время в душе Ростова.

— Я говорю не про вас, — сказал он, — я вас не знаю и, признаюсь, не желаю знать. Я говорю вообще про штабных.

— А я вам вот что скажу, — с спокойною властию в голосе перебил его князь Андрей. — Вы хотите оскорбить меня, и я готов согласиться с вами, что это очень легко сделать, ежели вы не будете иметь достаточного уважения к самому себе; но согласитесь, что и время и место весьма дурно для этого выбраны. На днях всем нам придется быть на большой, более серьезной дуэли, а кроме того, Друбецкой, который говорит, что он ваш старый приятель, нисколько не виноват в том, что моя физиономия имела несчастие вам не понравиться. Впрочем, — сказал он, вставая, — вы знаете мою фамилию и знаете, где найти меня; но не забудьте, — прибавил он, — что я не считаю нисколько ни себя, ни вас оскорбленным, и мой совет, как человека старше вас, оставить это дело без последствий. Так в пятницу, после смотра, я жду вас, Друбецкой; до свидания, — заключил князь Андрей и вышел, поклонившись обоим.

Ростов вспомнил то, что ему надо было ответить, только тогда, когда он уже вышел. И еще более был он сердит за то, что забыл сказать это. Ростов сейчас же велел подать свою лошадь и, сухо простившись с Борисом, поехал к себе. Ехать ли ему завтра в главную квартиру и вызвать этого ломающегося адъютанта или в самом деле оставить это дело так? — был вопрос, который мучил его всю дорогу. То он с злобой думал о том, с каким бы удовольствием он увидал испуг этого маленького, слабого и гордого человечка под его пистолетом, то он с удивлением чувствовал, что из всех людей, которых он знал, никого бы он столько не желал иметь своим другом, как этого ненавидимого им адъютантика.

VIII

На другой день свидания Бориса с Ростовым был смотр австрийских и русских войск, как свежих, пришедших из России, так и тех, которые вернулись из похода с Кутузовым. Оба императора, русский с наследником цесаревичем и австрийский с эрцгерцогом, делали этот смотр союзной восьмидесятитысячной армии.

С раннего утра начали двигаться щегольски вычищенные и убранные войска, выстраиваясь на поле перед крепостью. То двигались тысячи ног и штыков с развевавшимися знаменами и по команде офицеров останавливались, заворачивались и строились в интервалах, обходя другие такие же массы пехоты в других мундирах; то мерным топотом и бряцанием звучала нарядная кавалерия в синих, красных, зеленых шитых мундирах с расшитыми музыкантами впереди, на вороных, рыжих, серых лошадях; то, растягиваясь с своим медным звуком подрагивающих на лафетах, вычищенных, блестящих пушек и с своим запахом пальников, ползла между пехотой и кавалерией артиллерия и расставлялась на назначенных местах. Не только генералы в полной парадной форме, с перетянутыми донельзя толстыми и тонкими талиями и красневшими, подпертыми воротниками, шеями, в шарфах и всех орденах; не только припомаженные, расфранченные офицеры, но каждый солдат — с свежевыбритым и вымытым лицом и до последней возможности блеска вычищенной амуницией, каждая лошадь, выхоленная так, что, как атлас, светилась на ней шерсть и волосок к волоску лежала примоченная гривка, — все чувствовали, что совершается что-то нешуточное, значительное и торжественное. Каждый генерал и солдат чувствовали свое ничтожество, сознавая себя песчинкой в этом море людей, и вместе чувствовали свое могущество, сознавая себя частью этого огромного целого.

С раннего утра начались напряженные хлопоты и усилия, и в десять часов все пришло в требуемый порядок. На огромном поле стали ряды. Армия вся была вытянута в три линии. Спереди кавалерия, сзади артиллерия, еще сзади пехота.

Между каждым родом войск была как бы улица. Резко отделялись одна от другой три части этой армии: боевая кутузовская (в которой на правом фланге в передней линии стояли павлоградцы), пришедшие из России армейские и гвардейские полки и австрийское войско. Но все стояли под одну линию, под одним начальством и в одинаковом порядке.

Как ветер по листьям, пронесся взволнованный шепот: «Едут! едут!» Послышались испуганные голоса, и по всем войскам пробежала волна суеты последних приготовлений.

Впереди от Ольмюца показалась подвигавшаяся группа. И в это же время, хотя день был безветренный, легкая струя ветра пробежала по армии и чуть заколебала флюгера пик и распущенные знамена, затрепавшиеся о свои древки. Казалось, сама армия этим легким движением выражала свою радость при приближении государей. Послышался один голос: «Смирно!» Потом, как петухи на заре, повторились голоса в разных концах. И все затихло.

В мертвой тишине слышался только топот лошадей. То была свита императоров. Государи подъехали к флангу, и раздались звуки трубачей первого кавалерийского полка, заигравшие генерал-марш. Казалось, не трубачи это играли, а сама армия, радуясь приближению государя, естественно издавала эти звуки. Из-за этих звуков отчетливо послышался один молодой, ласковый голос императора Александра. Он сказал приветствие, и первый полк гаркнул: «Урра!» — так оглушительно, продолжительно, радостно, что сами люди ужаснулись численности и силе той громады, которую они составляли.

Ростов, стоя в первых рядах кутузовской армии, к которой к первой подъехал государь, испытывал то же чувство, какое испытывал каждый человек этой армии, — чувство самозабвения, гордого сознания могущества и страстного влечения к тому, кто был причиной этого торжества.

Он чувствовал, что от одного слова этого человека зависело то, чтобы вся громада эта (и он, связанный с ней, — ничтожная песчинка) пошла бы в огонь и в воду, на преступление, на смерть или на величайшее геройство, и потому-то он не мог не трепетать и не замирать при виде этого приближающегося слова.

— Урра! Урра! Урра! — гремело со всех сторон, и один полк за другим принимал государя звуками генерал-марша; потом «урра!», генерал-марш и опять «урра!» и «урра!!», которые, все усиливаясь и прибывая, сливались в оглушительный гул.

Пока не подъезжал еще государь, каждый полк в своей безмолвности и неподвижности казался безжизненным телом; только сравнивался с ним государь, полк оживлялся и гремел, присоединяясь к реву всей той линии, которую уже проехал государь. При страшном, оглушительном звуке этих голосов, посреди масс войска, неподвижных, как бы окаменевших в своих четвероугольниках, небрежно, несимметрично и, главное, свободно двигались сотни всадников свиты и впереди их два человека — императоры. На них-то безраздельно было сосредоточено сдержанно-страстное внимание всей этой массы людей.

Красивый, молодой император Александр, в конногвардейском мундире, в треугольной шляпе, надетой с поля, своим приятным лицом и звучным негромким голосом привлекал всю силу внимания.

Ростов стоял недалеко от трубачей и издалека своими зоркими глазами узнал государя и следил за его приближением. Когда государь приблизился на расстояние двадцати шагов и Николай ясно, до всех подробностей, рассмотрел прекрасное, молодое и счастливое лицо императора, он испытал чувство нежности и восторга, подобного которому он еще не испытывал. Все — всякая черта, всякое движение — казалось ему прелестно в государе.

Остановившись против Павлоградского полка, государь сказал что-то по-французски австрийскому императору и улыбнулся.

Увидав эту улыбку, Ростов сам невольно начал улыбаться и почувствовал еще сильнейший прилив любви к своему государю. Ему хотелось выказать чем-нибудь свою любовь к государю. Он знал, что это невозможно, и ему хотелось плакать. Государь вызвал полкового командира и сказал ему несколько слов.

«Боже мой! что бы со мной было, ежели бы ко мне обратился государь! — думал Ростов. — Я бы умер от счастия».

Государь обратился и к офицерам:

— Всех, господа (каждое слово слышалось Ростову, как звук с неба), благодарю от всей души.

Как бы счастлив был Ростов, ежели бы мог теперь умереть за своего царя!

— Вы заслужили георгиевские знамена и будете их достойны.

«Только умереть, умереть за него!» — думал Ростов.

Государь еще сказал что-то, чего не расслышал Ростов, и солдаты, надсаживая свои груди, закричали «урра!».

Ростов закричал тоже, пригнувшись к седлу, что было его сил, желая повредить себе этим криком, только чтобы выразить вполне свой восторг к государю.

Государь постоял несколько секунд против гусар, как будто он был в нерешимости.

«Как мог быть в нерешимости государь?» — подумал Ростов, а потом даже и эта нерешимость показалась Ростову величественной и обворожительной, как и все, что делал государь.

Нерешительность государя продолжалась одно мгновение. Нога государя, с узким острым носком сапога, как носили в то время, дотронулась до паха энглизированной гнедой кобылы, на которой он ехал; рука государя в белой перчатке подобрала поводья, и он тронулся, сопутствуемый беспорядочно заколыхавшимся морем адъютантов. Дальше и дальше отъезжал он, останавливаясь у других полков, и, наконец, только белый плюмаж его виднелся Ростову из-за свиты, окружавшей императоров.

В числе господ свиты Ростов заметил и Болконского, лениво и распущенно сидящего на лошади. Ростову вспомнилась его вчерашняя ссора с ним и представился вопрос, следует — или не следует вызывать его. «Разумеется, не следует, — подумал теперь Ростов... — И стоит ли думать и говорить про это в такую минуту, как теперь? В минуту такого чувства любви, восторга и самоотвержения, что значат все наши ссоры и обиды?! Я всех люблю, всем прощаю теперь», — думал Ростов.

Когда государь объехал почти все полки, войска стали проходить мимо его церемониальным маршем, и Ростов на вновь купленном у Денисова Бедуине проехал в замке своего эскадрона, то есть один и совершенно на виду перед государем.

Не доезжая государя, Ростов, отличный ездок, два раза всадил шпоры своему Бедуину и довел его счастливо до того бешеного аллюра рыси, которою хаживал разгоряченный Бедуин. Подогнув пенящуюся морду к груди, отделив хвост и как будто летя на воздухе и не касаясь до земли, грациозно и высоко вскидывая и переменяя ноги, Бедуин, тоже чувствовавший на себе взгляд государя, прошел превосходно.

Сам Ростов, завалив назад ноги и подобрав живот и чувствуя себя одним куском с лошадью, с нахмуренным, но блаженным лицом, *чег'том*, как говорил Денисов, проехал мимо государя.

— Молодцы павлоградцы! — проговорил государь.

«Боже мой! Как бы я счастлив был, если б он велел мне сейчас броситься в огонь», — подумал Ростов.

Когда смотр кончился, офицеры, вновь пришедшие и кутузовские, стали сходиться группами, и начались разговоры о наградах, об австрийцах и их мундирах, об их фронте, о Бонапарте и о том, как ему плохо придется теперь, особенно когда подойдет еще корпус Эссена и Пруссия примет нашу сторону.

Но более всего во всех кружках говорили о государе Александре, передавали каждое его слово, движение и восторгались им.

Все только одного желали: под предводительством государя скорее идти против неприятеля. Под командою самого государя нельзя было не победить кого бы то ни было, так думали после смотра Ростов и большинство офицеров.

Все после смотра были уверены в победе больше, чем бы могли быть после двух выигранных сражений.

IX

На другой день после смотра Борис, одевшись в лучший мундир и напутствуемый пожеланиями успеха от своего товарища Берга, поехал в Ольмюц к Болконскому, желая воспользоваться его лаской и устроить себе наилучшее положение, в особенности положение адъютанта при важном лице, казавшееся ему особенно заманчивым в армии. «Хорошо Ростову, которому отец присылает по десяти тысяч, рассуждать о том, как он никому не хочет кланяться и ни к кому не пойдет в лакеи; но мне, ничего не имеющему, кроме своей головы, надо делать свою карьеру и не упускать случаев, а пользоваться ими».

В Ольмюце он не застал в этот день князя Андрея. Но вид Ольмюца, где стояла главная квартира, дипломатический корпус и жили оба императора с своими свитами — придворных, приближенных, только больше усилил его желание принадлежать к этому верховному миру.

Он никого не знал, и, несмотря на его щегольской гвардейский мундир, все эти высшие люди, сновавшие по улицам, в щегольских экипажах, плюмажах, лентах и орденах, придворные и военные, казалось, стояли так неизмеримо выше его, гвардейского офицерика, что не только не хотели, но и не могли признать его существование. В помещении главнокомандующего Кутузова, где он спросил Болконского, все эти адъютанты и даже денщики смотрели на него так, как будто желали внушить ему, что таких, как он, офицеров очень много сюда шляется и что они все уже очень надоели. Несмотря на это, или скорее вследствие этого, на другой день, пятнадцатого числа, он после обеда опять поехал в Ольмюц и, войдя в дом, занимаемый Кутузовым, спросил Болконского. Князь Андрей был дома, и Бориса провели в большую залу, в которой, вероятно, прежде танцевали, а теперь стояли пять кроватей, разнородная мебель: столы, стулья и клавикорды. Один адъютант, ближе к двери, в персидском халате, сидел за столом и писал. Другой, красный, толстый Несвицкий, лежал на постели, подложив руки под голову, и смеялся с присевшим к нему офицером. Третий играл на клавикордах венский вальс, четвертый лежал на этих клавикордах и подпевал ему. Болконского не было. Никто из этих господ, заметив Бориса, не изменил своего положения. Тот, который писал и к которому обратился Борис, досадливо обернулся и сказал ему, что Болконский дежурный и чтоб он шел налево в дверь, в приемную, коли ему нужно видеть его. Борис поблагодарил и пошел в приемную. В приемной было человек десять офицеров и генералов.

В то время как взошел Борис, князь Андрей, презрительно прищурившись (с тем особенным видом учтивой усталости, которая ясно говорит, что, коли бы не моя обязанность, я бы минуты с вами не стал разговаривать), выслушивал старого русского генерала в орденах, который почти на цыпочках, навытяжке, с солдатским подобострастным выражением багрового лица что-то докладывал князю Андрею.

— Очень хорошо, извольте подождать, — сказал он генералу по-русски, тем французским выговором, которым он говорил, когда хотел говорить презрительно, и, заметив Бориса, не обращаясь более к генералу (который с мольбою бегал за ним, прося еще что-то выслушать), князь Андрей с веселой улыбкой, кивая ему, обратился к Борису.

Борис в эту минуту уже ясно понял то, что он предвидел прежде, именно то, что в армии, кроме той субординации и дисциплины, которая была написана в уставе и которую знали в полку и он знал, была другая, более существенная субординация, та, которая заставляла этого затянутого с багровым лицом генерала почтительно дожидаться, в то время как капитан князь Андрей для своего удовольствия находил более удобным разговаривать с прапорщиком Друбецким. Больше чем когда-нибудь Борис решился служить впредь не по той писанной в уставе, а по этой неписаной субординации. Он теперь чувствовал, что только вследствие того, что он был рекомендован князю Андрею, он уже стал сразу выше генерала, который в других случаях, во фронте, мог уничтожить его, гвардейского прапорщика. Князь Андрей подошел к нему и взял за руку.

— Очень жаль, что вчера вы не застали меня. Я целый день провозился с немцами. Ездили с Вейротером поверять диспозицию. Как немцы возьмутся за аккуратность — конца нет!

Борис улыбнулся, как будто он понимал то, о чем, как об общеизвестном, намекал князь Андрей. Но он в первый раз слышал и фамилию Вейротера, и даже слово диспозиция.

— Ну, что, мой милый, всё в адъютанты хотите? Я об вас подумал за это время.

— Да, я думал, — невольно отчего-то краснея, сказал Борис, — просить главнокомандующего; к нему было письмо обо мне от князя Курагина; я хотел просить только потому, — прибавил он, как бы извиняясь, — что, боюсь, гвардия не будет в деле.

— Хорошо! хорошо! мы обо всем переговорим, — сказал князь Андрей, — только дайте доложить про этого господина, и я принадлежу вам.

В то время как князь Андрей ходил докладывать про багрового генерала, генерал этот, видимо, не разделявший понятий Бориса о выгодах неписаной субординации, так уперся глазами в дерзкого прапорщика, помешавшего ему договорить с адъютантом, что Борису стало неловко. Он отвернулся и с нетерпением ожидал, когда возвратится князь Андрей из кабинета главнокомандующего.

— Вот что, мой милый, я думал о вас, — сказал князь Андрей, когда они прошли в большую залу с клавикордами. — К главнокомандующему вам ходить нечего, — говорил князь Андрей, — он наговорит вам кучу любезностей, скажет, чтобы приходили к нему обедать («это было бы еще не так плохо для службы по той субординации», — подумал Борис), но из этого дальше ничего не выйдет; нас, адъютантов и ординарцев, скоро будет батальон. Но вот что мы сделаем: у меня есть хороший приятель, генерал-адъютант и прекрасный человек, князь Долгоруков; и хотя вы этого можете не знать, но дело в том, что теперь Кутузов с его штабом и мы все ровно ничего не значим: все теперь сосредоточивается у государя; так вот мы пойдемте-ка к Долгорукову, мне и надо сходить к нему, я уж ему говорил про вас; так мы и посмотрим, не найдет ли он возможным пристроить вас при себе или где-нибудь там, поближе к солнцу.

Князь Андрей всегда особенно оживлялся, когда ему приходилось руководить молодого человека и помогать ему в светском успехе. Под предлогом этой помощи другому, которую он по гордости никогда бы не принял для себя, он находился вблизи той среды, которая давала успех и которая притягивала его к себе. Он весьма охотно взялся за Бориса и пошел с ним к князю Долгорукову.

Было уже поздно вечером, когда они взошли в Ольмюцкий дворец, занимаемый императорами и их приближенными.

В этот самый день был военный совет, на котором участвовали все члены гофкригсрата и оба императора. На совете, в противность мнению стариков — Кутузова и князя, Шварценберга, было решено немедленно наступать и дать генеральное сражение Бонапарту. Военный совет только что кончился, когда князь Андрей, сопутствуемый Борисом, пришел во дворец отыскивать князя Долгорукова. Еще все лица главной квартиры находились под обаянием сегодняшнего, победоносного для партии молодых, военного совета. Голоса медлителей, советовавших ожидать еще чего-то, не наступая, так единодушно были заглушены и доводы их опровергнуты несомненными доказательствами выгод наступления, что то, о чем толковалось в совете, будущее сражение и, без сомнения, победа казались уже не будущим, а прошедшим. Все выгоды были на нашей стороне. Огромные силы, без сомнения превосходившие силы Наполеона, были стянуты в одно место; войска были одушевлены присутствием императоров и рвались в дело; стратегический пункт, на котором приходилось действовать, был до малейших подробностей известен австрийскому генералу Вейротеру, руководившему войска (как бы счастливая случайность сделала то, что австрийские войска в прошлом году были на маневрах именно на тех полях, на которых теперь предстояло сразиться с французом); до малейших подробностей была известна и передана на картах предлежащая местность, и Бонапарте, видимо, ослабленный, ничего не предпринимал.

Долгоруков, один из самых горячих сторонников наступления, только что вернулся из совета, усталый, измученный, но оживленный и гордый одержанной победой. Князь Андрей представил покровительствуемого им офицера, но князь Долгоруков, учтиво и крепко пожав ему руку, ничего не сказал Борису и, очевидно, не в силах удержаться от высказывания тех мыслей, которые сильнее всего занимали его в эту минуту, по-французски обратился к князю Андрею.

— Ну, мой милый, какое мы выдержали сражение! Дай Бог только, чтобы то, которое будет следствием его, было бы столь же победоносно. Однако, мой милый, — говорил он отрывочно и оживленно, — я должен признать свою вину перед австрийцами и в особенности перед Вейротером. Что за точность, что за подробность, что за знание местности, что за предвидение всех возможностей, всех условий, всех малейших подробностей! Нет, мой милый, выгодней тех условий, в которых мы находимся, нельзя ничего нарочно выдумать. Соединение австрийской отчетливости с русской храбростию — чего ж вы хотите еще?

— Так наступление окончательно решено? — сказал Болконский.

— И знаете ли, мой милый, мне кажется, что решительно Буонапарте потерял свою латынь. Вы знаете, что нынче получено от него письмо к императору. — Долгоруков улыбнулся значительно.

— Вот как! Что ж он пишет? — спросил Болконский.

— Что он может писать? Традиридира и тому подобное, всё только с целью выиграть время. Я вам говорю, что он у нас в руках, это верно! Но что забавнее всего, — сказал он, вдруг добродушно засмеявшись, — это то, что никак не могли придумать, как ему адресовать ответ?

Ежели не консулу, само собою разумеется, не императору, то генералу Буонапарту, как мне казалось.

— Но между тем, чтобы не признавать императором, и тем, чтобы называть генералом Буонапарте, есть разница, — сказал Болконский.

— В том-то и дело, — смеясь и перебивая, быстро говорил Долгоруков. — Вы знаете Билибина, он очень умный человек, он предлагал адресовать: «узурпатору и врагу человеческого рода».

Долгоруков весело захохотал.

— Не более того? — заметил Болконский.

— Но все-таки Билибин нашел серьезный титул адреса. И остроумный и умный человек...

— Как же?

— Главе французского правительства. Au chef du gouvernement français, — серьезно и с удовольствием сказал князь Долгоруков. — Не правда ли, что хорошо?

— Хорошо, но очень не понравится ему, — заметил Болконский.

— О, и очень! Мой брат знает его: он не раз обедал у него, у теперешнего императора, в Париже и говорил мне, что он не видал более утонченного и хитрого дипломата: знаете, соединение французской ловкости и итальянского актерства. Вы знаете его анекдоты с графом Маркóвым? Только один граф Маркóв умел с ним обращаться. Вы знаете историю платка? Это прелесть!

И словоохотливый Долгоруков, обращаясь то к Борису, то к князю Андрею, рассказал, как Бонапарт, желая испытать Маркóва, нашего посланника, нарочно уронил перед ним платок и остановился, глядя на него, ожидая, вероятно, услуги от Маркóва, и как Маркóв тотчас же уронил рядом свой платок и поднял свой, не поднимая платка Бонапарта.

— Charmant[1], — сказал Болконский. — Но вот что, князь, я пришел к вам просителем за этого молодого человека. Видите ли что...

Но князь Андрей не успел докончить, как в комнату вошел адъютант, который звал князя Долгорукова к императору.

— Ах, какая досада! — сказал Долгоруков, поспешно вставая и пожимая руки князя Андрея и Бориса. — Вы знаете, я очень рад сделать все, что от меня зависит, и для

---

[1] Прелестно.

вас и для этого милого молодого человека. — Он еще раз пожал руку Бориса с выражением добродушного, искреннего и оживленного легкомыслия. — Но вы видите... до другого раза!

Бориса волновала мысль о той близости к высшей власти, в которой он в эту минуту чувствовал себя. Он сознавал себя здесь в соприкосновении с теми пружинами, которые руководили всеми теми громадными движениями масс, которых он в своем полку чувствовал себя маленькою, покорною и ничтожною частью. Они вышли в коридор вслед за князем Долгоруковым и встретили выходившего (из той двери комнаты государя, в которую вошел Долгоруков) невысокого человека в штатском платье, с умным лицом и резкой чертой выставленной вперед челюсти, которая, не портя его, придавала ему особенную живость и изворотливость выражения. Этот невысокий человек кивнул, как своему, Долгорукову и пристально-холодным взглядом стал вглядываться в князя Андрея, идя прямо на него и, видимо, ожидая, чтобы князь Андрей поклонился ему или дал дорогу. Князь Андрей не сделал ни того, ни другого; в лице его выразилась злоба, и молодой человек, отвернувшись, прошел стороной коридора.

— Кто это? — спросил Борис.

— Это один из самых замечательнейших, но неприятнейших мне людей. Это министр иностранных дел, князь Адам Чарторижский.

— Вот эти люди, — сказал Болконский со вздохом, который он не мог подавить, в то время как они выходили из дворца, — вот эти-то люди решают судьбы народов.

На другой день войска выступили в поход, и Борис не успел до самого Аустерлицкого сражения побывать ни у Болконского, ни у Долгорукова и остался еще на время в Измайловском полку.

X

На заре 16-го числа эскадрон Денисова, в котором служил Николай Ростов и который был в отряде князя Багратиона, двинулся с ночлега в дело, как говорили, и, пройдя около версты позади других колонн, был остановлен на большой дороге. Ростов видел, как мимо его прошли вперед казаки, 1-й и 2-й эскадрон гусар, пехотные батальоны с артиллерией и проехали генералы Багратион и Долгоруков с адъютантами. Весь страх, который он, как и прежде, испытывал перед делом, вся внутренняя борьба, посредством которой он преодолевал этот страх, все его мечтания о том, как он по-гусарски отличится в этом деле, — пропали даром. Эскадрон их был оставлен в резерве, и Николай Ростов скучно и тоскливо провел этот день. В девятом часу утра он услыхал пальбу впереди себя, крики «ура», видел привозимых назад раненых (их было немного) и, наконец, видел, как в середине сотни казаков провели целый отряд французских кавалеристов. Очевидно, дело было кончено, и дело было, очевидно, небольшое, но счастливое. Проходившие назад солдаты и офицеры рассказывали о блестящей победе, о занятии города Вишау и взятии в плен целого французского эскадрона. День был ясный, солнечный, после сильного ночного заморозка, и веселый блеск осеннего дня совпадал с известием о победе, которое передавали не только рассказы участвовавших в нем, но и радостное выражение лиц солдат, офицеров, генералов и адъютантов, ехавших туда и оттуда мимо Ростова. Тем больнее щемило сердце Николая, напрасно перестрадавшего весь страх, предшествующий сражению, и пробывшего этот веселый день в бездействии.

— Г'остов, иди сюда, выпьем с го'я! — крикнул Денисов, усевшись на краю дороги перед фляжкой и закуской.

Офицеры собрались кружком, закусывая и разговаривая, около погребца Денисова.

— Вот еще одного ведут! — сказал один из офицеров, указывая на французского пленного драгуна, которого вели пешком два казака.

Один из них вел в поводу взятую у пленного рослую и красивую французскую лошадь.

— Пг'одай лошадь! — крикнул Денисов казаку.

— Изволь, ваше благородие...

Офицеры встали и окружили казаков и пленного француза. Французский драгун был молодой малый, альзасец, говоривший по-французски с немецким акцентом. Он задыхался от волнения, лицо его было красно, и, услыхав французский язык, он быстро заговорил с офицерами, обращаясь то к тому, то к другому. Он говорил, что его бы не взяли; что он не виноват в том, что его взяли, а виноват le caporal, который послал его захватить попоны, что он ему говорил, что уже русские там. И ко всякому слову он прибавлял: mais qu'on ne fasse pas de mal à mon petit cheval[1], и ласкал свою лошадь. Видно было, что он не понимал хорошенько, где он находится. Он то извинялся, что его взяли, то, предполагая перед собою свое начальство, выказывал свою солдатскую исправность и заботливость о службе. Он донес с собой в наш ариергард во всей свежести атмосферу французского войска, которое так чуждо было для нас.

Казаки отдали лошадь за два червонца, и Ростов, теперь, получив деньги, самый богатый из офицеров, купил ее.

— Mais qu'on ne fasse pas de mal à mon petit cheval[2], — добродушно сказал альзасец Ростову, когда лошадь передана была гусару.

Ростов, улыбаясь, успокоил драгуна и дал ему денег.

— Алё, алё! — сказал казак, трогая за руку пленного, чтобы он шел дальше.

— Государь! Государь! — вдруг послышалось между гусарами.

Все побежало, заторопилось, и Ростов увидал сзади по дороге несколько подъезжающих всадников с белыми султанами на шляпах. В одну минуту все были на местах и ждали.

Ростов не помнил и не чувствовал, как он добежал до своего места и сел на лошадь. Мгновенно прошло его сожаление о неучастии в деле, его будничное расположение духа в кругу приглядевшихся лиц, мгновенно исчезла всякая мысль о себе: он весь поглощен был чувством счастия, происходящего от близости государя. Он чувствовал себя одною этою близостью вознагражденным за потерю нынешнего дня. Он был счастлив, как любовник, дождавшийся ожидаемого свидания. Не смея оглядываться во фронте и не оглядываясь, он чувствовал восторженным чутьем *его* приближение. И он чувствовал это не по одному звуку копыт лошадей приближавшейся кавалькады, но он чувствовал это потому, что по мере приближения все светлее, радостнее и значительнее и праздничнее делалось вокруг него. Все ближе и ближе подвигалось это солнце для Ростова, распространяя вокруг себя лучи кроткого и величественного света, и вот он уже чувствует себя захваченным этими лучами, он слышит его голос — этот лас-

---

1 лошадку-то мою пожалейте.
2 А пожалейте лошадку.

ковый, спокойный, величественный и вместе с тем столь простой голос. Как и должно было быть по чувству Ростова, наступила мертвая тишина, и в этой тишине раздались звуки голоса государя.

— Les huzards de Pavlograd?[1] — вопросительно сказал он.

— La rèserve, sire![2] — отвечал чей-то голос, столь человеческий после того нечеловеческого голоса, который сказал: «Les huzards de Pavlograd?»

Государь поравнялся с Ростовым и остановился. Лицо Александра было еще прекраснее, чем на смотру три дня тому назад. Оно сияло такою веселостью и молодостью, такою невинною молодостью, что напоминало ребяческую четырнадцатилетнюю резвость, и вместе с тем это было все-таки лицо величественного императора. Случайно оглядывая эскадрон, глаза государя встретились с глазами Ростова и не более как на две секунды остановились на них. Понял ли государь все, что делалось в душе Ростова (Ростову казалось, что он все понял), но он посмотрел секунды две своими голубыми глазами в лицо Ростова. (Мягко и кротко лился из них свет.) Потом вдруг он приподнял брови, резким движением ударил левой ногой лошадь и галопом поехал вперед.

Услыхав пальбу в авангарде, молодой император не мог воздержаться от желания присутствовать при сражении и, несмотря на все представления придворных, в двенадцать часов, отделившись от третьей колонны, при которой он следовал, поскакал к авангарду. Еще не доезжая до гусар, несколько адъютантов встретили его с известием о счастливом исходе дела.

Сражение, состоявшее только в том, что захвачен эскадрон французов, было представлено как блестящая победа над французами, и потому государь и вся армия, особенно пока не разошелся еще пороховой дым на поле сражения, верили, что французы побеждены и отступают против своей воли. Несколько минут после того, как проехал государь, дивизион павлоградцев потребовали вперед. В самом Вишау, маленьком немецком городке, Ростов еще раз увидал государя. На площади города, на которой была до приезда государя довольно сильная перестрелка, лежало несколько человек убитых и раненых, ко-

---

1 Павлоградские гусары?

2 Резерв, ваше величество!

торых не успели подобрать. Государь, окруженный свитою военных и невоенных, был на рыжей, уже другой, чем на смотру, энглизированной кобыле и, склонившись набок, грациозным жестом держа золотой лорнет у глаза, смотрел в него на лежащего ничком, без кивера, с окровавленною головою солдата. Солдат раненый был так нечист, груб и гадок, что Ростова оскорбила близость его к государю. Ростов видел, как содрогнулись, как бы от пробежавшего мороза, сутулые плечи государя, как левая нога его судорожно стала бить шпорой бок лошади. Приученная лошадь равнодушно оглядывалась и не трогалась с места. Слезшие с лошади адъютанты взяли под руки солдата и стали класть на появившиеся носилки. Солдат застонал.

— Тише, тише, разве нельзя тише? — видимо, более страдая, чем умирающий солдат, проговорил государь и отъехал прочь.

Ростов видел слезы, наполнившие глаза государя, и слышал, как он, отъезжая, по-французски сказал Чарторижскому:

— Какая ужасная вещь война, какая ужасная вещь! Quelle terrible chose que la querre!

Войска авангарда расположились впереди Вишау, в виду цепи неприятельской, уступавшей нам место при малейшей перестрелке в продолжение всего дня. Авангарду объявлена была благодарность государя, обещаны награды, и людям роздана двойная порция водки. Еще веселее, чем в прошлую ночь, трещали бивачные костры и раздавались солдатские песни. Денисов в эту ночь праздновал производство свое в майоры, и Ростов, уже довольно выпивший, в конце пирушки предложил тост за здоровье государя, но «не государя императора, как говорят на официальных обедах, — сказал он, — а за здоровье государя, доброго, обворожительного и великого человека; пьем за его здоровье и за верную победу над французами!»

— Коли мы прежде дрались, — сказал он, — и не давали спуску французам, как под Шенграбеном, что же теперь будет, когда сам он впереди? Мы все умрем, с наслаждением умрем за него. Так, господа? Может быть, я не так говорю, я много выпил; да я так чувствую, и вы тоже. За здоровье Александра Первого! Урра!

— Урра! — зазвучали воодушевленные голоса офицеров.

И старый ротмистр Кирстен кричал воодушевленно и не менее искренно, чем двадцатилетний Ростов.

Когда офицеры выпили и разбили свои стаканы, Кирстен налил другие и, в одной рубашке и рейтузах, с стаканом в руке подошел к солдатским кострам и в величественной позе, взмахнув кверху рукой, с своими длинными седыми усами, белой грудью, видневшейся из-за распахнувшейся рубашки, остановился в свете костра.

— Ребята, за здоровье государя императора, за победу над врагами, урра! — крикнул он своим молодецким, старогусарским баритоном.

Гусары столпились и дружно отвечали громким криком.

Поздно ночью, когда все разошлись, Денисов потрепал своей коротенькой рукой по плечу своего любимца Ростова.

— Вот на походе не в кого влюбиться, так он в ца’я влюбился, — сказал он.

— Денисов, ты этим не шути, — крикнул Ростов, — это такое высокое, такое прекрасное чувство, такое...

— Ве’ю, ве’ю, дг’ужок, и г’азделяю и одоб’яю...

— Нет, не понимаешь!

И Ростов встал и пошел бродить между костров, мечтая о том, какое было бы счастье умереть, не спасая жизнь (об этом он и не смел мечтать), а просто умереть в глазах государя. Он действительно был влюблен и в царя, и в славу русского оружия, и в надежду будущего торжества. И не он один испытывал это чувство в те памятные дни, предшествовавшие Аустерлицкому сражению: девять десятых людей русской армии в то время были влюблены, хотя и менее восторженно, в своего царя и в славу русского оружия.

XI

На следующий день государь остановился в Вишау. Лейб-медик Вилье несколько раз был призываем к нему. В главной квартире и в ближайших войсках распространилось известие, что государь был нездоров. Он ничего не ел и дурно спал эту ночь, как говорили приближенные. Причина этого нездоровья заключалась в сильном впечатлении, произведенном на чувствительную душу государя видом раненых и убитых.

На заре 17-го числа в Вишау был препровожден с аванпостов французский офицер, приехавший под парламентерским флагом, требуя свидания с русским императором. Офицер этот был Савари. Государь только что заснул, и потому Савари должен был дожидаться. В полдень он был допущен к государю и через час поехал вместе с князем Долгоруковым на аванпосты французской армии.

Как слышно было, цель присылки Савари состояла в предложении мира и в предложении свидания императора Александра с Наполеоном. В личном свидании, к радости и гордости всей армии, было отказано, и вместо государя князь Долгоруков, победитель при Вишау, был отправлен вместе с Савари для переговоров с Наполеоном, ежели переговоры эти, против чаяния, имели целью действительное желание мира.

Ввечеру вернулся Долгоруков, прошел прямо к государю и долго пробыл у него наедине.

18-го и 19-го ноября войска прошли еще два перехода вперед, и неприятельские аванпосты после коротких перестрелок отступали. В высших сферах армии с полдня 19-го числа началось сильное хлопотливо-возбужденное движение, продолжавшееся до утра следующего дня, 20 ноября, в который дано было столь памятное Аустерлицкое сражение.

До полудня 19-го числа движение, оживленные разговоры, беготня, посылки адъютантов ограничивались одной главной квартирой императоров; после полудня того же дня движение передалось в главную квартиру Кутузова и в штабы колонных начальников. Вечером через адъютантов разнеслось это движение по всем концам и частям армии, и в ночь с 19-го на 20-е поднялась с ночлегов, загудела говором и заколыхалась и тронулась громадным девятиверстным холстом восьмидесятитысячная масса союзного войска.

Сосредоточенное движение, начавшееся поутру в главной квартире императоров и давшее толчок всему дальнейшему движению, было похоже на первое движение серединного колеса больших башенных часов. Медленно двинулось одно колесо, повернулось другое, третье, и все быстрее и быстрее пошли вертеться колеса, блоки, шестерни, начали играть куранты, выскакивать фигуры, и мерно стали подвигаться стрелки, показывая результат движения.

Как в механизме часов, так и в механизме военного дела, так же неудержимо до последнего результата раз данное движение, и так же безучастно неподвижны, за момент до передачи движения, части механизма, до которых еще не дошло дело. Свистят на осях колеса, цепляясь зубьями, шипят от быстроты вертящиеся блоки, а соседнее колесо так же спокойно и неподвижно, как будто оно сотни лет готово простоять этою неподвижностью; но пришел момент — зацепил рычаг, и, покоряясь движению, трещит, поворачиваясь, колесо и сливается в одно действие, результат и цель которого ему не понятны.

Как в часах результат сложного движения бесчисленных различных колес и блоков есть только медленное и уравномеренное движение стрелки, указывающей время, так и результатом всех сложных человеческих движений этих ста шестидесяти тысяч русских и французов — всех страстей, желаний, раскаяний, унижений, страданий, порывов гордости, страха, восторга этих людей — был только проигрыш Аустерлицкого сражения, так называемого сражения трех императоров, то есть медленное передвижение всемирно-исторической стрелки на циферблате истории человечества.

Князь Андрей был в этот день дежурным и неотлучно при главнокомандующем.

В шестом часу вечера Кутузов приехал в главную квартиру императоров и, недолго пробыв у государя, зашел к обер-гофмаршалу графу Толстому.

Болконский воспользовался этим временем, чтобы зайти к Долгорукову узнать о подробностях дела. Князь Андрей чувствовал, что Кутузов чем-то расстроен и недоволен, и что им недовольны в главной квартире, и что все лица императорской главной квартиры имеют с ним тон людей, знающих что-то такое, чего другие не знают, и поэтому ему хотелось поговорить с Долгоруковым.

— Ну, здравствуйте, mon cher, — сказал Долгоруков, сидевший с Билибиным за чаем. — Праздник на завтра. Что ваш старик? не в духе?

— Не скажу, чтобы был не в духе, но ему, кажется, хотелось бы, чтоб его выслушали.

— Да его слушали на военном совете и будут слушать, когда он будет говорить дело; но медлить и ждать чего-то теперь, когда Бонапарт боится более всего генерального сражения — невозможно.

— Да, вы его видели? — сказал князь Андрей. — Ну, что Бонапарт? Какое впечатление он произвел на вас?

— Да, видел и убедился, что он боится генерального сражения более всего на свете, — повторил Долгоруков, видимо дорожа этим общим выводом, сделанным им из его свидания с Наполеоном. — Ежели бы он не боялся сражения, для чего бы ему было требовать этого свидания, вести переговоры и, главное, отступать, тогда как отступление так противно всей его методе ведения войны? Поверьте мне: он боится, боится генерального сражения, его час настал. Это я вам говорю.

— Но расскажите, как он, что? — еще спросил князь Андрей.

— Он человек в сером сюртуке, очень желавший, чтоб я ему говорил «ваше величество», но, к огорчению своему, не получивший от меня никакого титула. Вот это какой человек, и больше ничего, — отвечал Долгоруков, оглядываясь с улыбкой на Билибина.

— Несмотря на мое полное уважение к старому Кутузову, — продолжал он, — хороши мы были бы все, ожидая чего-то и тем давая ему случай уйти или обмануть нас, тогда как теперь он верно в наших руках. Нет, не надобно забывать Суворова и его правила: не ставить себя в положение атакованного, а атаковать самому. Поверьте, на войне энергия молодых людей часто вернее указывает путь, чем вся опытность старых кунктаторов.

— Но в какой же позиции мы атакуем его? Я был на аванпостах нынче, и нельзя решить, где он именно стоит с главными силами, — сказал князь Андрей.

Ему хотелось высказать Долгорукову свой, составленный им, план атаки.

— Ах, это совершенно все равно, — быстро заговорил Долгоруков, вставая и раскрывая карту на столе. — Все случаи предвидены: ежели он стоит у Брюнна...

И князь Долгоруков быстро и неясно рассказал план флангового движения Вейротера.

Князь Андрей стал возражать и доказывать свой план, который мог быть одинаково хорош с планом Вейротера, но имел тот недостаток, что план Вейротера уже был одобрен. Как только князь Андрей стал доказывать невыгоды того и выгоды своего, князь Долгоруков перестал его слушать и рассеянно смотрел не на карту, а на лицо князя Андрея.

— Впрочем, у Кутузова будет нынче военный совет: вы там можете все это высказать, — сказал Долгоруков.

— Я это и сделаю, — сказал князь Андрей, отходя от карты.

— И о чем вы заботитесь, господа? — сказал Билибин, до сих пор с веселой улыбкой слушавший их разговор и теперь, видимо, собираясь пошутить. — Будет ли завтра победа или поражение, слава русского оружия застрахована. Кроме вашего Кутузова, нет ни одного русского начальника колонн. Начальники: Herr general Wimpfen, le comte de Langeron, le prince de Lichtenstein, le prince de Hohenloe et enfin Prsch... prsch... et ainsi de suite, comme tous les noms polonais[1].

— Taisez vous, mauvaise langue[2], — сказал Долгоруков. — Неправда, теперь уже два русских: Милорадович и Дохтуров, и был бы третий, граф Аракчеев, но у него нервы слабы.

— Однако Михаил Иларионович, я думаю, вышел, — сказал князь Андрей. — Желаю счастия и успеха, господа, — прибавил он и вышел, пожав руки Долгорукову и Билибину.

Возвращаясь домой, князь Андрей не мог удержаться, чтобы не спросить молчаливо сидевшего подле него Кутузова о том, что он думает о завтрашнем сражении?

Кутузов строго посмотрел на своего адъютанта и, помолчав, ответил:

— Я думаю, что сражение будет проиграно, и я так сказал графу Толстому и просил его передать это государю. Что же, ты думаешь, он мне ответил? Eh, mon cher gènèral, je me mêle de riz et des côtelettes, mêlez-vous des affaires de la guerre[3]. Да... Вот что мне отвечали!

---

[1] Господин генерал Вимпфен, граф Ланжерон, князь Лихтенштейн, князь Гогенлоэ и еще Прш...прш..., как все польские имена *(нем. и франц.)*.

[2] Замолчите, злой язык.

[3] И, любезный генерал! Я занят рисом и котлетами, а вы занимайтесь военными делами.

XII

В десятом часу вечера Вейротер с своими планами переехал на квартиру Кутузова, где и был назначен военный совет. Все начальники колонн были потребованы к главнокомандующему, и, за исключением князя Багратиона, который отказался приехать, все явились к назначенному часу.

Вейротер, бывший полным распорядителем предполагаемого сражения, представлял своею оживленностью и торопливостью резкую противоположность с недовольным и сонным Кутузовым, неохотно игравшим роль председателя и руководителя военного совета. Вейротер, очевидно, чувствовал себя во главе движения, которое стало уже неудержимо. Он был как запряженная лошадь, разбежавшаяся с возом под гору. Он ли вез или его гнало, он не знал; но он несся во всю возможную быстроту, не имея времени уже обсуждать того, к чему поведет это движение. Вейротер в этот вечер был два раза для личного осмотра в цепи неприятеля и два раза у государей, русского и австрийского, для доклада и объяснений, и в своей канцелярии, где он диктовал немецкую диспозицию. Он, измученный, приехал теперь к Кутузову.

Он, видимо, так был занят, что забывал даже быть почтительным с главнокомандующим: он перебивал его, говорил быстро, неясно, не глядя в лицо собеседника, не отвечая на делаемые ему вопросы, был испачкан грязью и имел вид жалкий, измученный, растерянный и вместе с тем самонадеянный и гордый.

Кутузов занимал небольшой дворянский за́мок около Остралиц. В большой гостиной, сделавшейся кабинетом главнокомандующего, собрались: сам Кутузов, Вейротер и члены военного совета. Они пили чай. Ожидали только князя Багратиона, чтобы приступить к военному совету. В восьмом часу приехал ординарец Багратиона с известием, что князь быть не может. Князь Андрей пришел доложить о том главнокомандующему и, пользуясь прежде данным ему Кутузовым позволением присутствовать при совете, остался в комнате.

— Так как князь Багратион не будет, то мы можем начинать, — сказал Вейротер, поспешно вставая с своего места и приближаясь к столу, на котором была разложена огромная карта окрестностей Брюнна.

Кутузов, в расстегнутом мундире, из которого, как бы освободившись, выплыла на воротник его жирная шея, сидел в вольтеровском кресле, положив симметрично пухлые старческие руки на подлокотники, и почти спал. На звук голоса Вейротера он с усилием открыл единственный глаз.

— Да, да, пожалуйста, а то поздно, — проговорил он и, кивнув головой, опустил ее и опять закрыл глаза.

Ежели первое время члены совета думали, что Кутузов притворялся спящим, то звуки, которые он издавал носом во время последующего чтения, доказывали, что в эту минуту для главнокомандующего дело шло о гораздо важнейшем, чем о желании выказать свое презрение к диспозиции или к чему бы то ни было: дело шло для него о неудержимом удовлетворении человеческой потребности — сна. Он действительно спал. Вейротер с движением человека, слишком занятого для того, чтобы терять хоть одну минуту времени, взглянул на Кутузова и, убедившись, что он спит, взял бумагу и громким однообразным тоном начал читать диспозицию будущего сражения под заглавием, которое он тоже прочел:

«Диспозиция к атаке неприятельской позиции позади Кобельница и Сокольница, 20 ноября 1805 года».

Диспозиция была очень сложная и трудная. В оригинальной диспозиции значилось:

Da der Feind mit seinem linken Flügel an die mit Wald bedeckten Berge lehnt und sich mit seinem rechten Flügel längs Kobelnitz und Sokolnitz hinter die dort befindlichen Teiche zieht, wir im Gegenteil mit unserem linken Flügel seinen rechten sehr debordieren, so ist es vorteilhaft letzteren Flügel des Feindes zu attakieren, besonders wenn wir die Dörfer Sokolnitz und Kobelnitz im Besitze haben, wodurch wir dem Feind zugleich in die Flanke fallen und ihn auf der Fläche zwischen Schlapanitz und dem Thuerassa-Walde verfolgen können, indem wir dem Defileen von Schlapanitz und Bellowitz ausweichen, welche die feindliche Front decken. Zu diesem Endzwecke ist es nötig... Die erste Kolonne marschiert... die zweite Kolonne marschiert... die dritte Kolonne marchiert...[1] и т. д., — читал Вейротер. Генералы, казалось, неохотно слушали трудную диспозицию. Белокурый высокий генерал Буксгевден стоял, прислонившись спиною к стене, и, остановив свои глаза на горевшей свече, казалось, не слушал и даже не хотел, чтобы думали, что он слушает. Прямо против Вейротера, устремив на него свои блестящие открытые глаза, в воинственной позе, оперев руки с выгнутыми наружу локтями на колени, сидел румяный Милорадович, с приподнятыми усами и плечами. Он упорно молчал, глядя в лицо Вейротера, и спускал с него глаза только в то время, когда австрийский начальник штаба замолкал. В это время Милорадович значительно оглядывался на других генералов. Но по значению этого значительного взгляда нельзя было понять, был ли он согласен или не согласен, доволен или не доволен диспозицией. Ближе всех к Вейротеру сидел граф Ланжерон и с тонкой улыбкой южного французского лица, не покидавшей его во все время чтения, глядел на свои тонкие пальцы, быстро перевертывавшие за углы золотую табакерку с портретом. В середине одного из длиннейших периодов он остановил вращательное движение табакерки, поднял голову и с неприятной учтивостью на самых концах тонких губ перебил Вейротера и хотел сказать что-то; но австрийский генерал, не прерывая чтения, сердито нахмурился и замахал локтями, как бы говоря: потом, потом вы мне скажете свои мысли, теперь извольте смотреть на карту и слушать. Ланжерон поднял глаза кверху с выражением недоумения, оглянулся на Милорадовича, как бы ища объяснения, но, встретив значительный, ничего не значащий взгляд Милорадовича, грустно опустил глаза и опять принялся вертеть табакерку.

---

[1] Так как неприятель опирается левым крылом своим на покрытые лесом горы, а правым крылом тянется вдоль Кобельница и Сокольница, позади находящихся там прудов, а мы, напротив, превосходим нашим левым крылом его правое, то выгодно нам атаковать сие последнее неприятельское крыло, особливо если мы займем деревни Сокольниц и Кобельниц, будучи поставлены в возможность нападать на фланг неприятеля и преследовать его в равнине между Шлапаницем и лесом Тюрасским и избегая дефилеи между Шлапаницем и Беловицем, которою прикрыт неприятельский фронт. Для этой цели необходимо... Первая колонна марширует... вторая колонна марширует... третья колонна марширует... *(нем.)*

— Une leçon de géographie[1], — проговорил он как бы про себя, но довольно громко, чтоб его слышали.

Пржебышевский с почтительной, но достойной учтивостью пригнул рукою ухо к Вейротеру, имея вид человека, поглощенного вниманием. Маленький ростом Дохтуров сидел прямо против Вейротера с старательным и скромным видом и, нагнувшись над разложенною картой, добросовестно изучал диспозицию и неизвестную ему местность. Он несколько раз просил Вейротера повторять нехорошо расслышанные им слова и трудные наименования деревень. Вейротер исполнял его желание, и Дохтуров записывал.

Когда чтение, продолжавшееся более часу, было кончено, Ланжерон, опять остановив табакерку и не глядя на Вейротера и ни на кого особенно, начал говорить о том, как трудно было исполнить такую диспозицию, где положение неприятеля предполагается известным, тогда как положение это может быть нам неизвестно, так как неприятель находится в движении. Возражения Ланжерона были основательны, но было очевидно, что цель этих возражений состояла преимущественно в желании дать почувствовать генералу Вейротеру, столь самоуверенно, как школьникам-ученикам, читавшему свою диспозицию, что он имел дело не с одними дураками, а с людьми, которые могли и его поучить в военном деле. Когда замолк однообразный звук голоса Вейротера, Кутузов открыл глаза, как мельник, который просыпается при перерыве усыпительного звука мельничных колес, прислушался к тому, что говорил Ланжерон и, как будто говоря: «А вы всё еще про эти глупости!», поспешно закрыл глаза и еще ниже опустил голову.

Стараясь как можно язвительнее оскорбить Вейротера в его авторском военном самолюбии, Ланжерон доказывал, что Бонапарте легко может атаковать, вместо того чтобы быть атакованным, и вследствие того сделает всю эту диспозицию совершенно бесполезною. Вейротер на все возражения отвечал твердой презрительной улыбкой, очевидно, вперед приготовленную для всякого возражения, независимо от того, что бы ему ни говорили.

— Ежели бы он мог атаковать нас, то он нынче бы это сделал, — сказал он.

---

[1] Урок из географии.

— Вы, стало быть, думаете, что он бессилен? — сказал Ланжерон.

— Много, если у него сорок тысяч войска, — отвечал Вейротер с улыбкой доктора, которому лекарка хочет указать средства лечения.

— В таком случае он идет на свою погибель, ожидая нашей атаки, — с тонкой иронической улыбкой сказал Ланжерон, за подтверждением оглядываясь опять на ближайшего Милорадовича.

Но Милорадович, очевидно, в эту минуту думал менее всего о том, о чем спорили генералы.

— Ma foi[1] — сказал он, — завтра всё увидим на поле сражения.

Вейротер усмехнулся опять тою улыбкой, которая говорила, что *ему* смешно и странно встречать возражения от русских генералов и доказывать то, в чем не только он сам слишком хорошо был уверен, но в чем уверены были им государи императоры.

— Неприятель потушил огни, и слышен непрерывный шум в его лагере, — сказал он. — Что это значит? Или он удаляется, чего одного мы должны бояться, или он переменяет позицию (он усмехнулся). Но даже ежели бы он и занял позицию в Тюрасе, он только избавляет нас от больших хлопот, и распоряжения все, до малейших подробностей, остаются те же.

— Каким же образом? — сказал князь Андрей, уже давно выжидавший случая выразить свои сомнения.

Кутузов проснулся, тяжело откашлялся и оглянул генералов.

— Господа, диспозиция на завтра, даже на нынче (потому что уже первый час), не может быть изменена, — сказал он. — Вы ее слышали, и все мы исполним наш долг. А перед сражением нет ничего важнее... (он помолчал) как выспаться хорошенько.

Он сделал вид, что привстает. Генералы откланялись и удалились. Было уже за полночь. Князь Андрей вышел.

Военный совет, на котором князю Андрею не удалось высказать своего мнения, как он надеялся, оставил в нем неясное и тревожное впечатление. Кто был прав: Долгоруков с Вейротером или Кутузов с Ланжероном и другими, не одобрявшими план атаки, он не знал. «Но неужели нельзя было Кутузову прямо высказать государю свои

---

[1] Ей-богу. — *Ред.*

мысли? Неужели это не может иначе делаться? Неужели из-за придворных и личных соображений должно рисковать десятками тысяч и моей, *моей* жизнью?» — думал он.

«Да, очень может быть, завтра убьют», — подумал он. И вдруг, при этой мысли о смерти, целый ряд воспоминаний, самых далеких и самых задушевных, восстал в его воображении; он вспоминал последнее прощание с отцом и женою; он вспомнил первые времена своей любви к ней; вспомнил о ее беременности, и ему стало жалко и ее и себя, и он в нервично-размягченном и взволнованном состоянии вышел из избы, в которой он стоял с Несвицким, и стал ходить перед домом.

Ночь была туманная, и сквозь туман таинственно пробивался лунный свет. «Да, завтра, завтра! — думал он. — Завтра, может быть, все будет кончено для меня, всех этих воспоминаний не будет более, все эти воспоминания не будут иметь для меня более никакого смысла. Завтра же, может быть, — даже наверное завтра, я это предчувствую, в первый раз мне придется, наконец, показать все то, что я могу сделать». И ему представилось сражение, потеря его, сосредоточение боя на одном пункте и замешательство всех начальствующих лиц. И вот та счастливая минута, тот Тулон, которого так долго ждал он, наконец, представляется ему. Он твердо и ясно говорит свое мнение и Кутузову, и Вейротеру, и императорам. Все поражены верностью его соображения, но никто не берется исполнить его, и вот он берет полк, дивизию, выговаривает условие, чтоб уже никто не вмешивался в его распоряжения, и ведет свою дивизию к решительному пункту и один одерживает победу. А смерть и страдания? — говорит другой голос. Но князь Андрей не отвечает этому голосу и продолжает свои успехи. Диспозиция следующего сражения делается им одним. Он носит звание дежурного по армии при Кутузове, но делает все он один. Следующее сражение выиграно им одним. Кутузов сменяется, назначается он... Ну, а потом? — говорит опять другой голос, — а потом, ежели ты десять раз прежде этого не будешь ранен, убит или обманут; ну а потом что́ ж? «Ну, а потом... — отвечает сам себе князь Андрей, — я не знаю, что будет потом, не хочу и не могу знать; но ежели хочу этого, хочу славы, хочу быть известным людям, хочу быть любимым ими, то ведь я не виноват, что я хочу этого, что одного этого я хочу, для одного этого я живу. Да, для одного этого! Я никогда никому не скажу этого, но, Боже мой! что же мне делать, ежели я ничего не люблю, как только славу, любовь людскую. Смерть, раны, потеря семьи, ничто мне не страшно. И как ни дороги, ни милы мне многие люди — отец, сестра, жена, — самые дорогие мне люди, — но, как ни страшно и ни неестественно это кажется, я всех их отдам сейчас за минуту славы, торжества над людьми, за любовь к себе людей, которых я не знаю и не буду знать, за любовь вот этих людей», — подумал он, прислушиваясь к говору на дворе Кутузова. На дворе Кутузова слышались голоса укладывавшихся денщиков; один голос, вероятно кучера, дразнившего старого кутузовского повара, которого знал князь Андрей и которого звали Титом, говорил: «Тит, а Тит?»

— Ну, — отвечал старик.

— Тит, ступай молотить, — говорил шутник.

— Тьфу, ну те к черту, — раздавался голос, покрываемый хохотом денщиков и слуг.

«И все-таки я люблю и дорожу только торжеством над всеми ими, дорожу этой таинственной силой и славой, которая вот тут надо мной носится в этом тумане!»

XIII

Ростов в эту ночь был со взводом во фланкёрской цепи, впереди отряда Багратиона. Гусары его попарно были рассыпаны в цепи; сам он ездил верхом по этой линии цепи, стараясь преодолеть сон, непреодолимо клонивший его. Позади его видно было огромное пространство неясно горевших в тумане костров нашей армии; впереди его была туманная темнота. Сколько ни вглядывался Ростов в эту туманную даль, он ничего не видел: то серелось, то как будто чернелось что-то; то мелькали как будто огоньки, там, где должен быть неприятель; то ему думалось, что это только в глазах блестит у него. Глаза его закрывались, и в воображении представлялся то государь, то Денисов, то московские воспоминания, и он опять поспешно открывал глаза, и близко перед собой он видел голову и уши лошади, на которой он сидел, иногда черные фигуры гусар, когда он в шести шагах наезжал на них, а вдали все ту же туманную темноту. «Отчего же? очень может быть, — думал Ростов, — что государь, встретив меня, даст поручение, как и всякому офицеру, скажет:

«Поезжай, узнай, что там». Много рассказывали же, как совершенно случайно он узнал так какого-то офицера и приблизил к себе. Что, ежели бы он приблизил меня к себе! О, как бы я охранял его, как бы я говорил ему всю правду, как бы я изобличал его обманщиков!» И Ростов, для того чтобы живо представить себе свою любовь и преданность государю, представлял себе врага или обманщика-немца, которого он с наслаждением не только убивал, но по щекам бил в глазах государя. Вдруг дальний крик разбудил Ростова. Он вздрогнул и открыл глаза.

«Где я! Да, в цепи; лозунг и пароль — дышло, Ольмюц. Экая досада, что завтра эскадрон наш будет в резервах... — подумал он. — Попрошусь в дело. Это, может быть, единственный случай увидать государя. Да, теперь недолго до смены. Объеду еще раз и, как вернусь, пойду к генералу и попрошу его». Он поправился на седле и тронул лошадь, чтобы еще раз объехать своих гусар. Ему показалось, что было светлей. В левой стороне виднелся пологий освещенный скат и противоположный черный бугор, казавшийся крутым, как стена. На бугре этом было белое пятно, которого никак не мог понять Ростов: поляна ли это в лесу, освещенная месяцем, или оставшийся снег, или белые дома? Ему показалось даже, что по этому белому пятну зашевелилось что-то. «Должно быть, снег — это пятно; пятно — uno tache, — думал Ростов. — Вот тебе и не *таш...*»

«Наташа, сестра, черные глаза. На...ташка... (Вот удивится, когда ей скажу, как я увидал государя!) Наташку... ташку возьми...» — «Поправей-то, ваше благородие, а то тут кусты», — сказал голос гусара, мимо которого, засыпая, проезжал Ростов. Ростов вдруг поднял голову, которая опустилась уже до гривы лошади, и остановился подле гусара. Молодой детский сон непреодолимо клонил его. «Да, бишь, что я думал? — не забыть. Как с государем говорить буду? Нет, не то — это завтра. Да, да! На ташку, наступить... тупить нас — кого? Гусаров. А гусары и усы... По Тверской ехал этот гусар с усами, еще я подумал о нем, против самого Гурьева дома... Старик Гурьев... Эх, славный малый Денисов! Да, все это пустяки. Главное теперь — государь тут. Как он на меня смотрел, и хотелось ему что-то сказать, да он не смел... Нет, это я не смел. Да это пустяки, а главное — не забывать, что я нужное-то думал, да. На — ташку, нас — тупить, да, да, да. Это хорошо». И он опять упал головой на шею лошади. Вдруг ему показалось, что в него стреляют. «Что? Что? Что!.. Руби! Что?..» — заговорил, очнувшись, Ростов. В то мгновение, как он открыл глаза, Ростов услыхал перед собой, там, где был неприятель, протяжные крики тысячи голосов. Лошади его и гусара, стоявшего подле него, насторожили уши на эти крики. На том месте, с которого слышались крики, зажегся и потух один огонек, потом другой, и по всей линии французских войск на горе зажглись огни, и крики все более и более усиливались. Ростов слышал звуки французских слов, но не мог их разобрать. Слишком много гудело голосов. Только слышно было: аааа! и рррр!

— Что это? Ты как думаешь? — обратился Ростов к гусару, стоявшему подле него. — Ведь это у неприятеля?

Гусар ничего не ответил.

— Что ж, ты разве не слышишь? — довольно долго подождав ответа, опять спросил Ростов.

— А кто ё знает, ваше благородие, — неохотно отвечал гусар.

— По месту, должно быть, неприятель? — опять повторил Ростов.

— Може, он, а може, и так, — проговорил гусар, — дело ночное. Ну! шали! — крикнул он на свою лошадь, шевелившуюся под ним.

Лошадь Ростова тоже торопилась, била ногой по мерзлой земле, прислушиваясь к звукам и приглядываясь к огням. Крики голосов все усиливались и усиливались и слились в общий гул, который могла произвести только несколькотысячная армия. Огни больше и больше распространялись, вероятно, по линии французского лагеря. Ростову уже не хотелось спать. Веселые, торжествующие крики в неприятельской армии возбудительно действовали на него. «Vive l'empereur l'empereur!»[1] — уже ясно слышалось теперь Ростову.

— А недалеко, — должно быть, за ручьем, — сказал он стоявшему подле него гусару.

Гусар только вздохнул, ничего не отвечая, и прокашлялся сердито. По линии гусар послышался топот ехавшего рысью конного, и из ночного тумана вдруг выросла, представляясь громадным слоном, фигура гусарского унтер-офицера.

---

[1] Виват император, император!

— Ваше благородие, генералы! — сказал унтер-офицер, подъезжая к Ростову.

Ростов, продолжая оглядываться на огни и крики, поехал с унтер-офицером навстречу нескольким верховым, ехавшим по линии. Один был на белой лошади. Князь Багратион с князем Долгоруковым и адъютантами выехали посмотреть на странное явление огней и криков в неприятельской армии. Ростов, подъехав к Багратиону, рапортовал ему и присоединился к адъютантам, прислушиваясь к тому, что говорили генералы.

— Поверьте, — говорил князь Долгоруков, обращаясь к Багратиону, — что это больше ничего как хитрость: он отступил и в ариергарде велел зажечь огни и шуметь, чтоб обмануть нас.

— Едва ли, — сказал Багратион, — с вечера я их видел на том бугре; коли ушли, так и оттуда снялись. Господин офицер, — обратился князь Багратион к Ростову, — стоят там еще его фланкеры?

— С вечера стояли. А теперь не могу знать, ваше сиятельство. Прикажите, я съезжу с гусарами, — сказал Ростов.

Багратион остановился и, не отвечая, в тумане старался разглядеть лицо Ростова.

— А что ж, съездите, — сказал он, помолчав немного.

— Слушаю-с.

Ростов дал шпоры лошади, окликнул унтер-офицера Федченку и еще двух гусар, приказал им ехать за собою и рысью поехал под гору по направлению к все продолжавшимся крикам. Ростову и жутко и весело было ехать одному с тремя гусарами туда, в эту таинственную и опасную туманную даль, где никто не был прежде его. Багратион закричал ему с горы, чтоб он не ездил дальше ручья, но Ростов сделал вид, как будто не слыхал его слов, и, не останавливаясь, ехал дальше и дальше, беспрестанно обманываясь, принимая кусты за деревья и рытвины за людей и беспрестанно объясняя свои обманы. Спустившись рысью под гору, он уже не видал ни наших, ни неприятельских огней, но громче, яснее слышал крики французов. В лощине он увидал перед собой что-то вроде реки, но когда он доехал до нее, он узнал проезженную дорогу. Выехав на дорогу, он придержал лошадь в нерешительности: ехать по ней или пересечь ее и ехать по черному полю в гору. Ехать по светлевшей в тумане дороге было безопаснее, потому что скорее можно было рассмотреть людей. «Пошел за мной», — проговорил он, пересек дорогу и стал подниматься галопом на гору, к тому месту, где с вечера стояли французские пикеты.

— Ваше благородие, вот он! — проговорил сзади один из гусар.

И не успел еще Ростов разглядеть что-то, вдруг зачерневшееся в тумане, как блеснул огонек, щелкнул выстрел, и пуля, как будто жалуясь на что-то, зажужжала высоко в тумане и вылетела из слуха. Другое ружье не выстрелило, но блеснул огонек на полке. Ростов повернул лошадь и галопом поехал назад. Еще раздались в разных промежутках четыре выстрела, и на разные тоны запели пули где-то в тумане. Ростов придержал лошадь, повеселевшую так же, как и он, от выстрелов, и поехал шагом. «Ну-ка еще, ну-ка еще!» — говорил в его душе какой-то веселый голос. Но выстрелов больше не было.

Только подъезжая к Багратиону, Ростов опять пустил свою лошадь в галоп и, держа руку у козырька, подъехал к нему.

Долгоруков все настаивал на своем мнении, что французы отступили и только для того, чтобы обмануть нас, разложили огни.

— Что же это доказывает? — проговорил он в то время, как Ростов подъехал к ним. — Они могли отступить и оставить пикеты.

— Видно, еще не все ушли, князь, — сказал Багратион. — До завтрашнего утра, завтра всё узнаем.

— На горе пикет, ваше сиятельство, все там же, где был с вечера, — доложил Ростов, нагибаясь вперед, держа руку у козырька и не в силах удержать улыбку веселья, вызванного в нем его поездкой и, главное, звуками пуль.

— Хорошо, хорошо, — сказал Багратион, — благодарю вас, господин офицер.

— Ваше сиятельство, — сказал Ростов, — позвольте вас просить.

— Что такое?

— Завтра эскадрон наш назначен в резервы: позвольте вас просить прикомандировать меня к первому эскадрону.

— Как фамилия?

— Граф Ростов.

— А, хорошо. Оставайся при мне ординарцем.

— Ильи Андреича сын? — сказал Долгоруков.

Но Ростов не отвечал ему.

— Так я буду надеяться, ваше сиятельство.

— Я прикажу.

«Завтра, очень может быть, пошлют с каким-нибудь приказанием к государю, — подумал он. — Слава Богу!»

Крики и огни в неприятельской армии происходили оттого, что в то время, как по войскам читали приказ Наполеона, сам император верхом объезжал свои бивуаки. Солдаты, увидав императора, зажигали пуки соломы и с криками «vive l'empereur!» бежали за ним. Приказ Наполеона был следующий:

«Солдаты! Русская армия выходит против вас, чтобы отмстить за австрийскую, ульмскую армию. Это те же батальоны, которые вы разбили при Голлабрунне и которые вы с тех пор преследовали постоянно до этого места. Позиции, которые мы занимаем, — могущественны, и пока они будут идти, чтоб обойти меня справа, они выставят мне фланг! Солдаты! Я сам буду руководить вашими батальонами. Я буду держаться далеко от огня, если вы, с вашей обычной храбростью, внесете в ряды неприятельские беспорядок и смятение; но если победа будет хоть одну минуту сомнительна, вы увидите вашего императора, подвергающегося первым ударам неприятеля, потому что не может быть колебания в победе, особенно в тот день, в который идет речь о чести французской пехоты, которая так необходима для чести своей нации.

Под предлогом увода раненых не расстраивать ряда! Каждый да будет вполне проникнут мыслию, что надо победить этих наемников Англии, воодушевленных такою ненавистью против нашей нации. Эта победа окончит наш поход, и мы можем возвратиться на зимние квартиры, где застанут нас новые французские войска, которые формируются во Франции; и тогда мир, который я заключу, будет достоин моего народа, вас и меня.

Наполеон».

XIV

В пять часов утра еще было совсем темно. Войска центра, резервов и правый фланг Багратиона стояли еще неподвижно, но на левом фланге колонны пехоты, кавалерии и артиллерии, долженствовавшие первые спуститься с высот, для того чтобы атаковать французский правый фланг и отбросить его, по диспозиции, в Богемские горы, уже зашевелились и начали подниматься с своих ночлегов. Дым от костров, в которые бросали все лишнее, ел глаза. Было холодно и темно. Офицеры торопливо пили чай и завтракали, солдаты пережевывали сухари, отбивали ногами дробь, согреваясь, и стекались против огней, бросая в дрова остатки балаганов, стулья, столы, колеса, кадушки, все лишнее, что нельзя было увезти с собою. Австрийские колонновожатые сновали между русскими войсками и служили предвестниками выступления. Как только показывался австрийский офицер около стоянки полкового командира, полк начинал шевелиться: солдаты сбегались от костров, прятали в голенища трубочки, мешочки в повозки, разбирали ружья и строились. Офицеры застегивались, надевали шпаги и ранцы и, покрикивая, обходили ряды; обозные и денщики запрягали, укладывали и увязывали повозки. Адъютанты, батальонные и полковые командиры садились верхами, крестились, отдавали последние приказания, наставления и поручения остающимся обозным, и звучал однообразный топот тысячей ног. Колонны двигались, не зная куда и не видя от окружавших людей, от дыма и от усиливающегося тумана ни той местности, из которой они выходили, ни той, в которую они вступали.

Солдат в движении так же окружен, ограничен и влеком своим полком, как моряк кораблем, на котором он находится. Как бы далеко он ни прошел, в какие бы странные, неведомые и опасные широты ни вступил он, вокруг него — как для моряка всегда и везде те же палубы, мачты, канаты своего корабля — всегда и везде те же товарищи, те же ряды, тот же фельдфебель Иван Митрич, та же ротная собака Жучка, то же начальство. Солдат редко желает знать те широты, в которых находится весь корабль его; но в день сражения, Бог знает как и откуда, в нравственном мире войска слышится одна для всех строгая нота, которая звучит приближением чего-то решительного и торжественного и вызывает их на несвойственное им любопытство. Солдаты в дни сражений возбужденно стараются выйти из интересов своего полка, прислушиваются, приглядываются и жадно расспрашивают о том, что делается вокруг них.

Туман стал так силен, что, несмотря на то, что рассветало, не видно было в десяти шагах перед собою. Кусты казались громадными деревьями, ровные места — обрывами и скатами. Везде, со всех сторон, можно было столкнуться с невидимым в десяти шагах неприятелем. Но долго шли колонны всё в том же тумане, спускаясь и поднимаясь на горы, минуя сады и ограды, по новой, непонятной местности, нигде не сталкиваясь с неприятелем. Напротив того, то впереди, то сзади, со всех сторон, солдаты узнавали, что идут по тому же направлению наши русские колонны. Каждому солдату приятно становилось на душе оттого, что он знал, что туда же, куда он идет, то есть неизвестно куда, идет еще много, много наших.

— Ишь ты, и курские прошли, — говорили в рядах.

— Страсть, братец ты мой, что войски нашей собралось! Вечор, посмотрел, как огни разложили, конца-краю не видать. Москва — одно слово!

Хотя никто из колонных начальников не подъезжал к рядам и не говорил с солдатами (колонные начальники, как мы видели на военном совете, были не в духе и недовольны предпринимаемым делом и потому только исполняли приказания и не заботились о том, чтобы повеселить солдат), несмотря на то, солдаты шли весело, как и всегда идя в дело, в особенности в наступательное. Но, пройдя около часу всё в густом тумане, большая часть войска должна была остановиться, и по рядам пронеслось неприятное сознание совершающегося беспорядка и бестолковщины. Каким образом передается это сознание, весьма трудно определить; но несомненно то, что оно передается необыкновенно верно и быстро разливается, незаметно и неудержимо, как вода по лощине. Ежели бы русское войско было одно, без союзников, то, может быть, еще прошло бы много времени, пока это сознание беспорядка сделалось бы общею уверенностью; но теперь, с особенным удовольствием и естественностью относя причину беспорядков к бестолковым немцам, все убедились в том, что происходит вредная путаница, которую наделали колбасники.

— Что стали-то? Аль загородили? Или уж на француза наткнулись?

— Нет, не слыхать. А то палить бы стал.

— То-то торопили выступать, а выступили — стали без толку посереди поля, — всё немцы проклятые путают. Эки черти бестолковые!

— То-то я бы их и пустил наперед. А то небось позади жмутся. Вот и стой теперь не емши.

— Да что, скоро ли там? Кавалерия, говорят, дорогу загородила, — говорил офицер.

— Эх, немцы проклятые, своей земли не знают! — говорил другой.

— Вы какой дивизии? — кричал, подъезжая, адъютант.

— Осьмнадцатой.

— Так зачем же вы здесь? вам давно бы впереди должно быть, теперь до вечера не пройдете. Вот распоряжения-то дурацкие; сами не знают, что делают, — говорил офицер и отъезжал.

Потом проезжал генерал и сердито не по-русски кричал что-то.

— Тафа-лафа, а что бормочет, ничего не разберешь, — говорил солдат, передразнивая отъехавшего генерала. — Расстрелял бы я их, подлецов!

— В девятом часу велено на месте быть, а мы и половины не прошли. Вот так распоряжения! — повторялось с разных сторон.

И чувство энергии, с которым выступали в дело войска, начало обращаться в досаду и в злобу на бестолковые распоряжения и на немцев.

Причина путаницы заключалась в том, что во время движения австрийской кавалерии, шедшей на левом фланге, высшее начальство нашло, что наш центр слишком отдален от правого фланга, и всей кавалерии велено было перейти на правую сторону. Несколько тысяч кавалерии продвигалось перед пехотой, и пехота должна была ждать.

Впереди произошло столкновение между австрийским колонновожатым и русским генералом. Русский генерал кричал, требуя, чтоб остановлена была конница; австриец доказывал, что виноват был не он, а высшее начальство. Войска между тем стояли, скучая и падая духом. После часовой задержки войска двинулись, наконец, дальше и стали спускаться под гору. Туман, расходившийся на горе, только гуще расстилался в низах, куда спустились войска. Впереди, в тумане, раздался один, другой выстрел, сначала нескладно, в разных промежутках: трат-та... тат, а потом все складнее и чаще, и завязалось дело над речкою Гольдбахом.

Не рассчитывая встретить внизу над речкою неприятеля и нечаянно в тумане наткнувшись на него, не слыша сло́ва одушевления от высших начальников, с распространившимся по войскам сознанием, что было опоздано, и, главное, в густом тумане не видя ничего впереди и кругом себя, русские лениво и медленно перестреливались с неприятелем, подвигались вперед и опять останавливались, не получая вовремя приказаний от начальников и адъютантов, которые блудили по туману в незнакомой местности, не находя своих частей войск. Так началось дело для первой, второй и третьей колонны, которые спустились вниз. Четвертая колонна, при которой находился сам Кутузов, стояла на Праценских высотах.

В низах, где началось дело, был все еще густой туман, наверху прояснело, но все не видно было ничего из того, что происходило впереди. Были ли все силы неприятеля, как мы предполагали, за десять верст от нас, или он был тут, в этой черте тумана, — никто не знал до девятого часа.

Было девять часов утра. Туман сплошным морем расстилался понизу, но при деревне Шлапанице, на высоте, на которой стоял Наполеон, окруженный своими маршалами, было совершенно светло. Над ним было ясное голубое небо, и огромный шар солнца, как огромный пустотелый багровый поплавок, колыхался на поверхности молочного моря тумана. Не только все французские войска, но сам Наполеон со штабом находился не по ту сторону ручьев и низов деревень Сокольниц и Шлапаниц, за которыми мы намеревались занять позицию и начать дело, но по сю сторону, так близко от наших войск, что Наполеон простым глазом мог в нашем войске отличать конного от пешего. Наполеон стоял несколько впереди своих маршалов на маленькой серой арабской лошади, в синей шинели, в той самой, в которой он делал итальянскую кампанию. Он молча вглядывался в холмы, которые как бы выступали из моря тумана и по которым вдалеке двигались русские войска, и прислушивался к звукам стрельбы в лощине. В то время еще худое лицо его не шевелилось ни одним мускулом; блестящие глаза были неподвижно устремлены на одно место. Его предположения оказались верными. Русские войска частью уже спустились в лощину к прудам и озерам, частью очищали те Праценские высоты, которые он намерен был атаковать и считал ключом позиции. Он видел среди тумана, как в углублении, составляемом двумя горами около деревни Прац, все по одному направлению к лощинам двигались, блестя штыками, русские колонны и одна за другою скрывались в море тумана. По сведениям, полученным им с вечера, по звукам колес и шагов, слышанным ночью на аванпостах, по беспорядочности движения русских колонн, по всем предположениям он ясно видел, что союзники считали его далеко впереди себя, что колонны, двигавшиеся близ Працена, составляли центр русской армии и что центр уже достаточно ослаблен для того, чтобы успешно атаковать его. Но он все еще не начинал дела.

Нынче был для него торжественный день — годовщина его коронования. Перед утром он задремал на несколько часов и, здоровый, веселый, свежий, в том счастливом расположении духа, в котором все кажется возможным и все удается, сел на лошадь и выехал в поле. Он стоял неподвижно, глядя на виднеющиеся из-за тумана высоты, и на холодном лице его был тот особый оттенок самоуверенного, заслуженного счастья, который бывает на лице влюбленного и счастливого мальчика. Маршалы стояли позади его и не смели развлекать его внимание. Он смотрел то на Праценские высоты, то на выплывавшее из тумана солнце.

Когда солнце совершенно вышло из тумана и ослепляющим блеском брызнуло по полям и туману (как будто он только ждал этого для начала дела), он снял перчатку с красивой белой руки, сделал ею знак маршалам и отдал приказание начинать дело. Маршалы, сопутствуемые адъютантами, поскакали в разные стороны, и через несколько минут быстро двинулись главные силы французской армии к тем Праценским высотам, которые все более и более очищались русскими войсками, спускавшимися налево в лощину.

XV

В восемь часов Кутузов выехал верхом к Працу, впереди четвертой милорадовичевской колонны, той, которая должна была занять места колонн Пржебышевского и Ланжерона, спустившихся уже вниз. Он поздоровался с людьми переднего полка и отдал приказание к движению, показывая тем, что он сам намерен был вести эту колонну. Выехав к деревне Працу, он остановился. Князь Андрей, в числе огромного количества лиц, составлявших свиту главнокомандующего, стоял позади его. Князь Андрей чувствовал себя взволнованным, раздраженным и вместе с тем сдержанно спокойным, каким бывает человек при наступлении давно желанной минуты. Он твердо был уверен, что нынче был день его Тулона или его Аркольского моста. Как это случится, он не знал, но он твердо был уверен, что это будет. Местность и положение наших войск были ему известны, насколько они могли быть известны кому-нибудь из нашей армии. Его собственный стратегический план, который, очевидно, теперь и думать нечего было привести в исполнение, был им забыт. Теперь, уже входя в план Вейротера, князь Андрей обдумывал могущие произойти случайности и делал новые соображения, такие, в которых могли бы потребоваться его быстрота соображения и решительность.

Налево внизу, в тумане, слышалась перестрелка между невидными войсками. Там, казалось князю Андрею, сосредоточится сражение, там встретится препятствие, и «туда-то я буду послан, — думал он, — с бригадой или дивизией, и там-то со знаменем в руке я пойду вперед и сломлю все, что будет передо мной».

Князь Андрей не мог равнодушно смотреть на знамена проходивших батальонов. Глядя на знамя, ему все думалось: может быть, это то самое знамя, с которым мне придется идти впереди войск.

Ночной туман к утру оставил на высотах только иней, переходивший в росу, в лощинах же туман расстилался еще молочно-белым морем. Ничего не было видно в той лощине налево, куда спустились наши войска и откуда долетали звуки стрельбы. Над высотами было темное ясное небо, и направо — огромный шар солнца. Впереди, далеко, на том берегу туманного моря виднелись выступающие лесистые холмы, на которых должна была быть неприятельская армия, и виднелось что-то. Вправо вступала в область тумана гвардия, звучавшая топотом и колесами и изредка блестевшая штыками; налево, за деревней, такие же массы кавалерии подходили и скрывались в море тумана. Спереди и сзади двигалась пехота. Главнокомандующий стоял на выезде деревни, пропуская мимо себя войска. Кутузов в это утро казался изнуренным и раздражительным. Шедшая мимо его пехота остановилась без приказания, очевидно потому, что впереди что-нибудь задержало ее.

— Да скажите же, наконец, чтобы строились в батальонные колонны и шли в обход деревни, — сердито сказал Кутузов подъехавшему генералу. — Как же вы не поймете, ваше превосходительство, милостивый государь, что растянуться по этому дефилею улицы деревни нельзя, когда мы идем против неприятеля.

— Я предполагал построиться за деревней, ваше высокопревосходительство, — отвечал генерал.

Кутузов желчно засмеялся.

— Хороши вы будете, развертывая фронт в виду неприятеля, очень хороши!

— Неприятель еще далеко, ваше высокопревосходительство. По диспозиции...

— Диспозиция, — желчно вскрикнул Кутузов, — а это вам кто сказал?.. Извольте делать, что вам приказывают.

— Слушаю-с!

— Mon cher, — сказал шепотом князю Андрею Несвицкий, — le vieux est d'une humeur de chien[1].

К Кутузову подскакал австрийский офицер с зеленым плюмажем на шляпе, в белом мундире и спросил от имени императора: выступила ли в дело четвертая колонна.

Кутузов, не отвечая ему, отвернулся, и взгляд его нечаянно попал на князя Андрея, стоявшего подле него. Увидав Болконского, Кутузов смягчил злое и едкое выражение взгляда, как бы сознавая, что его адъютант не был виноват в том, что делалось. И, не отвечая австрийскому адъютанту, он обратился к Болконскому:

— Allez voir, mon cher, si la troisième division a dépassé le village. Dites-lui de s'arrêter et d'attendre mes ordres[2].

Только что князь Андрей отъехал, он остановил его.

— Et demandez-lui, si les tirailleurs sont postés, — прибавил он. — Ce qu'ils font, ce qu'ils font![3] — проговорил он про себя, все не отвечая австрийцу.

Князь Андрей поскакал исполнять поручение.

---

[1] Ну, любезный, старик сильно не в духе.

[2] Ступайте, мой милый, посмотрите, прошла ли третья дивизия через деревню. Велите ей остановиться и ждать моего приказания.

[3] И спросите, поставлены ли застрельщики. Что делают, что делают!

Обогнав все шедшие впереди батальоны, он остановил третью дивизию и убедился, что действительно впереди наших колонн не было стрелковой цепи. Полковой командир бывшего впереди полка был очень удивлен переданным ему от главнокомандующего приказанием рассыпать стрелков. Полковой командир стоял тут в полной уверенности, что впереди его есть еще войска и что неприятель не может быть ближе десяти верст. Действительно, впереди ничего не было видно, кроме пустынной местности, склоняющейся вперед и застланной густым туманом. Приказав от имени главнокомандующего исполнить упущенное, князь Андрей поскакал назад. Кутузов стоял все на том же месте и, старчески опустившись на седле своим тучным телом, тяжело зевал, закрывши глаза. Войска уже не двигались, а стояли ружья к ноге.

— Хорошо, хорошо, — сказал он князю Андрею и обратился к генералу, который с часами в руках говорил, что пора бы двигаться, так как все колонны с левого фланга уже спустились.

— Еще успеем, ваше превосходительство, — сквозь зевоту проговорил Кутузов. — Успеем! — повторил он.

В это время позади Кутузова послышались вдали звуки здоровающихся полков, и голоса эти стали быстро приближаться по всему протяжению растянувшейся линии наступавших русских колонн. Видно было, что тот, с кем здоровались, ехал скоро. Когда закричали солдаты того полка, перед которым стоял Кутузов, он отъехал несколько в сторону и, сморщившись, оглянулся. По дороге из Працена скакал как бы эскадрон разноцветных всадников. Два из них крупным галопом скакали рядом впереди остальных. Один был в черном мундире с белым султаном, на рыжей энглизированной лошади, другой в белом мундире, на вороной лошади. Это были два императора со свитой. Кутузов, с аффектацией служаки, находящегося во фронте, скомандовал «смирно» стоявшим войскам и, салютуя, подъехал к императору. Вся его фигура и манера вдруг изменились. Он принял вид подначальственного, нерассуждающего человека. Он с аффектацией почтительности, которая, очевидно, неприятно поразила императора Александра, подъехал и салютовал ему.

Неприятное впечатление, только как остатки тумана на ясном небе, пробежало по молодому и счастливому лицу императора и исчезло. Он был, после нездоровья, несколько худее в этот день, чем на Ольмюцком поле, где его в первый раз за границей видел Болконский; но то же обворожительное соединение величавости и кротости было в его прекрасных серых глазах, и на тонких губах та же возможность разнообразных выражений и преобладающее выражение благодушной, невинной молодости.

На ольмюцком смотру он был величавее, здесь он был веселее и энергичнее. Он несколько разрумянился, прогалопировав эти три версты, и, остановив лошадь, отдохновенно вздохнул и оглянулся на такие же молодые, такие же оживленные, как и его, лица своей свиты. Чарторижский и Новосильцев, и князь Волконский и Строганов, и другие, все богато одетые, веселые молодые люди, на прекрасных, выхоленных, свежих, только что слегка вспотевших лошадях, переговариваясь и улыбаясь, остановились позади государя. Император Франц, румяный длиннолицый молодой человек, чрезвычайно прямо сидел на красивом вороном жеребце и озабоченно и неторопливо оглядывался вокруг себя. Он подозвал одного из своих белых адъютантов и спросил что-то. «Верно, в котором часу они выехали», — подумал князь Андрей, наблюдая своего старого знакомого, с улыбкой, которой он не мог удержать, вспоминая свою аудиенцию. В свите императоров были отобранные молодцы-ординарцы русские и австрийские, гвардейских и армейских полков. Между ними велись берейторами в расшитых попонах красивые запасные царские лошади.

Как будто через растворенное окно вдруг пахнуло свежим полевым воздухом в душную комнату, так пахнуло на невеселый кутузовский штаб молодостью, энергией и уверенностью в успехе от этой прискакавшей блестящей молодежи.

— Что же вы не начинаете, Михаил Ларионович? — поспешно обратился император Александр к Кутузову, в то же время учтиво взглянув на императора Франца.

— Я поджидаю, ваше величество, — отвечал Кутузов, почтительно наклоняясь вперед.

Император пригнул ухо, слегка нахмурясь и показывая, что он не расслышал.

— Поджидаю, ваше величество, — повторил Кутузов (князь Андрей заметил, что у Кутузова неестественно дрогнула верхняя губа, в то время как он говорил это «подживаю»). — Не все колонны еще собрались, ваше величество.

Государь расслышал, но ответ этот, видимо, не понравился ему; он пожал сутуловатыми плечами, взглянул на Новосильцева, стоявшего подле, как будто взглядом этим жалуясь на Кутузова.

— Ведь мы не на Царицыном Лугу, Михаил Ларионович, где не начинают парада, пока не придут все полки, — сказал государь, снова взглянув в глаза императору Францу, как бы приглашая его если не принять участие, то прислушаться к тому, что он говорит; но император Франц, продолжая оглядываться, не слушал.

— Потому и не начинаю, государь, — сказал звучным голосом Кутузов, как бы предупреждая возможность не быть расслышанным, и в лице его еще раз что-то дрогнуло. — Потому и не начинаю, государь, что мы не на параде и не на Царицыном Лугу, — выговорил он ясно и отчетливо.

В свите государя на всех лицах, мгновенно переглянувшихся друг с другом, выразился ропот и упрек. «Как он ни стар, он не должен бы, никак не должен бы говорить этак», — выразили эти лица.

Государь пристально и внимательно посмотрел в глаза Кутузову, ожидая, не скажет ли он еще чего. Но Кутузов с своей стороны, почтительно нагнув голову, тоже, казалось, ожидал. Молчание продолжалось около минуты.

— Впрочем, если прикажете, ваше величество, — сказал Кутузов, поднимая голову и снова изменяя тон на прежний тон тупого, нерассуждающего, но повинующегося генерала.

Он тронул лошадь и, подозвав к себе начальника колонны Милорадовича, передал ему приказание к наступлению.

Войско опять зашевелилось, и два батальона Новгородского полка и батальон Апшеронского полка тронулись вперед мимо государя.

В то время как проходил этот Апшеронский батальон, румяный Милорадович, без шинели, в мундире и орденах и со шляпой с огромным султаном, надетой набекрень и с поля, марш-марш выскакал вперед и, молодецки салютуя, осадил лошадь перед государем.

— С Богом, генерал, — сказал ему государь.

— Ma foi, sire, nous ferons ce que qui sera dans notre possibilité, sire![1], — отвечал он весело, тем не менее вызывая насмешливую улыбку у господ свиты государя своим дурным французским выговором.

Милорадович круто повернул свою лошадь и стал несколько позади государя. Апшеронцы, возбуждаемые присутствием государя, молодецким бойким шагом отбивая ногу, проходили мимо императоров и их свиты.

— Ребята! — крикнул громким, самоуверенным и веселым голосом Милорадович, видимо, до такой степени возбужденный звуками стрельбы, ожиданием сражения и видом молодцов-апшеронцев, еще своих суворовских товарищей, бойко проходивших мимо императоров, что забыл о присутствии государя. — Ребята, вам не первую деревню брать! — крикнул он.

— Рады стараться! — прокричали солдаты.

Лошадь государя шарахнулась от неожиданного крика. Лошадь эта, носившая государя еще на смотрах в России, здесь, на Аустерлицком поле, несла своего седока, выдерживая его рассеянные удары левой ногой, настораживала уши от звуков выстрелов точно так же, как она делала это на Марсовом Поле, не понимая значения ни этих слышавшихся выстрелов, ни соседства вороного жеребца императора Франца, ни всего того, что говорил, думал, чувствовал в этот день тот, кто ехал на ней.

Государь с улыбкой обратился к одному из своих приближенных, указывая на молодцов-апшеронцев, и что-то сказал ему.

XVI

Кутузов, сопутствуемый своими адъютантами, поехал шагом за карабинерами.

Проехав с полверсты в хвосте колонны, он остановился у одинокого заброшенного дома (вероятно, бывшего трактира) подле разветвления двух дорог. Обе дороги спускались под гору, и по обеим шли войска.

Туман начинал расходиться, и неопределенно, верстах в двух расстояния, виднелись уже неприятельские войска

---

[1] Ваше величество, мы сделаем все, что будет возможно сделать, ваше величество.

на противоположных возвышенностях. Налево внизу стрельба становилась слышнее. Кутузов остановился, разговаривая с австрийским генералом. Князь Андрей, стоя несколько позади, вглядывался в них и, желая попросить зрительную трубу у адъютанта, обратился к нему.

— Посмотрите, посмотрите, — говорил этот адъютант, глядя не на дальние войска, а вниз по горе перед собой. — Это французы!

Два генерала и адъютанты стали хвататься за трубу, вырывая ее один у другого. Все лица вдруг изменились, и на всех выразился ужас. Французов предполагали за две версты от нас, а они явились вдруг неожиданно перед нами.

— Это неприятель?.. Нет!.. Да, смотрите, он... наверное... Что ж это? — послышались голоса.

Князь Андрей простым глазом увидал внизу направо поднимавшуюся навстречу апшеронцам густую колонну французов, не дальше пятисот шагов от того места, где стоял Кутузов.

«Вот она, наступила решительная минута! Дошло до меня дело», — подумал князь Андрей и, ударив лошадь, подъехал к Кутузову.

— Надо остановить апшеронцев, — закричал он, — ваше высокопревосходительство!

Но в тот же миг все застлалось дымом, раздалась близкая стрельба, и наивно испуганный голос в двух шагах от князя Андрея закричал: «Ну, братцы, шабаш!» И как будто голос этот был команда. По этому голосу все бросились бежать.

Смешанные, все увеличивающиеся толпы бежали назад к тому месту, где пять минут тому назад войска проходили мимо императоров. Не только трудно было остановить эту толпу, но невозможно было самим не податься назад вместе с толпой. Болконский только старался не отставать от Кутузова и оглядывался, недоумевая и не в силах понять того, что делалось перед ним. Несвицкий, с озлобленным видом, красный и на себя не похожий, кричал Кутузову, что, ежели он не уедет сейчас, он будет взят в плен наверное. Кутузов стоял на том же месте и, не отвечая, доставал платок. Из щеки его текла кровь. Князь Андрей протеснился до него.

— Вы ранены? — спросил он, едва удерживая дрожание нижней челюсти.

— Рана не здесь, а вот где! — сказал Кутузов, прижимая платок к раненой щеке и указывая на бегущих.

— Остановите же их! — крикнул он и в то же время, вероятно убедясь, что невозможно было их остановить, ударил лошадь и поехал вправо.

Вновь нахлынувшая толпа бегущих захватила его с собой и повлекла назад.

Войска бежали такою густою толпою, что, раз попавши в середину толпы, трудно было из нее выбраться. Кто кричал: «Пошел, что замешкался?» Кто тут же, оборачиваясь, стрелял в воздух; кто бил лошадь, на которой ехал сам Кутузов. С величайшим усилием выбравшись из потока толпы влево, Кутузов со свитой, уменьшенной более чем вдвое, поехал на звуки близких орудийных выстрелов. Выбравшись из толпы бегущих, князь Андрей, стараясь не отставать от Кутузова, увидал на спуске горы, в дыму, еще стрелявшую русскую батарею и подбегающих к ней французов. Повыше стояла русская пехота, не двигаясь ни вперед на помощь батарее, ни назад по одному направлению с бегущими. Генерал верхом отделился от этой пехоты и подъехал к Кутузову. Из свиты Кутузова осталось только четыре человека. Все были бледны и молча переглядывались.

— Остановите этих мерзавцев! — задыхаясь, проговорил Кутузов полковому командиру, указывая на бегущих; но в то же мгновение, как будто в наказание за эти слова, как рой птичек, со свистом пролетели пули по полку и свите Кутузова.

Французы атаковали батарею и, увидав Кутузова, выстрелили по нем. С этим залпом полковой командир схватился за ногу; упало несколько солдат, и подпрапорщик, стоявший с знаменем, выпустил его из рук; знамя зашаталось и упало, задержавшись на ружьях соседних солдат. Солдаты без команды стали стрелять.

— О-оох! — с выражением отчаяния промычал Кутузов и оглянулся. — Болконский, — прошептал он дрожащим от сознания своего старческого бессилия голосом. — Болконский, — прошептал он, указывая на расстроенный батальон и на неприятеля, — что ж это?

Но прежде чем он договорил это слово, князь Андрей, чувствуя слезы стыда и злобы, подступавшие ему к горлу, уже соскакивал с лошади и бежал к знамени.

— Ребята, вперед! — крикнул он детски-пронзительно.

«Вот оно!» — думал князь Андрей, схватив древко знамени и с наслаждением слыша свист пуль, очевидно, направленных именно против него. Несколько солдат упало.

— Ура! — закричал князь Андрей, едва удерживая в руках тяжелое знамя, и побежал вперед с несомненной уверенностью, что весь батальон побежит за ним.

И действительно, он пробежал один только несколько шагов. Тронулся один, другой солдат, и весь батальон с криком «ура!» побежал вперед и обогнал его. Унтер-офицер батальона, подбежав, взял колебавшееся от тяжести в руках князя Андрея знамя, но тотчас же был убит. Князь Андрей опять схватил знамя и, волоча его за древко, бежал с батальоном. Впереди себя он видел наших артиллеристов, из которых одни дрались, другие бросали пушки и бежали к нему навстречу; он видел и французских пехотных солдат, которые хватали артиллерийских лошадей и поворачивали пушки. Князь Андрей с батальоном уже был в двадцати шагах от орудий. Он слышал над собою неперестававший свист пуль, и беспрестанно справа и слева от него охали и падали солдаты. Но он не смотрел на них; он вглядывался только в то, что происходило впереди его — на батарее. Он ясно видел уже одну фигуру рыжего артиллериста с сбитым набок кивером, тянущего с одной стороны банник, тогда как французский солдат тянул банник к себе за другую сторону. Князь Андрей видел уже ясно растерянное и вместе озлобленное выражение лиц этих двух людей, видимо, не понимавших того, что они делали.

«Что они делают? — думал князь Андрей, глядя на них. — Зачем не бежит рыжий артиллерист, когда у него нет оружия? Зачем не колет его француз? Не успеет добежать, как француз вспомнит о ружье и заколет его».

Действительно, другой француз, с ружьем наперевес, подбежал к борющимся, и участь рыжего артиллериста, все еще не понимавшего того, что ожидает его, и с торжеством выдернувшего банник, должна была решиться. Но князь Андрей не видал, чем это кончилось. Как бы со всего размаха крепкою палкою кто-то из ближайших солдат, как ему показалось, ударил его в голову. Немного это больно было, а главное, неприятно, потому что боль эта развлекала его и мешала ему видеть то, на что он смотрел.

«Что это? я падаю? у меня ноги подкашиваются», — подумал он и упал на спину. Он раскрыл глаза, надеясь увидать, чем кончилась борьба французов с артиллеристами, и желая знать, убит или нет рыжий артиллерист, взяты или спасены пушки. Но он ничего не видал. Над ним не было ничего уже, кроме неба, — высокого неба, не ясного, но все-таки неизмеримо высокого, с тихо ползущими по нем серыми облаками. «Как тихо, спокойно и торжественно, совсем не так, как я бежал, — подумал князь Андрей, — не так, как мы бежали, кричали и дрались; совсем не так, как с озлобленными и испуганными лицами тащили друг у друга банник француз и артиллерист, — совсем не так ползут облака по этому высокому бесконечному небу. Как же я не видал прежде этого высокого неба? И как я счастлив, что узнал его наконец. Да! все пустое, все обман, кроме этого бесконечного неба. Ничего, ничего нет, кроме его. Но и того даже нет, ничего нет, кроме тишины, успокоения. И слава Богу!..»

XVII

На правом фланге у Багратиона в девять часов дело еще не начиналось. Не желая согласиться на требование Долгорукова начинать дело и желая отклонить от себя ответственность, князь Багратион предложил Долгорукову послать спросить о том главнокомандующего. Багратион знал, что, по расстоянию почти десяти верст, отделявшему один фланг от другого, ежели не убьют того, кого пошлют (что было очень вероятно), и ежели он даже найдет главнокомандующего, что было весьма трудно, посланный не успеет вернуться раньше вечера.

Багратион оглянул свою свиту своими большими, ничего не выражающими, невыспавшимися глазами, и невольно замиравшее от волнения и надежды детское лицо Ростова первое бросилось ему в глаза. Он послал его.

— А ежели я встречу его величество прежде, чем главнокомандующего, ваше сиятельство? — сказал Ростов, держа руку у козырька.

— Можете передать его величеству, — поспешно перебивая Багратиона, сказал Долгоруков.

Сменившись из цепи, Ростов успел соснуть несколько часов перед утром и чувствовал себя веселым, смелым, решительным, с тою упругостью движений, уверенностью в свое счастие и в том расположении духа, в котором все кажется легко, весело и возможно.

Все желания его исполнялись в это утро: давалось генеральное сражение, он участвовал в нем; мало того, он был ординарцем при храбрейшем генерале; мало того, он ехал с поручением к Кутузову, а может быть, и к самому государю. Утро было ясное, лошадь под ним была добрая. На душе его было радостно и счастливо. Получив приказание, он пустил лошадь и поскакал вдоль по линии. Сначала он ехал по линии Багратионовых войск, еще не вступавших в дело и стоявших неподвижно; потом он въехал в пространство, занимаемое кавалерией Уварова, и здесь заметил уже передвижения и признаки приготовлений к делу; проехав кавалерию Уварова, он уже ясно услыхал звуки пушечной и орудийной стрельбы впереди себя. Стрельба все усиливалась.

В свежем утреннем воздухе раздавались уже, не как прежде — в неравные промежутки, по два, по три выстрела и потом один или два орудийных выстрела, — а по скатам гор, впереди Працена, слышались перекаты ружейной пальбы, перебиваемой такими частыми выстрелами из орудий, что иногда несколько пушечных выстрелов уже не отделялись друг от друга, а сливались в один общий гул.

Видно было, как по скатам дымки ружей как будто бегали, догоняя друг друга, и как дымы орудий клубились, расплывались и сливались одни с другими. Видны были, по блеску штыков между дымом, двигавшиеся массы пехоты и узкие полосы артиллерии с зелеными ящиками.

Ростов на пригорке остановил на минуту лошадь, чтобы рассмотреть то, что делалось; но как он ни напрягал внимание, он ничего не мог ни понять, ни разобрать из того, что делалось: двигались там в дыму какие-то люди, двигались и спереди и сзади какие-то холсты войск; но зачем? кто? куда? — нельзя было понять. Вид этот и звуки эти не только не возбуждали в нем какого-нибудь унылого или робкого чувства, но, напротив, придавали ему энергии и решительности.

«Ну, еще, еще наддай!» — обращался он мысленно к этим звукам и опять пустился скакать по линии, все дальше и дальше проникая в область войск, уже вступивших в дело.

«Уж как это там будет, не знаю, а все будет хорошо!» — думал Ростов.

Проехав какие-то австрийские войска, Ростов заметил, что следующая за тем часть линии (это была гвардия) уже вступила в дело.

«Тем лучше! посмотрю вблизи», — подумал он.

Он ехал почти по передней линии. Несколько всадников скакали по направлению к нему. Это были наши лейб-уланы, которые расстроенными рядами возвращались из атаки. Ростов миновал их, заметил невольно одного из них в крови и поскакал дальше.

«Мне до этого дела нет!» — подумал он. Не успел он проехать нескольких сот шагов после этого, как влево от него, наперерез ему, показалась на всем протяжении поля огромная масса кавалеристов на вороных лошадях, в белых блестящих мундирах, которые рысью шли прямо на него. Ростов пустил лошадь во весь скок, для того чтоб уехать с дороги от этих кавалеристов, и он бы уехал от них, ежели бы они шли все тем же аллюром, но они все прибавляли хода, так что некоторые лошади уже скакали. Ростову все слышнее и слышнее становился их топот и бряцание их оружия и виднее становились их лошади, фигуры и даже лица. Это были наши кавалергарды, шедшие в атаку на французскую кавалерию, подвигавшуюся им навстречу.

Кавалергарды скакали, но еще удерживая лошадей. Ростов уже видел их лица и услышал команду: «Марш, марш!», произнесенную офицером, выпустившим во весь мах свою кровную лошадь. Ростов, опасаясь быть раздавленным или завлеченным в атаку на французов, скакал вдоль фронта, что было мочи у его лошади, и все-таки не успел миновать их.

Крайний кавалергард, огромный ростом рябой мужчина, злобно нахмурился, увидав перед собой Ростова, с которым он неминуемо должен был столкнуться. Этот кавалергард непременно сбил бы с ног Ростова с его Бедуином (Ростов сам себе казался таким маленьким и слабеньким в сравнении с этими громадными людьми и лошадьми), ежели бы он не догадался взмахнуть нагайкой в глаза кавалергардовой лошади. Вороная тяжелая пятивершковая лошадь шарахнулась, приложив уши; но рябой кавалергард всадил ей с размаху в бока огромные шпоры, и лошадь, взмахнув хвостом и вытянув шею, понеслась еще быстрее. Едва кавалергарды миновали Ростова, как он услыхал их крик: «Ура!» — и, оглянувшись, увидал, что передние ряды их смешивались с чужими, вероятно, французскими, кавалеристами в красных эполетах. Дальше нельзя было ничего видеть, потому что тотчас же после этого откуда-то стали стрелять пушки и все застлалось дымом.

В ту минуту как кавалергарды, миновав его, скрылись в дыму, Ростов колебался, скакать ли ему за ними, или ехать туда, куда ему нужно было. Это была та блестящая атака кавалергардов, которой удивлялись сами французы. Ростову страшно было слышать потом, что из всей этой массы огромных красавцев людей, из всех этих блестящих, на тысячных лошадях, богачей, юношей, офицеров и юнкеров, проскакавших мимо его, после атаки осталось только осьмнадцать человек.

«Что мне завидовать, мое не уйдет, и я сейчас, может быть, увижу государя!» — подумал Ростов и поскакал дальше.

Поравнявшись с гвардейской пехотой, он заметил, что чрез нее и около нее летали ядры, не столько потому, что он слышал звук ядер, сколько потому, что на лицах солдат он увидал беспокойство и на лицах офицеров — неестественную воинственную торжественность.

Проезжая позади одной из линий пехотных гвардейских полков, он услыхал голос, называвший его по имени.

— Ростов!

— Что? — откликнулся он, не узнавая Бориса.

— Каково, в первую линию попали! Наш полк в атаку ходил! — сказал Борис, улыбаясь той счастливой улыбкой, которая бывает у молодых людей, в первый раз побывавших в огне.

Ростов остановился.

— Вот как! — сказал он. — Ну что?

— Отбили! — оживленно сказал Борис, сделавшийся болтливым. — Ты можешь себе представить?

И Борис стал рассказывать, каким образом гвардия, ставши на место и увидав перед собой войска, приняла их за австрийцев и вдруг по ядрам, пущенным из этих войск, узнала, что она в первой линии, и неожиданно должна была вступить в дело. Ростов, не дослушав Бориса, тронул свою лошадь.

— Ты куда? — спросил Борис.

— К его величеству с поручением.

— Вот он! — сказал Борис, которому послышалось, что Ростову нужно было «его высочество», вместо «его величества».

И он указал ему на великого князя, который в ста шагах от них, в каске и в кавалергардском колете, с своими поднятыми плечами и нахмуренными бровями, что-то кричал австрийскому белому и бледному офицеру.

— Да ведь это великий князь, а мне к главнокомандующему или государю, — сказал Ростов и тронул было лошадь.

— Граф, граф! — кричал Берг, такой же оживленный, как и Борис, подбегая с другой стороны. — Граф, я в правую руку ранен (говорил он, показывая кисть руки, окровавленную, обвязанную носовым платком) и остался во фронте. Граф, держу шпагу в левой руке: в нашей породе фон Бергов, граф, все были рыцари.

Берг еще что-то говорил, но Ростов, не дослушав его, уже поехал дальше.

Проехав гвардию и пустой промежуток, Ростов, для того чтобы не попасть опять в первую линию, как он попал под атаку кавалергардов, поехал по линии резервов, далеко объезжая то место, где слышалась самая жаркая стрельба и канонада. Вдруг впереди себя и позади наших войск, в таком месте, где он никак не мог предполагать неприятеля, он услыхал близкую ружейную стрельбу.

«Что это может быть? — подумал Ростов. — Неприятель в тылу наших войск? Не может быть, — подумал Ростов, и ужас страха за себя и за исход всего сражения вдруг нашел на него. — Что бы это ни было, однако, — подумал он, — теперь уже нечего объезжать. Я должен искать главнокомандующего здесь, и ежели все погибло, то и мое дело погибнуть со всеми вместе».

Дурное предчувствие, нашедшее вдруг на Ростова, подтверждалось все более и более, чем дальше он въезжал в занятое толпами разнородных войск пространство, находящееся за деревнею Працем.

— Что такое? Что такое? По ком стреляют? Кто стреляет? — спрашивал Ростов, равняясь с русскими и австрийскими солдатами, бежавшими перемешанными толпами наперерез его дороги.

— А черт их знает! Всех побил! Пропадай все! — отвечали ему по-русски, по-немецки и по-чешски толпы бегущих и не понимавших точно так же, как и он, того, что тут делалось.

— Бей немцев! — кричал один.

— А черт их дери! — изменников.

— Zum Henker diese Russen!..[1] — что-то ворчал немец.

Несколько раненых шли по дороге. Ругательства, крики, стоны сливались в один общий гул. Стрельба затихла, и, как потом узнал Ростов, стреляли друг в друга русские и австрийские солдаты.

«Боже мой! Что ж это такое? — думал Ростов. — И здесь, где всякую минуту государь может увидать их!. Но нет, это, верно, только несколько мерзавцев. Это пройдет, это не то, это не может быть, — думал он. — Только поскорее, поскорее проехать их!»

Мысль о поражении и бегстве не могла прийти в голову Ростову. Хотя он и видел французские орудия и войска именно на Праценской горе, на той самой, где ему велено было отыскивать главнокомандующего, он не мог и не хотел верить этому.

XVIII

Около деревни Праца Ростову велено было искать Кутузова и государя. Но здесь не только не было их, но не было ни одного начальника, а были разнородные толпы расстроенных войск. Он погонял уставшую уже лошадь, чтобы скорее проехать эти толпы, но чем дальше он подвигался, тем толпы становились расстроеннее. По большой дороге, на которую он выехал, толпились коляски, экипажи всех сортов, русские и австрийские солдаты всех родов войск, раненые и нераненые. Все это гудело и смешанно копошилось под мрачный звук летавших ядер с французских батарей, поставленных на Праценских высотах.

— Где государь? Где Кутузов? — спрашивал Ростов у всех, кого мог остановить, и ни от кого не мог получить ответа.

Наконец, ухватив за воротник солдата, он заставил его ответить себе.

— Э, брат! Уж давно все там, вперед удрали! — сказал Ростову солдат, смеясь чему-то и вырываясь.

---

[1] К черту этих русских!.. *(нем.)*

Оставив этого солдата, который, очевидно, был пьян, Ростов остановил лошадь денщика или берейтора важного лица и стал расспрашивать его. Денщик объявил Ростову, что государя с час тому назад провезли во весь дух в карете по этой самой дороге и что государь опасно ранен.

— Не может быть, — сказал Ростов, — верно, другой кто.

— Сам я видел, — сказал денщик с самоуверенной усмешкой. — Уж мне-то пора знать государя: кажется, сколько раз в Петербурге вот так-то видал. Бледный-пребледный в карете сидит. Четверню вороных как припустит, батюшки мои, мимо нас прогремел: пора, кажется, и царских лошадей и Илью Иваныча знать; кажется, с другим, как с царем, Илья-кучер не ездит.

Ростов пустил его лошадь и хотел ехать дальше. Шедший мимо раненый офицер обратился к нему.

— Да вам кого нужно? — спросил офицер. — Главнокомандующего? Так убит ядром, в грудь убит при нашем полку.

— Не убит, ранен, — поправил другой офицер.

— Да кто? Кутузов? — спросил Ростов.

— Не Кутузов, а как бишь его, — ну, да все одно, живых не много осталось. Вон туда ступайте, вон к той деревне, там все начальство собралось, — сказал этот офицер, указывая на деревню Гостиерадек, и прошел мимо.

Ростов ехал шагом, не зная, зачем и к кому он теперь поедет. Государь ранен, сражение проиграно. Нельзя было не верить этому теперь. Ростов ехал по тому направлению, которое ему указали и по которому виднелись вдалеке башня и церковь. Куда ему было торопиться? Что ему было теперь говорить государю или Кутузову, ежели бы даже они и были живы и не ранены?

— Этою дорогой, ваше благородие, поезжайте, а тут прямо убьют, — закричал ему солдат. — Тут убьют!

— О! что говоришь! — сказал другой. — Куда он поедет? Тут ближе.

Ростов задумался и поехал именно по тому направлению, где ему говорили, что убьют.

«Теперь все равно! Уж ежели государь ранен, неужели мне беречь себя?» — думал он. Он въехал в то пространство, на котором более всего погибло людей, бегущих с Працена. Французы еще не занимали этого места, а русские, те, которые были живы или ранены, давно оставили его. На поле, как копны на хорошей пашне, лежало человек десять — пятнадцать убитых, раненых на каждой десятине места. Раненые сползались по два, по три вместе, и слышались неприятные, иногда притворные, как казалось Ростову, их крики и стоны. Ростов пустил лошадь рысью, чтобы не видать всех этих страдающих людей, и ему стало страшно. Он боялся не за свою жизнь, а за то мужество, которое ему нужно было и которое, он знал, не выдержит вида этих несчастных.

Французы, переставшие стрелять по этому усеянному мертвыми и ранеными полю, потому что уже никого на нем живого не было, увидав едущего по нем адъютанта, навели на него орудие и бросили несколько ядер. Чувство этих свистящих, страшных звуков и окружающие мертвецы слились для Ростова в одно впечатление ужаса и сожаления к себе. Ему вспомнилось последнее письмо матери. «Что бы она почувствовала, — подумал он, — коль бы она видела меня теперь здесь, на этом поле, и с направленными на меня орудиями?»

В деревне Гостиерадеке были хотя и спутанные, но в бóльшем порядке русские войска, шедшие прочь с поля сражения. Сюда уже не доставали французские ядра, и звуки стрельбы казались далекими. Здесь все уже ясно видели и говорили, что сражение проиграно. К кому ни обращался Ростов, никто не мог сказать ему, ни где был государь, ни где был Кутузов. Одни говорили, что слух о ране государя справедлив, другие говорили, что нет, и объясняли этот ложный распространившийся слух тем, что действительно в карете государя проскакал назад с поля сражения бледный и испуганный обер-гофмаршал граф Толстой, выехавший с другими в свите императора на поле сражения. Один офицер сказал Ростову, что за деревней налево он видел кого-то из высшего начальства, и Ростов поехал туда, уж не надеясь найти кого-нибудь, но для того только, чтобы перед самим собою очистить свою совесть. Проехав версты три и миновав последние русские войска, Ростов увидал около огорода, окопанного канавой, двух стоявших против канавы всадников. Один, с белым султаном на шляпе, показался почему-то знакомым Ростову; другой, незнакомый всадник, на прекрасной рыжей лошади (лошадь эта показалась знакомою Ростову), подъехал к канаве, толкнул лошадь шпорами и, выпустив поводья, легко перепрыгнул через канаву огорода. Только земля осыпалась с насыпи от задних копыт лошади. Круто повернув лошадь, он опять назад перепрыгнул канаву и почтительно обратился к всаднику с белым султаном, очевидно, предлагая ему сделать то же. Всадник, которого фигура, показавшись знакома Ростову, почему-то невольно приковала к себе его внимание, сделал отрицательный жест головой и рукой, и по этому жесту Ростов мгновенно узнал своего оплакиваемого обожаемого государя.

«Но это не мог быть он, один посреди этого пустого поля», — подумал Ростов. В это время Александр повернул голову, и Ростов увидал так живо врезавшиеся в его памяти любимые черты. Государь был бледен, щеки его впали и глаза ввалились; но тем больше прелести, кротости было в его чертах. Ростов был счастлив, убедившись в том, что слух о ране государя был несправедлив. Он был счастлив, что видел его. Он знал, что мог, даже должен был прямо обратиться к нему и передать то, что приказано было ему передать от Долгорукова.

Но как влюбленный юноша дрожит и млеет, не смея сказать того, о чем он мечтает ночи, и испуганно оглядывается, ища помощи или возможности отсрочки и бегства, когда наступила желанная минута и он стоит наедине с ней, так и Ростов теперь, достигнув того, чего он желал больше всего на свете, не знал, как подступить к государю, и ему представлялись тысячи соображений, почему это было неудобно, неприлично и невозможно.

«Как! Я как будто рад случаю воспользоваться тем, что он один и в унынии. Ему неприятно и тяжело может показаться неизвестное лицо в эту минуту печали, и потом, что я могу сказать ему теперь, когда при одном взгляде на него у меня замирает сердце и пересыхает во рту?» Ни одна из тех бесчисленных речей, которые он, обращая к государю, слагал в своем воображении, не приходила ему теперь в голову. Те речи большею частию держались совсем при других условиях, те говорились большею частию в минуты побед и торжеств и преимущественно на смертном одре от полученных ран, в то время как государь благодарил его за геройские поступки и он, умирая, высказывал ему подтвержденную на деле любовь свою.

«Потом, что же я буду спрашивать государя об его приказаниях на правый фланг, когда уже теперь четвертый час вечера и сражение проиграно? Нет, решительно я не должен подъезжать к нему, не должен нарушать его задумчивость. Лучше умереть тысячу раз, чем получить от него дурной взгляд, дурное мнение, — решил Ростов и с грустью и с отчаянием в сердце поехал прочь, беспрестанно оглядываясь на все еще стоявшего в том же положении нерешительности государя.

В то время как Ростов делал эти соображения и печально отъезжал от государя, капитан фон Толь случайно наехал на то же место и, увидав государя, прямо подъехал к нему, предложил ему свои услуги и помог перейти пешком через канаву. Государь, желая отдохнуть и чувствуя себя нездоровым, сел под яблочное дерево, и Толь остановился подле него. Ростов издалека с завистью и раскаянием видел, как фон Толь что-то долго и с жаром говорил государю, как государь, видимо, заплакав, закрыл глаза рукой и пожал руку Толю.

«И это я мог бы быть на его месте!» — подумал про себя Ростов и, едва удерживая слезы сожаления об участи государя, в совершенном отчаянии поехал дальше, не зная, куда и зачем он теперь едет.

Его отчаяние было тем сильнее, что он чувствовал, что его собственная слабость была причиной его горя.

Он мог бы... не только мог бы, но он должен был подъехать к государю. И это был единственный случай показать государю свою преданность. И он не воспользовался им... «Что я наделал?» — подумал он. И он повернул лошадь и поскакал назад к тому месту, где видел императора; но никого уже не было за канавой. Только ехали повозки и экипажи. От одного фурмана Ростов узнал, что кутузовский штаб находится неподалеку в деревне, куда шли обозы. Ростов поехал за ними.

Впереди его шел берейтор Кутузова, ведя лошадей в попонах. За берейтором ехала повозка, и за повозкой шел старик дворовый, в картузе, полушубке и с кривыми ногами.

— Тит, а Тит! — сказал берейтор.

— Чего? — рассеянно отвечал старик.

— Тит! Ступай молотить.

— Э, дурак, тьфу! — сердито плюнув, сказал старик. Прошло несколько времени молчаливого движения, и повторилась опять та же шутка.

В пятом часу вечера сражение было проиграно на всех пунктах. Более ста орудий находилось уже во власти французов.

Пржебышевский с своим корпусом положил оружие. Другие колонны, растеряв около половины людей, отступали расстроенными, перемешанными толпами.

Остатки войск Ланжерона и Дохтурова, смешавшись, теснились около прудов на плотинах и берегах у деревни Аугеста.

В шестом часу только у плотины Аугеста еще слышалась жаркая канонада одних французов, выстроивших многочисленные батареи на спуске Праценских высот и бивших по нашим отступающим войскам.

В ариергарде Дохтуров и другие, собирая батальоны, отстреливались от французской кавалерии, преследовавшей наших. Начинало смеркаться. На узкой плотине Аугеста, на которой столько лет мирно сиживал в колпаке старичок мельник с удочками, в то время как внук его, засучив рукава рубашки, перебирал в лейке серебряную трепещущую рыбу; на этой плотине, по которой столько лет мирно проезжали на своих парных возах, нагруженных пшеницей, в мохнатых шапках и синих куртках моравы и уезжали по той же плотине запыленные мукой, с белыми возами, — на этой узкой плотине теперь между фурами и пушками, под лошадьми и между колес толпились обезображенные страхом смерти люди, давя друг друга, умирая, шагая через умирающих и убивая друг друга для того только, чтобы, пройдя несколько шагов, быть точно так же убитыми.

Каждые десять секунд, нагнетая воздух, шлепало ядро или разрывалась граната в средине этой густой толпы, убивая и обрызгивая кровью тех, которые стояли близко. Долохов, раненный в руку, пешком, с десятком солдат своей роты (он был уже офицер), и его полковой командир, верхом, представляли из себя остатки всего полка. Влекомые толпой, они втеснились во вход к плотине и, сжатые со всех сторон, остановились, потому что впереди упала лошадь под пушкой и толпа вытаскивала ее. Одно ядро убило кого-то сзади их, другое ударилось впереди и забрызгало кровью Долохова. Толпа отчаянно надвинулась, сжалась, тронулась несколько шагов и опять остановилась.

«Пройти эти сто шагов — и, наверное, спасен; простоять еще две минуты — и погиб, наверное», — думал каждый.

Долохов, стоявший в середине толпы, рванулся к краю плотины, сбив с ног двух солдат, и сбежал на склизкий лед, покрывший пруд.

— Сворачивай! — закричал он, подпрыгивая по льду, который трещал под ним, — сворачивай! — кричал он на орудие. — Держит!..

Лед держал его, но гнулся и трещал, и очевидно было, что не только под орудием или толпой народа, но под ним одним он сейчас рухнется. На него смотрели и жались к берегу, не решаясь еще ступить на лед. Командир полка, стоявший верхом у въезда, поднял руку и раскрыл рот, обращаясь к Долохову. Вдруг одно из ядер так низко засвистело над толпой, что все нагнулись.. Что-то шлепнулось в мокрое, и генерал упал с лошадью в лужу крови. Никто не взглянул на генерала, не только не подумал поднять его.

— Пошел на лед! пошел по льду! Пошел! вороти! Аль не слышишь! Пошел! — вдруг после ядра, попавшего в генерала, послышались бесчисленные голоса, сами не зная, что и зачем кричавшие.

Одно из задних орудий, вступавшее на плотину, своротило на лед. Толпы солдат с плотины стали сбегать на замерзший пруд. Под одним из передних солдат треснул лед, и одна нога ушла в воду; он хотел оправиться и провалился по пояс. Ближайшие солдаты замялись, орудийный ездовой остановил свою лошадь, но сзади все еще слышались крики: «Пошел на лед, что стал, пошел! пошел!» И крики ужаса послышались в толпе. Солдаты, окружавшие орудие, махали на лошадей и били их, чтоб они сворачивали и подвигались. Лошади тронулись с берега. Лед, державший пеших, рухнулся огромным куском, и человек сорок, бывших на льду, бросились кто вперед, кто назад, потопляя один другого.

Ядра все так же равномерно свистели и шлепались на лед, в воду и чаще всего в толпу, покрывавшую плотину, пруды и берег.

XIX

На Праценской горе, на том самом месте, где он упал с древком знамени в руках, лежал князь Андрей Болконский, истекая кровью, и, сам не зная того, стонал тихим, жалостным и детским стоном.

К вечеру он перестал стонать и совершенно затих. Он не знал, как долго продолжалось его забытье. Вдруг он опять почувствовал себя живым и страдающим от жгучей и разрывающей что-то боли в голове.

«Где оно, это высокое небо, которого я не знал до сих пор и увидал нынче? — было первою его мыслью. — И страдания этого я не знал также, — подумал он. — Да, я ничего, ничего не знал до сих пор. Но где я?»

Он стал прислушиваться и услыхал звуки приближающегося топота лошадей и звуки голосов, говоривших по-французски. Он раскрыл глаза. Над ним было опять все то же высокое небо с еще выше поднявшимися плывущими облаками, сквозь которые виднелась синеющая бесконечность. Он не поворачивал головы и не видал тех, которые, судя по звуку копыт и голосов, подъехали к нему и остановились.

Подъехавшие верховые были Наполеон, сопутствуемый двумя адъютантами. Бонапарте, объезжая поле сражения, отдавал последние приказания об усилении батарей, стреляющих по плотине Аугеста, и рассматривал убитых и раненых, оставшихся на поле сражения.

— De beaux hommes![1] — сказал Наполеон, глядя на убитого русского гренадера, который с уткнутым в землю лицом и почернелым затылком лежал на животе, откинув далеко одну уже закоченевшую руку.

— Les munitions des pièces de position sont épuisées, sire![2] — сказал в это время адъютант, приехавший с батарей, стрелявших по Аугесту.

— Faites avancer celles de la réserve[3], — сказал Наполеон, и, отъехав несколько шагов, он остановился над князем Андреем, лежавшим навзничь с брошенным подле него древком знамени (знамя уже, как трофей, было взято французами).

— Voilà une belle mort[4], — сказал Наполеон, глядя на Болконского.

Князь Андрей понял, что это было сказано о нем и что говорит это Наполеон. Он слышал, как называли sire[5] того, кто сказал эти слова. Но он слышал эти слова, как бы он слышал жужжание мухи. Он не только не интере-

---

[1] Славный народ!

[2] Батарейных зарядов больше нет, ваше величество!

[3] Велите привезти из резервов.

[4] Вот прекрасная смерть.

[5] ваше величество.

совался ими, но он и не заметил, а тотчас же забыл их. Ему жгло голову; он чувствовал, что он исходит кровью, и он видел над собою далекое, высокое и вечное небо. Он знал, что это был Наполеон — его герой, но в эту минуту Наполеон казался ему столь маленьким, ничтожным человеком в сравнении с тем, что происходило теперь между его душой и этим высоким, бесконечным небом с бегущими по нем облаками. Ему было совершенно все равно в эту минуту, кто бы ни стоял над ним, что бы ни говорил о нем; он рад был только тому, что остановились над ним люди, и желал только, чтоб эти люди помогли ему и возвратили бы его к жизни, которая казалась ему столь прекрасною, потому что он так иначе понимал ее теперь. Он собрал все свои силы, чтобы пошевелиться и произвести какой-нибудь звук. Он слабо пошевелил ногою и произвел самого его разжалобивший, слабый, болезненный стон.

— А! он жив, — сказал Наполеон. — Поднять этого молодого человека, ce jeune homme, и снести на перевязочный пункт!

Сказав это, Наполеон поехал дальше навстречу к маршалу Ланну, который, сняв шляпу, улыбаясь и поздравляя с победой, подъезжал к императору.

Князь Андрей не помнил ничего дальше: он потерял сознание от страшной боли, которую причинили ему укладывание на носилки, толчки во время движения и сандирование раны на перевязочном пункте. Он очнулся уже только в конце дня, когда его, соединив с другими русскими ранеными и пленными офицерами, понесли в госпиталь. На этом передвижении он чувствовал себя несколько свежее и мог оглядываться и даже говорить.

Первые слова, которые он услыхал, когда очнулся, — были слова французского конвойного офицера, который поспешно говорил:

— Надо здесь остановиться: император сейчас проедет; ему доставит удовольствие видеть этих пленных господ.

— Нынче так много пленных, чуть не вся русская армия, что ему, вероятно, это наскучило, — сказал другой офицер.

— Ну, однако! Этот, говорят, командир всей гвардии императора Александра, — сказал первый, указывая на раненого русского офицера в белом кавалергардском мундире.

Болконский узнал князя Репнина, которого он встречал в петербургском свете. Рядом с ним стоял другой, девятнадцатилетний мальчик, тоже раненый кавалергардский офицер.

Бонапарте, подъехав галопом, остановил лошадь.

— Кто старший? — сказал он, увидав пленных.

Назвали полковника, князя Репнина.

— Вы командир кавалергардского полка императора Александра? — спросил Наполеон.

— Я командовал эскадроном, — отвечал Репнин.

— Ваш полк честно исполнил долг свой, — сказал Наполеон.

— Похвала великого полководца есть лучшая награда солдату, — сказал Репнин.

— С удовольствием отдаю ее вам, — сказал Наполеон. — Кто этот молодой человек подле вас?

Князь Репнин назвал поручика Сухтелена.

Посмотрев на него, Наполеон сказал, улыбаясь:

— Il est venu bien jeune se frotter à nous[1].

— Молодость не мешает быть храбрым, — проговорил обрывающимся голосом Сухтелен.

— Прекрасный ответ, — сказал Наполеон, — молодой человек, вы далеко пойдете!

Князь Андрей, для полноты трофея пленников выставленный также вперед, на глаза императору, не мог не привлечь его внимания. Наполеон, видимо, вспомнил, что он видел его на поле, и, обращаясь к нему, употребил то самое наименование молодого человека — jeune homme, под которым Болконский в первый раз отразился в его памяти.

— Et vous, jeune homme? Ну, а вы, молодой человек? — обратился он к нему. — Как вы себя чувствуете, mon brave?

Несмотря на то, что за пять минут перед этим князь Андрей мог сказать несколько слов солдатам, переносившим его, он теперь, прямо устремив свои глаза на Наполеона, молчал... Ему так ничтожны казались в эту минуту все интересы, занимавшие Наполеона, так мелочен казался ему сам герой его, с этим мелким тщеславием и радостью победы, в сравнении с тем высоким, справедливым и добрым небом, которое он видел и понял, — что он не мог отвечать ему.

---

[1] Молод же он сунулся биться с нами.

Да и все казалось так бесполезно и ничтожно в сравнении с тем строгим и величественным строем мысли, который вызывали в нем ослабление сил от истекшей крови, страдание и близкое ожидание смерти. Глядя в глаза Наполеону, князь Андрей думал о ничтожности величия, о ничтожности жизни, которой никто не мог понять значения, и о еще большем ничтожестве смерти, смысл которой никто не мог понять и объяснить из живущих.

Император, не дождавшись ответа, отвернулся и, отъезжая, обратился к одному из начальников:

— Пусть позаботятся об этих господах и свезут их в мой бивуак; пускай мой доктор Ларрей осмотрит их раны. До свидания, князь Репнин. — И он, тронув лошадь, галопом поехал дальше.

На лице его было сиянье самодовольства и счастия.

Солдаты, принесшие князя Андрея и снявшие с него попавшийся им золотой образок, навешенный на брата княжною Марьею, увидав ласковость, с которою обращался император с пленными, поспешили возвратить образок.

Князь Андрей не видал, кто и как надел его опять, но на груди его сверх мундира вдруг очутился образок на мелкой золотой цепочке.

«Хорошо бы это было, — подумал князь Андрей, взглянув на этот образок, который с таким чувством и благоговением навесила на него сестра, — хорошо бы это было, ежели бы все было так ясно и просто, как оно кажется княжне Марье. Как хорошо бы было знать, где искать помощи в этой жизни и чего ждать после нее там, за гробом! Как бы счастлив и спокоен я был, ежели бы мог сказать теперь: Господи, помилуй меня!.. Но кому я скажу это? Или сила — неопределенная, непостижимая, к которой я не только не могу обращаться, но которой не могу выразить словами, — великое все или ничего, — говорил он сам себе, — или это тот Бог, который вот здесь зашит, в этой ладанке, княжной Марьей? Ничего, ничего нет верного, кроме ничтожества всего того, что мне понятно, и величия чего-то непонятного, но важнейшего!»

Носилки тронулись. При каждом толчке он опять чувствовал невыносимую боль; лихорадочное состояние усиливалось, и он начинал бредить. Те мечтания об отце, жене, сестре и будущем сыне и нежность, которую он испытывал в ночь накануне сражения, фигура маленького, ничтожного Наполеона и над всем этим высокое небо — составляли главное основание его горячечных представлений.

Тихая жизнь и спокойное семейное счастие в Лысых Горах представлялись ему. Он уже наслаждался этим счастием, когда вдруг являлся маленький Наполеон с своим безучастным, ограниченным и счастливым от несчастия других взглядом, и начинались сомнения, муки, и только небо обещало успокоение. К утру все мечтания смешались и слились в хаос и мрак беспамятства и забвения, которые гораздо вероятнее, по мнению самого Ларрея, доктора Наполеонова, должны были разрешиться смертью, чем выздоровлением.

— C'est un sujet nerveux et bilieux, — сказал Ларрей, — il n'en réchappera pas[1].

Князь Андрей, в числе других безнадежных раненых, был сдан на попечение жителей.

---

[1] Это субъект нервный и желчный, — он не выздоровеет.

Том второй

ЧАСТЬ ПЕРВАЯ

I

В начале 1806-го года Николай Ростов вернулся в отпуск. Денисов ехал тоже домой в Воронеж, и Ростов уговорил его ехать с собой до Москвы и остановиться у них в доме. На предпоследней станции, встретив товарища, Денисов выпил с ним три бутылки вина и, подъезжая к Москве, несмотря на ухабы дороги, не просыпался, лежа на дне перекладных саней, подле Ростова, который по мере приближения к Москве приходил все более и более в нетерпение.

«Скоро ли? Скоро ли? О, эти несносные улицы, лавки, калачи, фонари, извозчики!» — думал Ростов, когда уже они записали свои отпуски на заставе и въехали в Москву.

— Денисов, приехали! — спит, — говорил он, всем телом подаваясь вперед, как будто он этим положением надеялся ускорить движение саней. Денисов не откликался.

— Вот он, угол-перекресток, где Захар-извозчик стоит; вот он и Захар, все та же лошадь! Вот и лавочка, где пряники покупали. Скоро ли? Ну!

— К какому дому-то? — спросил ямщик.

— Да вон на конце, к большому, как ты не видишь! Это наш дом, — говорил Ростов, — ведь это наш дом!

— Денисов! Денисов! Сейчас приедем.

Денисов поднял голову, откашлялся и ничего не ответил.

— Дмитрий, — обратился Ростов к лакею на облучке. — Ведь это у нас огонь?

— Так точно-с, и у папеньки в кабинете светится.

— Еще не ложились? А? как ты думаешь?

— Смотри же не забудь, тотчас достань мне новую венгерку, — прибавил Ростов, ощупывая новые усы. — Ну же, пошел, — кричал он ямщику. — Да проснись же, Вася, — обращался он к Денисову, который опять опустил голову. — Да ну же, пошел, три целковых на водку, пошел! — закричал Ростов, когда уже сани были за три дома от подъезда. Ему казалось, что лошади не двигаются. Наконец сани взяли вправо к подъезду; над головой своей Ростов увидал знакомый карниз с отбитой штукатуркой, крыльцо, тротуарный столб. Он на ходу выскочил из саней и побежал в сени. Дом так же стоял неподвижно, нерадушно, как будто ему дела не было до того, кто приехал в него. В сенях никого не было. «Боже мой! все ли благополучно?» — подумал Ростов, с замиранием сердца останавливаясь на минуту и тотчас пускаясь бежать дальше по сеням и знакомым покривившимся ступеням. Все та же дверная ручка замка, за нечистоту которой сердилась графиня, так же слабо отворялась. В передней горела одна сальная свеча.

Старик Михайло спал на ларе. Прокофий, выездной лакей, тот, который был так силен, что за задок поднимал карету, сидел и вязал из покромок лапти. Он взглянул на отворившуюся дверь, и равнодушное, сонное выражение его вдруг преобразилось в восторженно-испуганное.

— Батюшки-светы! Граф молодой! — вскрикнул он, узнав молодого барина. — Что ж это? Голубчик мой! — И Прокофий, трясясь от волненья, бросился к двери в гостиную, вероятно, для того, чтобы объявить, но, видно, опять раздумал, вернулся назад и припал к плечу молодого барина.

— Здоровы? — спросил Ростов, выдергивая у него свою руку.

— Слава Богу! Все слава Богу! сейчас только покушали! Дай на себя посмотреть, ваше сиятельство!

— Все совсем благополучно?

— Слава Богу, слава Богу!

Ростов, забыв совершенно о Денисове, не желая никому дать предупредить себя, скинул шубу и на цыпочках побежал в темную большую залу. Все то же — те же ломберные столы, та же люстра в чехле; но кто-то уж видел молодого барина, и не успел он добежать до гостиной, как что-то стремительно, как буря, вылетело из боковой двери и обняло и стало целовать его. Еще другое, третье такое же существо выскочило из другой, третьей двери; еще объятия, еще поцелуи, еще крики, слезы радости. Он не мог разобрать, где и кто папа, кто Наташа, кто Петя. Все кричали, говорили и целовали его в одно и то же время. Только матери не было в числе их — это он помнил.

— А я-то, не знал... Николушка... Друг мой, Коля!

— Вот он... наш-то... Переменился! Нет! Свечи! Чаю!

— Да меня-то поцелуй!

— Душенька... а меня-то.

Соня, Наташа, Петя, Анна Михайловна, Вера, старый граф обнимали его; люди и горничные, наполнив комнаты, приговаривали и ахали.

Петя повис на его ногах.

— А меня-то! — кричал он.

Наташа, после того как она, пригнув его к себе, расцеловала все его лицо, отскочила от него и, держась за полу его венгерки, прыгала, как коза, все на одном месте и пронзительно визжала.

Со всех сторон были блестящие слезами радости, любящие глаза, со всех сторон были губы, искавшие поцелуя.

Соня, красная, как кумач, тоже держалась за его руку и вся сияла в блаженном взгляде, устремленном в его глаза, которых она ждала. Соне минуло уже шестнадцать лет, и она была очень красива, особенно в эту минуту счастливого, восторженного оживления. Она смотрела на него, не спуская глаз, улыбаясь и задерживая дыхание. Он благодарно взглянул на нее; но все еще ждал и искал кого-то. Старая графиня еще не выходила. И вот послышались шаги в дверях. Шаги такие быстрые, что это не могли быть шаги его матери.

Но это была она, в новом, незнакомом еще ему, сшитом, верно, без него платье. Все оставили его, и он побежал к ней. Когда они сошлись, она упала на его грудь, рыдая. Она не могла поднять лица и только прижимала его к холодным снуркам его венгерки. Денисов, никем не замеченный, войдя в комнату, стоял тут же и, глядя на них, тер себе глаза.

— Василий Денисов, д'гуг вашего сына, — сказал он, рекомендуясь графу, вопросительно смотревшему на него.

— Милости прошу. Знаю, знаю, — сказал граф, целуя и обнимая Денисова. — Николушка писал... Наташа, Вера, вот он, Денисов.

Те же счастливые, восторженные лица обратились на мохнатую черноусую фигурку Денисова и окружили его.

— Голубчик, Денисов! — взвизгнула Наташа, не помнившая себя от восторга, подскочила к нему, обняла и поцеловала его. Все смутились поступком Наташи. Денисов тоже покраснел, но улыбнулся и, взяв руку Наташи, поцеловал ее.

Денисова отвели в приготовленную для него комнату, а Ростовы все собрались в диванную около Николушки.

Старая графиня, не выпуская его руки, которую она всякую минуту целовала, сидела с ним рядом; остальные, столпившись вокруг них, ловили каждое его движенье, слово, взгляд и не спускали с него восторженно-влюбленных глаз. Брат и сестры спорили, и перехватывали места друг у друга поближе к нему, и дрались за то, кому принести ему чай, платок, трубку.

Ростов был очень счастлив любовью, которую ему высказывали; но первая минута его встречи была так блаженна, что теперешнего его счастия ему казалось мало, и он все ждал чего-то еще, и еще, и еще.

На другое утро приезжие с дороги спали до десятого часа.

В предшествующей комнате валялись сабли, сумки, ташки, раскрытые чемоданы, грязные сапоги. Вычищенные две пары со шпорами были только что поставлены у стенки. Слуги приносили умывальники, горячую воду для бритья и вычищенные платья. Пахло табаком и мужчинами.

— Гей, Г'ишка, тг'убку! — крикнул хриплый голос Васьки Денисова. — Г'остов, вставай!

Ростов, протирая слипавшиеся глаза, поднял спутанную голову с жаркой подушки.

— А что, поздно?

— Поздно, десятый час, — отвечал Наташин голос, и в соседней комнате послышалось шуршанье крахмаленных платьев, шепот и смех девичьих голосов, и в чуть растворенную дверь мелькнуло что-то голубое, ленты, черные волоса и веселые лица. Это были Наташа с Соней и Петей, которые пришли наведаться, не встал ли.

— Николенька, вставай! — опять послышался голос Наташи у двери.

— Сейчас!

В это время Петя в первой комнате, увидав и схватив сабли и испытывая тот восторг, который испытывают мальчики при виде воинственного старшего брата, забыв, что сестрам неприлично видеть раздетых мужчин, отворил дверь.

— Это твоя сабля? — закричал он. Девочки отскочили. Денисов с испуганными глазами спрятал свои мохнатые ноги в одеяло, оглядываясь за помощью на товарища. Дверь пропустила Петю и опять затворилась. За дверью послышался смех.

— Николенька, выходи в халате, — проговорил голос Наташи.

— Это твоя сабля? — спросил Петя. — Или это ваша? — с подобострастным уважением обратился он к усатому черному Денисову.

Ростов поспешно обулся, надел халат и вышел. Наташа надела один сапог со шпорой и влезала в другой. Соня кружилась и только что хотела раздуть платье и присесть, когда он вышел. Обе были в одинаковых, новеньких, голубых платьях — свежие, румяные, веселые. Соня убежала, а Наташа, взяв брата под руку, повела его в диванную, и у них начался разговор. Они не успевали спрашивать друг друга и отвечать на вопросы о тысячах мелочей, которые могли интересовать только их одних. Наташа смеялась при всяком слове, которое он говорил и которое она говорила, не потому, чтобы было смешно то, что они говорили, но потому, что ей было весело и она не в силах была удерживать своей радости, выражавшейся смехом.

— Ах, как хорошо, отлично! — приговаривала она ко всему. Ростов почувствовал, как под влиянием этих жарких лучей любви Наташи, в первый раз через полтора года, на душе его и на лице распускалась та детская и чистая улыбка, которою он ни разу не улыбался с тех пор, как выехал из дома.

— Нет, послушай, — сказала она, — ты теперь совсем мужчина? Я ужасно рада, что ты мой брат. — Она тронула его усы. — Мне хочется знать, какие вы, мужчины? Такие ли, как мы?

— Нет. Отчего Соня убежала? — спрашивал Ростов.

— Да. Это еще целая история! Как ты будешь говорить с Соней, — ты или вы?

— Как случится, — сказал Ростов.

— Говори ей вы, пожалуйста, я тебе после скажу.

— Да что же?

— Ну, я теперь скажу. Ты знаешь, что Соня мой друг, такой друг, что я руку сожгу за нее. Вот посмотри. — Она засучила свой кисейный рукав и показала на своей длинной, худой и нежной ручке под плечом, гораздо выше локтя (в том месте, которое закрыто бывает и бальными платьями), красную метину.

— Это я сожгла, чтобы показать ей любовь. Просто линейку разожгла на огне, да и прижала.

Сидя в своей прежней классной комнате, на диване с подушечками на ручках, и глядя в эти отчаянно-оживленные глаза Наташи, Ростов опять вошел в тот свой семейный, детский мир, который не имел ни для кого никакого смысла, кроме как для него, но который доставлял ему одни из лучших наслаждений в жизни; и сожжение руки линейкой, для показания любви, показалось ему не бессмыслицей: он понимал и не удивлялся этому.

— Так что же? — только спросил он.

— Ну, так дружны, так дружны! Это что, глупости — линейкой; но мы навсегда друзья. Она кого полюбит, так навсегда. Я этого не понимаю. Я забуду сейчас.

— Ну так что же?

— Да, так она любит меня и тебя. — Наташа вдруг покраснела. — Ну, ты помнишь, перед отъездом... Так она говорит, что ты это все забудь... Она сказала: я буду любить его всегда, а он пускай будет свободен. Ведь правда, что это отлично, отлично и благородно! Да, да? очень благородно? да? — спрашивала Наташа так серьезно и взволнованно, что видно было, что то, что она говорила теперь, она прежде говорила со слезами. Ростов задумался.

— Я ни в чем не беру назад своего слова, — сказал он. — И потом, Соня такая прелесть, что какой же дурак станет отказываться от своего счастия?

— Нет, нет, — закричала Наташа. — Мы про это уже с нею говорили. Мы знали, что ты это скажешь. Но это нельзя, потому что, понимаешь, ежели ты так говоришь — считаешь себя связанным словом, то выходит, что она как будто нарочно это сказала. Выходит, что ты все-таки насильно на ней женишься, и выходит совсем не то.

Ростов видел, что все это было хорошо придумано ими. Соня и вчера поразила его своей красотой. Нынче, увидав ее мельком, она ему показалась еще лучше. Она была прелестная шестнадцатилетняя девочка, очевидно страстно его любящая (в этом он не сомневался ни на минуту). Отчего же ему было не любить ее и не жениться даже, думал Ростов, но не теперь. Теперь столько еще других радостей и занятий! «Да, они это прекрасно придумали, — подумал он, — надо оставаться свободным».

— Ну и прекрасно, — сказал он, — после поговорим. Ах, как я тебе рад! — прибавил он. — Ну, а что же ты, Борису не изменила? — спросил брат.

— Вот глупости! — смеясь, крикнула Наташа. — Ни о нем и ни о ком я не думаю и знать не хочу.

— Вот как! Так ты что же?

— Я? — переспросила Наташа, и счастливая улыбка осветила ее лицо. — Ты видел Duport'а?

— Нет.

— Знаменитого Дюпора, танцовщика, не видал? Ну так ты не поймешь. Я вот что такое. — Наташа взяла, округлив руки, свою юбку, как танцуют, отбежала несколько шагов, перевернулась, сделала антраша, побила ножкой об ножку и, став на самые кончики носков, прошла несколько шагов. — Ведь стою? ведь вот! — говорила она; но не удержалась на цыпочках. — Так вот я что такое! Никогда ни за кого не пойду замуж, а пойду в танцовщицы. Только никому не говори.

Ростов так громко и весело захохотал, что Денисову из своей комнаты стало завидно, и Наташа не могла удержаться, засмеялась с ним вместе. — Нет, ведь хорошо? — все говорила она.

— Хорошо. За Бориса уже не хочешь выходить замуж?

Наташа вспыхнула.

— Я не хочу ни за кого замуж идти. Я ему то же самое скажу, когда увижу.

— Вот как! — сказал Ростов.

— Ну да, это все пустяки, — продолжала болтать Наташа. — А что, Денисов хороший? — спросила она.

— Хороший.

— Ну и прощай, одевайся. Он страшный, Денисов?

— Отчего страшный? — спросил Nicolas. — Нет, Васька славный.

— Ты его Васькой зовешь?.. Странно. А что, он очень хорош?

— Очень хорош.

— Ну, приходи поскорее чай пить. Все вместе.

И Наташа встала на цыпочках и прошлась из комнаты так, как делают танцовщицы, но улыбаясь так, как только улыбаются счастливые пятнадцатилетние девочки. Встретившись в гостиной с Соней, Ростов покраснел, он не знал, как обойтись с ней. Вчера они поцеловались в первую минуту радости свидания, но нынче он чувствовал, что нельзя было этого сделать; он чувствовал, что все, и мать и сестры, смотрели на него вопросительно и от него ожидали, как он поведет себя с нею. Он поцеловал ее руку и назвал ее *вы* — *Соня*. Но глаза их, встретившись, сказали друг другу «ты» и нежно поцеловались. Она просила своим взглядом у него прощенья за то, что в посольстве Наташи она смела напомнить ему о его обещании, и благодарила его за его любовь. Он своим взглядом благодарил ее за предложение свободы и говорил, что, так ли, иначе ли, он никогда не перестанет любить ее, потому что нельзя не любить ее.

— Как, однако, странно, — сказала Вера, выбрав общую минуту молчания, — что Соня с Николенькой теперь встретились на «вы» и как чужие. — Замечание Веры было справедливо, как и все ее замечания; но, как и от большей части ее замечаний, всем сделалось неловко, и не только Соня, Николай и Наташа, но и старая графиня, которая боялась этой любви сына к Соне, могущей лишить его блестящей партии, тоже покраснела, как девочка. Денисов, к удивлению Ростова, в новом мундире, напомаженный и надушенный, явился в гостиную таким же щеголем, каким он бывал в сражениях, и таким любезным с дамами кавалером, каким Ростов никак не ожидал его видеть.

II

Вернувшись в Москву из армии, Николай Ростов был принят домашними как лучший сын, герой и ненаглядный Николушка; родными — как милый, приятный и почтительный молодой человек; знакомыми — как красивый гусарский поручик, ловкий танцор и один из лучших женихов Москвы.

Знакомство у Ростовых была вся Москва; денег в нынешний год у старого графа было достаточно, потому что были перезаложены все имения, и потому Николушка, заведя своего собственного рысака и самые модные рейтузы, особенные, каких ни у кого еще в Москве не было, и сапоги самые модные, с самыми острыми носками и маленькими серебряными шпорами, проводил время очень весело. Ростов, вернувшись домой, испытал приятное чувство после некоторого промежутка времени примеривания себя к старым условиям жизни. Ему казалось, что он очень возмужал и вырос. Отчаяние за невыдержанный из Закона Божьего экзамен, занимание денег у Гаврилы на извозчика, тайные поцелуи с Соней — он про все это вспоминал, как про ребячество, от которого он неизмеримо был далек теперь. Теперь он — гусарский поручик в серебряном ментике, с солдатским Георгием, готовит своего рысака на бег, вместе с известными охотниками, пожилыми, почтенными. У него знакомая дама на бульваре, к которой он ездит вечером. Он дирижировал мазурку на бале у Архаровых, разговаривал о войне с фельдмаршалом Каменским, бывал в Английском клубе и был на *ты* с одним сорокалетним полковником, с которым познакомил его Денисов.

Страсть его к государю несколько ослабела в Москве, так как он за это время не видал его. Но он все-таки часто рассказывал о государе, о своей любви к нему, давая чувствовать, что он еще не все рассказывает, что что-то еще есть в его чувстве к государю, что не может быть всем понятно; и от всей души разделял общее в то время в Москве чувство обожания к императору Александру Павловичу, которому в Москве в то время было дано наименование «ангела во плоти».

В это короткое пребывание Ростова в Москве, до отъезда в армию, он не сблизился, а, напротив, разошелся с Соней. Она была очень хороша, мила и, очевидно, страстно влюблена в него; но он был в той поре молодости, когда кажется так много дела, что *некогда* этим заниматься, и молодой человек боится связываться — дорожит своей свободой, которая ему нужна на многое другое. Когда он думал о Соне в это свое пребывание в Москве, он говорил себе: «Э! еще много, много таких будет и есть там, где-то, мне еще неизвестных. Еще успею, когда захочу, заняться и любовью, а теперь некогда». Кроме того, ему казалось что-то унизительное для своего мужества в женском обществе. Он ездил на балы и в женское общество, притворяясь, что делал это против воли. Бега, Английский клуб, кутеж с Денисовым, поездка *туда* — это было другое дело: это было прилично молодцу-гусару.

В начале марта старый граф Илья Андреевич Ростов был озабочен устройством обеда в Английском клубе для приема князя Багратиона.

Граф в халате ходил по зале, отдавая приказания клубному эконому и знаменитому Феоктисту, старшему повару Английского клуба, о спарже, свежих огурцах, землянике, теленке и рыбе для обеда князя Багратиона. Граф со дня основания клуба был его членом и старшиною. Ему было поручено от клуба устройство торжества для Багратиона, потому что редко кто умел так на широкую руку, хлебосольно устроить пир, особенно потому, что редко кто умел и хотел приложить свои деньги, если они понадобятся на устройство пира. Повар и эконом клуба с веселыми лицами слушали приказания графа, потому что они знали, что ни при ком, как при нем, нельзя было лучше поживиться на обеде, который стоил несколько тысяч.

— Так смотри же, гребешков, гребешков в тортю положи, знаешь!

— Холодных, стало быть, три?.. — спрашивал повар.

Граф задумался.

— Нельзя меньше, три... майонез раз, — сказал он, загибая палец...

— Так прикажете стерлядей больших взять? — спросил эконом.

— Что ж делать, возьми, коли не уступают. Да, батюшка ты мой, я было и забыл. Ведь надо еще другую антре на стол. Ах, отцы мои! — Он схватился за голову. — Да кто же мне цветы привезет? Митенька! А Митенька! Скачи ты, Митенька, в подмосковную, — обратился он к вошедшему на его зов управляющему, — скачи ты в подмосковную и вели ты сейчас нарядить барщину Максимке-садовнику. Скажи, чтобы все оранжереи сюда волóк, укутывал бы войлоками. Но чтобы мне двести горшков тут к пятнице были.

Отдав еще и еще разные приказания, он вышел было отдохнуть к графинюшке, но вспомнил еще нужное, вернулся сам, вернул повара и эконома и опять стал приказывать. В дверях послышалась легкая мужская походка, бряцанье шпор, и красивый, румяный с чернеющими усиками, видимо отдохнувший и выхолившийся на спокойном житье в Москве, вошел молодой граф.

— Ах, братец мой! Голова кругом идет, — сказал старик, как бы стыдясь, улыбаясь перед сыном. — Хоть вот ты бы помог! Надо ведь еще песенников. Музыка у меня есть, да цыган, что ли, позвать? Ваша братия военные это любят.

— Право, папенька, я думаю, князь Багратион, когда готовился к Шенграбенскому сражению, меньше хлопотал, чем вы теперь, — сказал сын, улыбаясь.

Старый граф притворился рассерженным.

— Да, ты толкуй, ты попробуй!

И граф обратился к повару, который с умным и почтенным лицом наблюдательно и ласково поглядывал на отца и сына.

— Какова молодежь-то, а, Феоктист? — сказал он. — Смеются над нашим братом — стариками.

— Что ж, ваше сиятельство, им бы только покушать хорошо, а как все собрать да сервировать, это не их дело.

— Так, так! — закричал граф и, весело схватив сына за обе руки, закричал: — Так вот же что, попался ты мне! Возьми ты сейчас сани парные и ступай ты к Безухову и скажи, что граф, мол, Илья Андреич прислали просить у вас земляники и ананасов свежих. Больше ни у кого не достанешь. Самого-то нет, так ты зайди княжнам скажи, а оттуда, вот что, поезжай ты на Разгуляй — Ипатка-кучер знает, — найди ты там Ильюшку-цыгана, вот что у графа Орлова тогда плясал, помнишь, в белом казакине, и притащи ты его сюда, ко мне.

— И с цыганками его сюда привести? — спросил Николай, смеясь.

— Ну, ну!..

В это время неслышными шагами, с деловым, озабоченным и вместе христиански-кротким видом, никогда не покидавшим ее, вошла в комнату Анна Михайловна. Несмотря на то, что каждый день Анна Михайловна заставала графа в халате, всякий раз он конфузился при ней и просил извинения за свой костюм. Так сделал он и теперь.

— Ничего, граф, голубчик, — сказала она, кротко закрывая глаза. — А к Безухову я съезжу, — сказала она. — Молодой Безухов приехал, и теперь мы все достанем, граф, из его оранжерей. Мне и нужно было видеть его. Он мне прислал письмо от Бориса. Слава Богу, Боря теперь при штабе.

Граф обрадовался, что Анна Михайловна брала одну часть его поручений, и велел ей заложить маленькую карету.

— Вы Безухову скажите, чтоб он приезжал. Я его запишу. Что́, он с женою? — спросил он.

Анна Михайловна завела глаза, и на лице ее выразилась глубокая скорбь...

— Ах, мой друг, он очень несчастлив, — сказала она. — Ежели правда, что мы слышали, это ужасно. И думали ли мы, когда так радовались его счастию! И такая высокая, небесная душа, этот молодой Безухов! Да, я от души жалею его и постараюсь дать ему утешение, которое от меня будет зависеть.

— Да что ж такое? — спросили оба Ростова, старший и младший.

Анна Михайловна глубоко вздохнула.

— Долохов, Марьи Ивановны сын, — сказала она таинственным шепотом, — говорят, совсем компрометировал ее. Он его вывел, пригласил к себе в дом в Петербурге, и вот... Она сюда приехала, и этот сорвиголова за ней, — сказала Анна Михайловна, желая выразить свое сочувствие Пьеру, но в невольных интонациях и полуулыбкою выказывая сочувствие сорвиголове, как она назвала Долохова. — Говорят, сам Пьер совсем убит своим горем.

— Ну, все-таки скажите ему, чтоб он приезжал в клуб, — все рассеется. Пир горой будет.

На другой день, 3-го марта, во втором часу пополудни, двести пятьдесят человек членов Английского клуба и пятьдесят человек гостей ожидали к обеду дорогого гостя и героя австрийского похода, князя Багратиона. В первое время по получении известия об Аустерлицком сражении Москва пришла в недоумение. В то время русские так привыкли к победам, что, получив известие о поражении, одни просто не верили, другие искали объяснений такому странному событию в каких-нибудь необыкновенных причинах. В Английском клубе, где собиралось все, что было знатного, имеющего верные сведения и вес, в декабре месяце, когда стали приходить известия, ничего не говорили про войну и про последнее сражение, как будто все сговорились молчать о нем. Люди, дававшие направление разговорам, как-то: граф Растопчин, князь Юрий Владимирович Долгорукий, Валуев, граф Марко́в, князь Вяземский, не показывались в клубе, а собирались по домам, в своих интимных кружках, и москвичи, говорившие с чужих голосов (к которым принадлежал и граф Илья Андреевич Ростов), оставались на короткое время без определенного суждения о деле войны и без руководителей. Москвичи чувствовали, что что-то нехорошо и что обсуждать эти дурные вести трудно, и потому лучше молчать. Но через несколько времени, как присяжные выходят из совещательной комнаты, появились опять тузы, дававшие мнение в клубе, и все заговорило ясно и определенно.

Были найдены причины тому неимоверному, неслыханному и невозможному событию, что русские были побиты, и все стало ясно, и во всех углах Москвы заговорили одно и то же. Причины эти были: измена австрийцев, дурное продовольствие войска, измена поляка Пржибышевского и француза Ланжерона, неспособность Кутузова и (потихоньку говорили) молодость и неопытность государя, вверившегося дурным и ничтожным людям. Но войска, русские войска, говорили все, были необыкновенны и делали чудеса храбрости. Солдаты, офицеры и генералы были герои. Но героем из героев был князь Багратион, прославившийся своим Шенграбенским делом и отступлением от Аустерлица, где он один провел свою колонну нерасстроенною и целый день отбивал вдвое сильнейшего неприятеля. Тому, что Багратион был выбран героем в Москве, содействовало и то, что он не имел связей в Москве и был чужой. В лице его отдавалась честь боевому, простому, без связей и интриг, русскому солдату, еще связанному воспоминаниями Итальянского похода с именем Суворова. Кроме того, в воздаянии ему таких почестей лучше всего показывалось нерасположение и неодобрение Кутузова.

— Ежели бы не было Багратиона, il faudrait l'inventer[1], — сказал шутник Шиншин, пародируя слова Вольтера. Про Кутузова никто не говорил, и некоторые шепотом бранили его, называя придворною вертушкой и старым сатиром.

По всей Москве повторялись слова князя Долгорукого: «лепя, лепя, и облепишься», утешавшегося в нашем поражении воспоминанием прежних побед, и повторялись слова Растопчина про то, что французских солдат надо возбуждать к сражению высокопарными фразами, что с немцами надо логически рассуждать, убеждая их, что опаснее бежать, чем идти вперед; но что русских солдат надо только удерживать и просить: потише! Со всех сторон слышны были новые и новые рассказы об отдельных примерах мужества, оказанных нашими солдатами и офицерами при Аустерлице. Тот спас знамя, тот убил пять французов, тот один заряжал пять пушек. Говорили и про Берга, те, которые не знали его, что он, раненный в правую руку, взял шпагу в левую и пошел вперед. Про Бол-

---

[1] надо бы выдумать его.

конского ничего не говорили, и только близко знавшие его жалели, что он рано умер, оставив беременную жену у чудака-отца.

III

3-го марта во всех комнатах Английского клуба стоял стон разговаривавших голосов, и, как пчелы на весеннем пролете, сновали взад и вперед, сидели, стояли, сходились и расходились, в мундирах, фраках, и еще кое-кто в пудре и кафтанах, члены и гости клуба. Пудреные, в чулках и башмаках, ливрейные лакеи стояли у каждой двери и напряженно старались уловить каждое движение гостей и членов клуба, чтобы предложить свои услуги. Большинство присутствовавших были старые, почтенные люди с широкими самоуверенными лицами, толстыми пальцами, твердыми движениями и голосами. Этого рода гости и члены сидели по известным, привычным местам и сходились в известных, привычных кружках. Малая часть присутствовавших состояла из случайных гостей — преимущественно молодежи, в числе которой были Денисов, Ростов и Долохов, который был опять семеновским офицером. На лицах молодежи, особенно военной, было выражение того чувства презрительной почтительности к старикам, которое как будто говорит старому поколению: «Уважать и почитать вас мы готовы, но помните, что все-таки за нами будущность».

Несвицкий бы тут же, как старый член клуба. Пьер, отпустивший по приказанию жены волоса, снявший очки, одетый по-модному, но с грустным и унылым видом, ходил по залам. Его, как и везде, окружала атмосфера людей, преклонявшихся перед его богатством, и он с привычкой царствования и рассеянной презрительностью обращался с ними.

По годам он бы должен был быть с молодыми, но по богатству и связям он был членом кружков старых, почтенных гостей, и потому он переходил от одного кружка к другому. Старики из самых значительных составляли центр кружков, к которым почтительно приближались даже незнакомые, чтобы послушать известных людей. Бóльшие кружки составились около графа Растопчина, Валуева и Нарышкина. Растопчин рассказывал про то, как русские были смяты бежавшими австрийцами и должны были штыком прокладывать себе дорогу сквозь беглецов.

Валуев конфиденциально рассказывал, что Уваров был прислан из Петербурга, для того чтобы узнать мнение москвичей об Аустерлице.

В третьем кружке Нарышкин говорил о заседании австрийского военного совета, в котором Суворов закричал петухом в ответ на глупость австрийских генералов. Шиншин, стоявший тут же, хотел пошутить, сказав, что Кутузов, видно, и этому нетрудному искусству — кричать по-петушиному — не мог выучиться у Суворова; но старички строго поглядели на шутника, давая ему тем чувствовать, что здесь и в нынешний день так неприлично было говорить про Кутузова.

Граф Илья Андреич Ростов иноходью, озабоченно, торопливо похаживал в своих мягких сапогах из столовой в гостиную, поспешно и совершенно одинаково здороваясь с важными и неважными лицами, которых он всех знал, и, изредка отыскивая глазами своего стройного молодца-сына, радостно останавливал на нем свой взгляд и подмигивал ему. Молодой Ростов стоял у окна с Долоховым, с которым он недавно познакомился и знакомством которого он дорожил. Старый граф подошел к ним и пожал руку Долохову.

— Ко мне милости прошу, вот ты с моим молодцом знаком... вместе там, вместе геройствовали... А! Василий Игнатьич... здорово, старый, — обратился он к проходившему старичку, но не успел еще договорить приветствия, как все зашевелилось, и прибежавший лакей, с испуганным лицом, доложил: «Пожаловали!»

Раздались звонки; старшины бросились вперед; разбросанные в разных комнатах гости, как встряхнутая рожь на лопате, столпились в одну кучу и остановились в большой гостиной у дверей залы.

В дверях передней показался Багратион, без шляпы и шпаги, которые он, по клубному обычаю, оставил у швейцара. Он был не в смушковом картузе, с нагайкой через плечо, как видел его Ростов в ночь накануне Аустерлицкого сражения, а в новом узком мундире с русскими и иностранными орденами и с Георгиевской звездой на левой стороне груди. Он, видимо, сейчас, перед обедом, подстриг волосы и бакенбарды, что невыгодно изменяло его физиономию. На лице его было что-то наивно-праздничное, дававшее, в соединении с его твердыми, мужественными чертами, даже несколько комическое выражение его лицу. Беклешов и Федор Петрович Уваров, приехавшие с ним вместе, остановились в дверях, желая, чтобы он, как главный гость, прошел вперед их. Багратион смешался, не желая воспользоваться их учтивостью; произошла остановка в дверях, и, наконец, Багратион все-таки прошел вперед. Он шел, не зная, куда девать руки, застенчиво и неловко, по паркету приемной: ему привычнее и легче было ходить под пулями по вспаханному полю, как он шел перед Курским полком в Шенграбене. Старшины встретили его у первой двери, сказав ему несколько слов о радости видеть столь дорогого гостя, и, не дождавшись его ответа, как бы завладев им, окружили его и повели в гостиную. В дверях гостиной не было возможности пройти от столпившихся членов и гостей, давивших друг друга и через плечи друг друга старавшихся, как редкого зверя, рассмотреть Багратиона. Граф Илья Андреич, энергичнее всех, смеясь и приговаривая: «Пусти, mon cher, пусти, пусти!», протолкал толпу, провел гостей в гостиную и посадил на средний диван. Тузы, почетнейшие члены клуба, обступили вновь прибывших. Граф Илья Андреич, проталкиваясь опять через толпу, вышел из гостиной и с другим старшиной через минуту явился, неся большое серебряное блюдо, которое он поднес князю Багратиону. На блюде лежали сочиненные и напечатанные в честь героя стихи. Багратион, увидав блюдо, испуганно оглянулся, как бы отыскивая помощи. Но во всех глазах было требование того, чтобы он покорился. Чувствуя себя в их власти, Багратион решительно, обеими руками, взял блюдо и сердито, укоризненно посмотрел на графа, подносившего его. Кто-то услужливо вынул из рук Багратиона блюдо (а то он, казалось, намерен был держать его так до вечера и так идти к столу) и обратил его внимание на стихи. «Ну и прочту», — как будто сказал Багратион и, устремив усталые глаза на бумагу, стал читать с сосредоточенным и серьезным видом. Сам сочинитель взял стихи и стал читать. Князь Багратион склонил голову и слушал.

Славь тако Александра век
И охраняй нам Тита на престоле,
Будь купно страшный вождь и добрый человек,
Рифей в отечестве, а Цесарь в бранном поле.

Да счастливый Наполеон,
Познав чрез опыты, каков Багратион,
Не смеет утруждать Алкидов русских боле...

Но еще он не докончил стихов, как громогласный дворецкий провозгласил: «Кушанье готово!» Дверь отворилась, загремел из столовой польский: «Гром победы раздавайся, веселися, храбрый росс», — и граф Илья Андреич, сердито посмотрев на автора, продолжавшего читать стихи, раскланялся перед Багратионом. Все встали, чувствуя, что обед был важнее стихов, и опять Багратион впереди всех пошел к столу. На первом месте, между двух Александров — Беклешова и Нарышкина, что тоже имело значение по отношению к имени государя, посадили Багратиона: триста человек разместились в столовой по чинам и важности, кто поважнее — поближе к чествуемому гостю: так же естественно, как вода разливается туда глубже, где местность ниже.

Перед самым обедом граф Илья Андреич представил князю своего сына. Багратион, узнав его, сказал несколько нескладных, неловких слов, как и все слова, которые он говорил в этот день. Граф Илья Андреич радостно и гордо оглядывал всех в то время, как Багратион говорил с его сыном.

Николай Ростов с Денисовым и новым знакомцем Долоховым сели вместе почти на середине стола. Напротив них сел Пьер рядом с князем Несвицким. Граф Илья Андреич сидел напротив Багратиона с другими старшинами и угащивал князя Багратиона, олицетворяя в себе московское радушие.

Труды его не пропали даром. Обеды, постный и скоромный, были великолепны, но совершенно спокоен он все-таки не мог быть до конца обеда. Он подмигивал буфетчику, шепотом приказывал лакеям и не без волнения ожидал каждого знакомого ему блюда. Все было прекрасно. На втором блюде, вместе с исполинской стерлядью (увидав которую, Илья Андреич покраснел от радости и застенчивости), уже лакеи стали хлопать пробками и наливать шампанское. После рыбы, которая произвела некоторое впечатление, граф Илья Андреич переглянулся с другими старшинами. «Много тостов будет, пора начинать!» — шепнул он и, взяв бокал в руки, встал. Все замолкли и ожидали, что он скажет.

— Здоровье государя императора! — крикнул он, и в ту же минуту добрые глаза его увлажились слезами радости и восторга. В ту же минуту заиграли «Гром победы раздавайся». Все встали с своих мест и закричали ура! И Багратион закричал ура! тем же голосом, каким он кричал на Шенграбенском поле. Восторженный голос молодого Ростова был слышен из-за всех трехсот голосов. Он чуть не плакал.

— Здоровье государя императора, — кричал он, — ура! — Выпив залпом свой бокал, он бросил его на пол. Многие последовали его примеру. И долго продолжались громкие крики. Когда замолкли голоса, лакеи подобрали разбитую посуду, и все стали усаживаться и, улыбаясь своему крику, переговариваться. Граф Илья Андреич поднялся опять, взглянул на записочку, лежавшую подле его тарелки, и провозгласил тост за здоровье нашего последней кампании героя князя Петра Ивановича Багратиона, и опять голубые глаза графа увлажились слезами. Ура! — опять закричали голоса трехсот гостей, и вместо музыки послышались певчие, певшие кантату сочинения Павла Ивановича Кутузова:

Тщетны россам все препоны,
Храбрость есть побед залог,
Есть у нас Багратионы,
Будут все враги у ног...
и т. д.

Только что кончили певчие, как последовали новые и новые тосты, при которых все больше и больше расчувствовался граф Илья Андреич, и еще больше билось посуды, и еще больше кричалось. Пили за здоровье Беклешова, Нарышкина, Уварова, Долгорукова, Апраксина, Валуева, за здоровье старшин, за здоровье распорядителя, за здоровье всех членов клуба, за здоровье всех гостей клуба и, наконец, отдельно за здоровье учредителя обеда графа Ильи Андреича. При этом тосте граф вынул платок и, закрыв им лицо, совершенно расплакался.

IV

Пьер сидел против Долохова и Николая Ростова. Он много и жадно ел и много пил, как и всегда. Но те, которые его знали коротко, видели, что в нем произошла в нынешний день какая-то большая перемена. Он молчал все время обеда и, щурясь и морщась, глядел кругом себя или, остановив глаза, с видом совершенной рассеянnости, потирал пальцем переносицу. Лицо его было уныло и мрачно. Он, казалось, не видел и не слышал ничего, происходящего вокруг него, и думал о чем-то одном, тяжелом и неразрешенном.

Этот неразрешенный, мучивший его вопрос, были намеки княжны в Москве на близость Долохова к его жене и в нынешнее утро полученное им анонимное письмо, в котором было сказано с той подлой шутливостью, которая свойственна всем анонимным письмам, что он плохо видит сквозь свои очки и что связь его жены с Долоховым есть тайна только для одного него. Пьер решительно не поверил ни намекам княжны, ни письму, но ему страшно было теперь смотреть на Долохова, сидевшего перед ним. Всякий раз, как нечаянно взгляд его встречался с прекрасными наглыми глазами Долохова, Пьер чувствовал, как что-то ужасное, безобразное поднималось в его душе, и он скорее отворачивался. Невольно вспоминая все прошедшее своей жены и ее отношения с Долоховым, Пьер видел ясно, что то, что сказано было в письме, могло быть правда, могло, по крайней мере, казаться правдой, ежели бы это касалось не *его жены*. Пьер вспоминал невольно, как Долохов, которому было возвращено все после кампании, вернулся в Петербург и приехал к нему. Пользуясь своими кутежными отношениями дружбы с Пьером, Долохов прямо приехал к нему в дом, и Пьер поместил его и дал ему взаймы денег. Пьер вспоминал, как Элен, улыбаясь, выражала свое неудовольствие за то, что Долохов живет в их доме, и как Долохов цинически хвалил ему красоту его жены, и как он с того времени до приезда в Москву ни на минуту не разлучался с ними.

«Да, он очень красив, — думал Пьер, — я знаю его. Для него была бы особенная прелесть в том, чтоб осрамить мое имя и посмеяться надо мной, именно потому, что я хлопотал за него и призрел его, помог ему. Я знаю, я понимаю, какую соль это в его глазах должно бы придавать его обману, ежели бы это была правда. Да, ежели бы это была правда; но я не верю, не имею права и не могу верить». Он вспоминал то выражение, которое принимало лицо Долохова, когда на него находили минуты жестокости, как те, в которые он связывал квартального с медведем и пускал его на воду, или когда он вызывал без всякой причины на дуэль человека, или убивал из пистолета лошадь ямщика. Это выражение часто было на лице Долохова, когда он смотрел на него. «Да, он бретёр, — думал Пьер, — ему ничего не значит убить человека, ему должно казаться, что все боятся его, ему должно быть приятно это. Он должен думать, что и я боюсь его. И действительно, я боюсь его», — думал Пьер, и опять при этих мыслях он чувствовал, как что-то страшное и безобразное поднималось в его душе. Долохов, Денисов и Ростов сидели теперь против Пьера и казались очень веселы. Ростов весело переговаривался с своими двумя приятелями, из которых один был лихой гусар, другой известный бретёр и повеса, и изредка насмешливо поглядывал на Пьера, который на этом обеде поражал своей сосредоточенной, рассеянной, массивной фигурой. Ростов недоброжелательно смотрел на Пьера, во-первых, потому, что Пьер, в его гусарских глазах, был штатский богач, муж красавицы, вообще баба; во-вторых, потому, что Пьер в сосредоточенности и рассеянности своего настроения не узнал Ростова и не ответил на его поклон. Когда стали пить здоровье государя, Пьер, задумавшись, не встал и не взял бокала.

— Что ж вы? — закричал ему Ростов, восторженно-озлобленными глазами глядя на него. — Разве вы не слышите: здоровье государя императора! — Пьер, вздохнув, покорно встал, выпил свой бокал и, дождавшись, когда все сели, с своей доброй улыбкой обратился к Ростову.

— А я вас и не узнал, — сказал он. Но Ростову было не до этого, он кричал ура!

— Что ж ты не возобновишь знакомства, — сказал Долохов Ростову.

— Бог с ним, дурак, — сказал Ростов.

— Надо лелеять мужей хорошеньких женщин, — сказал Денисов.

Пьер не слышал, что они говорили, но знал, что говорят про него. Он покраснел и отвернулся.

— Ну, теперь за здоровье красивых женщин, — сказал Долохов и с серьезным выражением, но с улыбающимся в углах ртом, с бокалом обратился к Пьеру. — За здоровье красивых женщин, Петруша, и их любовников, — сказал он.

Пьер, опустив глаза, пил из своего бокала, не глядя на Долохова и не отвечая ему. Лакей, раздававший кантату Кутузова, положил листок Пьеру, как более почетному гостю. Он хотел взять его, но Долохов перегнулся, выхватил листок из его руки и стал читать. Пьер взглянул на

Долохова, зрачки его опустились: что-то страшное и безобразное, мутившее его во все время обеда, поднялось и овладело им. Он нагнулся всем тучным телом через стол.

— Не смейте брать! — крикнул он.

Услыхав этот крик и увидав, к кому он относился, Несвицкий и сосед с правой стороны испуганно и поспешно обратились к Безухову.

— Полноте, полноте, что вы? — шептали испуганные голоса. Долохов посмотрел на Пьера светлыми, веселыми, жестокими глазами, с той же улыбкой, как будто он говорил: «А, вот это я люблю».

— Не дам, — проговорил он отчетливо.

Бледный, с трясущеюся губой, Пьер рванул лист.

— Вы... вы... негодяй!.. я вас вызываю, — проговорил он и, двинув стул, встал из-за стола. В ту самую секунду, как Пьер сделал это и произнес эти слова, он почувствовал, что вопрос о виновности его жены, мучивший его эти последние сутки, был окончательно и несомненно решен утвердительно. Он ненавидел ее и навсегда был разорван с нею. Несмотря на просьбы Денисова, чтобы Ростов не вмешивался в это дело, Ростов согласился быть секундантом Долохова и после стола переговорил с Несвицким, секундантом Безухова, об условиях дуэли. Пьер уехал домой, а Ростов с Долоховым и Денисовым до позднего вечера просидели в клубе, слушая цыган и песенников.

— Так до завтра, в Сокольниках, — сказал Долохов, прощаясь с Ростовым на крыльце клуба.

— И ты спокоен? — спросил Ростов.

Долохов остановился.

— Вот видишь ли, я тебе в двух словах открою всю тайну дуэли. Ежели ты идешь на дуэль и пишешь завещания да нежные письма родителям, ежели ты думаешь о том, что тебя могут убить, ты — дурак и наверно пропал; а ты иди с твердым намерением его убить, как можно поскорее и повернее, тогда все исправно, как мне говаривал наш костромской медвежатник. Медведя-то, говорит, как не бояться? да как увидишь его, и страх прошел, как бы только не ушел! Ну, так-то и я. A demain, mon cher![1]

На другой день, в восемь часов утра, Пьер с Несвицким приехали в Сокольницкий лес и нашли там уже Долохова, Денисова и Ростова. Пьер имел вид человека, занятого какими-то соображениями, вовсе не касающимися

[1] До завтра, мой милый!

до предстоящего дела. Осунувшееся лицо его было желто. Он, видимо, не спал эту ночь. Он рассеянно оглядывался вокруг себя и морщился, как будто от яркого солнца. Два соображения исключительно занимали его: виновность его жены, в которой после бессонной ночи уже не оставалось ни малейшего сомнения, и невинность Долохова, не имевшего никакой причины беречь честь чужого для него человека. «Может быть, я бы то же самое сделал бы на его месте, — думал Пьер. — Даже наверное я бы сделал то же самое. К чему же эта дуэль, это убийство? Или я убью его, или он попадет мне в голову, в локоть, в коленку. Уйти отсюда, бежать, зарыться куда-нибудь», — приходило ему в голову. Но именно в те минуты, когда ему приходили такие мысли, он с особенно спокойным и рассеянным видом, внушавшим уважение смотревшим на него, спрашивал: «Скоро ли и готово ли?»

Когда все было готово, сабли воткнуты в снег, означая барьер, до которого следовало сходиться, и пистолеты заряжены, Несвицкий подошел к Пьеру.

— Я бы не исполнил своей обязанности, граф, — сказал он робким голосом, — и не оправдал бы того доверия и чести, которые вы мне сделали, выбрав меня своим секундантом, ежели бы я в эту важную, очень важную минуту не сказал вам всей правды. Я полагаю, что дело это не имеет достаточно причин и что не стоит того, чтобы за него проливать кровь... Вы были неправы, вы погорячились...

— Ах, да, ужасно глупо... — сказал Пьер.

— Так позвольте мне передать ваше сожаление, и я уверен, что наши противники согласятся принять ваше извинение, — сказал Несвицкий (так же как и другие участники дела и как и все в подобных делах, не веря еще, чтобы дело дошло до действительной дуэли). — Вы знаете, граф, гораздо благороднее сознать свою ошибку, чем довести дело до непоправимого. Обиды ни с одной стороны не было. Позвольте мне переговорить...

— Нет, об чем же говорить, — сказал Пьер, — все равно... Так готово? — прибавил он. — Вы мне скажите только, как куда ходить и стрелять куда? — сказал он, неестественно кротко улыбаясь. Он взял в руки пистолет, стал расспрашивать о способе спуска, так как он до сих пор не держал в руках пистолета, в чем он не хотел сознаться. — Ах, да, вот как, я знаю, я забыл только, — говорил он.

— Никаких извинений, ничего решительно, — отвечал Долохов Денисову, который с своей стороны тоже сделал попытку примирения и тоже подошел к назначенному месту.

Место для поединка было выбрано шагах в восьмидесяти от дороги, на которой остались сани, на небольшой полянке соснового леса, покрытой истаявшим от стоявших последние дни оттепелей снегом. Противники стояли шагах в сорока друг от друга, у краев поляны. Секунданты, размеряя шаги, проложили отпечатавшиеся по мокрому глубокому снегу следы от того места, где они стояли, до сабель Несвицкого и Денисова, означавших барьер и воткнутых в десяти шагах друг от друга. Оттепель и туман продолжались; за сорок шагов неясно было видно друг друга. Минуты три все было уже готово, и все-таки медлили начинать. Все молчали.

V

— Ну, начинайте! — сказал Долохов.

— Что ж, — сказал Пьер, все так же улыбаясь.

Становилось страшно. Очевидно было, что дело, начавшееся так легко, уже ничем не могло быть предотвращено, что оно шло само собою, уже независимо от воли людей, и должно было совершиться. Денисов первый вышел вперед до барьера и провозгласил:

— Так как пг'отивники отказались от пг'имиг'ения, то не угодно ли начинать: взять пистолеты и по слову тг'и начинать сходиться.

— Г'...аз! Два! Тг'и!.. — сердито прокричал Денисов и отошел в сторону. Оба пошли по протоптанным дорожкам все ближе и ближе, в тумане узнавая друг друга. Противники имели право, сходясь до барьера, стрелять, когда кто захочет. Долохов шел медленно, не поднимая пистолета, вглядываясь своими светлыми, блестящими, голубыми глазами в лицо своего противника. Рот его, как и всегда, имел на себе подобие улыбки.

При слове *три* Пьер быстрыми шагами пошел вперед, сбиваясь с протоптанной дорожки и шагая по цельному снегу. Пьер держал пистолет, вытянув вперед правую руку, видимо, боясь, как бы из этого пистолета не убить самого себя. Левую руку он старательно отставлял назад, потому что ему хотелось поддержать ею правую руку, а он знал, что этого нельзя было. Пройдя шагов шесть и сбившись с дорожки в снег, Пьер оглянулся под ноги, опять быстро взглянул на Долохова и, потянув пальцем, как его учили, выстрелил. Никак не ожидая такого сильного звука, Пьер вздрогнул от своего выстрела, потом улыбнулся сам своему впечатлению и остановился. Дым, особенно густой от тумана, помешал ему видеть в первое мгновение; но другого выстрела, которого он ждал, не последовало. Только слышны были торопливые шаги Долохова, и из-за дыма показалась его фигура. Одною рукою он держался за левый бок, другой сжимал опущенный пистолет. Лицо его было бледно. Ростов подбежал и что-то сказал ему.

— Не... нет, — проговорил сквозь зубы Долохов, — нет, не кончено, — и, сделав еще несколько падающих, ковыляющих шагов до самой сабли, упал на снег подле нее. Левая рука его была в крови, он обтер ее о сюртук и оперся ею. Лицо его было бледно, нахмурено и дрожало.

— Пожалу... — начал Долохов, но не мог сразу выговорить... — пожалуйте, — договорил он с усилием. Пьер, едва удерживая рыдания, побежал к Долохову и хотел уже перейти пространство, отделяющее барьеры, как Долохов крикнул: — К барьеру! — И Пьер, поняв, в чем дело, остановился у своей сабли. Только десять шагов разделяло их. Долохов опустился головой к снегу, жадно укусил снег, опять поднял голову, поправился, подобрал ноги и сел, отыскивая прочный центр тяжести. Он глотал холодный снег и сосал его; губы его дрожали, но все улыбались; глаза блестели усилием и злобой последних собранных сил. Он поднял пистолет и стал целиться.

— Боком, закройтесь пистолетом, — проговорил Несвицкий.

— Закг'ойтесь! — не выдержав, крикнул даже Денисов своему противнику.

Пьер с кроткой улыбкой сожаления и раскаяния, беспомощно расставив ноги и руки, прямо своей широкой грудью стоял перед Долоховым и грустно смотрел на него. Денисов, Ростов и Несвицкий зажмурились. В одно и то же время они услыхали выстрел и злой крик Долохова.

— Мимо! — крикнул Долохов и бессильно лег на снег лицом книзу. Пьер схватился за голову и, повернувшись назад, пошел в лес, шагая целиком по снегу и вслух приговаривая непонятные слова.

— Глупо... глупо! Смерть... ложь... — твердил он, морщась. Несвицкий остановил его и повез домой.

Ростов с Денисовым повезли раненого Долохова.

Долохов, молча, с закрытыми глазами, лежал в санях и ни слова не отвечал на вопросы, которые ему делали; но, въехав в Москву, он вдруг очнулся и, с трудом приподняв голову, взял за руку сидевшего подле себя Ростова. Ростова поразило совершенно изменившееся и неожиданно восторженно-нежное выражение лица Долохова.

— Ну, что? как ты чувствуешь себя? — спросил Ростов.

— Скверно! но не в том дело. Друг мой, — сказал Долохов прерывающимся голосом, — где мы? Мы в Москве, я знаю. Я ничего, но я убил ее, — убил... Она не перенесет этого. Она не перенесет...

— Кто? — спросил Ростов.

— Мать моя. Моя мать, мой ангел, мой обожаемый ангел, мать. — И Долохов заплакал, сжимая руку Ростова. Когда он несколько успокоился, он объяснил Ростову, что живет с матерью, что, ежели мать увидит его умирающим, она не перенесет этого. Он умолял Ростова ехать к ней и приготовить ее.

Ростов поехал вперед исполнять поручение и, к великому удивлению своему, узнал, что Долохов, этот буян, бретёр-Долохов, жил в Москве с старушкой матерью и горбатой сестрой и был самый нежный сын и брат.

VI

Пьер в последнее время редко виделся с женою с глазу на глаз. И в Петербурге и в Москве дом их постоянно бывал полон гостями. В следующую ночь после дуэли он, как и часто делал, не пошел в спальню, а остался в своем огромном отцовском кабинете, том самом, в котором умер старый граф Безухов. Как ни мучительна была вся внутренняя работа прошедшей бессонной ночи, теперь началась еще мучительнейшая.

Он прилег на диван и хотел заснуть, для того чтобы забыть все, что было с ним, но он не мог этого сделать. Такая буря чувств, мыслей, воспоминаний вдруг поднялась в его душе, что он не только не мог спать, но не мог сидеть на месте и должен был вскочить с дивана и быстрыми шагами ходить по комнате. То ему представлялась она в первое время после женитьбы, с открытыми плечами и усталым, страстным взглядом, и тотчас же рядом с нею представлялось красивое, наглое и твердо-насмешливое лицо Долохова, каким оно было на обеде, и то же лицо Долохова, бледное, дрожащее и страдающее, каким оно было, когда он повернулся и упал на снег.

«Что ж было? — спрашивал он сам себя. — Я убил *любовника*, да, убил любовника своей жены. Да, это было. Отчего? Как я дошел до этого? — Оттого, что ты женился на ней», — отвечал внутренний голос.

«Но в чем же я виноват? — спрашивал он. — В том, что ты женился, не любя ее, в том, что ты обманул и себя и ее, — и ему живо представилась та минута после ужина у князя Василья, когда он сказал эти не выходившие из него слова: «Je vous aime»[1]. Всё от этого! Я и тогда чувствовал, — думал он, — я чувствовал тогда, что это было не то, что я не имел на это права. Так и вышло». Он вспомнил медовый месяц и покраснел при этом воспоминании. Особенно живо, оскорбительно и постыдно было для него воспоминание о том, как однажды, вскоре после своей женитьбы, он в двенадцатом часу дня, в шелковом халате, пришел из спальни в кабинет и в кабинете застал главного управляющего, который почтительно поклонился, поглядел на лицо Пьера, на его халат и слегка улыбнулся, как бы выражая этой улыбкой почтительное сочувствие счастию своего принципала.

«А сколько раз я гордился ею, — думал он, — гордился ее величавой красотой, ее светским тактом; гордился тем своим домом, в котором она принимала весь Петербург, гордился ее неприступностью и красотой. Так вот чем я гордился?! Я тогда думал, что не понимаю ее. Как часто, вдумываясь в ее характер, я говорил себе, что я виноват, что не понимаю ее, не понимаю этого всегдашнего спокойствия, удовлетворенности и отсутствия всяких пристрастий и желаний, а вся разгадка была в том страшном слове, что она развратная женщина: сказал себе это страшное слово, и все стало ясно!

Анатоль ездил к ней занимать у нее денег и целовал ее в голые плечи. Она не давала ему денег, но позволяла целовать себя. Отец, шутя, возбуждал ее ревность; она с спокойной улыбкой говорила, что она не так глупа, чтобы быть ревнивой: пусть делает, что хочет, говорила она про меня. Я спросил у нее однажды, не чувствует ли она при-

---

[1] Я вас люблю.

знаков беременности. Она засмеялась презрительно и сказала, что не дура, чтобы желать иметь детей, и что от *меня* детей у нее не будет».

Потом он вспомнил ясность и грубость мыслей и вульгарность выражений, свойственных ей, несмотря на ее воспитание в высшем аристократическом кругу. «Я не какая-нибудь дура... поди сам попробуй... allez vous promener[1]», — говорила она. Часто, глядя на ее успех в глазах старых и молодых мужчин и женщин, Пьер не мог понять, отчего он не любил ее. «Да я никогда не любил ее, — говорил себе Пьер. — Я знал, что она развратная женщина, — повторял он сам себе, — но не смел признаться в этом.

И теперь Долохов, — вот он сидит на снегу и насильно улыбается и умирает, может быть, притворным каким-то молодечеством отвечая на мое раскаяние!»

Пьер был один из тех людей, которые, несмотря на свою внешнюю так называемую слабость характера, не ищут поверенного для своего горя. Он перерабатывал один в себе свое горе.

«Она во всем, во всем она одна виновата, — говорил он сам себе. — Но что ж из этого? Зачем я себя связал с нею, зачем я ей сказал это «Jo vous aime», которое было ложь, и еще хуже, чем ложь, — говорил он сам себе. — Я виноват и должен нести... Но что? Позор имени, несчастие жизни? Э, все вздор, — подумал он, — и позор имени и честь — все условно, все независимо от меня».

Людовика XVI казнили за то, что *они* говорили, что он был бесчестен и преступник (пришло Пьеру в голову), и они были правы с своей точки зрения, так же как правы и те, которые за него умирали мученической смертью и причисляли его к лику святых. Потом Робеспьера казнили за то, что он был деспот. Кто прав, кто виноват? Никто. А жив — и живи: завтра умрешь, как мог я умереть час тому назад. И стоит ли того мучиться, когда жить остается одну секунду в сравнении с вечностью?» Но в ту минуту, как он считал себя успокоенным такого рода рассуждениями, ему вдруг представлялась *она* и в те минуты, когда он сильнее всего выказывал ей свою неискреннюю любовь, и он чувствовал прилив крови к сердцу, и должен был опять вставать, двигаться, и ломать, и рвать попадающиеся ему под руки вещи. «Зачем я сказал ей: «Je vous

---

[1] убирайся.

aime?» — все повторял он сам себе. И, повторив десятый раз этот вопрос, ему пришло в голову Мольерово mais que diable allait il faire dans cette galère?[1], и он засмеялся сам над собою.

Ночью он позвал камердинера и велел укладываться, чтоб ехать в Петербург. Он не мог оставаться с ней под одной кровлей. Он не мог представить себе, как бы он стал теперь говорить с ней. Он решил, что завтра он уедет и оставит ей письмо, в котором объявит ей свое намерение навсегда разлучиться с нею.

Утром, когда камердинер, внося кофей, вошел в кабинет, Пьер лежал на оттоманке и с раскрытой книгой в руке спал.

Он очнулся и долго испуганно оглядывался, не в силах понять, где он находится.

— Графиня приказали спросить, дома ли ваше сиятельство, — спросил камердинер.

Но не успел еще Пьер решиться на ответ, который он сделает, как сама графиня, в белом атласном халате, шитом серебром, и в простых волосах (две огромные косы en diadème[2] огибали два раза ее прелестную голову) вошла в комнату спокойно и величественно; только на мраморном, несколько выпуклом лбе ее была морщинка гнева. Она с своим все выдерживающим спокойствием не стала говорить при камердинере. Она знала о дуэли и пришла говорить о ней. Она дождалась, пока камердинер уставил кофей и вышел. Пьер робко через очки посмотрел на нее, и как заяц, окруженный собаками, прижимая уши, продолжает лежать в виду своих врагов, так и он попробовал продолжать читать; но чувствовал, что это бессмысленно и невозможно, и опять робко взглянул на нее. Она не села и с презрительной улыбкой смотрела на него, ожидая, пока выйдет камердинер.

— Это еще что? Что вы наделали, я вас спрашиваю? — сказала она строго.

— Я?.. что? я... — сказал Пьер.

— Вот храбрец отыскался! Ну, отвечайте, что это за дуэль? Что вы хотели этим доказать? Что? Я вас спрашиваю. — Пьер тяжело повернулся на диване, открыл рот, но не мог ответить.

---

[1] и зачем черт дернул меня ввязаться в это дело?
[2] диадемою.

— Коли вы не отвечаете, то я вам скажу... — продолжала Элен. — Вы верите всему, что вам скажут. Вам сказали... — Элен засмеялась, — что Долохов мой любовник, — сказала она по-французски, с своей грубой точностью речи, выговаривая слово «любовник», как и всякое другое слово, — и вы поверили! Но что же вы этим доказали? Что вы доказали этой дуэлью? То, что вы дурак, que vous êtes un sot; так это все знали. К чему это поведет? К тому, чтобы я сделалась посмешищем всей Москвы; к тому, чтобы всякий сказал, что вы в пьяном виде, не помня себя, вызвали на дуэль человека, которого вы без основания ревнуете, — Элен все более и более возвышала голос и одушевлялась, — который лучше вас во всех отношениях...

— Гм... гм, — мычал Пьер, морщась, не глядя на нее и не шевелясь ни одним членом.

— И почему вы могли поверить, что он мой любовник?.. Почему? Потому что я люблю его общество? Ежели бы вы были умнее и приятнее, то я бы предпочитала ваше.

— Не говорите со мной... умоляю, — хрипло прошептал Пьер.

— Отчего мне не говорить! Я могу говорить и смело скажу, что редкая та жена, которая с таким мужем, как вы, не взяла бы себе любовников (des amants), а я этого не сделала, — сказала она. Пьер хотел что-то сказать, взглянул на нее странными глазами, которых выражение она не поняла, и опять лег. Он физически страдал в эту минуту: грудь его стесняло, и он не мог дышать. Он знал, что ему надо что-то сделать, чтобы прекратить это страдание, но то, что он хотел сделать, было слишком страшно.

— Нам лучше расстаться, — проговорил он прерывисто.

— Расстаться, извольте, только ежели вы дадите мне состояние, — сказала Элен... — Расстаться, вот чем испугали!

Пьер вскочил с дивана и, шатаясь, бросился к ней.

— Я тебя убью! — закричал он и, схватив со стола мраморную доску с неизвестной еще ему силой, сделал шаг к ней и замахнулся на нее.

Лицо Элен сделалось страшно; она взвизгнула и отскочила от него. Порода отца сказалась в нем. Пьер почувствовал увлечение и прелесть бешенства. Он бросил доску, разбил ее и, с раскрытыми руками подступая к Элен, закричал: «Вон!» — таким страшным голосом, что во всем доме с ужасом услыхали этот крик. Бог знает, что бы сделал Пьер в эту минуту, ежели бы Элен не выбежала из комнаты.

Через неделю Пьер выдал жене доверенность на управление всеми великорусскими имениями, что составляло бо́льшую половину его состояния, и один уехал в Петербург.

VII

Прошло два месяца после получения известий в Лысых Горах об Аустерлицком сражении и о погибели князя Андрея. И несмотря на все письма через посольство и несмотря на все розыски, тело его не было найдено, и его не было в числе пленных. Хуже всего для его родных было то, что оставалась все-таки надежда на то, что он был поднят жителями на поле сражения и, может быть, лежал выздоравливающий или умирающий где-нибудь один, среди чужих, и не в силах дать о себе вести. В газетах, из которых впервые узнал старый князь об Аустерлицком поражении, было написано, как и всегда, весьма кратко и неопределенно, о том, что русские после блестящих баталий должны были отретироваться и ретираду произвели в совершенном порядке. Старый князь понял из этого официального известия, что наши были разбиты. Через неделю после газеты, принесшей известие аб Аустерлицкой битве, пришло письмо Кутузова, который извещал князя об участи, постигшей его сына.

«Ваш сын, в моих глазах, — писал Кутузов, — с знаменем в руках, впереди полка пал героем, достойным своего отца и своего отечества. К общему сожалению моему и всей армии, до сих пор неизвестно — жив ли он или нет, Себя и вас надеждой льщу, что сын ваш жив, ибо в противном случае в числе найденных на поле сражения офицеров, о коих список мне подан через парламентеров, и он бы поименован был».

Получив это известие поздно вечером, когда он был один в своем кабинете, старый князь никому ничего не сказал. Как и обыкновенно, на другой день он пошел на свою утреннюю прогулку; но был молчалив с приказчиком, садовником и архитектором и, хотя и был гневен на вид, ничего никому не сказал.

Когда в обычное время княжна Марья вошла к нему, он стоял за станком и точил, но, как обыкновенно, не оглянулся на нее.

— А! Княжна Марья! — вдруг сказал он неестественно и бросил стамеску. (Колесо еще вертелось от размаха. Княжна Марья долго помнила этот замирающий скрип колеса, который слился для нее с тем, что последовало.)

Княжна Марья подвинулась к нему, увидала его лицо, и что-то вдруг опустилось в ней. Глаза ее перестали видеть ясно. Она по лицу отца, не грустному, не убитому, но злому и неестественно над собой работающему лицу, увидала, что вот, вот над ней повисло и задавит ее страшное несчастие, худшее в жизни несчастие, еше не испытанное ею, несчастие непоправимое, непостижимое, смерть того, кого любишь.

— Mon père, — Andre?[1] — сказала неграциозная, неловкая княжна с такой невыразимой прелестью печали и самозабвения, что отец не выдержал ее взгляда и, всхлипнув, отвернулся.

— Получил известие. В числе пленных нет, в числе убитых нет. Кутузов пишет, — крикнул он пронзительно, как будто желая прогнать княжну этим криком, — убит!

Княжна не упала, с ней не сделалось дурноты. Она была уже бледна, но когда она услыхала эти слова, лицо ее изменилось и что-то просияло в ее лучистых, прекрасных глазах. Как будто радость, высшая радость, независимая от печалей и радостей этого мира, разлилась сверх той сильной печали, которая была в ней. Она забыла весь страх к отцу, подошла к нему, взяла его за руку, потянула к себе и обняла за сухую, жилистую шею.

— Mon père, — сказала она. — Не отвертывайтесь от меня, будемте плакать вместе.

— Мерзавцы! Подлецы! — закричал старик, отстраняя от нее лицо. — Губить армию, губить людей! За что? Поди, поди, скажи Лизе.

Княжна бессильно опустилась в кресло подле отца и заплакала. Она видела теперь брата в ту минуту, как он прощался с ней и с Лизой, с своим нежным и вместе высокомерным видом, она видела его в ту минуту, как он нежно и насмешливо надевал образок на себя. «Верил ли он? Раскаялся ли он в своем неверии? Там ли он теперь?

---

[1] Батюшка, — Андрей?

Там ли, в обители вечного спокойствия и блаженства?» — думала она.

— Mon père, скажите мне, как это было? — спросила она сквозь слезы.

— Иди, иди; убит в сражении, в котором повели убивать русских лучших людей и русскую славу. Идите, княжна Марья. Иди и скажи Лизе. Я приду.

Когда княжна Марья вернулась от отца, маленькая княгиня сидела за работой и с тем особенным выражением внутреннего и счастливо-спокойного взгляда, свойственного только беременным женщинам, посмотрела на княжну Марью. Видно было, что глаза ее не видали княжны Марьи, а смотрели вглубь, в себя — во что-то счастливое и таинственное, совершающееся в ней.

— Marie, — сказала она, отстраняясь от пялец и переваливаясь назад, — дай сюда твою руку. — Она взяла руку княжны и наложила ее себе на живот.

Глаза ее улыбались, ожидая, губка с усиками поднялась и детски-счастливо осталась поднятой.

Княжна Марья стала на колени перед ней и спрятала лицо в складках платья невестки.

— Вот, вот — слышишь? Мне так странно. И знаешь, Мари, я очень буду любить его, — сказала Лиза, блестящими, счастливыми глазами глядя на золовку. Княжна Марья не могла поднять головы: она плакала.

— Что с тобой, Маша?

— Ничего... так мне грустно стало... грустно об Андрее, — сказала она, отирая слезы о колени невестки. Несколько раз в продолжение утра княжна Марья начинала приготавливать невестку и всякий раз начинала плакать. Слезы эти, которых причины не понимала маленькая княгиня, встревожили ее, как ни мало она была наблюдательна. Она ничего не говорила, но беспокойно оглядывалась, отыскивая чего-то. Перед обедом в ее комнату вошел старый князь, которого она всегда боялась, теперь с особенно-неспокойным, злым лицом и, ни слова не сказав, вышел. Она посмотрела на княжну Марью, потом задумалась с тем выражением глаз устремленного внутрь себя внимания, которое бывает у беременных женщин, и вдруг заплакала.

— Получили от Андрея что-нибудь? — сказала она.

— Нет, ты знаешь, что еще не могло прийти известие, но mon père беспокоится, и мне страшно.

— Так ничего?

— Ничего, — сказала княжна Марья, лучистыми глазами твердо глядя на невестку. Она решилась не говорить ей и уговорила отца скрыть получение страшного известия от невестки до ее разрешения, которое должно было быть на днях. Княжна Марья и старый князь, каждый по-своему, носили и скрывали свое горе. Старый князь не хотел надеяться: он решил, что князь Андрей убит, и, несмотря на то, что он послал чиновника в Австрию разыскивать след сына, он заказал ему в Москве памятник, который намерен был поставить в своем саду, и всем говорил, что сын его убит. Он старался, не изменяя, вести прежний образ жизни, но силы изменяли ему: он меньше ходил, меньше ел, меньше спал и с каждым днем делался слабее. Княжна Марья надеялась. Она молилась за брата, как за живого, и каждую минуту ждала известия о его возвращении.

VIII

— Ma bonne amie[1], — сказала маленькая княгиня утром 19-го марта после завтрака, и губка ее с усиками поднялась по старой привычке; но как и во всех не только улыбках, но звуках речей, даже походках в этом доме со дня получения страшного известия была печаль, то и теперь улыбка маленькой княгини, поддавшейся общему настроению, — хотя и не знавшей его причины, — была такая, что она еще более напоминала об общей печали.

— Ma bonne amie, je crains que le fruschtique (commedit Фока — повар) de ce matin ne m'aie pas fait du mal[2].

— А что с тобой, моя душа? Ты бледна. Ах, ты очень бледна, — испуганно сказала княжна Марья, своими тяжелыми мягкими шагами подбегая к невестке.

— Ваше сиятельство, не послать ли за Марьей Богдановной? — сказала одна из бывших тут горничных. (Марья Богдановна была акушерка из уездного города, жившая в Лысых Горах уже другую неделю.)

— И в самом деле, — подхватила княжна Марья, — может быть, точно. Я пойду. Courage, mon ange![3] — Она поцеловала Лизу и хотела выйти из комнаты.

---

[1] Милый друг.

[2] Дружочек, боюсь, чтоб от нынешнего фриштика (как называет его повар Фока) мне бы не было дурно.

[3] Не бойся, мой ангел!

— Ах, нет, нет! — и, кроме бледности, на лице маленькой княгини выразился детский страх неотвратимого физического страдания.

— Non, c'est l'estomac... dites que c'est l'estomac, dites, Marie, dites...[1] — И княгиня заплакала, детски-страдальчески, капризно и даже несколько притворно, ломая свои маленькие ручки. Княжна выбежала из комнаты за Марьей Богдановной.

— Oh! Mon Dieu! Mon Dieu![2] — слышала она сзади себя.

Потирая полные небольшие белые руки, ей навстречу, с значительно-спокойным лицом, уже шла акушерка.

— Марья Богдановна! Кажется, началось, — сказала княжна Марья, испуганно-раскрытыми глазами глядя на бабушку.

— Ну, и слава Богу, княжна, — не прибавляя шага, сказала Марья Богдановна. — Вам, девицам, про это знать не следует.

— Но как же из Москвы доктор еще не приехал? — сказала княжна. (По желанию Лизы и князя Андрея к сроку было послано в Москву за акушером, и его ждали каждую минуту.)

— Ничего, княжна, не беспокойтесь, — сказала Марья Богдановна, — и без доктора все хорошо будет.

Через пять минут княжна из своей комнаты услыхала, что несут что-то тяжелое. Она высунулась — официанты несли для чего-то в спальню кожаный диван, стоявший в кабинете князя Андрея. На лицах несших людей было что-то торжественное и тихое.

Княжна Марья сидела одна в своей комнате, прислушиваясь к звукам дома, изредка отворяя дверь, когда проходили мимо, и приглядывалась к тому, что происходило в коридоре. Несколько женщин тихими шагами проходили туда и оттуда, оглядывались на княжну и отворачивались от нее. Она не смела спрашивать, затворяла дверь, возвращалась к себе, и то садилась в свое кресло, то бралась за молитвенник, то становилась на колена пред киотом. К несчастию и удивлению своему, она чувствовала, что молитва не утишала ее волнения. Вдруг дверь ее комнаты тихо отворилась, и на пороге ее показалась повязанная платком ее старая няня Прасковья Савишна, почти

---

1 Нет, это желудок... скажи, Маша, что желудок...
2 Боже мой! Боже мой! Ах!

никогда, вследствие запрещения князя, не входившая к ней в комнату.

— С тобой, Машенька, пришла посидеть, — сказала няня, — да вот княжовы свечи венчальные перед угодником зажечь принесла, мой ангел, — сказала она, вздохнув.

— Ах, как я рада, няня.

— Бог милостив, голубка. — Няня зажгла перед киотом обвитые золотом свечи и с чулком села у двери. Княжна Марья взяла книгу и стала читать. Только когда слышались шаги или голоса, княжна испуганно, вопросительно, а няня успокоительно смотрели друг на друга. Во всех концах дома было разлито и владело всеми то же чувство, которое испытывала княжна Марья, сидя в своей комнате. По поверию, что чем меньше людей знают о страданиях родильницы, тем меньше она страдает, все старались притворяться незнающими; никто не говорил об этом, но во всех людях, кроме обычной степенности и почтительности хороших манер, царствовавших в доме князя, видна была одна какая-то общая забота, смягченность сердца и сознание чего-то великого, непостижимого, совершающегося в эту минуту.

В большой девичьей не слышно было смеха. В официантской все люди сидели и молчали, наготове чего-то. На дворне жгли лучины и свечи и не спали. Старый князь, ступая на пятку, ходил по кабинету и послал Тихона к Марье Богдановне, спросить: что?

— Только скажи: князь приказал спросить что? и приди скажи, что она скажет.

— Доложи князю, что роды начались, — сказала Марья Богдановна, значительно посмотрев на посланного. Тихон пошел и доложил.

— Хорошо, — сказал князь, затворяя за собой дверь, и Тихон не слыхал более ни малейшего звука в кабинете. Немного погодя Тихон вошел в кабинет, как будто для того, чтобы поправить свечи. Увидав, что князь лежит на диване, Тихон посмотрел на князя, на его расстроенное лицо, покачал головой, молча приблизился к нему и, поцеловав его в плечо, вышел, не поправив свечи и не сказав, зачем он приходил. Таинство, торжественнейшее в мире, продолжало совершаться. Прошел вечер, наступила ночь. И чувство ожидания и смягчения сердечного перед непостижимым не падало, а возвышалось. Никто не спал.

Была одна из тех мартовских ночей, когда зима как будто хочет взять свое и высыпает с отчаянной злобой свои последние снега и бураны. Навстречу немца-доктора из Москвы, которого ждали каждую минуту и за которым была выслана подстава на большую дорогу, к повороту на проселок, были высланы верховые с фонарями, чтобы проводить его по ухабам и зажорам.

Княжна Марья уже давно оставила книгу: она сидела молча, устремив лучистые глаза на сморщенное, до малейших подробностей знакомое, лицо няни: на прядку седых волос, выбившуюся из-под платка, на висящий мешочек кожи под подбородком.

Няня Савишна, с чулком в руках, тихим голосом рассказывала, сама не слыша и не понимая своих слов, сотни раз рассказанное о том, как покойница княгиня в Кишиневе рожала княжну Марью, с крестьянской бабой-молдаванкой вместо бабушки.

— Бог помилует, никакие дохтура не нужны, — говорила она. Вдруг порыв ветра налег на одну из выставленных рам комнаты (по воле князя всегда с жаворонками выставлялось по одной раме в каждой комнате) и, отбив плохо задвинутую задвижку, затрепал штофной гардиной и, пахнув холодом, снегом, задул свечу. Княжна Марья вздрогнула; няня, положив чулок, подошла к окну и, высунувшись, стала ловить откинутую раму. Холодный ветер трепал концами ее платка и седыми, выбивавшимися прядями волос.

— Княжна, матушка, едут по прешпекту кто-то! — сказала она, держа раму и не затворяя ее. — С фонарями; должно, дохтур...

— Ах, Боже мой! Слава Богу! — сказала княжна Марья. — Надо пойти встретить его; он не знает по-русски.

Княжна Марья накинула шаль и побежала навстречу ехавшим. Когда она проходила переднюю, она в окно видела, что какой-то экипаж и фонари стояли у подъезда. Она вышла на лестницу. На столбике перил стояла сальная свеча и текла от ветра. Официант Филипп, с испуганным лицом и с другой свечой в руке, стоял ниже, на первой площадке лестницы. Еще пониже, за поворотом, по лестнице, слышны были подвигавшиеся шаги в теплых сапогах. И какой-то знакомый, как показалось княжне Марье, голос говорил что-то.

— Слава Богу! — сказал голос. — А батюшка?

— Почивать легли, — отвечал голос дворецкого Демьяна, бывшего уже внизу.

Потом еще что-то сказал голос, что-то ответил Демьян, и шаги в теплых сапогах стали быстрее приближаться по невидному повороту лестницы. «Это Андрей! — подумала княжна Марья. — Нет, это не может быть, это было бы слишком необыкновенно», — подумала она, и в ту же минуту, как она думала это, на площадке, на которой стоял официант со свечой, показались лицо и фигура князя Андрея в шубе с воротником, обсыпанным снегом. Да, это был он, но бледный и худой и с измененным, странно смягченным, но тревожным выражением лица. Он вошел на лестницу и обнял сестру.

— Вы не получали моего письма? — спросил он, и, не дожидаясь ответа, которого бы он и не получил, потому что княжна не могла говорить, он вернулся и с акушером, который вошел вслед за ним (он съехался с ним на последней станции), быстрыми шагами опять вошел на лестницу и опять обнял сестру.

— Какая судьба! — проговорил он. — Маша, милая! — И, скинув шубу и сапоги, пошел на половину княгини.

IX

Маленькая княгиня лежала на подушках, в белом чепчике (страданье только что отпустило ее), черные волосы прядями вились у ее воспаленных, вспотевших щек; румяный, прелестный ротик с губкой, покрытой черными волосиками, был раскрыт, и она радостно улыбалась. Князь Андрей вошел в комнату и остановился перед ней, у изножья дивана, на котором она лежала. Блестящие глаза, смотревшие детски-испуганно и взволнованно, остановились на нем, не изменяя выражения. «Я вас всех люблю, я никому зла не делала, за что я страдаю? Помогите мне», — говорило ее выражение. Она видела мужа, но не понимала значения его появления теперь перед нею. Князь Андрей обошел диван и в лоб поцеловал ее.

— Душенька моя! — сказал он слово, которое никогда не говорил ей. — Бог милостив... — Она вопросительно, детски-укоризненно посмотрела на него.

«Я от тебя ждала помощи, и ничего, ничего, и ты тоже!» — сказали ее глаза. Она не удивилась, что он приехал; она не поняла того, что он приехал. Его приезд не имел никакого отношения до ее страданий и облегчения их. Муки вновь начались, и Марья Богдановна посоветовала князю Андрею выйти из комнаты.

Акушер вошел в комнату. Князь Андрей вышел и, встретив княжну Марью, опять подошел к ней. Они шепотом заговорили, но всякую минуту разговор замолкал. Они ждали и прислушивались.

— Allez, mon ami[1], — сказала княжна Марья. Князь Андрей опять пошел к жене и в соседней комнате сел, дожидаясь. Какая-то женщина вышла из ее комнаты с испуганным лицом и смутилась, увидав князя Андрея. Он закрыл лицо руками и просидел так несколько минут. Жалкие, беспомощно-животные стоны слышались из-за двери. Князь Андрей встал, подошел к двери и хотел отворить ее. Дверь держал кто-то.

— Нельзя, нельзя! — проговорил оттуда испуганный голос. Он стал ходить по комнате. Крики замолкли, еще прошло несколько секунд. Вдруг страшный крик — не ее крик, она не могла так кричать — раздался в соседней комнате. Князь Андрей подбежал к ее двери; крик замолк, но послышался другой крик, крик ребенка.

«Зачем принесли туда ребенка? — подумал в первую секунду князь Андрей. — Ребенок? Какой?.. Зачем там ребенок? Или это родился ребенок?»

Когда он вдруг понял все радостное значение этого крика, слезы задушили его, и он, облокотившись обеими руками на подоконник, всхлипывая, заплакал, как плачут дети. Дверь отворилась. Доктор, с засученными рукавами рубашки, без сюртука, бледный и с трясущейся челюстью, вышел из комнаты. Князь Андрей обратился к нему, но доктор растерянно взглянул на него и, ни слова не сказав, прошел мимо. Женщина выбежала и, увидав князя Андрея, замялась на пороге. Он вошел в комнату жены. Она мертвая лежала в том же положении, в котором он видел ее пять минут тому назад, и то же выражение, несмотря на остановившиеся глаза и на бледность щек, было на этом прелестном детском робком личике, с губкой, покрытой черными волосиками.

«Я вас всех любила и никому дурного не делала и что вы со мной сделали? Ах, что вы со мной сделали?» — говорило ее прелестное, жалкое, мертвое лицо. В углу комнаты хрюкнуло и пискнуло что-то маленькое, красное в белых трясущихся руках Марьи Богдановны.

---

[1] Иди, мой друг. — *Ред.*

Через два часа после этого князь Андрей тихими шагами вошел в кабинет к отцу. Старик все уже знал. Он стоял у самой двери, и, как только она отворилась, старик молча старческими, жесткими руками, как тисками, обхватил шею сына и зарыдал, как ребенок.

Через три дня отпевали маленькую княгиню, и, прощаясь с нею, князь Андрей взошел на ступени гроба. И в гробу было то же лицо, хотя и с закрытыми глазами. «Ах, что вы со мной сделали?» — все говорило оно, и князь Андрей почувствовал, что в душе его оторвалось что-то, что он виноват в вине, которую ему не поправить и не забыть. Он не мог плакать. Старик тоже вошел и поцеловал ее восковую ручку, спокойно и высоко лежавшую на другой, и ему ее лицо сказало: «Ах, что и за что вы это со мной сделали?» И старик сердито отвернулся, увидав это лицо.

Еще через пять дней крестили молодого князя Николая Андреича. Мамушка подбородком придерживала пеленки, в то время как гусиным перышком священник мазал сморщенные красные ладо́нки и ступеньки мальчика.

Крестный отец — дед, боясь уронить, вздрагивая, носил младенца вокруг жестяной помятой купели и передавал его крестной матери, княжне Марье. Князь Андрей, замирая от страха, чтоб не утопили ребенка, сидел в другой комнате, ожидая окончания таинства. Он радостно взглянул на ребенка, когда ему вынесла его нянюшка, и одобрительно кивнул головой, когда нянюшка сообщила ему, что брошенный в купель вощечок с волосками не потонул, а поплыл по купели.

X

Участие Ростова в дуэли Долохова с Безуховым было замято стараниями старого графа, и Ростов, вместо того чтобы быть разжалованным, как он ожидал, был определен адъютантом к московскому генерал-губернатору. Вследствие этого он не мог ехать в деревню со всем семейством, а оставался при своей новой должности все лето в Москве. Долохов выздоровел, и Ростов особенно сдружился с ним в это время его выздоровления. Долохов больной лежал у матери, страстно и нежно любившей его.

Старушка Марья Ивановна, полюбившая Ростова за его дружбу к Феде, часто говорила ему про своего сына.

— Да, граф, он слишком благороден и чист душою, — говаривала она, — для нашего нынешнего, развращенного света. Добродетели никто не любит, она всем глаза колет. Ну, скажите, граф, справедливо это, честно это со стороны Безухова? А Федя по своему благородству любил его, и теперь никогда ничего дурного про него не говорит. В Петербурге эти шалости с квартальным, там что-то шутили, ведь они вместе делали? Что ж, Безухову ничего, а Федя все на своих плечах перенес! Ведь что он перенес! Положим, возвратили, да ведь как же и не возвратить? Я думаю, таких, как он, храбрецов и сынов отечества не много там было. Что ж, теперь — эта дуэль. Есть ли чувства, честь у этих людей! Зная, что он единственный сын, вызвать на дуэль и стрелять так прямо! Хорошо, что Бог помиловал нас. И за что же? Ну, кто же в наше время не имеет интриги? Что ж, коли он так ревнив — я понимаю, — ведь он прежде мог дать почувствовать, а то ведь год продолжалось. И что же, вызвал на дуэль, полагая, что Федя не будет драться, потому что он ему должен. Какая низость! Какая гадость! Я знаю, вы Федю поняли, мой милый граф, оттого-то, я вас душой люблю, верьте мне. Его редкие понимают. Это такая высокая, небесная душа...

Сам Долохов часто во время своего выздоровления говорил Ростову такие слова, которых никак нельзя было ожидать от него.

— Меня считают злым человеком, я знаю, — говаривал он, — и пускай. Я никого знать не хочу, кроме тех, кого люблю; но кого я люблю, того люблю так, что жизнь отдам, а остальных передавлю всех, коли станут на дороге. У меня есть обожаемая, неоцененная мать, два-три друга, ты в том числе, а на остальных я обращаю внимание только настолько, насколько они полезны или вредны. И все почти вредны, в особенности женщины. Да, душа моя, — продолжал он, — мужчин я встречал любящих, благородных, возвышенных; но женщин, кроме продажных тварей — графинь или кухарок, все равно, — я не встречал еще. Я не встречал еще той небесной чистоты, преданности, которых я ищу в женщине. Ежели бы я нашел такую женщину, я бы жизнь отдал за нее. А эти!.. — Он сделал презрительный жест. — И веришь ли мне, ежели я еще дорожу жизнью, то дорожу только потому, что надеюсь еще встретить такое небесное существо, которое бы возродило, очистило и возвысило меня. Но ты не понимаешь этого.

— Нет, я очень понимаю, — отвечал Ростов, находившийся под влиянием своего нового друга.

Осенью семейство Ростовых вернулось в Москву. В начале зимы вернулся и Денисов и остановился у Ростовых. Это первое время зимы 1806 года, проведенное Николаем Ростовым в Москве, было одно из самых счастливых и веселых для него и для всего его семейства. Николай привлек с собой в дом родителей много молодых людей. Вера была двадцатилетняя красивая девица; Соня шестнадцатилетняя девушка во всей прелести только распустившегося цветка; Наташа полубарышня, полудевочка, то детски смешная, то девически обворожительная.

В доме Ростовых завелась в это время какая-то особенная атмосфера любовности, как это бывает в доме, где очень милые и очень молодые девушки. Всякий молодой человек, приезжавший в дом Ростовых, глядя на эти молодые, восприимчивые, чему-то (вероятно, своему счастию) улыбающиеся девические лица, на эту оживленную беготню, слушая этот непоследовательный, но ласковый ко всем, на все готовый, исполненный надежды лепет женской молодежи, слушая эти непоследовательные звуки то пенья, то музыки, испытывал одно и то же чувство готовности к любви и ожидания счастья, которое испытывала и сама молодежь дома Ростовых.

В числе молодых людей, введенных Ростовым, был одним из первых — Долохов, который понравился всем в доме, исключая Наташи. За Долохова она чуть не поссорилась с братом. Она настаивала на том, что он злой человек, что в дуэли с Безуховым Пьер был прав, а Долохов виноват, что он неприятен и неестествен.

— Нечего мне понимать! — с упорным своевольством кричала Наташа, — он злой и без чувств. Вот ведь я же люблю твоего Денисова, он и кутила, и всё, а я все-таки его люблю, стало быть, я понимаю. Не умею, как тебе сказать; у него все назначено, а я этого не люблю. Денисова...

— Ну, Денисов другое дело, — отвечал Николай, давая чувствовать, что в сравнении с Долоховым даже и Денисов был ничто, — надо понимать, какая душа у этого Долохова, надо видеть его с матерью, это такое сердце!

— Уж этого я не знаю, но с ним мне неловко. И ты знаешь ли, что он влюбился в Соню?

— Какие глупости...

— Я уверена, вот увидишь.

Предсказание Наташи сбывалось. Долохов, не любивший дамского общества, стал часто бывать в доме, и вопрос о том, для кого он ездит, скоро (хотя никто и не говорил про это) был решен так, что он ездит для Сони. И Соня, хотя никогда не посмела бы сказать этого, знала это и всякий раз, как кумач, краснела при появлении Долохова.

Долохов часто обедал у Ростовых, никогда не пропускал спектакля, где они были, и бывал на балах adolescentes[1] у Иогеля, где всегда бывали Ростовы. Он оказывал преимущественное внимание Соне и смотрел на нее такими глазами, что не только она без краски не могла выдержать этого взгляда, но и старая графиня и Наташа краснели, заметив этот взгляд.

Видно было, что этот сильный, странный мужчина находился под неотразимым влиянием, производимым на него этой черненькой, грациозной, любящей другого девочкой.

Ростов замечал что-то новое между Долоховым и Соней; но он не определял себе, какие это были новые отношения. «Они там все влюблены в кого-то», — думал он про Соню и Наташу. Но ему было не так, как прежде, ловко с Соней и Долоховым, и он реже стал бывать дома.

С осени 1806 года опять все заговорило о войне с Наполеоном, еще с бо́льшим жаром, чем в прошлом году. Назначен был не только набор десяти рекрут, но и еще девяти ратников с тысячи. Повсюду проклинали анафемой Бонапартия, и в Москве только и толков было, что о предстоящей войне. Для семейства Ростовых весь интерес этих приготовлений к войне заключался только в том, что Николушка ни за что не соглашался оставаться в Москве и выжидал только конца отпуска Денисова, с тем чтобы с ним вместе ехать в полк после праздников. Предстоящий отъезд не только не мешал ему веселиться, но еще поощрял его к этому. Большую часть времени он проводил вне дома, на обедах, вечерах и балах.

---

[1] «подрастающих».

XI

На третий день Рождества Николай обедал дома, что в последнее время редко случалось с ним. Это был официально прощальный обед, так как он с Денисовым уезжал в полк после Крещенья. Обедало человек двадцать, в том числе Долохов и Денисов.

Никогда в доме Ростовых любовный воздух, атмосфера влюбленности не давали себя чувствовать с такой силой, как в эти дни праздников. «Лови минуты счастия, заставляй себя любить, влюбляйся сам! Только это одно есть настоящее на свете — остальное все вздор. И этим одним мы здесь только и заняты», — говорила эта атмосфера.

Николай, как и всегда, замучив две пары лошадей и то не успев побывать во всех местах, где ему надо было быть и куда его звали, приехал домой перед самым обедом. Как только он вошел, он заметил и почувствовал напряженность любовной атмосферы в доме, но, кроме того, он заметил странное замешательство, царствующее между некоторыми из членов общества. Особенно взволнованы были Соня, Долохов, старая графиня и немного Наташа. Николай понял, что что-то должно было случиться до обеда между Соней и Долоховым, и, с свойственною ему чуткостью сердца, был очень нежен и осторожен во время обеда в обращении с ними обоими. В этот же вечер третьего дня праздников должен был быть один из тех балов у Иогеля (танцевального учителя), которые он давал по праздникам для всех своих учеников и учениц.

— Николенька, ты поедешь к Иогелю? Пожалуйста, поезжай, — сказала ему Наташа, — он тебя особенно просил, и Василий Дмитрич (это был Денисов) едет.

— Куда я не поеду по пг’иказанию г’афини! — сказал Денисов, шутливо поставивший себя в доме Ростовых на ногу рыцаря Наташи, — pas de châle готов танцевать.

— Коли успею! Я обещал Архаровым, у них вечер, — сказал Николай.

— А ты?.. — обратился он к Долохову. И только что спросил это, заметил, что этого не надо было спрашивать.

— Да, может быть... — холодно и сердито отвечал Долохов, взглянув на Соню и нахмурившись, точно таким взглядом, каким он на клубном обеде смотрел на Пьера, опять взглянул на Николая.

«Что-нибудь есть», — подумал Николай, и, еще более утвердившись в этом предположении тем, что Долохов тотчас же после обеда уехал, он вызвал Наташу и спросил, что такое?

— А я тебя искала, — сказала Наташа, выбежав к нему. — Я говорила, ты все не хотел верить, — торжествующе сказала она, — он сделал предложение Соне.

Как ни мало занимался Николай Соней за это время, но что-то как бы оторвалось в нем, когда он услыхал это. Долохов был приличная и в некоторых отношениях блестящая партия для бесприданной сироты Сони. С точки зрения старой графини и света, нельзя было отказать ему. И потому первое чувство Николая, когда он услыхал это, было озлобление против Сони. Он приготавливался к тому, чтобы сказать: «И прекрасно, разумеется, надо забыть детские обещания и принять предложение»; но не успел он еще сказать этого...

— Можешь себе представить! она отказала, совсем отказала! — заговорила Наташа. — Она сказала, что любит другого, — прибавила она, помолчав немного.

«Да иначе и не могла поступить моя Соня!» — подумал Николай.

— Сколько ее ни просила мама, она отказала, и я знаю, она не переменит, если что сказала...

— А мама просила ее! — с упреком сказал Николай.

— Да, — сказала Наташа. — Знаешь, Николенька, не сердись; но я знаю, что ты на ней не женишься. Я знаю, Бог знает отчего, я знаю верно, ты не женишься.

— Ну, этого ты никак не знаешь, — сказал Николай, — но мне надо поговорить с ней. Что за прелесть эта Соня! — прибавил он, улыбаясь.

— Это такая прелесть! Я тебе пришлю ее. — И Наташа, поцеловав брата, убежала.

Через минуту вошла Соня, испуганная, растерянная и виноватая. Николай подошел к ней и поцеловал ее руку. Это был первый раз, что они в этот приезд говорили с глазу на глаз и о своей любви.

— Sophie, — сказал он сначала робко и потом смелее и смелее, — ежели вы хотите отказаться не только от блестящей, от выгодной партии; но он прекрасный, благородный человек... он мой друг...

Соня перебила его..

— Я уж отказалась, — сказала она поспешно.

— Ежели вы отказываетесь для меня, то я боюсь, что на мне...

Соня опять перебила его. Она умоляющим, испуганным взглядом посмотрела на него.

— Nicolas, не говорите мне этого, — сказала она.

— Нет, я должен. Может быть, это suffisance[1] с моей стороны, но все лучше сказать. Ежели вы откажетесь для меня, то я должен вам сказать всю правду. Я вас люблю, я думаю, больше всех...

— Мне и довольно, — вспыхнув, сказала Соня.

— Нет, но я тысячу раз влюблялся и буду влюбляться, хотя такого чувства дружбы, доверия, любви я ни к кому не имею, как к вам. Потом, я молод. Maman не хочет этого. Ну, просто, я ничего не обещаю. И я прошу вас подумать о предложении Долохова, — сказал он, с трудом выговаривая фамилию своего друга.

— Не говорите мне этого. Я ничего не хочу. Я люблю вас как брата, и всегда буду любить, и больше мне ничего не надо.

— Вы ангел, я вас не сто́ю, но я только боюсь обмануть вас. — Николай еще раз поцеловал ее руку.

XII

У Иогеля были самые веселые балы в Москве. Это говорили матушки, глядя на своих adolescentes[2], выделывающих свои только что выученные па; это говорили и сами adolescentes и adolescents[3], танцевавшие до упаду; это говорили взрослые девицы и молодые люди, приезжавшие на эти балы с мыслию снизойти до них и находя в них самое лучшее веселье. В этот же год на этих балах сделалось два брака. Две хорошенькие княжны Горчаковы нашли женихов и вышли замуж, и тем еще более пустили в славу эти балы. Особенного на этих балах было то, что не было хозяина и хозяйки: был, как пух летающий, по правилам искусства расшаркивающийся добродушный Иогель, который принимал билетики за уроки от всех своих гостей; было то, что на эти балы еще езжали только

---

1 самонадеянность.
2 подросточков.
3 подростки.

те, кто хотел танцевать и веселиться, как хотят этого тринадцати- и четырнадцатилетние девочки, в первый раз надевающие длинные платья. Все, за редкими исключениями, были или казались хорошенькими: так восторженно они все улыбались и так разгорались их глазки. Иногда танцовывали даже pas de châle лучшие ученицы, из которых лучшая была Наташа, отличавшаяся своею грациозностью; но на этом, последнем бале танцевали только экосезы, англезы и только что входящую в моду мазурку. Зала была взята Иогелем в доме Безухова, и бал очень удался, как говорили все. Много было хорошеньких девочек, и Ростовы барышни были из лучших. Они обе были особенно счастливы и веселы в этот вечер. Соня, гордая предложением Долохова, своим отказом и объяснением с Николаем, кружилась еще дома, не давая девушке дочесать свои косы, и теперь насквозь светилась порывистой радостью.

Наташа, не менее гордая тем, что она в первый раз была в длинном платье, на настоящем бале, была еще счастливее. Они были в белых кисейных платьях с розовыми лентами.

Наташа сделалась влюблена с самой той минуты, как она вошла на бал. Она не была влюблена ни в кого в особенности, но влюблена была во всех. В того, на кого она смотрела в ту минуту, как она смотрела, в того она и была влюблена.

— Ах, как хорошо! — все говорила она, подбегая к Соне.

Николай с Денисовым ходили по залам, ласково и покровительственно оглядывая танцующих.

— Как она мила, кг'асавица будет, — сказал Денисов.

— Кто?

— Г'афиня Наташа, — отвечал Денисов.

— И как она танцует, какая г'ация! — помолчав немного, опять сказал он.

— Да про кого ты говоришь?

— Пг'о сестг'у пг'о твою, — сердито крикнул Денисов.

Ростов усмехнулся.

— Mon cher comte; vous êtes l'un de mes meilleurs écoliers, il faut que vous dansiez, — сказал маленький Иогель, подходя к Николаю. — Voyez combien de jolies demoiselles[1]. — Он с тою же просьбой обратился и к Денисову, тоже своему бывшему ученику.

---

[1] Любезный граф, вы один из лучших моих учеников. Вы должны танцевать. Посмотрите, сколько хорошеньких девушек!

— Non, mon cher, je ferai tapisserie[1], — сказал Денисов. — Разве вы не помните, как дурно я пользовался вашими уроками?..

— О нет! — поспешно утешая его, сказал Иогель. — Вы только невнимательны были, а вы имели способности, да, вы имели способности.

Заиграли вновь вводившуюся мазурку. Николай не мог отказать Иогелю и пригласил Соню. Денисов подсел к старушкам и, облокотившись на саблю, притопывая такт, что-то весело рассказывал и смешил старых дам, поглядывая на танцующую молодежь. Иогель в первой паре танцевал с Наташей, своею гордостью и лучшей ученицей. Мягко, нежно перебирая своими ножками в башмачках, Иогель первым полетел по зале с робевшей, но старательно выделывающей пá Наташей. Денисов не спускал с нее глаз и пристукивал саблей такт с таким видом, который ясно говорил, что он сам не танцует только оттого, что не хочет, а не оттого, что не может. В середине фигуры он подозвал к себе проходившего мимо Ростова.

— Это совсем не то, — сказал он. — Разве это польская мазуг'ка. А отлично танцует.

Зная, что Денисов и в Польше даже славился своим мастерством плясать польскую мазурку, Николай подбежал к Наташе.

— Поди выбери Денисова. Вот танцует! Чудо! — сказал он.

Когда пришел опять черед Наташи, она встала и, быстро перебирая своими с бантиками башмачками, робея, одна пробежала через залу к углу, где сидел Денисов. Она видела, что все смотрят на нее и ждут. Николай видел, что Денисов и Наташа, улыбаясь, спорили и что Денисов отказывался, но радостно улыбался. Он подбежал.

— Пожалуйста, Василий Дмитрич, — говорила Наташа, — пойдемте, пожалуйста.

— Да что. Увольте, г'афиня, — говорил Денисов.

— Ну полно, Вася, — сказал Николай.

— Точно кота Ваську уговаг'ивает, — шутя сказал Денисов.

— Целый вечер вам буду петь, — сказала Наташа.

---

[1] Нет, мой милый, я лучше посижу для вида.

— Волшебница, все со мной сделает! — сказал Денисов и отстегнул саблю. Он вышел из-за стульев, крепко взял за руку свою даму, приподнял голову и отставил ногу, ожидая такта. Только на коне и в мазурке не видно было маленького роста Денисова, и он представлялся тем самым молодцом, каким он сам себя чувствовал. Выждав такт, он сбоку, победоносно и шутливо, взглянул на свою даму, неожиданно пристукнул одною ногой и, как мячик, упруго отскочил от пола и полетел вдоль по кругу, увлекая за собой свою даму. Он неслышно летел половину залы на одной ноге и, казалось, не видел стоявших перед ним стульев и прямо несся на них; но вдруг, прищелкнув шпорами и расставив ноги, останавливался на каблуках, стоял так секунду, с грохотом шпор стучал на одном месте ногами, быстро вертелся и, левою ногой подщелкивая правую, опять летел по кругу. Наташа чутьем угадывала то, что он намерен был сделать, и, сама не зная как, следила за ним — отдаваясь ему. То он кружил ее на правой, то на левой руке, то, падая на колена, обводил ее вокруг себя и опять вскакивал и пускался вперед с такой стремительностью, как будто он намерен был, не переводя духа, перебежать через все комнаты; то вдруг опять останавливался и делал опять новое и неожиданное колено. Когда он, бойко закружив даму перед ее местом, щелкнул шпорой, кланяясь перед ней, Наташа даже не присела ему. Она с недоумением уставила на него глаза, улыбаясь, как будто не узнавая его.

— Что ж это такое? — проговорила она.

Несмотря на то, что Иогель не признавал эту мазурку настоящей, все были восхищены мастерством Денисова, беспрестанно стали выбирать его, и старики, улыбаясь, стали разговаривать про Польшу и про доброе старое время. Денисов, раскрасневшись от мазурки и отираясь платком, подсел к Наташе и весь бал не отходил от нее.

XIII

Два дня после этого Ростов не видал Долохова у своих и не заставал его дома; на третий день он получил от него записку.

«Так как я в доме у вас бывать более не намерен по известным тебе причинам и еду в армию, то нынче вечером я даю моим приятелям прощальную пирушку — приезжай в Английскую гостиницу». Ростов в десятом часу, из театра, где он был вместе с своими и Денисовым, приехал в назначенный день в Английскую гостиницу. Его тотчас же провели в лучшее помещение гостиницы, занятое на эту ночь Долоховым.

Человек двадцать толпилось около стола, перед которым между двумя свечами сидел Долохов. На столе лежало золото и ассигнации, и Долохов метал банк. После предложения и отказа Сони Николай еще не видался с ним и испытывал замешательство при мысли о том, как они свидятся.

Светлый холодный взгляд Долохова встретил Ростова еще у двери, как будто он давно ждал его.

— Давно не видались, — сказал он, — спасибо, что приехал. Вот только домечу, и явится Илюшка с хором.

— Я к тебе заезжал, — сказал Ростов, краснея.

Долохов не отвечал ему.

— Можешь поставить, — сказал он.

Ростов вспомнил в эту минуту странный разговор, который он имел раз с Долоховым. «Играть на счастие могут только дураки», — сказал тогда Долохов.

— Или ты боишься со мной играть? — сказал теперь Долохов, как будто угадав мысль Ростова, и улыбнулся. Из-за улыбки его Ростов увидал в нем то настроение духа, которое было у него во время обеда в клубе и вообще в те времена, когда, как бы соскучившись ежедневною жизнью, Долохов чувствовал необходимость каким-нибудь странным, большею частью жестоким, поступком выходить из нее.

Ростову стало неловко; он искал и не находил в уме своем шутки, которая ответила бы на слова Долохова. Но, прежде чем он успел это сделать, Долохов, глядя прямо в лицо Ростову, медленно и с расстановкой, так, что все могли слышать, сказал ему:

— А помнишь, мы говорили с тобой про игру... дурак, кто на счастье хочет играть; играть надо наверное, а я хочу попробовать.

«Попробовать на счастье играть или наверное?» — подумал Ростов.

— Да и лучше не играй, — прибавил он и, треснув разорванной колодой, сказал: — Банк, господа!

Подвинув вперед деньги, Долохов приготовился метать. Ростов сел подле него и сначала не играл. Долохов взглядывал на него.

— Что ж не играешь? — сказал Долохов. И странно, Николай почувствовал необходимость взять карту, поставить на нее незначительный куш и начать игру.

— Со мною денег нет, — сказал Ростов.

— Поверю!

Ростов поставил пять рублей на карту и проиграл, поставил еще и опять проиграл. Долохов убил, то есть выиграл десять карт сряду у Ростова.

— Господа, — сказал он, прометав несколько времени, — прошу класть деньги на карты, а то я могу спутаться в счетах.

Один из игроков сказал, что, он надеется, ему можно поверить.

— Поверить можно, но боюсь спутаться; прошу класть деньги на карты, — отвечал Долохов. — Ты не стесняйся, мы с тобой сочтемся, — прибавил он Ростову.

Игра продолжалась; лакей не переставая разносил шампанское.

Все карты Ростова бились, и на него было написано до восьмисот рублей. Он надписал было над одной картой восемьсот рублей, но в то время, как ему подавали шампанское, он раздумал и написал опять обыкновенный куш, двадцать рублей.

— Оставь, — сказал Долохов, хотя он, казалось, и не смотрел на Ростова, — скорее отыграешься. Другим даю, а тебе бью. Иль ты меня боишься? — повторил он.

Ростов повиновался, оставил написанные восемьсот и поставил семерку червей с оторванным уголком, которую он поднял с земли. Он хорошо ее после помнил. Он поставил семерку червей, надписав над ней отломанным мелком восемьсот, круглыми, прямыми цифрами; выпил поданный стакан согревшегося шампанского, улыбнулся на слова Долохова и, с замиранием сердца ожидая семерки, стал смотреть на руки Долохова, державшие колоду. Выигрыш или проигрыш этой семерки червей означал многое для Ростова. В воскресенье на прошлой неделе граф Илья Андреич дал своему сыну две тысячи рублей, и он, никогда не любивший говорить о денежных затруднениях, сказал ему, что деньги эти были последние до мая и что потому он просил сына быть на этот раз поэкономнее. Николай сказал, что ему и это слишком много и что он дает честное слово не брать больше денег до весны. Теперь из этих денег оставалось тысяча двести рублей. Стало быть, семерка червей означала не только проигрыш тысячи шестисот рублей, но и необходимость изменения данному слову. Он с замиранием сердца смотрел на руки Долохова и думал: «Ну, скорей, дай мне эту карту, и я беру фуражку, уезжаю домой ужинать с Денисовым, Наташей и Соней, и уж верно никогда в руках моих не будет карты». В эту минуту домашняя жизнь его — шуточки с Петей, разговоры с Соней, дуэты с Наташей, пикет с отцом и даже спокойная постель в Поварском доме — с такою силою, ясностью и прелестью представилась ему, как будто все это было давно прошедшее, потерянное и неоцененное счастье. Он не мог допустить, чтобы глупая случайность, заставив семерку лечь прежде направо, чем налево, могла бы лишить его всего этого вновь понятого, вновь освещенного счастья и повергнуть его в пучину еще не испытанного и неопределенного несчастия. Это не могло быть, но он все-таки ожидал с замиранием движения рук Долохова. Ширококостые, красноватые руки эти с волосами, видневшимися из-под рубашки, положили колоду карт и взялись за подаваемый стакан и трубку.

— Так ты не боишься со мной играть? — повторил Долохов, и, как будто для того, чтобы рассказать веселую историю, он положил карты, опрокинулся на спинку стула и медлительно с улыбкой стал рассказывать:

— Да, господа, мне говорили, что в Москве распущен слух, будто я шулер, поэтому советую вам быть со мной осторожнее.

— Ну, мечи же! — сказал Ростов.

— Ох, московские тетушки! — сказал Долохов и с улыбкой взялся за карты.

— Аaах! — чуть не крикнул Ростов, поднимая обе руки к волосам. Семерка, которая была нужна ему, уже лежала вверху, первою картой в колоде. Он проиграл больше того, что мог заплатить.

— Однако ты не зарывайся, — сказал Долохов, мельком взглянув на Ростова и продолжая метать.

XIV

Через полтора часа времени большинство игроков уже шутя смотрели на свою собственную игру.

Вся игра сосредоточилась на одном Ростове. Вместо тысячи шестисот рублей за ним была записана длинная колонна цифр, которую он считал до десятой тысячи, но которая теперь, как он смутно предполагал, возвысилась уже до пятнадцати тысяч. В сущности, запись уже превышала двадцать тысяч рублей. Долохов уже не слушал и не рассказывал историй; он следил за каждым движением рук Ростова и бегло оглядывал изредка свою запись за ним. Он решил продолжать игру до тех пор, пока запись эта не возрастет до сорока трех тысяч. Число это было им выбрано потому, что сорок три составляло сумму сложенных его годов с годами Сони. Ростов, опершись головою на обе руки, сидел перед исписанным, залитым вином, заваленным картами столом. Одно мучительное впечатление не оставляло его: эти ширококостые, красноватые руки с волосами, видневшимися из-под рубашки, эти руки, которые он любил и ненавидел, держали его в своей власти.

«Шестьсот рублей, туз, угол, девятка... отыграться невозможно!.. И как бы весело было дома... Валет на пе... это не может быть!.. И зачем же это он делает со мной?..» — думал и вспоминал Ростов. Иногда он ставил большую карту; но Долохов отказывался бить ее и сам назначал куш. Николай покорялся ему, и то молился Богу, как он молился на поле сражения на Амштетенском мосту; то загадывал, что та карта, которая первая попадется ему в руку из кучи изогнутых карт под столом, та спасет его; то рассчитывал, сколько было шнурков на его куртке, и с столькими же очками карту пытался ставить на весь проигрыш; то за помощью оглядывался на других играющих; то вглядывался в холодное теперь лицо Долохова и старался проникнуть, что в нем делалось.

«Ведь он знает, — говорил он сам себе, — что значит для меня этот проигрыш. Не может же он желать моей погибели? Ведь он друг был мне. Ведь я его любил... Но и он не виноват; что ж ему делать, когда ему везет счастие? И я не виноват, — говорил он сам себе. — Я ничего не сделал дурного. Разве я убил кого-нибудь, оскорбил, пожелал зла? За что же такое ужасное несчастие? И когда оно началось? Еще так недавно, когда я подходил к этому столу с мыслью выиграть сто рублей, купить мама́ к именинам эту шкатулку и ехать домой, я так был счастлив, так свободен, весел! И я не понимал тогда, как я был счастлив! Когда же это кончилось и когда началось это новое, ужасное состояние? Чем ознаменовалась эта перемена? Я все так же сидел на этом месте, у этого стола, и так же выбирал и выдвигал карты и смотрел на эти ширококостые, ловкие руки. Когда же это совершилось и что такое совершилось? Я здоров, силен и все тот же, и все на том же месте. Нет, это не может быть! Верно, все это ничем не кончится».

Он был красен, весь в поту, несмотря на то, что в комнате не было жарко. И лицо его было страшно и жалко, особенно по бессильному желанию казаться спокойным.

Запись дошла до рокового числа сорока трех тысяч. Ростов приготовил карту, которая должна была идти углом от трех тысяч рублей, только что данных ему, когда Долохов стукнул колодой, отложил ее и, взяв мел, начал быстро своим четким, крепким почерком, ломая мелок, подводить итог записи Ростова.

— Ужинать, ужинать пора! Вон и цыгане! — Действительно, с своим цыганским акцентом уже входили с холода и говорили что-то какие-то черные мужчины и женщины. Николай понимал, что все было кончено; но он равнодушным голосом сказал:

— Что же, не будешь еще? А у меня славная карточка приготовлена. — Как будто более всего его интересовало веселье самой игры.

«Все кончено, я пропал! — думал он. — Теперь пуля в лоб — одно остается», — и вместе с тем он сказал веселым голосом:

— Ну, еще одну карточку.

— Хорошо, — отвечал Долохов, окончив итог, — хорошо! двадцать один рубль идет, — сказал он, указывая на цифру двадцать один, рознившую ровный счет сорока трех тысяч, и, взяв колоду, приготовился метать. Ростов покорно отогнул угол и вместо приготовленных шести тысяч старательно написал двадцать один.

— Это мне все равно, — сказал он, — мне только интересно знать, убьешь ты или дашь мне эту десятку.

Долохов серьезно стал метать. О, как ненавидел Ростов в эту минуту эти руки, красноватые, с короткими пальцами и с волосами, видневшимися из-под рубашки, имевшие его в своей власти... Десятка была дана.

— За вами сорок три тысячи, граф, — сказал Долохов и, потягиваясь, встал из-за стола. — А устаешь, однако, так долго сидеть, — сказал он.

— Да, и я тоже устал, — сказал Ростов.

Долохов, как будто напоминая ему, что ему неприлично было шутить, перебил его:

— Когда прикажете получить деньги, граф?

Ростов, вспыхнув, вызвал Долохова в другую комнату.

— Я не могу вдруг заплатить все, ты возьмешь вексель, — сказал он.

— Послушай, Ростов, — сказал Долохов, ясно улыбаясь и глядя в глаза Николаю, — ты знаешь поговорку: «Счастлив в любви, несчастлив в картах». Кузина твоя влюблена в тебя. Я знаю.

«О! это ужасно чувствовать себя так во власти этого человека», — думал Ростов. Ростов понимал, какой удар он нанесет отцу, матери объявлением этого проигрыша; он понимал, какое бы было счастье избавиться от всего этого, и понимал, что Долохов знает, что может избавить его от этого стыда и горя, и теперь хочет еще играть с ним, как кошка с мышью.

— Твоя кузина... — хотел сказать Долохов; но Николай перебил его.

— Моя кузина тут ни при чем, и о ней говорить нечего! — крикнул он с бешенством.

— Так когда получить? — спросил Долохов.

— Завтра, — сказал Ростов и вышел из комнаты.

XV

Сказать «завтра» и выдержать тон приличия было нетрудно, но приехать одному домой, увидать сестер, брата, мать, отца, признаваться и просить денег, на которые не имеешь права после данного честного слова, было ужасно.

Дома еще не спали. Молодежь дома Ростовых, воротившись из театра, поужинав, сидела у клавикорд. Как только Николай вошел в залу, его охватила та любовная поэтическая атмосфера, которая царствовала в эту зиму в их доме и которая теперь, после предложения Долохова и бала Иогеля, казалось, еще более сгустилась, как воздух перед грозой, над Соней и Наташей. Соня и Наташа, в голубых платьях, в которых они были в театре, хорошенькие и знающие это, счастливые, улыбаясь, стояли у клавикорд. Вера с Шиншиным играла в шахматы в гостиной. Старая графиня, ожидая сына и мужа, раскладывала пасьянс с старушкой дворянкой, жившей у них в доме. Денисов, с блестящими глазами и взъерошенными волосами, сидел, откинув ножку назад, у клавикорд и, хлопая по ним своими коротенькими пальчиками, брал аккорды и, закатывая глаза, своим маленьким, хриплым, но верным голосом пел сочиненное им стихотворение «Волшебница», к которому он пытался найти музыку.

Волшебница, скажи, какая сила
Влечет меня к покинутым струнам;
Какой огонь ты в сердце заронила,
Какой восторг разлился по перстам! —

пел он страстным голосом, блестя на испуганную и счастливую Наташу своими агатовыми черными глазами.

— Прекрасно! отлично! — кричала Наташа. — Еще другой куплет, — говорила она, не замечая Николая.

«У них все то же», — подумал Николай, заглядывая в гостиную, где он увидал Веру и мать со старушкой.

— А! вот и Николенька! — Наташа подбежала к нему.

— Папенька дома? — спросил он.

— Как я рада, что ты приехал! — не отвечая, сказала Наташа. — Нам так весело! Василий Дмитрич остался для меня еще день, ты знаешь?

— Нет, еще не приезжал папа, — сказала Соня.

— Коко, ты приехал, поди ко мне, дружок, — сказал голос графини из гостиной. Николай подошел к матери, поцеловал ее руку и, молча подсев к ее столу, стал смотреть на ее руки, раскладывавшие карты. Из залы все слышались смех и веселые голоса, уговаривавшие Наташу.

— Ну, хорошо, хорошо, — закричал Денисов, — теперь нечего отговариваться, за вами barcarolla, умоляю вас.

Графиня оглянулась на молчаливого сына.

— Что с тобой? — спросила мать у Николая.

— Ах, ничего, — сказал он, как будто ему уже надоел этот все один и тот же вопрос. — Папенька скоро приедет?

— Я думаю.

«У них все то же. Они ничего не знают! Куда мне деваться?» — подумал Николай и пошел опять в залу, где стояли клавикорды.

Соня сидела за клавикордами и играла прелюдию той баркароллы, которую особенно любил Денисов. Наташа собиралась петь. Денисов восторженными глазами смотрел на нее.

Николай стал ходить взад и вперед по комнате.

«И вот охота заставлять ее петь! Что она может петь? И ничего тут нет веселого», — думал Николай.

Соня взяла первый аккорд прелюдии.

«Боже мой, я бесчестный, я погибший человек. Пулю в лоб — одно, что остается, а не петь, — подумал он. — Уйти? но куда же? Все равно, пускай поют!»

Николай мрачно, продолжая ходить по комнате, взглядывал на Денисова и девочек, избегая их взглядов.

«Николенька, что с вами?» — спросил взгляд Сони, устремленный на него. Она тотчас увидала, что что-нибудь случилось с ним.

Николай отвернулся от нее. Наташа с своею чуткостью тоже мгновенно заметила состояние своего брата. Она заметила его, но ей самой было так весело в ту минуту, так далека она была от горя, грусти, упреков, что она (как это часто бывает с молодыми людьми) нарочно обманула себя. «Нет, мне слишком весело теперь, чтобы портить свое веселье сочувствием чужому горю», — почувствовала она и сказала себе: «Нет, я, верно, ошибаюсь, он должен быть весел так же, как и я».

— Ну, Соня, — сказала она и вышла на самую середину зала, где, по ее мнению, лучше всего был резонанс. Приподняв голову, опустив безжизненно-повисшие руки, как это делают танцовщицы, Наташа, энергическим движением переступая с каблучка на цыпочку, прошлась посередине комнаты и остановилась.

«Вот она я!» — как будто говорила она, отвечая на восторженный взгляд Денисова, следившего за ней.

«И чему она радуется! — подумал Николай, глядя на сестру. — И как ей не скучно и не совестно!» Наташа взяла первую ноту, горло ее расширилось, грудь выпрямилась, глаза приняли серьезное выражение. Она не думала ни о ком, ни о чем в эту минуту, и из в улыбку сложенного рта полились звуки, те звуки, которые может производить в те же промежутки времени и в те же интервалы всякий, но которые тысячу раз оставляют вас холодным, в тысячу первый раз заставляют вас содрогаться и плакать.

Наташа в эту зиму в первый раз начала серьезно петь и в особенности оттого, что Денисов восторгался ее пением. Она пела теперь не по-детски, уж не было в ее пении этой комической, ребяческой старательности, которая была в ней прежде; но она пела еще не хорошо, как говорили все знатоки-судьи, которые ее слушали. «Не обработан, но прекрасный голос, надо обработать», — говорили все. Но говорили это обыкновенно уже гораздо после того, как замолкал ее голос. В то же время, когда звучал этот необработанный голос с неправильными придыханиями и с усилиями переходов, даже знатоки-судьи ничего не говорили и только наслаждались этим необработанным голосом, и только желали еще раз услыхать его. В голосе ее была та девственность, нетронутость, то незнание своих сил и та необработанная еще бархатность, которые так соединялись с недостатками искусства пения, что, казалось, нельзя было ничего изменить в этом голосе, не испортив его.

«Что ж это такое? — подумал Николай, услыхав ее голос и широко раскрывая глаза. — Что с ней сделалось? Как она поет нынче?» — подумал он. И вдруг весь мир для него сосредоточился в ожидании следующей ноты, следующей фразы, и все в мире сделалось разделенным на три темпа: «Oh mio crudele affetto...[1] Раз, два, три... раз, два... три... раз... Oh mio crudele affetto... Раз, два, три... раз. Эх, жизнь наша дурацкая! — думал Николай. — Все это, и несчастье, и деньги, и Долохов, и злоба, и честь, — все это вздор... а вот оно — настоящее... Ну, Наташа, ну, голубчик! ну, матушка!.. Как она этот si возьмет... Взяла? Слава Богу! — И он, сам не замечая того, что он поет, чтобы усилить этот si, взял втору в терцию высокой ноты. — Боже мой! как хорошо! Неужели это я взял? как счастливо!» — подумал он.

О, как задрожала эта терция и как тронулось что-то лучшее, что было в душе Ростова. И это что-то было независимо от всего в мире и выше всего в мире. Какие тут проигрыши, и Долоховы, и честное слово!.. Все вздор! Можно зарезать, украсть и все-таки быть счастливым...

XVI

Давно уже Ростов не испытывал такого наслаждения от музыки, как в этот день. Но как только Наташа кончила свою баркароллу, действительность опять вспомнилась ему. Он, ничего не сказав, вышел и пошел вниз в свою комнату. Через четверть часа старый граф, веселый и до-

[1] О моя жестокая любовь... *(ит.)*. — *Ред.*

вольный, приехал из клуба. Николай, услыхав его приезд, пошел к нему.

— Ну что, повеселился? — сказал Илья Андреич, радостно и гордо улыбаясь на своего сына. Николай хотел сказать, что «да», но не мог: он чуть было не зарыдал. Граф раскуривал трубку и не заметил состояния сына.

«Эх, неизбежно!» — подумал Николай в первый и последний раз. И вдруг самым небрежным тоном, таким, что он сам себе гадок казался, как будто он просил экипажа съездить в город, он сказал отцу:

— Папа, я к вам за делом пришел. Я было и забыл. Мне денег нужно.

— Вот как, — сказал отец, находившийся в особенно веселом духе. — Я тебе говорил, что недостанет. Много ли?

— Очень много, — краснея и с глупой, небрежной улыбкой, которую он долго потом не мог себе простить, сказал Николай. — Я немного проиграл, то есть много, даже очень много, сорок три тысячи.

— Что? Кому?.. Шутишь! — крикнул граф, вдруг апоплексически краснея шеей и затылком, как краснеют старые люди.

— Я обещал заплатить завтра, — сказал Николай.

— Ну!.. — сказал старый граф, разводя руками, и бессильно опустился на диван.

— Что же делать! С кем это не случалось, — сказал сын развязным, смелым тоном, тогда как в душе своей он считал себя негодяем, подлецом, который целою жизнью не мог искупить своего преступления. Ему хотелось бы целовать руки своего отца, на коленях просить его прощения, а он небрежным и даже грубым тоном говорил, что это со всякими случается.

Граф Илья Андреич опустил глаза, услыхав эти слова сына, и заторопился, отыскивая что-то.

— Да, да, — проговорил он, — трудно, я боюсь, трудно достать... с кем не бывало! да, с кем не бывало... — И граф мельком взглянул в лицо сыну и пошел вон из комнаты... Николай готовился на отпор, но никак не ожидал этого.

— Папенька! па...пенька! — закричал он ему вслед, рыдая, — простите меня! — И, схватив руку отца, он прижался к ней губами и заплакал.

В то время как отец объяснялся с сыном, у матери с дочерью происходило не менее важное объяснение. Наташа, взволнованная, прибежала к матери.

— Мама!.. Мама!.. он мне сделал...

— Что сделал?

— Сделал, сделал предложение. Мама! Мама! — кричала она.

Графиня не верила своим ушам. Денисов сделал предложение. Кому? Этой крошечной девочке Наташе, которая еще недавно играла в куклы и теперь еще брала уроки.

— Наташа, полно, глупости! — сказала она, еще надеясь, что это была шутка.

— Ну вот, глупости! Я вам дело говорю, — сердито сказала Наташа. — Я пришла спросить, что делать, а вы говорите: «глупости»...

Графиня пожала плечами.

— Ежели правда, что *мосье* Денисов сделал тебе предложение, хотя это смешно, то скажи ему, что он дурак, вот и все.

— Нет, он не дурак, — обиженно и серьезно сказала Наташа.

— Ну, так что ж ты хочешь? Вы нынче ведь все влюблены. Ну, влюблена, так выходи замуж, — сердито смеясь, проговорила графиня, — с Богом!

— Нет, мама, я не влюблена в него, должно быть, не влюблена в него.

— Ну так та́к и скажи ему.

— Мама, вы сердитесь? Вы не сердитесь, голубушка, ну в чем же я виновата?

— Нет, да что же, мой друг? Хочешь, я пойду скажу ему, — сказала графиня, улыбаясь.

— Нет, я сама, только вы научите. Вам все легко, — прибавила она, отвечая на ее улыбку. — А коли бы вы видели, как он мне это сказал! Ведь я знаю, что он не хотел сказать; да уж нечаянно сказал.

— Ну, все-таки надо отказать.

— Нет, не надо. Мне так его жалко! Он такой милый.

— Ну, так прими предложение. И то, пора замуж идти, — сердито и насмешливо сказала мать.

— Нет, мама, мне так жалко его. Я не знаю, как я скажу.

— Да тебе и нечего говорить, я сама скажу, — сказала графиня, возмущенная тем, что осмелились смотреть, как на большую, на ее маленькую Наташу.

— Нет, ни за что, я сама, а вы идите слушайте у двери, — и Наташа побежала через гостиную в залу, где на том же стуле, у клавикорд, закрыв лицо руками, сидел Денисов. Он вскочил на звук ее легких шагов.

— Натали, — сказал он, быстрыми шагами подходя к ней, — решайте мою судьбу. Она в ваших руках!

— Василий Дмитрич, мне вас так жалко!.. Нет, но вы такой славный... но не надо... это... а так я вас всегда буду любить.

Денисов нагнулся над ее рукою, и она услыхала странные, непонятные звуки. Она поцеловала его в черную спутанную курчавую голову. В это время послышался поспешный шум платья графини. Она подошла к ним.

— Василий Дмитрич, я благодарю вас за честь, — сказала графиня смущенным голосом, но который казался строгим Денисову, — но моя дочь так молода, и я думала, что вы, как друг моего сына, обратитесь прежде ко мне. В таком случае вы не поставили бы меня в необходимость отказа.

— Г'афиня... — сказал Денисов с опущенными глазами и виноватым видом, хотел сказать что-то еще и запнулся.

Наташа не могла спокойно видеть его таким жалким. Она начала громко всхлипывать.

— Г'афиня, я виноват перед вами, — продолжал Денисов прерывающимся голосом, — но знайте, что я так боготворю вашу дочь и все ваше семейство, что две жизни отдам... — Он посмотрел на графиню и, заметив ее строгое лицо... — Ну, прощайте, г'афиня, — сказал он, поцеловав ее руку, и, не взглянув на Наташу, быстрыми, решительными шагами вышел из комнаты.

На другой день Ростов проводил Денисова, который не хотел более ни одного дня оставаться в Москве. Денисова провожали у цыган все его московские приятели, и он не помнил, как его уложили в сани и как везли первые три станции.

После отъезда Денисова Ростов, дожидаясь денег, которые не вдруг мог собрать старый граф, провел еще две недели в Москве, не выезжая из дома, и преимущественно в комнате барышень.

Соня была к нему преданнее и нежнее, чем прежде. Она, казалось, хотела показать ему, что его проигрыш был подвиг, за который она теперь еще больше любит его; но Николай теперь считал себя недостойным ее.

Он исписал альбомы девочек стихами и нотами и, не простившись ни с кем из своих знакомых, отослав, наконец, все сорок три тысячи и получив расписку Долохова, уехал в конце ноября догонять полк, который уже был в Польше.

ЧАСТЬ ВТОРАЯ

I

После своего объяснения с женой Пьер поехал в Петербург. В Торжке на станции не было лошадей, или не хотел их давать смотритель. Пьер должен был ждать. Он, не раздеваясь, лег на кожаный диван перед круглым столом, положил на этот стол свои большие ноги в теплых сапогах и задумался.

— Прикажете чемоданы внести? Постель постелить, чай прикажете? — спрашивал камердинер.

Пьер не отвечал, потому что ничего не слыхал и не видел. Он задумался еще на прошлой станции и все продолжал думать о том же — о столь важном, что он не обращал никакого внимания на то, что происходило вокруг него. Его не только не интересовало то, что он позже или раньше приедет в Петербург, или то, что будет или не будет ему места отдохнуть на этой станции, но ему все равно было в сравнении с теми мыслями, которые его занимали теперь, пробудет ли он несколько часов или всю жизнь на этой станции.

Смотритель, смотрительша, камердинер, баба с торжковским шитьем заходили в комнату, предлагая свои услуги. Пьер, не переменяя своего положения задранных ног, смотрел на них через очки и не понимал, что им может быть нужно и каким образом все они могли жить, не разрешив тех вопросов, которые занимали его. А его занимали все одни и те же вопросы с самого того дня, как он после дуэли вернулся из Сокольников и провел первую мучительную бессонную ночь; только теперь, в уединении путешествия, они с особенною силой овладели им. О чем бы он ни начинал думать, он возвращался к одним и тем же вопросам, которых он не мог разрешить и не мог перестать задавать себе. Как будто в голове его *свернулся* тот главный винт, на котором держалась вся его жизнь. Винт не входил дальше, не выходил вон, а вертелся, ничего не захватывая, все на том же нарезе, и нельзя было перестать вертеть его.

Вошел смотритель и униженно стал просить его сиятельство подождать только два часика, после которых он для его сиятельства (что будет, то будет) даст курьерских. Смотритель, очевидно, врал и хотел только получить с проезжего лишние деньги. «Дурно ли это было или хорошо? — спрашивал себя Пьер. — Для меня хорошо, для другого проезжающего дурно, а для него самого неизбежно, потому что ему есть нечего: он говорил, что его прибил за это офицер. А офицер прибил за то, что ему ехать надо было скорее. А я стрелял в Долохова за то, что я счел себя оскорбленным. А Людовика XVI казнили за то, что его считали преступником, а через год убили тех, кто его казнил, тоже за что-то. Что дурно? Что хорошо? Что надо любить, что ненавидеть? Для чего жить, и что такое я? Что такое жизнь, что смерть? Какая сила управляет всем?» — спрашивал он себя. И не было ответа ни на один из этих вопросов, кроме одного, не логического ответа, вовсе не на эти вопросы. Ответ этот был: «Умрешь — все кончится. Умрешь и все узнаешь — или перестанешь спрашивать». Но и умереть было страшно.

Торжковская торговка визгливым голосом предлагала свой товар и в особенности козловые туфли. «У меня сотни рублей, которых мне некуда деть, а она в прорванной шубе стоит и робко смотрит на меня, — думал Пьер. — И зачем нужны ей эти деньги? Точно на один волос могут прибавить ей счастья, спокойствия души эти деньги? Разве может что-нибудь в мире сделать ее и меня менее подверженными злу и смерти? Смерть, которая все кончит и которая должна прийти нынче или завтра, — все равно через мгновение, в сравнении с вечностью». И он опять нажимал на ничего не захватывающий винт, и винт все так же вертелся на одном и том же месте.

Слуга его подал ему разрезанную до половины книгу романа в письмах m-me Suza. Он стал читать о страданиях и добродетельной борьбе какой-то Amélie de Mansfeld. «И зачем она боролась против своего соблазнителя, — думал он, — когда она любила его? Не мог Бог вложить в ее душу стремления, противного его воле. Моя бывшая жена не боролась, и, может быть, она была права. Ничего не найдено, — опять говорил себе Пьер, — ничего не придумано. Знать мы можем только то, что ничего не знаем. И это высшая степень человеческой премудрости».

Все в нем самом и вокруг него представлялось ему запутанным, бессмысленным и отвратительным. Но в этом самом отвращении ко всему окружающему Пьер находил своего рода раздражающее наслаждение.

— Осмелюсь просить ваше сиятельство потесниться крошечку, вот для них, — сказал смотритель, входя в комнату и вводя за собой другого, остановленного за недостатком лошадей проезжающего. Проезжающий был приземистый, ширококостый, желтый, морщинистый старик с седыми нависшими бровями над блестящими, неопределенного сероватого цвета глазами.

Пьер снял ноги со стола, встал и перелег на приготовленную для него кровать, изредка поглядывая на вошедшего, который с угрюмо-усталым видом, не глядя на Пьера, тяжело раздевался с помощью слуги. Оставшись в заношенном крытом нанкой тулупчике и в валяных сапогах на худых, костлявых ногах, проезжий сел на диван, прислонив к спинке свою очень большую и широкую в висках, коротко обстриженную голову, и взглянул на Безухова. Строгое, умное и проницательное выражение этого взгляда поразило Пьера. Ему захотелось заговорить с проезжающим, но, когда он собрался обратиться к нему с вопросом о дороге, проезжающий уже закрыл глаза и, сложив сморщенные старые руки, на пальце одной из которых был большой чугунный перстень с изображением адамовой головы, неподвижно сидел, или отдыхая, или о чем-то глубокомысленно и спокойно размышляя, как показалось Пьеру. Слуга проезжающего был весь покрытый морщинами, тоже желтый старичок, без усов и бороды, которые, видимо, не были сбриты, а никогда и не росли у него. Поворотливый старичок слуга разбирал погребец, приготавливал чайный стол и принес кипящий самовар. Когда все было готово, проезжающий открыл глаза, придвинулся к столу и, налив себе один стакан чаю, налил другой безбородому старичку и подал ему. Пьер начинал чувствовать беспокойство и необходимость, и даже неизбежность вступления в разговор с этим проезжающим.

Слуга принес назад свой пустой, перевернутый стакан с недокусанным кусочком сахара и спросил, не нужно ли чего.

— Ничего. Подай книгу, — сказал проезжающий. Слуга подал книгу, которая показалась Пьеру духовною, и проезжающий углубился в чтение. Пьер смотрел на него. Вдруг проезжающий отложил книгу, заложив, закрыл ее и, опять закрыв глаза и облокотившись на спинку, сел в свое прежнее положение. Пьер смотрел на него и не успел отвернуться, как старик открыл глаза и уставил свой твердый и строгий взгляд прямо в лицо Пьеру.

Пьер чувствовал себя смущенным и хотел отклониться от этого взгляда, но блестящие старческие глаза неотразимо притягивали его к себе.

II

— Имею удовольствие говорить с графом Безуховым, ежели я не ошибаюсь, — сказал проезжающий неторопливо и громко. Пьер молча, вопросительно смотрел через очки на своего собеседника.

— Я слышал про вас, — продолжал проезжающий, — и про постигшее вас, государь мой, несчастье. — Он как бы подчеркнул последнее слово, как будто он сказал: «Да, несчастье, как вы ни называйте, я знаю, что то, что случилось с вами в Москве, было несчастье». — Весьма сожалею о том, государь мой.

Пьер покраснел и, поспешно спустив ноги с постели, нагнулся к старику, неестественно и робко улыбаясь.

— Я не из любопытства упомянул вам об этом, государь мой, но по более важным причинам. — Он помолчал, не выпуская Пьера из своего взгляда, и подвинулся на диване, приглашая этим жестом Пьера сесть подле себя. Пьеру неприятно было вступать в разговор с этим стариком, но он, невольно покоряясь ему, подошел и сел подле него.

— Вы несчастливы, государь мой, — продолжал он. — Вы молоды, я стар. Я бы желал по мере моих сил помочь вам.

— Ах, да, — с неестественной улыбкой сказал Пьер. — Очень вам благодарен... Вы откуда изволите проезжать? — Лицо проезжающего было не ласково, даже холодно и строго, но, несмотря на то, и речь и лицо нового знакомца неотразимо-привлекательно действовали на Пьера.

— Но если по каким-либо причинам вам неприятен разговор со мною, — сказал старик, — то вы так и скажите, государь мой. — И он вдруг улыбнулся неожиданной отечески нежной улыбкой.

— Ах нет, совсем нет, напротив, я очень рад познакомиться с вами, — сказал Пьер и, взглянув еще раз на руки нового знакомца, ближе рассмотрел перстень. Он увидал на нем адамову голову, знак масонства.

— Позвольте мне спросить, — сказал он, — вы масон?

— Да, я принадлежу к братству свободных каменщиков, — сказал проезжий, все глубже и глубже вглядываясь в глаза Пьеру. — И от себя и от их имени протягиваю вам братскую руку.

— Я боюсь, — сказал Пьер, улыбаясь и колеблясь между доверием, внушаемым ему личностью масона, и привычкой насмешки над верованиями масонов, — я боюсь, что я очень далек от пониманья, как это сказать, я боюсь, что мой образ мыслей насчет всего мироздания так противоположен вашему, что мы не поймем друг друга.

— Мне известен ваш образ мыслей, — сказал масон, — и тот ваш образ мыслей, о котором вы говорите и который вам кажется произведением вашего мысленного труда, есть образ мыслей большинства людей, есть однообразный плод гордости, лени и невежества. Извините меня, государь мой, ежели бы я не знал его, я бы не заговорил с вами. Ваш образ мыслей есть печальное заблужденье.

— Точно так же, как я могу предполагать, что и вы находитесь в заблуждении, — сказал Пьер, слабо улыбаясь.

— Я никогда не посмею сказать, что я знаю истину, — сказал масон, все более и более поражая Пьера своею определенностью и твердостью речи. — Никто один не может достигнуть до истины; только камень за камнем, с участием всех, миллионами поколений, от праотца Адама и до нашего времени, воздвигается тот храм, который должен быть достойным жилищем великого Бога, — сказал масон и закрыл глаза.

— Я должен вам сказать, я не верю, не... верю в Бога, — с сожалением и усилием сказал Пьер, чувствуя необходимость высказать всю правду.

Масон внимательно посмотрел на Пьера и улыбнулся, как улыбнулся бы богач, державший в руках миллионы, бедняку, который бы сказал ему, что нет у него, у бедняка, пяти рублей, могущих сделать его счастие.

— Да вы не знаете его, государь мой, — сказал масон. — Вы не можете знать его. Вы не знаете его, оттого вы и несчастны.

— Да, да, я несчастен, — подтвердил Пьер, — но что ж мне делать?

— Вы не знаете его, государь мой, и оттого вы очень несчастны. Вы не знаете его, а он здесь, он во мне, он в моих словах, он в тебе и даже в тех кощунствующих речах, которые ты произнес сейчас, — строгим дрожащим голосом сказал масон.

Он помолчал и вздохнул, видимо, стараясь успокоиться.

— Ежели бы его не было, — сказал он тихо, — мы бы с вами не говорили о нем, государь мой. О чем, о ком мы говорили? Кого ты отрицал? — вдруг сказал он с восторженной строгостью и властью в голосе. — Кто его выдумал, ежели его нет? Почему явилось в тебе предположение, что есть такое непонятное существо? Почему ты и весь мир предположили существование такого непостижимого существа, существа всемогущего, вечного и бесконечного во всех своих свойствах?.. — Он остановился и долго молчал.

Пьер не мог и не хотел прерывать этого молчания.

— Он есть, но понять его трудно, — заговорил опять масон, глядя не на лицо Пьера, а перед собою, своими старческими руками, которые от внутреннего волнения не могли оставаться спокойными, перебирая листы книги. — Ежели бы это был человек, в существовании которого ты бы сомневался, я бы привел к тебе этого человека, взял бы его за руку и показал тебе. Но как я, ничтожный смертный, покажу все всемогущество, всю вечность, всю благость его тому, кто слеп, или тому, кто закрывает глаза, чтобы не видать, не понимать его, и не увидать, и не понять всю свою мерзость и порочность? — Он помолчал. — Кто ты? Что ты? Ты мечтаешь о себе, что ты мудрец, потому что ты мог произнести эти кощунственные слова, — сказал он с мрачной и презрительной усмешкой, — а ты глупее и безумнее малого ребенка, который бы, играя частями искусно сделанных часов, осмелился бы говорить, что, потому что он не понимает назначения этих часов, он и не верит в мастера, который их сделал. Познать его трудно. Мы веками, от праотца Адама и до наших дней, работаем для этого познания и на бесконечность далеки от достижения нашей цели; но в непонимании его мы видим только нашу слабость и его величие...

Пьер с замиранием сердца, блестящими глазами глядя в лицо масона, слушал его, не перебивал, не спрашивал его, а всей душой верил тому, что говорил ему этот чужой человек. Верил ли он тем разумным доводам, которые были в речи масона, или верил, как верят дети, интонациям, убежденности и сердечности, которые были в речи масона, дрожанию голоса, которое иногда почти прерывало масона, или этим блестящим старческим глазам, состарившимся на том же убеждении, или тому спокойствию, твердости и знанию своего назначения, которые светились из всего существа масона и которые особенно сильно поражали его в сравнении с своей опущенностью и безнадежностью, — но он всей душой желал верить, и верил, и испытывал радостное чувство успокоения, обновления и возвращения к жизни.

— Он не постигается умом, а постигается жизнью, — сказал масон.

— Я не понимаю, — сказал Пьер, со страхом чувствуя поднимающееся в себе сомнение. Он боялся неясности и слабости доводов своего собеседника, он боялся не верить ему. — Я не понимаю, — сказал он, — каким образом ум человеческий не может постигнуть того знания, о котором вы говорите.

Масон улыбнулся своей кроткой отеческой улыбкой.

— Высшая мудрость и истина есть как бы чистейшая влага, которую мы хотим воспринять в себя, — сказал он. — Могу ли я в нечистый сосуд воспринять эту чистую влагу и судить о чистоте ее? Только внутренним очищением самого себя я могу до известной чистоты довести воспринимаемую влагу.

— Да, да, это так! — радостно сказал Пьер.

— Высшая мудрость основана не на одном разуме, не на тех светских науках физики, истории, химии и т. д., на которые распадается знание умственное. Высшая мудрость одна. Высшая мудрость имеет одну науку — науку всего, науку, объясняющую все мироздание и занимаемое в нем место человека. Для того чтобы вместить в себя эту науку, необходимо очистить и обновить своего внутреннего человека, и потому прежде, чем знать, нужно верить и совершенствоваться. И для достижения этих целей в душе нашей вложен свет Божий, называемый совестью.

— Да, да, — подтверждал Пьер.

— Погляди духовными глазами на своего внутреннего человека и спроси у самого себя, доволен ли ты собой. Чего ты достиг, руководясь одним умом? Что ты такое? Вы молоды, вы богаты, вы умны, образованны, государь мой. Что вы сделали из всех этих благ, данных вам? Довольны ли вы собой и своей жизнью?

— Нет, я ненавижу свою жизнь, — сморщась, проговорил Пьер.

— Ты ненавидишь, так измени ее, очисти себя, и по мере очищения ты будешь познавать мудрость. Посмотрите на свою жизнь, государь мой. Как вы проводили ее? В буйных оргиях и разврате, все получая от общества и ничего не отдавая ему. Вы получили богатство. Как вы употребили его? Что вы сделали для ближнего своего? Подумали ли вы о десятках тысяч ваших рабов, помогли ли вы им физически и нравственно? Нет. Вы пользовались их трудами, чтобы вести распутную жизнь. Вот что вы сделали. Избрали ли вы место служения, где бы вы приносили пользу своему ближнему? Нет. Вы в праздности проводили свою жизнь. Потом вы женились, государь мой, взяли на себя ответственность в руководстве молодой женщины, и что же вы сделали? Вы не помогли ей, государь мой, найти путь истины, а ввергли ее в пучину лжи и несчастья. Человек оскорбил вас, и вы убили его, и вы говорите, что вы не знаете Бога и что вы ненавидите свою жизнь. Тут нет ничего мудреного, государь мой!

После этих слов масон, как бы устав от продолжительного разговора, опять облокотился на спинку дивана и закрыл глаза. Пьер смотрел на это строгое, неподвижное, старческое, почти мертвое лицо и беззвучно шевелил губами. Он хотел сказать: да, мерзкая, праздная, развратная жизнь, и не смел прерывать молчание.

Масон хрипло, старчески прокашлялся и кликнул слугу.

— Что лошади? — спросил он, не глядя на Пьера.

— Привели сдаточных, — отвечал слуга. — Отдыхать не будете?

— Нет, вели закладывать.

«Неужели же он уедет и оставит меня одного, не договорив всего и не обещав мне помощи? — думал Пьер, вставая и, опустив голову, изредка взглядывая на масона и начиная ходить по комнате. — Да, я не думал этого, но я вел презренную, развратную жизнь, но я не любил ее и не хотел этого, — думал Пьер, — а этот человек знает истину, и ежели бы он захотел, он мог бы открыть мне ее». Пьер хотел и не смел сказать этого масону. Проезжающий, привычными старческими руками уложив свои вещи, застегивал свой тулупчик. Окончив эти дела, он обратился к Безухову и равнодушно, учтивым тоном, сказал ему:

— Вы куда теперь изволите ехать, государь мой?

— Я?.. Я в Петербург, — отвечал Пьер детским, нерешительным голосом. — Я благодарю вас. Я во всем согласен с вами. Но вы не думайте, чтоб я был так дурен. Я всей душой желал быть тем, чем вы хотели бы, чтоб я был; но я ни в ком никогда не находил помощи... Впрочем, я сам прежде всего виноват во всем. Помогите мне, научите меня, и, может быть, я буду... — Пьер не мог говорить дальше; он засопел носом и отвернулся.

Масон долго молчал, видимо что-то обдумывая.

— Помощь дается токмо от Бога, — сказал он, — но ту меру помощи, которую во власти подать наш орден, он подаст вам, государь мой. Вы едете в Петербург, передайте это графу Вилларскому (он достал бумажник и на сложенном вчетверо большом листе бумаги написал несколько слов). Один совет позвольте подать вам. Приехав в столицу, посвятите первое время уединению, обсуждению самого себя и не вступайте на прежние пути жизни. Затем желаю вам счастливого пути, государь мой, — сказал он, заметив, что слуга его вошел в комнату, — и успеха...

Проезжающий был Осип Алексеевич Баздеев, как узнал Пьер по книге смотрителя. Баздеев был одним из известнейших масонов и мартинистов еще новиковского времени. Долго после его отъезда Пьер, не ложась спать и не спрашивая лошадей, ходил по станционной комнате, обдумывая свое порочное прошедшее и с восторгом обновления представляя себе свое блаженное, безупречное и добродетельное будущее, которое казалось ему так легко. Он был, как ему казалось, порочным только потому, что он как-то случайно запамятовал, как хорошо быть добродетельным. В душе его не оставалось ни следа прежних сомнений. Он твердо верил в возможность братства людей, соединенных с целью поддерживать друг друга на пути добродетели, и таким представлялось ему масонство.

III

Приехав в Петербург, Пьер никого не известил о своем приезде, никуда не выезжал и стал целые дни проводить за чтением Фомы Кемпийского, книги, которая неизвестно кем была доставлена ему. Одно и все одно понимал Пьер, читая эту книгу; он понимал не изведанное еще им наслаждение верить в возможность достижения совершенства и в возможность братской и деятельной любви между людьми, открытую ему Осипом Алексеевичем. Через неделю после его приезда молодой польский граф Вилларский, которого Пьер поверхностно знал по петербургскому свету, вошел вечером в его комнату с тем официальным и торжественным видом, с которым входил к нему секундант Долохова, и, затворив за собой дверь и убедившись, что в комнате никого, кроме Пьера, не было, обратился к нему.

— Я приехал к вам с предложением и поручением, граф, — сказал он ему, не садясь. — Особа, очень высоко поставленная в нашем братстве, ходатайствовала о том, чтобы вы были приняты в братство ранее срока, и предложила мне быть вашим поручителем. Я за священный долг почитаю исполнение воли этого лица. Желаете ли вы вступить за моим поручительством в братство свободных каменщиков?

Холодный и строгий тон человека, которого Пьер видел почти всегда на балах с любезною улыбкою, в обществе самых блестящих женщин, поразил Пьера.

— Да, я желаю, — сказал Пьер.

Вилларский наклонил голову.

— Еще один вопрос, граф, — сказал он, — на который я вас не как будущего масона, но как честного человека (galant homme) прошу со всею искренностью отвечать мне: отреклись ли вы от своих прежних убеждений, верите ли вы в Бога?

Пьер задумался.

— Да... да, я верю в Бога, — сказал он.

— В таком случае... — начал Вилларский, но Пьер перебил его.

— Да, я верю в Бога, — сказал он еще раз.

— В таком случае мы можем ехать, — сказал Вилларский. — Карета моя к вашим услугам.

Всю дорогу Вилларский молчал. На вопросы Пьера, что ему нужно делать и как отвечать, Вилларский сказал только, что братья, более его достойные, испытают его и что Пьеру больше ничего не нужно, как говорить правду.

Въехав в ворота большого дома, где было помещение ложи, и пройдя по темной лестнице, они вошли в освещенную небольшую прихожую, где без помощи прислуги сняли шубы. Из передней они прошли в другую комнату. Какой-то человек в странном одеянии показался у двери. Вилларский, выйдя к нему навстречу, что-то тихо сказал ему по-французски и подошел к небольшому шкафу, в котором Пьер заметил различные не виданные им одеяния. Взяв из шкафа платок, Вилларский наложил его на глаза Пьеру и завязал узлом сзади, больно захватив в узел его волоса. Потом он пригнул его к себе, поцеловал и, взяв за руку, повел куда-то. Пьеру было больно от притянутых узлом волос, он морщился от боли и улыбался от стыда чего-то. Огромная фигура его с опущенными руками, с сморщенной и улыбающейся физиономией неверными, робкими шагами подвигалась за Вилларским.

Проведя его шагов десять за руку, Вилларский остановился.

— Что бы ни случилось с вами, — сказал он, — вы должны с мужеством переносить все, ежели вы твердо решились вступить в наше братство. (Пьер утвердительно отвечал наклонением головы). Когда вы услышите стук в двери, вы развяжете себе глаза, — прибавил Вилларский, — желаю вам мужества и успеха. — И, пожав руку Пьеру, Вилларский вышел.

Оставшись один, Пьер продолжал все так же улыбаться. Раза два он пожимал плечами, подносил руку к платку, как бы желая снять его, и опять опускал ее. Пять минут, которые он пробыл с завязанными глазами, показались ему часом. Руки его отекли, ноги подкашивались; ему казалось, что он устал. Он испытывал самые сложные и разнообразные чувства. Ему было и страшно того, что с ним случится, и еще более страшно того, как бы ему не выказать страха. Ему было любопытно узнать, что будет с ним, что откроется ему; но более всего ему было радостно, что наступила минута, когда он, наконец, вступит на тот путь обновления и деятельно-добродетельной жизни, о котором он мечтал со времени своей встречи с Осипом Алексеевичем. В дверь послышались сильные удары. Пьер снял повязку и оглянулся вокруг себя. В комнате было черно-темно: только в одном месте горела лампада в чем-то белом. Пьер подошел ближе и увидал, что лампада стояла на черном столе, на котором лежала одна раскрытая книга. Книга была Евангелие; то белое, в чем горела лампада, был человечий череп с своими дырами и зубами. Прочтя первые слова Евангелия: «В начале бе слово и слово бе к Богу», Пьер обошел стол и увидал большой, наполненный чем-то и открытый ящик. Это был гроб с костями. Его нисколько не удивило то, что он увидал. Надеясь вступить в совершенно новую жизнь, совершенно отличную от прежней, он ожидал всего необыкновенного, еще более необыкновенного, чем то, что он видел. Череп, гроб, Евангелие — ему казалось, что он ожидал всего этого, ожидал еще бóльшего. Стараясь вызвать в себе чувство умиленья, он смотрел вокруг себя. «Бог, смерть, любовь, братство людей», — говорил он себе, связывая с этими словами смутные, но радостные представления чего-то. Дверь отворилась, и кто-то вошел.

При слабом свете, к которому, однако, уже успел Пьер приглядеться, вошел невысокий человек. Видимо, с света войдя в темноту, человек этот остановился; потом осторожными шагами он подвинулся к столу и положил на него небольшие, закрытые кожаными перчатками руки.

Невысокий человек этот был одет в белый кожаный фартук, прикрывавший его грудь и часть ног, на шее было надето что-то вроде ожерелья, и из-за ожерелья выступал высокий белый жабо, окаймлявший его продолговатое лицо, освещенное снизу.

— Для чего вы пришли сюда? — спросил вошедший, по шороху, сделанному Пьером, обращаясь в его сторону. — Для чего вы, не верующий в истины света и не видящий света, для чего вы пришли сюда, чего хотите вы от нас? Премудрости, добродетели, просвещения?

В ту минуту, как дверь отворилась и вошел неизвестный человек, Пьер испытал чувство страха и благоговения, подобное тому, которое он в детстве испытывал на исповеди: он почувствовал себя с глазу на глаз с совершенно чужим по условиям жизни и с близким по братству людей человеком. Пьер с захватывающим дыханье биением сердца подвинулся к ритору (так назывался в масонстве брат, приготовляющий *ищущего* к вступлению в братство). Пьер, подойдя ближе, узнал в риторе знакомого человека, Смольянинова, но ему оскорбительно было думать, что вошедший был знакомый человек: вошедший был только брат и добродетельный наставник. Пьер долго не мог выговорить слова, так что ритор должен был повторить вопрос.

— Да, я... я... хочу обновления, — с трудом выговорил Пьер.

— Хорошо, — сказал Смольянинов и тотчас же продолжал: — Имеете ли вы понятие о средствах, которыми наш святой орден поможет вам в достижении вашей цели?.. — сказал ритор спокойно и быстро.

— Я... надеюсь... руководства... помощи... в обновлении, — сказал Пьер с дрожанием голоса и с затруднением в речи, происходящим и от волнения, и от непривычки говорить по-русски об отвлеченных предметах.

— Какое понятие вы имеете о франкмасонстве?

— Я подразумеваю, что франкмасонство есть fraternité[1] и равенство людей с добродетельными целями, — сказал Пьер, стыдясь, по мере того как он говорил, несоответственности своих слов с торжественностью минуты. — Я подразумеваю...

— Хорошо, — сказал ритор поспешно, видимо, вполне удовлетворенный этим ответом. — Искали ли вы средств к достижению своей цели в религии?

— Нет, я считал ее несправедливою и не следовал ей, — сказал Пьер так тихо, что ритор не расслышал его и спросил, что он говорит. — Я был атеистом, — отвечал Пьер.

— Вы ищете истины для того, чтобы следовать в жизни ее законам; следовательно, вы ищете премудрости и добродетели, не так ли? — сказал ритор после минутного молчания.

— Да, да, — подтвердил Пьер.

Ритор прокашлялся, сложил на груди руки в перчатках и начал говорить.

— Теперь я должен открыть вам главную цель нашего ордена, — сказал он, — и ежели цель эта совпадает с вашею, то вы с пользою вступите в наше братство. Первая главнейшая цель и купно основание нашего ордена, на котором он утвержден и которого никакая человеческая сила не может низвергнуть, есть сохранение и предание потомству некоего важного таинства... от самых древнейших веков и даже от первого человека, до нас дошедшего, от которого таинства, может быть, судьба человеческого

---

[1] братство. — *Ред.*

рода зависит. Но как сие таинство такого свойства, что никто не может его знать и им пользоваться, если долговременным и прилежным очищением самого себя не приуготовлен, то не всяк может надеяться скоро обрести его. Поэтому мы имеем вторую цель, которая состоит в том, чтобы приуготовлять наших членов, сколько возможно, исправлять их сердце, очищать и просвещать их разум теми средствами, которые нам преданием открыты от мужей, потрудившихся в искании сего таинства, и тем учинять их способными к восприятию оного.

Очищая и исправляя наших членов, мы стараемся, в-третьих, исправлять и весь человеческий род, предлагая ему в членах наших пример благочестия и добродетели, и тем стараемся всеми силами противоборствовать злу, царствующему в мире. Подумайте об этом, и я опять приду к вам, — сказал он и вышел из комнаты.

— Противоборствовать злу, царствующему в мире... — повторил Пьер, и ему представилась его будущая деятельность на этом поприще. Ему представлялись такие же люди, каким он был сам две недели тому назад, и он мысленно обращал к ним поучительно-наставническую речь. Он представлял себе порочных и несчастных людей, которым он помогал словом и делом; представлял себе угнетателей, от которых он спасал их жертвы. Из трех поименованных ритором целей эта последняя — исправление рода человеческого, особенно близка была Пьеру. Некое важное таинство, о котором упомянул ритор, хотя и подстрекало его любопытство, не представлялось ему существенным; а вторая цель, очищение и исправление себя, мало занимала его, потому что он в эту минуту с наслаждением чувствовал себя уже вполне исправленным от прежних пороков и готовым только на одно доброе.

Через полчаса вернулся ритор передать ищущему те семь добродетелей, соответствующие семи ступеням храма Соломона, которые должен был воспитывать в себе каждый масон. Добродетели эти были: 1) *скромность*, соблюдение тайны ордена, 2) *повиновение* высшим чинам ордена, 3) добронравие, 4) любовь к человечеству, 5) мужество, 6) щедрость и 7) любовь к смерти.

— *В-седьмых*, старайтесь, — сказал ритор, — частым помышлением о смерти довести себя до того, чтобы она не казалась вам более страшным врагом, но другом... который освобождает от бедственной сей жизни в трудах добродетели томившуюся душу, для введения ее в место награды и успокоения.

«Да, это должно быть так, — думал Пьер, когда после этих слов ритор снова ушел от него, оставляя его уединенному размышлению. — Это должно быть так, но я еще так слаб, что люблю свою жизнь, которой смысл только теперь понемногу открывается мне». Но остальные пять добродетелей, которые, перебирая по пальцам, вспомнил Пьер, он чувствовал в душе своей: и *мужество*, и *щедрость*, и *добронравие*, и *любовь к человечеству*, и в особенности *повиновение*, которое даже не представлялось ему добродетелью, а счастьем. (Ему так радостно было теперь избавиться от своего произвола и подчинить свою волю тому и тем, которые знали несомненную истину.) Седьмую добродетель Пьер забыл и никак не мог вспомнить ее.

В третий раз ритор вернулся скорее и спросил Пьера, все ли он тверд в своем намерении и решается ли подвергнуть себя всему, что от него потребуется.

— Я готов на все, — сказал Пьер.

— Еще должен вам сообщить, — сказал ритор, — что орден наш учение свое преподает не словами токмо, но иными средствами, которые на истинного искателя мудрости и добродетели действуют, может быть, сильнее, нежели словесные токмо объяснения. Сия храмина убранством своим, которое вы видите, уже должна была изъяснить вашему сердцу, ежели оно искренно, более, нежели слова; вы увидите, может быть, и при дальнейшем вашем принятии подобный образ изъяснения. Орден наш подражает древним обществам, которые открывали свое учение иероглифами. Иероглиф, — говорил ритор, — есть наименование какой-нибудь не подверженной чувствам вещи, которая содержит в себе качества, подобные изобразуемой.

Пьер знал очень хорошо, что такое иероглиф, но не смел говорить. Он молча слушал ритора, по всему чувствуя, что тотчас начнутся испытанья.

— Ежели вы тверды, то я должен приступить к введению вас, — сказал ритор, ближе подходя к Пьеру. — В знак щедрости прошу вас отдать мне все драгоценные вещи.

— Но я с собою ничего не имею, — сказал Пьер, полагавший, что от него требуют выдачи всего, что он имеет.

— То, что на вас есть: часы, деньги, кольца...

Пьер поспешно достал кошелек, часы и долго не мог снять с жирного пальца обручальное кольцо. Когда это было сделано, масон сказал:

— В знак повиновенья прошу вас раздеться. — Пьер снял фрак, жилет и левый сапог по указанию ритора. Масон открыл рубашку на его левой груди и, нагнувшись, поднял его штанину на левой ноге выше колена. Пьер поспешно хотел снять и правый сапог и засучить панталоны, чтоб избавить от этого труда незнакомого ему человека, но масон сказал ему, что этого не нужно, — и подал ему туфлю на левую ногу. С детской улыбкой стыдливости, сомнения и насмешки над самим собою, которая против его воли выступала на лицо, Пьер стоял, опустив руки и расставив ноги, перед братом-ритором, ожидая его новых приказаний.

— И наконец, в знак чистосердечия, я прошу вас открыть мне главное ваше пристрастие, — сказал он.

— Мое пристрастие! У меня их *было* так много, — сказал Пьер.

— То пристрастие, которое более всех других заставляло вас колебаться на пути добродетели, — сказал масон.

Пьер помолчал, отыскивая.

«Вино? Объедение? Праздность? Леность? Горячность? Злоба? Женщины?» — перебирал он свои пороки, мысленно взвешивая их и не зная, которому отдать преимущество.

— Женщины, — сказал тихим, чуть слышным голосом Пьер. Масон не шевелился и не говорил долго после этого ответа. Наконец он подвинулся к Пьеру, взял лежавший на столе платок и опять завязал ему глаза.

— Последний раз говорю вам: обратите все ваше внимание на самого себя, наложите цепи на свои чувства и ищите блаженства не в страстях, а в своем сердце... Источник блаженства не вне, а внутри нас...

Пьер уже чувствовал в себе этот освежающий источник блаженства, теперь радостию и умилением переполнявший его душу.

IV

Скоро после этого в темную храмину пришел за Пьером уже не прежний ритор, а поручитель Вилларский, которого он узнал по голосу. На новые вопросы о твердости его намерения Пьер отвечал:

— Да, да, согласен, — и с сияющей детской улыбкой, с открытой жирной грудью, неровно и робко шагая одной разутой и одной обутой ногой, пошел вперед с приставленной Вилларским к его обнаженной груди шпагой. Из комнаты его повели по коридорам, поворачивая взад и вперед, и, наконец, привели к дверям ложи. Вилларский кашлянул, ему ответили масонскими стуками молотков, дверь отворилась перед ними. Чей-то басистый голос (глаза Пьера все были завязаны) сделал ему вопросы о том, кто он, где, когда родился и т. п. Потом его опять повели куда-то, не развязывая ему глаз, и во время ходьбы его говорили ему аллегории о трудах его путешествия, о священной дружбе, о предвечном строителе мира, о мужестве, с которым он должен переносить труды и опасности. Во время этого путешествия Пьер заметил, что его называли то *ищущим*, то *страждущим*, то *требующим* и различно стучали при этом молотками и шпагами. В то время как его подводили к какому-то предмету, он заметил, что произошло замешательство и смятение между его руководителями. Он слышал, как шепотом заспорили между собой окружающие люди и как один настаивал на том, чтоб он был проведен по какому-то ковру. После этого взяли его правую руку, положили на что-то, а левою велели ему приставить циркуль к левой груди и заставили его, повторяя слова, которые читал другой, прочесть клятву верности законам ордена. Потом потушили свечи, зажгли спирт, как это слышал по запаху Пьер, и сказали, что он увидит малый свет. С него сняли повязку, и Пьер, как во сне, увидал в слабом свете спиртового огня несколько людей, которые, в таких же фартуках, как и ритор, стояли против него и держали шпаги, направленные в его грудь. Между ними стоял человек в белой окровавленной рубашке. Увидав это, Пьер грудью надвинулся вперед на шпаги, желая, чтобы они вонзились в него. Но шпаги отстранились от него, и ему тотчас же опять надели повязку.

— Теперь ты видел малый свет, — сказал ему чей-то голос. Потом опять зажгли свечи, сказали, что ему надо видеть полный свет, и опять сняли повязку, и более десяти голосов вдруг сказали: sic transit gloria mundi[1].

Пьер понемногу стал приходить в себя и оглядывать комнату, где он был, и находившихся в ней людей. Вокруг длинного стола, покрытого черным, сидело человек две-

---

[1] так проходит слава мирская *(лат.)*. — *Ред.*

надцать, всё в тех же одеяниях, как и те, которых он прежде видел. Некоторых Пьер знал по петербургскому обществу. На председательском месте сидел незнакомый молодой человек, в особом кресте на шее. По правую руку сидел итальянец-аббат, которого Пьер видел два года тому назад у Анны Павловны. Еще был один весьма важный сановник и один швейцарец-гувернер, живший прежде у Курагиных. Все торжественно молчали, слушая слова председателя, державшего в руке молоток. В стене была вделана горящая звезда; с одной стороны стола был небольшой ковер с различными изображениями, с другой стороны было что-то вроде алтаря с Евангелием и черепом. Кругом стола было семь больших, вроде церковных, подсвечников. Двое из братьев подвели Пьера к алтарю, поставили ему ноги в прямоугольное положение и приказали ему лечь, говоря, что он повергается к вратам храма.

— Он прежде должен получить лопату, — сказал шепотом один из братьев.

— Ах! полноте, пожалуйста, — сказал другой.

Пьер растерянными близорукими глазами, не повинуясь, оглянулся вокруг себя, и вдруг на него нашло сомнение: «Где я? Что я делаю? Не смеются ли надо мной? Не будет ли мне стыдно вспоминать это?» Но сомнение это продолжалось только одно мгновение. Пьер оглянулся на серьезные лица окружавших его людей, вспомнил все, что он уже прошел, и понял, что нельзя остановиться на половине дороги. Он ужаснулся своему сомнению и, стараясь вызвать в себе прежнее чувство умиления, повергся к вратам храма. И действительно, чувство умиления, еще сильнейшего, чем прежде, нашло на него. Когда он пролежал несколько времени, ему велели встать и надели на него такой же белый кожаный фартук, какие были на других, дали ему в руки лопату и три пары перчаток, и тогда Великий Мастер обратился к нему. Он сказал ему, чтобы он старался ничем не запятнать белизну этого фартука, представляющего крепость и непорочность; потом о невыясненной лопате сказал, чтоб он трудился ею очищать свое сердце от пороков и снисходительно заглаживать ею сердце ближнего. Потом про первые перчатки мужские сказал, что значения их он не может знать, но должен хранить их, про другие перчатки мужские сказал, что он должен надевать их в собраниях, и, наконец, про третьи, женские перчатки сказал:

— Любезный брат, и сии женские перчатки вам определены суть. Отдайте их той женщине, которую вы будете почитать больше всех. Сим даром уверите в непорочности сердца вашего ту, которую изберете вы себе в достойную каменщицу. — Помолчав несколько времени, прибавил: — Но соблюди, любезный брат, да не украшают перчатки сии рук нечистых. — В то время как Великий Мастер произносил эти последние слова, Пьеру показалось, что председатель смутился. Пьер смутился еще больше, покраснел до слез, как краснеют дети, беспокойно стал оглядываться, и произошло неловкое молчание.

Молчание это было прервано одним из братьев, который, подведя Пьера к ковру, начал из тетради читать ему объяснение всех изображенных на нем фигур: солнца, луны, молотка, отвеса, лопаты, дикого и кубического камня, столба, трех окон и т. д. Потом Пьеру назначили его место, показали ему знаки ложи, сказали входное слово и, наконец, позволили сесть. Великий Мастер начал читать устав. Устав был очень длинен, и Пьер от радости, волнения и стыда не был в состоянии понимать того, что читали. Он вслушался только в последние слова устава, которые запомнились ему.

— «В наших храмах мы не знаем других степеней, — читал Великий Мастер, — кроме тех, которые находятся между добродетелью и пороком. Берегись делать какое-нибудь различие, могущее нарушить равенство. Лети на помощь к брату, кто бы он ни был, настави заблуждающего, подними упадающего и не питай никогда злобы или вражды на брата. Будь ласков и приветлив. Возбуждай во всех сердцах огонь добродетели. Дели счастие с ближним твоим, и да не возмутит никогда зависть чистого сего наслаждения.

Прощай врагу твоему, не мсти ему, разве только деланием ему добра. Исполнив таким образом высший закон, ты обрящешь следы древнего, утраченного тобой величества», — кончил он и, привстав, обнял Пьера и поцеловал его.

Пьер со слезами радости на глазах смотрел вокруг себя, не зная, что отвечать на поздравления и возобновления знакомств, с которыми окружили его. Он не признавал никаких знакомств; во всех людях этих он видел только братьев, с которыми сгорал нетерпением приняться за дело.

Великий Мастер стукнул молотком, все сели по местам, и один прочел поучение о необходимости смирения.

Великий Мастер предложил исполнить последнюю обязанность, и важный сановник, который носил звание собирателя милостыни, стал обходить братьев. Пьеру хотелось записать в лист милостыни все деньги, которые у него были, но он боялся этим выказать гордость и записал столько же, сколько записывали другие.

Заседание было кончено, и по возвращении домой Пьеру казалось, что он приехал из какого-то дальнего путешествия, где он провел десятки лет, совершенно изменился и отстал от прежнего порядка и привычек жизни.

V

На другой день после приема в ложу Пьер сидел дома, читая книгу и стараясь вникнуть в значение квадрата, изображавшего одной своей стороною Бога, другою нравственное, третьею физическое и четвертою смешанное. Изредка он отрывался от книги и квадрата и в воображении своем составлял себе новый план жизни. Вчера в ложе ему сказали, что до сведения государя дошел слух о дуэли и что Пьеру благоразумнее бы было удалиться из Петербурга. Пьер предполагал ехать в свои южные имения и заняться там своими крестьянами. Он радостно обдумывал эту новую жизнь, когда неожиданно в комнату вошел князь Василий.

— Мой друг, что ты наделал в Москве? За что ты поссорился с Лёлей, mon cher?[1] Ты в заблуждении, — сказал князь Василий, входя в комнату. — Я все узнал, я могу тебе сказать верно, что Элен невинна перед тобой, как Христос перед жидами.

Пьер хотел отвечать, но он перебил его:

— И зачем ты не обратился прямо и просто ко мне, как к другу? Я все знаю, я все понимаю, — сказал он, — ты вел себя, как прилично человеку, дорожащему своей честью; может быть, слишком поспешно, но об этом мы не будем судить. Одно ты пойми, в какое ты ставишь положение ее и меня в глазах всего общества и даже двора, — прибавил он, понизив голос. — Она живет в Москве, ты здесь. Полно, мой милый, — он потянул его вниз за руку, —

---

[1] мой милый?

здесь одно недоразуменье; ты сам, я думаю, чувствуешь. Напиши сейчас со мною письмо, и она приедет сюда, все объяснится, и все эти толки кончатся, а то, я тебе скажу, ты очень легко можешь пострадать, мой милый.

Князь Василий внушительно взглянул на Пьера.

— Мне из хороших источников известно, что вдовствующая императрица принимает живой интерес во всем этом деле. Ты знаешь, она очень милостива к Элен.

Несколько раз Пьер собирался говорить, но, с одной стороны, князь Василий не допускал его до этого, поспешно перебивая разговор, с другой стороны — сам Пьер боялся начать говорить не в том тоне решительного отказа и несогласия, в котором он твердо решился отвечать своему тестю. Кроме того, слова масонского устава: «буди ласков и приветлив» — вспоминались ему. Он морщился, краснел, вставал и опускался, работая над собою в самом трудном для него в жизни деле — сказать неприятное в глаза человеку, сказать не то, чего ожидал этот человек, кто бы он ни был. Он так привык повиноваться этому тону небрежной самоуверенности князя Василия, что и теперь он чувствовал, что не в силах будет противостоять ей; но он чувствовал, что от того, что он скажет сейчас, будет зависеть вся дальнейшая судьба его: пойдет ли он по старой, прежней дороге, или по той новой, которая так привлекательно была указана ему масонами и на которой он твердо верил, что найдет возрождение к новой жизни.

— Ну, мой милый, — шутливо сказал князь Василий, — скажи же мне «да», и я от себя напишу ей, и мы убьем жирного тельца. — Но князь Василий не успел договорить своей шутки, как Пьер с бешенством в лице, которое напоминало его отца, не глядя в глаза собеседнику, проговорил тихим шепотом:

— Князь, я вас не звал к себе, идите, пожалуйста, идите! — Он вскочил и отворил для него дверь. — Идите же, — повторил он, сам себе не веря и радуясь выражению смущенности и страха, показавшемуся на лице князя Василия.

— Что с тобой? Ты болен?

— Идите! — еще раз проговорил угрожающий голос. И князь Василий должен был уехать, не получив никакого объяснения.

Через неделю Пьер, простившись с новыми друзьями масонами и оставив им большие суммы на милостыни, уехал в свои имения. Его новые братья дали ему письма в Киев и Одессу, к тамошним масонам, и обещали писать ему и руководить его в его новой деятельности.

VI

Дело Пьера с Долоховым было замято, и, несмотря на тогдашнюю строгость государя в отношении дуэлей, ни оба противника, ни их секунданты не пострадали. Но история дуэли, подтвержденная разрывом Пьера с своей женой, разгласилась в обществе. Пьер, на которого смотрели снисходительно, покровительственно, когда он был незаконным сыном, которого ласкали и прославляли, когда он был лучшим женихом Российской империи, после своей женитьбы, когда невестам и матерям нечего было ожидать от него, сильно потерял во мнении общества, тем более что он не умел и не желал заискивать общественного благоволения. Теперь его одного обвиняли в происшедшем, говорили, что он бестолковый ревнивец, подверженный таким же припадкам кровожадного бешенства, как и его отец. И когда после отъезда Пьера Элен вернулась в Петербург, она была не только радушно, но с оттенком почтительности, относившейся к ее несчастию, принята всеми своими знакомыми. Когда разговор заходил о ее муже, Элен принимала достойное выражение, которое она — хотя и не понимая его значения, — по свойственному ей такту, усвоила себе. Выражение это говорило, что она решилась, не жалуясь, переносить свое несчастие и что ее муж есть крест, посланный ей от Бога. Князь Василий откровеннее высказывал свое мнение. Он пожимал плечами, когда разговор заходил о Пьере, и, указывая на лоб, говорил:

— Un cerveau fêlé — je le disais toujours[1].

— Я вперед сказала, — говорила Анна Павловна о Пьере, — я тогда же сейчас сказала, и прежде всех (она настаивала на своем первенстве), что это безумный молодой человек, испорченный развратными идеями века. Я тогда еще сказала это, когда все восхищались им и он только приехал из-за границы и, помните, у меня как-то вечером представлял из себя какого-то Марата. Чем же кончилось?

[1] Полусумасшедший — я всегда это говорил.

Я тогда еще не желала этой свадьбы и предсказала все, что случится.

Анна Павловна по-прежнему давала у себя в свободные дни такие вечера, как и прежде, и такие, какие она одна имела дар устраивать, — вечера, на которых, во-первых, собиралась la crême de la véritable bonne société, la fine fleur de l'essence intellectuelle de la société de Pétersbourg[1], как говорила сама Анна Павловна. Кроме этого утонченного выбора общества, вечера Анны Павловны отличались еще тем, что всякий раз на своем вечере Анна Павловна подавала своему обществу какое-нибудь новое, интересное лицо и что нигде, как на этих вечерах не высказывался так очевидно и твердо градус политического термометра, на котором стояло настроение придворного легитимистского петербургского общества.

В конце 1806 года, когда получены были уже все печальные подробности об уничтожении Наполеоном прусской армии под Иеной и Ауерштетом и о сдаче большей части прусских крепостей, когда войска наши уж вступили в Пруссию и началась наша вторая война с Наполеоном, Анна Павловна собрала у себя вечер. La crême de la véritable bonne société[2] состояла из обворожительной и несчастной, покинутой мужем Элен, из Mortemart'а, обворожительного князя Ипполита, только что приехавшего из Вены, двух дипломатов, тетушки, одного молодого человека, пользовавшегося в гостиной наименованием просто d'un homme de beaucoup de mérite[3], одной вновь пожалованной фрейлины с матерью и некоторых других менее заметных особ.

Лицо, которым, как новинкой, угащивала в этот вечер Анна Павловна своих гостей, был Борис Друбецкой, только что приехавший курьером из прусской армии и в прусской армии находившийся адъютантом у очень важного лица.

Градус политического термометра, указанный на этом вечере обществу, был следующий: сколько бы все европейские государи и полководцы ни старались потворствовать Бонапартию, для того чтобы сделать *мне* и вообще *нам*, эти неприятности и огорчения, мнение наше насчет Бонапартия не может измениться. Мы не перестанем высказывать свой непритворный на этот счет образ мыслей

---

[1] сливки настоящего хорошего общества, цвет интеллектуальной эссенции петербургского общества.

[2] Сливки настоящего хорошего общества.

[3] человека с большими достоинствами.

и можем сказать только прусскому королю и другим: «Тем хуже для вас. Tu l'as voulu, George Dandin[1], вот и все, что мы можем сказать». Вот что указывал политический термометр на вечере Анны Павловны. Когда Борис, который должен был быть поднесен гостям, вошел в гостиную, уже почти все общество было в сборе, и разговор, руководимый Анной Павловной, шел о наших дипломатических сношениях с Австрией и о надежде на союз с нею.

Борис в щегольском адъютантском мундире, возмужавший, свежий и румяный, свободно вошел в гостиную и был отведен, как следовало, для приветствия к тетушке и снова присоединен к общему кружку.

Анна Павловна дала поцеловать ему свою сухую руку, познакомила его с некоторыми незнакомыми ему лицами и каждого шепотом определила ему.

— Le Prince Hyppolite Kouraguine — charmant jeune homme. M-r Kroug chargé d'affaires de Kopenhague — un esprit profond, — и просто: — M-r Shittoff un homme de beaucoup de mérite[2], — про того, который носил это наименование.

Борис за это время своей службы благодаря заботам Анны Михайловны, собственным вкусам и свойствам своего сдержанного характера успел поставить себя в самое выгодное положение по службе. Он находился адъютантом при весьма важном лице, имел весьма важное поручение в Пруссию и только что возвратился оттуда курьером. Он вполне усвоил себе ту понравившуюся ему в Ольмюце неписаную субординацию, по которой прапорщик мог стоять без сравнения выше генерала и по которой для успеха на службе были нужны не усилия, не труды, не храбрость, не постоянство, а нужно было только уменье обращаться с теми, которые вознаграждают за службу, — и он часто удивлялся своим быстрым успехам и тому, как другие могли не понимать этого. Вследствие этого открытия его весь образ жизни его, все отношения с прежними знакомыми, все его планы на будущее совершенно изменились. Он был не богат, но последние свои деньги он употреблял на то, чтобы быть одетым лучше других; он скорее лишил бы себя многих удовольствий, чем позволил бы себе ехать в дурном экипаже или пока-

---

[1] Ты этого хотел, Жорж Данден. — *Ред.*

[2] Князь Ипполит Курагин — милый молодой человек. Господин Круг, копенгагенский поверенный в делах, глубокий ум... и просто: господин Шитов, человек с большими достоинствами.

заться в старом мундире на улицах Петербурга. Сближался он и искал знакомств только с людьми, которые были выше его и потому могли быть ему полезны. Он любил Петербург и презирал Москву. Воспоминание о доме Ростовых и о его детской любви к Наташе было ему неприятно, и он с самого отъезда в армию ни разу не был у Ростовых. В гостиной Анны Павловны, в которой присутствовать он считал за важное повышение по службе, он теперь тотчас же понял свою роль и предоставил Анне Павловне воспользоваться тем интересом, который в нем заключался, внимательно наблюдая каждое лицо и оценивая выгоды и возможности сближения с каждым из них. Он сел на указанное ему место подле красивой Элен и вслушивался в общий разговор.

— «Vienne trouve les bases du traité proposé tellement hors d'atteinte, qu'on ne saurait y parvenir même par une continuité de succès les plus brillants, et elle mêt en doute les moyens qui pourraient nous les procurer». C'est la phrase authentique du cabinet de Vienne, — говорил датский chargé d'affaires[1].

— C'est le doute qui est flatteur! — сказал с тонкой улыбкой l'homme à l'esprit profond[2].

— Il faut distinguer entre le cabinet de Vienne et l'Empereur d'Autriche, — сказал Mortemart. — L'Empereur d'Autriche n'a jamais pu penser à une chose pareille, ce n'est que le cabinet qui le dit[3].

— Eh, mon cher vicomte, — вмешалась Анна Павловна, — l'Urope (она почему-то выговаривала l'Urope, как особенную тонкость французского языка, которую она могла себе позволить, говоря с французом), l'Upore ne sera jamais notre alliée sincère[4].

Вслед за этим Анна Павловна навела разговор на мужество и твердость прусского короля с тем, чтобы ввести в дело Бориса.

---

1 «Вена находит основания предлагаемого договора до такой степени вне возможного, что достигнуть их можно только рядом самых блестящих успехов; и она сомневается в средствах, которые могут их нам доставить». Это подлинная фраза венского кабинета, — говорил датский поверенный в делах.

2 Лестно сомнение! — сказал глубокий ум.

3 Необходимо различать венский кабинет и австрийского императора, — сказал Мортемар. — Император австрийский никогда не мог этого думать, это говорит только кабинет.

4 Ах, мой милый виконт... Европа никогда не будет нашей искренней союзницей.

Борис внимательно слушал того, кто говорил, ожидая своего череда, но вместе с тем успевал несколько раз оглядываться на свою соседку, красавицу Элен, которая с улыбкой несколько раз встретилась глазами с красивым молодым адъютантом.

Весьма естественно, говоря о положении Пруссии, Анна Павловна попросила Бориса рассказать свое путешествие в Глогау и положение, в котором он нашел прусское войско. Борис, не торопясь, чистым и правильным французским языком, рассказал весьма много интересных подробностей о войсках, о дворе, во все время своего рассказа старательно избегая заявления своего мнения насчет тех фактов, которые он передавал. На несколько времени Борис завладел общим вниманием, и Анна Павловна чувствовала, что ее угощение новинкой было принято с удовольствием всеми гостями. Более всех внимания к рассказу Бориса выказала Элен. Она несколько раз спрашивала его о некоторых подробностях его поездки и, казалось, весьма была заинтересована положением прусской армии. Как только он кончил, она с своей обычной улыбкой обратилась к нему.

— Il faut absolument que vous veniez me voir[1], — сказала она ему таким тоном, как будто по некоторым соображениям, которые он не мог знать, это было совершенно необходимо. — Mardi entre les 8 et 9 heures. Vous me ferez grand plaisir[2].

Борис обещал исполнить ее желание и хотел вступить с ней в разговор, когда Анна Павловна отозвала его под предлогом тетушки, которая желала его слышать.

— Вы ведь знаете ее мужа? — сказала Анна Павловна, закрыв глаза и грустным жестом указывая на Элен. — Ах, это такая несчастная и прелестная женщина! Не говорите при ней о нем, пожалуйста, не говорите. Ей слишком тяжело!

VII

Когда Борис и Анна Павловна вернулись к общему кружку, разговором в нем завладел князь Ипполит. Он, выдвинувшись вперед на кресле, сказал:

---

[1] Непременно нужно, чтобы вы приехали повидаться со мной.
[2] Во вторник, между восемью и девятью часами. Вы мне сделаете большое удовольствие.

— Le Roi de Prusse![1] — и, сказав это, засмеялся. Все обратились к нему. — Le Roi de Prusse? — спросил Ипполит, опять засмеялся и опять спокойно и серьезно уселся в глубине своего кресла. Анна Павловна подождала его немного, но так как Ипполит решительно, казалось, не хотел больше говорить, она начала речь о том, как безбожный Бонапарт похитил в Потсдаме шпагу Великого Фридриха.

— C'est l'épée de Frédéric le Grand, que je...[2] — начала было она, но Ипполит перебил ее словами:

— Le Roi de Prusse... — и опять, как только к нему обратились, извинился и замолчал. Анна Павловна поморщилась. Mortemart, приятель Ипполита, решительно обратился к нему:

— Voyons à qui en avez vous avec votre Roi de Prusse?[3]

Ипполит засмеялся так, как будто ему стыдно было своего смеха.

— Non, ce n'est rien, je voulais dire seulement...[4] (Он намерен был повторить шутку, которую он слышал в Вене и которую он целый вечер собирался поместить.) Je voulais dire seulement, que nous avons tort de faire la guerre *pour le Roi de Prusse*[5].

Борис осторожно улыбнулся так, что его улыбка могла быть отнесена к насмешке или к одобрению шутки, смотря по тому, как будет принята она. Все засмеялись.

— Il est très mauvais, votre jeu de mots, très spirituel, mais injuste, — грозя сморщенным пальчиком, сказала Анна Павловна. — Nous ne faisons pas la guerre pour le Roi de Prusse, mais pour les bons principes. Ah, le méchant, ce prince Hippolyte![6] — сказала она.

Разговор не утихал целый вечер, обращаясь преимущественно около политических новостей. В конце вечера он особенно оживился, когда дело зашло о наградах, пожалованных государем.

— Ведь получил же в прошлом году NN. табакерку с портретом, — говорил l'homme à l'esprit profond[7], — почему же SS. не может получить той же награды?

---

[1] Прусский король!

[2] Это шпага Великого Фридриха, которую я...

[3] Ну, что ж, прусский король?

[4] Нет, ничего, я хотел только сказать...

[5] Я хотел только сказать, что мы напрасно воюем *за прусского короля*.

[6] Ваша игра слов нехороша, очень остроумна, но несправедлива. Мы воюем за добрые начала, а не за прусского короля. О, какой злой этот князь Ипполит!

[7] Человек глубокого ума.

— Je vous demande pardon, une tabatière avec le portrait de l'Empereur est une récompense, mais point une distinction, — сказал дипломат, — un cadeau plutôt[1].

— Il y eu plutôt des antécédents, je vous citerai Schwarzenberg[2].

— C'est impossible[3], — возражал ему другой.

— Пари. Le grand cordon, c'est différent...[4]

Когда все поднялись, чтобы уезжать, Элен, очень мало говорившая весь вечер, опять обратилась к Борису с просьбой, ласковым, значительным приказанием, чтобы он был у нее во вторник.

— Мне это очень нужно, — сказала она с улыбкой, оглядываясь на Анну Павловну, и Анна Павловна той грустной улыбкой, которая сопровождала ее слова при речи о своей высокой покровительнице, подтвердила желание Элен. Казалось, что в этот вечер из каких-то слов, сказанных Борисом о прусском войске, Элен вдруг открыла необходимость видеть его. Она как будто обещала ему, что, когда он приедет во вторник, она объяснит ему эту необходимость.

Приехав во вторник вечером в великолепный салон Элен, Борис не получил ясного объяснения, для чего было ему необходимо приехать. Были другие гости, графиня мало говорила с ним, и, только прощаясь, когда он целовал ее руку, она с странным отсутствием улыбки, неожиданно, шепотом, сказала ему:

— Venez demain dîner le soir. Il faut que vous veniez... Venez[5].

В этот свой приезд в Петербург Борис сделался близким человеком в доме графини Безуховой.

VIII

Война разгоралась, и театр ее приближался к русским границам. Всюду слышались проклятия врагу рода человеческого Бонапартию; в деревнях собирались ратники и рекруты, и с театра войны приходили разноречивые из-

[1] Извините, табакерка с портретом императора есть награда, а не отличие; скорее подарок.

[2] Были примеры — Шварценберг.

[3] Это невозможно.

[4] Лента — другое дело...

[5] Приезжайте завтра обедать... вечером. Надо, чтобы вы приехали... Приезжайте.

вестия, как всегда ложные и потому различно перетолковываемые.

Жизнь старого князя Болконского, князя Андрея и княжны Марьи во многом изменилась с 1805 года.

В 1806 году старый князь был определен одним из восьми главнокомандующих по ополчению, назначенных тогда по всей России. Старый князь, несмотря на свою старческую слабость, особенно сделавшуюся заметной в тот период времени, когда он считал своего сына убитым, не счел себя вправе отказаться от должности, в которую был определен самим государем, и эта вновь открывшаяся ему деятельность возбудила и укрепила его. Он постоянно бывал в разъездах по трем вверенным ему губерниям; был до педантизма исполнителен в своих обязанностях, строг до жестокости с своими подчиненными и сам доходил до малейших подробностей дела. Княжна Марья перестала брать уже у отца свои математические уроки и только по утрам, сопутствуемая кормилицей, с маленьким князем Николаем (как его звал дед) входила в кабинет отца, когда он был дома. Грудной князь Николай жил с кормилицей и няней Савишной на половине покойной княгини, и княжна Марья большую часть дня проводила в детской, заменяя, как умела, мать маленькому племяннику. M-lle Bourienne, тоже, как казалось, страстно любила мальчика, и княжна Марья, часто лишая себя, уступала своей подруге наслаждение нянчить маленького *ангела* (как называла она племянника) и играть с ним.

У алтаря лысогорской церкви была часовня над могилой маленькой княгини, и в часовне был поставлен привезенный из Италии мраморный памятник, изображавший ангела, расправившего крылья и готовящегося подняться на небо. У ангела была немного приподнята верхняя губа, как будто он сбирался улыбнуться, и однажды князь Андрей и княжна Марья, выходя из часовни, признались друг другу, что, странно, лицо этого ангела напоминало им лицо покойницы. Но что было еще страннее и чего князь Андрей не сказал сестре, было то, что в выражении, которое дал случайно художник лицу ангела, князь Андрей читал те же слова кроткой укоризны, которые он прочел тогда на лице своей мертвой жены: «Ах, зачем вы это со мной сделали?..»

Вскоре после возвращения князя Андрея старый князь отделил сына и дал ему Богучарово, большое имение, находившееся в сорока верстах от Лысых Гор. Частью по причине тяжелых воспоминаний, связанных с Лысыми Горами, частью потому, что не всегда князь Андрей чувствовал себя в силах спокойно переносить характер отца, частью и потому, что ему нужно было уединение, князь Андрей воспользовался Богучаровым, строился там и проводил в нем бóльшую часть времени.

Князь Андрей после Аустерлицкой кампании твердо решил никогда не служить более в военной службе; и когда началась война и все должны были служить, он, чтобы отделаться от действительной службы, принял должность под начальством отца по сбору ополчения. Старый князь с сыном как бы переменились ролями после кампании 1805 года. Старый князь, возбужденный деятельностью, ожидал всего хорошего от настоящей кампании; князь Андрей, напротив, не участвуя в войне и втайне души сожалея о том, видел одно дурное.

26-го февраля 1807 года старый князь уехал по округу. Князь Андрей, как и большей частью во время отлучек отца, оставался в Лысых Горах. Маленький Николушка был нездоров уже четвертый день. Кучера, возившие старого князя, вернулись из города и привезли бумаги и письма князю Андрею.

Камердинер с письмами, не застав молодого князя в его кабинете, прошел на половину княжны Марьи; но и там его не было. Камердинеру сказали, что князь пошел в детскую.

— Пожалуйте, ваше сиятельство, Петруша с бумагами пришел, — сказала одна из девушек — помощниц няньки, обращаясь к князю Андрею, который сидел на маленьком детском стуле и дрожащими руками, хмурясь, кáпал из склянки лекарство в рюмку, налитую до половины водой.

— Что такое? — сказал он сердито и, неосторожно дрогнув рукой, перелил из склянки в рюмку лишнее количество капель. Он выплеснул лекарство из рюмки на пол и опять спросил воды. Девушка подала ему.

В комнате стояла детская кроватка, два сундука, два кресла, стол и детские столик и стульчик, тот, на котором сидел князь Андрей. Окна были завешены, и на столе горела одна свеча, заставленная переплетенной нотной книгой, так, чтобы свет не падал на кроватку.

— Мой друг, — обращаясь к брату, сказала княжна Марья от кроватки, у которой она стояла, — лучше подождать... после...

— Ах, сделай милость, ты все говоришь глупости, ты и так все дожидалась, — вот и дождалась, — сказал князь Андрей озлобленным шепотом, видимо, с желанием уколоть сестру.

— Мой друг, право, лучше не будить, он заснул, — умоляющим голосом сказала княжна.

Князь Андрей встал и на цыпочках с рюмкой подошел к кроватке.

— Или, точно, ты думаешь, не будить? — сказал он нерешительно.

— Как хочешь — право... я думаю... а как хочешь, — сказала княжна Марья, видимо робея и стыдясь того, что ее мнение восторжествовало. Она указала брату на девушку, шепотом вызывавшую его.

Была вторая ночь, что они оба не спали, ухаживая за горевшим в жару мальчиком. Все сутки эти, не доверяя своему домашнему доктору и ожидая того, за которым было послано в город, они предпринимали то то, то другое средство. Измученные бессонницей и встревоженные, они сваливали друг на друга свое горе, упрекали друг друга и ссорились.

— Петруша с бумагами от папеньки, — прошептала девушка. Князь Андрей вышел.

— Ну, что там! — проговорил он сердито и, выслушав словесные приказания от отца и взяв подаваемые конверты и письмо отца, вернулся в детскую.

— Ну что? — спросил князь Андрей.

— Все то же, подожди, ради Бога. Карл Иваныч всегда говорит, что сон всего дороже, — прошептала со вздохом княжна Марья. Князь Андрей подошел к ребенку и пощупал его. Он горел.

— Убирайтесь вы с вашим Карлом Иванычем! — Он взял рюмку с накапанными в нее каплями и опять подошел.

— André, не надо! — сказала княжна Марья.

Но он злобно и вместе страдальчески нахмурился на нее и с рюмкой нагнулся к ребенку.

— Но я хочу этого, — сказал он. — Ну, я прошу тебя, дай ему.

Княжна Марья пожала плечами, но покорно взяла рюмку и, подозвав няньку, стала давать лекарство. Ребенок закричал и захрипел. Князь Андрей, сморщившись, взял себя за голову, вышел из комнаты и сел в соседней на диване.

Письма всё были в его руке. Он машинально открыл их и стал читать. Старый князь, на синей бумаге, своим крупным, продолговатым почерком, употребляя кое-где титлы, писал следующее:

«Весьма радостное в сей момент известие получил через курьера. Если не вранье, Бенигсен под Прейсиш-Эйлау над Буонапартием якобы полную викторию одержал. В Петербурге всё ликует, и наград послано в армию несть конца. Хотя немец, — поздравляю. Корчевский начальник, некий Хандриков, не постигну, что делает: до сих пор не доставлены добавочные люди и провиант. Сейчас скачи туды и скажи, что я с него голову сниму, чтобы через неделю все было. О Прейсиш-Эйлауском сражении получил еще письмо от Петеньки, он участвовал, — всё правда. Когда не мешают, кому мешаться не следует, то и немец побил Буонапартия. Сказывают, бежит весьма расстроен. Смотри ж немедля скачи в Корчеву и исполни!»

Князь Андрей вздохнул и распечатал другой конверт. Это было на двух листочках мелко исписанное письмо от Билибина. Он сложил его не читая и опять прочел письмо отца, кончавшееся словами: «скачи в Корчеву и исполни!»

«Нет, уж извините, теперь не поеду, пока ребенок не оправится», — подумал он и, подошедши к двери, заглянул в детскую. Княжна Марья все стояла у кровати и тихо качала ребенка.

«Да, что бишь еще неприятное он пишет? — вспоминал князь Андрей содержание отцовского письма. — Да. Победу одержали наши над Бонапартом именно тогда, когда я не служу. Да, да, все подшучивает надо мной... ну, да на здоровье...» — и он стал читать французское письмо Билибина. Он читал, не понимая половины, читал только для того, чтобы хоть на минуту перестать думать о том, о чем он слишком долго исключительно и мучительно думал.

IX

Билибин находился теперь в качестве дипломатического чиновника при главной квартире армии и хотя и на французском языке, с французскими шуточками и оборотами речи, но с исключительно русским бесстрашием перед самоосуждением и самоосмеянием описывал всю кампанию. Билибин писал, что его дипломатическая discrétion[1] мучила его и что он был счастлив, имея в князе Андрее верного корреспондента, которому он мог изливать всю желчь, накопившуюся в нем при виде того, что творится в армии. Письмо это было старое, еще до Прейсиш-Эйлауского сражения.

«Depuis nos grands succès d'Austerlitz vous savez, mon cher Prince, — писал Билибин,— que je ne quitte plus les quartiers généraux. Décidément j'ai pris le goût de la guerre, et bien m'en a pris. Ce que j'ai vu ces trois mois, est incroyable.

Je commence *ab ovo. L'ennemi du genre humain*, comme vous savez, s'attaque aux Prussiens. Les Prussiens sont nos fidèles alliés, qui ne nous ont trompés que trois fois depuis trois ans. Nous prenons fait et cause pour eux. Mais il se trouve que *l'ennemi du genre humain* ne fait nulle attention à nos beaux discours, et avec sa manière impolie et sauvage se jette sur les Prussiens sans leur donner le temps de finir la parade commencée, en deux tours de main les rosse à plate couture et va s'installer au palais de Potsdam.

«J'ai le plus vif désir, — écrit le Roi de Prusse à Bonaparte, — que V. M. soit accueillie et traitée dans mon palais d'une manière, qui lui soit agréable et c'est avec empressement, que j'ai pris à cet effet toutes les mesures que les circonstances me permettaient. Puisse-je avoir réussi!» Les généraux Prussiens se piquent de politesse envers les Français et mettent bas les armes aux premières sommations.

Le chef de la garnison de Glogau avec dix mille hommes, demande au Roi de Prusse, ce qu'il doit faire s'il est sommé de se rendre?.. Tout cela est positif.

Bref, espérant en imposer seulement par notre attitude militaire, il se trouve que nous voilà en guerre pour tout de hon, et ce qui plus est, en querre sur nos frontières *avec et pour le Roi de Prusse*. Tout est au grand complet, il ne nous manque qu'une petite chose, c'est le général en chef. Comme il s'est trouvé que les succès d'Austerlitz auraient pu être plus décisifs si le général en chef eut été moins jeune, on fait la revue des octogénaires et entre Prosorofsky et Kamensky, on donne la préférence au dernier. Le général nous arrive en kibik à la manière Souvoroff, et est accueilli avec des acclamations de joie et de triomphe.

Le 4 arrive le premier courrier de Pétersbourg. On apporte les malles dans le cabinet du maréchal, qui aime à faire

---

1 скромность.

tout par lui-même. On m'appelle pour aider à faire le triage des lettres et prendre celles qui nous sont destinées. Le maréchal nous regarde faire et attend les paquets qui lui sont adressés. Nous cherchons — il n'y en a point. Le maréchal devient impatient, se met lui même à la besogne et trouve des lettres de l'Empereur pour le comte T., pour le prince V. et autres. Alors le voilà qui se met dans une de ses colères bleues. Il jette feu et flamme contre tout le monde, s'empare des lettres, les decachète et lit celles de l'Empereur adressées à d'autres. А, так со мною поступают. Мне доверия нет! А, за мной следить велено, хорошо же; подите вон! Et il écrit le fameux ordre du jour au général Benigsen[1].

---

[1] Со времени наших блестящих успехов в Аустерлице, вы знаете, мой милый князь, что я не покидаю более главных квартир. Решительно я вошел во вкус войны и тем очень доволен; то, что я видел в эти три месяца, — невероятно.

Я начинаю *ab ovo. Враг рода человеческого*, вам известный, атакует пруссаков. Пруссаки — наши верные союзники, которые нас обманули только три раза в три года. Мы заступаемся за них. Но оказывается, что *враг рода человеческого* не обращает никакого внимания на наши прелестные речи и с своей неучтивой и дикой манерой бросается на пруссаков, не давая им времени кончить их начатый парад, вдребезги разбивает их и поселяется в Потсдамском дворце.

«Я очень желаю, — пишет прусский король Бонапарту, — чтобы ваше величество были приняты в моем дворце самым приятнейшим для вас образом, и я с особенной заботливостью сделал для того все распоряжения, какие мне позволили обстоятельства. О, если б я достиг цели!» Прусские генералы щеголяют учтивостью перед французами и сдаются по первому требованию. Начальник гарнизона Глогау, с десятью тысячами, спрашивает у прусского короля, что ему делать. Все это положительно достоверно. Словом, мы думали внушить им только страх нашей военной этитюдой, но кончается тем, что мы вовлечены в войну, на нашей же границе, и, главное, *за прусского короля* и заодно с ним. Всего у нас в избытке, недостает только маленькой штучки, а именно — главнокомандующего. Так как оказалось, что успехи Аустерлица могли бы быть решительнее, если бы главнокомандующий был бы не так молод, то делается обзор осьмидесятилетних генералов, и между Прозоровским и Каменским выбирают последнего. Генерал приезжает к нам в кибитке по-суворовски, и его принимают с радостными восклицаниями и большим торжеством.

4-го приезжает первый курьер из Петербурга. Приносят чемоданы в кабинет фельдмаршала, который любит все делать сам. Меня зовут, чтобы помочь разобрать письма и взять те, которые назначены нам. Фельдмаршал, предоставляя нам это занятие, смотрит на нас и ждет конвертов, адресованных ему. Мы ищем — но их не оказывается. Фельдмаршал начинает волноваться, сам принимается за работу и находит письма от государя к графу Т., князю В. и другим. Он приходит в сильнейший гнев, выходит из себя, берет письма, распечатывает их и читает те, которые адресованы другим... И пишет знаменитый приказ графу Бенигсену.

«Я ранен, верхом ездить не могу, следственно и командовать армией. Вы кор д'арме ваш привели разбитый в Пултуск: тут оно открыто, и без дров, и без фуража, потому пособить надо, и так как вчера сами отнеслись к графу Буксгевдену, думать должно о ретираде к нашей границе, что и выполнить сегодня».

«От всех моих поездок, — écrit-il à l'Empereur[1], — получил ссадину от седла, которая сверх прежних перевязок моих совсем мне мешает ездить верхом и командовать такой обширной армией, а потому я командованье оной сложил на старшего по мне генерала, графа Буксгевдена, отослав к нему все дежурство и все принадлежащее к оному, советовав им, если хлеба не будет, ретироваться ближе во внутренность Пруссии, потому что оставалось хлеба только на один день, а у иных полков ничего, как о том дивизионные командиры Остерман и Седморецкий объявили, а у мужиков все съедено; я и сам, пока вылечусь, остаюсь в гошпитале в Остроленке. О числе которого ведомость всеподданнейше подношу, донося, что если армия простоит в нынешнем биваке еще пятнадцать дней, то весной ни одного здорового не останется.

Увольте старика в деревню, который и так обесславлен остается, что не смог выполнить великого и славного жребия, к которому был избран. Всемилостивейшего дозволения вашего о том ожидать буду здесь, при гошпитале, дабы не играть роль *писарскую*, а не *командирскую* при войске. Отлучение меня от армии ни малейшего разглашения не произведет, что ослепший отъехал от армии. Таковых, как я, — в России тысячи».

Le maréchal se fâche contre l'Empereur et nous punit tous; n'est ce pas que c'est logique!

Voilà le premier acte. Aux suivants l'intérêt et le ridicule montent comme de raison. Après le départ du maréchal il se trouve que nous sommes en vue de l'ennemi, et qu'il faut livrer bataille. Boukshevden est général en chef par droit d'ancienneté, mais le général Benigsen n'est pas de cet avis; d'autant plus qu'il est lui, avec son corps en vue de l'ennemi, et qu'il veut profiter de l'occasion d'une bataille «aus eigener Hand» comme disent les Allemands. Il la donne. C'est la bataille de Poultousk qui est sensée être une grande victoire, mais qui à mon avis ne

---

[1] пишет он императору.

l'est pas du tout. Nous autres pékins avons comme vous savez, une très vilaine habitude de décider du gain ou de la perte d'une bataille. Celui qui s'est retiré après la bataille, l'a perdu, voilà ce que nous disons, et à titre nous avons perdu la bataille de Poultousk. Bref, nous nous retirons après la bataille, mais nous envoyons un courrier à Pétersbourg, qui porte les nouvelles d'une victoire, et le général ne cède pas le commandement en chef à Boukshevden, espérant recevoir de Pétersbourg en reconnaissance de sa victoire le titre de général en chef. Pendant cet interrègne, nous commençons un plan de manœuvres excessivement intéressant et original. Notre but ne consiste pas, comme il devrait l'être, à éviter ou à attaquer l'ennemi; mais uniquement à éviter le général Boukshevden, qui par droit d'ancienneté serait notre chef. Nous poursuivons ce but avec tant d'énergie, que même en passant une rivière qui n'est pas guéable, nous brûlons les ponts pour nous séparer de notre ennemi, qui, pour le moment, n'est pas Bonaparte, mais Boukshevden. Le général Boukshevden a manqué d'être attaqué et pris par des forces ennemies supérieures à cause d'une de nos belles manœuvres qui nous sauvait de lui. Boukshevden nous poursuit, — nous filons. A peine passe-t-il de notre côté de la rivière, que nous repassons de l'autre. A la fin notre ennemi Boukshevden nous attrappe et s'attaque à nous. Les deux généraux se fâchent. Il y a même une provocation en duel de la part de Boukshevden et une attaque d'épilepsie de la part de Benigsen. Mais au moment critique le courrier, qui porte la nouvelle de notre victoire de Poultousk, nous apporte de Pétersbourg notre nomination de général en chef, et le premier ennemi Boukshevden est enfoncé: nous pouvons penser au second, à Bonaparte. Mais ne voilà-t-il pas qu'à ce moment se lève devant nous un troisième ennemi, c'est le *православное* qui demande à grands cris du pain, de la viande, des souchary, du foin, — que sais-je! Les magasins sont vides, les chemins impraticables. Le православное se met à la maraude, et d'une manière dont la dernière campagne ne peut vous donner la moindre idée. La moitié des régiments forme des troupes libres, qui parcourent la contrée en mettant tout à feu et à sang. Les habitants sont ruinés de fond en comble, les hôpitaux regorgent de malades, et la disette est partout. Deux fois le quartier général a été attaqué par des troupes de maraudeurs et le général en chef a été obligé lui-même de demander un bataillon pour les chasser. Dans une de ces attaques on m'a emporté ma malle vide et ma robe chambre. L'Empereur veut donner le droit à tous les chefs de divisions de fusiller les maraudeurs, mais je crains fort que cela n'oblige une moitié de l'armée de fusiller l'autre»[1].

---

[1] Фельдмаршал сердится на государя и наказывает всех нас: это совершенно логично!

Вот первое действие комедии. При следующих интерес и забавность возрастают, само собой разумеется. После отъезда фельдмаршала оказывается, что мы в виду неприятеля и необходимо дать сражение. Буксгевден — главнокомандующий по старшинству, но генерал Бенигсен совсем не того мнения, тем более что он с своим корпусом находится в виду неприятеля и хочет воспользоваться случаем к сражению. Он его и дает. Эта пултуская битва, которая считается великою победой, но которая совсем не такова, по моему мнению. Мы, штатские, имеем, как вы знаете, очень дурную привычку решать вопрос о выигрыше или проигрыше сражения. Тот, кто отступил после сражения, тот проиграл его, вот что мы говорим, и, судя по этому, мы проиграли пултуское сражение. Одним словом, мы отступаем после битвы, но посылаем курьера в Петербург с известием о победе, и генерал Бенигсен не уступает начальствования над армией генералу Буксгевдену, надеясь получить из Петербурга в благодарность за свою победу звание главнокомандующего. Во время этого междуцарствия мы начинаем очень оригинальный и интересный ряд маневров. План наш не состоит более, как бы он должен был состоять, в том, чтобы избегать или атаковать неприятеля, но только в том, чтоб избегать генерала Буксгевдена, который по праву старшинства должен бы быть нашим начальником. Мы преследуем эту цель с такой энергией, что даже, переходя реку, на которой нет бродов, мы сжигаем мост, с целью отдалить от себя нашего врага, который в настоящее время не Бонапарт, но Буксгевден. Генерал Буксгевден чуть-чуть не был атакован и взят превосходными неприятельскими силами, вследствие одного из таких маневров, спасавших нас от него. Буксгевден нас преследует — мы бежим. Только что он перейдет на нашу сторону реки, мы переходим опять на другую. Наконец враг наш Буксгевден ловит нас и атакует. Происходит объяснение. Оба генерала сердятся, и дело доходит почти до дуэли между двумя главнокомандующими. Но, по счастию, в самую критическую минуту курьер, который возил в Петербург известие о пултуской победе, возвращается и привозит нам назначение главнокомандующего, и первый враг — Буксгевден — побежден. Мы теперь можем думать о втором враге — Бонапарте. Но оказывается, что в эту самую минуту возникает перед нами третий враг — *православное*, которое громкими возгласами требует хлеба, говядины, сухарей, сена, овса — и мало ли чего еще! Магазины пусты, дороги непроходимы. Православное начинает грабить, и грабеж доходит до такой степени, о которой последняя кампания не могла вам дать ни малейшего понятия. Половина полков образует вольные команды, которые обходят страну и все предают мечу и пламени. Жители разорены совершенно, больницы завалены больными, и везде голод. Два раза мародеры нападали даже на главную квартиру, и главнокомандующий принужден был взять батальон солдат, чтобы

Князь Андрей сначала читал одними глазами, но потом невольно то, что он читал (несмотря на то, что он знал, насколько должно было верить Билибину), больше и больше начинало занимать его. Дочитав до этого места, он смял письмо и бросил его. Не то, что он прочел в письме, сердило его, но его сердило то, что эта тамошняя, чуждая для него, жизнь могла волновать его. Он закрыл глаза, потер себе лоб рукою, как будто изгоняя всякое участие к тому, что он читал, и прислушался к тому, что делалось в детской. Вдруг ему показался за дверью какой-то странный звук. На него нашел страх; он боялся, не случилось ли чего с ребенком в то время, как он читал письмо. Он на цыпочках подошел к двери детской и отворил ее.

В ту минуту, как он входил, он увидал, что нянька с испуганным видом спрятала что-то от него и что княжны Марьи уже не было у кроватки.

— Мой друг, — послышался ему сзади отчаянный, как ему показалось, шепот княжны Марьи. Как это часто бывает после долгой бессонницы и долгого волнения, на него нашел беспричинный страх: ему пришло в голову, что ребенок умер. Все, что он видел и слышал, показалось ему подтверждением его страха.

«Все кончено», — подумал он, и холодный пот выступил у него на лбу. Он растерянно подошел к кроватке, уверенный, что он найдет ее пустою, что нянька прятала мертвого ребенка. Он раскрыл занавески, и долго его испуганные, разбегавшиеся глаза не могли отыскать ребенка. Наконец он увидал его: румяный мальчик, раскидавшись, лежал поперек кроватки, опустив голову ниже подушки, и во сне чмокал, перебирая губками, и ровно дышал.

Князь Андрей обрадовался, увидав мальчика, так, как будто бы он уже потерял его. Он нагнулся и, как учила его сестра, губами попробовал, есть ли жар у ребенка. Нежный лоб был влажен, он дотронулся рукой до головы — даже волосы были мокры: так сильно вспотел ребенок. Не только он не умер, но теперь очевидно было, что кризис совершился и что он выздоровел. Князю Андрею хотелось схватить, смять, прижать к своей груди это маленькое, бес-

---

прогнать их. В одно из этих нападений у меня унесли мой пустой чемодан и халат. Государь хочет дать право всем начальникам дивизии расстреливать мародеров, но я очень боюсь, чтоб это не заставило одну половину войска расстреливать другую.

помощное существо; он не смел этого сделать. Он стоял над ним, оглядывая его голову, ручки, ножки, определявшиеся под одеялом. Шорох послышался подле него, и какая-то тень показалась ему под пологом кроватки. Он не оглядывался и, глядя в лицо ребенка, все слушал его ровное дыханье. Темная тень была княжна Марья, которая неслышными шагами подошла к кроватке, подняла полог и опустила его за собою. Князь Андрей, не оглядываясь, узнал ее и протянул к ней руку. Она сжала его руку.

— Он вспотел, — сказал князь Андрей.

— Я шла к тебе, чтобы сказать это.

Ребенок во сне чуть пошевелился, улыбнулся и потерся лбом о подушку.

Князь Андрей посмотрел на сестру. Лучистые глаза княжны Марьи, в матовом полусвете полога, блестели больше обыкновенного от счастливых слез, которые стояли в них. Княжна Марья потянулась к брату и поцеловала его, слегка зацепив за полог кроватки. Они погрозили друг другу, еще постояли в матовом свете полога, как бы не желая расстаться с этим миром, в котором они втроем были отделены от всего света. Князь Андрей первый, путая волосы о кисею полога, отошел от кроватки. «Да, это одно, что осталось мне теперь», — сказал он со вздохом.

X

Вскоре после своего приема в братство масонов Пьер с полным написанным им для себя руководством о том, что он должен был делать в своих имениях, уехал в Киевскую губернию, где находилась большая часть его крестьян.

Приехав в Киев, Пьер вызвал в главную контору всех управляющих и объяснил им свои намерения и желания. Он сказал им, что немедленно будут приняты меры для совершенного освобождения крестьян от крепостной зависимости, что до тех пор крестьяне не должны быть отягчаемы работами, что женщины с детьми не должны посылаться на работы, что крестьянам должна быть оказываема помощь, что наказания должны быть употребляемы увещательные, а не телесные, что в каждом имении должны быть учреждены больницы, приюты и школы. Некоторые управляющие (тут были и полуграмотные экономы) слушали испуганно, предполагая смысл речи в том, что молодой граф недоволен их управлением и утайкой денег; другие, после первого страха, находили забавным шепелявенье Пьера и новые, не слыханные ими слова; третьи находили просто удовольствие послушать, как говорит барин; четвертые, самые умные, в том числе и главноуправляющий, поняли из этой речи то, каким образом надо обходиться с барином для достижения своих целей.

Главноуправляющий выразил большое сочувствие намерениям Пьера; но заметил, что, кроме этих преобразований, необходимо было вообще заняться делами, которые были в дурном состоянии.

Несмотря на огромное богатство графа Безухова, с тех пор как Пьер получил его и получал, как говорили, пятьсот тысяч годового дохода, он чувствовал себя гораздо менее богатым, чем когда он получал свои десять тысяч от покойного графа. В общих чертах он смутно чувствовал следующий бюджет. В Совет платилось около восьмидесяти тысяч по всем имениям; около тридцати тысяч стоило содержание подмосковной, московского дома и княжон; около пятнадцати тысяч выходило на пенсии, столько же на богоугодные заведения; графине на прожитье посылалось сто пятьдесят тысяч; процентов платилось за долги около семидесяти тысяч; постройка начатой церкви стоила эти два года около десяти тысяч; остальное, около ста тысяч, расходилось — он сам не знал как, и почти каждый год он принужден был занимать. Кроме того, каждый год главноуправляющий писал то о пожарах, то о неурожаях, то о необходимости перестроек фабрик и заводов. Итак, первое дело, представившееся Пьеру, было то, к которому он менее всего имел способности и склонности, — занятие делами.

Пьер с главноуправляющим каждый день *занимался*. Но он чувствовал, что занятия его ни на шаг вперед не подвигают дела. Он чувствовал, что его занятия происходят независимо от дела, что они не цепляют за дело и не заставляют его двигаться. С одной стороны, главноуправляющий, выставляя дела в самом дурном свете, показывал Пьеру необходимость уплачивать долги и предпринимать новые работы силами крепостных мужиков, на что Пьер не соглашался; с другой стороны, Пьер требовал приступления к делу освобождения, на что управляющий выставлял необходимость прежде уплатить долг Опекунскому совету, и потому невозможность быстрого исполнения.

Управляющий не говорил, что это совершенно невозможно; он предлагал для достижения этой цели продажу лесов Костромской губернии, продажу земель низовых и крымского имения. Но все эти операции в речах управляющего связывались с такою сложностью процессов снятия запрещений, истребований разрешений и т. п., что Пьер терялся и только говорил ему: «Да, да, так и сделайте».

Пьер не имел той практической цепкости, которая бы дала ему возможность непосредственно взяться за дело, и потому он не любил его и только старался притвориться перед управляющим, что он занят делом. Управляющий же старался притвориться перед графом, что он считает эти занятия весьма полезными для хозяина и для себя стеснительными.

В большом городе нашлись знакомые; незнакомые поспешили познакомиться и радушно приветствовали вновь приехавшего богача, самого большого владельца губернии. Искушения по отношению главной слабости Пьера, той, в которой он признался во время приема в ложу, тоже были так сильны, что Пьер не мог воздержаться от них. Опять целые дни, недели, месяцы жизни Пьера проходили так же озабоченно и занято между вечерами, обедами, завтраками, балами, не давая ему времени опомниться, как и в Петербурге. Вместо новой жизни, которую надеялся повести Пьер, он жил все той же прежней жизнью, только в другой обстановке.

Из трех назначений масонства Пьер сознавал, что он не исполнял того, которое предписывало каждому масону быть образцом нравственной жизни, и из семи добродетелей совершенно не имел в себе двух: добронравия и любви к смерти. Он утешал себя тем, что зато он исполнял другое назначение — исправления рода человеческого и имел другие добродетели — любовь к ближнему и в особенности щедрость.

Весной 1807 года Пьер решился ехать назад в Петербург. По дороге назад он намеревался объехать все свои имения и лично удостовериться в том, что сделано из того, что им предписано, и в каком положении находится теперь тот народ, который вверен ему Богом и который он стремился облагодетельствовать.

Главноуправляющий, считавший все затеи молодого графа почти безумством, невыгодой для себя, для него, для крестьян, — сделал уступки. Продолжая дело освобождения представлять невозможным, он распорядился постройкой во всех имениях больших зданий школ, больниц и приютов; для приезда барина везде приготовил встречи, не пышно-торжественные, которые, он знал, не понравятся Пьеру, но именно такие религиозно-благодарственные, с образами и хлебом-солью, именно такие, которые, как он понимал барина, должны были подействовать на графа и обмануть его.

Южная весна, покойное, быстрое путешествие в венской коляске и уединение дороги радостно действовали на Пьера. Имения, в которых он не бывал еще, были одно живописнее другого; народ везде представлялся благоденствующим и трогательно-благодарным за сделанные ему благодеяния. Везде были встречи, которые хотя и приводили в смущение Пьера, но в глубине души его вызывали радостное чувство. В одном месте мужики подносили ему хлеб-соль и образ Петра и Павла и просили позволения в честь его ангела Петра и Павла, в знак любви и благодарности за сделанные им благодеяния воздвигнуть на свой счет новый придел в церкви. В другом месте его встретили женщины с грудными детьми, благодаря его за избавление от тяжелых работ. В третьем имении его встречал священник с крестом, окруженный детьми, которых он, по милостям графа, обучал грамоте и религии. Во всех имениях Пьер видел своими глазами по одному плану воздвигавшиеся и воздвигнутые уже каменные здания больниц, школ, богаделен, которые должны были быть в скором времени открыты. Везде Пьер видел отчеты управляющих о барщинских работах, уменьшенных против прежнего, и слышал за то трогательные благодарения депутаций крестьян в синих кафтанах.

Пьер не знал, что там, где ему подносили хлеб-соль и строили придел Петра и Павла, было торговое село и ярмарка в Петров день, что придел уже строился давно богачами-мужиками села, теми, которые явились к нему, а что девять десятых мужиков этого села были в величайшем разорении. Он не знал, что вследствие того, что перестали по его приказу посылать *ребятниц*-женщин с грудными детьми на барщину, эти самые ребятницы тем труднейшую работу несли на своей половине. Он не знал, что священник, встретивший его с крестом, отягощал мужиков своими поборами и что собранные к нему ученики со слезами были отдаваемы ему и за большие деньги были откупаемы родителями. Он не знал, что каменные, по плану, здания воздвигались своими рабочими и увеличили барщину крестьян, уменьшенную только на бумаге. Он не знал, что там, где управляющий указывал ему по книгам на уменьшение по его воле оброка на одну треть, была наполовину прибавлена барщинная повинность. И потому Пьер был восхищен своим путешествием по имениям и вполне возвратился к тому филантропическому настроению, в котором он выехал из Петербурга, и писал восторженные письма своему наставнику-брату, как он называл Великого Мастера.

«Как легко, как мало усилия нужно, чтобы сделать так много добра, — думал Пьер, — и как мало мы об этом заботимся!»

Он счастлив был выказываемой ему благодарностью, но стыдился, принимая ее. Эта благодарность напоминала ему, насколько *еще больше* он бы был в состоянии сделать для этих простых, добрых людей.

Главноуправляющий, весьма глупый и хитрый человек, совершенно понимая умного и наивного графа и играя им, как игрушкой, увидав действие, произведенное на Пьера приготовленными приемами, решительнее обратился к нему с доводами о невозможности и, главное, ненужности освобождения крестьян, которые и без того были совершенно счастливы.

Пьер втайне своей души соглашался с управляющим в том, что трудно было представить себе людей, более счастливых, и что Бог знает, что ожидало их на воле; но Пьер, хотя и неохотно, настаивал на том, что он считал справедливым. Управляющий обещал употребить все силы для исполнения воли графа, ясно понимая, что граф никогда не будет в состоянии проверить его не только в том, употреблены ли все меры для продажи лесов и имений, для выкупа из Совета, но и никогда, вероятно, не спросит и не узнает о том, как построенные здания стоят пустыми и крестьяне продолжают давать работой и деньгами все то, что они дают у других, то есть все, что они могут давать.

XI

В самом счастливом состоянии духа возвращаясь из своего южного путешествия, Пьер исполнил свое давнишнее намерение — заехать к своему другу Болконскому, которого он не видал два года.

На последней станции, узнав, что князь Андрей не в Лысых Горах, а в своем новом отделенном имении, Пьер поехал к нему.

Богучарово лежало в некрасивой, плоской местности, покрытой полями и срубленными и несрубленными еловыми с березой лесами. Барский двор находился на конце прямой, по большой дороге расположенной деревни, за вновь вырытым, полно налитым прудом, с не обросшими еще травой берегами, в середине молодого леса, между которым стояло несколько больших сосен.

Барский двор состоял из гумна, надворных построек, конюшен, бани, флигеля и большого каменного дома с полукруглым фронтоном, который еще строился. Вокруг дома был рассажен молодой сад. Ограды и ворота были прочные и новые; под навесом стояли две пожарные трубы и бочка, выкрашенная зеленою краской; дороги были прямые, мосты были крепкие, с перилами. На всем лежал отпечаток аккуратности и хозяйственности. Встретившиеся дворовые на вопрос, где живет князь, указали на небольшой новый флигелек, стоящий у самого края пруда. Старый дядька князя Андрея, Антон, высадил Пьера из коляски, сказал, что князь дома, и проводил его в чистую маленькую прихожую.

Пьера поразила скромность маленького, хотя и чистенького домика после тех блестящих условий, в которых последний раз он видел своего друга в Петербурге. Он поспешно вошел в пахнущую еще сосной, неотштукатуренную маленькую залу и хотел идти дальше, но Антон на цыпочках пробежал вперед и постучался в дверь.

— Ну, что там? — послышался резкий, неприятный голос.

— Гость, — отвечал Антон.

— Проси подождать, — и послышался отодвинутый стул. Пьер быстрыми шагами подошел к двери и столкнулся лицом к лицу с выходившим к нему нахмуренным и постаревшим князем Андреем. Пьер обнял его и, подняв очки, целовал его в щеки и близко смотрел на него.

— Вот не ждал, очень рад, — сказал князь Андрей. Пьер ничего не говорил; он удивленно, не спуская глаз, смотрел на своего друга. Его поразила происшедшая перемена в князе Андрее. Слова были ласковы, улыбка была на губах и лице князя Андрея, но взгляд был потухший, мертвый, которому, несмотря на видимое желание, князь

Андрей не мог придать радостного и веселого блеска. Не то что похудел, побледнел, возмужал его друг; но взгляд этот и морщинка на лбу, выражавшие долгое сосредоточение на чем-то одном, поражали и отчуждали Пьера, пока он не привык к ним.

При свидании после долгой разлуки, как это всегда бывает, разговор долго не мог установиться; они спрашивали и отвечали коротко о таких вещах, о которых они сами знали, что надо было говорить долго. Наконец разговор стал понемногу останавливаться на прежде отрывочно сказанном, на вопросах о прошедшей жизни, о планах на будущее, о путешествии Пьера, о его занятиях, о войне и т. д. Та сосредоточенность и убитость, которую заметил Пьер во взгляде князя Андрея, теперь выражалась еще сильнее в улыбке, с которою он слушал Пьера, в особенности тогда, когда Пьер говорил с одушевлением радости о прошедшем или будущем. Как будто князь Андрей и желал бы, но не мог принимать участия в том, что он говорил. Пьер начинал чувствовать, что перед князем Андреем восторженность, мечты, надежды на счастие и на добро неприличны. Ему совестно было высказывать все свои новые, масонские мысли, в особенности подновленные и возбужденные в нем его последним путешествием. Он сдерживал себя, боялся быть наивным; вместе с тем ему неудержимо хотелось поскорее показать своему другу, что он был теперь совсем другой, лучший Пьер, чем тот, который был в Петербурге.

— Я не могу вам сказать, как много я пережил за это время. Я сам бы не узнал себя.

— Да, много, много мы изменились с тех пор, — сказал князь Андрей.

— Ну, а вы? — спрашивал Пьер. — Какие ваши планы?

— Планы? — иронически повторил князь Андрей. — Мои планы? — повторил он, как бы удивляясь значению такого слова. — Да вот видишь, строюсь, хочу к будущему году переехать совсем...

Пьер молча, пристально вглядывался в состаревшееся лицо Андрея.

— Нет, я спрашиваю, — сказал Пьер, но князь Андрей перебил его:

— Да что про меня говорить... расскажи же, расскажи про свое путешествие, про все, что ты там наделал в своих именьях?

Пьер стал рассказывать о том, что он сделал в своих имениях, стараясь как можно более скрыть свое участие в улучшениях, сделанных им. Князь Андрей несколько раз подсказывал Пьеру вперед то, что он рассказывал, как будто все то, что сделал Пьер, была давно известная история, и слушал не только не с интересом, но даже как будто стыдясь за то, что рассказывал Пьер.

Пьеру стало неловко и даже тяжело в обществе своего друга. Он замолчал.

— Ну вот что, моя душа, — сказал князь Андрей, которому, очевидно, было тоже тяжело и стеснительно с гостем, — я здесь на биваках, я приехал только посмотреть. И нынче еду опять к сестре. Я тебя познакомлю с ними. Да ты, кажется, знаком, — сказал он, очевидно занимая гостя, с которым он не чувствовал теперь ничего общего. — Мы поедем после обеда. А теперь хочешь посмотреть мою усадьбу? — Они вышли и проходили до обеда, разговаривая о политических новостях и общих знакомых, как люди мало близкие друг к другу. С некоторым оживлением и интересом князь Андрей говорил только об устраиваемой им новой усадьбе и постройке, но и тут в середине разговора, на подмостках, когда князь Андрей описывал Пьеру будущее расположение дома, он вдруг остановился. — Впрочем, тут нет ничего интересного, пойдем обедать и поедем. — За обедом зашел разговор о женитьбе Пьера.

— Я очень удивился, когда услышал об этом, — сказал князь Андрей.

Пьер покраснел так же, как он краснел всегда при этом, и торопливо сказал:

— Я вам расскажу когда-нибудь, как это все случилось. Но вы знаете, что все это кончено, и навсегда.

— Навсегда? — сказал князь Андрей. — Навсегда ничего не бывает.

— Но вы знаете, как это все кончилось? Слышали про дуэль?

— Да, ты прошел и через это.

— Одно, за что я благодарю Бога, это за то, что я не убил этого человека, — сказал Пьер.

— Отчего же? — сказал князь Андрей. — Убить злую собаку даже очень хорошо.

— Нет, убить человека нехорошо, несправедливо...

— Отчего же несправедливо? — повторил князь Андрей. — То, что справедливо и несправедливо — не дано судить людям. Люди вечно заблуждались и будут заблуждаться, и ни в чем больше, как в том, что они считают справедливым и несправедливым.

— Несправедливо то, что есть зло для другого человека, — сказал Пьер, с удовольствием чувствуя, что в первый раз со времени его приезда князь Андрей оживлялся и начинал говорить и хотел высказать все то, что сделало его таким, каким он был теперь.

— А кто тебе сказал, что такое зло для другого человека? — спросил он.

— Зло? Зло? — сказал Пьер. — Мы все знаем, что такое зло для себя.

— Да, мы знаем, но то зло, которое я знаю для себя, я не могу сделать другому человеку, — все более и более оживляясь, говорил князь Андрей, видимо, желая высказать Пьеру свой новый взгляд на вещи. Он говорил по-французски. — Je ne connais dans la vie que maux bien réels: c'est le remord et la maladie. Il n'est de bien que l'absence de cex maux[1]. Жить для себя, избегая только этих двух зол, вот вся моя мудрость теперь.

— А любовь к ближнему, а самопожертвование? — заговорил Пьер. — Нет, я с вами не могу согласиться! Жить только так, чтобы не делать зла, чтоб не раскаиваться, этого мало. Я жил так, я жил для себя и погубил свою жизнь. И только теперь, когда я живу, по крайней мере, стараюсь (из скромности поправился Пьер) жить для других, только теперь я понял все счастие жизни. Нет, я не соглашусь с вами, да и вы не думаете того, что вы говорите. — Князь Андрей молча глядел на Пьера и насмешливо улыбался.

— Вот увидишь сестру, княжну Марью. С ней вы сойдетесь, — сказал он. — Может быть, ты прав для себя, — продолжал он, помолчав немного, — но каждый живет по-своему: ты жил для себя и говоришь, что этим чуть не погубил свою жизнь, а узнал счастие только, когда стал жить для других. А я испытал противуположное. Я жил для славы. (Ведь что же слава? та же любовь к другим, желание сделать для них что-нибудь, желание их похвалы.) Так я жил для других и не почти, а совсем погубил свою

---

[1] Я знаю в жизни только два действительные несчастья: угрызение совести и болезнь. И счастие есть только отсутствие этих двух зол.

жизнь. И с тех пор стал спокоен, как живу для одного себя.

— Да как же жить для одного себя? — разгорячаясь, спросил Пьер. — А сын, сестра, отец?

— Да это все тот же я, это не другие, — сказал князь Андрей, — а другие, *ближние*, le prochain, как вы с княжной Марьей называете, это главный источник заблуждения и зла. Le prochain — это те твои киевские мужики, которым ты хочешь делать добро.

И он посмотрел на Пьера насмешливо-вызывающим взглядом. Он, видимо, вызывал Пьера.

— Вы шутите, — все более и более оживляясь, говорил Пьер. — Какое же может быть заблуждение и зло в том, что я желал (очень мало и дурно исполнил), но желал сделать добро, да и сделал хотя кое-что? Какое же может быть зло, что несчастные люди, наши мужики, люди так же, как мы, выростающие и умирающие без другого понятия о Боге и правде, как образ и бессмысленная молитва, будут поучаться в утешительных верованиях будущей жизни, возмездия, награды, утешения? Какое же зло и заблуждение в том, что люди умирают от болезни без помощи, когда так легко материально помочь им, и я им дам лекаря, и больницу, и приют старику? И разве не ощутительное, не несомненное благо то, что мужик, баба с ребенком не имеют дни и ночи покоя, а я дам им отдых и досуг?.. — говорил Пьер, торопясь и шепелявя. — И я это сделал, хоть плохо, хоть немного, но сделал кое-что для этого, и вы не только меня не разуверите в том, что то, что я сделал, хорошо, но и не разуверите, чтобы вы сами этого не думали. А главное, — продолжал Пьер, — я вот что знаю, и знаю верно, что наслаждение делать это добро есть единственное верное счастие жизни.

— Да, ежели так поставить вопрос, то это другое дело, — сказал князь Андрей. — Я строю дом, развожу сад, а ты больницы. И то и другое может служить препровождением времени. Но что справедливо, что добро — предоставь судить тому, кто все знает, а не нам. Ну, ты хочешь спорить, — прибавил он, — ну давай. — Они вышли из-за стола и сели на крыльцо, заменявшее балкон.

— Ну, давай спорить, — сказал князь Андрей. — Ты говоришь школы, — продолжал он, загибая палец, — поучения и так далее, то есть ты хочешь вывести его, — сказал он, указывая на мужика, снявшего шапку и проходившего мимо их, — из его животного состояния и дать ему нравственные потребности. А мне кажется, что единственно возможное счастье — есть счастье животное, а ты его-то хочешь лишить его. Я завидую ему, а ты хочешь его сделать мною, но не дав ему ни моего ума, ни моих чувств, ни моих средств. Другое — ты говоришь, облегчить его работу. А по-моему, труд физический для него есть такая же необходимость, такое же условие его существования, как для тебя и для меня труд умственный. Ты не можешь не думать. Я ложусь спать в третьем часу, мне приходят мысли, и я не могу заснуть, ворочаюсь, не сплю до утра оттого, что я думаю и не могу не думать, как он не может не пахать, не косить; иначе он пойдет в кабак или сделается болен. Как я не перенесу его страшного физического труда, а умру через неделю, так он не перенесет моей физической праздности, он растолстеет и умрет. Третье, — что бишь еще ты сказал?

Князь Андрей загнул третий палец.

— Ах, да. Больницы, лекарства. У него удар, он умирает, а ты пустишь ему кровь, вылечишь, он калекой будет ходить десять лет, всем в тягость. Гораздо покойнее и проще ему умереть. Другие родятся, и так их много. Ежели бы ты жалел, что у тебя лишний работник пропал, — как я смотрю на него, а то ты из любви к нему его хочешь лечить. А ему этого не нужно. Да и потом, что за воображенье, что медицина кого-нибудь и когда-нибудь вылечивала... Убивать — так! — сказал он, злобно нахмурившись и отвернувшись от Пьера.

Князь Андрей высказывал свои мысли так ясно и отчетливо, что видно было, он не раз думал об этом, и он говорил охотно и быстро, как человек, долго не говоривший. Взгляд его оживлялся тем больше, чем безнадежнее были его суждения.

— Ах, это ужасно, ужасно! — сказал Пьер. — Я не понимаю только, как можно жить с такими мыслями. На меня находили такие же минуты, это недавно было, в Москве и дорогой, но тогда я опускаюсь до такой степени, что я не живу, все мне гадко, главное, я сам. Тогда я не ем, не умываюсь... ну, как же вы...

— Отчего же не умываться, это не чисто, — сказал князь Андрей. — Напротив, надо стараться сделать свою жизнь как можно более приятной. Я живу и в этом не виноват, стало быть, надо как-нибудь получше, никому не мешая, дожить до смерти.

— Но что же вас побуждает жить? С такими мыслями будешь сидеть не двигаясь, ничего не предпринимая...

— Жизнь и так не оставляет в покое. Я бы рад ничего не делать, а вот, с одной стороны, дворянство здешнее удостоило меня чести избрания в предводители; я насилу отделался. Они не могли понять, что во мне нет того, что нужно, нет этой известной добродушной и озабоченной пошлости, которая нужна для этого. Потом вот этот дом, который надо было построить, чтобы иметь свой угол, где можно быть спокойным. Теперь ополченье.

— Отчего вы не служите в армии?

— После Аустерлица! — мрачно сказал князь Андрей. — Нет, покорно благодарю, я дал себе слово, что служить в действующей русской армии я не буду. И не буду. Ежели бы Бонапарте стоял тут, у Смоленска, угрожая Лысым Горам, и тогда бы я не стал служить в русской армии. Ну, так я тебе говорил, — успокоиваясь, продолжал князь Андрей. — Теперь ополченье, отец главнокомандующим третьего округа, и единственное средство мне избавиться от службы — быть при нем.

— Стало быть, вы служите?

— Служу. — Он помолчал немного.

— Так зачем же вы служите?

— А вот зачем. Отец мой один из замечательнейших людей своего века. Но он становится стар, и он не то что жесток, но он слишком деятельного характера. Он страшен своею привычкой к неограниченной власти и теперь этой властью, данной государем главнокомандующим над ополчением. Ежели бы я два часа опоздал две недели тому назад, он бы повесил протоколиста в Юхнове, — сказал князь Андрей с улыбкой. — Так я служу потому, что, кроме меня, никто не имеет влияния на отца и я кое-где спасу его от поступка, от которого бы он после мучился.

— А, ну так вот видите!

— Да, mais ce n'est pas comme vous l'entendez[1], — продолжал князь Андрей. — Я ни малейшего добра не желал и не желаю этому мерзавцу-протоколисту, который украл какие-то сапоги у ополченцев; я даже очень был бы доволен видеть его повешенным, но мне жалко отца, то есть опять себя же.

---

[1] но не так, как ты думаешь.

Князь Андрей все более и более оживлялся. Глаза его лихорадочно блестели в то время, как он старался доказать Пьеру, что никогда в его поступке не было желания добра ближнему.

— Ну, вот ты хочешь освободить крестьян, — продолжал он. — Это очень хорошо; но не для тебя (ты, я думаю, никого не засекал и не посылал в Сибирь) и еще меньше для крестьян. Ежели их бьют, секут и посылают в Сибирь, то я думаю, что им от этого нисколько не хуже. В Сибири ведет он ту же свою скотскую жизнь, а рубцы на теле заживут, и он так же счастлив, как был прежде. А нужно это для тех людей, которые гибнут нравственно, наживают себе раскаяние, подавляют это раскаяние и грубеют оттого, что у них есть возможность казнить право и неправо. Вот кого мне жалко и для кого я бы желал освободить крестьян. Ты, может быть, не видал, а я видел, как хорошие люди, воспитанные в этих преданиях неограниченной власти, с годами, когда они делаются раздражительнее, делаются жестоки, грубы, знают это, не могут удержаться и все делаются несчастнее и несчастнее.

Князь Андрей говорил это с таким увлечением, что Пьер невольно подумал о том, что мысли эти наведены были Андрею его отцом. Он ничего не отвечал ему.

— Так вот кого и чего жалко, — человеческого достоинства, спокойствия совести, чистоты, а не их спин и лбов, которые, сколько ни секи, сколько ни брей, всё останутся такими же спинами и лбами.

— Нет, нет и тысячу раз нет! я никогда не соглашусь с вами, — сказал Пьер.

XII

Вечером князь Андрей и Пьер сели в коляску и поехали в Лысые Горы. Князь Андрей, поглядывая на Пьера, прерывал изредка молчание речами, доказывавшими, что он находился в хорошем расположении духа.

Он говорил ему, указывая на поля, о своих хозяйственных усовершенствованиях.

Пьер мрачно молчал, отвечая односложно, и казался погруженным в свои мысли.

Пьер думал о том, что князь Андрей несчастлив, что он заблуждается, что он не знает истинного света и что Пьер должен прийти на помощь ему, просветить и поднять его. Но как только Пьер придумывал, как и что он станет говорить, он предчувствовал, что князь Андрей одним словом, одним аргументом уронит все его ученье, и он боялся начать, боялся выставить на возможность осмеяния свою любимую святыню.

— Нет, отчего же вы думаете, — вдруг начал Пьер, опуская голову и принимая вид бодающегося быка, — отчего вы так думаете? Вы не должны так думать.

— Про что я думаю? — спросил князь Андрей с удивлением.

— Про жизнь, про назначение человека. Это не может быть. Я так же думал, и меня спасло, вы знаете что? масонство. Нет, вы не улыбайтесь. Масонство — это не религиозная, не обрядная секта, как и я думал, а масонство есть лучшее, единственное выражение лучших, вечных сторон человечества. — И он начал излагать князю Андрею масонство, как он понимал его.

Он говорил, что масонство есть учение христианства, освободившегося от государственных и религиозных оков; учение равенства, братства и любви.

— Только наше святое братство имеет действительный смысл в жизни; все остальное есть сон, — говорил Пьер. — Вы поймите, мой друг, что вне этого союза все исполнено лжи и неправды, и я согласен с вами, что умному и доброму человеку ничего не остается, как только, как вы, доживать свою жизнь, стараясь только не мешать другим. Но усвойте себе наши основные убеждения, вступите в наше братство, дайте нам себя, позвольте руководить собой, и вы сейчас почувствуете себя, как и я почувствовал, частью этой огромной, невидимой цепи, которой начало скрывается в небесах, — говорил Пьер.

Князь Андрей молча, глядя перед собой, слушал речь Пьера. Несколько раз он, не расслышав от шума коляски, переспрашивал у Пьера нерасслышанные слова. По особенному блеску, загоревшемуся в глазах князя Андрея, и по его молчанию Пьер видел, что слова его не напрасны, что князь Андрей не перебьет его и не будет смеяться над его словами.

Они подъехали к разлившейся реке, которую им надо было переезжать на пароме. Пока устанавливали коляску и лошадей, они пошли на паром.

Князь Андрей, облокотившись о перила, молча смотрел вдоль по блестящему от заходящего солнца разливу.

— Ну, что же вы думаете об этом? — спросил Пьер. — Что же вы молчите?

— Что я думаю? Я слушал тебя. Все это так, — сказал князь Андрей. — Но ты говоришь: вступи в наше братство, и мы тебе укажем цель жизни и назначение человека и законы, управляющие миром. Да кто же мы? — люди. Отчего же вы все знаете? Отчего я один не вижу того, что вы видите? Вы видите на земле царство добра и правды, а я его не вижу.

Пьер перебил его.

— Верите вы в будущую жизнь? — спросил он.

— В будущую жизнь? — повторил князь Андрей, но Пьер не дал ему времени ответить и принял это повторение за отрицание, тем более что он знал прежние атеистические убеждения князя Андрея.

— Вы говорите, что не можете видеть царства добра и правды на земле. И я не видал его; и его нельзя видеть, ежели смотреть на нашу жизнь как на конец всего. На *земле*, именно на этой земле (Пьер указал в поле), нет правды — все ложь и зло; но в мире, во всем мире есть царство правды, и мы теперь дети земли, а вечно — дети всего мира. Разве я не чувствую в своей душе, что я составляю часть этого огромного, гармонического целого? Разве я не чувствую, что я в этом бесчисленном количестве существ, в которых проявляется божество, — высшая сила, — как хотите, — что я составляю одно звено, одну ступень от низших существ к высшим? Ежели я вижу, ясно вижу эту лестницу, которая ведет от растения к человеку, то отчего же я предположу, что эта лестница, которой я не вижу конца внизу, она теряется в растениях. Отчего же я предположу, что эта лестница прерывается со мною, а не ведет дальше и дальше до высших существ. Я чувствую, что я не только не могу исчезнуть, как ничто не исчезает в мире, но что я всегда буду и всегда был. Я чувствую, что, кроме меня, надо мной живут духи и что в этом мире есть правда.

— Да, это учение Гердера, — сказал князь Андрей, — но не то, душа моя, убедит меня, а жизнь и смерть, вот что убеждает. Убеждает то, что видишь дорогое тебе существо, которое связано с тобой, перед которым ты был виноват и надеялся оправдаться (князь Андрей дрогнул голосом и отвернулся), и вдруг это существо страдает, мучается и перестает быть... Зачем? Не может быть, чтоб не было ответа! И я верю, что он есть... Вот что убеждает, вот что убедило меня, — сказал князь Андрей.

— Ну да, ну да, — говорил Пьер, — разве не то же самое и я говорю!

— Нет. Я говорю только, что убеждают в необходимости будущей жизни не доводы, а то, когда идешь в жизни рука об руку с человеком, и вдруг человек этот исчезает *там* в *нигде*, и ты сам останавливаешься перед этой пропастью и заглядываешь туда. И я заглянул...

— Ну, так что ж! Вы знаете, что есть *там* и что есть *кто-то*? Там есть — будущая жизнь. *Кто-то* есть — Бог.

Князь Андрей не отвечал. Коляска и лошади уже давно были выведены на другой берег и заложены, и уж солнце скрылось до половины, и вечерний мороз покрывал звездами лужи у перевоза, а Пьер и Андрей, к удивлению лакеев, кучеров и перевозчиков, еще стояли на пароме и говорили.

— Ежели есть Бог и есть будущая жизнь, то есть истина, есть добродетель; и высшее счастье человека состоит в том, чтобы стремиться к достижению их. Надо жить, надо любить, надо верить, — говорил Пьер, — что живем не нынче только на этом клочке земли, а жили и будем жить вечно там, во всем (он указал на небо). — Князь Андрей стоял, облокотившись на перила парома, и, слушая Пьера, не спуская глаз, смотрел на красный отблеск солнца по синеющему разливу. Пьер замолк. Было совершенно тихо. Паром давно пристал, и только волны течения с слабым звуком ударялись о дно парома. Князю Андрею казалось, что это полосканье волн к словам Пьера приговаривало: «Правда, верь этому».

Князь Андрей вздохнул и лучистым, детским, нежным взглядом взглянул в раскрасневшееся восторженное, но все робкое перед первенствующим другом, лицо Пьера.

— Да, коли бы это так было! — сказал он. — Однако пойдем садиться, — прибавил князь Андрей, и, выходя с парома, он поглядел на небо, на которое указал ему Пьер, и в первый раз после Аустерлица он увидал то высокое, вечное небо, которое он видел, лежа на Аустерлицком поле, и что-то давно заснувшее, что-то лучшее, что было в нем, вдруг радостно и молодо проснулось в его душе. Чувство это исчезло, как скоро князь Андрей вступил опять в привычные условия жизни, но он знал, что это чувство, которое он не умел развить, жило в нем. Свидание с Пьером было для князя Андрея эпохой, с которой началась хотя во внешности и та же самая, но во внутреннем мире его новая жизнь.

XIII

Уже смерклось, когда князь Андрей и Пьер подъехали к главному подъезду лысогорского дома. В то время как они подъезжали, князь Андрей с улыбкой обратил внимание Пьера на суматоху, происшедшую у заднего крыльца. Согнутая старушка с котомкой на спине и невысокий мужчина в черном одеянии и с длинными волосами, увидав въезжавшую коляску, бросились бежать назад в ворота. Две женщины выбежали за ними, и все четверо, оглядываясь на коляску, испуганно вбежали на заднее крыльцо.

— Это Ма́шины божьи люди, — сказал князь Андрей. — Они приняли нас за отца. А это единственно, в чем она не повинуется ему: он велит гонять этих странников, а она принимает их.

— Да что такое божьи люди? — спросил Пьер.

Князь Андрей не успел отвечать ему. Слуги вышли навстречу, и он расспрашивал о том, где был старый князь и скоро ли ждут его.

Старый князь был еще в городе, и его ждали каждую минуту.

Князь Андрей провел Пьера на свою половину, всегда в полной исправности ожидавшую его в доме его отца, и сам пошел в детскую.

— Пойдем к сестре, — сказал князь Андрей, возвратившись к Пьеру, — я еще не видал ее, она теперь прячется и сидит с своими божьими людьми. Поделом ей, она сконфузится, а ты увидишь божьих людей. C'est curieux, ma parole[1].

— Qu'est-ce que c'est que[2] божьи люди? — спросил Пьер.

— А вот увидишь.

Княжна Марья действительно сконфузилась и покраснела пятнами, когда вошли к ней. В ее уютной комнате с лампадками перед киотами, на диване, за самоваром сидел

---

[1] Это интересно, право.
[2] Что такое.

рядом с ней молодой мальчик с длинным носом и длинными волосами в монашеской рясе.

На кресле, подле, сидела сморщенная худая старушка с кротким выражением детского лица.

— André, pourquoi ne pas m'avoir prévenu?[1] — сказала она с кротким упреком, становясь перед своими странниками, как наседка перед цыплятами.

— Charmée de vous voir. Je suis très contente de vous voir[2], — сказала она Пьеру, в то время как он целовал ее руку. Она знала его ребенком, и теперь дружба его с Андреем, его несчастие с женою и, главное, его доброе, простое лицо расположило ее к нему. Она смотрела на него своими прекрасными, лучистыми глазами и, казалось, говорила: «Я вас очень люблю, но, пожалуйста, не смейтесь над *моими*». Обменявшись первыми фразами приветствия, они сели.

— А, и Иванушка тут, — сказал князь Андрей, указывая улыбкой на молодого странника.

— André! — умоляюще сказала княжна Марья.

— Il faut que vous sachiez que c'est une femme[3], — сказал Андрей Пьеру.

— André, au mon de Dieu![4] — повторила княжна Марья.

Видно было, что насмешливое отношение князя Андрея к странникам и бесполезное заступничество за них княжны Марьи были привычные, установившиеся между ними отношения.

— Mais, ma bonne amie, — сказал князь Андрей, — vous devriez au contraire m'être reconnaissante de ce que j'explique à Pierre votre intimité avec ce jeune homme[5].

— Vraiment?[6] — сказал Пьер любопытно и серьезно (за что особенно благодарна ему была княжна Марья), вглядываясь через очки в лицо Иванушки, который, поняв, что речь шла о нем, хитрыми глазами оглядывал всех.

Княжна Марья совершенно напрасно смутилась за *своих*. Они нисколько не робели. Старушка, опустив глаза, но искоса поглядывая на вошедших, опрокинув чашку вверх дном на блюдечко и положив подле обкусан-

1 Андрюша, зачем ты не предупредил меня?

2 Очень рада вас видеть. Очень рада.

3 Ты знаешь, это женщина.

4 Андрюша, ради Бога!

5 Но, мой добрый друг, ты бы должна была мне быть благодарна за то, что я объясняю Пьеру твою интимность с этим молодым человеком.

6 Право?

ный кусочек сахара, спокойно и неподвижно сидела на своем кресле, ожидая, чтобы ей предложили еще чаю. Иванушка, попивая из блюдечка, исподлобья лукавыми женскими глазами смотрел на молодых людей.

— Где, в Киеве была? — спросил старуху князь Андрей.

— Была, отец, — отвечала словоохотливо старуха, — на самое Рожество удостоилась у угодников сообщиться святых, небесных таин. А теперь из Колязина, отец, благодать великая открылась...

— Что ж, Иванушка с тобой?

— Я сам по себе иду, кормилец, — стараясь говорить басом, сказал Иванушка. — Только в Юхнове с Пелагеюшкой сошлись.

Пелагеюшка перебила своего товарища; ей, видно, хотелось рассказать то, что она видела.

— В Колязине, отец, великая благодать открылась.

— Что ж, мощи новые? — спросил князь Андрей.

— Полно, Андрей, — сказала княжна Марья. — Не рассказывай, Пелагеюшка.

— И что ты, мать, отчего ж не рассказывать? Я его люблю. Он добрый. Богом взысканный, он мне, благодетель, десять рублей дал, я помню. Как была я в Киеве, и говорит мне Кирюша, юродивый — истинно божий человек, зиму и лето бóсой ходит. Что ходишь, говорит, не по своему месту, в Колязин иди, там икона чудотворная, матушка Пресвятая Богородица открылась. Я с тех слов простилась с угодниками и пошла...

Все молчали, одна странница говорила мерным голосом, втягивая в себя воздух.

— Пришла, отец мой, мне народ и говорит: благодать великая открылась, у матушки Пресвятой Богородицы миро из щечки каплет...

— Ну, хорошо, хорошо, после расскажешь, — краснея, сказала княжна Марья.

— Позвольте у нее спросить, — сказал Пьер. — Ты сама видела? — спросил он.

— Как же, отец, сама удостоилась. Сияние такое на лике-то, как свет небесный, и из щечки у матушки так и каплет, так и каплет...

— Да ведь это обман, — наивно сказал Пьер, внимательно слушавший странницу.

— Ах, отец, чтó говоришь! — с ужасом сказала Пелагеюшка, обращаясь за защитой к княжне Марье.

— Это обманывают народ, — повторил он.

— Господи Иисусе Христе, — крестясь, сказала странница. — Ох, не говори, отец. Так-то один анарал не верил, сказал: «Монахи обманывают». Да как сказал, так и ослеп. И приснилось ему, что приходит к нему матушка Печерская и говорит: «Уверуй мне, я тебя исцелю». Вот и стал проситься: повези да повези меня к ней. Это я тебе истинную правду говорю, сама видела. Привезли его, слепого, прямо к ней; подошел, упал, говорит: «Исцели! отдам тебе, говорит, все, чем царь жаловал». Сама видела, отец, звезда в ней так и вделана. Что ж, прозрел! Грех говорить так. Бог накажет, — поучительно обратилась она к Пьеру.

— Как же звезда-то в образе очутилась? — спросил Пьер.

— В генералы и матушку произвели? — сказал князь Андрей, улыбаясь.

Пелагеюшка вдруг побледнела и всплеснула руками.

— Отец, отец, грех тебе, грех. У тебя сын! — заговорила она, из бледности вдруг переходя в яркую краску.

— Отец, что ты сказал такое, Бог тебя прости. — Она перекрестилась. — Господи, прости его. Матушка, что ж это?.. — обратилась она к княжне Марье. Она встала и, чуть не плача, стала собирать свою сумочку. Ей, видно, было и страшно и жалко того, кто это сказал, и стыдно, что она пользовалась благодеяниями в доме, где могли говорить это, и жалко, что надо было теперь лишиться благодеяний этого дома.

— Ну что вам за охота? — сказала княжна Марья. — Зачем вы пришли ко мне?..

— Нет, ведь я шучу, Пелагеюшка, — сказал Пьер. — Princesse, ma parole, je n'ai pas voulu l'offenser[1], я так только. Ты не думай, я пошутил, — говорил он, робко улыбаясь и желая загладить свою вину.

Пелагеюшка остановилась недоверчиво, но в лице Пьера была такая искренность раскаяния и князь Андрей так кротко и серьезно смотрел то на Пелагеюшку, то на Пьера, что она понемногу успокоилась.

XIV

Странница успокоилась и, наведенная опять на разговор, долго потом рассказывала про отца Амфилохия, который был такой святой жизни, что от ручки его ладаном пахло, и о том, как знакомые ей монахи в последнее ее

[1] Княжна, я, право, не хотел ее обидеть.

странствие в Киев дали ей ключи от пещер и как она, взяв с собой сухарики, двое суток провела в пещерах с угодниками. «Помолюся одному, почитаю, пойду к другому. Сосну, опять пойду приложусь; и такая, матушка, тишина, благодать такая, что и на свет Божий выходить не хочется».

Пьер внимательно и серьезно слушал ее. Князь Андрей вышел из комнаты. И вслед за ним, оставив божьих людей допивать чай, княжна Марья повела Пьера в гостиную.

— Вы очень добры, — сказала она ему.

— Ах, я, право, не думал оскорбить ее, я так понимаю и высоко ценю эти чувства.

Княжна Марья молча посмотрела на него и нежно улыбнулась.

— Ведь я вас давно знаю и люблю, как брата, — сказала она. — Как вы нашли Андрея? — спросила она поспешно, не давая ему времени сказать что-нибудь в ответ на ее ласковые слова. — Он очень беспокоит меня. Здоровье его зимой лучше, но прошлой весной рана открылась, и доктор сказал, что он должен ехать лечиться. И нравственно я очень боюсь за него. Он не такой характер, как мы, женщины, чтобы выстрадать и выплакать свое горе. Он внутри себя носит его. Нынче он весел и оживлен; но это ваш приезд так подействовал на него: он редко бывает таким. Ежели бы вы могли уговорить его поехать за границу! Ему нужна деятельность, а эта ровная, тихая жизнь губит его. Другие не замечают, но я вижу.

В десятом часу официанты бросились к крыльцу, заслышав бубенчики подъезжавшего экипажа старого князя. Князь Андрей с Пьером тоже вышли на крыльцо.

— Это кто? — спросил старый князь, вылезая из кареты и увидав Пьера.

— А! очень рад! целуй, — сказал он, узнав, кто был незнакомый молодой человек.

Старый князь был в хорошем духе и обласкал Пьера.

Перед ужином князь Андрей, вернувшись назад в кабинет отца, застал старого князя в горячем споре с Пьером. Пьер доказывал, что придет время, когда не будет больше войны. Старый князь, подтрунивая, но не сердясь, оспаривал его.

— Кровь из жил выпусти, воды налей, тогда войны не будет. Бабьи бредни, бабьи бредни, — проговорил он, но все-таки ласково потрепал Пьера по плечу и подошел к столу, у которого князь Андрей, видимо не желая вступать в разговор, перебирал бумаги, привезенные князем из города. Старый князь подошел к нему и стал говорить о делах.

— Предводитель, Ростов граф, половины людей не доставил. Приехал в город, вздумал на обед звать, — я ему такой обед задал... А вот просмотри эту... Ну, брат, — обратился князь Николай Андреич к сыну, хлопая по плечу Пьера, — молодец твой приятель, я его полюбил! Разжигает меня. Другой и умные речи говорит, а слушать не хочется, а он и врет, да разжигает меня, старика. Ну, идите, идите, — сказал он, — может быть, приду за ужином вашим посижу. Опять поспорю. Мою дуру, княжну Марью, полюби, — прокричал он Пьеру из двери.

Пьер теперь только, в свой приезд в Лысые Горы, оценил всю силу и прелесть своей дружбы с князем Андреем. Эта прелесть выразилась не столько в его отношениях с ним самим, сколько в отношениях со всеми родными и домашними. Пьер с старым, суровым князем и с кроткой и робкой княжной Марьей, несмотря на то, что он их почти не знал, чувствовал себя сразу старым другом. Они все уже любили его. Не только княжна Марья, подкупленная его кроткими отношениями к странницам, самым лучистым взглядом смотрела на него; но маленький, годовой князь Николай, как звал дед, улыбнулся Пьеру и пошел к нему на руки. Михаил Иваныч, m-lle Bourienne с радостными улыбками смотрели на него, когда он разговаривал с старым князем.

Старый князь вышел ужинать: это было, очевидно, для Пьера. Он был с ним оба дня его пребывания в Лысых Горах чрезвычайно ласков и велел ему приезжать к себе.

Когда Пьер уехал и сошлись вместе все члены семьи, его стали судить, как это всегда бывает после отъезда нового человека, и, как это редко бывает, все говорили про него одно хорошее.

XV

Возвратившись в этот раз из отпуска, Ростов в первый раз почувствовал и узнал, до какой степени сильна была его связь с Денисовым и со всем полком.

Когда Ростов подъезжал к полку, он испытывал чувство, подобное тому, которое он испытывал, подъезжая к Поварскому дому. Когда он увидал первого гусара в расстегнутом мундире своего полка, когда он узнал рыжего Дементьева, увидал коновязи рыжих лошадей, когда Лаврушка радостно закричал своему барину: «Граф приехал!» — и лохматый Денисов, спавший на постели, выбежал из землянки, обнял его и офицеры сошлись к приезжему, — Ростов испытывал такое же чувство, как когда его обнимала мать, отец и сестры, и слезы радости, подступившие ему к горлу, помешали ему говорить. Полк был тоже дом, и дом неизменно милый и дорогой, как и дом родительский.

Явившись к полковому командиру, получив назначение в прежний эскадрон, сходивши на дежурство и на фуражировку, войдя во все маленькие интересы полка и почувствовав себя лишенным свободы и закованным в одну узкую неизменную рамку, Ростов испытал то же успокоение, ту же опору и то же сознание того, что он здесь дома, на своем месте, которые он чувствовал и под родительским кровом. Не было этой всей безурядицы вольного света, в котором он не находил себе места и ошибался в выборах; не было Сони, с которой надо было или не надо было объясняться. Не было возможности ехать туда или не ехать туда; не было этих двадцати четырех часов суток, которые столькими различными способами можно было употребить; не было этого бесчисленного множества людей, из которых никто не был ближе, никто не был дальше; не было этих неясных и неопределенных денежных отношений с отцом; не было напоминания об ужасном проигрыше Долохову! Тут, в полку, все было ясно и просто. Весь мир был разделен на два неровные отдела: один — наш Павлоградский полк, и другой — все остальное. И до этого остального не было никакого дела. В полку все было известно: кто был поручик, кто ротмистр, кто хороший, кто дурной человек, и главное — товарищ. Маркитант верит в долг, жалованье получается в треть; выдумывать и выбирать нечего, только не делай ничего такого, что считается дурным в Павлоградском полку; а пошлют, делай то, что ясно и отчетливо определено и приказано, — и все будет хорошо.

Вступив снова в эти определенные условия полковой жизни, Ростов испытал радость и успокоение, подобные тем, которые чувствует усталый человек, ложась на отдых. Тем отраднее была в эту кампанию эта полковая жизнь Ростову, что он, после проигрыша Долохову (поступка, которого он, несмотря на все утешения родных, не мог простить себе), решился служить не как прежде, а чтобы загладить свою вину, служить хорошо и быть вполне отличным товарищем и офицером, то есть прекрасным человеком, что представлялось столь трудным в *миру*, а в полку столь возможным.

Ростов, со времени своего проигрыша, решил, что он в пять лет заплатит этот долг родителям. Ему посылалось по десяти тысяч в год; теперь же он решился брать только две, а остальные предоставлять родителям для оплаты долга.

Армия наша после неоднократных отступлений, наступлений и сражений при Пултуске, при Прейсиш-Эйлау сосредоточивалась около Бартенштейна. Ожидали приезда государя к армии и начала новой кампании.

Павлоградский полк, находившийся в той части армии, которая была в походе 1805 года, укомплектовываясь в России, опоздал к первым действиям кампании. Он не был ни под Пултуском, ни под Прейсиш-Эйлау и во второй половине кампании, присоединившись к действующей армии, был причислен к отряду Платова.

Отряд Платова действовал независимо от армии. Несколько раз павлоградцы были частями в перестрелках с неприятелем, захватывали пленных и однажды отбили даже экипажи маршала Удино. В апреле месяце павлоградцы несколько недель простояли около разоренной дотла немецкой пустой деревни, не трогаясь с места.

Была ростепель, грязь, холод, реки взломало, дороги сделались непроездны; по нескольку дней не выдавали ни лошадям, ни людям провианта. Так как подвоз сделался невозможен, то люди рассыпались по заброшенным пустынным деревням отыскивать картофель, но уже и того находили мало.

Все было съедено, и все жители разбежались; те, которые оставались, были хуже нищих, и отнимать у них уж было нечего, и даже маложалостливые солдаты часто, вместо того чтобы пользоваться от них, отдавали им свое последнее.

Павлоградский полк в делах потерял только двух раненых; но от голоду и болезней потерял почти половину людей. В госпиталях умирали так верно, что солдаты, больные лихорадкой и опухолью, происходившими от дурной пищи, предпочитали нести службу, через силу волоча ноги во фронте, чем отправляться в больницы. С открытием весны солдаты стали находить показывавшееся из земли растение, похожее на спаржу, которое они называли почему-то машкин сладкий корень, и рассыпались по лугам и полям, отыскивая этот машкин сладкий корень (который был очень горек), саблями выкапывали его и ели, несмотря на приказы не есть этого вредного растения. Весною между солдатами открылась новая болезнь — опухоль рук, ног и лица, причину которой медики полагали в употреблении этого корня. Но, несмотря на запрещение, павлоградские солдаты эскадрона Денисова ели преимущественно машкин сладкий корень, потому что уже вторую неделю растягивали последние сухари, выдавали только по полфунта на человека, а картофель в последнюю посылку привезли мерзлый и проросший.

Лошади питались тоже вторую неделю соломенными крышами с домов, были безобразно худы и покрыты еще зимнею, клоками сбившеюся шерстью.

Несмотря на такое бедствие, солдаты и офицеры жили точно так же, как и всегда; так же и теперь, хотя и с бледными и опухлыми лицами и в оборванных мундирах, гусары строились к расчетам, ходили на уборку, чистили лошадей, амуницию, таскали вместо корма солому с крыш и ходили обедать к котлам, от которых вставали голодные, подшучивая над своей гадкой пищей и своим голодом. Так же как и всегда, в свободное от службы время солдаты жгли костры, парились голые у огней, курили, отбирали и пекли проросший, прелый картофель и рассказывали и слушали рассказы или о потемкинских и суворовских походах, или сказки об Алеше-пройдохе и о поповом батраке Миколке.

Офицеры так же, как и обыкновенно, жили по двое, по трое в раскрытых полуразоренных домах. Старшие заботились о приобретении соломы и картофеля, вообще о средствах пропитания людей, младшие занимались, как всегда, кто картами (денег было много, хотя провианта не было), кто невинными играми — в свайку и городки. Об общем ходе дел говорили мало, частью оттого, что ничего положительного не знали, частью оттого, что смутно чувствовали, что общее дело войны шло плохо.

Ростов жил по-прежнему с Денисовым, и дружеская связь их со времени их отпуска стала еще теснее. Денисов никогда не говорил про домашних Ростова, но по нежной дружбе, которую командир оказывал своему офицеру, Ростов чувствовал, что несчастная любовь старого гусара к Наташе участвовала в этом усилении дружбы. Денисов, видимо, старался как можно реже подвергать Ростова опасностям, берег его и после дела особенно радостно встречал его целым и невредимым. На одной из своих командировок Ростов нашел в заброшенной, разоренной деревне, куда он приехал за провиантом, семейство старика поляка и его дочери с грудным ребенком. Они были раздеты, голодны, и не могли уйти, и не имели средств выехать. Ростов привез их в свою стоянку, поместил в своей квартире и несколько недель, пока старик оправлялся, содержал их. Товарищ Ростова, разговорившись о женщинах, стал смеяться Ростову, говоря, что он всех хитрее и что ему бы не грех познакомить товарищей с спасенной им хорошенькой полькой. Ростов принял шутку за оскорбление и, вспыхнув, наговорил офицеру таких неприятных вещей, что Денисов с трудом мог удержать обоих от дуэли. Когда офицер ушел и Денисов, сам не знавший отношений Ростова к польке, стал упрекать его за вспыльчивость, Ростов сказал ему:

— Как же ты хочешь... Она мне как сестра, и я не могу тебе описать, как это обидно мне было... потому что... ну, оттого...

Денисов ударил его по плечу и быстро стал ходить по комнате, не глядя на Ростова, что он делывал в минуты душевного волнения.

— Экая дуг'ацкая ваша пог'ода г'остовская, — проговорил он, и Ростов заметил слезы на глазах Денисова.

XVI

В апреле месяце войска оживились известием о приезде государя к армии. Ростову не удалось попасть на смотр, который делал государь в Бартенштейне; павлоградцы стояли на аванпостах, далеко впереди Бартенштейна.

Они стояли биваками. Денисов с Ростовым жили в вырытой для них солдатами землянке, покрытой сучьями и дерном. Землянка была устроена следующим, вошедшим тогда в моду, способом: прорывалась канава в полтора аршина ширины, два глубины и три с половиной длины. С одного конца канавы делались ступеньки, и это был сход, крыльцо; сама канава была комната, в которой у счастливых, как у эскадронного командира, в дальней, противоположной ступеням стороне лежала на 4 кольях доска — это был стол. С обеих сторон вдоль канавы была снята на аршин земля, и это были две кровати и диваны. Крыша устроивалась так, что в середине можно было стоять, а на кровати даже можно было сидеть, ежели подвинуться ближе к столу. У Денисова, жившего роскошно, потому что солдаты его эскадрона любили его, была еще доска в фронтоне крыши, и в доске этой было разбитое, но склеенное стекло. Когда было очень холодно, то к ступеням (в приемную, как называл Денисов эту часть балагана) приносили на железном загнутом листе жар из солдатских костров, и делалось так тепло, что офицеры, которых много всегда бывало у Денисова и Ростова, сидели в одних рубашках.

В апреле месяце Ростов был дежурным. В восьмом часу утра, вернувшись домой после бессонной ночи, он велел принести жару, переменил измокшее от дождя белье, помолился Богу, напился чаю, согрелся, убрал в порядок вещи в своем уголке и на столе и, с обветрившимся, горевшим лицом, в одной рубашке, лег на спину, заложив руки под голову. Он приятно размышлял о том, что на днях должен выйти ему следующий чин за последнюю рекогносцировку, и ожидал куда-то вышедшего Денисова. Ростову хотелось поговорить с ним.

За шалашом послышался перекатывающийся крик Денисова, очевидно, разгорячившегося. Ростов подвинулся к окну посмотреть, с кем он имел дело, и увидал вахмистра Топчеенку.

— Я тебе пг'иказывал не пускать их жг'ать этотког'ень, машкин какой-то! — кричал Денисов. — Ведь я сам видел, Лазаг'чук с поля тащил.

— Я приказывал, ваше высокоблагородие, не слушают, — отвечал вахмистр.

Ростов опять лег на свою кровать и с удовольствием подумал: «Пускай его теперь возится и хлопочет, я свое дело отделал и лежу — отлично!» Из-за стенки он слышал, что, кроме вахмистра, говорил еще Лаврушка, этот бойкий плутоватый лакей Денисова. Лаврушка что-то рассказывал о каких-то подводах, сухарях и быках, которых он видел, ездивши за провизией.

За балаганом послышался опять удаляющийся крик Денисова и слова: «Седлай... Втог'ой взвод!»

«Куда это собрались?» — подумал Ростов.

Через пять минут Денисов вошел в балаган, влез с грязными ногами на кровать, сердито выкурил трубку, раскидал все свои вещи, надел нагайку и саблю и стал выходить из землянки. На вопрос Ростова: куда? — он сердито и неопределенно отвечал, что есть дело.

— Суди меня там Бог и великий государь! — сказал Денисов, выходя; и Ростов услыхал, как за балаганом зашлепали по грязи ноги нескольких лошадей. Ростов не позаботился даже узнать, куда поехал Денисов. Угревшись в своем угле, он заснул и перед вечером только вышел из балагана. Денисов еще не возвращался. Вечер разгулялся; около соседней землянки два офицера с юнкером играли в свайку, со смехом засаживая редьки в рыхлую грязную землю. Ростов присоединился к ним. В середине игры офицеры увидали подъезжавшие к ним повозки: человек пятнадцать гусар на худых лошадях следовали за ними. Повозки, конвоируемые гусарами, подъехали к коновязям, и толпа гусар окружила их.

— Ну вот, Денисов все тужил, — сказал Ростов, — вот и провиант прибыл.

— И то! — сказали офицеры. — То-то радешеньки солдаты! — Немного позади гусар ехал Денисов, сопутствуемый двумя пехотными офицерами, с которыми он о чем-то разговаривал. Ростов пошел к нему навстречу.

— Я вас предупреждаю, ротмистр, — говорил один из офицеров, худой, маленький ростом и, видимо, озлобленный.

— Ведь сказал, что не отдам, — отвечал Денисов.

— Вы будете отвечать, ротмистр, это буйство — у своих транспорты отбивать! Наши люди два дня не ели.

— А мои две недели не ели, — отвечал Денисов.

— Это разбой, ответите, милостивый государь! — возвышая голос, повторил пехотный офицер.

— Да вы что ко мне пг'истали? А? — крикнул Денисов, вдруг разгорячась. — Отвечать буду я, а не вы, а вы тут не жужжите, пока целы. Маг'ш! — крикнул он на офицеров.

— Хорошо же! — не робея и не отъезжая, кричал маленький офицер. — Разбойничать, так я вам...

— К чег'ту маг'ш ског'ым шагом, пока цел. — И Денисов повернул лошадь к офицеру.

— Хорошо, хорошо, — проговорил офицер с угрозой и, повернув лошадь, поехал прочь рысью, трясясь на седле.

— Собака на забог'е, живая собака на забог'е, — сказал Денисов ему вслед — высшую насмешку кавалериста над верховым пехотным, и, подъехав к Ростову, расхохотался.

— Отбил у пехоты, отбил силой тг'анспог'т! — сказал он. — Что ж, не с голоду же издыхать людям?

Повозки, которые подъехали к гусарам, были назначены в пехотный полк, но, известившись через Лаврушку, что этот транспорт идет один, Денисов с гусарами силой отбил его. Солдатам раздали сухарей вволю, поделились даже с другими эскадронами.

На другой день полковой командир позвал к себе Денисова и сказал ему, закрыв раскрытыми пальцами глаза: «Я на это смотрю вот так, я ничего не знаю и дела не начну; но советую съездить в штаб и там, в провиантском ведомстве, уладить это дело и, если возможно, расписаться, что получили столько-то провианту; в противном случае — требование записано на пехотный полк — дело поднимется и может кончиться дурно».

Денисов прямо от полкового командира поехал в штаб, с искренним желанием исполнить его совет. Вечером он возвратился в свою землянку в таком положении, в котором Ростов еще никогда не видал своего друга. Денисов не мог говорить и задыхался. Когда Ростов спрашивал его, что с ним, он только хриплым и слабым голосом произносил непонятные ругательства и угрозы.

Испуганный положением Денисова, Ростов предлагал ему раздеться, выпить воды и послал за лекарем.

— Меня за г'азбой судить — ох! — Дай еще воды — пускай судят, а буду, всегда буду подлецов бить, и государ'ю скажу. Льду дайте, — приговаривал он.

Пришедший полковой лекарь сказал, что необходимо пустить кровь. Глубокая тарелка черной крови вышла из мохнатой руки Денисова, и тогда только он был в состоянии рассказать все, что с ним было.

— Приезжаю, — рассказывает Денисов. — «Ну, где у вас тут начальник?» Показали. «Подождать не угодно ли». — «У меня служба, я за тридцать верст приехал, мне ждать некогда, доложи». Хорошо, выходит этот обер-вор: тоже вздумал учить меня. «Это разбой!» — «Разбой, говорю, не тот делает, кто берет провиант, чтобы кормить своих солдат, а тот, кто берет его, чтобы класть в карман!» Хорошо. «Распишитесь, говорит, у комиссионера, а дело ваше передастся по команде». Прихожу к комиссионеру. Вхожу — за столом... кто же?! Нет, ты подумай!.. Кто же нас голодом морит, — закричал Денисов, ударяя кулаком больной руки по столу так крепко, что стол чуть не упал и стаканы поскакали на нем. — Телянин!! «Так, ты нас с голоду моришь?!» Раз, раз по морде, ловко так пришлось... «А!.. распротакой-сякой...» и начал катать! Зато натешился, могу сказать, — кричал Денисов, радостно и злобно из-под черных усов оскаливая свои белые зубы. — Я бы убил его, кабы не отняли.

— Да что ж ты кричишь, успокойся, — говорил Ростов. — Вот опять кровь пошла. Постой же, перебинтовать надо.

Денисова перебинтовали и уложили спать. На другой день он проснулся веселый и спокойный.

Но в полдень адъютант полка с серьезным и печальным лицом пришел в общую землянку Денисова и Ростова и с прискорбием показал форменную бумагу к майору Денисову от полкового командира, в которой делались запросы о вчерашнем происшествии. Адъютант сообщил, что дело должно принять весьма дурной оборот, что назначена военно-судная комиссия и что при настоящей строгости касательно мародерства и своевольства войск в счастливом случае — дело может кончиться разжалованьем.

Дело представлялось со стороны обиженных в таком виде, что после отбития транспорта майор Денисов без всякого вызова, в пьяном виде, явился к обер-провиантмейстеру, назвал его вором, угрожал побоями, и когда был выведен вон, то бросился в канцелярию, избил двух чиновников и одному вывихнул руку.

Денисов на новые вопросы Ростова, смеясь, сказал, что, кажется, тут точно другой какой-то подвернулся, но что все это вздор, пустяки, что он и не думает бояться никаких судов, и что ежели эти подлецы осмелятся задрать его, он им ответит так, что они будут помнить.

Денисов говорил пренебрежительно о всем этом деле; но Ростов знал его слишком хорошо, чтобы не заметить, что он в душе (скрывая это от других) боялся суда и мучился этим делом, которое, очевидно, должно было иметь дурные последствия. Каждый день стали приходить бумаги-запросы, требования к суду, и первого мая предписано было Денисову сдать старшему по себе эскадрон и явиться в штаб дивизии для объяснений по делу о буйстве в провиантской комиссии. Накануне этого дня Платов делал рекогносцировку неприятеля с двумя казачьими полками и двумя эскадронами гусар. Денисов, как всегда, выехал вперед цепи, щеголяя своей храбростью. Одна из пуль, пущенных французскими стрелками, попала ему в мякоть верхней части ноги. Может быть, в другое время Денисов с такой легкой раной не уехал бы от полка, но теперь он воспользовался этим случаем, отказался от явки в дивизию и уехал в госпиталь.

XVII

В июне месяце произошло Фридландское сражение, в котором не участвовали павлоградцы, и вслед за ним объявлено было перемирие. Ростов, тяжело чувствовавший отсутствие своего друга, не имея со времени его отъезда никаких известий о нем и беспокоясь о ходе его дела и раны, воспользовался перемирием и отпросился в госпиталь проведать Денисова.

Госпиталь находился в маленьком прусском местечке, два раза разоренном русскими и французскими войсками. Именно потому, что это было летом, когда в поле было так хорошо, местечко это с своими разломанными крышами и заборами и своими загаженными улицами, оборванными жителями и пьяными или больными солдатами, бродившими по нем, представляло особенно мрачное зрелище.

В каменном доме, на дворе с остатками разобранного забора, выбитыми частью рамами и стеклами, помещался госпиталь. Несколько перевязанных, бледных и опухших солдат ходили и сидели на дворе на солнышке.

Как только Ростов вошел в двери дома, его обхватил запах гниющего тела и больницы. На лестнице он встретил военного русского доктора с сигарою во рту. За доктором шел русский фельдшер.

— Не могу же я разорваться, — говорил доктор, — приходи вечерком к Макару Алексеевичу, я там буду. — Фельдшер что-то еще спросил у него.

— Э! делай как знаешь! Разве не все равно? — Доктор увидал подымающегося на лестницу Ростова.

— Вы зачем, ваше благородие? — сказал доктор. — Вы зачем? Или пуля вас не брала, так вы тифу набраться хотите? Тут, батюшка, дом прокаженных.

— Отчего? — спросил Ростов.

— Тиф, батюшка. Кто ни взойдет — смерть. Только мы двое с Макеевым (он указал на фельдшера) еще тут треплемся. Тут уж нашего брата докторов человек пять перемерло. Как поступит новенький, через недельку готов, — с видимым удовольствием сказал доктор. — Прусских докторов вызывали, так не любят союзники-то наши.

Ростов объяснил ему, что он желал видеть здесь лежащего гусарского майора Денисова.

— Не знаю, не ведаю, батюшка. Ведь вы подумайте, у меня на одного три госпиталя, четыреста больных с лишком! Еще хорошо, прусские дамы-благодетельницы нам кофею и корпию присылают по два фунта в месяц, а то бы пропали. — Он засмеялся. — Четыреста, батюшка; а мне все новеньких присылают. Ведь четыреста есть? А? — обратился он к фельдшеру.

Фельдшер имел измученный вид. Он, видимо, с досадой дожидался, скоро ли уйдет заболтавшийся доктор.

— Майор Денисов, — повторил Ростов, — он под Молитеном ранен был.

— Кажется, умер. А, Макеев? — равнодушно спросил доктор у фельдшера.

Фельдшер, однако, не подтвердил слов доктора.

— Что, он такой длинный, рыжеватый? — спросил доктор.

Ростов описал наружность Денисова.

— Был, был такой, — как бы радостно проговорил доктор, — этот, должно быть, умер, а впрочем, я справлюсь, у меня списки были. Есть у тебя, Макеев?

— Списки у Макара Алексеича, — сказал фельдшер. — А пожалуйте в офицерские палаты, там сами увидите, — прибавил он, обращаясь к Ростову.

— Эх, лучше не ходить, батюшка, — сказал доктор, — а то как бы сами тут не остались! — Но Ростов откланялся доктору и попросил фельдшера проводить его.

— Не пенять же, чур, на меня, — прокричал доктор изпод лестницы.

Ростов с фельдшером вошли в коридор. Больничный запах был так силен в этом темном коридоре, что Ростов схватился за нос и должен был остановиться, чтобы собраться с силами и идти дальше. Направо отворилась дверь, и оттуда высунулся на костылях худой, желтый человек, босой и в одном белье. Он, упершись о притолоку, блестящими, завистливыми глазами поглядел на проходящих. Заглянув в дверь, Ростов увидал, что больные и раненые лежали там на полу, на соломе и шинелях.

— Что же это? — спросил он.

— Это солдатские, — отвечал фельдшер. — Что же делать, — прибавил он, как будто извиняясь.

— А можно войти посмотреть? — спросил Ростов.

— Что же смотреть? — сказал фельдшер. Но именно потому, что фельдшер, очевидно, не желал впустить туда, Ростов вошел в солдатские палаты. Запах, к которому он уже успел придышаться в коридоре, здесь был еще сильнее. Запах этот здесь несколько изменился: он был резче, и чувствительно было, что отсюда-то именно он и происходил.

В длинной комнате, ярко освещенной солнцем в большие окна, в два ряда, головами к стенам и оставляя проход посередине, лежали больные и раненые. Бóльшая часть из них были в забытьи и не обратили внимания на вошедших. Те, которые были в памяти, все приподнялись или подняли свои худые, желтые лица, и все с одним и тем же выражением надежды на помощь, упрека и зависти к чужому здоровью, не спуская глаз, смотрели на Ростова. Ростов вышел на середину комнаты, заглянул в соседние две комнаты с растворенными дверями, и с обеих сторон увидал то же самое. Он остановился, молча оглядываясь вокруг себя. Он никак не ожидал видеть это. Перед самым им лежал почти поперек среднего прохода, на голом полу, больной, вероятно, казак, потому что волосы его были обстрижены в скобку. Казак этот лежал навзничь, раскинув огромные руки и ноги. Лицо его было багрово-красно, глаза совершенно закачены, так что видны были одни белки, и на босых ногах его и на руках, еще красных, жилы напружились, как веревки. Он стукнулся затылком о пол и что-то хрипло проговорил и стал повторять это слово. Ростов прислушался к тому, что он говорил, и разобрал повторяемое им слово. Слово это было: испить — пить — испить! Ростов оглянулся, отыскивая того, кто мог бы уложить на место этого больного и дать ему воды.

— Кто ж тут ходит за больными? — спросил он фельдшера. В это время из соседней комнаты вышел фурштатский солдат, больничный служитель, и, отбивая шаг, вытянулся перед Ростовым.

— Здравия желаю, ваше высокоблагородие! — прокричал этот солдат, выкатывая глаза на Ростова и, очевидно, принимая его за больничное начальство.

— Убери же его, дай ему воды, — сказал Ростов, указывая на казака.

— Слушаю, ваше высокоблагородие, — с удовольствием проговорил солдат, еще старательнее выкатывая глаза и вытягиваясь, но не трогаясь с места.

«Нет, тут ничего не сделаешь», — подумал Ростов, опустив глаза, и хотел уже выходить, но с правой стороны он чувствовал устремленный на себя значительный взгляд и оглянулся на него. Почти в самом углу на шинели сидел с желтым, как скелет, худым, строгим лицом и с небритой седой бородой старый солдат и упорно смотрел на Ростова. С одной стороны сосед старого солдата что-то шептал ему, указывая на Ростова. Ростов понял, что старик намерен о чем-то просить его. Он подошел ближе и увидал, что у старика была согнута только одна нога, а другой совсем не было выше колена. Другой сосед старика, неподвижно лежавший с закинутой головой, довольно далеко от него, был молодой солдат с восковой бледностью на курносом, покрытом еще веснушками, лице и с закаченными под веки глазами. Ростов поглядел на курносого солдата, и мороз пробежал по его спине.

— Да ведь этот, кажется... — обратился он к фельдшеру.

— Уж как просили, ваше благородие, — сказал старый солдат с дрожанием нижней челюсти. — Еще утром кончился. Ведь тоже люди, а не собаки...

— Сейчас пришлю, уберут, уберут, — поспешно сказал фельдшер. — Пожалуйте, ваше благородие.

— Пойдем, пойдем! — поспешно сказал Ростов и, опустив глаза и сжавшись, стараясь пройти незамеченным сквозь строй этих укоризненных и завистливых глаз, устремленных на него, он вышел из комнаты.

XVIII

Пройдя коридор, фельдшер ввел Ростова в офицерские палаты, состоявшие из трех, с растворенными дверями, комнат. В комнатах этих были кровати; раненые и больные офицеры сидели и лежали на них. Некоторые в больничных халатах ходили по комнатам. Первое лицо, встретившееся Ростову в офицерских палатах, был маленький, худой человек без руки, в колпаке и больничном халате, с закушенной трубочкой ходивший в первой комнате. Ростов, вглядываясь в него, старался вспомнить, где он его видел.

— Вот где Бог привел свидеться, — сказал маленький человек. — Тушин, Тушин — помните, довез вас под Шенграбеном? А мне кусочек отрезали, вот... — сказал он, улыбаясь и указывая на пустой рукав халата. — Василья Дмитрича Денисова ищете? Сожитель, — сказал он, узнав, кого нужно было Ростову. — Здесь, здесь, — и Тушин повел его в другую комнату, из которой слышался хохот нескольких голосов.

«И как они могут не только хохотать, но жить тут?» — думал Ростов, все слыша еще этот запах мертвого тела, которого он набрался в солдатском госпитале, и все еще видя вокруг себя эти завистливые взгляды, провожавшие его с обеих сторон, и лицо этого молодого солдата с закаченными глазами.

Денисов, закрывшись с головой одеялом, спал на постели, несмотря на то, что был двенадцатый час дня.

— А! Г'остов! Здог'ово, здог'ово! — закричал он все тем же голосом, как, бывало, и в полку; но Ростов с грустью заметил, как за этой привычной развязностью и оживленностью какое-то новое, дурное, затаенное чувство проглядывало в выражении лица, в интонациях и словах Денисова.

Рана его, несмотря на свою ничтожность, все еще не заживала, хотя уже прошло шесть недель, как он был ранен. В лице его была та же бледная опухлость, которая была на всех гошпитальных лицах. Но не это поразило Ростова; его поразило то, что Денисов как будто не рад был ему и неестественно ему улыбался. Денисов не расспрашивал ни про полк, ни про общий ход дела. Когда Ростов говорил про это, Денисов не слушал.

Ростов заметил даже, что Денисову неприятно было, когда ему напоминали о полке и вообще о той, другой, вольной жизни, которая шла вне госпиталя. Он, казалось, старался забыть ту прежнюю жизнь и интересовался только своим делом с провиантскими чиновниками. На вопрос Ростова, в каком положении было дело, он тотчас достал из-под подушки бумагу, полученную из комиссии, и свой черновой ответ на нее. Он оживился, начав читать свою бумагу, и особенно давал заметить Ростову колкости, которые он в этой бумаге говорил своим врагам. Госпитальные товарищи Денисова, окружившие было Ростова — вновь прибывшее из вольного света лицо, — стали понемногу расходиться, как только Денисов стал читать свою бумагу. По их лицам Ростов понял, что все эти господа уже не раз слышали всю эту успевшую им надоесть историю. Только сосед на кровати, толстый улан, сидел на своей койке, мрачно нахмурившись и куря трубку, и маленький Тушин без руки продолжал слушать, неодобрительно покачивая головой. В середине чтения улан перебил Денисова.

— А по мне, — сказал он, обращаясь к Ростову, — надо просто просить государя о помиловании. Теперь, говорят, награды будут большие, и, верно, простят...

— Мне просить государя! — сказал Денисов голосом, которому он хотел придать прежнюю энергию и горячность, но который звучал бесполезной раздражительностью. — О чем? Ежели бы я был разбойник, я бы просил милости, а то я сужусь за то, что вывожу на чистую воду разбойников. Пускай судят, я никого не боюсь; я честно служил царю и отечеству и не крал! И меня разжаловать, и... Слушай, я так прямо и пишу им, вот я пишу: «ежели бы я был казнокрад...»

— Ловко написано, что и говорить, — сказал Тушин. — Да не в том дело, Василий Дмитрич, — он тоже обратился к Ростову, — покориться надо, а вот Василий Дмитрич не хочет. Ведь аудитор говорил вам, что дело ваше плохо.

— Ну, пускай будет плохо, — сказал Денисов.

— Вам написал аудитор просьбу, — продолжал Тушин, — и надо подписать, да вот с ними и отправить. У них, верно (он указал на Ростова), и рука в штабе есть. Уж лучше случая не найдете.

— Да ведь я сказал, что подличать не стану, — перебил Денисов и опять продолжал чтение своей бумаги.

Ростов не смел уговаривать Денисова, хотя он инстинктом чувствовал, что путь, предлагаемый Тушиным и другими офицерами, был самый верный, и хотя он считал бы себя счастливым, ежели бы мог оказать помощь Денисову: он знал непреклонность воли Денисова и его правдивую горячность.

Когда кончилось чтение ядовитых бумаг Денисова, продолжавшееся более часа, Ростов ничего не сказал и, в самом грустном расположении духа, в обществе опять собравшихся около него госпитальных товарищей Денисова провел остальную часть дня, рассказывая про то, что он знал, и слушая рассказы других. Денисов мрачно молчал в продолжение всего вечера.

Поздно вечером Ростов собрался уезжать и спросил Денисова, не будет ли каких поручений.

— Да, постой, — сказал Денисов, оглянулся на офицеров и, достав из-под подушки свои бумаги, пошел к окну, на котором у него стояла чернильница, и сел писать.

— Видно, плетью обуха не пег'ешибешь, — сказал он, отходя от окна и подавая Ростову большой конверт. Это была просьба на имя государя, составленная аудитором, в которой Денисов, ничего не упоминая о винах провиантского ведомства, просил только о помиловании.

— Пег'едай, видно... — Он не договорил и улыбнулся болезненно-фальшивой улыбкой.

XIX

Вернувшись в полк и передав командиру, в каком положении находилось дело Денисова, Ростов с письмом к государю поехал в Тильзит.

13-го июня французский и русский императоры съехались в Тильзите. Борис Друбецкой просил важное лицо, при котором он состоял, о том, чтобы быть причислену к свите, назначенной состоять в Тильзите.

— Je voudrais voir le grand homme[1], — сказал он, говоря про Наполеона, которого он до сего времени всегда, как и все, называл Буонапарте.

— Vous parlez de Buonaparte?[2] — сказал ему, улыбаясь, его генерал.

Борис вопросительно посмотрел на своего генерала и тотчас же понял, что это было шуточное испытание.

— Mon prince, je parle de l'empereur Napoléon[3], — отвечал он. Генерал с улыбкой потрепал его по плечу.

— Ты далеко пойдешь, — сказал он ему и взял с собою.

Борис в числе немногих был на Немане в день свидания императоров; он видел плоты с вензелями, проезд Наполеона по тому берегу мимо французской гвардии, видел

---

[1] Я бы желал видеть великого человека.
[2] Вы говорите о Буонапарте?
[3] Князь, я говорю об императоре Наполеоне.

задумчивое лицо императора Александра в то время, как он молча сидел в корчме на берегу Немана, ожидая прибытия Наполеона; видел, как оба императора сели в лодки и как Наполеон, приставши прежде к плоту, быстрыми шагами пошел вперед и, встречая Александра, подал ему руку, и как оба скрылись в павильоне. Со времени своего вступления в высшие миры Борис сделал себе привычку внимательно наблюдать то, что происходило вокруг него, и записывать. Во время свидания в Тильзите он расспрашивал об именах тех лиц, которые приехали с Наполеоном, о мундирах, которые были на них надеты, и внимательно прислушивался к словам, которые были сказаны важными лицами. В то самое время, как императоры вошли в павильон, он посмотрел на часы и не забыл посмотреть опять в то время, когда Александр вышел из павильона. Свидание продолжалось час и пятьдесят три минуты: он так и записал это в тот вечер в числе других фактов, которые, он полагал, имели историческое значение. Так как свита императора была очень небольшая, то для человека, дорожащего успехом по службе, находиться в Тильзите во время свидания императоров было делом очень важным, и Борис, попав в Тильзит, чувствовал, что с этого времени положение его совершенно утвердилось. Его не только знали, но к нему пригляделись и привыкли. Два раза он исполнял поручения к самому государю, так что государь знал его в лицо, и все приближенные уже не только не дичились его, как прежде, считая за новое лицо, но удивились бы, ежели бы его не было.

Борис жил с другим адъютантом, польским графом Жилинским. Жилинский, воспитанный в Париже поляк, был богат, страстно любил французов, и почти каждый день во время пребывания в Тильзите к Жилинскому и Борису собирались на обеды и завтраки французские офицеры из гвардии и главного французского штаба.

24-го июня, вечером, граф Жилинский, сожитель Бориса, устроил для своих знакомых французов ужин. На ужине этом был почетный гость — один адъютант Наполеона, несколько офицеров французской гвардии и молодой мальчик старой аристократической французской фамилии, паж Наполеона. В этот самый день Ростов, пользуясь темнотой, чтобы не быть узнанным, в статском платье, приехал в Тильзит и вошел в квартиру Жилинского и Бориса.

В Ростове, так же как и во всей армии, из которой он приехал, еще далеко не совершился в отношении Наполеона и французов, из врагов сделавшихся друзьями, тот переворот, который произошел в главной квартире и в Борисе. Все еще продолжали в армии испытывать прежнее смешанное чувство злобы, презрения и страха к Бонапарте и французам. Еще недавно Ростов, разговаривая с платовским казачьим офицером, спорил о том, что ежели бы Наполеон был взят в плен, то с ним бы обратились не как с государем, а как с преступником. Еще недавно на дороге, встретившись с французским раненым полковником, Ростов разгорячился, доказывая ему, что не может быть мира между законным государем и преступником Бонапартом. Поэтому Ростова странно поразил в квартире Бориса вид французских офицеров в тех самых мундирах, на которые он привык совсем иначе смотреть из фланкерской цепи. Как только он увидал высунувшегося из двери французского офицера, это чувство войны, враждебности, которое он всегда испытывал при виде неприятеля, вдруг обхватило его. Он остановился на пороге и по-русски спросил, тут ли живет Друбецкой. Борис заслышав чужой голос в передней, вышел к нему навстречу. Лицо его в первую минуту, когда он узнал Ростова, выразило досаду.

— Ах, это ты, очень рад, очень рад тебя видеть, — сказал он, однако, улыбаясь и подвигаясь к нему. Но Ростов заметил первое его движение.

— Я не вовремя, кажется, — сказал он, — я бы не приехал, но мне дело есть, — сказал он холодно...

— Нет, я только удивляюсь, как ты из полка приехал. Dans un moment je suis à vous[1], — обратился он на голос, звавший его.

— Я вижу, что я не вовремя, — повторил Ростов.

Выражение досады уже исчезло на лице Бориса; видимо, обдумав и решив, что ему делать, он с особенным спокойствием взял его за обе руки и повел в соседнюю комнату. Глаза Бориса, спокойно и твердо глядевшие на Ростова, были как будто застланы чем-то, как будто какая-

---

[1] Сейчас я к вашим услугам.

то заслонка — синие очки общежития были надеты на них. Так казалось Ростову.

— Ах, полно, пожалуйста, можешь ли ты быть не вовремя, — сказал Борис. Борис ввел его в комнату, где был накрыт ужин, познакомил с гостями, назвав его и объяснив, что он был не штатский, но гусарский офицер, его старый приятель. — Граф Жилинский, le comte N. N., le capitaine S. S.[1], — называл он гостей. Ростов нахмуренно глядел на французов, неохотно раскланивался и молчал.

Жилинский, видимо, не радостно принял это новое русское лицо в свой кружок и ничего не сказал Ростову. Борис, казалось, не замечал происшедшего стеснения от появления нового лица и с тем же приятным спокойствием и застланностью в глазах, с которыми он встретил Ростова, старался оживить разговор. Один из французов обратился с обыкновенной французской учтивостью к упорно молчавшему Ростову и сказал ему, что, вероятно, для того, чтобы увидать императора, он приехал в Тильзит.

— Нет, у меня есть дело, — коротко отвечал Ростов.

Ростов сделался не в духе тотчас же после того, как он заметил неудовольствие на лице Бориса, и, как это всегда бывает с людьми, которые не в духе, ему казалось, что все неприязненно смотрят на него и что всем он мешает. И действительно, он мешал всем и один оставался вне вновь завязавшегося общего разговора. «И зачем он сидит тут?» — говорили взгляды, которые бросали на него гости. Он встал и подошел к Борису.

— Однако я тебя стесняю, — сказал он ему тихо, — пойдем поговорим о деле, и я уйду.

— Да нет, нисколько, — сказал Борис. — А ежели ты устал, пойдем в мою комнату и ложись отдохни.

— И в самом деле...

Они вошли в маленькую комнатку, где спал Борис. Ростов, не садясь, тотчас же с раздражением — как будто Борис был в чем-нибудь виноват перед ним — начал ему рассказывать дело Денисова, спрашивая, хочет ли и может ли он просить о Денисове через своего генерала у государя и через него передать письмо. Когда они остались вдвоем, Ростов в первый раз убедился, что ему неловко было смотреть в глаза Борису. Борис, заложив ногу на ногу и поглаживая левой рукой тонкие пальцы правой

---

[1] Граф Н. Н.; капитан С. С.

руки, слушал Ростова, как слушает генерал доклад подчиненного, то глядя в сторону, то, с тою же застланностию во взгляде, прямо глядя в глаза Ростову. Ростову всякий раз при этом становилось неловко, и он опускал глаза.

— Я слыхал про такого рода дела и знаю, что государь очень строг в этих случаях. Я думаю, надо бы не доводить до его величества. По-моему, лучше бы прямо просить корпусного командира... Но вообще я думаю...

— Так ты ничего не хочешь сделать, так и скажи! — закричал почти Ростов, не глядя в глаза Борису.

Борис улыбнулся:

— Напротив, я сделаю что могу, только я думал...

В это время в двери послышался голос Жилинского, звавший Бориса.

— Ну, иди, иди, — сказал Ростов, и, отказавшись от ужина и оставшись один в маленькой комнатке, он долго ходил по ней взад и вперед и слушал веселый французский говор из соседней комнаты.

XX

Ростов приехал в Тильзит в день, менее всего удобный для ходатайства за Денисова. Самому ему нельзя было идти к дежурному генералу, так как он был во фраке и без разрешения начальства приехал в Тильзит, а Борис, ежели бы даже и хотел, не мог сделать этого на другой день после приезда Ростова. В тот день, 27-го июня, были подписаны первые условия мира. Императоры поменялись орденами: Александр получил Почетного легиона, а Наполеон Андрея 1-й степени, и в этот день был назначен обед Преображенскому батальону, который давал ему батальон французской гвардии. Государи должны были присутствовать на этом банкете.

Ростову было так неловко и неприятно с Борисом, что, когда после ужина Борис заглянул к нему, он притворился спящим и на другой день рано утром, стараясь не видеть его, ушел из дома. Во фраке и круглой шляпе Николай бродил по городу, разглядывая французов и их мундиры, разглядывая улицы и дома, где жили русский и французский императоры. На площади он видел расставляемые столы и приготовления к обеду, на улицах видел перекинутые драпировки с знаменами русских и французских цветов и огромные вензеля A. и N. В окнах домов были тоже знамена и вензеля.

«Борис не хочет помочь мне, да и я не хочу обращаться к нему. Это дело решенное, — думал Николай, — между нами все кончено, но я не уеду отсюда, не сделав все, что могу, для Денисова и, главное, не передав письма государю. Государю?! Он тут!» — думал Ростов, подходя невольно опять к дому, занимаемому Александром.

У дома этого стояли верховые лошади и съезжалась свита, видимо, приготовляясь к выезду государя.

«Всякую минуту я могу увидать его, — думал Ростов. — Если бы только я мог прямо передать ему письмо и сказать все... неужели меня бы арестовали за фрак? Не может быть! Он бы понял, на чьей стороне справедливость. Он все понимает, все знает. Кто же может быть справедливее и великодушнее его? Ну, да ежели бы меня и арестовали бы за то, что я здесь, что ж за беда? — думал он, глядя на офицера, всходившего в дом, занимаемый государем. — Ведь вот всходят же. Э! все вздор! Пойду и подам сам письмо государю: тем хуже будет для Друбецкого, который довел меня до этого». И вдруг, с решительностью, которой он сам не ждал от себя, Ростов, ощупав письмо в кармане, пошел прямо к дому, занимаемому государем.

«Нет, теперь уже не упущу случая, как после Аустерлица, — думал он, ожидая всякую секунду встретить государя и чувствуя прилив крови к сердцу при этой мысли. — Упаду в ноги и буду просить его. Он поднимет, выслушает и еще поблагодарит меня». «Я счастлив, когда могу сделать добро, но исправить несправедливость есть величайшее счастье», — воображал Ростов слова, которые скажет ему государь. И он пошел мимо любопытно смотревших на него на крыльцо занимаемого государем дома.

С крыльца широкая лестница вела прямо наверх; направо видна была затворенная дверь. Внизу под лестницей была дверь в нижний этаж.

— Кого вам? — спросил кто-то.

— Подать письмо, просьбу его величеству, — сказал Николай с дрожанием голоса.

— Просьба — к дежурному, пожалуйте сюда (ему указали на дверь внизу). Только не примут.

Услыхав этот равнодушный голос, Ростов испугался того, что он делал; мысль встретить всякую минуту государя так соблазнительна и оттого так страшна была для него, что он готов был бежать, но камер-фурьер, встретивший его, отворил ему дверь в дежурную, и Ростов вошел.

Невысокий полный человек, лет тридцати, в белых панталонах, ботфортах и в одной, видно, только что надетой, батистовой рубашке, стоял в этой комнате; камердинер застегивал ему сзади шитые шелком прекрасные новые помочи, которые почему-то заметил Ростов. Человек этот разговаривал с кем-то бывшим в другой комнате.

— Bien faite et la beauté du diable[1], — говорил этот человек и, увидав Ростова, перестал говорить и нахмурился.

— Что вам угодно? Просьба?..

— Qu'est ce que c'est[2], — спросил кто-то из другой комнаты.

— Encore un petitionnaire[3], — отвечал человек в помочах.

— Скажите ему, что после. Сейчас выйдет, надо ехать.

— После, после, завтра. Поздно...

Ростов повернулся и хотел выйти, но человек в помочах остановил его.

— От кого? Вы кто?

— От майора Денисова, — отвечал Ростов.

— Вы кто? офицер?

— Поручик, граф Ростов.

— Какая смелость! По команде подайте. А сами идите, идите... — И он стал надевать подаваемый камердинером мундир.

Ростов вышел опять в сени и заметил, что на крыльце было уже много офицеров и генералов в полной парадной форме, мимо которых ему надо было пройти.

Проклиная свою смелость, замирая от мысли, что всякую минуту он может встретить государя и при нем быть осрамлен и выслан под арест, понимая вполне всю неприличность своего поступка и раскаиваясь в нем, Ростов, опустив глаза, пробирался вон из дома, окруженного толпой блестящей свиты, когда чей-то знакомый голос окликнул его и чья-то рука остановила его.

— Вы, батюшка, что тут делаете во фраке? — спросил его басистый голос.

Это был кавалерийский генерал, в эту кампанию заслуживший особую милость государя, бывший начальник дивизии, в которой служил Ростов.

---

1 Хорошо сложена и свеженькая.
2 Что это?
3 Еще проситель.

Ростов испуганно начал оправдываться, но, увидав добродушно-шутливое лицо генерала, отойдя к стороне, взволнованным голосом передал ему все дело, прося заступиться за известного генералу Денисова. Генерал, выслушав Ростова, серьезно покачал головой.

— Жалко, жалко молодца; давай письмо...

Едва Ростов успел передать письмо и рассказать все дело Денисова, как с лестницы застучали быстрые шаги со шпорами, и генерал, отойдя от него, подвинулся к крыльцу. Господа свиты государя сбежали с лестницы и пошли к лошадям. Берейтор Эне, тот самый, который был в Аустерлице, подвел лошадь государя, и на лестнице послышался легкий скрип шагов, которые сейчас узнал Ростов. Забыв опасность быть узнанным, Ростов подвинулся с несколькими любопытными из жителей к самому крыльцу, и опять, после двух лет, он увидал те же обожаемые им черты, то же лицо, тот же взгляд, ту же походку, то же соединение величия и кротости... И чувство восторга и любви к государю с прежнею силою воскресло в душе Ростова. Государь в преображенском мундире, в белых лосинах и высоких ботфортах, со звездой, которую не знал Ростов (это была Légion d'Honneur[1]), вышел на крыльцо, держа шляпу под рукой и надевая перчатку. Он остановился, оглядываясь и все освещая вокруг себя своим взглядом. Кое-кому из генералов он сказал несколько слов. Он узнал тоже бывшего начальника дивизии Ростова, улыбнулся ему и подозвал его к себе.

Вся свита отступила, и Ростов видел, как генерал этот что-то довольно долго говорил государю.

Государь сказал ему несколько слов и сделал шаг, чтобы подойти к лошади. Опять толпа свиты и толпа улицы, в которой был Ростов, придвинулась к государю. Остановившись у лошади и взявшись рукою за седло, государь обратился к кавалерийскому генералу и сказал громко, очевидно с желанием, чтобы все слышали его.

— Не могу, генерал, и потому не могу, что закон сильнее меня, — сказал государь и занес ногу в стремя. Генерал почтительно наклонил голову, государь сел и поехал галопом по улице. Ростов, не помня себя от восторга, с толпою побежал за ним.

---

[1] звезда Почетного легиона.

XXI

На площади, куда поехал государь, стояли лицом к лицу справа батальон преображенцев, слева батальон французской гвардии в медвежьих шапках.

В то время как государь подъезжал к одному флангу батальонов, сделавших на караул, к противоположному флангу подскакивала другая толпа всадников, и впереди их Ростов узнал Наполеона. Это не мог быть никто другой. Он ехал галопом, в маленькой шляпе, с андреевской лентой через плечо, в раскрытом над белым камзолом синем мундире, на необыкновенно породистой арабской серой лошади, на малиновом, золотом шитом чепраке. Подъехав к Александру, он приподнял шляпу, и при этом движении кавалерийский глаз Ростова не мог не заметить, что Наполеон дурно и нетвердо сидел на лошади. Батальоны закричали: «Ура» и «Vive l'Empereur!»[1]. Наполеон что-то сказал Александру. Оба императора слезли с лошадей и взяли друг друга за руки. На лице Наполеона была неприятно-притворная улыбка. Александр с ласковым выражением что-то говорил ему.

Ростов, не спуская глаз, несмотря на топтание лошадьми французских жандармов, осаживавших толпу, следил за каждым движением императора Александра и Бонапарте. Его, как неожиданность, — поразило то, что Александр держал себя как равный с Бонапарте и что Бонапарте совершенно свободно, будто эта близость с государем естественна и привычна ему, как равный обращался с русским царем.

Александр и Наполеон с длинным хвостом свиты подошли к правому флангу Преображенского батальона, прямо на толпу, которая стояла тут. Толпа очутилась неожиданно так близко к императорам, что Ростову, стоявшему в передних рядах ее, стало страшно, как бы его не узнали.

— Sire, je vous demande la permission de donner la Légion d'Honneur au plus brave de vos soldats[2], — сказал резкий, точный голос, договаривающий каждую букву.

---

[1] «Виват, император!»

[2] Государь, я прошу вашего позволения дать орден Почетного легиона храбрейшему из ваших солдат.

Это говорил малый ростом Бонапарте, снизу прямо глядя в глаза Александру. Александр внимательно слушал то, что ему говорили, и, наклонив голову, приятно улыбнулся.

— A celui qui s'est le plus vaillament conduit dans cette dernière guerre[1], — прибавил Наполеон, отчеканивая каждый слог, с возмутительным для Ростова спокойствием и уверенностью оглядывая ряды русских, вытянувшихся перед ним солдат, всё держащих на караул и неподвижно глядящих в лицо своего императора.

— Votre majesté me permettra-t-elle de demander l'avis du colonel[2], — сказал Александр и сделал несколько поспешных шагов к князю Козловскому, командиру батальона. Бонапарте между тем стал снимать перчатку с белой маленькой руки и, разорвав ее, бросил. Адъютант, сзади торопливо бросившись вперед, поднял ее.

— Кому дать? — не громко, по-русски спросил император Александр у Козловского.

— Кому прикажете, ваше величество.

Государь недовольно поморщился и, оглянувшись, сказал:

— Да ведь надобно же отвечать ему.

Козловский с решительным видом оглянулся на ряды и в этом взгляде захватил и Ростова.

«Уж не меня ли?» — подумал Ростов.

— Лазарев! — нахмурившись, прокомандовал полковник; и первый по ранжиру солдат, Лазарев, бойко вышел вперед.

— Куда ж ты? Тут стой! — зашептали голоса на Лазарева, не знавшего, куда ему идти. Лазарев остановился, испуганно покосившись на полковника, и лицо его дрогнуло, как это бывает с солдатами, вызываемыми перед фронт.

Наполеон чуть поворотил голову назад и отвел назад свою маленькую пухлую ручку, как будто желая взять что-то. Лица его свиты, догадавшись в ту же секунду, в чем дело, засуетились, зашептались, передавая что-то один другому, и паж, тот самый, которого вчера видел Ростов у Бориса, выбежал вперед и, почтительно наклонившись над протянутой рукой и не заставив ее дожидаться ни одной секунды, вложил в нее орден на красной ленте. На-

---

[1] Тому, кто храбрее всех вел себя в эту войну.
[2] Позвольте мне, ваше величество, спросить мнение полковника.

полеон, не глядя, сжал два пальца. Орден очутился между ними. Наполеон подошел к Лазареву, который, выкатывая глаза, упорно продолжал смотреть только на своего государя, и оглянулся на императора Александра, показывая этим, что то, что он делал теперь, он делал для своего союзника. Маленькая белая рука с орденом дотронулась до пуговицы солдата Лазарева. Как будто Наполеон знал, что для того, чтобы навсегда этот солдат был счастлив, награжден и отличен от всех в мире, нужно было только, чтоб его, Наполеонова, рука удостоила дотронуться до груди солдата. Наполеон только приложил крест к груди Лазарева и, пустив руку, обратился к Александру, как будто он знал, что крест должен прилипнуть к груди Лазарева. Крест действительно прилип, потому что и русские и французские услужливые руки, мгновенно подхватив крест, прицепили его к мундиру. Лазарев мрачно взглянул на маленького человека с белыми руками, который что-то сделал над ним, и, продолжая неподвижно держать на караул, опять прямо стал глядеть в глаза Александру, как будто он спрашивал Александра: все ли еще стоять ему, или не прикажут ли ему пройтись теперь, или, может быть, еще что-нибудь сделать? Но ему ничего не приказывали, и он довольно долго оставался в этом неподвижном состоянии.

Государи сели верхами и уехали. Преображенцы, расстроивая ряды, перемешались с французскими гвардейцами и сели за столы, приготовленные для них.

Лазарев сидел на почетном месте; его обнимали, поздравляли и жали ему руки русские и французские офицеры. Толпы офицеров и народа подходили, чтобы только посмотреть на Лазарева. Гул говора русского, французского и хохота стоял на площади вокруг столов. Два офицера с раскрасневшимися лицами, веселые и счастливые, прошли мимо его.

— Каково, брат, угощенье, — все на серебре, — сказал один. — Лазарева видел?

— Видел.

— Завтра, говорят, преображенцы их угащивать будут.

— Нет, Лазареву-то какое счастье! тысячу двести франков пожизненного пенсиона.

— Вот так шапка, ребята! — кричал преображенец, надевая мохнатую шапку француза.

— Чудо как хорошо, прелесть!

— Ты слышал отзыв? — сказал гвардейский офицер другому. — Третьего дня было Napoléon, France, bravoure[1], вчера Alexandre, Russie, grandeur[2]; один день наш государь дает отзыв, а другой день Наполеон. Завтра государь пошлет Георгия самому храброму из французских гвардейцев. Нельзя же! Должен ответить тем же.

Борис с своим товарищем Жилинским тоже пришел посмотреть на банкет преображенцев. Возвращаясь назад, Борис заметил Ростова, который стоял у угла дома.

— Ростов! здравствуй; мы и не видались, — сказал он ему и не мог удержаться, чтобы не спросить у него, что с ним сделалось: так странно-мрачно и расстроенно было лицо Ростова.

— Ничего, ничего, — отвечал Ростов.

— Ты зайдешь?

— Да, зайду.

Ростов долго стоял у угла, издалека глядя на пирующих. В уме его происходила мучительная работа, которую он никак не мог довести до конца. В душе поднимались страшные сомненья. То ему вспоминался Денисов с своим изменившимся выражением, с своею покорностью и весь госпиталь с этими оторванными руками и ногами, с этой грязью и болезнями. Ему так живо казалось, что он теперь чувствует этот больничный запах мертвого тела, что он оглядывался, чтобы понять, откуда мог происходить этот запах. То ему вспоминался этот самодовольный Бонапарте с своею белою ручкой, который был теперь император, которого любит и уважает император Александр. Для чего же оторванные руки, ноги, убитые люди? То вспоминался ему награжденный Лазарев и Денисов, наказанный и непрощенный. Он заставал себя на таких странных мыслях, что пугался их.

Запах еды преображенцев и голод вызвали его из этого состояния: надо было поесть что-нибудь, прежде чем уехать. Он пошел к гостинице, которую видел утром. В гостинице он застал так много народу и офицеров, так же, как и он, приехавших в штатских платьях, что он насилу добился обеда. Два офицера одной с ним дивизии присоединились к нему. Разговор, естественно, зашел о мире. Офицеры, товарищи Ростова, как и большая часть армии, были недовольны миром, заключенным после Фридлан-

---

1 Наполеон, Франция, храбрость.
2 Александр, Россия, величие.

да. Говорили, что, еще бы подержаться, Наполеон бы пропал, что у него в войсках ни сухарей, ни зарядов уж не было. Николай молча ел и преимущественно пил. Он выпил один две бутылки вина. Внутренняя поднявшаяся в нем работа, не разрешаясь, все так же томила его. Он боялся предаваться своим мыслям и не мог отстать от них. Вдруг на слова одного из офицеров, что обидно смотреть на французов, Ростов начал кричать с горячностью, ничем не оправданною и потому очень удивившею офицеров.

— И как вы можете судить, что было бы лучше! — закричал он с лицом, вдруг налившимся кровью. — Как вы можете судить о поступках государя, какое мы имеем право рассуждать?! Мы не можем понять ни цели, ни поступков государя!

— Да я ни слова не говорил о государе, — оправдывался офицер, не могший иначе, как тем, что Ростов пьян, объяснить себе его вспыльчивость.

Но Ростов не слушал его.

— Мы не чиновники дипломатические, а мы солдаты, и больше ничего, — продолжал он. — Велят нам умирать — так умирать. А коли наказывают, так значит — виноват; не нам судить. Угодно государю императору признать Бонапарте императором и заключить с ним союз — значит, так надо. А то коли бы мы стали обо всем судить да рассуждать, так этак ничего святого не останется. Этак мы скажем, что ни Бога нет, ничего нет, — ударяя по столу, кричал Николай весьма некстати, по понятиям своих собеседников, но весьма последовательно по ходу своих мыслей.

— Наше дело исполнять свой долг, рубиться и не думать, вот и все, — заключил он.

— И пить, — сказал один из офицеров, не желавший ссориться.

— Да, и пить, — подхватил Николай. — Эй ты! Еще бутылку! — крикнул он.

ЧАСТЬ ТРЕТЬЯ

I

В 1808-м году император Александр ездил в Эрфурт для нового свидания с императором Наполеоном, и в высшем петербургском обществе много говорили о величии этого торжественного свидания.

В 1809-м году близость двух властелинов мира, как называли Наполеона и Александра, дошла до того, что, когда Наполеон объявил в этом году войну Австрии, то русский корпус выступил за границу для содействия своему прежнему врагу, Бонапарту, против прежнего союзника, австрийского императора, до того, что в высшем свете говорили о возможности брака между Наполеоном и одной из сестер императора Александра. Но, кроме внешних политических соображений, в это время внимание русского общества с особенной живостью обращено было на внутренние преобразования, которые были производимы в это время во всех частях государственного управления.

Жизнь между тем, настоящая жизнь людей с своими существенными интересами здоровья, болезни, труда, отдыха, с своими интересами мысли, науки, поэзии, музыки, любви, дружбы, ненависти, страстей шла, как и всегда, независимо и вне политической близости или вражды с Наполеоном Бонапарте, и вне всех возможных преобразований.

Князь Андрей безвыездно прожил два года в деревне. Все те предприятия по именьям, которые затеял у себя Пьер и не довел ни до какого результата, беспрестанно переходя от одного дела к другому, все эти предприятия, без высказыванья их кому бы то ни было и без заметного труда, были исполнены князем Андреем.

Он имел в высшей степени ту недостававшую Пьеру практическую цепкость, которая без размахов и усилий с его стороны давала движение делу.

Одно именье его в триста душ крестьян было перечислено в вольные хлебопашцы (это был один из первых примеров в России), в других барщина заменена оброком. В Богучарово была выписана на его счет ученая бабка для помощи родильницам, и священник за жалованье обучал детей крестьянских и дворовых грамоте.

Одну половину своего времени князь Андрей проводил в Лысых Горах с отцом и сыном, который был еще у нянек; другую половину времени в богучаровской обители, как называл отец его деревню. Несмотря на выказанное им Пьеру равнодушие ко всем внешним событиям мира, он усердно следил за ними, получал много книг и, к удивлению своему, замечал, когда к нему или к отцу его приезжали люди свежие из Петербурга, из самого водоворота жизни, что эти люди в знании всего совершающегося во внешней и внутренней политике далеко отстали от него, сидящего безвыездно в деревне.

Кроме занятий по именьям, кроме общих занятий чтением самых разнообразных книг, князь Андрей занимался в это время критическим разбором наших двух последних несчастных кампаний и составлением проекта об изменении наших военных уставов и постановлений.

Весною 1809-го года князь Андрей поехал в рязанские именья своего сына, которого он был опекуном.

Пригреваемый весенним солнцем, он сидел в коляске, поглядывая на первую траву, первые листья березы и первые клубы белых весенних облаков, разбегавшихся по яркой синеве неба. Он ни о чем не думал, а весело и бессмысленно смотрел по сторонам.

Проехали перевоз, на котором он год тому назад говорил с Пьером. Проехали грязную деревню, гумны, зеленя, спуск с оставшимся снегом у моста, подъем по размытой глине, полосы жнивья и зеленеющего кое-где кустарника и въехали в березовый лес по обеим сторонам дороги. В лесу было почти жарко, ветру не слышно было. Береза, вся обсеянная зелеными клейкими листьями, не шевелилась, и из-под прошлогодних листьев, поднимая их, вылезала, зеленея, первая трава и лиловые цветы. Рассыпанные кое-где по березнику мелкие ели своей грубой вечной зеленью неприятно напоминали о зиме. Лошади зафыркали, въехав в лес, и виднее запотели.

Лакей Петр что-то сказал кучеру, кучер утвердительно ответил. Но, видно, Петру мало было сочувствия кучера: он повернулся на козлах к барину.

— Ваше сиятельство, лёгко как! — сказал он, почтительно улыбаясь.

— Что?

— Лёгко, ваше сиятельство.

«Что он говорит? — подумал князь Андрей. — Да, об весне, верно, — подумал он, оглядываясь по сторонам. — И то, зелено все уже... как скоро! И береза, и черемуха, и ольха уж начинает... А дуб и незаметно. Да, вот он, дуб».

На краю дороги стоял дуб. Вероятно, в десять раз старше берез, составлявших лес, он был в десять раз толще и в два раза выше каждой березы. Это был огромный, в два обхвата дуб, с обломанными давно, видно, суками и с обломанной корой, заросшей старыми болячками. С огромными своими неуклюже, несимметрично растопыренными корявыми руками и пальцами, он старым, сердитым и презрительным уродом стоял между улыбающимися березами. Только он один не хотел подчиняться обаянию весны и не хотел видеть ни весны, ни солнца.

«Весна, и любовь, и счастие! — как будто говорил этот дуб. — И как не надоест вам все один и тот же глупый, бессмысленный обман! Все одно и то же, и все обман! Нет ни весны, ни солнца, ни счастья. Вон смотрите, сидят задавленные мертвые ели, всегда одинакие, и вон и я растопырил свои обломанные, ободранные пальцы, где ни выросли они — из спины, из боков. Как выросли — так и стою, и не верю вашим надеждам и обманам».

Князь Андрей несколько раз оглянулся на этот дуб, проезжая по лесу, как будто он чего-то ждал от него. Цветы и трава были под дубом, но он все так же, хмурясь, неподвижно, уродливо и упорно, стоял посреди их.

«Да, он прав, тысячу раз прав этот дуб, — думал князь Андрей, — пускай другие, молодые, вновь поддаются на этот обман, а мы знаем жизнь, — наша жизнь кончена!» Целый новый ряд мыслей безнадежных, но грустно-приятных в связи с этим дубом возник в душе князя Андрея. Во время этого путешествия он как будто вновь обдумал всю свою жизнь и пришел к тому же прежнему, успокоительному и безнадежному, заключению, что ему начинать ничего было не надо, что он должен доживать свою жизнь, не делая зла, не тревожась и ничего не желая.

II

По опекунским делам рязанского именья князю Андрею надо было видеться с уездным предводителем. Предводителем был граф Илья Андреевич Ростов, и князь Андрей в середине мая поехал к нему.

Был уже жаркий период весны. Лес уже весь оделся, была пыль и было так жарко, что, проезжая мимо воды, хотелось купаться.

Князь Андрей, невеселый и озабоченный соображениями о том, что и что ему нужно о делах спросить у предводителя, подъезжал по аллее сада к отрадненскому дому Ростовых. Вправо из-за деревьев он услыхал женский веселый крик и увидал бегущую наперерез его коляски толпу девушек. Впереди других, ближе, подбегала к коляске черноволосая, очень тоненькая, странно-тоненькая, черноглазая девушка в желтом ситцевом платье, повязанная белым носовым платком, из-под которого выбивались пряди расчесавшихся волос. Девушка что-то кричала, но, узнав чужого, не взглянув на него, со смехом побежала назад.

Князю Андрею вдруг стало отчего-то больно. День был так хорош, солнце так ярко, кругом все так весело; а эта тоненькая и хорошенькая девушка не знала и не хотела знать про его существование и была довольна и счастлива какой-то своей отдельной, верно, глупой, — но веселой и счастливой жизнью. «Чему она так рада? О чем она думает? Не об уставе военном, не об устройстве рязанских оброчных. О чем она думает? И чем она счастлива?» — невольно с любопытством спрашивал себя князь Андрей. Граф Илья Андреич в 1809-году жил в Отрадном все так же, как и прежде, то есть принимая почти всю губернию, с охотами, театрами, обедами и музыкантами. Он, как всякому новому гостю, был рад князю Андрею и почти насильно оставил его ночевать.

В продолжение скучного дня, во время которого князя Андрея занимали старшие хозяева и почетнейшие из гостей, которыми по случаю приближающихся именин был полон дом старого графа, Болконский, несколько раз взглядывая на Наташу, чему-то смеявшуюся, веселившуюся между другой, молодой половиной общества, все спрашивал себя: «О чем она думает? Чему она так рада?»

Вечером, оставшись один на новом месте, он долго не мог заснуть. Он читал, потом потушил свечу и опять зажег ее. В комнате с закрытыми изнутри ставнями было жарко. Он досадовал на этого глупого старика (так он называл Ростова), который задержал его, уверяя, что нужные бумаги в городе, не доставлены еще, досадовал на себя за то, что остался.

Князь Андрей встал и подошел к окну, чтобы отворить его. Как только он открыл ставни, лунный свет, как будто он настороже у окна давно ждал этого, ворвался в комнату. Он отворил окно. Ночь была свежая и неподвижно-светлая. Перед самым окном был ряд подстриженных дерев, черных с одной и серебристо-освещенных с другой стороны. Под деревами была какая-то сочная, мокрая, кудрявая растительность с серебристыми кое-где листьями и стеблями. Далее за черными деревами была какая-то блестящая росой крыша, правее большое кудрявое дерево с ярко-белым стволом и сучьями, и выше его почти полная луна на светлом, почти беззвездном весеннем небе. Князь Андрей облокотился на окно, и глаза его остановились на этом небе.

Комната князя Андрея была в среднем этаже; в комнатах над ним тоже жили и не спали. Он услыхал сверху женский говор.

— Только еще один раз, — сказал сверху женский голос, который сейчас узнал князь Андрей.

— Да когда же ты спать будешь? — отвечал другой голос.

— Я не буду, я не могу спать, что ж мне делать! Ну, последний раз...

Два женские голоса запели какую-то музыкальную фразу, составлявшую конец чего-то.

— Ах, какая прелесть. Ну, теперь спать, и конец.

— Ты спи, а я не могу, — отвечал первый голос, приблизившийся к окну. Она, видимо, совсем высунулась в окно, потому что слышно было шуршанье ее платья и даже дыханье. Все затихло и окаменело, как и луна и ее свет и тени. Князь Андрей тоже боялся пошевелиться, чтобы не выдать своего невольного присутствия.

— Соня! Соня! — послышался опять первый голос. — Ну, как можно спать! Да ты посмотри, что за прелесть! Ах, какая прелесть! Да проснись же, Соня, — сказала она почти со слезами в голосе. — Ведь эдакой прелестной ночи никогда, никогда не бывало.

Соня неохотно что-то отвечала.

— Нет, ты посмотри, что за луна!.. Ах, какая прелесть! Ты поди сюда. Душенька, голубушка, поди сюда. Ну, видишь? Так бы вот села на корточки, вот так, подхватила бы себя под коленки — туже, как можно туже, натужиться надо, — и полетела бы. Вот так!

— Полно, ты упадешь.

Послышалась борьба и недовольный голос Сони:

— Ведь второй час.

— Ах, ты только все портишь мне. Ну, иди, иди.

Опять все замолкло, но князь Андрей знал, что она все еще сидит тут, он слышал иногда тихое шевеленье, иногда вздохи.

— Ах, Боже мой! Боже мой! что ж это такое! — вдруг вскрикнула она. — Спать так спать! — и захлопнула окно.

«И дела нет до моего существования!» — подумал князь Андрей в то время, как он прислушивался к ее говору, почему-то ожидая и боясь, что она скажет что-нибудь про него. «И опять она! И как нарочно!» — думал он. В душе его вдруг поднялась такая неожиданная путаница молодых мыслей и надежд, противоречащих всей его жизни, что он, чувствуя себя не в силах уяснить себе свое состояние, тотчас же заснул.

III

На другой день, простившись только с одним графом, не дождавшись выхода дам, князь Андрей поехал домой.

Уже было начало июня, когда князь Андрей, возвращаясь домой, въехал опять в ту березовую рощу, в которой этот старый, корявый дуб так странно и памятно поразил его. Бубенчики еще глуше звенели в лесу, чем месяц тому назад; все было полно, тенисто и густо; и молодые ели, рассыпанные по лесу, не нарушали общей красоты и, подделываясь под общий характер, нежно зеленели душистыми молодыми побегами.

Целый день был жаркий, где-то собиралась гроза, но только небольшая тучка брызнула на пыль дороги и на сочные листья. Левая сторона была темна, в тени; правая, мокрая, глянцевитая, блестела на солнце, чуть колыхаясь от ветра. Все было в цвету; соловьи трещали и перекатывались то близко, то далеко.

«Да, здесь, в этом лесу, был этот дуб, с которым мы были согласны, — подумал князь Андрей. — Да где он?» —

подумал опять князь Андрей, глядя на левую сторону дороги и, сам того не зная, не узнавая его, любовался тем дубом, которого он искал. Старый дуб, весь преображенный, раскинувшись шатром сочной, темной зелени, млел, чуть колыхаясь в лучах вечернего солнца. Ни корявых пальцев, ни болячек, ни старого горя и недоверия — ничего не было видно. Сквозь столетнюю жесткую кору пробились без сучков сочные, молодые листья, так что верить нельзя было, что этот старик произвел их. «Да это тот самый дуб», — подумал князь Андрей, и на него вдруг нашло беспричинное весеннее чувство радости и обновления. Все лучшие минуты его жизни вдруг в одно и то же время вспомнились ему. И Аустерлиц с высоким небом, и мертвое укоризненное лицо жены, и Пьер на пароме, и девочка, взволнованная красотою ночи, и эта ночь, и луна — и все это вдруг вспомнилось ему.

«Нет, жизнь не кончена в тридцать один год, — вдруг окончательно, беспеременно решил князь Андрей. — Мало того, что я знаю все то, что есть во мне, надо, чтоб и все знали это: и Пьер, и эта девочка, которая хотела улететь в небо, надо, чтобы все знали меня, чтобы не для одного меня шла моя жизнь, чтобы не жили они так, как эта девочка, независимо от моей жизни, чтобы на всех она отражалась и чтобы все они жили со мною вместе!»

Возвратившись из этой поездки, князь Андрей решил осенью ехать в Петербург и придумал разные причины этого решения. Целый ряд разумных, логических доводов, почему ему необходимо ехать в Петербург и даже служить, ежеминутно был готов к его услугам. Он даже теперь не понимал, как мог он когда-нибудь сомневаться в необходимости принять деятельное участие в жизни, точно так же как месяц тому назад он не понимал, как могла бы ему прийти мысль уехать из деревни. Ему казалось ясно, что все его опыты жизни должны были пропасть даром и быть бессмыслицей, ежели бы он не приложил их к делу и не принял опять деятельного участия в жизни. Он даже не понимал того, как на основании таких же бедных разумных доводов прежде очевидно было, что он бы унизился, ежели бы теперь, после своих уроков жизни, опять бы поверил в возможность приносить пользу и в возможность счастия и любви. Теперь разум подсказывал совсем другое. После этой поездки князь Андрей стал скучать в деревне, прежние занятия не интересовали его, и часто, сидя один в своем кабинете, он вставал, подходил к зеркалу и долго смотрел на свое лицо. Потом он отворачивался и смотрел на портрет покойницы Лизы, которая с взбитыми à la grecque[1] буклями нежно и весело смотрела на него из золотой рамки. Она уже не говорила мужу прежних страшных слов, она просто и весело с любопытством смотрела на него. И князь Андрей, заложив назад руки, долго ходил по комнате, то хмурясь, то улыбаясь, передумывая те неразумные, невыразимые словом, тайные, как преступление, мысли, связанные с Пьером, с славой, с девушкой на окне, с дубом, с женской красотой и любовью, которые изменили всю его жизнь. И в эти-то минуты, когда кто входил к нему, он бывал особенно сух, строг, решителен и в особенности неприятно логичен.

— Mon cher![2], — бывало, скажет, входя в такую минуту, княжна Марья, — Николушке нельзя нынче гулять: очень холодно.

— Ежели бы было тепло, — в такие минуты особенно сухо отвечал князь Андрей своей сестре, — то он бы пошел в одной рубашке, а так как холодно, надо надеть на него теплую одежду, которая для этого и выдумана, вот что следует из того, что холодно, а не то, чтоб оставаться дома, когда ребенку нужен воздух, — говорил он с особенною логичностью, как бы наказывая кого-то за всю эту тайную, нелогичную, происходившую в нем внутреннюю работу. Княжна Марья думала в этих случаях о том, как сушит мужчин эта умственная работа.

IV

Князь Андрей приехал в Петербург в августе 1809 года. Это было время апогея славы молодого Сперанского и энергии совершаемых им переворотов. В этом самом августе государь, ехав в коляске, был вывален, повредил себе ногу и оставался в Петергофе три недели, видаясь ежедневно и исключительно со Сперанским. В это время готовились не только два столь знаменитые и встревожившие общество указа об уничтожении придворных чинов и об экзаменах на чины коллежских асессоров и статских

---

[1] По-гречески. — *Ред.*
[2] Любезный друг.

советников, но и целая государственная конституция, долженствовавшая изменить существующий судебный, административный и финансовый порядок управления России от Государственного совета до волостного правления. Теперь осуществлялись и воплощались те неясные, либеральные мечтания, с которыми вступил на престол император Александр и которые он стремился осуществить с помощью своих помощников: Чарторижского, Новосильцева, Кочубея и Строганова, которых он сам шутя называл comité du salut publique[1].

Теперь всех вместе заменил Сперанский по гражданской части и Аракчеев по военной. Князь Андрей вскоре после приезда своего, как камергер, явился ко двору и на выход. Государь два раза, встретив его, не удостоил его ни одним словом. Князю Андрею всегда еще прежде казалось, что он антипатичен государю, что государю неприятно его лицо и все существо его. В сухом, отдаляющем взгляде, которым посмотрел на него государь, князь Андрей еще более, чем прежде, нашел подтверждение этому предположению. Придворные объяснили князю Андрею невнимание к нему государя тем, что его величество был недоволен тем, что Болконский не служил с 1805 года.

«Я сам знаю, как мы не властны в своих симпатиях и антипатиях, — думал князь Андрей, — и потому нечего думать о том, чтобы представить лично мою записку о военном уставе государю, но дело будет говорить само за себя». Он передал о своей записке старому фельдмаршалу, другу отца. Фельдмаршал, назначив ему час, ласково принял его и обещался доложить государю. Через несколько дней князю Андрею было объявлено, что он имеет явиться к военному министру, графу Аракчееву.

В девять часов утра, в назначенный день, князь Андрей явился в приемную к графу Аракчееву.

Лично князь Андрей не знал Аракчеева и никогда не видал его, но все, что он знал о нем, мало внушало ему уважения к этому человеку.

«Он — военный министр, доверенное лицо государя императора; никому не должно быть дела до его личных свойств; ему поручено рассмотреть мою записку, — следовательно, он один и может дать ход ей», — думал князь Анд-

---

[1] комитетом общественного спасения.

рей, дожидаясь в числе многих важных и неважных лиц в приемной графа Аракчеева.

Князь Андрей во время своей, большею частью, адъютантской, службы много видел приемных важных лиц, и различные характеры этих приемных были для него очень ясны. У графа Аракчеева был совершенно особенный характер приемной. На неважных лицах, ожидающих очереди аудиенции в приемной графа Аракчеева, написано было чувство пристыженности и покорности; на более чиновных лицах выражалось одно общее чувство неловкости, скрытое под личиной развязности и насмешки над собою, над своим положением и над ожидаемым лицом. Иные задумчиво ходили взад и вперед, иные, шепчась, смеялись, и князь Андрей слышал sobriquet[1] «Силы Андреича» и слова: «дядя задаст», относившиеся к графу Аракчееву. Один генерал (важное лицо), видимо оскорбленный тем, что должен был так долго ждать, сидел, перекладывая ноги и презрительно сам с собой улыбаясь.

Но как только растворялась дверь, на всех лицах выражалось мгновенно только одно — страх. Князь Андрей попросил дежурного другой раз доложить о себе, но на него посмотрели с насмешкой и сказали, что его черед придет в свое время. После нескольких лиц, введенных и выведенных адъютантом из кабинета министра, в страшную дверь был впущен офицер, поразивший князя Андрея своим униженным и испуганным видом. Аудиенция офицера продолжалась долго. Вдруг из-за двери послышались раскаты неприятного голоса, и бледный офицер, с трясущимися губами, вышел оттуда и, схватив себя за голову, прошел через приемную.

Вслед за тем князь Андрей был подведен к двери, и дежурный шепотом сказал: «Направо, к окну».

Князь Андрей вошел в небогатый опрятный кабинет и у стола увидал сорокалетнего человека с длинной талией, с длинной, коротко обстриженной головой и толстыми морщинами, с нахмуренными бровями над каре-зелеными тупыми глазами и висячим красным носом. Аракчеев поворотил к нему голову, не глядя на него.

— Вы чего просите? — спросил Аракчеев.

— Я ничего не... прошу, ваше сиятельство, — тихо проговорил князь Андрей. Глаза Аракчеева обратились на него.

---

[1] прозвище.

— Садитесь, — сказал Аракчеев, — князь Болконский.

— Я ничего не прошу, а государь император изволил переслать к вашему сиятельству поданную мною записку...

— Изволите видеть, мой любезнейший, записку я вашу читал, — перебил Аракчеев, только первые слова сказав ласково, опять не глядя ему в лицо и впадая все более и более в ворчливо-презрительный тон. — Новые законы военные предлагаете? Законов много, исполнять некому старых. Нынче все законы пишут, писать легче, чем делать.

— Я приехал по воле государя императора узнать у вашего сиятельства, какой ход вы полагаете дать поданной записке? — сказал учтиво князь Андрей.

— На записку вашу мной положена резолюция и переслана в комитет. Я *не* одобряю, — сказал Аракчеев, вставая и доставая с письменного стола бумагу. — Вот, — он подал князю Андрею.

На бумаге, поперек ее, карандашом, без заглавных букв, без орфографии, без знаков препинания, было написано: «неосновательно составлено понеже как подражание списано с французского военного устава и от воинского артикула без нужды отступающего».

— В какой же комитет передана записка? — спросил князь Андрей.

— В комитет о воинском уставе, и мною представлено о зачислении вашего благородия в члены. Только без жалованья.

Князь Андрей улыбнулся.

— Я и не желаю.

— Без жалованья, членом, — повторил Аракчеев. — Имею честь! Эй! зови! Кто еще? — крикнул он, кланяясь князю Андрею.

V

Ожидая уведомления о зачислении его в члены комитета, князь Андрей возобновил старые знакомства, особенно с теми лицами, которые, он знал, были в силе и могли быть нужны ему. Он испытывал теперь в Петербурге чувство, подобное тому, какое он испытывал накануне сражения, когда его томило беспокойное любопытство и непреодолимо тянуло в высшие сферы, туда, где готовилось будущее, от которого зависели судьбы миллионов.

Он чувствовал по озлоблению стариков, по любопытству непосвященных, по сдержанности посвященных, по торопливости, озабоченности всех, по бесчисленному количеству комитетов, комиссий, о существовании которых он вновь узнавал каждый день, что теперь, в 1809-м году, готовилось здесь, в Петербурге, какое-то огромное гражданское сражение, которого главнокомандующим было неизвестное ему, таинственное и представлявшееся ему гениальным, лицо — Сперанский. И самое ему смутно известное дело преобразования, и Сперанский — главный деятель, начинали так страстно интересовать его, что дело воинского устава очень скоро стало переходить в сознании его на второстепенное место.

Князь Андрей находился в одном из самых выгодных положений для того, чтобы быть хорошо принятым во все самые разнообразные и высшие круги тогдашнего петербургского общества. Партия преобразователей радушно принимала и заманивала его, во-первых, потому, что он имел репутацию ума и большой начитанности, во-вторых, потому, что он своим отпущением крестьян на волю сделал уже себе репутацию либерала. Партия стариков недовольных, прямо как к сыну своего отца, обращалась к нему за сочувствием, осуждая преобразования. Женское общество, *свет* радушно принимали его, потому что он был жених, богатый и знатный, и почти новое лицо с ореолом романической истории о его мнимой смерти и трагической кончине жены. Кроме того, общий голос о нем всех, которые знали его прежде, был тот, что он много переменился к лучшему в эти пять лет, смягчился и возмужал, что не было в нем прежнего притворства, гордости и насмешливости и было то спокойствие, которое приобретается годами. О нем заговорили, им интересовались, и все желали его видеть.

На другой день после посещения графа Аракчеева князь Андрей был вечером у графа Кочубея. Он рассказал графу свое свидание с *Силой Андреичем* (Кочубей так называл Аракчеева с той же неопределенной над чем-то насмешкой, которую заметил князь Андрей в приемной военного министра).

— Mon cher, — сказал Кочубей, — даже и в этом деле вы не минуете Михаила Михайловича. C'est le grand faiseur[1]. Я скажу ему. Он обещался приехать вечером...

---

[1] Мой милый. Это всеобщий делец.

— Какое же дело Сперанскому до военных уставов? — спросил князь Андрей.

Кочубей, улыбнувшись, покачал головой, как бы удивляясь наивности Болконского.

— Мы с ним говорили про вас на днях, — продолжал Кочубей, — о ваших вольных хлебопашцах...

— Да, это вы, князь, отпустили своих мужиков? — сказал екатерининский старик, презрительно оглянувшись на Болконского.

— Маленькое именье ничего не приносило дохода, — отвечал Болконский, чтобы напрасно не раздражать старика, стараясь смягчить перед ним свой поступок.

— Vous craignez d'être en retard[1], — сказал старик, глядя на Кочубея.

— Я одного не понимаю, — продолжал старик, — кто будет землю пахать, коли им волю дать? Легко законы писать, а управлять трудно. Все равно как теперь, я вас спрашиваю, граф, кто будет начальником палат, когда всем экзамены держать?

— Те, кто выдержит экзамены, я думаю, — отвечал Кочубей, закидывая ногу на ногу и оглядываясь.

— Вот у меня служит Пряничников, славный человек, золото человек, а ему шестьдесят лет, разве он пойдет на экзамены?..

— Да, это затруднительно, понеже образование весьма мало распространено, но... — Граф Кочубей не договорил, он поднялся и, взяв за руку князя Андрея, пошел навстречу входящему высокому, лысому, белокурому человеку лет сорока, с большим открытым лбом и необычайной, странной белизной продолговатого лица. На вошедшем был синий фрак, крест на шее и звезда на левой стороне груди. Это был Сперанский. Князь Андрей тотчас узнал его, и в душе его что-то дрогнуло, как это бывает в важные минуты жизни. Было ли это уважение, зависть, ожидание — он не знал. Вся фигура Сперанского имела особенный тип, по которому сейчас можно было узнать его. Ни у кого из того общества, в котором жил князь Андрей, он не видал этого спокойствия и самоуверенности неловких и тупых движений, ни у кого он не видал такого твердого и вместе мягкого взгляда полузакрытых и несколько влажных глаз, не видал такой твердости ничего не знача-

[1] Боитесь опоздать.

щей улыбки, такого тонкого, ровного, тихого голоса, и, главное, такой нежной белизны лица и особенно рук, несколько широких, но необыкновенно пухлых, нежных и белых. Такую белизну и нежность лица князь Андрей видал только у солдат, долго пробывших в госпитале. Это был Сперанский, государственный секретарь, докладчик государя и спутник его в Эрфурте, где он не раз виделся и говорил с Наполеоном.

Сперанский не перебегал глазами с одного лица на другое, как это невольно делается при входе в большое общество, и не торопился говорить. Он говорил тихо, с уверенностью, что будут слушать его, и смотрел только на то лицо, с которым говорил.

Князь Андрей особенно внимательно следил за каждым словом и движением Сперанского. Как это бывает с людьми, особенно с теми, которые строго судят своих ближних, князь Андрей, встречаясь с новым лицом, особенно с таким, как Сперанский, которого знал по репутации, всегда ждал найти в нем полное совершенство человеческих достоинств.

Сперанский сказал Кочубею, что жалеет о том, что не мог приехать раньше, потому что его задержали во дворце. Он не сказал, что его задержал государь. И эту аффектацию скромности заметил князь Андрей. Когда Кочубей назвал ему князя Андрея, Сперанский медленно перевел свои глаза на Болконского с той же улыбкой и молча стал смотреть на него.

— Я очень рад с вами познакомиться, я слышал о вас, как и все, — сказал он.

Кочубей сказал несколько слов о приеме, сделанном Болконскому Аракчеевым. Сперанский больше улыбнулся.

— Директором комиссии военных уставов мой хороший приятель — господин Магницкий, — сказал он, договаривая каждый слог и каждое слово, — и ежели вы того пожелаете, я могу свести вас с ним. (Он помолчал на точке.) Я надеюсь, что вы найдете в нем сочувствие и желание содействовать всему разумному.

Около Сперанского тотчас же составился кружок, и тот старик, который говорил о своем чиновнике, Пряничникове, тоже с вопросом обратился к Сперанскому.

Князь Андрей, не вступая в разговор, наблюдал все движения Сперанского, этого человека, недавно ничтожного семинариста и теперь в руках своих — этих белых, пухлых руках — имевшего судьбу России, как думал Болконский. Князя Андрея поразило необычайное, презрительное спокойствие, с которым Сперанский отвечал старику. Он, казалось, с неизмеримой высоты обращал к нему свое снисходительное слово. Когда старик стал говорить слишком громко, Сперанский улыбнулся и сказал, что он не может судить о выгоде или невыгоде того, что угодно было государю.

Поговорив несколько времени в общем кругу, Сперанский встал и, подойдя к князю Андрею, отозвал его с собой на другой конец комнаты. Видно было, что он считал нужным заняться Болконским.

— Я не успел поговорить с вами, князь, среди того одушевленного разговора, в который был вовлечен этим почтенным старцем, — сказал он, кротко-презрительно улыбаясь и этой улыбкой как бы признавая, что он вместе с князем Андреем понимает ничтожность тех людей, с которыми он только что говорил. Это обращение польстило князю Андрею. — Я вас знаю давно: во-первых, по делу вашему о ваших крестьянах, это наш первый пример, которому так желательно бы было больше последователей; а во-вторых, потому, что вы один из тех камергеров, которые не сочли себя обиженными новым указом о придворных чинах, вызывающим такие толки и пересуды.

— Да, — сказал князь Андрей, — отец не хотел, чтоб я пользовался этим правом; я начал службу с нижних чинов.

— Ваш батюшка, человек старого века, очевидно, стоит выше наших современников, которые так осуждают эту меру, восстановляющую только естественную справедливость.

— Я думаю, однако, что есть основание и в этих осуждениях, — сказал князь Андрей, стараясь бороться с влиянием Сперанского, которое он начинал чувствовать. Ему неприятно было во всем соглашаться с ним: он хотел противоречить. Князь Андрей, обыкновенно говоривший легко и хорошо, чувствовал теперь затруднение выражаться, говоря с Сперанским. Его слишком занимали наблюдения над личностью знаменитого человека.

— Основание для личного честолюбия может быть, — тихо вставил свое слово Сперанский.

— Отчасти и для государства, — сказал князь Андрей.

— Как вы разумеете?.. — сказал Сперанский, тихо опустив глаза.

— Я почитатель Montesquieu, — сказал князь Андрей. — И его мысль о том, что le principe des monarchies est l'honneur, me paraît incontestable. Certains droits et privilèges de la noblesse me paraissent être des moyens de soutenir ce sentiment[1].

Улыбка исчезла на белом лице Сперанского, и физиономия его много выиграла от этого. Вероятно, мысль князя Андрея показалась ему занимательною.

— Si vous envisagez la question sous ce point de vue[2], — начал он, с очевидным затруднением выговаривая по-французски и говоря еще медленнее, чем по-русски, но совершенно спокойно. Он сказал, что честь, l'honneur, не может поддерживаться преимуществами, вредными для хода службы, что честь, l'honneur, есть или отрицательное понятие неделания предосудительных поступков, или известный источник соревнования для получения одобрения и наград, выражающих его.

Доводы его были сжаты, просты и ясны.

— Институт, поддерживающий эту честь, источник соревнования, есть институт, подобный Légion d'Honneur[3] великого императора Наполеона, не вредящий, а содействующий успеху службы, а не сословное или придворное преимущество.

— Я не спорю, но нельзя отрицать, что придворное преимущество достигло той же цели, — сказал князь Андрей, — всякий придворный считает себя обязанным достойно нести свое положение.

— Но вы им не хотели воспользоваться, князь, — сказал Сперанский, улыбкой показывая, что он неловкий для своего собеседника спор желает прекратить любезностью. — Ежели вы мне сделаете честь пожаловать ко мне в среду, — прибавил он, — то я, переговорив с Магницким, сообщу вам то, что может вас интересовать, и, кроме того, буду иметь удовольствие подробнее побеседовать с вами. — Он, закрыв глаза, поклонился, и à la française[4], не прощаясь, стараясь быть незамеченным, вышел из залы.

---

[1] основание монархии есть честь, мне кажется несомненною. Некоторые права и преимущества дворянства мне представляются средствами для поддержания этого чувства.

[2] Ежели вы смотрите на дело с этой точки зрения.

[3] Почетному легиону.

[4] на французский манер. — *Ред.*

VI

Первое время своего пребывания в Петербурге князь Андрей почувствовал весь свой склад мыслей, выработавшийся в его уединенной жизни, совершенно затемненным теми мелкими заботами, которые охватили его в Петербурге.

С вечера, возвращаясь домой, он в памятной книжке записывал четыре или пять необходимых визитов или rendez-vous[1] в назначенные часы. Механизм жизни, распоряжение дня такое, чтобы везде поспеть вовремя, отнимали бóльшую долю самой энергии жизни. Он ничего не делал, ни о чем даже не думал и не успевал думать, а только говорил, и с успехом говорил то, что он успел прежде обдумать в деревне.

Он иногда замечал с неудовольствием, что ему случалось в один и тот же день, в разных обществах, повторять одно и то же. Но он был так занят целые дни, что не успевал подумать о том, что он ничего не делал.

Сперанский, как в первое свидание с ним у Кочубея, так и потом в середу дома, где Сперанский с глазу на глаз, приняв Болконского, долго и доверчиво говорил с ним, сделал сильное впечатление на князя Андрея.

Князь Андрей такое огромное количество людей считал презренными и ничтожными существами, так ему хотелось найти в другом живой идеал того совершенства, к которому он стремился, что он легко поверил, что в Сперанском он нашел этот идеал вполне разумного и добродетельного человека. Ежели бы Сперанский был из того же общества, из которого был князь Андрей, того же воспитания и нравственных привычек, то Болконский скоро бы нашел его слабые, человеческие, не геройские стороны, но теперь этот странный для него логический склад ума тем более внушал ему уважения, что он не вполне понимал его. Кроме того, Сперанский, потому ли, что он оценил способности князя Андрея, или потому, что нашел нужным приобресть его себе, Сперанский кокетничал перед князем Андреем своим беспристрастным, спокойным разумом и льстил князю Андрею той тонкой лестью, соединенной с самонадеянностью, которая состоит в молчаливом признании своего собеседника с собою вмес-

---

1 свиданий.

те единственным человеком, способным понимать всю глупость *всех* остальных, разумность и глубину своих мыслей.

Во время длинного их разговора в середу вечером Сперанский не раз говорил: «У *нас* смотрят на все, что выходит из общего уровня закоренелой привычки...» — или с улыбкой: «Но *мы* хотим, чтоб и волки были сыты, и овцы целы...» — или: «*Они* этого не могут понять...» — и все с таким выражением, которое говорило: «Мы, вы да я, мы понимаем, что *они* и кто *мы*».

Этот первый длинный разговор с Сперанским только усилил в князе Андрее то чувство, с которым он в первый раз увидал Сперанского. Он видел в нем разумного, строго мыслящего, огромного ума человека, энергией и упорством достигшего власти и употребляющего ее только для блага России. Сперанский, в глазах князя Андрея, был именно тот человек, разумно объясняющий все явления жизни, признающий действительным только то, что разумно, и ко всему умеющий прилагать мерило разумности, которым он сам так хотел быть. Все представлялось так просто, ясно в изложении Сперанского, что князь Андрей невольно соглашался с ним во всем. Ежели он возражал и спорил, то только потому, что хотел нарочно быть самостоятельным и не совсем подчиняться мнениям Сперанского. Все было так, все было хорошо, но одно смущало князя Андрея: это был холодный, зеркальный, не пропускающий к себе в душу взгляд Сперанского, и его белая, нежная рука, на которую невольно смотрел князь Андрей, как смотрят обыкновенно на руки людей, имеющих власть. Зеркальный взгляд и нежная рука эта почему-то раздражали князя Андрея. Неприятно поражало князя Андрея еще слишком большое презрение к людям, которое он замечал в Сперанском, и разнообразность приемов в доказательствах, которые он приводил в подтверждение своего мнения. Он употреблял все возможные орудия мысли, исключая сравнения, и слишком смело, как казалось князю Андрею, переходил от одного к другому. То он становился на почву практического деятеля и осуждал мечтателей, то на почву сатирика и иронически подсмеивался над противниками, то становился строго логичным, то вдруг поднимался в область метафизики. (Это последнее орудие доказательств он особенно часто употреблял.) Он переносил вопрос на метафизические высоты, переходил в определения пространства, времени, мысли и, вынося оттуда опровержения, опять спускался на почву спора.

Вообще главная черта ума Сперанского, поразившая князя Андрея, была несомненная, непоколебимая вера в силу и законность ума. Видно было, что никогда Сперанскому не могла прийти в голову та обыкновенная для князя Андрея мысль, что нельзя все-таки выразить всего того, что думаешь, и никогда не приходило сомнение в том, что не вздор ли все то, что я думаю, и все то, во что я верю? И этот-то особенный склад ума Сперанского более всего привлекал к себе князя Андрея.

Первое время своего знакомства с Сперанским князь Андрей питал к нему страстное чувство восхищения, похожее на то, которое он когда-то испытывал к Бонапарте. То обстоятельство, что Сперанский был сын священника, которого можно было глупым людям, как это и делали многие, пóшло презирать в качестве кутейника и поповича, заставляло князя Андрея особенно бережно обходиться с своим чувством к Сперанскому и бессознательно усиливать его в самом себе.

В тот первый вечер, который Болконский провел у него, разговорившись о комиссии составления законов, Сперанский с иронией рассказал князю Андрею о том, что комиссия законов существует сто пятьдесят лет, стóит миллионы и ничего не сделала, что Розенкампф наклеил ярлычки на все статьи сравнительного законодательства.

— И вот и все, за что государство заплатило миллионы! — сказал он. — Мы хотим дать новую судебную власть сенату, а у нас нет законов. Поэтому-то таким людям, как вы, князь, грех не служить теперь.

Князь Андрей сказал, что для этого нужно юридическое образование, которого он не имеет.

— Да его никто не имеет, так что же вы хотите? Это circulus viciosus[1], из которого надо выйти усилием.

Через неделю князь Андрей был членом комиссии составления воинского устава и, чего он никак не ожидал, начальником отделения комиссии составления законов. По просьбе Сперанского он взял первую часть составляемого гражданского уложения и, с помощью Code Napoléon и Justiniani[2], работал над составлением отдела: Права лиц.

---

[1] заколдованный круг *(лат.)*. — *Ред.*

[2] Наполеоновского кодекса и кодекса Юстиниана.

VII

Года два тому назад, в 1808 году, вернувшись в Петербург из своей поездки по имениям, Пьер невольно стал во главе петербургского масонства. Он устроивал столовые и надгробные ложи, вербовал новых членов, заботился о соединении различных лож и о приобретении подлинных актов. Он давал свои деньги на устройство храмин и пополнял, насколько мог, сборы милостыни, на которые большинство членов были скупы и неаккуратны. Он почти один на свои средства поддерживал дом бедных, устроенный орденом в Петербурге.

Жизнь его между тем шла по-прежнему, с теми же увлечениями и распущенностью. Он любил хорошо пообедать и выпить и, хотя и считал это безнравственным и унизительным, не мог воздержаться от увеселений холостых обществ, в которых он участвовал.

В чаду своих занятий и увлечений Пьер, однако, по прошествии года начал чувствовать, как та почва масонства, на которой он стоял, тем более уходила из-под его ног, чем тверже он старался стать на ней. Вместе с тем он чувствовал, что чем глубже уходила под его ногами почва, на которой он стоял, тем невольнее он был связан с ней. Когда он приступал к масонству, он испытывал чувство человека, доверчиво становящего ногу на ровную поверхность болота. Поставив ногу, он провалился. Чтобы вполне увериться в твердости почвы, на которой он стоял, он поставил другую ногу и провалился еще больше, завяз и уже невольно ходил по колено в болоте.

Иосифа Алексеевича не было в Петербурге. (Он в последнее время отстранился от дел петербургских лож и безвыездно жил в Москве.) Все братья, члены лож, были Пьеру знакомые в жизни люди, и ему трудно было видеть в них только братьев по каменщичеству, а не князя Б., не Ивана Васильевича Д., которых он знал в жизни большею частию как слабых и ничтожных людей. Из-под масонских фартуков и знаков он видел на них мундиры и кресты, которых они добивались в жизни. Часто, собирая милостыню и сочтя двадцать — тридцать рублей, записанных на приход и большею частью в долг, с десяти членов, из которых половина были так же богаты, как и он, Пьер вспоминал масонскую клятву о том, что каждый брат обещается отдать все свое имущество для ближнего, и в душе его поднимались сомнения, на которых он старался не останавливаться.

Всех братьев, которых он знал, он подразделял на четыре разряда. К первому разряду он причислял братьев, не принимающих деятельного участия ни в делах лож, ни в делах человеческих, но занятых исключительно таинствами науки ордена, занятых вопросами о тройственном наименовании Бога, или о трех началах вещей — сере, меркурии и соли, или о значении квадрата и всех фигур храма Соломонова. Пьер уважал этот разряд братьев-масонов, к которому принадлежали преимущественно старые братья и сам Иосиф Алексеевич, по мнению Пьера, но не разделял их интересов. Сердце его не лежало к мистической стороне масонства.

Ко второму разряду Пьер причислял себя и себе подобных братьев, ищущих, колеблющихся, не нашедших еще в масонстве прямого и понятного пути, но надеющихся найти его.

К третьему разряду он причислял братьев (их было самое большое число), не видящих в масонстве ничего, кроме внешней формы и обрядности, и дорожащих строгим исполнением этой внешней формы, не заботясь о ее содержании и значении. Таковы были Вилларский и даже Великий Мастер главной ложи.

К четвертому разряду, наконец, причислялось тоже большое количество братьев, в особенности в последнее время вступивших в братство. Это были люди, по наблюдению Пьера, ни во что не верующие, ничего не желающие и поступавшие в масонство только для сближения с молодыми, богатыми и сильными по связям и знатности братьями, которых весьма много было в ложе.

Пьер начинал чувствовать себя неудовлетворенным своей деятельностью. Масонство, по крайней мере, то масонство, которое он знал здесь, казалось ему иногда, основано было на одной внешности. Он и не думал сомневаться в самом масонстве, но подозревал, что русское масонство пошло по ложному пути и отклонилось от своего источника. И потому в конце года Пьер поехал за границу для посвящения себя в высшие тайны ордена.

Летом еще в 1809 году Пьер вернулся в Петербург. По переписке наших масонов с заграничными было известно, что Безухов успел за границей получить доверие многих высокопоставленных лиц, проник многие тайны, был возведен в высшую степень и везет с собою многое для общего блага каменщицкого дела в России. Петербургские масоны все приехали к нему, заискивали в нем, и всем показалось,что он что-то скрывает и готовит.

Назначено было торжественное заседание ложи 2-го градуса, в которой Пьер обещал сообщить то, что он имеет передать петербургским братьям от высших руководителей ордена. Заседание было полно. После обыкновенных обрядов Пьер встал и начал свою речь.

— Любезные братья, — начал он, краснея и запинаясь и держа в руке написанную речь. — Недостаточно блюсти в тиши ложи наши таинства — нужно действовать... действовать. Мы находимся в усыплении, а нам нужно действовать. — Пьер взял свою тетрадь и начал читать. — «Для распространения чистой истины и доставления торжества добродетели, — читал он, — должны мы очистить людей от предрассудков, распространить правила, сообразные с духом времени, принять на себя воспитание юношества, соединиться неразрывными узами с умнейшими людьми, смело и вместе благоразумно преодолевать суеверие, неверие и глупость, образовать из преданных нам людей, связанных между собою единством цели и имеющих власть и силу.

Для достижения сей цели должно доставить добродетели перевес над пороком, должно стараться, чтобы честный человек обретал еще в сем миру вечную награду за свои добродетели. Но в сих великих намерениях препятствуют нам весьма много нынешние политические учреждения. Что же делать при таком положении вещей! Благоприятствовать ли революциям, все ниспровергнуть, изгнать силу силой?.. Нет, мы весьма далеки от того. Всякая насильственная реформа достойна порицания потому, что нимало не исправит зла, пока люди остаются таковы, каковы они есть, и потому, что мудрость не имеет нужды в насилии.

Весь план ордена должен быть основан на том, чтоб образовать людей твердых, добродетельных и связанных единством убеждения, убеждения, состоящего в том, чтобы везде и всеми силами преследовать порок и глупость и покровительствовать таланты и добродетель: извлекать из праха людей достойных, присоединяя их к нашему братству. Тогда только орден наш будет иметь власть —

нечувствительно вязать руки покровителям беспорядка и управлять ими так, чтоб они того не примечали. Одним словом, надобно учредить всеобщий владычествующий образ правления, который распространялся бы над целым светом, не разрушая гражданских уз, и при коем все прочие правления могли бы продолжаться обыкновенным своим порядком и делать все, кроме того только, что препятствует великой цели нашего ордена, то есть доставлению добродетели торжества над пороком. Сию цель предполагало само христианство. Оно учило людей быть мудрыми и добрыми и для собственной своей выгоды следовать примеру и наставлениям лучших и мудрейших человеков.

Тогда, когда все погружено было во мраке, достаточно было, конечно, одного проповедания: новость истины придавала ей особенную силу, но ныне потребны для нас гораздо сильнейшие средства. Теперь нужно, чтобы человек, управляемый своими чувствами, находил в добродетели чувственные прелести. Нельзя искоренить страстей; должно только стараться направить их к благородной цели, и потому надобно, чтобы каждый мог удовлетворить своим страстям в пределах добродетели и чтобы наш орден доставлял к тому средства.

Как скоро будет у нас некоторое число достойных людей в каждом государстве, каждый из них образует опять двух других, и все они тесно между собой соединятся, — тогда все будет возможно для ордена, который втайне успел уже сделать многое ко благу человечества».

Речь эта произвела не только сильное впечатление, но и волнение в ложе. Большинство же братьев, видевшее в этой речи опасные замыслы иллюминатства, с удивившею Пьера холодностью приняло его речь. Великий Мастер стал возражать Пьеру. Пьер с бо́льшим и бо́льшим жаром стал развивать свои мысли. Давно не было столь бурного заседания. Составились партии: одни обвиняли Пьера, осуждая его в иллюминатстве; другие поддерживали его. Пьера в первый раз поразило на этом собрании то бесконечное разнообразие умов человеческих, которое делает то, что никакая истина одинаково не представляется двум людям. Даже те из членов, которые, казалось, были на его стороне, понимали его по-своему, с ограничениями, изменениями, на которые он не мог согласиться, так как главная потребность Пьера состояла именно в том, чтобы передать свою мысль другому точно так, как он сам понимал ее.

По окончании заседания Великий Мастер с недоброжелательством и иронией сделал Безухову замечание о его горячности и о том, что не одна любовь к добродетели, но и увлечение борьбы руководило им в споре. Пьер не отвечал ему и коротко спросил, будет ли принято его предложение. Ему сказали, что нет, и Пьер, не дожидаясь обычных формальностей, вышел из ложи и уехал домой.

VIII

На Пьера опять нашла та тоска, которой он так боялся. Он три дня после произнесения своей речи в ложе лежал дома на диване, никого не принимая и никуда не выезжая.

В это время он получил письмо от жены, которая умоляла его о свидании, писала о своей грусти по нем и о желании посвятить ему всю свою жизнь.

В конце письма она извещала его, что на днях приедет в Петербург из-за границы.

Вслед за письмом в уединение Пьера ворвался один из менее других уважаемых им братьев-масонов и, наведя разговор на супружеские отношения Пьера, в виде братского совета, высказал ему мысль о том, что строгость его к жене несправедлива и что Пьер отступает от первых правил масона, не прощая кающуюся.

В это же время теща его, жена князя Василья, присылала за ним, умоляя его хоть на несколько минут посетить ее для переговоров о весьма важном деле. Пьер видел, что был заговор против него, что его хотели соединить с женою, и это было даже не неприятно ему в том состоянии, в котором он находился. Ему было все равно: Пьер ничего в жизни не считал делом большой важности, и под влиянием тоски, которая теперь овладела им, он не дорожил ни своею свободою, ни своим упорством в наказании жены.

«Никто не прав, никто не виноват, стало быть, и она не виновата», — думал он. Ежели Пьер не изъявил тотчас же согласия на соединение с женою, то только потому, что в состоянии тоски, в котором он находился, он не был в силах ничего предпринять. Ежели бы жена приехала к нему, он бы теперь не прогнал ее. Разве не все равно было в сравнении с тем, что занимало Пьера, жить или не жить с женою?

Не отвечая ничего ни жене, ни теще, Пьер раз поздним вечером собрался в дорогу и уехал в Москву, чтобы повидаться с Иосифом Алексеевичем. Вот что писал Пьер в дневнике своем.

«Москва, 17-го ноября.

Сейчас только приехал от благодетеля и спешу записать все, что я испытал при этом. Иосиф Алексеевич живет бедно и страдает третий год мучительною болезнью пузыря. Никто никогда не слыхал от него стона или слова ропота. С утра и до поздней ночи, за исключением часов, когда он кушает самую простую пищу, он работает над наукой. Он принял меня милостиво и посадил подле себя на кровати, на которой он лежал; я сделал ему знак рыцарей Востока и Иерусалима, он ответил мне тем же и с кроткой улыбкой спросил меня о том, что я узнал и приобрел в прусских и шотландских ложах. Я рассказал ему все, как умел, передал те основания, которые я предлагал в нашей Петербургской ложе, и сообщил о дурном приеме, сделанном мне, и о разрыве, происшедшем между мною и братьями. Иосиф Алексеевич, изрядно помолчав и подумав, на все это изложил мне свой взгляд, который мгновенно осветил мне все прошедшее и весь будущий путь, предлежащий мне. Он удивил меня, спросив о том, помню ли я, в чем состоит троякая цель ордена: 1) в хранении и познании таинства; 2) в очищении и исправлении себя для воспринятия оного и 3) в исправлении рода человеческого чрез стремление к таковому очищению. Какая есть главнейшая и первая цель из этих трех? Конечно, собственное исправление и очищение. Только к этой цели мы можем всегда стремиться независимо от всех обстоятельств. Но вместе с тем эта-то цель и требует от нас наиболее трудов, и потому, заблуждаясь гордостью, мы, упуская эту цель, беремся либо за таинство, которое недостойны воспринять по нечистоте своей, либо беремся за исправление рода человеческого, когда сами из себя являем пример мерзости и разврата. Иллюминатство не есть чистое учение именно потому, что оно увлеклось общественной деятельностью и преисполнено гордости. На этом основании Иосиф Алексеевич осудил мою речь и всю мою деятельность. Я согласился с ним в глубине души своей. По случаю разговора нашего о моих семейных делах он сказал мне: «Главная обязанность истинного масона, как я сказал вам, состоит в совершенствовании самого себя. Но часто мы думаем, что, удалив от себя все трудности нашей жизни, мы скорее достигнем этой цели; напротив, государь мой, сказал он мне, только в среде светских волнений можем мы достигнуть трех главных целей: 1) самопознания, ибо человек может познавать себя только через сравнение, 2) совершенствования, только борьбой достигается оно, и 3) достигнуть главной добродетели — любви к смерти. Только превратности жизни могут показать нам тщету ее и могут содействовать нашей врожденной любви к смерти или возрождению к новой жизни». Слова эти тем более замечательны, что Иосиф Алексеевич, несмотря на свои тяжкие физические страдания, никогда не тяготится жизнию, а любит смерть, к которой он, несмотря на всю чистоту и высоту своего внутреннего человека, не чувствует себя еще достаточно готовым. Потом благодетель объяснил мне вполне значение великого квадрата мироздания и указал на то, что тройственное и седьмое число суть основание всего. Он советовал мне не отстраняться от общения с петербургскими братьями и, занимая в ложе только должности 2-го градуса, стараться, отвлекая братьев от увлечений гордости, обращать их на истинный путь самопознания и совершенствования. Кроме того, для себя лично советовал мне первее всего следить за самим собою, и с этою целью дал мне тетрадь, ту самую, в которой я пишу и буду вписывать впредь все свои поступки».

«Петербург, 23-го ноября.

Я опять живу с женою. Теща моя в слезах приехала ко мне и сказала, что Элен здесь и что она умоляет меня выслушать ее, что она невинна, что она несчастна моим оставлением и многое другое. Я знал, что ежели я только допущу себя увидать ее, то не в силах буду более отказать ей в ее желании. В сомнении своем я не знал, к чьей помощи и совету прибегнуть. Ежели бы благодетель был здесь, он бы сказал мне. Я удалился к себе, перечел письма Иосифа Алексеевича, вспомнил свои беседы с ним и из всего вывел то, что я не должен отказывать просящему и должен подать руку помощи всякому, тем более человеку, столь связанному со мною, и должен нести крест свой. Но ежели я для добродетели простил ее, то пускай и будет мое соединение с нею иметь одну духовную цель. Так я решил и так написал Иосифу Алексеевичу. Я сказал жене, что прошу ее забыть все старое, прошу простить мне то, в чем я мог быть виноват перед нею, а что мне прощать ей нечего. Мне радостно было сказать ей это. Пусть она не знает, как тяжело мне было вновь увидать ее. Устроился в большом доме в верхних покоях и испытываю счастливое чувство обновления».

IX

Как и всегда, и тогда высшее общество, соединяясь вместе при дворе и на больших балах, подразделялось на несколько кружков, имеющих каждый свой оттенок. В числе их самый обширный был кружок французский, Наполеоновского союза — графа Румянцева и Caulaincourt'a. В этом кружке одно из самых видных мест заняла Элен, как только она с мужем поселилась в Петербурге. У ней бывали господа французского посольства и большое количество людей, известных своим умом и любезностью, принадлежавших к этому направлению.

Элен была в Эрфурте во время знаменитого свидания императоров и оттуда привезла эти связи со всеми наполеоновскими достопримечательностями Европы. В Эрфурте она имела блестящий успех. Сам Наполеон, заметив ее в театре, спросил, кто она, и оценил ее красоту. Успех ее в качестве красивой и элегантной женщины не удивлял Пьера, потому что с годами она сделалась еще красивее, чем прежде. Но удивляло его то, что за эти два года жена его успела приобрести себе репутацию «d'une femme charmante, aussi spirituelle que belle»[1]. Известный prince de Ligne писал ей письма на восьми страницах. Билибин приберегал свои mots[2], чтобы в первый раз сказать их при графине Безуховой. Быть принятым в салоне графини Безуховой считалось дипломом ума; молодые люди прочитывали книги перед вечером Элен, чтобы было о чем говорить в ее салоне, и секретари посольства, и даже посланники поверяли ей дипломатические тайны, так что Элен была сила в некотором роде. Пьер, который знал, что она была очень глупа, с странным чувством недоуменья и страха иногда присутствовал на ее вечерах и обе-

---

[1] прелестной женщины, столь же умной, сколько и прекрасной.
[2] остроты. — *Ред.*

дах, где говорилось о политике, поэзии и философии. На этих вечерах он испытывал чувство, подобное тому, которое должен испытывать фокусник, ожидая всякий раз, что вот-вот обман его откроется. Но оттого ли, что для ведения такого салона именно нужна только глупость, или потому, что сами обманываемые находили удовольствие в самом обмане, обман не открывался, и репутация d'une femme charmante et spirituelle[1] так непоколебимо утвердилась за Еленой Васильевной Безуховой, что она могла говорить самые большие пошлости и глупости и все-таки все восхищались каждым ее словом и отыскивали в нем глубокий смысл, которого она сама и не подозревала.

Пьер был именно тем самым мужем, который нужен был для этой блестящей светской женщины. Он был тот рассеянный чудак, муж grand seigneur, никому не мешающий и не только не портящий общего впечатления высокого тона гостиной, но своей противоположностью изяществу и такту жены служащий выгодным для нее фоном. Пьер за эти два года, вследствие своего постоянного сосредоточенного занятия невещественными интересами и искреннего презрения ко всему остальному, усвоил себе в не интересовавшем его обществе жены тот тон равнодушия, небрежности и благосклонности ко всем, который не приобретается искусственно и который потому-то и внушает невольное уважение. Он входил в гостиную своей жены, как в театр, со всеми был знаком, всем был одинаково рад и ко всем был одинаково равнодушен. Иногда он вступал в разговор, интересовавший его, и тогда, без соображений о том, были ли тут, или нет les messieurs de l'ambassade[2], шамкая, говорил свои мнения, которые иногда были совершенно не в тоне настоящей минуты. Но мнение о чудаке муже de la femme la plus distinguée de Pétersbourg[3] уже так установилось, что никто не принимал au sérieux[4] его выходок.

В числе многих молодых людей, ежедневно бывавших в доме Элен, Борис Друбецкой, уже весьма успевший в службе, был, после возвращения Элен из Эрфурта, самым близким человеком в доме Безуховых. Элен называла его

---

1 женщины прелестной и умной.
2 господа посольства.
3 самой замечательной женщины Петербурга.
4 серьезно.

mon page[1] и обращалась с ним, как с ребенком. Улыбка ее в отношении его была та же, как и ко всем, но иногда Пьеру неприятно было видеть эту улыбку. Борис обращался с Пьером с особенной, достойной и грустной почтительностью. Этот оттенок почтительности тоже беспокоил Пьера. Пьер так больно страдал три года тому назад от оскорбления, нанесенного ему женой, что теперь он спасал себя от возможности подобного оскорбления, во-первых, тем, что он не был мужем своей жены, во-вторых, тем, что он не позволял себе подозревать.

«Нет, теперь, сделавшись bas bleu[2], она навсегда отказалась от прежних увлечений, — говорил он сам себе. — Не было примера, чтобы bas bleu имели сердечные увлечения», — повторял он сам себе неизвестно откуда извлеченное правило, которому несомненно верил. Но, странное дело, присутствие Бориса в гостиной жены (а он был почти постоянно) физически действовало на Пьера: оно связывало все его члены, уничтожало бессознательность и свободу его движений.

«Такая странная антипатия, — думал Пьер, — а прежде он мне даже очень нравился».

В глазах света Пьер был большой барин, несколько слепой и смешной муж знаменитой жены, умный чудак, ничего не делающий, но и никому не вредящий, славный и добрый малый. В душе же Пьера происходила за все это время сложная и трудная работа внутреннего развития, открывшая ему многое и приведшая его ко многим духовным сомнениям и радостям.

X

Он продолжал свой дневник, и вот что он писал в нем за это время:

«24-го ноября.

Встал в восемь часов, читал Св. Писание, потом пошел к должности (Пьер по совету благодетеля поступил на службу в один из комитетов), возвратился к обеду, обедал один (у графини много гостей, мне неприятных), ел и пил умеренно и после обеда списывал пиесы для братьев. Ввечеру сошел к графине и рассказал смешную историю о Б. и только

---

[1] мой паж.
[2] синим чулком.

тогда вспомнил, что этого не должно было делать, когда все уже громко смеялись.

Ложусь спать с счастливым и спокойным духом. Господи великий, помоги мне ходить по стезям твоим: 1) побеждать часть гневну — тихостью, медлением, 2) похоть — воздержанием и отвращением, 3) удаляться от суеты, но не отучать себя от: a) государственных дел службы, b) от забот семейных, c) от дружеских сношений и d) экономических занятий».

«27-го ноября.

Встал поздно и, проснувшись, долго лежал на постели, предаваясь лени. Боже мой, помоги мне и укрепи меня, дабы я мог ходить по путям твоим. Читал Св. Писание, но без надлежащего чувства. Пришел брат Урусов, беседовали о суетах мира. Рассказывал о новых предначертаниях государя. Я начал было осуждать, но вспомнил о своих правилах и слова благодетеля нашего о том, что истинный масон должен быть усердным деятелем в государстве, когда требуется его участие, и спокойным созерцателем того, к чему он не призван. Язык мой — враг мой. Посетили меня братья Г. В. и О., была приуготовительная беседа для принятия нового брата. Они возлагают на меня обязанность ритора. Чувствую себя слабым и недостойным. Потом зашла речь об объяснении семи столбов и ступеней храма: 7 наук, 7 добродетелей, 7 пороков, 7 даров Святого Духа. Брат О. был очень красноречив. Вечером совершилось принятие. Новое устройство помещения много содействовало великолепию зрелища. Принят был Борис Друбецкой. Я предлагал его, я и был ритором. Странное чувство волновало меня во все время моего пребывания с ним в темной храмине. Я застал в себе к нему чувство ненависти, которое я тщетно стремлюсь преодолеть. И потому-то я желал бы истинно спасти его от злого и ввести его на путь истины, но дурные мысли о нем не оставляли меня. Мне думалось, что его цель вступления в братство состояла только в желании сблизиться с людьми, быть в фаворе у находящихся в нашей ложе. Кроме тех оснований, что он несколько раз спрашивал, не находится ли в нашей ложе N. и S. (на что я не мог ему отвечать), кроме того, он, по моим наблюдениям, не способен чувствовать уважения к нашему святому ордену и слишком занят и доволен своим внешним человеком, чтобы желать улучшения духовного, я не имел оснований сомневаться в нем; но он мне казался неискренним, и все время, когда я стоял с ним с глазу на глаз в темной храмине, мне казалось, что он презрительно улыбается на мои слова, и хотелось действительно уколоть его обнаженную грудь шпагой, которую я держал, приставленною к ней. Я не мог быть красноречив и не мог искренно сообщить своего сомнения братьям и Великому Мастеру. Великий Архитектон природы, помоги мне находить истинные пути, выводящие из лабиринта лжи».

После этого в дневнике было пропущено три листа, и потом было написано следующее:

«Имел продолжительный поучительный разговор наедине с братом В., который советовал мне держаться брата А. Многое, хотя и недостойному, мне было открыто. Адонаи есть имя сотворившего мир. Элоим есть имя правящего всем. Третье имя, имя неизрекаемое, имеющее значение *Всего.* Беседы с братом В. подкрепляют, освежают и утверждают меня на пути добродетели. При нем нет места сомнению. Мне ясно различие бедного учения наук общественных с нашим святым, всё обнимающим учением. Науки человеческие всё подразделяют — чтобы понять, всё убивают — чтобы рассмотреть. В святой науке ордена все едино, все познается в своей совокупности и жизни. Троица — три начала вещей — сера, меркурий и соль. Сера елейного и огненного свойства; она в соединении с солью огненностью своей возбуждает в ней алкание, посредством которого притягивает меркурий, схватывает его, удерживает и совокупно производит отдельные тела. Меркурий есть жидкая и летучая духовная сущность — Христос, Дух Святой, Он».

«3-го декабря.

Проснулся поздно, читал Св. Писание, но был бесчувствен. После вышел и ходил по зале. Хотел размышлять, но вместо того воображение представило одно происшествие, бывшее четыре года тому назад. Господин Долохов, после моей дуэли встретясь со мной в Москве, сказал мне, что он надеется, что я пользуюсь теперь полным душевным спокойствием, несмотря на отсутствие моей супруги. Я тогда ничего не отвечал. Теперь же я припоминал все подробности этого свидания и в душе своей говорил ему самые злобные слова и колкие ответы. Опомнился и бросил сию мысль только тогда, когда увидел себя в распалении гнева; но недостаточно раскаялся в этом. После пришел Борис Друбецкой и стал рассказывать разные приключения; я же с самого его прихода сделался недоволен его посещением и сказал ему что-то противное. Он возразил. Я вспыхнул и наговорил ему множество неприятного и даже грубого. Он замолчал, а я спохватился только тогда, когда было уже поздно. Боже мой, я совсем не умею с ним обходиться! Этому причиной мое самолюбие. Я ставлю себя выше его и потому делаюсь гораздо его хуже, ибо он снисходителен к моим грубостям, а я, напротив того, питаю к нему презрение. Боже мой, даруй мне в присутствии его видеть больше мою мерзость и поступать так, чтобы и ему это было полезно. После обеда заснул и, в то время как засыпал, услыхал явственно голос, сказавший мне в левое ухо: «Твой день».

Я видел во сне, что иду я в темноте, и вдруг окружен собаками, но иду без страха; вдруг одна небольшая схватила меня за левое стегно зубами и не выпускает. Я стал давить ее руками. И только что я оторвал ее, как другая, еще бóльшая, схватила меня за грудь. Я оторвал эту, но третья, еще бóльшая, стала грызть меня. Я стал поднимать ее, и чем больше поднимал, тем она становилась больше и тяжелее. И вдруг идет брат А. и, взяв меня под руку, повел с собою и привел к зданию, для входа в которое надо было пройти по узкой доске. Я ступил на нее, и доска отогнулась и упала, и я стал лезть на забор, до которого едва достигал руками. После больших усилий я перетащил свое тело так, что ноги висели на одной, а туловище на другой стороне. Я оглянулся и увидал, что брат А. стоит на заборе и указывает мне на большую аллею и сад, и в саду большое и прекрасное здание. Я проснулся. Господи, Великий Архитектон природы! помоги мне оторвать от себя собак — страстей моих и последнюю из них, совокупляющую в себе силы всех прежних, и помоги мне вступить в тот храм добродетели, коего лицезрения я во сне достигнул».

«7-го декабря.

Видел сон, будто Иосиф Алексеевич в моем доме сидит, и я рад очень и желаю его угостить. Будто я с посторонними неумолчно болтаю и вдруг вспомнил, что это ему не может нравиться, и желаю к нему приблизиться и его обнять. Но только что приблизился, вижу, что лицо его преобразилось, стало молодое, и он мне тихо, тихо что-то говорит из ученья ордена, так тихо, что я не могу расслышать. Потом будто вышли мы все из комнаты, и что-то тут случилось мудреное. Мы сидели или лежали на полу. Он мне что-то говорил. А мне будто захотелось показать ему свою чувствительность, и я, не вслушиваясь в его речи, стал себе воображать состояние своего внутреннего человека и осенившую меня милость Божию. И появились у меня слезы на глазах, и я был доволен, что он это приметил. Но он взглянул на меня с досадой и вскочил, пресекши свой разговор. Я оробел и спросил, не ко мне ли сказанное относилось; но он ничего не отвечал, показал мне ласковый вид, и после вдруг очутились мы в спальне моей, где стоит двойная кровать. Он лег на нее на край, и я, будто пылая к нему желанием ласкаться, прилег тут же. И он будто у меня спрашивает: «Скажите по правде, какое вы имеете главное пристрастие? Узнали ли вы его? Я думаю, что вы уже его узнали». Я, смутившись сим вопросом, отвечал, что лень мое главное пристрастие. Он недоверчиво покачал головой. И я, еще более смутившись, отвечал, что я хотя и живу с женою, по его совету, но не как муж жены своей. На это он возразил, что не должно жену лишать своей ласки, дал чувствовать, что в этом была моя обязанность. Но я отвечал, что я стыжусь этого; и вдруг все сокрылось. И я проснулся и нашел в мыслях своих текст Св. Писания: *Живот бе свет человеком, и свет во тьме светит и тьма его не объят.* Лицо у Иосифа Алексеевича было моложавое и светлое. В этот день получил письмо от благодетеля, в котором он пишет об обязанности супружества».

«9-го декабря.

Видел сон, от которого проснулся с трепещущимся сердцем. Видел, будто я в Москве, в своем доме, в большой диванной, и из гостиной выходит Иосиф Алексеевич. Будто я тотчас узнал, что с ним уже совершился процесс возрождения, и бросился ему навстречу. Я будто его целую и руки его, а он говорит: «Приметил ли ты, что у меня теперь лицо другое?» Я посмотрел на него, продолжая держать его в своих объятиях, и будто вижу, что лицо его молодое, но волóс на голове нет и черты совершенно другие. И будто я ему говорю: «Я бы вас узнал, ежели бы случайно с вами встретился», — и думаю вместе с тем: «Правду ли я сказал?» И вдруг вижу, что он лежит как труп мертвый; потом понемногу пришел в себя и вошел со мной в большой кабинет, держа большую книгу, писанную в александрийский лист. И будто я говорю: «Это я написал». И он ответил мне наклонением головы. Я открыл книгу, и в книге этой на всех страницах прекрасно нарисовано. И я будто знаю, что эти картины представляют любовные похождения души с ее возлюбленным. И на страницах будто я вижу прекрасное изображение девицы в прозрачной одежде и с прозрачным телом, возлетающей к облакам. И будто я знаю, что эта девица есть не что иное, как изображение Песни Песней. И будто я, глядя на эти рисунки, чувствую, что я делаю дурно, и не могу оторваться от них. Господи, помоги мне! Боже мой, если это оставление меня тобою есть действие твое, то да будет воля твоя; но ежели же я сам причинил сие, то научи меня, что мне делать. Я погибну от своей развратности, буде ты меня вовсе оставишь».

XI

Денежные дела Ростовых не поправились в продолжение двух лет, которые они пробыли в деревне.

Несмотря на то, что Николай Ростов, твердо держась своего намерения, продолжал также служить в глухом полку, расходуя сравнительно мало денег, ход жизни в Отрадном был таков, и в особенности Митенька так вел дела, что долги неудержимо росли с каждым годом. Единственная помощь, которая, очевидно, представлялась старому графу, это была служба, и он приехал в Петербург искать места; искать места и вместе с тем, как он говорил, в последний раз потешить девчат.

Вскоре после приезда Ростовых в Петербург Берг сделал предложение Вере, и предложение его было принято.

Несмотря на то, что в Москве Ростовы принадлежали к высшему обществу, сами того не зная и не думая о том, к какому они принадлежали обществу, в Петербурге общество их было смешанное и неопределенное. В Петербурге они были провинциалы, до которых не спускались те самые люди, которых, не спрашивая их, к какому они принадлежат обществу, в Москве кормили Ростовы.

Ростовы в Петербурге жили так же гостеприимно, как и в Москве, и на их ужинах сходились самые разнообразные лица: сосед по Отрадному, старый небогатый помещик с дочерьми и фрейлина Перонская, Пьер Безухов и сын уездного почтмейстера, служивший в Петербурге. Из мужчин домашними людьми в доме Ростовых в Петербурге очень скоро сделались Борис, Пьер, которого, встретив на улице, затащил к себе старый граф, и Берг, который целые дни проводил у Ростовых и оказывал старшей графине Вере такое внимание, которое может оказывать молодой человек, намеревающийся сделать предложение.

Берг недаром показывал всем свою раненную в Аустерлицком сражении правую руку и держал совершенно ненужную шпагу в левой. Он так упорно и с такою значительностью рассказывал всем это событие, что все поверили в целесообразность и достоинство этого поступка, — и Берг получил за Аустерлиц две награды.

В Финляндской войне ему удалось также отличиться. Он поднял осколок гранаты, которым был убит адъютант подле главнокомандующего, и поднес начальнику этот осколок. Так же как и после Аустерлица, он так долго и упорно рассказывал всем про это событие, что все поверили тоже, что надо было это сделать, — и за Финляндскую войну Берг получил две награды. В 1809-м году он был капитан гвардии с орденами и занимал в Петербурге какие-то особенные выгодные места.

Хотя некоторые вольнодумцы и улыбались, когда им говорили про достоинства Берга, нельзя было не признать, что Берг был исправный, храбрый офицер, на отличном счету у начальства, и скромный нравственный молодый человек с блестящей карьерой впереди и даже прочным положением в обществе.

Четыре года тому назад, встретившись в партере московского театра с товарищем, немцем, Берг указал ему на Веру Ростову и по-немецки сказал: «Das soll mein Weib werden»[1], — и с той минуты решил жениться на ней. Теперь, в Петербурге, сообразив положение Ростовых и свое, он решил, что пришло время, и сделал предложение.

Предложение Берга было принято сначала с нелестным для него недоумением. Сначала представилось странно, что сын темного лифляндского дворянина делает предложение графине Ростовой; но главное свойство характера Берга состояло в таком наивном и добродушном эгоизме, что невольно Ростовы подумали, что это будет хорошо, ежели он сам так твердо убежден, что это хорошо и даже очень хорошо. Притом же дела Ростовых

---

[1] Вот она будет моею женою.

были очень расстроены, чего не мог не знать жених, а главное, Вере было двадцать четыре года, она выезжала везде, и, несмотря на то, что она несомненно была хороша и рассудительна, до сих пор никто никогда ей не сделал предложения. Согласие было дано.

— Вот видите ли, — говорил Берг своему товарищу, которого он называл другом только потому, что он знал, что у всех людей бывают друзья. — Вот видите ли, я все это сообразил, и я бы не женился, ежели бы не обдумал всего и это почему-нибудь было бы неудобно. А теперь напротив, папенька и маменька мои теперь обеспечены, я им устроил эту аренду в Остзейском крае, а мне прожить можно с женою в Петербурге при моем жалованье, при ее состоянии и при моей аккуратности. Прожить можно хорошо. Я не из-за денег женюсь, я считаю это неблагородно, но надо, чтобы жена принесла свое, а муж свое. У меня служба — у ней связи и маленькие средства. Это в наше время что-нибудь такое значит, не так ли? А главное, она прекрасная, почтенная девушка и любит меня...

Берг покраснел и улыбнулся.

— И я люблю ее, потому что у нее характер рассудительный — очень хороший. Вот другая ее сестра — одной фамилии, а совсем другое, и неприятный характер, и ума нет того, и эдакое, знаете?.. Неприятно... А моя невеста... Вот будете приходить к нам... — продолжал Берг, он хотел сказать — обедать, но раздумал и сказал: «чай пить», и, проткнув его быстро языком, выпустил круглое маленькое колечко табачного дыма, олицетворявшее вполне его мечты о счастии.

После первого чувства недоуменья, возбужденного в родителях предложением Берга, в семействе водворилась обычная в таких случаях праздничность и радость, но радость была не искренняя, а внешняя. В чувствах родных относительно этой свадьбы были заметны замешательство и стыдливость. Как будто им совестно было теперь за то, что они мало любили Веру и теперь так охотно сбывали ее с рук. Больше всех смущен был старый граф. Он, вероятно, не умел бы назвать того, что было причиной его смущения, а причина эта была его денежные дела. Он решительно не знал, что у него есть, сколько у него долгов и что он в состоянии будет дать в приданое Вере. Когда родились дочери, каждой было назначено по триста душ в приданое; но одна из этих деревень была уж продана, а другая заложена и так просрочена, что должна была продаваться, поэтому отдать имение было невозможно. Денег тоже не было.

Берг уже более месяца был женихом, и только неделя оставалась до свадьбы, а граф еще не решил с собой вопроса о приданом и не говорил об этом сам с женою. Граф то хотел отделить Вере рязанское имение, то хотел продать лес, то занять денег под вексель. За несколько дней до свадьбы Берг вошел рано утром в кабинет к графу и с приятной улыбкой почтительно попросил будущего тестя объявить ему, что будет дано за графиней Верой. Граф так смутился при этом давно предчувствованном вопросе, что сказал необдуманно первое, что пришло ему в голову.

— Люблю, что позаботился, люблю, останешься доволен...

И он, похлопав Берга по плечу, встал, желая прекратить разговор. Но Берг, приятно улыбаясь, объяснил, что, ежели он не будет знать верно, что будет дано за Верой, и не получит вперед хотя части того, что назначено ей, то он принужден будет отказаться.

— Потому что рассудите, граф, ежели бы я теперь позволил себе жениться, не имея определенных средств для поддержания своей жены, я поступил бы подло...

Разговор кончился тем, что граф, желая быть великодушным и не подвергаться новым просьбам, сказал, что он выдает вексель в восемьдесят тысяч. Берг кротко улыбнулся, поцеловал графа в плечо и сказал, что он очень благодарен, но никак не может теперь устроиться в новой жизни, не получив чистыми деньгами тридцать тысяч.

— Хотя бы двадцать тысяч, граф, — прибавил он, — а вексель тогда только в шестьдесят тысяч.

— Да, да, хорошо, — скороговоркой заговорил граф, — только уж извини, дружок, двадцать тысяч я дам, а вексель, кроме того, дам на восемьдесят тысяч. Так-то, поцелуй меня.

XII

Наташе было шестнадцать лет, и был 1809 год, тот самый, до которого она четыре года тому назад по пальцам считала с Борисом, после того как она с ним поцеловалась. С тех пор она ни разу не видала Бориса. Перед Соней и с матерью, когда разговор заходил о Борисе, она совершенно свободно говорила, как о деле решенном, что все, что было прежде, — было ребячество, про которое не стоило и говорить и которое давно было забыто. Но в самой тайной глубине ее души вопрос о том, было ли обязательство к Борису шуткой или важным, связующим обещанием, мучил ее.

С самых тех пор как Борис, в 1805 году, из Москвы уехал в армию, он не видался с Ростовыми. Несколько раз он бывал в Москве, проезжал недалеко от Отрадного, но ни разу не был у Ростовых.

Наташе приходило иногда в голову, что он не хотел видеть ее, и эти догадки ее подтверждались тем грустным тоном, которым говорили о нем старшие.

— В нынешнем веке не помнят старых друзей, — говорила графиня вслед за упоминанием о Борисе.

Анна Михайловна, в последнее время реже бывавшая у Ростовых, тоже держала себя как-то особенно достойно и всякий раз восторженно и благодарно говорила о достоинствах своего сына и о блестящей карьере, на которой он находился. Когда Ростовы приехали в Петербург, Борис приехал к ним с визитом.

Он ехал к ним не без волнения. Воспоминание о Наташе было самым поэтическим воспоминанием Бориса. Но вместе с тем он ехал с твердым намерением ясно дать почувствовать и ей, и родным ее, что детские отношения между ним и Наташей не могут быть обязательством ни для нее, ни для него. У него было блестящее положение в обществе, благодаря интимности с графиней Безуховой, блестящее положение на службе, благодаря покровительству важного лица, доверием которого он вполне пользовался, и, у него были зарождающиеся планы женитьбы на одной из самых богатых невест Петербурга, которые очень легко могли осуществиться. Когда Борис вошел в гостиную Ростовых, Наташа была в своей комнате. Узнав о его приезде, она, раскрасневшись, почти вбежала в гостиную, сияя более чем ласковой улыбкой.

Борис помнил ту Наташу в коротеньком платье, с черными, блестящими из-под локонов глазами и с отчаянным детским смехом, которую он знал четыре года тому назад, и потому, когда вошла совсем другая Наташа, он смутился и лицо его выразило восторженное удивление. Это выражение его лица обрадовало Наташу.

— Что, узнаешь свою старую приятельницу-шалунью? — сказала графиня. Борис поцеловал руку Наташи и сказал, что он удивлен происшедшей в ней переменой.

— Как вы похорошели!

«Еще бы!» — отвечали сияющие глаза Наташи.

— А папа постарел? — спросила она. Наташа села и, не вступая в разговор Бориса с графиней, молча рассматривала своего детского жениха до малейших подробностей. Он чувствовал на себе тяжесть этого упорного ласкового взгляда и изредка взглядывал на нее.

Мундир, шпоры, галстук, прическа Бориса — все это было самое модное и comme il faut. Это сейчас заметила Наташа. Он сидел немножко боком на кресле подле графини, поправляя правой рукой чистейшую, облитую перчатку на левой, говорил с особенным, утонченным поджатием губ об увеселениях высшего петербургского света и с короткой насмешливостью вспоминал о прежних московских временах и московских знакомых. Не нечаянно, как это чувствовала Наташа, он упомянул, называя высшую аристократию, о бале посланника, на котором он был, о приглашениях к NN и к SS.

Наташа сидела все время молча, исподлобья глядя на него. Взгляд этот все больше и больше беспокоил и смущал Бориса. Он чаще оглядывался на Наташу и прерывался в рассказах. Он просидел не больше десяти минут и встал, раскланиваясь. Все те же любопытные, вызывающие и несколько насмешливые глаза смотрели на него. После первого своего посещения Борис сказал себе, что Наташа для него точно так же привлекательна, как и прежде, но что он не должен отдаваться этому чувству, потому что женитьба на ней — девушке почти без состояния — была бы гибелью его карьеры, а возобновление прежних отношений без цели женитьбы было бы неблагородным поступком. Борис решил сам с собою избегать встреч с Наташей, но, несмотря на это решение, приехал через несколько дней и стал ездить часто и целые дни проводить у Ростовых. Ему представлялось, что ему необходимо было объясниться с Наташей, сказать ей, что все старое должно быть забыто, что, несмотря на все... она не может быть его женой, что у него нет состояния и ее никогда не отдадут за него. Но ему все не удавалось и неловко было приступить к этому объяснению. С каждым днем он более и более запутывался. Наташа, по замечанию матери и Сони, казалась по-старому влюбленной в Бориса. Она пела ему его любимые песни, показывала ему свой альбом, заставляла его писать в него, не позволяла поминать ему о старом, давая понимать, как прекрасно было новое; и каждый день он уезжал в тумане, не сказав того, что намерен был сказать, сам не зная, что он делал, и для чего он приезжал, и чем это кончится. Борис перестал бывать у Элен, ежедневно получал укорительные записки от нее и все-таки целые дни проводил у Ростовых.

XIII

Однажды вечером, когда старая графиня, вздыхая и кряхтя, в ночном чепце и кофточке, без накладных буклей и с одним бедным пучком волос, выступавшим из-под белого коленкорового чепчика, клала на коврике земные поклоны вечерней молитвы, ее дверь скрипнула, и в туфлях на босу ногу, тоже в кофточке и в папильотках, вбежала Наташа. Графиня оглянулась и нахмурилась. Она дочитывала свою последнюю молитву: «Неужели мне одр сей гроб будет?» Молитвенное настроение ее было уничтожено. Наташа, красная, оживленная, увидав мать на молитве, вдруг остановилась на своем бегу, присела и невольно высунула язык, грозясь самой себе. Заметив, что мать продолжала молитву, она на цыпочках подбежала к кровати, быстро скользнув одной маленькой ножкой о другую, скинула туфли и прыгнула на тот одр, за который графиня боялась, как бы он не был ее гробом. Одр этот был высокий, перинный, с пятью все уменьшающимися подушками. Наташа вскочила, утонула в перине, перевалилась к стенке и начала возиться под одеялом, укладываясь, подгибая коленки к подбородку, брыкая ногами и чуть слышно смеясь, то закрываясь с головой, то выглядывая на мать. Графиня кончила молитву и с строгим лицом подошла к постели; но, увидав, что Наташа закрыта с головой, улыбнулась своей доброй, слабой улыбкой.

— Ну, ну, ну, — сказала мать.

— Мама, можно поговорить, да? — сказала Наташа. — Ну, в душку один раз, ну еще и будет. — И она обхватила шею матери и поцеловала ее под подбородок. В обращении своем с матерью Наташа выказывала внешнюю грубость манеры, но так была чутка и ловка, что как бы она ни обхватила руками мать, она всегда умела это делать так, чтобы матери не было ни больно, ни неприятно, ни неловко.

— Ну, о чем же нынче? — сказала мать, устроившись на подушках и подождав, пока Наташа, побрыкавши ногами и также перекатившись раза два через себя, не легла с ней рядом под одним одеялом, выпростав руки и приняв серьезное выражение.

Эти ночные посещения Наташи, совершавшиеся до возвращения графа из клуба, были одни из любимейших наслаждений матери и дочери.

— О чем же нынче? А мне нужно тебе сказать...

Наташа закрыла рукой рот матери.

— О Борисе... Я знаю, — сказала она серьезно, — я затем и пришла. Не говорите, я знаю. Нет, скажите! — Она отпустила руку. — Скажите, мама. Он мил?

— Наташа, тебе шестнадцать лет, в твои года я была замужем. Ты говоришь, что Боря мил. Он очень мил, и я его люблю, как сына, но что же ты хочешь?.. Что ты думаешь? Ты ему совсем вскружила голову, я это вижу...

Говоря это, графиня оглянулась на дочь. Наташа лежала, прямо и неподвижно глядя вперед себя на одного из сфинксов красного дерева, вырезанных на углах кровати, так что графиня видела только в профиль лицо дочери. Лицо это поразило графиню своею особенностью серьезного и сосредоточенного выражения.

Наташа слушала и соображала.

— Ну, так что ж? — сказала она.

— Ты ему вскружила совсем голову, зачем? Что ты хочешь от него? Ты знаешь, что тебе нельзя выйти за него замуж.

— Отчего? — не переменяя положения, сказала Наташа.

— Оттого, что он молод, оттого, что он беден, оттого, что он родня... оттого, что ты и сама не любишь его.

— А почему вы знаете?

— Я знаю. Это нехорошо, мой дружок.

— А если я хочу... — сказала Наташа.

— Перестань говорить глупости, — сказала графиня.

— А если я хочу...

— Наташа, я серьезно...

Наташа не дала ей договорить, притянула к себе большую руку графини и поцеловала ее сверху, потом в ладонь, потом опять перевернула и стала целовать ее в косточку верхнего сустава пальца, потом в промежуток, потом опять в косточку, шепотом приговаривая: «Январь, февраль, март, апрель, май».

— Говорите, мама, что же вы молчите? Говорите, — сказала она, оглядываясь на мать, которая нежным взглядом смотрела на дочь и из-за этого созерцания, казалось, забыла все, что она хотела сказать.

— Это не годится, душа моя. Не все поймут вашу детскую связь, а видеть его таким близким с тобой может повредить тебе в глазах других молодых людей, которые к нам ездят, и, главное, напрасно мучает его. Он, может быть, нашел себе партию по себе, богатую; а теперь он с ума сходит.

— Сходит? — повторила Наташа.

— Я тебе про себя скажу. У меня был один cousin...

— Знаю — Кирила Матвеич, да ведь он старик?

— Не всегда был старик. Но вот что, Наташа, я поговорю с Борей. Ему не надо так часто ездить...

— Отчего же не надо, коли ему хочется?

— Оттого, что я знаю, что это ничем не кончится.

— Почему вы знаете? Нет, мама, вы не говорите ему. Не смейте говорить ему. Что за глупости! — говорила Наташа тоном человека, у которого хотят отнять его собственность. — Ну, не выйду замуж, так пускай ездит, коли ему весело и мне весело. — Наташа, улыбаясь, глядела на мать.

— Не замуж, а *так*, — повторила она.

— Как же это, мой друг?

— Да *так*. Ну, очень нужно, что замуж не выйду, а... *так*.

— Так, так, — повторяла графиня и, трясясь всем телом, засмеялась добрым, неожиданным старушечьим смехом.

— Полноте смеяться, перестаньте, — закричала Наташа. — Всю кровать трясете. Ужасно вы на меня похожи, такая же хохотунья... Постойте... — Она схватила обе руки графини, поцеловала на одной кость мизинца — июнь, и продолжала целовать июль, август на другой руке. — Мама, а он очень влюблен? Как, на ваши глаза? В вас были так влюблены? И очень мил, очень, очень мил! Только не совсем в моем вкусе — он узкий такой, как часы столовые... Вы не понимаете?.. Узкий, знаете, серый, светлый...

— Что ты врешь? — сказала графиня.

Наташа продолжала:

— Неужели вы не понимаете? Николенька бы понял... Безухов — тот синий, темно-синий с красным, и он четвероугольный.

— Ты и с ним кокетничаешь, — смеясь, сказала графиня.

— Нет, он франмасон, я узнала. Он славный, темносиний с красным, как вам растолковать...

— Графинюшка, — послышался голос графа из-за двери. — Ты не спишь? — Наташа вскочила босиком, захватила в руки туфли и убежала в свою комнату.

Она долго не могла заснуть. Она все думала о том, что никто никак не может понять всего, что она понимает и что в ней есть.

«Соня? — подумала она, глядя на спящую, свернувшуюся кошечку с ее огромной косой. — Нет, куда ей! Она добродетельная. Она влюбилась в Николеньку и больше ничего знать не хочет. Мама и та не понимает. Это удивительно, как я умна и как... она мила», — продолжала она, говоря про себя в третьем лице и воображая,что это говорит про нее какой-то очень умный, самый умный и самый хороший мужчина... «Все, все в ней есть, — продолжал этот мужчина, — умна необыкновенно, мила и, потом, хороша, необыкновенно хороша, ловка — плавает, верхом ездит отлично, а голос! Можно сказать, удивительный голос!». Она пропела свою любимую музыкальную фразу из херубиниевской оперы, бросилась на постель, засмеялась от радостной мысли, что она сейчас заснет, крикнула Дуняшу потушить свечку, и еще Дуняша не успела выйти из комнаты, как она уже перешла в другой, еще более счастливый мир сновидений, где все было так же легко и прекрасно, как и в действительности, но только было еще лучше, потому что было по-другому.

На другой день графиня, пригласив к себе Бориса, переговорила с ним, и с того дня он перестал бывать у Ростовых.

XIV

31-го декабря, накануне нового 1810 года, le réveillon[1], был бал у екатерининского вельможи. На бале должен был быть дипломатический корпус и государь.

---

[1] сочельник.

На Английской набережной светился бесчисленными огнями иллюминации известный дом вельможи. У освещенного подъезда с красным сукном стояла полиция, и не одни жандармы, но и полицеймейстер на подъезде и десятки офицеров полиции. Экипажи отъезжали, и все подъезжали новые с красными лакеями и с лакеями в перьях на шляпах. Из карет выходили мужчины в мундирах, звездах и лентах; дамы в атласе и горностаях осторожно сходили по шумно откладываемым подножкам и торопливо и беззвучно проходили по сукну подъезда.

Почти всякий раз, как подъезжал новый экипаж, в толпе пробегал шепот и снимались шапки.

— Государь?.. Нет, министр... принц... посланник... Разве не видишь перья!.. — говорилось из толпы. Один из толпы, одетый лучше других, казалось, знал всех и называл по имени знатнейших вельмож того времени.

Уже одна треть гостей приехала на этот бал, а у Ростовых, долженствующих быть на этом бале, еще шли торопливые приготовления одеваний.

Много было толков и приготовлений для этого бала в семействе Ростовых, много страхов, что приглашение не будет получено, платье не будет готово и не устроится все так, как было нужно.

Вместе с Ростовыми ехала на бал Марья Игнатьевна Перонская, приятельница и родственница графини, худая и желтая фрейлина старого двора, руководящая провинциальных Ростовых в высшем петербургском свете.

В десять часов вечера Ростовы должны были заехать за фрейлиной к Таврическому саду; а между тем было уже без пяти минут десять, а еще барышни не были одеты.

Наташа ехала на первый большой бал в своей жизни. Она в этот день встала в восемь часов утра и целый день находилась в лихорадочной тревоге и деятельности. Все силы ее с самого утра были устремлены на то, чтоб они все: она, мама, Соня — были одеты как нельзя лучше. Соня и графиня поручились вполне ей. На графине должно было быть масака́ бархатное платье, на них двух белые дымковые платья на розовых шелковых чехлах, с розанами в корсаже. Волоса должны были быть причесаны à la grecque.

Все существенное уже было сделано: ноги, руки, шея, уши были уже особенно старательно, по-бальному, вымыты, надушены и напудрены; обуты уже были шелковые ажурные чулки и белые атласные башмаки с бантиками; прически были почти окончены. Соня кончала одеваться, графиня тоже; но Наташа, хлопотавшая за всех, отстала. Она еще сидела перед зеркалом в накинутом на худенькие плечи пеньюаре. Соня, уже одетая, стояла посреди комнаты и, нажимая до боли маленьким пальцем, прикалывала последнюю визжавшую под булавкой ленту.

— Не так, не так, Соня! — сказала Наташа, поворачивая голову от прически и хватаясь руками за волоса, которые не поспела отпустить державшая их горничная. — Не так бант, поди сюда. — Соня присела. Наташа переколола ленту иначе.

— Позвольте, барышня, нельзя так, — говорила горничная, державшая волоса Наташи.

— Ах, Боже мой, ну после! Вот так, Соня.

— Скоро ли вы? — послышался голос графини. — Уж десять сейчас.

— Сейчас, сейчас. А вы готовы, мама?

— Только току приколоть.

— Не делайте без меня, — крикнула Наташа, — вы не сумеете!

— Да уж десять.

На бале решено было быть в половине одиннадцатого, а надо было еще Наташе одеться и заехать к Таврическому саду.

Окончив прическу, Наташа, в коротенькой юбке, из-под которой виднелись бальные башмачки, и в материной кофточке, подбежала к Соне, осмотрела ее и потом побежала к матери. Поворачивая ей голову, она приколола току и, едва успев поцеловать ее седые волосы, опять подбежала к девушкам, подшивавшим ее юбку.

Дело стояло за Наташиной юбкой, которая была слишком длинна; ее подшивали две девушки, обкусывая торопливо нитки. Третья, с булавками в губах и зубах, бегала от графини к Соне; четвертая держала на высоко поднятой руке все дымковое платье.

— Мавруша, скорее, голубушка!

— Дайте наперсток оттуда, барышня.

— Скоро ли, наконец? — сказал граф, входя из-за двери. — Вот вам духи. Перонская уж заждалась.

— Готово, барышня, — говорила горничная, двумя пальцами поднимая подшитое дымковое платье и что-то обдувая и потряхивая, выказывая этим жестом сознание воздушности и чистоты того, что она держала.

Наташа стала надевать платье.

— Сейчас, сейчас, не ходи, папа! — крикнула она отцу, отворившему дверь, еще из-под дымки юбки, закрывавшей все ее лицо. Соня захлопнула дверь. Через минуту графа впустили. Он был в синем фраке, чулках и башмаках, надушенный и припомаженный.

— Папа, ты как хорош, прелесть! — сказала Наташа, стоя посреди комнаты и расправляя складки дымки.

— Позвольте, барышня, позвольте, — говорила девушка, стоя на коленях, обдергивая платье и с одной стороны рта на другую переворачивая языком булавки.

— Воля твоя, — с отчаянием в голосе вскрикнула Соня, оглядев платье Наташи, — воля твоя, опять длинно!

Наташа отошла подальше, чтоб осмотреться в трюмо. Платье было длинно.

— Ей-богу, сударыня, ничего не длинно, — сказала Мавруша, ползавшая по полу за барышней.

— Ну, длинно, так заметаем, в одну минуту заметаем, — сказала решительная Дуняша, из платочка на груди вынимая иголку и опять на полу принимаясь за работу.

В это время застенчиво, тихими шагами, вошла графиня в своей токе и бархатном платье.

— Уу! моя красавица! — закричал граф. — Лучше вас всех!.. — Он хотел обнять ее, но она, краснея, отстранилась, чтобы не измяться.

— Мама, больше набок току, — проговорила Наташа. — Я переколю, — и бросилась вперед, а девушки, подшивавшие, не успевшие за ней броситься, оторвали кусочек дымки.

— Боже мой! Что ж это такое? Я, ей-богу, не виновата...

— Ничего, заметаю, не видно будет, — говорила Дуняша.

— Красавица, краля-то моя! — сказала из-за двери вошедшая няня. — А Сонюшка-то, ну красавицы!..

В четверть одиннадцатого, наконец, сели в кареты и поехали. Но еще нужно было заехать к Таврическому саду.

Перонская была уже готова. Несмотря на ее старость и некрасивость, у нее происходило точно то же, что у Ростовых, хотя не с такой торопливостью (для нее это было дело привычное), но так же было надушено, вымыто, напудрено старое, некрасивое тело, так же старательно промыто за ушами, и даже так же, как у Ростовых, старая горничная восторженно любовалась нарядом своей госпожи, когда она в желтом платье с шифром вышла в гостиную. Перонская похвалила туалеты Ростовых.

Ростовы похвалили ее вкус и туалет и, бережа прически и платья, в одиннадцать часов разместились по каретам и поехали.

XV

Наташа с утра этого дня не имела минуты свободы и ни разу не успела подумать о том, что предстоит ей.

В сыром, холодном воздухе, в тесноте и неполной темноте колыхающейся кареты она в первый раз живо представила себе то, что ожидает ее там, на бале, в освещенных залах, — музыка, цветы, танцы, государь, вся блестящая молодежь Петербурга. То, что ее ожидало, было так прекрасно, что она не верила даже тому, что это будет: так это было несообразно с впечатлением холода, тесноты и темноты кареты. Она поняла все то, что ее ожидает, только тогда, когда, пройдя по красному сукну подъезда, она вошла в сени, сняла шубу и пошла рядом с Соней впереди матери между цветами по освещенной лестнице. Только тогда она вспомнила, как ей надо было себя держать на бале, и постаралась принять ту величественную манеру, которую она считала необходимой для девушки на бале. Но, к счастью ее, она почувствовала, что глаза ее разбегались: она ничего не видала ясно, пульс ее забил сто раз в минуту, и кровь стала стучать у ее сердца. Она не могла принять той манеры, которая бы сделала ее смешной, и шла, замирая от волнения и стараясь всеми силами только скрыть его. И это-то была та самая манера, которая более всего шла к ней. Впереди, сзади их, так же тихо переговариваясь и так же в бальных платьях, входили гости. Зеркала по лестнице отражали дам в белых, голубых, розовых платьях, с бриллиантами и жемчугами на открытых руках и шеях.

Наташа смотрела в зеркала и в отражении не могла отличить себя от других. Все смешивалось в одну блестящую процессию. При входе в первую залу равномерный гул голосов, шагов, приветствий оглушил Наташу; свет и блеск еще более ослепил ее. Хозяин и хозяйка, уже полчаса стоявшие у входной двери и говорившие одни и те же слова входившим: «Charmé de vous voir»[1], — так же встретили и Ростовых с Перонской.

Две девочки в белых платьях, с одинаковыми розами в черных волосах, одинаково присели, но невольно хозяйка остановила дольше свой взгляд на тоненькой Наташе. Она посмотрела на нее и ей одной особенно улыбнулась в придачу к своей хозяйской улыбке. Глядя на нее, хозяйка вспомнила, может быть, и свое золотое, невозвратное девичье время, и свой первый бал. Хозяин тоже проводил глазами Наташу и спросил у графа, которая его дочь?

— Charmante![2] — сказал он, поцеловав кончики своих пальцев.

В зале стояли гости, теснясь перед входной дверью, ожидая государя. Графиня поместилась в первых рядах этой толпы. Наташа слышала и чувствовала, что несколько голосов спросили про нее и смотрели на нее. Она поняла, что она понравилась тем, которые обратили на нее внимание, и это наблюдение несколько успокоило ее.

«Есть такие же, как и мы, есть и хуже нас», — подумала она.

Перонская называла графине самых значительных из лиц, бывших на бале.

— Вот это голландский посланник, видите, седой, — говорила Перонская, указывая на старичка с серебряной сединой курчавых обильных волос, окруженного дамами, которых он чему-то заставлял смеяться.

— А вот она, царица Петербурга, графиня Безухова, — говорила она, указывая на входившую Элен.

— Как хороша! Не уступит Марье Антоновне; смотрите, как за ней увиваются и старые и молодые. И хороша и умна. Говорят, принц... без ума от нее. А вот эти две хоть и не хороши, да еще больше окружены.

Она указала на проходивших через залу даму с очень некрасивой дочерью.

— Это миллионерка-невеста, — сказала Перонская. — А вот и женихи.

— Это брат Безуховой — Анатоль Курагин, — сказала она, указывая на красавца кавалергарда, который прошел мимо их, с высоты поднятой головы, через дам глядя куда-то. — Как хорош! не правда ли? Говорят, женят его на этой богатой. И ваш-то cousin, Друбецкой, тоже очень

---

[1] Очень, очень рады вас видеть.

[2] Прелесть!

увивается. Говорят, миллионы. — Как же, это сам французский посланник, — отвечала она о Коленкуре на вопрос графини, кто это. — Посмотрите, как царь какой-нибудь. А все-таки милы, очень милы французы. Нет милей для общества. А вот и она! Нет, всё лучше всех наша Марья-то Антоновна! И как просто одета. Прелесть!

— А этот-то, толстый, в очках, фармазон всемирный, — сказала Перонская, указывая на Безухова. — С женою-то его рядом поставьте: то-то шут гороховый!

Пьер шел, переваливаясь своим толстым телом, раздвигая толпу, кивая направо и налево так же небрежно и добродушно, как бы он шел по толпе базара. Он продвигался через толпу, очевидно отыскивая кого-то.

Наташа с радостью смотрела на знакомое лицо Пьера, этого шута горохового, как называла его Перонская, и знала, что Пьер их, и в особенности ее, отыскивал в толпе. Пьер обещал ей быть на бале и представить ей кавалеров.

Но, не дойдя до них, Безухов остановился подле невысокого, очень красивого брюнета в белом мундире, который, стоя у окна, разговаривал с каким-то высоким мужчиной в звездах и ленте. Наташа тотчас же узнала невысокого молодого человека в белом мундире: это был Болконский, который показался ей очень помолодевшим, повеселевшим и похорошевшим.

— Вот еще знакомый, Болконский, видите, мама? — сказала Наташа, указывая на князя Андрея. — Помните, он у нас ночевал в Отрадном.

— А, вы его знаете? — сказала Перонская. — Терпеть не могу. Il fait à présent la pluie et le beau temps[1]. И гордость такая, что границ нет! По папеньке пошел. И связался с Сперанским, какие-то проекты пишут. Смотрите, как с дамами обращается! Она с ним говорит, а он отвернулся, — сказала она, указывая на него. — Я бы его отделала, коли б он со мной так поступил, как с этими дамами.

XVI

Вдруг все зашевелилось, толпа заговорила, подвинулась, опять раздвинулась, и между двух расступившихся рядов, при звуках заигравшей музыки, вошел государь. За

[1] По нем теперь все с ума сходят.

ним шли хозяин и хозяйка. Государь шел быстро, кланяясь направо и налево, как бы стараясь скорее избавиться от этой первой минуты встречи. Музыканты играли польский, известный тогда по словам, сочиненным на него. Слова эти начинались: «Александр, Елизавета, восхищаете вы нас». Государь прошел в гостиную, толпа хлынула к дверям; несколько лиц с изменившимися выражениями поспешно прошли туда и назад. Толпа опять отхлынула от дверей гостиной, в которой показался государь, разговаривая с хозяйкой. Какой-то молодой человек с растерянным видом наступал на дам, прося их посторониться. Некоторые дамы с лицами, выражавшими совершенную забывчивость всех условий света, портя свои туалеты, теснились вперед. Мужчины стали подходить к дамам и строиться в пары польского.

Все расступились, и государь, улыбаясь и не в такт ведя за руку хозяйку дома, вышел из дверей гостиной. За ним шли хозяин с М. А. Нарышкиной, потом посланники, министры, разные генералы, которых, не умолкая, называла Перонская. Больше половины дам имели кавалеров и шли или приготовлялись идти в польский. Наташа чувствовала, что она оставалась с матерью и Соней в числе меньшей части дам, оттесненных к стене и не взятых в польский. Она стояла, опустив свои тоненькие руки, и с мерно поднимающейся, чуть определенной грудью, сдерживая дыхание, блестящими испуганными глазами глядела перед собой, с выражением готовности на величайшую радость и на величайшее горе. Ее не занимали ни государь, ни все важные лица, на которых указывала Перонская, — у ней была одна мысль: «Неужели так никто не подойдет ко мне, неужели я не буду танцевать между первыми, неужели меня не заметят все эти мужчины, которые теперь, кажется, и не видят меня, а ежели смотрят на меня, то смотрят с таким выражением, как будто говорят: «А! это не она, так и не́чего смотреть!» Нет, это не может быть! — думала она. — Они должны же знать, как мне хочется танцевать, как я отлично танцую и как им весело будет танцевать со мною».

Звуки польского, продолжавшегося довольно долго, уже начали звучать грустно — воспоминанием в ушах Наташи. Ей хотелось плакать. Перонская отошла от них. Граф был на другом конце залы, графиня, Соня и она стояли одни, как в лесу, в этой чуждой толпе, никому не интересные и не нужные. Князь Андрей прошел с какой-то дамой мимо них, очевидно их не узнавая. Красавец Анатоль, улыбаясь, что-то говорил даме, которую он вел, и взглянул на лицо Наташи тем взглядом, каким глядят на стены. Борис два раза прошел мимо них и всякий раз отворачивался. Берг с женою, не танцевавшие, подошли к ним.

Наташе показалось оскорбительно это семейное сближение здесь, на бале, как будто не было другого места для семейных разговоров, кроме как на бале. Она не слушала и не смотрела на Веру, что-то говорившую ей про свое зеленое платье.

Наконец государь остановился подле своей последней дамы (он танцевал с тремя), музыка замолкла; озабоченный адъютант набежал на Ростовых, прося их еще куда-то посторониться, хотя они стояли у стены, и с хор раздались отчетливые, осторожные и увлекательно мерные звуки вальса. Государь с улыбкой взглянул на залу. Прошла минута — никто еще не начинал. Адъютант-распорядитель подошел к графине Безуховой и пригласил ее. Она, улыбаясь, подняла руку и положила ее, не глядя на него, на плечо адъютанта. Адъютант-распорядитель, мастер своего дела, уверенно, неторопливо и мерно, крепко обняв свою даму, пустился с ней сначала глиссадом, по краю круга, на углу залы подхватил ее левую руку, повернул ее, и из-за все убыстряющихся звуков музыки слышны были только мерные щелчки шпор быстрых и ловких ног адъютанта, и через каждые три такта на повороте как бы вспыхивало, развеваясь, бархатное платье его дамы. Наташа смотрела на них и готова была плакать, что это не она танцует этот первый тур вальса.

Князь Андрей в своем полковничьем, белом мундире (по кавалерии), в чулках и башмаках, оживленный и веселый, стоял в первых рядах круга, недалеко от Ростовых. Барон Фиргоф говорил с ним о завтрашнем, предполагаемом первом заседании Государственного совета. Князь Андрей, как человек, близкий Сперанскому и участвующий в работах законодательной комиссии, мог дать верные сведения о заседании завтрашнего дня, о котором ходили различные толки. Но он не слушал того, что ему говорил Фиргоф, и глядел то на государя, то на сбиравшихся танцевать кавалеров, не решавшихся вступить в круг.

Князь Андрей наблюдал этих робевших при государе кавалеров и дам, замиравших от желания быть приглашенными.

Пьер подошел к князю Андрею и схватил его за руку.

— Вы всегда танцуете. Тут есть моя protegée, Ростова молодая, пригласите ее, — сказал он.

— Где? — спросил Болконский. — Виноват, — сказал он, обращаясь к барону, — этот разговор мы в другом месте доведем до конца, а на бале надо танцевать. — Он вышел вперед, по направлению, которое ему указывал Пьер. Отчаянное, замирающее лицо Наташи бросилось в глаза князю Андрею. Он узнал ее, угадал ее чувство, понял, что она была начинающая, вспомнил ее разговор на окне и с веселым выражением лица подошел к графине Ростовой.

— Позвольте вас познакомить с моей дочерью, — сказала графиня, краснея.

— Я имею удовольствие быть знакомым, ежели графиня помнит меня, — сказал князь Андрей с учтивым и низким поклоном, совершенно противоречащим замечаниям Перонской о его грубости, подходя к Наташе и занося руку, чтоб обнять ее талию еще прежде, чем он договорил приглашение на танец. Он предложил ей тур вальса. То замирающее выражение лица Наташи, готовое на отчаяние и на восторг, вдруг осветилось счастливой, благодарной, детской улыбкой.

«Давно я ждала тебя», — как будто сказала эта испуганная и счастливая девочка своей просиявшей из-за готовых слез улыбкой, поднимая свою руку на плечо князя Андрея. Они были вторая пара, вошедшая в круг. Князь Андрей был одним из лучших танцоров своего времени. Наташа танцевала превосходно. Ножки ее в бальных атласных башмачках быстро, легко и независимо от нее делали свое дело, а лицо ее сияло восторгом счастия. Ее оголенные шея и руки были худы и некрасивы в сравнении с плечами Элен. Ее плечи были худы, грудь неопределенна, руки тонки; но на Элен был уже как будто лак от всех тысяч взглядов, скользивших по ее телу, а Наташа казалась девочкой, которую в первый раз оголили и которой бы очень стыдно это было, ежели бы ее не уверили, что это так необходимо надо.

Князь Андрей любил танцевать и, желая поскорее отделаться от политических и умных разговоров, с которыми все обращались к нему, и желая поскорее разорвать этот досадный ему круг смущения, образовавшегося от присутствия государя, пошел танцевать и выбрал Наташу потому, что на нее указал Пьер, и потому, что она первая из хорошеньких женщин попала ему на глаза; но едва он обнял этот тонкий, подвижный, трепещущий стан и она зашевелилась так близко от него и улыбнулась так близко от него, вино ее прелести ударило ему в голову: он почувствовал себя ожившим и помолодевшим, когда, переводя дыханье и оставив ее, остановился и стал глядеть на танцующих.

XVII

После князя Андрея к Наташе подошел Борис, приглашая ее на танцы, подошел и тот танцор-адъютант, начавший бал, и еще молодые люди, и Наташа, передавая своих излишних кавалеров Соне, счастливая и раскрасневшаяся, не переставала танцевать целый вечер. Она ничего не заметила и не видала из того, что занимало всех на этом бале. Она не только не заметила, как государь долго говорил с французским посланником, как он особенно милостиво говорил с такой-то дамой, как принц такой-то и такой-то сделали и сказали то-то, как Элен имела большой успех и удостоилась особенного внимания такого-то; она не видала даже государя и заметила, что он уехал, только потому, что после его отъезда бал более оживился. Один из веселых котильонов, перед ужином, князь Андрей опять танцевал с Наташей. Он напомнил ей о их первом свиданье в отрадненской аллее и о том, как она не могла заснуть в лунную ночь и как он невольно слышал ее. Наташа покраснела при этом напоминании и старалась оправдаться, как будто было что-то стыдное в том чувстве, в котором невольно подслушал ее князь Андрей.

Князь Андрей, как все люди, выросшие в свете, любил встречать в свете то, что не имело на себе общего светского отпечатка. И такова была Наташа, с ее удивлением, радостью и робостью, и даже ошибками во французском языке. Он особенно нежно и бережно обращался и говорил с нею. Сидя подле нее, разговаривая с нею о самых простых и ничтожных предметах, князь Андрей любовался на радостный блеск ее глаз и улыбки, относившейся не к говоренным речам, а к ее внутреннему счастию. В то время как Наташу выбирали и она с улыбкой вставала и танцевала по зале, князь Андрей любовался в особенности на ее робкую грацию. В середине котильона Наташа, окончив фигуру, еще тяжело дыша, подходила к своему месту. Новый кавалер опять пригласил ее. Она устала и запыхалась и, видимо, подумала отказаться, но тотчас опять весело подняла руку на плечо кавалера и улыбнулась князю Андрею.

«Я бы рада была отдохнуть и посидеть с вами, я устала; но вы видите, как меня выбирают, и я этому рада, и я счастлива, и я всех люблю, и мы с вами всё это понимаем», — и еще многое и многое сказала эта улыбка. Когда кавалер оставил ее, Наташа побежала через залу, чтобы взять двух дам для фигур.

«Ежели она подойдет прежде к своей кузине, а потом к другой даме, то она будет моей женой», — сказал совершенно неожиданно сам себе князь Андрей, глядя на нее. Она подошла прежде к кузине.

«Какой вздор иногда приходит в голову! — подумал князь Андрей. — Но верно только то, что эта девушка так мила, так особенна, что она не протанцует здесь месяца и выйдет замуж... Это здесь редкость», — думал он, когда Наташа, поправляя откинувшуюся у корсажа розу, усаживалась подле него.

В конце котильона старый граф подошел в своем синем фраке к танцующим. Он пригласил к себе князя Андрея и спросил у дочери, весело ли ей? Наташа не ответила и только улыбнулась такой улыбкой, которая с упреком говорила: «Как можно было спрашивать об этом?»

— Так весело, как никогда в жизни! — сказала она, и князь Андрей заметил, как быстро поднялись было ее худые руки, чтоб обнять отца, и тотчас же опустились. Наташа была так счастлива, как никогда еще в жизни. Она была на той высшей ступени счастия, когда человек делается вполне добр и хорош и не верит в возможность зла, несчастия и горя.

Пьер на этом бале в первый раз почувствовал себя оскорбленным тем положением, которое занимала его жена в высших сферах. Он был угрюм и рассеян. Поперек лба его была глубокая складка, и он, стоя у окна, смотрел через очки, никого не видя.

Наташа, направляясь к ужину, прошла мимо его.

Мрачное, несчастное лицо Пьера поразило ее. Она остановилась против него. Ей хотелось помочь ему, передать ему излишек своего счастия.

— Как весело, граф, — сказала она, — не правда ли?

Пьер рассеянно улыбнулся, очевидно не понимая того, что ему говорили.

— Да, я очень рад, — сказал он.

«Как могут они быть недовольны чем-то, — думала Наташа. — Особенно такой хороший, как этот Безухов?» На глаза Наташи, все бывшие на бале были одинаково добрые, милые, прекрасные люди, любящие друг друга: никто не мог обидеть друг друга, и потому все должны были быть счастливы.

XVIII

На другой день князь Андрей вспомнил вчерашний бал, но ненадолго остановился на нем мыслью: «Да, очень блестящий был бал. И еще... да, Ростова очень мила. Что-то в ней есть свежее, особенное, не петербургское, отличающее ее». Вот все, что он думал о вчерашнем бале, и, напившись чаю, сел за работу.

Но от усталости или бессонницы день был нехороший для занятий, и князь Андрей ничего не мог делать, он все критиковал сам свою работу, как это часто с ним бывало, и рад был, когда услыхал, что кто-то приехал.

Приехавший был Бицкий, служивший в различных комиссиях, бывавший во всех обществах Петербурга, страстный поклонник новых идей и Сперанского и озабоченный вестовщик Петербурга, один из тех людей, которые выбирают направление, как платье, — по моде, но которые поэтому-то кажутся самыми горячими партизанами направлений. Он озабоченно, едва успев снять шляпу, вбежал к князю Андрею и тотчас же начал говорить. Он только что узнал подробности заседания Государственного совета нынешнего утра, открытого государем, и с восторгом рассказывал о том. Речь государя была необычайна. Это была одна из тех речей, которые произносятся только конституционными монархами. «Государь прямо сказал, что Совет и Сенат суть государственные *сословия*; он сказал, что правление должно иметь основанием не произвол, а *твердые начала*. Государь сказал, что финансы должны быть преобразованы и отчеты быть публичны», — рассказывал Бицкий, ударяя на известные слова и значительно раскрывая глаза.

— Да, нынешнее событие есть эра, величайшая эра в нашей истории, — заключил он.

Князь Андрей слушал рассказ об открытии Государственного совета, которого он ожидал с таким нетерпением и которому приписывал такую важность, и удивлялся, что событие это теперь, когда оно совершилось, не только не трогало его, но представлялось ему более чем ничтожным. Он с тихой насмешкой слушал восторженный рассказ Бицкого. Самая простая мысль приходила ему в голову: «Какое дело мне и Бицкому, какое дело нам до того, что государю угодно было сказать в Сенате? Разве все это может сделать меня счастливее и лучше?»

И это простое рассуждение вдруг уничтожило для князя Андрея весь прежний интерес совершаемых преобразований. В этот же день князь Андрей должен был обедать у Сперанского «en petit comité»[1], как ему сказал хозяин, приглашая его. Обед этот в семейном и дружеском кругу человека, которым он так восхищался, прежде очень интересовал князя Андрея, тем более что до сих пор он не видал Сперанского в его домашнем быту; но теперь ему не хотелось ехать.

В назначенный час обеда, однако, князь Андрей уже входил в собственный небольшой дом Сперанского у Таврического сада. В паркетной столовой небольшого домика, отличавшегося необыкновенной чистотой (напоминающею монашескую чистоту), князь Андрей, несколько опоздавший, уже нашел в пять часов все собравшееся общество этого petit comité, интимных знакомых Сперанского. Дам не было никого, кроме маленькой дочери Сперанского (с длинным лицом, похожим на отца) и ее гувернантки. Гости были Жерве, Магницкий и Столыпин. Еще из передней князь Андрей услыхал громкие голоса и звонкий, отчетливый хохот — хохот, похожий на тот, каким смеются на сцене. Кто-то голосом, похожим на голос Сперанского, отчетливо отбивал: ха, ха, ха. Князь Андрей никогда не слыхал смеющегося Сперанского, и этот звонкий, тонкий смех государственного человека странно поразил его.

Князь Андрей вошел в столовую. Все общество стояло между двух окон, у небольшого стола с закуской. Сперанский в сером фраке с звездой, очевидно, в том еще белом

---

1 в дружеском кружке,

жилете и высоком белом галстуке, в которых он был в знаменитом заседании Государственного совета, с веселым лицом стоял у стола. Гости окружали его. Магницкий, обращаясь к Михаилу Михайловичу, рассказывал анекдот. Сперанский слушал, вперед смеясь тому, что скажет Магницкий. В то время как князь Андрей вошел в комнату, слова Магницкого опять заглушились смехом. Громко басил Столыпин, пережевывая кусок хлеба с сыром; тихим смехом шипел Жерве, и тонко, отчетливо смеялся Сперанский.

Сперанский, все еще смеясь, подал князю Андрею свою белую, нежную руку.

— Очень рад вас видеть, князь, — сказал он. — Минутку... — обратился он к Магницкому, прерывая его рассказ. — У нас нынче уговор: обед удовольствия и ни слова про дела. — И он опять обратился к рассказчику и опять засмеялся.

Князь Андрей с удивлением и грустью разочарования слушал его смех и смотрел на смеющегося Сперанского. Это был не Сперанский, а другой человек, казалось князю Андрею. Все, что прежде таинственно и привлекательно представлялось князю Андрею в Сперанском, вдруг стало ему ясно и непривлекательно.

За столом разговор ни на мгновение не умолкал и состоял как будто бы из собрания смешных анекдотов. Еще Магницкий не успел докончить своего рассказа, как уж кто-то другой заявил свою готовность рассказать что-то, что было еще смешнее. Анекдоты большею частью касались ежели не самого служебного мира, то лиц служебных. Казалось, что в этом обществе так окончательно было решено ничтожество этих лиц, что единственное отношение к ним могло быть только добродушно-комическое. Сперанский рассказал, как на Совете сегодняшнего утра на вопрос у глухого сановника о его мнении, сановник этот отвечал, что он того же мнения. Жерве рассказал целое дело о ревизии, замечательное по бессмыслице всех действующих лиц. Столыпин, заикаясь, вмешался в разговор и с горячностью начал говорить о злоупотреблениях прежнего порядка вещей, угрожая придать разговору серьезный характер. Магницкий стал трунить над горячностью Столыпина. Жерве вставил шутку, и разговор принял опять прежнее, веселое направление.

Очевидно, Сперанский после трудов любил отдохнуть и повеселиться в приятельском кружке, и все его гости, понимая его желание, старались веселить его и сами веселиться. Но веселье это казалось князю Андрею тяжелым и невеселым. Тонкий звук голоса Сперанского неприятно поражал его, и неумолкавший смех своею фальшивой нотой почему-то оскорблял чувство князя Андрея. Князь Андрей не смеялся и боялся, что он будет тяжел для этого общества. Но никто не замечал его несоответственности общему настроению. Всем было, казалось, очень весело.

Он несколько раз желал вступить в разговор, но всякий раз его слово выбрасывалось вон, как пробка из воды; и он не мог шутить с ними вместе.

Ничего не было дурного или неуместного в том, что они говорили, все было остроумно и могло бы быть смешно; но чего-то того самого, что составляет соль веселья, не только не было, но они и не знали, что оно бывает.

После обеда дочь Сперанского с своей гувернанткой встали. Сперанский приласкал дочь своей белой рукой и поцеловал ее. И этот жест показался неестественным князю Андрею.

Мужчины, по-английски, остались за столом и за портвейном. В середине начавшегося разговора об испанских делах Наполеона, одобряя которые все были одного и того же мнения, князь Андрей стал противоречить им. Сперанский улыбнулся и, очевидно желая отклонить разговор от принятого направления, рассказал анекдот, не имеющий отношения к разговору. На несколько мгновений все замолкли.

Посидев за столом, Сперанский закупорил бутылку с вином и, сказав: «Нынче хорошее винцо в сапожках ходит», отдал слуге и встал. Все встали и, так же шумно разговаривая, пошли в гостиную. Сперанскому подали два конверта, привезенные курьером. Он взял их и прошел в кабинет. Как только он вышел, общее веселье замолкло и гости рассудительно и тихо стали переговариваться друг с другом.

— Ну, теперь декламация! — сказал Сперанский, выходя из кабинета. — Удивительный талант! — обратился он к князю Андрею. Магницкий тотчас же стал в позу и начал говорить французские шутливые стихи, сочиненные им на некоторых известных лиц Петербурга, и несколько раз был прерываем аплодисментами. Князь Андрей по окончании стихов подошел к Сперанскому, прощаясь с ним.

— Куда вы так рано? — спросил Сперанский.

— Я обещал на вечер...

Они помолчали. Князь Андрей смотрел близко в эти зеркальные, не пропускающие к себе глаза, и ему стало смешно, как он мог ждать чего-нибудь от Сперанского и от всей своей деятельности, связанной с ним, и как мог он приписывать важность тому, что делал Сперанский. Этот аккуратный, невеселый смех долго не переставал звучать в ушах князя Андрея, после того как он уехал от Сперанского.

Вернувшись домой, князь Андрей стал вспоминать свою петербургскую жизнь за эти четыре месяца, как будто что-то новое. Он вспоминал свои хлопоты, искательства, историю своего проекта военного устава, который был принят к сведению и о котором старались умолчать единственно потому, что другая работа, очень дурная, была уже сделана и представлена государю; вспомнил о заседаниях комитета, членом которого был Берг; вспомнил, как в этих заседаниях старателъно и продолжительно обсуживалось все касающееся формы и процесса заседания комитета и как старательно и кратко обходилось все, что касалось сущности дела. Он вспомнил о своей законодательной работе, о том, как он озабоченно переводил на русский язык статьи римского и французского свода, и ему стало совестно за себя. Потом он живо представил себе Богучарово, свои занятия в деревне, свою поездку в Рязань, вспомнил мужиков, Дрона-старосту, и, приложив к ним права лиц, которые он распределял по параграфам, ему стало удивительно, как он мог так долго заниматься такой праздной работой.

XIX

На другой день князь Андрей поехал с визитами в некоторые дома, где он еще не был, и в том числе к Ростовым, с которыми он возобновил знакомство на последнем бале. Кроме законов учтивости, по которым ему нужно было быть у Ростовых, князю Андрею хотелось видеть дома эту особенную, оживленную девушку, которая оставила ему приятное воспоминание.

Наташа одна из первых встретила его. Она была в домашнем синем платье, в котором она показалась князю Андрею еще лучше, чем в бальном. Она и все семейство

Ростовых приняли князя Андрея как старого друга, просто и радушно. Все семейство, которое строго судил прежде князь Андрей, теперь показалось ему составленным из прекрасных, простых и добрых людей. Гостеприимство и добродушие старого графа, особенно мило поразительное в Петербурге, было таково, что князь Андрей не мог отказаться от обеда. «Да, это добрые, славные люди, — думал Болконский, — разумеется, не понимающие ни на волос того сокровища, которое они имеют в Наташе; но добрые люди, которые составляют наилучший фон для того, чтобы на нем отделялась эта особенно поэтическая, переполненная жизни, прелестная девушка!»

Князь Андрей чувствовал в Наташе присутствие совершенно чуждого для него, особенного мира, преисполненного каких-то неизвестных ему радостей, того чуждого мира, который еще тогда, в отрадненской аллее и на окне в лунную ночь, так дразнил его. Теперь этот мир уже более не дразнил его, не был чуждый мир; но он сам, вступив в него, находил в нем новое для себя наслаждение.

После обеда Наташа, по просьбе князя Андрея, пошла к клавикордам и стала петь. Князь Андрей стоял у окна, разговаривая с дамами, и слушал ее. В середине фразы князь Андрей замолчал и почувствовал неожиданно, что к его горлу подступают слезы, возможность которых он не знал за собой. Он посмотрел на поющую Наташу, и в душе его произошло что-то новое и счастливое. Он был счастлив, и ему вместе с тем было грустно. Ему решительно не о чем было плакать, но он готов был плакать. О чем? О прежней любви? О маленькой княгине? О своих разочарованиях?.. О своих надеждах на будущее? Да и нет. Главное, о чем ему хотелось плакать, была вдруг живо сознанная им страшная противоположность между чем-то бесконечно великим и неопределимым, бывшим в нем, и чем-то узким и телесным, чем был он сам и даже была она. Эта противоположность томила и радовала его во время ее пения.

Только что Наташа кончила петь, она подошла к нему и спросила его, как ему нравится ее голос? Она спросила это и смутилась уже после того, как она это сказала, поняв, что этого не надо было спрашивать. Он улыбнулся, глядя на нее, и сказал, что ему нравится ее пение так же, как и все, что она делает.

Князь Андрей поздно вечером уехал от Ростовых. Он лег спать по привычке ложиться, но увидал скоро, что он не может спать. Он то, зажегши свечу, сидел в постели, то вставал, то опять ложился, нисколько не тяготясь бессонницей: так радостно и ново ему было на душе, как будто он из душной комнаты вышел на вольный свет Божий. Ему и в голову не приходило, чтоб он был влюблен в Ростову; он не думал о ней; он только воображал ее себе, и вследствие этого вся жизнь его представлялась ему в новом свете. «Из чего я бьюсь, из чего я хлопочу в этой узкой, замкнутой рамке, когда жизнь, вся жизнь со всеми ее радостями открыта мне?» — говорил он себе. И он в первый раз после долгого времени стал делать счастливые планы на будущее. Он решил сам собой, что ему надо заняться воспитанием своего сына, найдя ему воспитателя и поручив ему; потом надо выйти в отставку и ехать за границу, видеть Англию, Швейцарию, Италию. «Мне надо пользоваться своей свободой, пока так много в себе чувствую силы и молодости, — говорил он сам себе. — Пьер был прав, говоря, что надо верить в возможность счастия, чтобы быть счастливым, и я теперь верю в него. Оставим мертвым хоронить мертвых, а пока жив, надо жить и быть счастливым», — думал он.

XX

В одно утро полковник Адольф Берг, которого Пьер знал, как знал всех в Москве и Петербурге, в чистеньком с иголочки мундире, с припомаженными наперед височками, как носил государь Александр Павлович, приехал к нему.

— Я сейчас был у графини, вашей супруги, и был так несчастлив, что моя просьба не могла быть исполнена; надеюсь, что у вас, граф, я буду счастливее, — сказал он, улыбаясь.

— Что вам угодно, полковник? Я к вашим услугам.

— Я теперь, граф, уже совершенно устроился на новой квартире, — сообщил Берг, очевидно зная, что это слышать не могло не быть приятно, — и потому желал сделать так, маленький вечерок для моих и моей супруги знакомых. (Он еще приятнее улыбнулся.) Я хотел просить графиню и вас сделать мне честь пожаловать к нам на чашку чая и... на ужин.

Только графиня Елена Васильевна, сочтя для себя унизительным общество каких-то Бергов, могла иметь жестокость отказаться от такого приглашения. Берг так ясно объяснил, почему он желает собрать у себя небольшое и хорошее общество, и почему это ему будет приятно, и почему он для карт и для чего-нибудь дурного жалеет деньги, но для хорошего общества готов и понести расходы, что Пьер не мог отказаться и обещался быть.

— Только не поздно, граф, ежели смею просить; так без десяти минут в восемь, смею просить. Партию составим, генерал наш будет. Он очень добр ко мне. Поужинаем, граф. Так сделайте одолжение.

Противно своей привычке опаздывать, Пьер в этот день, вместо восьми без десяти минут, приехал к Бергам в восемь часов без четверти.

Берги, припася, что нужно было для вечера, уже готовы были к приему гостей.

В новом, чистом, светлом, убранном бюстиками, и картинками, и новой мебелью кабинете сидел Берг с женою. Берг в новеньком застегнутом мундире сидел подле жены, объяснял ей, что всегда можно и должно иметь знакомства людей, которые выше себя, потому что тогда только есть приятность от знакомств.

— Переймешь что-нибудь, можешь попросить о чем-нибудь. Вот посмотри, как я жил с первых чинов (Берг жизнь свою считал не годами, а высочайшими наградами). Мои товарищи теперь еще ничто, а я на ваканции полкового командира, я имею счастье быть вашим мужем (он встал и поцеловал руку Веры, но по пути к ней отогнул угол заворотившегося ковра). И чем я приобрел все это? Главное уменьем выбирать свои знакомства. Само собой разумеется, надо быть добродетельным и аккуратным...

Берг улыбнулся с сознанием своего превосходства над слабой женщиной и замолчал, подумав, что все-таки эта милая жена его есть слабая женщина, которая не может постигнуть всего того, что составляет достоинство мужчины, — ein Mann zu sein[1]. Вера в то же время также улыбнулась с сознанием своего превосходства над добродетельным, хорошим мужем, но который все-таки ошибочно, как и все мужчины, по понятию Веры, понимал жизнь. Берг, судя по своей жене, считал всех женщин слабыми

---

[1] быть мужчиной *(нем.)*. — *Ред.*

и глупыми. Вера, судя по одному своему мужу и распространяя это замечание на всех, полагала, что все мужчины приписывают только себе разум, а вместе с тем ничего не понимают, горды и эгоисты.

Берг встал и, обняв свою жену осторожно, чтобы не измять кружевную пелеринку, за которую он дорого заплатил, поцеловал ее в середину губ.

— Одно только, чтобы у нас не было так скоро детей, — сказал он по бессознательной для себя филиации идей.

— Да, — отвечала Вера, — я совсем этого не желаю. Надо жить для общества.

— Точно такая была на княгине Юсуповой, — сказал Берг с счастливой и доброй улыбкой, указывая на пелеринку.

В это время доложили о приезде графа Безухова. Оба супруга переглянулись самодовольной улыбкой, каждый себе приписывая честь этого посещения.

— «Вот что значит уметь делать знакомства, — подумал Берг, — вот что значит уметь держать себя!»

— Только, пожалуйста, когда я занимаю гостей, — сказала Вера, — ты не перебивай меня, потому что я знаю, чем занять каждого и в каком обществе что надо говорить.

Берг тоже улыбнулся.

— Нельзя же: иногда с мужчинами мужской разговор должен быть, — сказал он.

Пьер был принят в новенькой гостиной, в которой нигде сесть нельзя было, не нарушив симметрии, чистоты и порядка, и потому весьма понятно было и не странно, что Берг великодушно предлагал разрушить симметрию кресла или дивана для дорогого гостя и, видимо, находясь сам в этом отношении в болезненной нерешительности, предложил решение этого вопроса выбору гостя. Пьер расстроил симметрию, подвинув себе стул, и тотчас же Берг и Вера начали вечер, перебивая один другого и занимая гостя.

Вера, решив в своем уме, что Пьера надо занимать разговором о французском посольстве, тотчас же начала этот разговор. Берг, решив, что надобен и мужской разговор, перебил речь жены, затрагивая вопрос о войне с Австриею, и невольно с общего разговора соскочил на личные соображения о тех предложениях, которые ему были деланы для участия в австрийском походе, и о тех причинах, почему он не принял их. Несмотря на то, что разговор был очень нескладный, и что Вера сердилась за вмешательство мужского элемента, оба супруга с удовольствием чувствовали, что, несмотря на то, что был только один гость, *вечер* был начат очень хорошо и что вечер был как две капли воды похож на всякий другой вечер с разговорами, чаем и зажженными свечами.

Вскоре приехал Борис, старый товарищ Берга. Он с некоторым оттенком превосходства и покровительства обращался с Бергом и Верой. За Борисом приехала дама с полковником, потом сам генерал, потом Ростовы, и вечер уже совершенно несомненно стал похож на все вечера. Берг с Верой не могли удерживать радостной улыбки при виде этого движения по гостиной, при звуке этого бессвязного говора, шуршанья платьев и поклонов. Все было, как и у всех, особенно похож был генерал, похваливший квартирку, потрепавший по плечу Берга и с отеческим самоуправством распорядившийся постановкой бостонного стола. Генерал подсел к графу Илье Андреичу, как к самому знатному из гостей после себя. Старички со старичками, молодые с молодыми, хозяйка у чайного стола, на котором были точно такие же печенья в серебряной корзинке, какие были у Паниных на вечере, все было совершенно так же, как у других.

XXI

Пьер, как один из почетнейших гостей, должен был сесть в бостон с Ильей Андреичем, генералом и полковником. Пьеру за бостонным столом пришлось сидеть против Наташи, и странная перемена, происшедшая в ней со дня бала, поразила его. Наташа была молчалива и не только не была так хороша, как она была на бале, но она была бы дурна, ежели бы она не имела такого кроткого и равнодушного ко всему вида.

«Что с ней?» — подумал Пьер, взглянув на нее. Она сидела подле сестры у чайного стола и неохотно, не глядя на него, отвечала что-то подсевшему к ней Борису. Отходив целую масть и забрав к удовольствию своего партнера пять взяток, Пьер, слышавший говор приветствий и звук чьих-то шагов, вошедших в комнату во время сбора взяток, опять взглянул на нее.

«Что с ней сделалось?» — еще удивленнее сказал он сам себе.

Князь Андрей с бережливо-нежным выражением стоял перед нею и говорил ей что-то. Она, подняв голову, разрумянившись и, видимо, стараясь удержать порывистое дыханье, смотрела на него. И яркий свет какого-то внутреннего, прежде потушенного огня опять горел в ней. Она вся преобразилась. Из дурной опять сделалась такою же, какою она была на бале.

Князь Андрей подошел к Пьеру, и Пьер заметил новое, молодое выражение и в лице своего друга.

Пьер несколько раз пересаживался во время игры, то спиной, то лицом к Наташе, и во все продолжение шести робберов делал наблюдения над ней и своим другом.

«Что-то очень важное происходит между ними», — думал Пьер, и радостное и вместе горькое чувство заставляло его волноваться и забывать об игре.

После шести робберов генерал встал, сказав, что эдак невозможно играть, и Пьер получил свободу. Наташа в одной стороне говорила с Соней и Борисом. Вера о чем-то с тонкой улыбкой говорила с князем Андреем. Пьер подошел к своему другу и, спросив, не тайна ли то, что говорится, сел подле них. Вера, заметив внимание князя Андрея к Наташе, нашла, что на вечере, на настоящем вечере, необходимо нужно, чтобы были тонкие намеки на чувства, и, улучив время, когда князь Андрей был один, начала с ним разговор о чувствах вообще и о своей сестре. Ей нужно было с таким умным (каким она считала князя Андрея) гостем приложить к делу свое дипломатическое искусство.

Когда Пьер подошел к ним, он заметил, что Вера находилась в самодовольном увлечении разговора, князь Андрей (что с ним редко бывало) казался смущен.

— Как вы полагаете? — с тонкой улыбкой говорила Вера. — Вы, князь, так проницательны и так понимаете сразу характеры людей. Что вы думаете о Натали, может ли она быть постоянна в своих привязанностях, может ли она так, как другие женщины (Вера разумела себя), один раз полюбить человека и навсегда остаться ему верною? Это я считаю настоящею любовью. Как вы думаете, князь?

— Я слишком мало знаю вашу сестру, — отвечал князь Андрей с насмешливой улыбкой, под которой он хотел скрыть свое смущение, — чтобы решить такой тонкий вопрос; и потом я замечал, что чем менее нравится женщина, тем она бывает постояннее, — прибавил он и посмотрел на Пьера, подошедшего в это время к ним.

— Да, это правда, князь; в наше время, — продолжала Вера (упоминая о нашем времени, как вообще любят упоминать ограниченные люди, полагающие, что они нашли и оценили особенности нашего времени и что свойства людей изменяются со временем), — в наше время девушка имеет столько свободы, что le plaisir d'être courtisée[1] часто заглушает в ней истинное чувство. Et Nathalie, il faut l'avouer, y est très sensible[2]. — Возвращение к Натали опять заставило неприятно поморщиться князя Андрея; он хотел встать, но Вера продолжала с еще более утонченной улыбкой.

— Я думаю, никто так не был courtisée, как она, — говорила Вера, — но никогда, до самого последнего времени никто серьезно ей не нравился. Вот вы знаете, граф, — обратилась она к Пьеру, — даже наш милый cousin Борис, который был, entre nous, очень и очень dans le pays du tendre...[3] — говорила она, намекая на бывшую в ходу тогда карту любви.

Князь Андрей, нахмурившись, молчал.

— Вы ведь дружны с Борисом? — сказала ему Вера.

— Да, я его знаю...

— Он, верно, вам говорил про свою детскую любовь к Наташе?

— А была детская любовь? — вдруг неожиданно покраснев, спросил князь Андрей.

— Да. Vous savez, entre cousin et cousine cette intimité mène quelquefois a l'amour: le cousinage est un dangereux voisinage. N'est ce pas?[4]

— О, без сомнения, — сказал князь Андрей, и вдруг, неестественно оживившись, он стал шутить с Пьером о том, как он должен быть осторожным в своем обращении с своими пятидесятилетними московскими кузинами, и в середине шутливого разговора встал и, взяв под руку Пьера, отвел его в сторону.

---

[1] удовольствие быть замеченною.

[2] И Натали, надо признаться, к этому очень чувствительна.

[3] между нами будь сказано... в стране нежного...

[4] Вы знаете, между двоюродным братом и сестрой эта близость очень часто приводит к любви. Двоюродные — опасное дело. Не правда ли?

— Ну что? — сказал Пьер, с удивлением смотревший на странное оживление своего друга и заметивший взгляд, который он, вставая, бросил на Наташу.

— Мне надо, мне надо поговорить с тобой, — сказал князь Андрей. — Ты знаешь наши женские перчатки (он говорил о тех масонских перчатках, которые давались вновь избранному брату для вручения любимой женщине). Я... Но нет, я после поговорю с тобой... — И с странным блеском в глазах и беспокойством в движениях князь Андрей подошел к Наташе и сел подле нее. Пьер видел, как князь Андрей что-то спросил у нее, и она, вспыхнув, отвечала ему.

Но в это время Берг подошел к Пьеру, настоятельно упрашивая его принять участие в споре между генералом и полковником об испанских делах.

Берг был доволен и счастлив. Улыбка радости не сходила с его лица. Вечер был хорош и совершенно такой, как и другие вечера, которые он видел. Все было похоже. И дамские тонкие разговоры, и карты, и за картами генерал, возвышающий голос, и самовар, и печенье; но одного еще недоставало, того, что он всегда видел на вечерах, которым он желал подражать. Недоставало громкого разговора между мужчинами и спора о чем-нибудь важном и умном. Генерал начал этот разговор, и к нему-то Берг привлек Пьера.

XXII

На другой день князь Андрей поехал к Ростовым обедать, так как его звал граф Илья Андреич, и провел у них целый день.

Все в доме чувствовали, для кого ездил князь Андрей, и он, не скрывая, целый день старался быть с Наташей. Не только в душе Наташи, испуганной, но счастливой и восторженной, но во всем доме чувствовался страх перед чем-то важным, имеющим совершиться. Графиня печальными и серьезно-строгими глазами смотрела на князя Андрея, когда он говорил с Наташей, и робко и притворно начинала какой-нибудь ничтожный разговор, как скоро он оглядывался на нее. Соня боялась уйти от Наташи и боялась быть помехой, когда она была с ними. Наташа бледнела от страха ожидания, когда она на минуту оставалась с ним с глазу на глаз. Князь Андрей поражал ее своей робостью. Она чувствовала, что ему нужно было сказать ей что-то, но что он не мог на это решиться.

Когда вечером князь Андрей уехал, графиня подошла к Наташе и шепотом сказала:

— Ну что?

— Мама! ради Бога, ничего не спрашивайте у меня теперь. Это нельзя говорить, — сказала Наташа.

Но, несмотря на то, в этот вечер Наташа, то взволнованная, то испуганная, с останавливающимися глазами лежала долго в постели матери. То она рассказывала ей, как он хвалил ее, то как он говорил, что поедет за границу, то, что он спрашивал, где они будут жить это лето, то как он спрашивал ее про Бориса.

— Но такого, такого... со мной никогда не бывало! — говорила она. — Только мне страшно при нем, мне всегда страшно при нем, что это значит? Значит, что это настоящее, да? Мама, вы спите?

— Нет, душа моя, мне самой страшно, — отвечала мать. — Иди.

— Все равно я не буду спать. Что за глупости спать! Мамаша, мамаша, такого со мной никогда не бывало! — говорила она с удивлением и испугом перед тем чувством, которое она сознавала в себе. — И могли ли мы думать!..

Наташе казалось, что еще когда она в первый раз увидала князя Андрея в Отрадном, она влюбилась в него. Ее как будто пугало это странное, неожиданное счастье, что тот, кого она выбрала еще тогда (она твердо была уверена в этом), что тот самый теперь опять встретился ей и, как кажется, неравнодушен к ней. «И надо было ему нарочно теперь, когда мы здесь, приехать в Петербург. И надо было нам встретиться на этом бале. Все это судьба. Ясно, что это судьба, что все это велось к этому. Еще тогда, как только я увидала его, я почувствовала что-то особенное».

— Что ж он тебе еще говорил? Какие стихи-то эти? Прочти... — задумчиво сказала мать, спрашивая про стихи, которые князь Андрей написал в альбом Наташе.

— Мама, это не стыдно, что он вдовец?

— Полно, Наташа. Молись Богу. Les mariages se font dans les cieux[1].

— Голубушка, мамаша, как я вас люблю, как мне хорошо! — крикнула Наташа, плача слезами счастья и волнения и обнимая мать.

---

[1] Браки совершаются на небесах.

В это же самое время князь Андрей сидел у Пьера и говорил ему о своей любви к Наташе и твердо взятом намерении жениться на ней.

В этот день у графини Елены Васильевны был раут, был французский посланник, был принц, сделавшийся с недавнего времени частым посетителем дома графини, и много блестящих дам и мужчин. Пьер был внизу, прошелся по залам и поразил всех гостей своим сосредоточенно-рассеянным и мрачным видом.

Пьер со времени бала чувствовал в себе приближение припадков ипохондрии и с отчаянным усилием старался бороться против них. Со времени сближения принца с его женою Пьер неожиданно был пожалован в камергеры, и с этого времени он стал чувствовать тяжесть и стыд в большом обществе, и чаще ему стали приходить прежние мрачные мысли о тщете всего человеческого. В это же время замеченное им чувство между покровительствуемой им Наташей и князем Андреем, своей противоположностью между его положением и положением его друга, еще усиливало это мрачное настроение. Он одинаково старался избегать мыслей о своей жене и о Наташе и князе Андрее. Опять все ему казалось ничтожно в сравнении с вечностью, опять представлялся вопрос: к чему? И он дни и ночи заставлял себя трудиться над масонскими работами, надеясь отогнать приближение злого духа. Пьер в двенадцатом часу, выйдя из покоев графини, сидел у себя наверху перед столом в накуренной низкой комнате, в затасканном халате и переписывал подлинные шотландские акты, когда кто-то вошел к нему в комнату. Это был князь Андрей.

— А, это вы, — сказал Пьер с рассеянным и недовольным видом. — А я вот работаю, — сказал он, указывая на тетрадь с тем видом спасения от невзгод жизни, с которым смотрят несчастливые люди на свою работу.

Князь Андрей с сияющим, восторженным и обновленным к жизни лицом остановился перед Пьером и, не замечая его печального лица, с эгоизмом счастия улыбнулся ему.

— Ну, душа моя, — сказал он, — я вчера хотел сказать тебе и нынче за этим приехал к тебе. Никогда не испытывал ничего подобного. Я влюблен, мой друг.

Пьер вдруг тяжело вздохнул и повалился своим тяжелым телом на диван подле князя Андрея.

— В Наташу Ростову, да? — сказал он.

— Да, да, в кого же? Никогда не поверил бы, но это чувство сильнее меня. Вчера я мучился, страдал, но и мученья этого я не отдам ни за что в мире. Я не жил прежде. Теперь только я живу, но я не могу жить без нее. Но может ли она любить меня?.. Я стар для нее... Что ты не говоришь?..

— Я? Я? Что я говорил вам, — вдруг сказал Пьер, вставая и начиная ходить по комнате. — Я всегда это думал... Эта девушка такое сокровище, такое... Это редкая девушка... Милый друг, я вас прошу, вы не умствуйте, не сомневайтесь, женитесь, женитесь и женитесь... И я уверен, что счастливее вас не будет человека.

— Но она?

— Она любит вас.

— Не говори вздору... — сказал князь Андрей, улыбаясь и глядя в глаза Пьеру.

— Любит, я знаю, — сердито закричал Пьер.

— Нет, слушай, — сказал князь Андрей, останавливая его за руку. — Ты знаешь ли, в каком я положении? Мне нужно сказать все кому-нибудь.

— Ну, ну, говорите, я очень рад, — говорил Пьер, и действительно лицо его изменилось, морщина разгладилась, и он радостно слушал князя Андрея. Князь Андрей казался и был совсем другим, новым человеком. Где была его тоска, его презрение к жизни, его разочарованность? Пьер был единственный человек, перед которым он решался высказаться; но зато ему он уже высказывал все, что у него было на душе. То он легко и смело делал планы на продолжительное будущее, говорил о том, как он не может пожертвовать своим счастьем для каприза своего отца, как он заставит отца согласиться на этот брак и полюбить ее или обойдется без его согласия, то он удивлялся, как на что-то странное, чуждое, от него не зависящее, на то чувство, которое владело им.

— Я бы не поверил тому, кто бы мне сказал, что я могу так любить, — говорил князь Андрей. — Это совсем не то чувство, которое было у меня прежде. Весь мир разделен для меня на две половины: одна — она и там все счастье, надежда, свет; другая половина — все, где ее нет, там все уныние и темнота...

— Темнота и мрак, — повторил Пьер, — да, да, я понимаю это.

— Я не могу не любить света, я не виноват в этом. И я очень счастлив. Ты понимаешь меня? Я знаю, что ты рад за меня.

— Да, да, — подтверждал Пьер, умиленными и грустными глазами глядя на своего друга. Чем светлее представлялась ему судьба князя Андрея, тем мрачнее представлялась своя собственная.

XXIII

Для женитьбы нужно было согласие отца, и для этого на другой день князь Андрей уехал к отцу.

Отец с наружным спокойствием, но внутренней злобой принял сообщение сына. Он не мог понять того, чтобы кто-нибудь хотел изменить жизнь, вносить в нее что-нибудь новое, когда жизнь для него уже кончалась. «Дали бы только дожить так, как я хочу, а потом бы делали, что хотели», — говорил себе старик. С сыном, однако, он употребил ту дипломацию, которую он употреблял в важных случаях. Приняв спокойный тон, он обсудил все дело:

Во-первых, женитьба была не блестящая в отношении родства, богатства и знатности. Во-вторых, князь Андрей был не первой молодости и слаб здоровьем (старик особенно налегал на это), а она была очень молода. В-третьих, был сын, которого жалко было отдать девчонке. В-четвертых, наконец, сказал отец, насмешливо глядя на сына, «я тебя прошу, отложи дело на год, съезди за границу, полечись, сыщи, как ты и хочешь, немца для князя Николая, и потом, ежели уж любовь, страсть, упрямство, что хочешь, так велики, тогда женись. И это последнее мое слово, знай, последнее...» — кончил князь таким тоном, которым показывал, что ничто не заставит его изменить свое решение.

Князь Андрей ясно видел, что старик надеялся, что чувство его или его будущей невесты не выдержит испытания года или что он сам, старый князь, умрет к этому времени, и решил исполнить волю отца: сделать предложение и отложить свадьбу на год.

Через три недели после своего последнего вечера у Ростовых князь Андрей вернулся в Петербург.

На другой день после своего объяснения с матерью Наташа ждала целый день Болконского, но он не приехал. На другой, на третий день было то же, Пьер также не приезжал, и Наташа, не зная того, что князь Андрей уехал к отцу, не могла объяснить его отсутствия.

Так прошли три недели. Наташа никуда не хотела выезжать и, как тень, праздная и унылая, ходила по комнатам, вечером тайно от всех плакала и не являлась по вечерам к матери. Она беспрестанно краснела и раздражалась. Ей казалось, что все знают о ее разочаровании, смеются и жалеют о ней. При всей силе внутреннего горя, это тщеславное горе усиливало ее несчастие.

Однажды она пришла к графине, хотела что-то сказать ей и вдруг заплакала. Слезы ее были слезы обиженного ребенка, который сам не знает, за что он наказан.

Графиня стала успокаивать Наташу. Наташа, вслушивавшаяся сначала в слова матери, вдруг прервала ее:

— Перестаньте, мама, я и не думаю и не хочу думать! Так, поездил, и перестал, и перестал...

Голос ее задрожал, она чуть не заплакала, но оправилась и спокойно продолжала:

— И совсем я не хочу выходить замуж. И я его боюсь; я теперь совсем, совсем успокоилась...

На другой день после этого разговора Наташа надела то старое платье, которое было ей особенно известно за доставляемую им по утрам веселость, и с утра начала тот свой прежний образ жизни, от которого она отстала после бала. Она, напившись чаю, пошла в залу, которую она особенно любила за сильный резонанс, и начала петь свои солфеджи (упражнения пения). Окончив первый урок, она остановилась на середине залы и повторила одну музыкальную фразу, особенно понравившуюся ей. Она прислушалась радостно к той (как будто неожиданной для нее) прелести, с которою эти звуки, переливаясь, наполнили всю пустоту залы и медленно замерли, и ей вдруг стало весело. «Что об этом думать много, и так хорошо», — сказала она себе и стала взад и вперед ходить по зале, ступая не простыми шагами по звонкому паркету, но на всяком шагу переступая с каблучка (на ней были новые, любимые башмаки) на носок, и так же радостно, как и к звукам своего голоса, прислушиваясь к этому мерному топоту каблучка и поскрипыванию носка. Проходя мимо зеркала, она заглянула в него. «Вот она я! — как будто говорило выражение ее лица при виде себя. — Ну, и хорошо. И никого мне не нужно».

Лакей хотел войти, чтобы убрать что-то в зале, но она не пустила его, опять, затворив за ним дверь, продолжала свою прогулку. Она возвратилась в это утро опять к своему любимому состоянию любви к себе и восхищения перед собою. «Что за прелесть эта Наташа! — сказала она опять про себя словами какого-то третьего, собирательного мужского лица. — Хороша, голос, молода, и никому она не мешает, оставьте только ее в покое». Но сколько бы ни оставляли ее в покое, она уже не могла быть покойна и тотчас же почувствовала это.

В передней отворилась дверь подъезда, кто-то спросил: дома ли? — и послышались чьи-то шаги. Наташа смотрелась в зеркало, но она не видала себя. Она слушала звуки в передней. Когда она увидала себя, лицо ее было бледно. Это был *он*. Она это верно знала, хотя чуть слышала звук его голоса из затворенных дверей.

Наташа, бледная и испуганная, вбежала в гостиную.

— Мама, Болконский приехал! — сказала она. — Мама, это ужасно, это несносно! Я не хочу... мучиться! Что же мне делать?..

Еще графиня не успела ответить ей, как князь Андрей с тревожным и серьезным лицом вошел в гостиную. Как только он увидал Наташу, лицо его просияло. Он поцеловал руку графини и Наташи и сел подле дивана...

— Давно уже мы не имели удовольствия... — начала было графиня, но князь Андрей перебил ее, отвечая на ее вопрос и, очевидно, торопясь сказать то, что ему было нужно.

— Я не был у вас все это время, потому что был у отца: мне нужно было переговорить с ним о весьма важном деле. Я вчера ночью только вернулся, — сказал он, взглянув на Наташу. — Мне нужно переговорить с вами, графиня, — прибавил он после минутного молчания.

Графиня, тяжело вздохнув, опустила глаза.

— Я к вашим услугам, — проговорила она.

Наташа знала, что ей надо уйти, но она не могла этого сделать: что-то сжимало ей горло, и она неучтиво, прямо, открытыми глазами смотрела на князя Андрея.

«Сейчас? Сию минуту!.. Нет, это не может быть!» — думала она.

Он опять взглянул на нее, и этот взгляд убедил ее в том, что она не ошиблась. Да, сейчас, сию минуту решалась ее судьба.

— Поди, Наташа, я позову тебя, — сказала графиня шепотом.

Наташа испуганными, умоляющими глазами взглянула на князя Андрея и на мать и вышла.

— Я приехал, графиня, просить руки вашей дочери, — сказал князь Андрей.

Лицо графини вспыхнуло, но она ничего не сказала.

— Ваше предложение... — степенно начала графиня. Он молчал, глядя ей в глаза. — Ваше предложение ... (она сконфузилась) нам приятно, и... я принимаю ваше предложение, я рада. И муж мой... я надеюсь... но от нее самой будет зависеть...

— Я скажу ей тогда, когда буду иметь ваше согласие... даете ли вы мне его? — сказал князь Андрей.

— Да, — сказала графиня и протянула ему руку и с смешанным чувством отчужденности и нежности прижалась губами к его лбу, когда он наклонился над ее рукой. Она желала любить его, как сына; но чувствовала, что он был чужой и страшный для нее человек.

— Я уверена, что мой муж будет согласен, — сказала графиня, — но ваш батюшка...

— Мой отец, которому я сообщил свои планы, непременным условием согласия положил то, чтобы свадьба была не раньше года. И это-то я хотел сообщить вам, — сказал князь Андрей.

— Правда, что Наташа еще молода, но — так долго!

— Это не могло быть иначе, — со вздохом сказал князь Андрей.

— Я пошлю вам ее, — сказала графиня и вышла из комнаты.

— Господи, помилуй нас, — твердила она, отыскивая дочь. Соня сказала, что Наташа в спальне. Наташа сидела на своей кровати бледная, с сухими глазами, смотрела на образ и, быстро крестясь, шептала что-то. Увидав мать, она вскочила и бросилась к ней.

— Что? мама?.. Что?

— Поди, поди к нему. Он просит твоей руки, — сказала графиня холодно, как показалось Наташе... — Поди... поди, — проговорила мать с грустью и укоризной вслед убегавшей дочери и тяжело вздохнула.

Наташа не помнила, как она вошла в гостиную. Войдя в дверь и увидав его, она остановилась. «Неужели этот чужой человек сделался теперь *все* для меня?» — спросила она себя и мгновенно ответила: «Да, все: он один теперь дороже для меня всего на свете». Князь Андрей подошел к ней, опустив глаза.

— Я полюбил вас с той минуты, как увидал вас. Могу ли я надеяться?

Он взглянул на нее, и серьезная страстность выражения ее лица поразила его. Лицо ее говорило: «Зачем спрашивать? Зачем сомневаться в том, чего нельзя не знать? Зачем говорить, когда нельзя словами выразить того, что чувствуешь».

Она приблизилась к нему и остановилась. Он взял ее руку и поцеловал.

— Любите ли вы меня?

— Да, да, — как будто с досадой проговорила Наташа, громко вздохнула, другой раз, чаще и чаще, и зарыдала.

— О чем? Что с вами?

— Ах, я так счастлива, — отвечала она, улыбнулась сквозь слезы, нагнулась ближе к нему, подумала секунду, как будто спрашивая себя, можно ли это, и поцеловала его.

Князь Андрей держал ее руку, смотрел ей в глаза и не находил в своей душе прежней любви к ней. В душе его вдруг повернулось что-то: не было прежней поэтической и таинственной прелести желания, а была жалость к ее женской и детской слабости, был страх перед ее преданностью и доверчивостью, тяжелое и вместе радостное сознание долга, навеки связавшего его с нею. Настоящее чувство, хотя и не было так светло и поэтично, как прежде, было серьезнее и сильнее.

— Сказала ли вам maman, что это не может быть раньше года? — сказал князь Андрей, продолжая глядеть в ее глаза.

«Неужели это я, та девочка-ребенок (все так говорили обо мне), — думала Наташа, — неужели я теперь с этой минуты *жена*, равная этого чужого, милого, умного человека, уважаемого даже отцом моим? Неужели это правда? Неужели правда, что теперь уже нельзя шутить жизнию, теперь уж я большая, теперь уж лежит на мне ответственность за всякое мое дело и слово? Да, что он спросил у меня?»

— Нет, — отвечала она, но она не понимала того, что он спрашивал.

— Простите меня, — сказал князь Андрей, — но вы так молоды, а я уже так много испытал жизни. Мне страшно за вас. Вы не знаете себя.

Наташа с сосредоточенным вниманием слушала, стараясь понять смысл его слов, и не понимала.

— Как ни тяжел мне будет этот год, отсрочивающий мое счастие, — продолжал князь Андрей, — в этот срок вы поверите себя. Я прошу вас через год сделать мое счастие; но вы свободны: помолвка наша останется тайной, и ежели вы убедились бы, что вы не любите меня, или полюбили бы... — сказал князь Андрей с неестественной улыбкой.

— Зачем вы это говорите? — перебила его Наташа. — Вы знаете, что с того самого дня, как вы в первый раз приехали в Отрадное, я полюбила вас, — сказала она, твердо уверенная, что она говорила правду.

— В год вы узнаете себя...

— Це-лый год! — вдруг сказала Наташа, теперь только поняв то, что свадьба отсрочена на год. — Да отчего ж год? Отчего ж год?.. — Князь Андрей стал ей объяснять причины этой отсрочки. Наташа не слушала его.

— И нельзя иначе? — спросила она. Князь Андрей ничего не ответил, но в лице выразил невозможность изменить это решение.

— Это ужасно! Нет, это ужасно, ужасно! — вдруг заговорила Наташа и опять зарыдала. — Я умру, дожидаясь года: это нельзя, это ужасно. — Она взглянула в лицо своего жениха и увидала в нем выражение сострадания и недоумения.

— Нет, нет, я все сделаю, — сказала она, вдруг остановив слезы, — я так счастлива!

Отец и мать вошли в комнату и благословили жениха и невесту.

С этого дня князь Андрей женихом стал ездить к Ростовым.

XXIV

Обручения не было, и никому не было объявлено о помолвке Болконского с Наташей; на этом настоял князь Андрей. Он говорил, что так как он причиной отсрочки, то он и должен нести всю тяжесть ее. Он говорил, что он навеки связал себя своим словом, но что он не хочет связывать Наташу и предоставляет ей полную свободу. Ежели она через полгода почувствует, что она не любит его, она будет в своем праве, ежели откажет ему. Само собою разумеется, что ни родители, ни Наташа не хотели слышать об этом; но князь Андрей настаивал на своем. Князь Андрей бывал каждый день у Ростовых, но не как жених обращался с Наташей: он говорил ей *вы* и целовал только ее руку. Между князем Андреем и Наташей после дня предложения установились совсем другие, чем прежде, близкие, простые отношения. Они как будто до сих пор не знали друг друга. И он и она любили вспоминать о том, как они смотрели друг на друга, когда были еще *ничем*; теперь оба они чувствовали себя совсем другими существами: тогда притворными, теперь простыми и искренними. Сначала в семействе чувствовалась неловкость в обращении с князем Андреем; он казался человеком из чуждого мира, и Наташа долго приучала домашних к князю Андрею и с гордостию уверяла всех, что он только кажется таким особенным, а что он такой же, как и все, и что она его не боится, и что никто не должен бояться его. После нескольких дней в семействе к нему привыкли и, не стесняясь, вели при нем прежний образ жизни, в котором он принимал участие. Он про хозяйство умел говорить с графом, и про наряды с графиней и Наташей, и про альбомы и канву с Соней. Иногда домашние Ростовы между собою и при князе Андрее удивлялись тому, как все это случилось и как очевидны были предзнаменования этого: и приезд князя Андрея в Отрадное, и их приезд в Петербург, и сходство между Наташей и князем Андреем, которое заметила няня в первый приезд князя Андрея, и столкновение в 1805-м году между Андреем и Николаем, и еще много других предзнаменований того, что случилось, было замечено домашними.

В доме царствовала та поэтическая скука и молчаливость, которая всегда сопутствует присутствию жениха и невесты. Часто, сидя вместе, все молчали. Иногда вставали и уходили, и жених с невестой, оставаясь одни, все так же молчали. Редко они говорили о будущей своей жизни. Князю Андрею страшно и совестно было говорить об этом. Наташа разделяла это чувство, как и все его чувства, которые она постоянно угадывала. Один раз Наташа стала расспрашивать про его сына. Князь Андрей покраснел, что с ним часто случалось теперь и что особенно любила Наташа, и сказал, что сын его не будет жить с ними.

— Отчего? — испуганно сказала Наташа...

— Я не могу отнять его у деда и потом...

— Как бы я его любила! — сказала Наташа, тотчас же угадав его мысль, — но я знаю, вы хотите, чтобы не было предлогов обвинять вас и меня.

Старый граф иногда подходил к князю Андрею, целовал его, спрашивал у него совета насчет воспитания Пети или службы Николая. Старая графиня вздыхала, глядя на них. Соня боялась всякую минуту быть лишней и старалась находить предлоги оставлять их одних, когда им этого и не нужно было. Когда князь Андрей говорил (он очень хорошо рассказывал), Наташа с гордостью слушала его; когда она говорила, то со страхом и радостью замечала, что он внимательно и испытующе смотрит на нее. Она с недоумением спрашивала себя: «Что он ищет во мне? Чего-то он добивается своим взглядом? Что, как нет во мне того, что он ищет этим взглядом?» Иногда она входила в свойственное ей безумно-веселое расположение духа, и тогда она особенно любила слушать и смотреть, как князь Андрей смеялся. Он редко смеялся, но зато когда он смеялся, то отдавался весь своему смеху, и всякий раз после этого смеха она чувствовала себя ближе к нему. Наташа была бы совершенно счастлива, ежели бы мысль о предстоящей и приближающейся разлуке не пугала ее.

Накануне своего отъезда из Петербурга князь Андрей привез с собой Пьера, со времени бала ни разу не бывшего у Ростовых. Пьер казался растерянным и смущенным. Он разговаривал с матерью. Наташа села с Соней у шахматного столика, приглашая этим к себе князя Андрея. Он подошел к ним.

— Вы ведь давно знаете Безухова? — спросил он. — Вы любите его?

— Да, он славный, но смешной очень.

И она, как всегда говоря о Пьере, стала рассказывать анекдоты о его рассеянности, анекдоты, которые даже выдумывали на него.

— Вы знаете, я поверил ему нашу тайну, — сказал князь Андрей. — Я знаю его с детства. Это золотое сердце. Я вас прошу, Натали, — сказал он вдруг серьезно, — я уеду. Бог знает что может случиться. Вы можете разлю... Ну, знаю, что я не должен говорить об этом. Одно, — что бы ни случилось с вами, когда меня не будет...

— Что ж случится?..

— Какое бы горе ни было, — продолжал князь Андрей, — я вас прошу, mademoiselle Sophie, что бы ни случилось, обратитесь к нему одному за советом и помощью. Это самый рассеянный и смешной человек, но самое золотое сердце.

Ни отец и мать, ни Соня, ни сам князь Андрей не могли предвидеть того, как подействует на Наташу расставанье с ее женихом. Красная и взволнованная, с сухими глазами, она ходила этот день по дому, занимаясь самыми ничтожными делами, как будто не понимая того, что ожидает ее. Она не плакала и в ту минуту, как он, прощаясь, последний раз поцеловал ее руку.

— Не уезжайте! — только проговорила она ему таким голосом, который заставил его задуматься о том, не нужно ли ему действительно остаться, и который он долго помнил после этого. Когда он уехал, она тоже не плакала; но несколько дней она, не плача, сидела в своей комнате, не интересовалась ничем и только говорила иногда: «Ах, зачем он уехал!»

Но через две недели после его отъезда она, так же неожиданно для окружающих ее, очнулась от своей нравственной болезни, стала такая же, как прежде, но только с измененной нравственной физиономией, как дети с другим лицом встают с постели после продолжительной болезни.

XXV

Здоровье и характер князя Николая Андреевича Болконского в этот последний год после отъезда сына очень ослабели. Он сделался еще более раздражителен, чем прежде, и все вспышки его беспричинного гнева большей частью обрушивались на княжну Марью. Он как будто старательно изыскивал все самые больные места ее, чтобы как можно жесточе нравственно мучить ее. У княжны Марьи были две страсти и потому две радости: племянник Николушка и религия, и обе были любимыми темами нападений и насмешек князя. О чем бы ни говорили, он сводил разговор на суеверия старых девок или на баловство и порчу детей. «Тебе хочется его (Николушку) сделать такой же старой девкой, как сама; напрасно: князю Андрею нужно сына, а не девку», — говорил он. Или, обращаясь к mademoiselle Bourienne, он спрашивал ее при княжне Марье, как ей нравятся наши попы и образа, и шутил...

Он беспрестанно больно оскорблял княжну Марью, но дочь даже не делала усилий над собой, чтобы прощать его. Разве мог бы он быть виноват перед нею, и разве мог отец ее, который (она все-таки знала это) любил ее, быть к ней несправедливым? Да и что такое справедливость? Княжна никогда не думала об этом гордом слове: справедливость. Все сложные законы человечества сосредоточивались для нее в одном простом и ясном законе — в законе любви и самоотвержения, преподанном нам тем, который с любовью страдал за человечество, когда сам он — Бог. Что ей было за дело до справедливости или несправедливости других людей? Ей надо было самой страдать и любить, и это она делала.

Зимою в Лысые Горы приезжал князь Андрей, был весел, кроток и нежен, каким его давно не видала княжна Марья. Она предчувствовала, что с ним случилось что-то, но он ничего не сказал княжне Марье о своей любви. Перед отъездом князь Андрей долго беседовал о чем-то с отцом, и княжна Марья заметила, что перед отъездом оба были недовольны друг другом.

Вскоре после отъезда князя Андрея княжна Марья писала из Лысых Гор в Петербург своему другу Жюли Карагиной, которую княжна Марья мечтала, как мечтают всегда девушки, выдать за своего брата и которая в это время была в трауре по случаю смерти своего брата, убитого в Турции.

«Горести, видно, общий удел наш, милый и нежный друг Julie.

Ваша потеря так ужасна, что я иначе не могу себе объяснить ее, как особенной милостью Бога, который хочет испытать — любя вас — вас и вашу превосходную мать. Ах, мой друг, религия, и только одна религия, может нас уже не говорю утешить, но избавить от отчаяния; одна религия может объяснить нам то, чего без ее помощи не может понять человек: для чего, зачем существа добрые, возвышенные, умеющие находить счастие в жизни, никому не только не вредящие, но необходимые для счастия других, — призываются к Богу, а остаются жить злые, бесполезные, вредные или такие, которые в тягость себе и другим. Первая смерть, которую я видела и которую никогда не забуду, — смерть моей милой невестки, произвела на меня такое впечатление. Точно так же, как и вы спрашиваете судьбу, для чего было умирать вашему прекрасному брату, точно так же спрашивала я, для чего было умирать этому ангелу — Лизе, которая не только не сделала какого-нибудь зла человеку, но никогда, кроме добрых мыслей, не имела в своей душе. И что ж, мой друг? вот прошло с тех пор пять лет, и я, с своим ничтожным умом, уже начинаю ясно понимать, для чего ей нужно было умереть и каким образом эта смерть была только выражением бесконечной благости Творца, все действия которого, хотя мы их большею частью не понимаем, суть только проявления его бесконечной любви к своему творению. Может быть, я часто думаю, она была слишком ангельски невинна для того, чтоб иметь силу перенести все обязанности матери. Она была безупречна как молодая жена; может быть, она не могла бы быть такою матерью. Теперь, мало того, что она оставила нам, и в особенности князю Андрею, самое чистое сожаление и воспоминание, она там, вероятно, получит то место, которого я не смею надеяться для себя. Но, не говоря уже о ней одной, эта ранняя и страшная смерть имела самое благотворное влияние, несмотря на всю печаль, на меня и на брата. Тогда, в минуту потери, эти мысли не могли прийти мне; тогда я с ужасом отогнала бы их, но теперь это так ясно и несомненно. Пишу все это вам, мой друг, только для того, чтоб убедить вас в евангельской истине, сделавшейся для меня жизненным правилом: ни один волос с головы нашей не упадет без его воли. А воля его руководствуется только одною беспредельною любовью к нам, и потому все, что ни случается с нами, все для нашего блага. Вы спрашиваете, проведем ли мы следующую зиму в Москве? Несмотря на все желание вас видеть, не думаю и не желаю этого. И вы удивитесь, что причиною тому Буонапарте. И вот почему: здоровье отца моего заметно слабеет: он не может переносить противоречий и делается раздражителен. Раздражительность эта, как вы знаете, обращена преимущественно на политические дела. Он не может перенести мысли о том, что Буонапарте ведет дело как с равными со всеми государями Европы, и в особенности с нашим, внуком великой Екатерины! Как вы знаете, я совершенно равнодушна к политическим делам, но из слов моего отца и разговоров его с Михаилом Ивановичем я знаю все, что делается в мире, и в особенности все почести, воздаваемые Буонапарте, которого, как кажется, еще только в Лысых Горах на всем земном шаре не признают ни великим человеком, ни еще меньше французским императором. И мой отец не может переносить этого. Мне кажется, что мой отец, преимущественно вследствие своего взгляда на политические дела и предвидя столкновения, которые у него будут вследствие его манеры, не стесняясь ни с кем, высказывать свои мнения, неохотно говорит о поездке в Москву. Все, что он выиграет от лечения, он потеряет вследствие споров о Буонапарте, которые неминуемы. Во всяком случае, это решится очень скоро. Семейная жизнь наша идет по-старому, за исключением присутствия брата Андрея. Он, как я уже писала вам, очень изменился последнее время. После его горя он теперь только, в нынешнем году, совершенно нравственно ожил. Он стал таким, каким я его знала ребенком: добрым, нежным, с тем золотым сердцем, которому я не знаю равного. Он понял, как мне кажется, что жизнь для него не кончена. Но вместе с этою нравственной переменой он физически очень ослабел. Он стал худее, чем прежде, нервнее. Я боюсь за него и рада, что он предпринял эту поездку за границу, которую доктора уже давно предписывали ему. Я надеюсь, что это поправит его. Вы мне пишете, что в Петербурге о нем говорят как об одном из самых деятельных, образованных и умных молодых людей. Простите за самолюбие родства — я никогда в этом не сомневалась. Нельзя счесть добро, которое он здесь сделал всем, начиная от своих мужиков и до дворян. Приехав в Петербург, он взял только то, что ему следовало. Удивляюсь, каким образом вообще доходят слухи из Петербурга в Москву, и особенно такие неверные, как тот, о котором вы мне пишете, — слух о мнимой женитьбе брата на маленькой Ростовой. Я не думаю, чтоб Андрей когда-нибудь женился на ком бы то ни было и в особенности на ней. И вот почему: во-первых, я знаю, что хотя он и редко говорит о покойной жене, но печаль этой потери слишком глубоко вкоренилась в его сердце, чтобы когда-нибудь он решился дать ей преемницу и мачеху нашему маленькому ангелу. Во-вторых, потому, что, сколько я знаю, эта девушка совсем не из того разряда женщин, которые могут нравиться князю Андрею. Не думаю, чтобы князь Андрей выбрал ее своею женою, и откровенно скажу: я не желаю этого. Но я заболталась, кончаю свой второй листок. Прощайте, мой милый друг; да сохранит вас Бог под своим святым и могучим покровом. Моя милая подруга, mademoiselle Bourienne, целует вас.

Мари»

XXVI

В середине лета княжна Марья получила неожиданное письмо от князя Андрея из Швейцарии, в котором он сообщал ей странную и неожиданную новость. Князь Андрей объявлял о своей помолвке с Ростовой. Все письмо его дышало любовной восторженностью к своей невесте и нежной дружбой и доверием к сестре. Он писал, что никогда он не любил так, как любит теперь, и что теперь только понял и узнал жизнь. Он просил сестру простить его за то, что в свой приезд в Лысые Горы он ничего не сказал ей об этом решении, хотя и говорил об этом с отцом. Он не сказал ей этого потому, что княжна Марья стала бы просить отца дать свое согласие и, не достигнув бы цели, раздражила бы отца и на себе бы понесла всю тяжесть его неудовольствия. Впрочем, писал он, тогда еще дело было не так окончательно решено, как теперь. «Тогда отец назначил мне срок год, и вот уже *шесть* месяцев, половина, прошло из назначенного срока, и я остаюсь более чем когда-нибудь тверд в своем решении. Ежели бы доктора не задерживали меня здесь на водах, я бы сам был в России, но теперь возвращение мое я должен отложить еще на три месяца. Ты знаешь меня и мои отношения с отцом. Мне ничего от него не нужно, я был и буду всегда независим, но сделать противное его воле, заслужить его гнев, когда, может быть, так недолго осталось ему быть с нами, разрушило бы наполовину мое счастие. Я пишу теперь ему письмо о том же и прошу тебя, выбрав добрую минуту, передать ему письмо и известить меня о том, как он смотрит на все это и есть ли надежда на то, чтоб он согласился сократить срок на три месяца».

После многих колебаний, сомнений и молитв княжна Марья передала письмо отцу. На другой день старый князь сказал ей спокойно:

— Напиши брату, чтобы подождал, пока умру... Не долго — скоро развяжу...

Княжна хотела возразить что-то, но отец не допустил ее и стал все более возвышать голос.

— Женись, женись, голубчик... Родство хорошее!.. Умные люди, а? Богатые, а? Да. Хороша у Николушки мачеха будет. Напиши ты ему, что пускай женится хоть завтра. Мачеха Николушки будет — она, а я на Бурьенке женюсь!.. Ха, ха, ха, и ему чтобы без мачехи не быть! Только одно, в моем доме больше баб не нужно; пускай женится, сам по себе живет. Может, и ты к нему переедешь? — обратился он к княжне Марье. — С Богом, по морозцу, по морозцу... по морозцу!..

После этой вспышки князь не говорил больше ни разу об этом деле. Но сдержанная досада за малодушие сына выразилась в отношениях отца с дочерью. К прежним предлогам насмешек прибавился еще новый — разговор о мачехе и любезности к m-lle Bourienne.

— Отчего же мне на ней не жениться? — говорил он дочери. — Славная княгиня будет! — И в последнее время, к недоуменью и удивленью своему, княжна Марья стала замечать, что отец ее действительно начинал больше и больше приближать к себе француженку. Княжна Марья написала князю Андрею о том, как отец принял его письмо; но утешала брата, подавая надежду примирить отца с этой мыслью.

Николушка и его воспитание, André и религия были утешениями и радостями княжны Марьи; но, кроме того, так как каждому человеку нужны свои личные надежды, у княжны Марьи была в самой глубокой тайне ее души скрытая мечта и надежда, доставлявшая ей главное утешение в ее жизни. Утешительную мечту и надежду эту дали ей божьи люди — юродивые и странники, посещавшие ее тайно от князя. Чем больше жила княжна Марья, чем больше испытывала она жизнь и наблюдала ее, тем более удивляла ее близорукость людей, ищущих здесь, на земле, наслаждений и счастья; трудящихся, страдающих, борющихся и делающих зло друг другу для достижения этого невозможного, призрачного и порочного счастия. «Князь Андрей любил жену, она умерла, ему мало этого, он хочет связать свое счастие с другой женщиной. Отец не хочет этого, потому что желает для Андрея более знатного и богатого супружества. И все они борются, и страдают, и мучают, и портят свою душу, свою вечную душу, для достижения благ, которым срок есть мгновенье. Мало того, что мы сами знаем это, — Христос, сын Бога, сошел на землю и сказал нам, что эта жизнь есть мгновенная жизнь, испытание, а мы всё держимся за нее и думаем в ней найти счастье. Как никто не понял этого? — думала княжна Марья. — Никто, кроме этих презренных божьих людей, которые с сумками за плечами приходят ко мне с заднего крыльца, боясь попасться на глаза князю, и не для того, чтобы не пострадать от него, а для того, чтобы его не ввести в грех. Оставить семью, родину, все заботы о мирских благах для того, чтобы, не прилепляясь ни к чему, ходить в посконном рубище, под чужим именем с места на место, не делая вреда людям и молясь за них, молясь и за тех, которые гонят, и за тех, которые покровительствуют: выше этой истины и жизни нет истины и жизни!»

Была одна странница, Федосьюшка, пятидесятилетняя маленькая, тихонькая, рябая женщина, ходившая уже более тридцати лет босиком и в веригах. Ее особенно любила княжна Марья. Однажды, когда в темной комнате, при свете одной лампадки, Федосьюшка рассказывала о своей жизни, княжне Марье вдруг с такой силой пришла мысль о том, что Федосьюшка одна нашла верный путь жизни, что она решилась сама пойти странствовать. Когда Федосьюшка ушла спать, княжна Марья долго думала над этим и, наконец, решила, что, как ни странно это было, ей надо было идти странствовать. Она поверила свое намерение только одному духовнику-монаху, отцу Акинфию, и духовник одобрил ее намерение. Под предлогом подарка странницам, княжна Марья припасла себе полное одеяние странницы: рубашку, лапти, кафтан и черный платок. Часто, подходя к заветному комоду, княжна Марья останавливалась в нерешительности о том, не наступило ли уже время для приведения в исполнение ее намерения.

Часто, слушая рассказы странниц, она возбуждалась их простыми, для них механическими, а для нее полными глубокого смысла речами, так что она была несколько раз готова бросить все и бежать из дому. В воображении своем она уже видела себя с Федосьюшкой в грубом рубище, шагающей с палочкой и котомочкой по пыльной дороге, направляя свое странствие без зависти, без любви человеческой, без желаний, от угодников к угодникам, и в конце концов туда, где нет ни печали, ни воздыхания, а вечная радость и блаженство.

«Приду к одному месту, помолюсь; не успею привыкнуть, полюбить — пойду дальше. И буду идти до тех пор, пока ноги подкосятся, и лягу и умру где-нибудь, и приду, наконец, в ту вечную, тихую пристань, где нет ни печали, ни воздыхания!..» — думала княжна Марья.

Но потом, увидав отца и особенно маленького Коко, она ослабевала в своем намерении, потихоньку плакала и чувствовала, что она грешница: любила отца и племянника больше, чем Бога.

ЧАСТЬ ЧЕТВЕРТАЯ

I

Библейское предание говорит, что отсутствие труда — праздность — было условием блаженства первого человека до его падения. Любовь к праздности осталась та же и в падшем человеке, но проклятие все тяготеет над человеком, и не только потому, что мы в поте лица должны снискивать хлеб свой, но потому, что по нравственным свойствам своим мы не можем быть праздны и спокойны. Тайный голос говорит, что мы должны быть виновны за то, что праздны. Ежели бы мог человек найти состояние, в котором бы он, будучи праздным, чувствовал бы себя полезным и исполняющим свой долг, он бы нашел одну сторону первобытного блаженства. И таким состоянием обязательной и безупречной праздности пользуется целое сословие — сословие военное. В этой-то обязательной и безупречной праздности состояла и будет состоять главная привлекательность военной службы.

Николай Ростов испытывал вполне это блаженство, после 1807 года продолжая служить в Павлоградском полку, в котором он уже командовал эскадроном, принятым от Денисова.

Ростов сделался загрубелым, добрым малым, которого московские знакомые нашли бы несколько mauvais genre[1], но который был любим и уважаем товарищами, подчиненными и начальством и который был доволен своею жизнью. В последнее время, т. е. в 1809 году, он чаще в письмах из дому находил сетования матери на то, что дела расстраиваются хуже и хуже и что пора бы ему приехать домой, обрадовать и успокоить стариков родителей.

---

[1] дурного тона.

Читая эти письма, Николай испытывал страх, что хотят вывести его из той среды, в которой он, оградив себя от всей житейской путаницы, жил тихо и спокойно. Он чувствовал, что рано или поздно придется опять вступить в тот омут жизни с расстройствами и поправлениями дел, с учетом управляющих, ссорами, интригами, с связями, с обществом, с любовью Сони и обещанием ей. Все это было страшно трудно, запутано, и он отвечал на письма матери холодными классическими письмами, начинавшимися: «Ma chère maman[1] и кончавшимися: votre obéissant fils»[2], умалчивая о том, когда он намерен приехать. В 1810 году он получил письма родных, в которых извещали его о помолвке Наташи с Болконским и о том, что свадьба будет через год, потому что старый князь не согласен. Это письмо огорчило, оскорбило Николая. Во-первых, ему жалко было потерять из дома Наташу, которую он любил больше всех из семьи; во-вторых, он с своей гусарской точки зрения жалел о том, что его не было при этом, потому что он бы показал этому Болконскому, что совсем не такая большая честь родство с ним, и что ежели он любит Наташу, то может обойтись и без разрешения сумасбродного отца. Минуту он колебался, не попроситься ли в отпуск, чтоб увидать Наташу невестой, но тут подошли маневры, пришли соображения о Соне, о путанице, и Николай опять отложил. Но весной того же года он получил письмо от матери, писавшей тайно от графа, и письмо это убедило его ехать. Она писала, что ежели Николай не приедет и не возьмется за дело, то все имение пойдет с молотка и все пойдут по миру. Граф так слаб, так вверился Митеньке, и так добр, и так все его обманывают, что все идет хуже и хуже. «Ради Бога, умоляю тебя, приезжай сейчас же, ежели ты не хочешь сделать меня и все твое семейство несчастными», — писала графиня.

Письмо это подействовало на Николая. У него был тот здравый смысл посредственности, который показывал ему, что было *должно*.

Теперь должно было ехать, если не в отставку, то в отпуск. Почему надо было ехать, он не знал; но, выспавшись после обеда, он велел оседлать серого Марса, давно

---

[1] Милая матушка.
[2] ваш послушный сын.

не езженного и страшно злого жеребца, и, вернувшись на взмыленном жеребце домой, объявил Лаврушке (лакей Денисова остался у Ростова) и пришедшим вечером товарищам, что подает в отпуск и едет домой. Как ни трудно и странно было ему думать, что он уедет и не узнает из штаба того, что особенно интересно было ему, произведен ли он будет в ротмистры, или получит Анну за последние маневры; как ни странно было думать, что он так и уедет, не продав графу Голуховскому тройку саврасых, которых польский граф торговал у него и которых Ростов на пари бил, что продаст за две тысячи; как ни непонятно казалось, что без него будет тот бал, который гусары должны были дать панне Пшаздецкой в пику уланам, дававшим бал своей панне Боржозовской, — он знал, что надо ехать из этого ясного, хорошего мира куда-то туда, где все было вздор и путаница. Через неделю вышел отпуск. Гусары, товарищи не только по полку, но и по бригаде, дали обед Ростову, стоивший с головы по пятнадцати рублей подписки, — играли две музыки, пели два хора песенников; Ростов плясал трепака с майором Басовым; пьяные офицеры качали, обнимали и уронили Ростова; солдаты третьего эскадрона еще раз качали его и кричали ура! Потом Ростова положили в сани и проводили до первой станции.

До половины дороги, как это всегда бывает, от Кременчуга до Киева, все мысли Ростова были еще назади — в эскадроне; но перевалившись за половину, уже он начал забывать тройку саврасых, своего вахмистра и панну Боржозовску и беспокойно начал спрашивать себя о том, что и как он найдет в Отрадном. Чем ближе он подъезжал, тем сильнее, гораздо сильнее (как будто нравственное чувство было подчинено тому же закону притяжения обратно квадратам расстояний) он думал о своем доме; на последней перед Отрадным станции дал ямщику три рубля на водку и, как мальчик, задыхаясь, вбежал на крыльцо дома.

После восторгов встречи и после того странного чувства неудовлетворения в сравнении с тем, чего ожидаешь (все то же, к чему же я так торопился!), Николай стал вживаться в свой старый мир дома. Отец и мать были те же, они только немного постарели. Новое в них было какое-то беспокойство и иногда несогласие, которого не бывало прежде и которое, как скоро узнал Николай, происходило от дурного положения дел. Соне был уже двадцатый год. Она уже остановилась хорошеть, ничего не обещала больше того, что в ней было; но и этого было достаточно. Она вся дышала счастьем и любовью с тех пор, как приехал Николай, и верная, непоколебимая любовь этой девушки радостно действовала на него. Петя и Наташа больше всех удивили Николая. Петя был уже большой, тринадцатилетний, красивый, весело и умно-шаловливый мальчик, у которого уже ломался голос. На Наташу Николай долго удивлялся и смеялся, глядя на нее.

— Совсем не та, — говорил он.

— Что ж, подурнела?

— Напротив, но важность какая-то. Княгиня? — сказал он ей шепотом.

— Да, да, да, — радостно говорила Наташа.

Наташа рассказала ему свой роман с князем Андреем, его приезд в Отрадное и показала его последнее письмо.

— Что ж, ты рад? — спрашивала Наташа. — Я так теперь спокойна, счастлива.

— Очень рад, — отвечал Николай. — Он отличный человек. Что ж, ты очень влюблена?

— Как тебе сказать, — отвечала Наташа, — я была влюблена в Бориса, в учителя, в Денисова, но это совсем не то. Мне покойно, твердо. Я знаю, что лучше его не бывает людей, и так мне спокойно, хорошо теперь. Совсем не так, как прежде...

Николай выразил Наташе свое неудовольствие в том, что свадьба была отложена на год; но Наташа с ожесточением напустилась на брата, доказывая ему, что это не могло быть иначе, что дурно бы было вступить в семью против воли отца, что она сама этого хотела.

— Ты совсем, совсем не понимаешь, — говорила она. Николай замолчал и согласился с нею.

Брат часто удивлялся, глядя на нее. Совсем не было похоже, чтобы она была влюбленная невеста в разлуке с своим женихом. Она была ровна, спокойна, весела совершенно по-прежнему. Николая это удивляло и даже заставляло недоверчиво смотреть на сватовство Болконского. Он не верил в то, что ее судьба уже решена, тем более что он не видал с нею князя Андрея. Ему все казалось, что что-нибудь не то в этом предполагаемом браке.

«Зачем отсрочка? Зачем не обручились?» — думал он. Разговорившись раз с матерью о сестре, он, к удивлению своему и удовольствию отчасти, нашел, что мать точно так же в глубине души иногда недоверчиво смотрела на этот брак.

— Вот пишет, — говорила она, показывая сыну письмо князя Андрея с тем затаенным чувством недоброжелательства, которое всегда есть у матери против будущего супружеского счастия дочери, — пишет, что не приедет раньше декабря. Какое же это дело может задержать его? Верно, болезнь! Здоровье слабое очень. Ты не говори Наташе. Ты не смотри,что она весела: это уж последнее девичье время доживает, а я знаю, что с ней делается всякий раз, как письма его получает. А впрочем, Бог даст, все и хорошо будет, — заключала она всякий раз, — он отличный человек.

II

Первое время своего приезда Николай был серьезен и даже скучен. Его мучила предстоящая необходимость вмешаться в эти глупые дела хозяйства, для которых мать вызвала его. Чтобы скорее свалить с плеч эту обузу, на третий день своего приезда он сердито, не отвечая Наташе на вопрос, куда он идет, пошел с нахмуренными бровями во флигель к Митеньке и потребовал у него *счеты всего*. Что такое были эти *счеты всего*, Николай знал еще менее, чем пришедший в страх и недоумение Митенька. Разговор и учет Митеньки продолжался недолго. Староста, выборный и земский, дожидавшиеся в передней флигеля, со страхом и удовольствием слышали сначала, как загудел и затрещал как будто все возвышавшийся и возвышавшийся голос молодого графа, слышали ругательные и страшные слова, сыпавшиеся одно за другим.

— Разбойник! Неблагодарная тварь!.. изрублю собаку... не с папенькой... обворовал... ракалья!

Потом эти люди с не меньшим удовольствием и страхом видели, как молодой граф, весь красный, с налитыми кровью глазами, за шиворот вытащил Митеньку, ногой и коленкой с большой ловкостью в удобное время между своих слов толкнул его под зад и закричал: «Вон! чтоб духу твоего, мерзавец, здесь не было!»

Митенька стремглав слетел с шести ступень и убежал в клумбу. (Клумба эта была известным местом спасения преступников в Отрадном. Сам Митенька, приезжая пьяный из города, прятался в эту клумбу, и многие жители Отрадного, прятавшиеся от Митеньки, знали спасительную силу этой клумбы.)

Жена Митеньки и свояченицы с испуганными лицами высунулись в сени из дверей комнаты, где кипел чистый самовар и воздымалась приказчицкая высокая постель под стеганым одеялом, сшитым из коротких кусочков.

Молодой граф, задыхаясь, не обращая на них внимания, решительным шагом прошел мимо их и пошел в дом.

Графиня, узнавшая тотчас же через девушек о том, что произошло во флигеле, с одной стороны, успокоилась в том отношении, что теперь состояние их должно поправиться, с другой стороны, она беспокоилась о том, как перенесет это ее сын. Она подходила несколько раз на цыпочках к его двери, слушая, как он курил трубку за трубкой.

На другой день старый граф отозвал в сторону сына и с робкой улыбкой сказал ему:

— А знаешь ли ты, моя душа, напрасно погорячился! Мне Митенька рассказал все.

«Я знал, — подумал Николай, — что никогда ничего не пойму здесь, в этом дурацком мире».

— Ты рассердился, что он не вписал эти семьсот рублей. Ведь они у него написаны транспортом, а другую страницу ты не посмотрел.

— Папенька, он мерзавец и вор, я знаю. И что сделал, то сделал. А ежели вы не хотите, я ничего не буду говорить ему.

— Нет, моя душа. (Граф был смущен тоже. Он чувствовал, что он был дурным распорядителем имения своей жены и виноват был перед своими детьми, но не знал, как поправить это.) Нет, я прошу тебя заняться делами, я стар, я...

— Нет, папенька, вы простите меня, ежели я сделал вам неприятное; я меньше вашего умею.

«Черт с ними, с этими мужиками, и деньгами, и транспортами по странице, — думал он. — Еще от угла на шесть кушей я понимал когда-то, но по странице транспорт — ничего не понимаю», — сказал он сам себе и с тех пор более не вступался в дела. Только однажды графиня позвала к себе сына, сообщила ему о том, что у нее есть вексель Анны Михайловны на две тысячи, и спросила у Николая, как он думает поступить с ним.

— А вот как, — отвечал Николай. — Вы мне сказали, что это от меня зависит; я не люблю Анну Михайловну и не люблю Бориса, но они были дружны с нами и бедны. Так вот как! — и он разорвал вексель, и этим поступком слезами радости заставил рыдать старую графиню. После этого молодой Ростов, уже не вступаясь более ни в какие дела, с страстным увлечением занялся еще новыми для него делами псовой охоты, которая в больших размерах была заведена у старого графа.

III

Уже были зазимки, утренние морозы заковывали смоченную осенними дождями землю, уже зеленя уклочились и ярко-зелено отделялись от полос буреющего, выбитого скотом, озимого и светло-желтого ярового жнивья с красными полосами гречихи. Вершины и леса, в конце августа еще бывшие зелеными островами между черными полями озимей и жнивами, стали золотистыми и ярко-красными островами посреди ярко-зеленых озимей. Русак уже до половины затерся (перелинял), лисьи выводки начинали разбредаться, и молодые волки были больше собаки. Было лучшее охотничье время. Собаки горячего молодого охотника Ростова уже не только вошли в охотничье тело, но и подбились так, что в общем совете охотников решено было три дня дать отдохнуть собакам и 16 сентября идти в отъезд, начиная с Дубравы, где был нетронутый волчий выводок.

В таком положении были дела 14-го сентября.

Весь этот день охота была дома; было морозно и колко, но с вечера стало замолаживать и оттеплело. 15 сентября, когда молодой Ростов утром в халате выглянул в окно, он увидал такое утро, лучше которого ничего не могло быть для охоты: как будто небо таяло и без ветра спускалось на землю. Единственное движение, которое было в воздухе, было тихое движенье сверху вниз спускающихся микроскопических капель мги или тумана. На оголившихся ветвях сада висели прозрачные капли и падали на только что свалившиеся листья. Земля на огороде, как мак, глянцевито-мокро чернела и в недалеком расстоянии сливалась с тусклым и влажным покровом тумана. Николай вышел на мокрое с натасканной грязью крыльцо; пахло вянущим листом и собаками. Черно-пегая широкозадая сука Милка с большими черными навыкате глазами, увидав хозяина, встала, потянулась назад и легла по-русачьи, потом неожиданно вскочила и лизнула его прямо в нос и усы. Другая борзая собака, увидав хозяина с цветной дорожки, выгибая спину, стремительно бросилась к крыльцу и, подняв прави́ло (хвост), стала тереться о ноги Николая.

— О гой! — послышался в это время тот неподражаемый охотничий подклик, который соединяет в себе и самый глубокий бас и самый тонкий тенор; и из-за угла вышел доезжачий и ловчий Данило, по-украински в скобку обстриженный, седой, морщинистый охотник, с гнутым арапником в руке и с тем выражением самостоятельности и презрения ко всему в мире, которое бывает только у охотников. Он снял свою черкесскую шапку перед барином и презрительно посмотрел на него. Презрение это не было оскорбительно для барина: Николай знал, что этот все презирающий и превыше всего стоящий Данило все-таки был его человек и охотник.

— Данила! — сказал Николай, робко чувствуя, что при виде этой охотничьей погоды, этих собак и охотника его уже обхватило то непреодолимое охотничье чувство, в котором человек забывает все прежние намерения, как человек влюбленный в присутствии своей любовницы.

— Что прикажете, ваше сиятельство? — спросил протодиаконский, охриплый от порсканья бас, и два черные блестящие глаза взглянули исподлобья на замолчавшего барина. «Что, или не выдержишь?» — как будто сказали эти два глаза.

— Хорош денек, а? И гоньба и скачка, а? — сказал Николай, чеша за ушами Милку.

Данило не отвечал и помигал глазами.

— Уварку посылал послушать на заре, — сказал его бас после минутного молчания, — сказывал, в отрадненский заказ *перевела*, там выли. (Перевела значило то, что волчица, про которую они оба знали, перешла с детьми в отрадненский лес, который был за две версты от дома и который был небольшое отъемное место.)

— А ведь ехать надо? — сказал Николай. — Приди-ка ко мне с Уваркой.

— Как прикажете!

— Так погоди же кормить.

— Слушаю.

Через пять минут Данило с Уваркой стояли в большом кабинете Николая. Несмотря на то, что Данило был невелик ростом, видеть его в комнате производило впечатление подобное тому, как когда видишь лошадь или медведя на полу между мебелью и условиями людской жизни. Данило сам это чувствовал и, как обыкновенно, стоял у самой двери, стараясь говорить тише, не двигаться, чтобы не поломать как-нибудь господских покоев, и стараясь поскорее все высказать и выйти на простор из-под потолка под небо.

Окончив расспросы и выпытав сознание Данилы, что собаки ничего (Даниле и самому хотелось ехать), Николай велел седлать. Но только что Данило хотел выйти, как в комнату вошла быстрыми шагами Наташа, еще не причесанная и не одетая, в большом нянином платке. Петя вбежал вместе с ней.

— Ты едешь? — сказала Наташа, — я так и знала! Соня говорила, что не поедете. Я знала, что нынче такой день, что нельзя не ехать.

— Едем, — неохотно отвечал Николай, которому нынче, так как он намеревался предпринять серьезную охоту за волками, не хотелось брать Наташу и Петю. — Едем, да только за волками: тебе скучно будет.

— Ты знаешь, что это самое большое мое удовольствие, — сказала Наташа. — Это дурно — сам едет, велел седлать, а нам ничего не сказал.

— Тщетны россам все препоны, едем! — прокричал Петя.

— Да ведь тебе и нельзя: маменька сказала, что тебе нельзя, — сказал Николай, обращаясь к Наташе.

— Нет, я поеду, непременно поеду, — сказала решительно Наташа. — Данила, вели нам седлать, и Михайла чтобы выезжал с моей сворой, — обратилась она к ловчему.

И так-то быть в комнате Даниле казалось неприлично и тяжело, но иметь какое-нибудь дело с барышней — для него казалось невозможным. Он опустил глаза и поспешил выйти, как будто до него это не касалось, стараясь как-нибудь нечаянно не повредить барышню.

IV

Старый граф, всегда державший огромную охоту, теперь же передавший всю охоту в ведение сына, в этот день 15-го сентября, развеселившись, собрался сам тоже выехать.

Через час вся охота была у крыльца. Николай с строгим и серьезным видом, показывавшим, что некогда теперь заниматься пустяками, прошел мимо Наташи и Пети, которые что-то рассказывали ему. Он осмотрел все части охоты, послал вперед стаю и охотников в заезд, сел на своего рыжего донца и, подсвистывая собак своей своры, тронулся через гумно в поле, ведущее к отрадненскому заказу. Лошадь старого графа, игреневого меринка, называемого Вифлянкой, вел графский стремянной; сам же он должен был прямо на оставленный ему лаз выехать в дрожечках.

Всех гончих выведено было пятьдесят четыре собаки, под которыми доезжачими и выжлятниками выехало шесть человек. Борзятников, кроме господ, было восемь человек, за которыми рыскало более сорока борзых, так что с господскими сворами выехало в поле около ста тридцати собак и двадцати конных охотников.

Каждая собака знала хозяина и кличку. Каждый охотник знал свое дело, место и назначение. Как только вышли за ограду, все без шуму и разговоров, равномерно и спокойно растянулись по дороге и полю, ведшими к отрадненскому лесу.

Как по пушному ковру, шли по полю лошади, изредка шлепая по лужам, когда переходили через дороги. Туманное небо продолжало незаметно и равномерно спускаться на землю; в воздухе было тихо, тепло, беззвучно. Изредка слышались то подсвистывание охотника, то храп лошади, то удар арапником или взвизг собаки, не шедшей на своем месте.

Когда отъехали с версту, навстречу ростовской охоте из тумана показались еще пять всадников с собаками. Впереди ехал свежий, красивый старик с большими седыми усами.

— Здравствуйте, дядюшка! — сказал Николай, когда старик подъехал к нему.

— Чистое дело марш!.. Так и знал, — заговорил дядюшка (это был дальний родственник, небогатый сосед Ростовых), — так и знал, что не вытерпишь, и хорошо, что едешь. Чистое дело марш! (Это была любимая поговорка дядюшки.) Бери заказ сейчас, а то мой Гирчик донес, что Илагины с охотой в Корниках стоят, они у тебя — чистое дело марш! — под носом выводок возьмут.

— Туда и иду. Что же, свалить стаи? — спросил Николай. — Свалить...

Гончих соединили в одну стаю, и дядюшка с Николаем поехали рядом. Наташа, закутанная платками, из-под которых виднелось оживленное, с блестящими глазами лицо, подскакала к ним, сопутствуемая не отстававшими от нее Петей и Михайлой-охотником и берейтором, который был приставлен нянькой при ней. Петя чему-то смеялся и бил и дергал свою лошадь. Наташа ловко и уверенно сидела на своем вороном Арабчике и верною рукой, без усилия, осадила его.

Дядюшка неодобрительно оглянулся на Петю и Наташу. Он не любил соединять баловство с серьезным делом охоты.

— Здравствуйте, дядюшка, и мы едем, — прокричал Петя.

— Здравствуйте-то здравствуйте, да собак не передавите, — строго сказал дядюшка.

— Николенька, какая прелестная собака Трунила! он узнал меня, — сказала Наташа про свою любимую гончую собаку.

«Трунила, во-первых, не собака, а выжлец», — подумал Николай и строго взглянул на сестру, стараясь ей дать почувствовать то расстояние, которое их должно было разделять в эту минуту. Наташа поняла это.

— Вы, дядюшка, не думайте, чтобы мы помешали кому-нибудь, — сказала Наташа. — Мы станем на своем месте и не пошевелимся.

— И хорошее дело, графинечка, — сказал дядюшка. — Только с лошади-то не упадите, — прибавил он, — а то — чистое дело марш! — не на чем держаться-то.

Остров Отрадненского заказа виднелся саженях во ста, и доезжачие подходили к нему. Ростов, решив окончательно с дядюшкой, откуда бросать гончих, и указав Наташе место, где ей стоять и где никак ничего не могло побежать, направился в заезд над оврагом.

— Ну, племянничек, на матерого становишься, — сказал дядюшка, — чур, не гладить.

— Как придется, — отвечал Ростов. — Карай, фюит! — крикнул он, отвечая этим призывом на слова дядюшки. Карай был старый и уродливый бурдастый кобель, известный тем, что он в одиночку бирал матерого волка. Все стали по местам.

Старый граф, зная охотничью горячность сына, поторопился не опоздать, и еще не успели доезжачие подъехать к месту, как Илья Андреич, веселый, румяный, с трясущимися щеками, на своих вороненьких подкатил по зеленям к оставленному ему лазу и, расправив шубку и надев охотничьи снаряды, влез на свою гладкую, сытую, смирную и добрую, поседевшую, как и он сам, Вифлянку. Лошадей с дрожками отослали. Граф Илья Андреич, хоть и не охотник по душе, но знавший твердо охотничьи законы, въехал в опушку кустов, от которых он стоял, разобрал поводья, оправился на седле и, чувствуя себя готовым, оглянулся, улыбаясь.

Подле него стоял его камердинер, старинный, но отяжелевший ездок, Семен Чекмарь. Чекмарь держал на своре трех лихих, но так же зажиревших, как хозяин и лошадь, волкодавов. Две собаки, умные, старые, улеглись без свор. Шагов на сто подальше в опушке стоял другой стремянный графа, Митька, отчаянный ездок и страстный охотник. Граф, по старинной привычке, выпил перед охотой серебряную чарку охотничьей запеканочки, закусил и запил полубутылкой своего любимого бордо.

Илья Андреич был немножко красен от вина и езды; глаза его, подернутые влагой, особенно блестели, и он, укутанный в шубку, сидя на седле, имел вид ребенка, которого собрали гулять.

Худой, со втянутыми щеками Чекмарь, устроившись с своими делами, поглядывал на барина, с которым он жил тридцать лет душа в душу, и, понимая его приятное расположение духа, ждал приятного разговора. Еще третье лицо подъехало осторожно (видно, уже оно было учено) из-за леса и остановилось позади графа. Лицо это был старик в седой бороде, в женском капоте и высоком колпаке. Это был шут Настасья Ивановна.

— Ну, Настасья Ивановна, — подмигивая ему, шепотом сказал граф, — ты только оттопай зверя, тебе Данило задаст.

— Я сам... с усам, — сказал Настасья Ивановна.

— Шшшш! — зашикал граф и обратился к Семену.

— Наталью Ильиничну видел? — спросил он у Семена. — Где она?

— Они с Петром Ильичом от Жаровых бурьянов стали, — отвечал Семен, улыбаясь. — Тоже дамы, а охоту большую имеют.

— А ты удивляешься, Семен, как она ездит... а? — сказал граф. — Хоть бы мужчине впору!

— Как не дивиться? Смело, ловко!

— А Николаша где? Над Лядовским верхом, что ли? — все шепотом спрашивал граф.

— Так точно-с. Уж они знают, где стать. Так тонко езду знают, что мы с Данилой другой раз диву даемся, — говорил Семен, зная, чем угодить барину.

— Хорошо ездит, а? А на коне-то каков, а?

— Картину писать! Как намеднись из Заварзинских бурьянов помкнули лису. Они перескакивать стали, от уймища, страсть — лошадь тысяча рублей, а седоку цены нет! Да, уж такого молодца поискать!

— Поискать... — повторил граф, видимо, сожалея, что кончилась так скоро речь Семена. — Поискать, — сказал он, отворачивая полы шубки и доставая табакерку.

— Намедни как от обедни во всей регалии вышли, так Михаил-то Сидорыч... — Семен не договорил, услыхав ясно раздавшийся в тихом воздухе гон с подвыванием не более двух или трех гончих. Он, наклонив голову, прислушался и молча погрозился барину. — На выводок натекли... — прошептал он, — прямо на Лядовской повели.

Граф, забыв стереть улыбку с лица, смотрел перед собой вдаль по перемычке и, не нюхая, держал в руке табакерку. Вслед за лаем собак послышался голос по волку, поданный в басистый рог Данилы; стая присоединилась к первым трем собакам, и слышно было, как заревели с заливом голоса гончих, с тем особенным подвыванием, которое служит признаком гона по волку. Доезжачие уже не порскали, а улюлюкали, и из-за всех голосов выступал голос Данилы, то басистый, то пронзительно-тонкий. Голос Данилы, казалось, наполнял весь лес, выходил из-за леса и звучал далеко в поле.

Прислушавшись несколько секунд молча, граф и его стремянный убедились, что гончие разбились на две стаи: одна, большая, ревевшая особенно горячо, стала удаляться, другая часть стаи понеслась вдоль по лесу, мимо графа, и при этой стае было слышно улюлюканье Данилы. Оба эти гона сливались, переливались, но оба удалялись. Семен вздохнул и нагнулся, чтоб оправить сворку, в которой запутался молодой кобель. Граф тоже вздохнул и, заметив в своей руке табакерку, открыл ее и достал щепоть.

— Назад! — крикнул Семен на кобеля, который выступил за опушку. Граф вздрогнул и уронил табакерку. Настасья Ивановна слез и стал поднимать ее.

Граф и Семен смотрели на него. Вдруг, как это часто бывает, звук гона мгновенно приблизился, как будто вот-вот перед ними самими были лающие рты собак и улюлюканье Данилы.

Граф оглянулся и направо увидал Митьку, который выкатывавшимися глазами смотрел на графа и, подняв шапку, указывал ему вперед, на другую сторону.

— Береги! — закричал он таким голосом, что видно было, что это слово давно уже мучительно просилось у него наружу. И поскакал, выпустив собак, по направлению к графу.

Граф и Семен выскакали из опушки и налево от себя увидали волка, который, мягко переваливаясь, тихим скоком подскакивал левее их к той самой опушке, у которой они стояли. Злобные собаки визгнули и, сорвавшись со свор, понеслись к волку мимо ног лошадей.

Волк приостановил бег, неловко, как больной жабой, повернул свою лобастую голову к собакам и, так же мягко переваливаясь, прыгнул раз, другой и, мотнув поленом (хвостом), скрылся в опушку. В ту же минуту из противоположной опушки с ревом, похожим на плач, растерянно выскочила одна, другая, третья гончая, и вся стая понеслась по полю, по тому самому месту, где пролез (пробежал) волк. Вслед за гончими расступились кусты орешника, и показалась бурая, почерневшая от поту лошадь Данилы. На длинной спине ее комочком, валясь вперед, сидел Данило, без шапки, с седыми встрепанными волосами над красным, потным лицом.

— Улюлюлю, улюлю!.. — кричал он. Когда он увидал графа, в глазах его сверкнула молния.

— Ж...! — крикнул он, грозясь поднятым арапником на графа.

— Про...ли волка-то!.. охотники! — И как бы не удостоивая сконфуженного, испуганного графа дальнейшим разговором, он со всей злобой, приготовленной на графа, ударил по ввалившимся мокрым бокам бурого мерина и понесся за гончими. Граф, как наказанный, стоял, оглядываясь и стараясь улыбкой вызвать в Семене сожаление к своему положению. Но Семена уже не было: он, в объезд по кустам, заскакивал волка от засеки. С двух сторон также перескакивали зверя борзятники. Но волк пошел кустами, и ни один охотник не перехватил его.

V

Николай Ростов между тем стоял на своем месте, ожидая зверя. По приближению и отдалению гона, по звукам голосов известных ему собак, по приближению, отдалению и возвышению голосов доезжачих он чувствовал то, что́ совершалось в острове. Он знал, что в острове были прибылые (молодые) и матерые (старые) волки; он знал, что гончие разбились на две стаи, что где-нибудь травили и что что-нибудь случилось неблагополучное. Он всякую секунду на свою сторону ждал зверя. Он делал тысячи различных предположений о том, как и с какой стороны побежит зверь и как он будет травить его. Надежда сменялась отчаянием. Несколько раз он обращался к Богу с мольбой о том, чтобы волк вышел на него; он молился с тем страстным и совестливым чувством, с которым молятся люди в минуты сильного волнения, зависящего от ничтожной причины. «Ну, что тебе стоит, — говорил он Богу, — сделать это для меня! Знаю, что ты велик и что грех тебя просить об этом; но, ради Бога, сделай, чтобы на меня вылез матерый и чтобы Карай, на глазах дядюшки, который вон оттуда смотрит, влепился ему мертвой хваткой в горло». Тысячу раз в эти полчаса упорным, напряженным и беспокойным взглядом окидывал Ростов опушку лесов с двумя редкими дубами над осиновым подседом, и овраг с измытым краем, и шапку дядюшки, чуть видневшегося из-за куста направо.

«Нет, не будет этого счастья, — думал Ростов, — а что бы стоило! Не будет! Мне всегда, и в картах и на войне, во всем несчастье». Аустерлиц и Долохов ярко, но быстро сменяясь, мелькали в его воображении. «Только один раз бы в жизни затравить матерого волка, больше я не желаю!» — думал он, напрягая слух и зрение, оглядываясь налево и опять направо и прислушиваясь к малейшим оттенкам звуков гона. Он взглянул опять направо и увидал, что по пустынному полю навстречу к нему бежало что-то. «Нет, это не может быть!» — подумал Ростов, тяжело вздыхая, как вздыхает человек при совершении того, что было долго ожидаемо им. Совершилось величайшее счастье — и так просто, без шума, без блеска, без ознаменования. Ростов не верил своим глазам, и сомнение это продолжалось более секунды. Волк бежал вперед и перепрыгнул тяжело рытвину, которая была на его дороге. Это был старый зверь, с седой спиной и с наеденным красноватым брюхом. Он бежал неторопливо, очевидно убежденный, что никто не видит его. Ростов, не дыша, оглянулся на собак. Они лежали, стояли, не видя волка и ничего не понимая. Старый Карай, завернув голову и оскалив желтые зубы, сердито отыскивая блоху, щелкал ими на задних ляжках.

— Улюлюлю, — шепотом, оттопыривая губы, проговорил Ростов. Собаки, дрогнув железками, вскочили, насторожив уши. Карай дочесал свою ляжку и встал, насторожив уши, и слегка мотнул хвостом, на котором висели войлоки шерсти.

«Пускать? не пускать?» — говорил сам себе Николай в то время, как волк подвигался к нему, отделяясь от леса. Вдруг вся физиономия волка изменилась; он вздрогнул, увидав еще, вероятно, никогда не виданные им человеческие глаза, устремленные на него, и, слегка поворотив к охотнику голову, остановился — назад или вперед? «Э! все равно, вперед!..» — видно, как будто сказал он сам себе и пустился вперед, уже не оглядываясь, мягким, редким, вольным, но решительным скоком.

— Улюлю!.. — не своим голосом закричал Николай, и сама собою стремглав понеслась его добрая лошадь под гору, перескакивая через водомоины впоперечь волку; и еще быстрее, обогнав ее, понеслись собаки. Николай не слыхал ни своего крика, не чувствовал того, что он скачет, не видал ни собак, ни места, по которому он скачет; он видел только волка, который, усилив свой бег, скакал, не переменяя направления, по лощине. Первая показалась вблизи зверя черно-пегая, широкозадая Милка и стала приближаться к зверю. Ближе, ближе... вот она приспела к нему. Но волк чуть покосился на нее, и вместо того чтобы наддать, как это она всегда делала, Милка вдруг, подняв хвост, стала упираться на передние ноги.

— Улюлюлюлю! — кричал Николай.

Красный Любим выскочил из-за Милки, стремительно бросился на волка и схватил его за гачи (ляжки задних ног), но в ту же секунду испуганно перескочил на другую сторону. Волк присел, щелкнул зубами и опять поднялся и поскакал вперед, провожаемый на аршин расстояния всеми собаками, не приближавшимися к нему.

«Уйдет! Нет, это невозможно», — думал Николай, продолжая кричать охрипнувшим голосом.

— Карай! Улюлю!.. — кричал он, отыскивая глазами старого кобеля, единственную свою надежду. Карай из всех своих старых сил, вытянувшись сколько мог, глядя на волка, тяжело скакал в сторону от зверя, наперерез ему. Но по быстроте скока волка и медленности скока собаки было видно, что расчет Карая был ошибочен. Николай уже не далеко впереди себя видел тот лес, до которого добежав, волк уйдет наверное. Впереди показались собаки и охотник, скакавший почти навстречу. Еще была надежда. Незнакомый Николаю, муругий молодой длинный кобель чужой своры стремительно подлетел спереди к волку и почти опрокинул его. Волк быстро, как нельзя было ожидать от него, приподнялся и бросился к муругому кобелю, щелкнул зубами — и окровавленный, с распоротым боком кобель, пронзительно завизжав, ткнулся головой в землю.

— Караюшка! Отец!.. — плакал Николай...

Старый кобель, с своими мотавшимися на ляжках клоками, благодаря происшедшей остановке, перерезывая дорогу волку, был уже в пяти шагах от него. Как будто почувствовав опасность, волк покосился на Карая, еще дальше спрятав полено (хвост) между ног, и наддал скоку. Но тут — Николай видел только, что что-то сделалось с Караем, — он мгновенно очутился на волке и с ним вместе повалился кубарем в водомоину, которая была перед ними.

Та минута, когда Николай увидал в водомоине копошащихся с волком собак, из-под которых виднелась седая шерсть волка, его вытянувшаяся задняя нога и с прижатыми ушами испуганная и задыхающаяся голова (Карай держал его за горло), — минута, когда увидал это Николай, была счастливейшею минутою его жизни. Он взялся уже за луку седла, чтобы слезть и колоть волка, как вдруг из этой массы собак высунулась вверх голова зверя, потом передние ноги стали на край водомоины. Волк ляскнул зубами (Карай уже не держал его за горло), выпрыгнул задними ногами из водомоины и, поджав хвост, опять отделившись от собак, двинулся вперед. Карай с ощетинившейся шерстью, вероятно, ушибленный или раненый, с трудом вылез из водомоины.

— Боже мой! За что?.. — с отчаянием закричал Николай.

Охотник дядюшки с другой стороны скакал наперерез волку, и собаки его опять остановили зверя. Опять его окружили.

Николай, его стремянной, дядюшка и его охотник вертелись над зверем, улюлюкáя, крича, всякую минуту собираясь слезть, когда волк садился на зад, и всякий раз пускаясь вперед, когда волк встряхивался и подвигался к засеке, которая должна была спасти его.

Еще в начале этой травли Данило, услыхав улюлюканье, выскочил на опушку леса. Он видел, как Карай взял волка, и остановил лошадь, полагая, что дело было кончено. Но когда охотники не слезли, волк встряхнулсл и опять пошел наутек, Данило выпустил своего бурого не к волку, но прямой линией, к засеке, так же как Карай, — наперерез зверю. Благодаря этому направлению он подскакивал к волку в то время, как во второй раз его остановили дядюшкины собаки.

Данило скакал молча, держа вынутый кинжал в левой руке и, как цепом, молоча своим арапником по подтянутым бокам бурого.

Николай не видал и не слыхал Данилы до тех пор, пока мимо самого его не пропыхтел, тяжело дыша, бурый, и он не услыхал звук паденья тела и не увидал, что Данило уже лежит в середине собак, на заду волка, стараясь поймать его за уши. Очевидно было и для охотников, и для собак, и для волка, что теперь все кончено. Зверь, испуганно прижав уши, старался подняться, но собаки облепили его. Данило, привстав, сделал падающий шаг и всею тяжестью, как будто ложась отдыхать, повалился на волка, хватая его за уши. Николай хотел колоть, но Данило прошептал: «Не надо, соструним», — и, переменив положение, наступил ногою на шею волка. В пасть волку заложили палку, завязали, как бы взнуздав его сворой, связали ноги, и Данило раза два с одного бока на другой перевалил волка.

С счастливыми, измученными лицами живого матерого волка взвалили на шарахающую и фыркающую лошадь и, сопутствуемые визжавшими на него собаками, повезли к тому месту, где должны были все собраться. Молодых двух взяли гончие и трех — борзые. Охотники съезжались с своими добычами и рассказами, и все подходили смотреть матерого волка, который, свесив лобастую голову с закушенной палкой во рту, большими стеклянными глазами смотрел на всю эту толпу собак и людей, окружавших его. Когда его трогали, он, вздрагивая завязанными ногами, дико и вместе с тем просто смотрел на всех.

Граф Илья Андреич тоже подъехал и потрогал волка.

— О, материщий какой, — сказал он. — Матерый, а? — спросил он у Данилы, стоявшего подле него.

— Матерый, ваше сиятельство, — отвечал Данило, поспешно снимая шапку.

Граф вспомнил своего прозеванного волка и свое столкновение с Данилой.

— Однако, брат, ты сердит, — сказал граф. Данило ничего не сказал и только застенчиво улыбнулся детски-кроткой и приятной улыбкой.

VI

Старый граф поехал домой. Наташа с Петей остались с охотой, обещаясь сейчас же приехать. Охота пошла дальше, так как было еще рано. В середине дня гончих пустили в поросший молодым частым лесом овраг. Николай, стоя на жнивье, видел всех своих охотников.

Насупротив от Николая были зеленя, и там стоял его охотник, один, в яме за выдавшимся кустом орешника. Только что завели гончих, Николай услыхал редкий гон известной ему собаки — Волторна; другие собаки присоединились к нему, то замолкая, то опять принимаясь гнать. Через минуту из острова подали голос по лисе, и вся стая, свалившись, погнала по отвершку, по направлению к зеленям, прочь от Николая.

Он видел скачущих выжлятников в красных шапках по краям поросшего оврага, видел даже собак и всякую секунду ждал того, что на той стороне, на зеленях, покажется лисица.

Охотник, стоявший в яме, тронулся и выпустил собак, и Николай увидал красную, низкую, странную лисицу, которая, распушив трубу, торопливо неслась по зеленям. Собаки стали спеть к ней. Вот приблизились, вот кругами стала она вилять между ними, все чаще и чаще делая эти круги и обводя вокруг себя пушистой трубой (хвостом); и вот налетела чья-то белая собака, и вслед за ней черная, и все смешалось, и звездой, врозь расставив зады, чуть колеблясь, стали собаки. К собакам подскакали два охотника: один в красной шапке, другой, чужой, в зеленом кафтане.

«Что это такое? — подумал Николай. — Откуда взялся этот охотник? Это не дядюшкин».

Охотники отбили лисицу и долго, не тороча, стояли пешие. Около них на чумбурах стояли лошади с своими выступами седел и лежали собаки. Охотники махали руками и что-то делали с лисицей. Оттуда же раздался звук рога — условленный сигнал драки.

— Это илагинский охотник что-то с нашим Иваном бунтует, — сказал стремянный Николая.

Николай послал стремянного подозвать к себе сестру и Петю и шагом поехал к тому месту, где доезжачие собирали гончих. Несколько охотников поскакало к месту драки.

Николай, слезши с лошади, остановился подле гончих с подъехавшими Наташей и Петей, ожидая сведений о том, чем кончится дело. Из-за опушки выехал дравшийся охотник с лисицей в тороках и подъехал к молодому барину. Он издалека снял шапку и старался говорить почтительно; но он был бледен, задыхался, и лицо его было злобно. Один глаз был у него подбит, но он, вероятно, и не знал этого.

— Что у вас там было? — спросил Николай.

— Как же, из-под наших гончих он травить будет! Да и сука-то моя мышастая поймала. Поди, судись! За лисицу хватает! Я его лисицей ну катать. Отдай, в тороках. А этого хочешь? — говорил охотник, указывая на кинжал и, вероятно, воображая, что он все еще говорит с своим врагом.

Николай, не разговаривая с охотником, попросил сестру и Петю подождать его и поехал на то место, где была эта враждебная илагинская охота.

Охотник-победитель въехал в толпу охотников и там, окруженный сочувствующими любопытными, рассказывал свой подвиг.

Дело было в том, что Илагин, с которым Ростовы были в ссоре и процессе, охотился в местах, по обычаю принадлежавших Ростовым, и теперь как будто нарочно велел подъехать к острову, где охотились Ростовы, и позволил травить своему охотнику из-под чужих гончих.

Николай никогда не видал Илагина, но, как и всегда в своих суждениях и чувствах не зная середины, по слухам о буйстве и своевольстве этого помещика, всей душой ненавидел его и считал своим злейшим врагом. Он озлобленно-взволнованный ехал теперь к нему, крепко сжимая арапник в руке, в полной готовности на самые решительные и опасные действия против своего врага.

Едва он выехал за уступ леса, как он увидал подвигающегося ему навстречу толстого барина в бобровом картузе, на прекрасной вороной лошади, сопутствуемого двумя стремянными.

Вместо врага Николай нашел в Илагине представительного, учтивого барина, особенно желавшего познакомиться с молодым графом. Подъехав к Ростову, Илагин приподнял бобровый картуз и сказал, что очень жалеет о том, что случилось; что велит наказать охотника, позволившего себе травить из-под чужих собак, просил графа быть знакомым и предлагал ему свои места для охоты.

Наташа, боявшаяся, что брат ее наделает что-нибудь ужасное, в волнении ехала недалеко за ним. Увидав, что враги дружелюбно раскланиваются, она подъехала к ним. Илагин еще выше приподнял свой бобровый картуз перед Наташей и, приятно улыбнувшись, сказал, что графиня представляет Диану и по страсти к охоте, и по красоте своей, про которую он много слышал.

Илагин, чтобы загладить вину своего охотника, настоятельно просил Ростова пройти в его угорь, который был в версте, который он берег для себя и в котором было, по его словам, насыпано зайцев. Николай согласился, и охота, еще вдвое увеличившаяся, тронулась дальше.

Идти до илагинского угоря надо было полями. Охотники разровнялись. Господа ехали вместе. Дядюшка, Ростов, Илагин поглядывали тайком на чужих собак, стараясь, чтобы другие этого не заметили, и с беспокойством отыскивали между этими собаками соперниц своим собакам.

Ростова особенно поразила своей красотой небольшая чистопсовая, узенькая, но с стальными мышцами, тоненьким щипцом (мордой) и навыкате черными глазами, красно-пегая сучка в своре Илагина. Он слыхал про резвость илагинских собак и в этой красавице сучке видел соперницу своей Милке.

В середине степенного разговора об урожае нынешнего года, который завел Илагин, Николай указал ему на его красно-пегую суку.

— Хороша у вас эта сучка! — сказал он небрежным тоном. — Резва?

— Эта? Да, это добрая собака, ловит, — равнодушным голосом сказал Илагин про свою красно-пегую Ерзу, за которую он год тому назад отдал соседу три семьи дворовых. — Так и у вас, граф, умолотом не хвалятся? — продолжал он начатый разговор. И, считая учтивым отплатить тем же молодому графу, Илагин осмотрел его собак и выбрал Милку, бросившуюся ему в глаза своею шириной.

— Хороша у вас эта черно-пегая — ладна! — сказал он.

— Да, ничего, скачет, — отвечал Николай. «Вот только бы побежал в поле русак матерый, я бы тебе показал, какая это собака!» — подумал он. И, обернувшись к стремянному, сказал, что даст рубль тому из охотников, кто подóзрит, то есть найдет лежачего зайца.

— Я не понимаю, — продолжал Илагин, — как другие охотники завистливы на зверя и на собак. Я вам скажу про себя, граф. Меня веселит, знаете, проехаться; вот съедешься с такой компанией... уже чего же лучше (он снял опять свой бобровый картуз перед Наташей); а это, чтобы шкуры считать, сколько привез, — мне все равно!

— Ну да.

— Или чтобы мне обидно было, что чужая собака поймает, а не моя, — мне только бы полюбоваться на травлю, не так ли, граф? Потом я сужу...

— Ату — его! — послышался в это время протяжный крик одного из остановившихся борзятников. Он стоял на полубугре жнивья, подняв арапник, и еще раз повторил протяжно: — А — ту — его! (Звук этот и поднятый арапник означали то, что он видит перед собой лежачего зайца.)

— А, подозрил, кажется, — сказал небрежно Илагин. — Что же, потравим, граф.

— Да, подъехать надо... да что ж, вместе? — отвечал Николай, вглядываясь в Ерзу и в красного Ругая дядюшки, в двух своих соперников, с которыми еще ни разу ему не удалось поравнять своих собак. «Ну что как с ушей оборвут мою Милку!» — думал он, рядом с дядюшкой и Илагиным подвигаясь к зайцу.

— Матерый? — спрашивал Илагин, подвигаясь к подозрившему охотнику и не без волнения оглядываясь и подсвистывая Ерзу...

— А вы, Михаил Никанорыч? — обратился он к дядюшке. Дядюшка ехал, насупившись.

— Что мне соваться! Ведь ваши — чистое дело марш! — по деревне за собаку плачены, ваши тысячные. Вы померяйте своих, а я посмотрю!

— Ругай! На, на! — крикнул он. — Ругаюшка! — прибавил он, невольно этим уменьшительным выражая свою нежность и надежду, возлагаемую на этого красного кобеля. Наташа видела и чувствовала скрываемое этими двумя стариками и ее братом волнение и сама волновалась.

Охотник на полугорке стоял с поднятым арапником, господа шагом подъезжали к нему; гончие, шедшие на самом горизонте, заворачивали прочь от зайца; охотники, не господа, тоже отъезжали. Все двигалось медленно и степенно.

— Куда головой лежит? — спросил Николай, подъезжая шагов на сто к подозрившему охотнику. Но не успел еще охотник отвечать, как русак, чуя мороз к завтрашнему утру, не вылежал и вскочил. Стая гончих, на смычках, с ревом понеслась под гору за зайцем; со всех сторон борзые, не бывшие на сворах, бросились на гончих и к зайцу. Все эти медленно двигавшиеся охотники-выжлятники с криком: «стой!», сбивая собак, борзятники с криком: «ату!», направляя собак, — поскакали по полю. Спокойный Илагин, Николай, Наташа и дядюшка летели, сами не зная как и куда, видя только собак и зайца и боясь только потерять хоть на мгновение из вида ход травли. Заяц попался матерый и резвый. Вскочив, он не тотчас же поскакал, а повел ушами, прислушиваясь к крику и топоту, раздавшемуся вдруг со всех сторон. Он прыгнул раз десять не быстро, подпуская к себе собак, и, наконец, выбрав направление и поняв опасность, приложил уши и понесся во все ноги. Он лежал на жнивьях, но впереди были зеленя, по которым было топко. Две собаки подозрившего охотника, бывшие ближе всех, первые воззрились и заложились за зайцем; но еще далеко не подвинулись к нему, как из-за них вылетела илагинская красно-пегая Ерза, приблизилась на собаку расстояния, с страшной быстротой наддала, нацелившись на хвост зайца, и, думая, что она схватила его, покатилась кубарем. Заяц выгнул спину и наддал еще шибче. Из-за Ерзы вынеслась широкозадая черно-пегая Милка и быстро стала спеть к зайцу.

— Милушка, матушка! — послышался торжествующий крик Николая. Казалось, сейчас ударит Милка и подхватит зайца, но она догнала и пронеслась. Русак отсел. Опять насела красавица Ерза и над самым хвостом русака повисла, как будто примеряясь, как бы не ошибиться теперь, схватить за заднюю ляжку.

— Ерзынька! сестрица! — послышался плачущий, не свой голос Илагина. Ерза не вняла его мольбам. В тот самый момент, как надо было ждать, что она схватит русака, он вихнул и выкатил на рубеж между зеленями и жнивьем. Опять Ерза и Милка, как дышловая пара, выровнялись и стали спеть к зайцу; на рубеже русаку было легче, собаки не так быстро приближались к нему.

— Ругай! Ругаюшка! Чистое дело марш! — закричал в это время еще новый голос, и Ругай, красный горбатый кобель дядюшки, вытягиваясь и выгибая спину, сравнялся с первыми двумя собаками, выдвинулся из-за них, наддал со страшным самоотвержением уже над самым зайцем, сбил его с рубежа на зеленя, еще злей наддал другой раз по грязным зеленям, утопая по колена, и только видно было, как он кубарем, пачкая спину в грязь, покатился с зайцем. Звезда собак окружила его. Через минуту все стояли около столпившихся собак. Один счастливый дядюшка слез и отпазанчил. Потряхивая зайца, чтобы стекала кровь, он тревожно оглядывался, бегая глазами, не находя положения рукам и ногам, и говорил, сам не зная с кем и что. «Вот это дело марш... вот собак... вот вытянул всех, и тысячных и рублевых — чистое дело марш!» — говорил он, задыхаясь и злобно оглядываясь, как будто ругая кого-то, как будто все были его враги, все его обижали и только теперь, наконец, ему удалось оправдаться. «Вот вам и тысячные — чистое дело марш!»

— Ругай, на́ пазанку! — говорил он, кидая отрезанную лапку с налипшей землей. — Заслужил, чистое дело марш!

— Она вымахалась, три угонки дала одна, — говорил Николай, тоже не слушая никого и не заботясь о том, слушают его или нет.

— Да это что же впоперечь! — говорил илагинский стремянный.

— Да как осеклась, так с угонки всякая дворняжка поймает, — говорил в то же время Илагин, красный, насилу переводивший дух от скачки и волнения. В то же время Наташа, не переводя духа, радостно и восторженно визжала так пронзительно, что в ушах звенело. Она этим визгом выражала все то, что выражали и другие охотники своим единовременным разговором. И визг этот был так странен, что она сама должна бы была стыдиться этого дикого визга и все бы должны были удивиться ему, ежели бы это было в другое время. Дядюшка сам второчил русака, ловко и бойко перекинул его через зад лошади, как бы упрекая всех этим перекидыванием, и с таким видом, что он и говорить ни с кем не хочет, сел на своего каурого и поехал прочь. Все, кроме его, грустные и оскорбленные, разъехались и только долго после могли прийти в прежнее притворство равнодушия. Долго еще они поглядывали на красного Ругая, который с испачканной грязью, горбатой спиной, побрякивая железкой, с спокойным видом победителя шел рысцой за ногами лошади дядюшки.

«Что ж, я такой же, как и все, когда дело не коснется до травли. Ну, а уж тут держись!» — казалось Николаю, что говорил вид этой собаки.

Когда, долго после, дядюшка подъехал к Николаю и заговорил с ним, Николай был польщен тем, что дядюшка после всего, что было, еще удостоивает говорить с ним.

VII

Когда ввечеру Илагин распростился с Николаем, Николай оказался на таком далеком расстоянии от дома, что он принял предложение дядюшки оставить охоту, ночевать у него (у дядюшки) в его деревне Михайловке.

— И если бы заехали ко мне — чистое дело марш! — сказал дядюшка, — еще бы того лучше; видите, погода мокрая, — говорил дядюшка, — отдохнули бы, графинечку бы отвезли в дрожках. — Предложение дядюшки было принято, за дрожками послали охотника в Отрадное; а Николай с Наташей и Петей поехали к дядюшке.

Человек пять, больших и малых, дворовых мужчин выбежало на парадное крыльцо встречать барина. Десятки женщин, старых, больших и малых, высунулись с заднего крыльца смотреть на подъехавших охотников. Присутствие Наташи, женщины, барыни верхом, довело любопытство дворовых дядюшки до тех пределов удивления, что многие, не стесняясь ее присутствием, подходили к ней, заглядывали ей в глаза и при ней делали о ней свои замечания, как о показываемом чуде, которое не человек и не может слышать и понимать, что говорят о нем.

— Аринка, глянь-ка, на бочкю сидит! Сама сидит, а подол болтается... Вишь, и рожок!

— Батюшки-светы, ножик-то!..

— Вишь, татарка!

— Как же ты не перекувырнулась-то? — говорила самая смелая, прямо уж обращаясь к Наташе.

Дядюшка слез с лошади у крыльца своего деревянного, заросшего садом домика и, оглянув своих домочадцев, крикнул повелительно, чтобы лишние отошли и чтобы было сделано все нужное для приема гостей и охоты.

Всё разбежалось. Дядюшка снял Наташу с лошади и за руку провел ее по шатким дощатым ступеням крыльца. В доме, не оштукатуренном, с бревенчатыми стенами, было не очень чисто, — не видно было, чтобы цель живших людей состояла в том, чтобы не было пятен, но не было заметно запущенности. В сенях пахло свежими яблоками и висели волчьи и лисьи шкуры.

Через переднюю дядюшка провел своих гостей в маленькую залу с складным столом и красными стульями, потом в гостиную с березовым круглым столом и диваном, потом в кабинет с оборванным диваном, истасканным ковром и с портретами Суворова, отца и матери хозяина и его самого в военном мундире. В кабинете слышался сильный запах табаку и собак.

В кабинете дядюшка попросил гостей сесть и расположиться как дома, а сам вышел. Ругай с невычистившейся спиной вошел в кабинет и лег на диван, обчищая себя языком и зубами. Из кабинета шел коридор, в котором виднелись ширмы с прорванными занавесками. Из-за ширм слышался женский смех и шепот. Наташа, Николай и Петя разделись и сели на диван. Петя облокотился на руку и тотчас же заснул; Наташа и Николай сидели молча. Лица их горели, они были очень голодны и очень веселы. Они поглядели друг на друга (после охоты, в комнате, Николай уже не считал нужным выказывать свое мужское превосходство перед своей сестрой); Наташа подмигнула брату, и оба удерживались недолго и звонко расхохотались, не успев еще придумать предлога для своего смеха.

Немного погодя дядюшка вошел в казакине, синих панталонах и маленьких сапогах. И Наташа почувствовала, что этот самый костюм, в котором она с удивлением и насмешкой видала дядюшку в Отрадном, — был настоящий костюм, который был ничем не хуже сюртуков и фраков. Дядюшка был тоже весел; он не только не обиделся смеху брата и сестры (ему в голову не могло прийти, чтобы могли смеяться над его жизнию), а сам присоединился к их беспричинному смеху.

— Вот так графиня молодая — чистое дело марш — другой такой не видывал! — сказал он, подавая одну трубку с длинным чубуком Ростову, а другой короткий, обрезанный чубук закладывая привычным жестом между трех пальцев.

— День отъездила, хоть мужчине впору, и как ни в чем не бывало!

Скоро после дядюшки отворила дверь по звуку ног, очевидно, босая девка, и в дверь с большим уставленным подносом в руках вошла толстая, румяная, красивая женщина лет сорока, с двойным подбородком и полными, румяными губами. Она с гостеприимной представительностью и приветливостью в глазах и каждом движенье оглянула гостей и с ласковой улыбкой почтительно поклонилась им. Несмотря на толщину больше чем обыкновенную, заставлявшую ее выставлять вперед грудь и живот и назад держать голову, женщина эта (экономка дядюшки) ступала чрезвычайно легко. Она подошла к столу, поставила поднос и ловко своими белыми, пухлыми руками сняла и расставила по столу бутылки, закуски и угощенья. Окончив это, она отошла и с улыбкой на лице стала у двери. «Вот она и я! Теперь понимаешь дядюшку?» — сказало Ростову ее появление. Как не понимать: не только Ростов, но и Наташа поняла дядюшку и значение нахмуренных бровей и счастливой, самодовольной улыбки, которая чуть морщила его губы в то время, как входила Анисья Федоровна. На подносе были травник, наливки, грибки, лепешечки черной муки на юраге, сотовый мед, мед вареный и шипучий, яблоки, орехи сырые и каленые и орехи в меду. Потом принесено было Анисьей Федоровной и варенье на меду и на сахаре, и ветчина, и курица, только что зажаренная.

Все это было хозяйства, сбора и варенья Анисьи Федоровны. Все это и пахло, и отзывалось, и имело вкус Анисьи Федоровны. Все отзывалось сочностью, чистотой, белизной и приятной улыбкой.

— Покушайте, барышня-графинюшка, — приговаривала она, подавая Наташе то то, то другое. Наташа ела все, и ей показалось, что подобных лепешек на юраге, с таким букетом варений, на меду орехов и такой курицы никогда она нигде не видала и не едала. Анисья Федоровна вышла. Ростов с дядюшкой, запивая ужин вишневой наливкой, разговаривали о прошедшей и о будущей охоте, о Ругае и илагинских собаках. Наташа с блестящими глазами прямо сидела на диване, слушая их. Несколько раз она пыталась разбудить Петю, чтобы дать ему поесть чего-нибудь, но он говорил что-то непонятное, очевидно не просыпаясь. Наташе так весело было на душе, так хорошо в этой новой для нее обстановке, что она только боялась, что слишком скоро за ней приедут дрожки. После наступившего случайно молчания, как это почти всегда бывает у людей, в первый раз принимающих в своем доме знакомых, дядюшка сказал, отвечая на мысль, которая была у его гостей:

— Так-то вот и доживаю свой век... Умрешь — чистое дело марш! — ничего не останется. Что ж и грешить-то!

Лицо дядюшки было очень значительно и даже красиво, когда он говорил это. Ростов невольно вспомнил при этом все, что он хорошего слыхал от отца и соседей о дядюшке. Дядюшка во всем околотке губернии имел репутацию благороднейшего и бескорыстнейшего чудака. Его призывали судить семейные дела, его делали душеприказчиком, ему поверяли тайны, его выбирали в судьи и другие должности, но от общественной службы он всегда упорно отказывался, осень и весну проводя в полях на своем кауром мерине, зиму сидя дома, летом лежа в своем заросшем саду.

— Что же вы не служите, дядюшка?

— Служил, да бросил. Не гожусь, чистое дело марш, — я ничего не разберу. Это ваше дело, а у меня ума не хватит. Вот насчет охоты другое дело, — это чистое дело марш! Отворите-ка дверь-то, — крикнул он. — Что ж затворили! — Дверь в конце коридора (который дядюшка называл колидор) вела в холостую охотническую: так называлась людская для охотников. Босые ноги быстро зашлепали, и невидимая рука отворила дверь в охотническую. Из коридора ясно стали слышны звуки балалайки, на которой играл, очевидно, какой-нибудь мастер этого дела. Наташа уже давно прислушивалась к этим звукам и теперь вышла в коридор, чтобы слышать их яснее.

— Это у меня мой Митька-кучер... Я ему купил хорошую балалайку, люблю, — сказал дядюшка. У дядюшки было заведено, чтобы, когда он приезжает с охоты, в холостой охотнической Митька играл на балалайке. Дядюшка любил слушать эту музыку.

— Как хорошо! Право, отлично, — сказал Николай с некоторым невольным пренебрежением, как будто ему совестно было признаться в том, что ему очень были приятны эти звуки.

— Как отлично? — с упреком сказала Наташа, чувствуя тон, которым сказал это брат. — Не отлично, а это прелесть что такое! — Ей так же как грибки, мед и наливки дядюшки казались лучшими в мире, так и эта песня казалась ей в эту минуту верхом музыкальной прелести.

— Еще, пожалуйста, еще, — сказала Наташа в дверь, как только замолкла балалайка. Митька настроил и опять задребезжал *Барыню* с переборами и перехватами. Дядюшка сидел и слушал, склонив голову набок с чуть заметной улыбкой. Мотив *Барыни* повторился раз сто. Несколько раз балалайку настроивали, и опять дребезжали те же звуки, и слушателям не наскучивало, а только хотелось еще и еще слышать эту игру. Анисья Федоровна вошла и прислонилась своим тучным телом к притолоке.

— Изволите слушать, графинечка, — сказала она Наташе с улыбкой, чрезвычайно похожей на улыбку дядюшки. — Он у нас славно играет, — сказала она.

— Вот в этом колене не то делает, — вдруг с энергическим жестом сказал дядюшка. — Тут рассыпать надо — чистое дело марш — рассыпать.

— А вы разве умеете? — спросила Наташа. Дядюшка, не отвечая, улыбнулся.

— Посмотри-ка, Анисьюшка, что струны-то целы, что ль, на гитаре-то? Давно уж в руки не брал, чистое дело марш! забросил.

Анисья Федоровна охотно пошла своей легкой поступью исполнить поручение своего господина и принесла гитару.

Дядюшка, ни на кого не глядя, сдунул пыль, костлявыми пальцами стукнул по крышке гитары, настроил и поправился на кресле. Он взял (несколько театральным жестом, отставив локоть левой руки) гитару повыше шейки и, подмигнув Анисье Федоровне, начал не *Барыню*, а взял один звучный, чистый аккорд и мерно, спокойно, но твердо начал весьма тихим темпом отделывать известную песню «По у-ли-и-це мостовой». Враз, в такт с тем степенным весельем (тем самым, которым дышало все существо Анисьи Федоровны), запел в душе у Николая и Наташи мотив песни. Анисья Федоровна закраснелась и, закрывшись платочком, смеясь, вышла из комнаты. Дядюшка продолжал чисто, старательно и энергически-твердо отделывать песню, изменившимся вдохновенным взглядом глядя на то место, с которого ушла Анисья Федоровна. Чуть-чуть что-то смеялось в его лице, с одной стороны под седым усом, особенно смеялось тогда, когда дальше расходилась песня, ускорялся темп и в местах переборов отрывалось что-то.

— Прелесть, прелесть, дядюшка! еще, еще! — закричала Наташа, как только он кончил. Она, вскочивши с места, обняла дядюшку и поцеловала его. — Николенька, Николенька! — говорила она, оглядываясь на брата и как бы спрашивая его: что же это такое?

Николаю тоже очень нравилась игра дядюшки. Дядюшка второй раз заиграл песню. Улыбающееся лицо Анисьи Федоровны явилось опять в дверях, и из-за ней еше другие лица.

За холодной ключевой, —
Кричит, девица, постой! —

играл дядюшка, сделал опять ловкий перебор, оторвал и шевельнул плечами.

— Ну, ну, голубчик, дядюшка, — таким умоляющим голосом застонала Наташа, как будто жизнь ее зависела от этого. Дядюшка встал, и как будто в нем было два человека — один из них серьезно улыбнулся над весельчаком, а весельчак сделал наивную и аккуратную выходку перед пляской.

— Ну, племянница! — крикнул дядюшка, взмахнув к Наташе рукой, оторвавшей аккорд.

Наташа сбросила с себя платок, который был накинут на ней, забежала вперед дядюшки и, подперши руки в боки, сделала движенье плечами и стала.

Где, как, когда всосала в себя из того русского воздуха, которым она дышала, — эта графинечка, воспитанная эмигранткой-француженкой, — этот дух, откуда взяла она эти приемы, которые pas de châle давно бы должны были вытеснить? Но дух и приемы эти были те самые, неподражаемые, неизучаемые, русские, которых и ждал от нее дядюшка. Как только она стала, улыбнулась торжественно, гордо и хитро-весело, первый страх, который охватил было Николая и всех присутствующих, страх, что она не то сделает, прошел, и они уже любовались ею.

Она сделала то самое и так точно, так вполне точно это сделала, что Анисья Федоровна, которая тотчас подала ей необходимый для ее дела платок, сквозь смех прослезилась, глядя на эту тоненькую, грациозную, такую чужую ей, в шелку и в бархате воспитанную графиню, которая умела понять все то, что́ было и в Анисье, и в отце Анисьи, и в тетке, и в матери, и во всяком русском человеке.

— Ну, графинечка, чистое дело марш! — радостно смеясь, сказал дядюшка, окончив пляску. — Ай да племянница! Вот только бы муженька тебе молодца выбрать, чистое дело марш!

— Уж выбран, — сказал, улыбаясь, Николай.

— О? — сказал удивленно дядюшка, глядя вопросительно на Наташу. Наташа с счастливой улыбкой утвердительно кивнула головой.

— Еще какой! — сказала она. Но как только она сказала это, другой, новый строй мыслей и чувств поднялся в ней. «Что́ значила улыбка Николая, когда он сказал: «уж выбран»? Рад он этому или не рад? Он как будто думает, что мой Болконский не одобрил бы, не понял бы этой нашей радости. Нет, он бы все понял. Где он теперь?» — подумала Наташа, и лицо ее вдруг стало серьезно. Но это продолжалось только одну секунду. «Не думать, не сметь думать об этом», — сказала она себе и, улыбаясь, подсела опять к дядюшке, прося его сыграть еще что-нибудь.

Дядюшка сыграл еще песню и вальс; потом, помолчав, прокашлялся и запел свою любимую охотницкую песню:

Как со вечера пороша
Выпадала хороша...

Дядюшка пел так, как поет народ, с тем полным и наивным убеждением, что в песне все значение заключается только в словах, что напев сам собой приходит и что отдельного напева не бывает, а что напев — так только, для складу. От этого-то этот бессознательный напев, как бывает напев птицы, и у дядюшки был необыкновенно хорош. Наташа была в восторге от пения дядюшки. Она решила, что не будет больше учиться на арфе, а будет играть только на гитаре. Она попросила у дядюшки гитару и тотчас же подобрала аккорды к песне.

В десятом часу за Наташей и Петей приехали линейка, дрожки и трое верховых, посланных отыскивать их. Граф и графиня не знали, где они, и очень беспокоились, как сказал посланный.

Петю снесли и положили, как мертвое тело, в линейку; Наташа с Николаем сели в дрожки. Дядюшка укутывал Наташу и прощался с ней с совершенно новой нежностью. Он пешком проводил их до моста, который надо было объехать вброд, и велел с фонарями ехать вперед охотникам.

— Прощай, племянница дорогая! — крикнул из темноты его голос, не тот, который знала прежде Наташа, а тот, который пел: «Как со вечера пороша».

В деревне, которую проезжали, были красные огоньки и весело пахло дымом.

— Что за прелесть этот дядюшка! — сказала Наташа, когда они выехали на большую дорогу.

— Да, — сказал Николай. — Тебе не холодно?

— Нет, мне отлично, отлично. Мне так хорошо, — с недоумением даже сказала Наташа. Они долго молчали.

Ночь была темная и сырая. Лошади не видны были; только слышно было, как они шлепали по невидной грязи.

Что делалось в этой детски восприимчивой душе, так жадно ловившей и усвоивавшей все разнообразнейшие впечатления жизни? Как это все укладывалось в ней? Но она была очень счастлива. Уже подъезжая к дому, она вдруг запела мотив песни: «Как со вечера пороша», мотив, который она ловила всю дорогу и, наконец, поймала.

— Поймала? — сказал Николай.

— Ты о чем думал теперь, Николенька? — спросила Наташа. Они любили это спрашивать друг у друга.

— Я? — сказал Николай, вспоминая. — Вот видишь ли, сначала я думал, что Ругай, красный кобель, похож на дядюшку, и что ежели бы он был человек, то он дядюшку все бы держал у себя, ежели не за скачку, так за лады, все бы держал. Как он ладен, дядюшка! Не правда ли? Ну, а ты?

— Я? Постой, постой. Да, я думала сначала, что вот мы едем и думаем, что мы едем домой, а мы Бог знает куда едем в этой темноте, и вдруг приедем и увидим, что мы не в Отрадном, а в волшебном царстве. А потом еще я думала... Нет, ничего больше.

— Знаю, верно про *него* думала, — сказал Николай, улыбаясь, как узнала Наташа по звуку его голоса.

— Нет, — отвечала Наташа, хотя действительно она вместе с тем думала и про князя Андрея, и про то, как бы ему понравился дядюшка. — А еще я все повторяю, всю дорогу повторяю: как Анисьюшка хорошо выступала, хорошо... — сказала Наташа. И Николай услыхал ее звонкий, беспричинный, счастливый смех.

— А знаешь, — вдруг сказала она, — я знаю, что никогда уже я не буду так счастлива, спокойна, как теперь.

— Вот вздор, глупости, вранье, — сказал Николай и подумал: «Что за прелесть эта моя Наташа! Такого другого друга у меня нет и не будет. Зачем ей выходить замуж? Всё бы с ней ездили!»

«Экая прелесть этот Николай!» — думала Наташа.

— А! еще огонь в гостиной, — сказала она, указывая на окна дома, красиво блестевшие в мокрой, бархатной темноте ночи.

VIII

Граф Илья Андреич вышел из предводителей, потому что эта должность была сопряжена с слишком большими расходами. Но дела его все не поправлялись. Часто Наташа и Николай видели тайные, беспокойные переговоры родителей и слышали толки о продаже богатого родового ростовского дома и подмосковной. Без предводительства не нужно было иметь такого большого приема, и отрадненская жизнь велась тише, чем в прежние года; но огромный дом и флигель все-таки были полны народом, за стол все так же садилось больше двадцати человек. Всё это были свои, обжившиеся в доме люди, почти члены семейства, или такие, которые, казалось, необходимо должны были жить в доме графа. Такие были Диммлер — музыкант с женой, Иогель — танцевальный учитель с семейством, старушка барышня Белова, жившая в доме, и еще многие другие: учителя Пети, бывшая гувернантка барышень и просто люди, которым лучше или выгоднее было жить у графа, чем дома. Не было такого большого приезда, как прежде, но ход жизни велся тот же, без которого не могли граф с графиней представить себе жизни. Та же была, еще увеличенная Николаем, охота, те же пятьдесят лошадей и пятнадцать кучеров на конюшне; те же дорогие друг другу подарки в именины и торжественные, на весь уезд, обеды; те же графские висты и бостоны, за которыми он, распуская веером всем на вид карты, давал себя каждый день на сотни обыгрывать соседям, смотревшим на право составлять партию графа Ильи Андреича, как на самую выгодную аренду.

Граф, как в огромных тенетах, ходил в своих делах, стараясь не верить тому, что он запутался, и с каждым шагом все более и более запутываясь и чувствуя себя не в силах ни разорвать сети, опутавшие его, ни осторожно, терпеливо приняться распутывать их. Графиня любящим сердцем чувствовала, что дети ее разоряются, что граф не виноват, что он не может быть не таким, какой он есть, что он сам страдает (хотя и скрывает это) от сознания своего и детского разорения, и искала средств помочь делу. С ее женской точки зрения представлялось только одно средство — женитьба Николая на богатой невесте. Она чувствовала, что это была последняя надежда и что, если Николай откажется от партии, которую она нашла ему, надо будет навсегда проститься с возможностью поправить дела. Партия эта была Жюли Карагина, дочь прекрасных, добродетельных матери и отца, с детства известная Ростовым, и теперь богатая невеста по случаю смерти последнего из ее братьев.

Графиня писала прямо к Карагиной в Москву, предлагая ей брак ее дочери с своим сыном, и получила от нее благоприятный ответ. Карагина отвечала, что она с своей стороны согласна, что все будет зависеть от склонности ее дочери. Карагина приглашала Николая приехать в Москву.

Несколько раз, со слезами на глазах, графиня говорила сыну, что теперь, когда обе дочери ее пристроены, — ее единственное желание состоит в том, чтобы видеть его женатым. Она говорила, что легла бы в гроб спокойно, ежели бы это было. Потом говорила, что у нее есть прекрасная девушка на примете, и выпытывала его мнение насчет женитьбы.

В других разговорах она хвалила Жюли и советовала Николаю съездить в Москву на праздники повеселиться. Николай догадывался, к чему клонились разговоры его матери, и в один из таких разговоров вызвал ее на полную откровенность. Она высказала ему, что вся надежда поправления дел основана теперь на его женитьбе на Карагиной.

— Что ж, ежели бы я любил девушку без состояния, неужели вы потребовали бы, maman, чтоб я пожертвовал чувством и честью для состояния? — спросил он у матери, не понимая жестокости своего вопроса и желая только выказать свое благородство.

— Нет, ты меня не понял, — сказала мать, не зная, как оправдаться. — Ты меня не понял, Николенька. Я желаю твоего счастья, — прибавила она и почувствовала, что она говорит неправду, что она запуталась. Она заплакала.

— Маменька, не плачьте, а только скажите мне, что вы этого хотите, и вы знаете, что я всю жизнь свою, все отдам для того, чтобы вы были спокойны, — сказал Николай. — Я всем пожертвую для вас, даже своим чувством.

Но графиня не так хотела поставить вопрос: она не хотела жертвы от своего сына, она сама бы хотела жертвовать ему.

— Нет, ты меня не понял, не будем говорить, — сказала она, утирая слезы.

«Да, может быть, я и люблю бедную девушку, — говорил сам себе Николай, — что ж, мне пожертвовать чувством и честью для состояния? Удивляюсь, как маменька могла сказать мне это. Оттого что Соня бедна, — думал он, — так я и не могу любить ее, не могу отвечать на ее верную, преданную любовь? А уж наверное я с нею буду счастливее, чем с какой-нибудь куклой Жюли. Я не могу приказывать своему чувству, — говорил он сам себе. — Ежели я люблю Соню, то чувство мое сильнее и выше всего для меня».

Николай не поехал в Москву, графиня не возобновляла с ним разговора о женитьбе и с грустью, а иногда и с озлоблением видела признаки все большего и большего сближения между своим сыном и бесприданной Соней. Она упрекала себя за то, но не могла не ворчать, не придираться к Соне, часто без причины останавливая ее, ворча на нее и называя ее «вы, моя милая». Более всего добрая графиня за то и сердилась на Соню, что эта бедная черноглазая племянница была так кротка, так добра, так преданно-благодарна своим благодетелям и так верно, неизменно, с самоотвержением влюблена в Николая, что нельзя было ни в чем упрекнуть ее.

Николай доживал у родных свой срок отпуска. От жениха князя Андрея получено было четвертое письмо, из Рима, в котором он писал, что он уже давно бы был на пути в Россию, ежели бы неожиданно в теплом климате не открылась его рана, что заставляет его отложить свой отъезд до начала будущего года. Наташа была так же влюблена в своего жениха, так же успокоена этою любовью и так же восприимчива ко всем радостям жизни; но в конце четвертого месяца разлуки с ним на нее начинали находить минуты грусти, против которой она не могла бороться. Ей жалко было самое себя, жалко было, что она так даром, ни для кого, пропадала все это время, в продолжение которого она чувствовала себя столь способной любить и быть любимой.

В доме Ростовых было невесело.

IX

Пришли святки, и, кроме парадной обедни, кроме торжественных и скучных поздравлений соседей и дворовых, кроме надетых на всех новых платьев, не было ничего особенного, ознаменовывающего святки, а в безветренном двадцатиградусном морозе, в ярком, ослепляющем солнце днем и в звездном зимнем свете ночью чувствовалась потребность какого-нибудь ознаменования этого времени.

На третий день праздника, после обеда, все домашние разошлись по своим комнатам. Было самое скучное время дня. Николай, ездивший утром к соседям, заснул в диванной. Старый граф отдыхал в своем кабинете. В гостиной за круглым столом сидела Соня, срисовывая узор. Графиня раскладывала карты. Настасья Ивановна, шут, с печальным лицом сидел у окна с двумя старушками. Наташа вошла в комнату, подошла к Соне, посмотрела, что она делает, потом подошла к матери и молча остановилась.

— Что ты ходишь, как бесприютная? — сказала ей мать. — Что тебе надо?

— *Его* мне надо... сейчас, сию минуту, мне *его* надо, — сказала Наташа, блестя глазами и не улыбаясь. Графиня подняла голову и пристально посмотрела на дочь.

— Не смотрите на меня, мама, не смотрите, я сейчас заплачу.

— Садись, посиди со мной, — сказала графиня.

— Мама, мне *его* надо. За что я так пропадаю, мама?.. — Голос ее оборвался, слезы брызнули из глаз, и она, чтобы скрыть их, быстро повернулась и вышла из комнаты. Она вышла в диванную, постояла, подумала и пошла в девичью. Там старая горничная ворчала на молодую девушку, запыхавшуюся, с холода прибежавшую с дворни.

— Будет играть-то, — говорила старуха, — на все время есть.

— Пусти ее, Кондратьевна, — сказала Наташа. — Иди, Мавруша, иди.

И, отпустив Маврушу, Наташа через залу пошла в переднюю. Старик и два молодые лакея играли в карты. Они прервали игру и встали при входе барышни. «Что бы мне с ними сделать?» — подумала Наташа.

— Да, Никита, сходи, пожалуйста... — «куда бы мне его послать?» — Да, сходи на дворню и принеси, пожалуйста, петуха; да, а ты, Миша, принеси овса.

— Немного овса прикажете? — весело и охотно сказал Миша.

— Иди, иди скорее, — подтвердил старик.

— Федор, а ты мелу мне достань.

Проходя мимо буфета, она велела подавать самовар, хотя это было вовсе не время.

Буфетчик Фока был самый сердитый человек из всего дома. Наташа над ним любила пробовать свою власть. Он не поверил ей и пошел спросить, правда ли?

— Уж эта барышня! — сказал Фока, притворно хмурясь на Наташу.

Никто в доме не рассылал столько людей и не давал им столько работы, как Наташа. Она не могла равнодушно видеть людей, чтобы не послать их куда-нибудь. Она как будто пробовала, не рассердится ли, не надуется ли на нее кто из них, но ничьих приказаний люди не любили так исполнять, как Наташиных. «Что бы мне сделать? Куда бы мне пойти?» — думала Наташа, медленно идя по коридору.

— Настасья Ивановна, что от меня родится? — спросила она шута, который в своей куцавейке шел навстречу ей.

— От тебя блохи, стрекозы, кузнецы, — отвечал шут.

«Боже мой, Боже мой, все одно и то же! Ах, куда бы мне деваться? Что бы мне с собой сделать?» И она быстро, застучав ногами, побежала по лестнице к Иогелю, который с женой жил в верхнем этаже. У Иогеля сидели две гувернантки, на столе стояли тарелки с изюмом, грецкими и миндальными орехами. Гувернантки разговаривали о том, где дешевле жить, в Москве или в Одессе. Наташа присела, послушала их разговор с серьезным, задумчивым лицом и встала.

— Остров Мадагаскар, — проговорила она. — Ма-да-гаскар, — повторила она отчетливо каждый слог и, не отвечая на вопросы m-me Schoss о том, что она говорит, вышла из комнаты.

Петя, брат ее, был тоже наверху: он с своим дядькой устраивал фейерверк, который намеревался пустить ночью.

— Петя! Петька! — закричала она ему. — Вези меня вниз. — Петя подбежал к ней и подставил спину. Она вскочила на него, обхватив его шею руками, и он, подпрыгивая, побежал с ней. — Нет, не надо... остров Мадагаскар, — проговорила она и, соскочив с него, пошла вниз.

Как будто обойдя свое царство, испытав свою власть, и убедившись, что все покорны, но что все-таки скучно, Наташа пошла в залу, взяла гитару, села в темный угол за шкапчик и стала в басу перебирать струны, выделывая фразу, которую она запомнила из одной оперы, слышанной в Петербурге вместе с князем Андреем. Для посторонних слушателей у нее на гитаре выходило что-то, не имевшее никакого смысла, но в ее воображении из-за этих звуков воскресал целый ряд воспоминаний. Она сидела за шкапчиком, устремив глаза на полосу света, падавшую из буфетной двери, слушала себя и вспоминала. Она находилась в состоянии воспоминания.

Соня прошла в буфет с рюмкой через залу. Наташа взглянула на нее, на щель в буфетной двери, и ей показалось, что она вспоминает то, что из буфетной двери в щель падал свет и что Соня прошла с рюмкой. «Да и это было точь-в-точь так же», — подумала Наташа.

— Соня, что это? — крикнула Наташа, перебирая пальцами на толстой струне.

— Ах, ты тут! — вздрогнув, сказала Соня, подошла и прислушалась. — Не знаю. Буря? — сказала она робко, боясь ошибиться.

«Ну, вот точно так же она вздрогнула, точно так же подошла и робко улыбнулась тогда, когда это уж было, — подумала Наташа, — и точно так же... я подумала, что в ней чего-то недостает».

— Нет, это хор из Водоноса, слышишь? — И Наташа допела мотив хора, чтобы дать его понять Соне.

— Ты куда ходила? — спросила Наташа.

— Воду в рюмке переменить. Я сейчас дорисую узор.

— Ты всегда занята, а я вот не умею, — сказала Наташа. — А Николенька где?

— Спит, кажется.

— Соня, ты поди разбуди его, — сказала Наташа. — Скажи, что я его зову петь. — Она посидела, подумала о том, что это значит, что все это было, и, не разрешив этого вопроса и нисколько не сожалея о том, опять в воображении своем перенеслась к тому времени, когда она была с ним вместе и он влюбленными глазами смотрел на нее.

«Ах, поскорее бы он приехал. Я так боюсь, что этого не будет! А главное: я старею, вот что! Уже не будет того, что теперь есть во мне. А может быть, он нынче приедет, сейчас приедет. Может быть, он приехал и сидит там в гостиной. Может быть, он вчера еще приехал и я забыла». Она встала, положила гитару и пошла в гостиную. Все домашние, учителя, гувернантки и гости сидели уж за чайным столом. Люди стояли вокруг стола, — а князя Андрея не было, и была все прежняя привычная жизнь.

— А, вот она, — сказал Илья Андреич, увидав вошедшую Наташу. — Ну, садись ко мне. — Но Наташа остановилась подле матери, оглядываясь кругом, как будто она искала чего-то.

— Мама! — проговорила она. — Дайте мне *его*, дайте, мама, скорее, скорее, — и опять она с трудом удержала рыдания.

Она присела к столу и послушала разговоры старших и Николая, который тоже пришел к столу. «Боже мой, Боже мой, те же лица, те же разговоры, так же папа держит чашку и дует точно так же!» — думала Наташа, с ужасом чувствуя отвращение, подымавшееся в ней против всех домашних за то, что они были всё те же.

После чаю Николай, Соня и Наташа пошли в диванную, в свой любимый угол, в котором всегда начинались их самые задушевные разговоры.

X

— Бывает с тобой, — сказала Наташа брату, когда они уселись в диванной, — бывает с тобой, что тебе кажется, что ничего не будет — ничего; что все, что хорошее, то было? И не то что скучно, а грустно?

— Еще как! — сказал он. — У меня бывало, что все хорошо, все веселы, а мне придет в голову, что все это уж надоело и что умирать всем надо. Я раз в полку не пошел на гулянье, а там играла музыка... и так мне вдруг скучно стало...

— Ах, я это знаю. Знаю, знаю, — подхватила Наташа. — Я еще маленькая была, так со мной это было. Помнишь, раз меня за сливы наказали, и вы все танцевали, а я сидела в классной и рыдала. Так рыдала, никогда не забуду. Мне и грустно было, и жалко было всех, и себя, и всех-всех жалко. И главное, я не виновата была, — сказала Наташа, — ты помнишь?

— Помню, — сказал Николай. — Я помню, что я к тебе пришел потом и мне хотелось тебя утешить, и, знаешь, совестно было. Ужасно мы смешные были. У меня тогда была игрушка-болванчик, и я его тебе отдать хотел. Ты помнишь?

— А помнишь ты, — сказала Наташа с задумчивой улыбкой, — как давно, давно, мы еще совсем маленькие были, дяденька нас позвал в кабинет, еще в старом доме, и темно было — мы пришли, и вдруг там стоит...

— Арап, — докончил Николай с радостной улыбкой, — как же не помнить. Я и теперь не знаю, что это был арап, или мы во сне видели, или нам рассказывали.

— Он серый был, помнишь, и белые зубы — стоит и смотрит на нас...

— Вы помните, Соня? — спросил Николай.

— Да, да, я тоже помню что-то, — робко отвечала Соня.

— Я ведь спрашивала про этого арапа у папа и у мама, — сказала Наташа. — Они говорят, что никакого арапа не было. А ведь вот ты помнишь!

— Как же, как теперь помню его зубы.

— Как это странно, точно во сне было. Я это люблю.

— А помнишь, как мы катали яйца в зале и вдруг — две старухи, и стали по ковру вертеться. Это было или нет? Помнишь, как хорошо было...

— Да. А помнишь, как папенька в синей шубе на крыльце выстрелил из ружья? — Они перебирали, улыбаясь, с наслаждением воспоминания, не грустного старческого, а поэтического юношеского воспоминания, те впечатления из самого дальнего прошедшего, где сновидение сливается с действительностью, и тихо смеялись, радуясь чему-то.

Соня, как всегда, отстала от них, хотя воспоминания их были общие.

Соня не помнила многого из того, что они вспоминали, а и то, что она помнила, не возбуждало в ней того поэтического чувства, которое они испытывали. Она только наслаждалась их радостью, стараясь подделаться под нее.

Она приняла участие только в том, когда они вспоминали первый приезд Сони. Соня рассказала, как она боялась Николая, потому что у него на курточке были снурки и ей няня сказала, что и ее в снурки зашьют.

— А я помню: мне сказали, что ты под капустою родилась, — сказала Наташа, — и помню, что я тогда не смела не поверить, но знала, что это неправда, и так мне неловко было.

Во время этого разговора из задней двери диванной высунулась голова горничной.

— Барышня, петуха принесли, — шепотом сказала девушка.

— Не надо, Поля, вели отнести, — сказала Наташа.

В середине разговоров, шедших в диванной, Диммлер вошел в комнату и подошел к арфе, стоявшей в углу. Он снял сукно, и арфа издала фальшивый звук.

— Эдуард Карлыч, сыграйте, пожалуйста, мой любимый Nocturne мосье Фильда, — сказал голос старой графини из гостиной.

Диммлер взял аккорд и, обратясь к Наташе, Николаю и Соне, сказал:

— Молодежь как смирно сидит!

— Да мы философствуем, — сказала Наташа, на минуту оглянувшись, и продолжала разговор. Разговор шел теперь о сновидениях.

Диммлер начал играть. Наташа неслышно, на цыпочках, подошла к столу, взяла свечу, вынесла ее и, вернувшись, тихо села на свое место. В комнате, особенно на диване, на котором они сидели, было темно, но в большие окна падал на пол серебряный свет полного месяца.

— Знаешь, я думаю, — сказала Наташа шепотом, придвигаясь к Николаю и Соне, когда уже Диммлер кончил и все сидел, слабо перебирая струны, видимо, в нерешительности оставить или начать что-нибудь новое, — что когда этак вспоминаешь, вспоминаешь, все вспоминаешь, до того довспоминаешься, что помнишь то, что было еще прежде, чем я была на свете.

— Это метампсикоза, — сказала Соня, которая всегда хорошо училась и все помнила. — Египтяне верили, что наши души были в животных и опять пойдут в животных.

— Нет, знаешь, я не верю этому, чтобы мы были в животных, — сказала Наташа тем же шепотом, хотя и музыка кончилась, — а я знаю наверное, что мы были ангелами там где-то и здесь были, и от этого всё помним...

— Можно мне присоединиться к вам? — сказал тихо подошедший Диммлер и подсел к ним.

— Ежели бы мы были ангелами, так за что же мы попали ниже? — сказал Николай. — Нет, это не может быть!

— Не ниже, кто ж тебе сказал, что ниже?.. Почему я знаю, чем я была прежде, — с убеждением возразила Наташа. — Ведь душа бессмертна... стало быть, ежели я буду жить всегда, так я и прежде жила, целую вечность жила.

— Да, но трудно нам представить вечность, — сказал Диммлер, который подошел к молодым людям с кроткой презрительной улыбкой, но теперь говорил так же тихо и серьезно, как и они.

— Отчего же трудно представить вечность? — сказала Наташа. — Нынче будет, завтра будет, всегда будет, и вчера было, и третьего дня было...

— Наташа! теперь твой черед. Спой мне что-нибудь, — послышался голос графини. — Что вы уселись, точно заговорщики.

— Мама! мне так не хочется, — сказала Наташа, но вместе с тем встала.

Всем им, даже и немолодому Диммлеру, не хотелось прерывать разговор и уходить из диванной, но Наташа встала, и Николай сел за клавикорд. Как всегда, став на средину залы и выбрав выгоднейшее место для резонанса, Наташа начала петь любимую пьесу своей матери.

Она сказала, что ей не хотелось петь, но она давно прежде и долго после не пела так, как она пела в этот вечер. Граф Илья Андреич из кабинета, где он беседовал с Митенькой, слышал ее пенье и, как ученик, торопящийся идти играть, доканчивая урок, путался в словах, отдавая приказания управляющему, и, наконец, замолчал, и Митенька, тоже слушая, молча, с улыбкой, стоял перед графом. Николай не спускал глаз с сестры и вместе с нею переводил дыханье. Соня, слушая, думала о том, какая громадная разница была между ей и ее другом и как невозможно было ей хоть насколько-нибудь быть столь обворожительной, как ее кузина. Старая графиня сидела с счастливо-грустной улыбкой и слезами на глазах, изредка покачивая головой. Она думала и о Наташе, и о своей молодости, и о том, как что-то неестественное и страшное есть в этом предстоящем браке Наташи с князем Андреем.

Диммлер, подсев к графине и закрыв глаза, слушал.

— Нет, графиня, — сказал он, наконец, — это талант европейский, ей учиться нечего, этой мягкости, нежности, силы...

— Ах! как я боюсь за нее, как я боюсь, — сказала графиня, не помня, с кем она говорит. Ее материнское чутье говорило ей, что чего-то слишком много в Наташе и что от этого она не будет счастлива. Наташа не кончила еще петь, как в комнату вбежал восторженный четырнадцатилетний Петя с известием, что пришли ряженые.

Наташа вдруг остановилась.

— Дурак! — закричала она на брата, подбежала к стулу, упала на него и зарыдала так, что долго потом не могла остановиться. — Ничего, маменька, право, ничего, так: Петя испугал меня, — говорила она, стараясь улыбаться, но слезы все текли и всхлипывания сдавливали горло.

Наряженные дворовые: медведи, турки, трактирщики, барыни, страшные и смешные, принеся с собою холод и веселье, сначала робко жались в передней; потом, прячась один за другого, вытеснились в залу; и сначала застенчиво, а потом все веселее и дружнее начались песни, пляски, хороводы и святочные игры. Графиня, узнав лица и посмеявшись на наряженных, ушла в гостиную. Граф Илья Андреич с сияющей улыбкой сидел в зале, одобряя играющих. Молодежь исчезла куда-то.

Через полчаса в зале между другими ряжеными появилась еще старая барыня в фижмах — это был Николай. Турчанка был Петя. Паяс — это был Диммлер, гусар — Наташа и черкес — Соня, с нарисованными пробочными усами и бровями.

После снисходительного удивления, неузнавания и похвал со стороны ненаряженных, молодые люди нашли, что костюмы так хороши, что надо было их показать еще кому-нибудь.

Николай, которому хотелось по отличной дороге прокатить всех на своей тройке, предложил, взяв с собой из дворовых человек десять наряженных, ехать к дядюшке.

— Нет, ну что вы его, старика, расстроите! — сказала графиня. — Да и негде повернуться у него. Уж ехать, так к Мелюковым.

Мелюкова была вдова с детьми разнообразного возраста, также с гувернантками и гувернерами, жившая в четырех верстах от Ростовых.

— Вот, ma chère, умно, — подхватил расшевелившийся старый граф. — Давай сейчас наряжусь и поеду с вами. Уж я Пашету расшевелю.

Но графиня не согласилась отпустить графа: у него все эти дни болела нога. Решили, что Илье Андреевичу ехать нельзя, а что ежели Луиза Ивановна (m-me Schoss) поедет, то барышням можно ехать к Мелюковой. Соня, всегда робкая и застенчивая, настоятельнее всех стала упрашивать Луизу Ивановну не отказать им.

Наряд Сони был лучше всех. Ее усы и брови необыкновенно шли к ней. Все говорили ей, что она очень хороша, и она находилась в несвойственном ей оживленно-энергическом настроении. Какой-то внутренний голос говорил ей, что нынче или никогда решится ее судьба, и она в своем мужском платье казалась совсем другим человеком. Луиза Ивановна согласилась, и через полчаса четыре тройки с колокольчиками и бубенчиками, визжа и свистя подрезами по морозному снегу, подъехали к крыльцу.

Наташа первая дала тон святочного веселья, и это веселье, отражаясь от одного к другому, все более и более усиливалось и дошло до высшей степени в то время, когда все вышли на мороз и, переговариваясь, перекликаясь, смеясь и крича, расселись в сани.

Две тройки были разгонные, третья тройка старого графа, с орловским рысаком в корню; четвертая — собственная Николая, с его низеньким вороным косматым коренником. Николай в своем старушечьем наряде, на который он надел гусарский подпоясанный плащ, стоял в середине своих саней, подобрав вожжи.

Было так светло, что он видел отблескивающие на месячном свете бляхи и глаза лошадей, испуганно оглядывавшихся на седоков, шумевших под темным навесом подъезда.

В сани Николая сели Наташа, Соня, m-me Schoss и две девушки. В сани старого графа сели Диммлер с женой и Петя; в остальные расселись наряженные дворовые.

— Пошел вперед, Захар! — крикнул Николай кучеру отца, чтоб иметь случай перегнать его на дороге.

Тройка старого графа, в которую сел Диммлер и другие ряженые, визжа полозьями, как будто примерзая к снегу, и побрякивая густым колокольцом, тронулась вперед. Пристяжные жались на оглобли и увязали, выворачивая как сахар крепкий и блестящий снег.

Николай тронулся за первой тройкой; сзади зашумели и завизжали остальные. Сначала ехали маленькой рысью по узкой дороге. Пока ехали мимо сада, тени от оголенных деревьев ложились часто поперек дороги и скрывали яркий свет луны, но как только выехали за ограду, алмазно-блестящая, с сизым отблеском снежная равнина, вся облитая месячным сиянием и неподвижная, открылась со всех сторон. Раз, раз толкнул ухаб в передних санях; точно так же толкнуло следующие сани и следующие, и, дерзко нарушая закованную тишину, одни за другими стали растягиваться сани.

— След заячий, много следов! — прозвучал в морозном скованном воздухе голос Наташи.

— Как видно, Nicolas! — сказал голос Сони. Николай оглянулся на Соню и пригнулся, чтобы ближе рассмотреть ее лицо. Какое-то совсем новое, милое лицо, с черными бровями и усами, в лунном свете близко и далеко, выглядывало из соболей.

«Это прежде была Соня», — подумал Николай. Он ближе вгляделся в нее и улыбнулся.

— Вы что, Nicolas?

— Ничего, — сказал он и повернулся опять к лошадям.

Выехав на торную большую дорогу, примасленную полозьями и всю иссеченную следами шипов, видными в свете месяца, лошади сами собой стали натягивать вожжи и прибавлять ходу. Левая пристяжная, загнув голову, прыжками подергивала свои постромки. Коренной раскачивался, поводя ушами, как будто спрашивая: «Начинать? Или рано еще?» Впереди, уже далеко отделившись и звеня удаляющимся густым колокольцом, ясно виднелась на белом снегу черная тройка Захара. Слышны были из его саней покрикиванье, и хохот, и голоса наряженных.

— Ну ли вы, разлюбезные! — крикнул Николай, с одной стороны поддергивая вожжу и отводя с кнутом руку. И только по усилившемуся как будто навстречу ветру и по подергиванью натягивающих и все прибавляющих скоку пристяжных заметно было, как шибко полетела тройка. Николай оглянулся назад. С криком и визгом, махая кнутами и заставляя скакать коренных, поспевали другие тройки. Коренной стойко поколыхивался под дугой, не думая сбивать и обещая еще и еще наддать, когда понадобится.

Николай догнал первую тройку. Они съехали с какой-то горы, въехали на широко разъезженную дорогу по лугу около реки.

«Где это мы едем? — подумал Николай. — По Косому лугу, должно быть. Но нет, это что-то новое, чего я никогда не видал. Это не Косой луг и не Дёмкина гора, а это Бог знает что такое! Это что-то новое и волшебное. Ну, что бы там ни было!» — И он, крикнув на лошадей, стал объезжать первую тройку.

Захар сдержал лошадей и обернул свое уже обындевевшее до бровей лицо.

Николай пустил своих лошадей, Захар, вытянув вперед руки, чмокнул и пустил своих.

— Ну, держись, барин, — проговорил он. Еще быстрее рядом полетели тройки, и быстро переменялись ноги скачущих лошадей. Николай стал забирать вперед. Захар, не переменяя положения вытянутых рук, приподнял одну руку с вожжами.

— Врешь, барин, — прокричал он Николаю. Николай в скок пустил всех лошадей и перегнал Захара. Лошади засыпáли мелким, сухим снегом лица седоков, рядом с ними звучали частые переборы и путались быстро движущиеся ноги и тени перегоняемой тройки. Свист полозьев по снегу и женские взвизги слышались с разных сторон.

Опять остановив лошадей, Николай оглянулся кругом себя. Кругом была все та же пропитанная насквозь лунным светом волшебная равнина с рассыпанными по ней звездами.

«Захар кричит, чтобы я взял налево; а зачем налево? — думал Николай. — Разве мы к Мелюковым едем, разве это Мелюковка? Мы Бог знает где едем, и Бог знает чтó с нами делается — и очень странно и хорошо то, чтó с нами делается». — Он оглянулся в сани.

— Посмотри, у него и усы и ресницы — все белое, — сказал один из сидевших странных, хорошеньких и чужих людей с тонкими усами и бровями.

«Этот, кажется, была Наташа, — подумал Николай, — а эта m-me Schoss; а может быть, и нет, а этот черкес с усами — не знаю кто, но я люблю ее».

— Не холодно ли вам? — спросил он. Они не отвечали и засмеялись. Диммлер из задних саней что-то кричал, вероятно, смешное, но нельзя было расслышать, что он кричал.

— Да, да, — смеясь, отвечали голоса.

Однако вот какой-то волшебный лес с переливающимися черными тенями и блестками алмазов и с какой-то анфиладой мраморных ступеней, и какие-то серебряные крыши волшебных зданий, и пронзительный визг каких-то зверей. «А ежели и в самом деле это Мелюковка, то еще страннее то, что мы ехали Бог знает где и приехали в Мелюковку», — думал Николай.

Действительно, это была Мелюковка, и на подъезд выбежали девки и лакеи со свечами и радостными лицами.

— Кто такой? — спрашивали с подъезда.

— Графские наряженные, по лошадям вижу, — отвечали голоса.

XI

Пелагея Даниловна Мелюкова, широкая, энергическая женщина, в очках и распашном капоте, сидела в гостиной, окруженная дочерьми, которым она старалась не дать скучать. Они тихо лили воск и смотрели на тени выходивших фигур, когда зашумели в передней шаги и голоса приезжих.

Гусары, барыни, ведьмы, паясы, медведи, прокашливаясь и обтирая заиндевевшие от мороза лица в передней, вошли в залу, где поспешно зажигали свечи. Паяс Диммлер с барыней Николаем открыли пляску. Окруженные кричавшими детьми, ряженые, закрывая лица и меняя голоса, раскланивались перед хозяйкой и расстанавливались по комнате.

— Ах, узнать нельзя! А Наташа-то! Посмотрите, на кого она похожа! Право, напоминает кого-то. Эдуард-то Карлыч как хорош! Я не узнала. Да как танцует! Ах, батюшки, и черкес какой-то; право, как идет Сонюшке. Это еще кто? Ну, утешили! Столы-то примите, Никита, Ваня. А мы так тихо сидели!

— Ха-ха-ха!.. Гусар-то, гусар-то! Точно мальчик, и ноги!.. Я видеть не могу... — слышались голоса.

Наташа, любимица молодых Мелюковых, с ними вместе исчезла в задние комнаты, куда была потребована пробка и разные халаты и мужские платья, которые в растворенную дверь принимали от лакея оголенные девичьи руки. Через десять минут вся молодежь семейства Мелюковых присоединилась к ряженым.

Пелагея Даниловна, распорядившись очисткой места для гостей и угощениями для господ и дворовых, не снимая очков, с сдерживаемой улыбкой, ходила между ряжеными, близко глядя им в лица и никого не узнавая. Она не узнавала не только Ростовых и Диммлера, но и никак не могла узнать ни своих дочерей, ни тех мужниных халатов и мундиров, которые были на них.

— А это чья такая? — говорила она, обращаясь к своей гувернантке и глядя в лицо своей дочери, представлявшей казанского татарина. — Кажется, из Ростовых кто-то. Ну, а вы, господин гусар, в каком полку служите? — спрашивала она Наташу. — Турке-то, турке пастилы подай, — говорила она обносившему буфетчику, — это их законом не запрещено.

Иногда, глядя на странные, но смешные па, которые выделывали танцующие, решившие раз навсегда, что они наряженные, что никто их не узнает, и потому не конфузившиеся, — Пелагея Даниловна закрывалась платком, и все тучное тело ее тряслось от неудержимого доброго старушечьего смеха.

— Сашинет-то моя, Сашинет-то! — говорила она.

После русских плясок и хороводов Пелагея Даниловна соединила всех дворовых и господ вместе, в один большой круг; принесли кольцо, веревочку и рублик, и устроились общие игры.

Через час все костюмы измялись и расстроились. Пробочные усы и брови размазались по вспотевшим, разгоревшимся и веселым лицам. Пелагея Даниловна стала узнавать ряженых, восхищалась тем, как хорошо были сделаны костюмы, как шли они особенно к барышням, и благодарила всех за то, что так повеселили ее. Гостей позвали ужинать в гостиную, а в зале распорядились угощением дворовых.

— Нет, в бане гадать, вот это страшно! — говорила за ужином старая девушка, жившая у Мелюковых.

— Отчего же? — спросила старшая дочь Мелюковых.

— Да не пойдете, тут надо храбрость...

— Я пойду, — сказала Соня.

— Расскажите, как это было с барышней? — сказала вторая Мелюкова.

— Да вот так-то, пошла одна барышня, — сказала старая девушка, — взяла петуха, два прибора — как следует, села. Посидела, только слышит, вдруг едет... с колокольцами, с бубенцами, подъехали сани; слышит, идет. Входит совсем в образе человеческом, как есть офицер, пришел и сел с ней за прибор.

— А! А!.. — закричала Наташа, с ужасом выкатывая глаза.

— Да как же он, так и говорит?

— Да, как человек, все как должно быть, и стал, и стал уговаривать, а ей бы надо занять его разговором до петухов; а она заробела; только заробела и закрылась руками. Он ее и подхватил. Хорошо, что тут девушки прибежали...

— Ну, что пугать их! — сказала Пелагея Даниловна.

— Мамаша, ведь вы сами гадали... — сказала дочь.

— А как это в амбаре гадают? — спросила Соня.

— Да вот хоть бы теперь пойдут к амбару, да и слушают. Что услышите: заколачивает, стучит — дурно, а пересыпает хлеб — это к добру; а то бывает...

— Мама, расскажите, что с вами было в амбаре?

Пелагея Даниловна улыбнулась.

— Да что, я уж забыла... — сказала она. — Ведь вы никто не пойдете?

— Нет, я пойду; Пелагея Даниловна, пустите меня, я пойду, — сказала Соня.

— Ну, что ж, коли не боишься.

— Луиза Ивановна, можно мне? — спросила Соня.

Играли ли в колечко, в веревочку или рублик, разговаривали ли, как теперь, Николай не отходил от Сони и совсем новыми глазами смотрел на нее. Ему казалось, что он нынче только в первый раз, благодаря этим пробочным усам, вполне узнал ее. Соня действительно этот вечер была весела, оживлена и хороша, какой никогда еще не видал ее Николай.

«Так вот она какая, а я-то дурак!» — думал он, глядя на ее блестящие глаза и счастливую, восторженную из-под усов делающую ямочки на щеках, улыбку, которой он не видал прежде.

— Я ничего не боюсь, — сказала Соня. — Можно сейчас? — Она встала. Соне рассказали, где амбар, как ей молча стоять и слушать, и подали ей шубку. Она накинула ее себе на голову и взглянула на Николая.

«Что за прелесть эта девочка! — подумал он. — И о чем я думал до сих пор!»

Соня вышла в коридор, чтоб идти в амбар. Николай поспешно пошел на парадное крыльцо, говоря, что ему жарко. Действительно, в доме было душно от столпившегося народа.

На дворе был тот же неподвижный холод, тот же месяц, только было еще светлее. Свет был так силен и звезд на снеге было так много, что на небо не хотелось смотреть, и настоящих звезд было незаметно. На небе было черно и скучно, на земле было весело.

«Дурак я, дурак! Чего я ждал до сих пор?» — подумал Николай, и, сбежав на крыльцо, он обошел угол дома по той тропинке, которая вела к заднему крыльцу. Он знал, что здесь пойдет Соня. На половине дороги стояли сложенные сажнями дрова, на них был снег, от них падала тень; через них и сбоку их, переплетаясь, падали тени старых голых лип на снег и дорожку. Дорожка вела к амбару. Рубленая стена амбара и крыша, покрытая снегом, как высеченные из какого-то драгоценного камня, блестели в месячном свете. В саду треснуло дерево, и опять все совершенно затихло. Грудь, казалось, дышала не воздухом, а какой-то вечно молодой силой и радостью.

С девичьего крыльца застучали ноги по ступенькам, скрыпнуло звонко на последней, на которую был нанесен снег, и голос старой девушки сказал:

— Прямо, прямо вот по дорожке, барышня. Только не оглядываться!

— Я не боюсь, — отвечал голос Сони, и по дорожке, по направлению к Николаю, завизжали, засвистели в тоненьких башмачках ножки Сони.

Соня шла, закутавшись в шубку. Она была уже в двух шагах, когда увидала его; она увидала его тоже не таким, каким она знала и какого всегда немножко боялась. Он был в женском платье с спутанными волосами и с счастливой и новой для Сони улыбкой. Соня быстро подбежала к нему.

«Совсем другая и все та же», — думал Николай, глядя на ее лицо, все освещенное лунным светом. Он продел руки под шубку, прикрывавшую ее голову, обнял, прижал к себе и поцеловал в губы, над которыми были усы и от которых пахло жженой пробкой. Соня в самую середину губ поцеловала его и, выпростав маленькие руки, с обеих сторон взяла его за щеки.

— Соня!.. Nicolas!.. — только сказали они. Они подбежали к амбару и вернулись назад каждый с своего крыльца.

XII

Когда все поехали назад от Пелагеи Даниловны, Наташа, всегда все видевшая и замечавшая, устроила так размещение, что Луиза Ивановна и она сели в сани с Диммлером, а Соня села с Николаем и девушками.

Николай, уже не перегоняясь, ровно ехал в обратный путь и, все вглядываясь в этом странном лунном свете в Соню, отыскивал при этом все переменяющем свете изпод бровей и усов свою ту прежнюю и теперешнюю Соню, с которой он решил уже никогда не разлучаться. Он вглядывался, и, когда узнавал все ту же и другую и вспоминал этот запах пробки, смешанный с чувством поцелуя, он полной грудью вдыхал в себя морозный воздух, и, глядя на уходящую землю и блестящее небо, он чувствовал себя опять в волшебном царстве.

— Соня, *тебе* хорошо? — изредка спрашивал он.

— Да, — отвечала Соня. — А *тебе*?

На середине дороги Николай дал подержать лошадей кучеру, на минуту подбежал к саням Наташи и стал на отвод.

— Наташа, — сказал он ей шепотом по-французски, — знаешь, я решился насчет Сони.

— Ты ей сказал? — спросила Наташа, вся вдруг просияв от радости.

— Ах, какая ты странная с этими усами и бровями, Наташа! Ты рада?

— Я так рада, так рада! Я уж сердилась на тебя. Я тебе не говорила, но ты дурно с ней поступал. Это такое сердце, Nicolas, как я рада! Я бываю гадкая, но мне совестно быть одной счастливой, без Сони, — продолжала Наташа. — Теперь я так рада, ну, беги к ней.

— Нет, постой, ах, какая ты смешная! — сказал Николай, все всматриваясь в нее и в сестре тоже находя что-то новое, необыкновенное и обворожительно-нежное, чего он прежде не видал в ней. — Наташа, что-то волшебное. А?

— Да, — отвечала она, — ты прекрасно сделал.

«Если б я прежде видел ее такою, какою она теперь, — думал Николай, — я бы давно спросил, что сделать, и сделал бы все, что бы она ни велела, и все бы было хорошо».

— Так ты рада, и я хорошо сделал?

— Ах, так хорошо! Я недавно с мамашей поссорилась за это. Мама сказала, что она тебя ловит. Как это можно говорить! Я с мама чуть не побранилась. И никому никогда не позволю ничего дурного про нее сказать и подумать, потому что в ней одно хорошее.

— Так хорошо? — сказал Николай, еще раз высматривая выражение лица сестры, чтобы узнать, правда ли это, и, скрипя сапогами, он соскочил с отвода и побежал к своим саням. Все тот же счастливый, улыбающийся черкес, с усиками и блестящими глазами, смотревший из-под собольего капора, сидел там, и этот черкес был Соня, и эта Соня была наверное его будущая, счастливая и любящая жена.

Приехав домой и рассказав матери о том, как они провели время у Мелюковых, барышни ушли к себе. Раздевшись, но не стирая пробочных усов, они долго сидели, разговаривая о своем счастье. Они говорили о том, как они будут жить замужем, как их мужья будут дружны и как они будут счастливы. На Наташином столе стояли еще с вечера приготовленные Дуняшей зеркала.

— Только когда все это будет? Я боюсь, что никогда... Это было бы слишком хорошо! — сказала Наташа, вставая и подходя к зеркалам.

— Садись, Наташа, может быть, ты увидишь его, — сказала Соня. Наташа зажгла свечи и села.

— Какого-то с усами вижу, — сказала Наташа, видевшая свое лицо.

— Не надо смеяться, барышня, — сказала Дуняша.

Наташа нашла с помощью Сони и горничной положение зеркалу; лицо ее приняло серьезное выражение, и она замолкла. Долго она сидела, глядя на ряд уходящих свечей в зеркалах, предполагая (соображаясь с слышанными рассказами) то, что она увидит гроб, то, что увидит *его*, князя Андрея, в этом последнем, сливающемся, смутном квадрате. Но как ни готова она была принять малейшее пятно за образ человека или гроба, она ничего не видала. Она часто стала мигать и отошла от зеркала.

— Отчего другие видят, а я ничего не вижу? — сказала она. — Ну, садись ты, Соня; нынче непременно тебе надо, — сказала она. — Только за меня... Мне так страшно нынче!

Соня села за зеркало, устроила положение и стала смотреть.

— Вот Софья Александровна непременно увидят, — шепотом сказала Дуняша, — а вы все смеетесь.

Соня слышала эти слова, и слышала, как Наташа шепотом сказала:

— И я знаю, что увидит; она и прошлого года видела.

Минуты три все молчали. «Непременно!» — прошептала Наташа и не докончила... Вдруг Соня отстранила то зеркало, которое она держала, и закрыла глаза рукой.

— Ах, Наташа! — сказала она.

— Видела? Видела? Что видела? — крикнула Наташа.

— Вот я говорила, — сказала Дуняша, поддерживая зеркало.

Соня ничего не видала, она только что хотела замигать глазами и встать, когда услыхала голос Наташи, сказавшей «непременно»... Ей не хотелось обмануть ни Дуняшу, ни Наташу, и тяжело было сидеть. Она сама не знала, как и вследствие чего у ней вырвался крик, когда она закрыла глаза рукой.

— Его видела? — спросила Наташа, хватая ее за руку.

— Да. Постой... я... видела его, — невольно сказала Соня, еще не зная, кого разумела Наташа под словом его: *его* — Николая или *его* — Андрея.

«Но отчего же мне не сказать, что я видела? Ведь видят же другие! И кто же может уличить меня в том, что я видела или не видала?» — мелькнуло в голове Сони.

— Да, я его видела, — сказала она.

— Как же? Как же? Стоит или лежит?

— Нет, я видела... То ничего не было, вдруг вижу, что он лежит.

— Андрей лежит? Он болен? — испуганно остановившимися глазами глядя на подругу, спрашивала Наташа.

— Нет, напротив, напротив — веселое лицо, и он обернулся ко мне, — и в ту минуту, как она говорила, ей самой казалось, что она видела то, что говорила.

— Ну, а потом, Соня?

— Тут я не рассмотрела, что-то синее и красное...

— Соня! когда он вернется? Когда я увижу его! Боже мой! как я боюсь за него и за себя, и за все мне страшно... — заговорила Наташа и, не отвечая ни слова на утешения Сони, легла в постель и долго после того, как потушили свечу, с открытыми глазами, неподвижно лежала на постели и смотрела на морозный лунный свет сквозь замерзшие окна.

XIII

Вскоре после святок Николай объявил матери о своей любви к Соне и о твердом решении жениться на ней. Графиня, давно замечавшая то, что происходило между Соней и Николаем, и ожидавшая этого объяснения, молча выслушала его слова и сказала сыну, что он может жениться на ком хочет; но что ни она, ни отец не дадут ему благословения на такой брак. В первый раз Николай почувствовал, что мать недовольна им, что, несмотря на всю свою любовь к нему, она не уступит ему. Она, холодно и не глядя на сына, послала за мужем; и, когда он пришел, графиня хотела коротко и холодно в присутствии Николая сообщить ему, в чем дело, но не выдержала: заплакала слезами досады и вышла из комнаты. Старый граф стал нерешительно усовещивать Николая и просить его отказаться от своего намерения. Николай отвечал, что он не может изменить своему слову, и отец, вздохнув, и, очевидно, смущенный, весьма скоро перервал свою речь и пошел к графине. При всех столкновениях с сыном графа не оставляло сознание своей виноватости перед ним за расстройство дел, и потому он не мог сердиться на сына за отказ жениться на богатой невесте и за выбор бесприданной Сони, — он только при этом случае живее вспоминал то, что, ежели бы дела не были расстроены, нельзя было для Николая желать лучшей жены, чем Соня; и что виновен в расстройстве дел только один он с своим Митенькой и с своими непреодолимыми привычками.

Отец с матерью больше не говорили об этом деле с сыном; но несколько дней после этого графиня позвала к себе Соню и с жестокостью, которой не ожидали ни та, ни другая, графиня упрекала племянницу в заманиванье сына и в неблагодарности. Соня молча, с опущенными глазами, слушала жестокие слова графини и не понимала, чего от нее требуют. Она всем готова была пожертвовать для своих благодетелей. Мысль о самопожертвовании была любимой ее мыслью; но в этом случае она не могла понять, кому и чем ей надо жертвовать. Она не могла не любить графиню и всю семью Ростовых, но и не могла не любить Николая и не знать, что его счастие зависело от этой любви. Она была молчалива и грустна и не отвечала. Николай не мог, как ему казалось, перенести долее этого положения и пошел объясниться с матерью. Николай то умолял мать простить его и Соню и согласиться на их брак, то угрожал матери тем, что ежели Соню будут преследовать, то он сейчас же женится на ней тайно.

Графиня с холодностью, которой никогда не видал сын, отвечала ему, что он совершеннолетний, что князь Андрей женится без согласия отца и что он может то же сделать, но что никогда она не признает эту *интриганку* своей дочерью.

Взорванный словом *интриганка*, Николай, возвысив голос, сказал матери, что он никогда не думал, чтоб она заставляла его продавать свои чувства, и что ежели это так, то он последний раз говорит... Но он не успел сказать того решительного слова, которого, судя по выражению его лица, с ужасом ждала мать и которое, может быть, навсегда бы осталось жестоким воспоминанием между ними. Он не успел договорить, потому что Наташа с бледным и серьезным лицом вошла в комнату от двери, у которой она подслушивала.

— Николенька, ты говоришь пустяки, замолчи, замолчи! Я тебе говорю, замолчи!.. — почти кричала она, чтобы заглушить его голос.

— Мама, голубчик, это совсем не оттого... душечка моя, бедная, — обращалась она к матери, которая, чувствуя себя на краю разрыва, с ужасом смотрела на сына, но, вследствие упрямства и увлечения борьбы, не хотела и не могла сдаться.

— Николенька, я тебе растолкую, ты уйди... Вы послушайте, мама-голубушка, — говорила она матери.

Слова ее были бессмысленны; но они достигли того результата, к которому она стремилась.

Графиня, тяжело захлипав, спрятала лицо на груди дочери, а Николай встал, схватился за голову и вышел из комнаты.

Наташа взялась за дело примирения и довела его до того, что Николай получил обещание от матери в том, что Соню не будут притеснять, и сам дал обещание, что он ничего не предпримет тайно от родителей.

С твердым намерением, устроив в полку свои дела, выйти в отставку, приехать и жениться на Соне, Николай, грустный и серьезный, в разладе с родными, но, как ему казалось, страстно влюбленный, в начале января уехал в полк.

После отъезда Николая в доме Ростовых стало грустнее, чем когда-нибудь. Графиня от душевного расстройства сделалась больна.

Соня была печальна и от разлуки с Николаем, и еще более от того враждебного тона, с которым не могла не обращаться с ней графиня. Граф более чем когда-нибудь был озабочен дурным положением дел, требовавших каких-нибудь решительных мер. Необходимо было продать московский дом и подмосковную, а для продажи дома нужно было ехать в Москву. Но здоровье графини заставляло со дня на день откладывать отъезд.

Наташа, легко и даже весело переносившая первое время разлуки с своим женихом, теперь с каждым днем становилась взволнованнее и нетерпеливее. Мысль о том, что так, даром, ни для кого пропадает ее лучшее время, которое бы она употребила на любовь к нему, неотступно мучила ее. Письма его большей частью сердили ее. Ей оскорбительно было думать, что тогда, как она живет только мыслью о нем, он живет настоящей жизнью, видит новые места, новых людей, которые для него интересны. Чем занимательнее были его письма, тем ей было досаднее. Ее же письма к нему не только не доставляли ей утешения, но представлялись скучной и фальшивой обязанностью. Она не умела писать, потому что не могла постигнуть возможности выразить в письме правдиво хоть одну тысячную долю того, что она привыкла выражать голосом, улыбкой и взглядом. Она писала ему классически-однообразные, сухие письма, которым сама не приписывала никакого значения и в которых, по брульонам, графиня поправляла ей орфографические ошибки.

Здоровье графини все не поправлялось; но откладывать поездку в Москву уже не было возможности. Нужно было делать приданое, нужно было продать дом, и притом князя Андрея ждали сперва в Москву, где в эту зиму жил князь Николай Андреич, и Наташа была уверена, что он уже приехал.

Графиня осталась в деревне, а граф, взяв с собой Соню и Наташу, в конце января поехал в Москву.

ЧАСТЬ ПЯТАЯ

I

Пьер после сватовства князя Андрея и Наташи, без всякой очевидной причины, вдруг почувствовал невозможность продолжать прежнюю жизнь. Как ни твердо он был убежден в истинах, открытых ему его благодетелем, как ни радостно было ему то первое время увлечения внутренней работой самосовершенствования, которой он предался с таким жаром, — после помолвки князя Андрея с Наташей и после смерти Иосифа Алексеевича, о которой он получил известие почти в то же время, вся прелесть этой прежней жизни вдруг пропала для него. Остался один остов жизни: его дом с блестящею женою, пользовавшеюся теперь милостями одного важного лица, знакомство со всем Петербургом и служба с скучными формальностями. И эта прежняя жизнь вдруг с неожиданной мерзостью представилась Пьеру. Он перестал писать свой дневник, избегал общества братьев, стал опять ездить в клуб, стал опять много пить, опять сблизился с холостыми компаниями и начал вести такую жизнь, что графиня Елена Васильевна сочла нужным сделать ему строгое замечание. Пьер, почувствовав, что она была права, и чтобы не компрометировать свою жену, уехал в Москву.

В Москве, как только он въехал в свой огромный дом с засохшими и засыхающими княжнами, с громадной дворней, как только он увидал — проехав по городу — эту Иверскую часовню с бесчисленными огнями свеч перед золотыми ризами, увидал эту площадь Кремлевскую с незаезженным снегом, этих извозчиков, эти лачужки Сивцева Вражка, увидал стариков московских, ничего не желающих и никуда не спеша доживающих свой век, увидал старушек, московских барынь, московские балы и московский Английский клуб, — он почувствовал себя дома, в тихом пристанище. Ему стало в Москве покойно, тепло, привычно и грязно, как в старом халате.

Московское общество все, начиная от старух до детей, как своего давно жданного гостя, которого место всегда было готово и не занято, приняло Пьера. Для московского света Пьер был самым милым, добрым, умным, веселым, великодушным чудаком, рассеянным и душевным, русским, старого покроя, барином. Кошелек его всегда был пуст, потому что открыт для всех.

Бенефисы, дурные картины, статуи, благотворительные общества, цыгане, школы, подписные обеды, кутежи, масоны, церкви, книги — никто и ничто не получало отказа, и ежели бы не два его друга, занявшие у него много денег и взявшие его под свою опеку, он бы все роздал. В клубе не было ни обеда, ни вечера без него. Как только он приваливался на свое место на диване после двух бутылок Марго, его окружали, и завязывались толки, споры, шутки. Где ссорились, он — одной своей доброй улыбкой и кстати сказанной шуткой — мирил. Масонские столовые ложи были скучны и вялы, ежели его не было.

Когда после холостого ужина он с доброй и сладкой улыбкой, сдаваясь на просьбы веселой компании, поднимался, чтобы ехать с ними, между молодежью раздавались радостные, торжественные крики. На балах он танцевал, если недоставало кавалера. Молодые дамы и барышни любили его за то, что он, не ухаживая ни за кем, был со всеми одинаково любезен, особенно после ужина. «Il est charmant, il n'a pas de sexe»[1], — говорили про него.

Пьер был тем отставным, добродушно доживающим свой век в Москве камергером, каких были сотни.

Как бы он ужаснулся, ежели бы семь лет тому назад, когда он только приехал из-за границы, кто-нибудь сказал бы ему, что ему ничего не нужно искать и выдумывать, что его колея давно пробита и определена предвечно и что, как он ни вертись, он будет тем, чем были все в его положении. Он не мог бы поверить этому. Разве не он всей душой желал то произвести республику в России, то самому быть Наполеоном, то философом, то тактиком,

---

[1] Он прелестен, он не имеет пола.

победителем Наполеона? Разве не он видел возможность и страстно желал переродить порочный род человеческий и самого себя довести до высшей степени совершенства? Разве не он учреждал школы, больницы и отпускал крестьян на волю?

А вместо всего этого — вот он, богатый муж неверной жены, камергер в отставке, любящий покушать, выпить и, расстегнувшись, побранить слегка правительство, член московского Английского клуба и всеми любимый член московского общества. Он долго не мог помириться с той мыслью, что он есть тот самый отставной московский камергер, тип которого он так глубоко презирал семь лет тому назад.

Иногда он утешал себя мыслью, что это только так, покамест он ведет эту жизнь; но потом его ужасала другая мысль, что так, покамест, уже сколько людей входили, как он, со всеми зубами и волосами в эту жизнь и в этот клуб и выходили из нее без одного зуба и волоса.

В минуты гордости, когда он думал о своем положении, ему казалось, что он совсем другой, особенный от тех отставных камергеров, которых он презирал прежде, что те были пошлые и глупые, довольные и успокоенные своим положением, «а я и теперь все не доволен, все мне хочется сделать что-то для человечества, — говорил он себе в минуты гордости. — А может быть, и все те мои товарищи, точно так же как и я, бились, искали какой-то новой, своей дороги в жизни и, так же как и я, силой обстановки, общества, природы, той стихийной силой, против которой не властен человек, были приведены туда же, куда и я», — говорил он себе в минуты скромности, и, поживши в Москве несколько времени, он не презирал уже, а начинал любить, уважать и жалеть, так же как и себя, своих по судьбе товарищей.

На Пьера не находили, как прежде, минуты отчаяния, хандры и отвращения к жизни; но та же болезнь, выражавшаяся прежде резкими припадками, была вогнана внутрь и ни на мгновенье не покидала его. «К чему? Зачем? Что такое творится на свете?» — спрашивал он себя с недоумением по нескольку раз в день, невольно начиная вдумываться в смысл явлений жизни; но опытом зная, что на вопросы эти не было ответов, он поспешно старался отвернуться от них, брался за книгу, или спешил в клуб, или к Аполлону Николаевичу болтать о городских сплетнях.

«Елена Васильевна, никогда ничего не любившая, кроме своего тела, и одна из самых глупых женщин в мире, — думал Пьер, — представляется людям верхом ума и утонченности, и перед ней преклоняются. Наполеон Бонапарт был презираем всеми до тех пор, пока он был велик, и с тех пор как он стал жалким комедиантом — император Франц добивается предложить ему свою дочь в незаконные супруги. Испанцы воссылают мольбы Богу через католическое духовенство в благодарность за то, что они победили 14-го июня французов, и французы воссылают мольбы через то же католическое духовенство о том, что они 14-го июня победили испанцев. Братья мои масоны клянутся кровью в том, что они всем готовы жертвовать для ближнего, а не платят по одному рублю на сборы для бедных и интригуют Астрея против Ищущих Манны и хлопочут о настоящем шотландском ковре и об акте, смысла которого не знает и тот, кто писал его, и которого никому не нужно. Все мы исповедуем христианский закон прощения обид и любви к ближнему — закон, вследствие которого мы воздвигли в Москве сорок сороков церквей, а вчера засекли кнутом бежавшего человека, и служитель того же самого закона любви и прощения, священник, давал целовать солдату крест перед казнью». Так думал Пьер, и эта вся общая, всеми признаваемая ложь, как он ни привык к ней, как будто что-то новое, всякий раз изумляла его. «Я понимаю эту ложь и путаницу, — думал он, — но как мне рассказать им все, что я понимаю? Я пробовал и всегда находил, что и они в глубине души понимают то же, что и я, но стараются только не видеть *ее*. Стало быть, так надо! Но мне-то, мне куда деваться?» — думал Пьер. Он испытывал несчастную способность многих, особенно русских людей, — способность видеть и верить в возможность добра и правды и слишком ясно видеть зло и ложь жизни, для того чтобы быть в силах принимать в ней серьезное участие. Всякая область труда, в глазах его, соединялась со злом и обманом. Чем он ни пробовал быть, за что он ни брался — зло и ложь отталкивали его и загораживали ему все пути деятельности. А между тем надо было жить, надо было быть заняту. Слишком страшно было быть под гнетом этих неразрешимых вопросов жизни, и он отдавался первым увлечениям, чтобы только забыть их. Он ездил во всевозможные общества, много пил, покупал картины и строил, а главное, читал.

Он читал и читал все, что попадалось под руку, и читал так, что, приехав домой, когда лакеи еще раздевали его, он, уже взяв книгу, читал — и от чтения переходил ко сну, и от сна к болтовне в гостиных и клубе, от болтовни к кутежу и женщинам, от кутежа опять к болтовне, чтению и вину. Пить вино для него становилось все больше и больше физической и вместе нравственной потребностью. Несмотря на то, что доктора говорили ему, что с его корпуленцией вино для него опасно, он очень много пил. Ему становилось вполне хорошо только тогда, когда он, сам не замечая как, опрокинув в свой большой рот несколько стаканов вина, испытывал приятную теплоту в теле; нежность ко всем своим ближним и готовность ума поверхностно отзываться на всякую мысль, не углубляясь в сущность ее. Только выпив бутылку и две вина, он смутно сознавал, что тот запутанный, страшный узел жизни, который ужасал его прежде, не так страшен, как ему казалось. С шумом в голове, болтая, слушая разговоры или читая после обеда и ужина, он беспрестанно видел этот узел, какой-нибудь стороной его. Но только под влиянием вина он говорил себе: «Это ничего. Это я распутаю — вот у меня и готово объяснение. Но теперь некогда, — я после обдумаю все это!». Но это *после* никогда не приходило.

Натощак, поутру, все прежние вопросы представлялись столь же неразрешимыми и страшными, и Пьер торопливо хватался за книгу и радовался, когда кто-нибудь приходил к нему.

Иногда Пьер вспоминал о слышанном им рассказе о том, как на войне солдаты, находясь под выстрелами в прикрытии, когда им делать нечего, старательно изыскивают себе занятие, для того чтобы легче переносить опасность. И Пьеру все люди представлялись такими солдатами, спасающимися от жизни: кто честолюбием, кто картами, кто писанием законов, кто женщинами, кто игрушками, кто лошадьми, кто политикой, кто охотой, кто вином, кто государственными делами. «Нет ни ничтожного, ни важного, все равно; только бы спастись от нее, как умею! — думал Пьер. — Только бы не видать *ее*, эту страшную *ее*».

II

В начале зимы князь Николай Андреич Болконский с дочерью приехали в Москву. По своему прошедшему, по своему уму и оригинальности, в особенности по ослаблению на ту пору восторга к царствованию императора Александра I и по тому антифранцузскому и патриотическому направлению, которое царствовало в то время в Москве, князь Николай Андреич сделался тотчас же предметом особенной почтительности москвичей и центром московской оппозиции правительству.

Князь очень постарел в этот год. В нем появились резкие признаки старости: неожиданные засыпанья, забывчивость ближайших по времени событий и памятливость к давнишним, и детское тщеславие, с которым он принимал роль главы московской оппозиции. Несмотря на то, когда старик, особенно по вечерам, выходил к чаю в своей шубке и пудреном парике и начинал, затронутый кем-нибудь, свои отрывистые рассказы о прошедшем или еще более отрывистые и резкие суждения о настоящем, он возбуждал во всех своих гостях одинаковое чувство почтительного уважения. Для посетителей весь этот старинный дом с огромными трюмо, дореволюционной мебелью, этими лакеями в пудре, и сам прошлого века крутой и умный старик с его кроткою дочерью и хорошенькой француженкой, которые благоговели перед ним, представлял величественно-приятное зрелище. Но посетители не думали о том, что, кроме этих двух-трех часов, во время которых они видели хозяев, было еще двадцать два часа в сутки, во время которых шла тайная внутренняя жизнь дома.

В последнее время в Москве эта внутренняя жизнь сделалась очень тяжела для княжны Марьи. Она была лишена в Москве тех своих лучших радостей — бесед с божьими людьми и уединения, которые освежали ее в Лысых Горах, и не имела никаких выгод и радостей столичной жизни. В свет она не ездила; все знали, что отец не пускает ее без себя, а сам он по нездоровью не мог ездить, и ее уже не приглашали на обеды и вечера. Надежду на замужество княжна Марья совсем оставила. Она видела ту холодность и озлобление, с которыми князь Николай Андреич принимал и спроваживал от себя молодых людей, могущих быть женихами, иногда являвшихся в их дом. Друзей у княжны Марьи не было: в этот приезд в Москву она разочаровалась в своих двух самых близких людях: m-lle Bourienne, с которой она и прежде не могла быть вполне откровенна, теперь стала ей неприятна, и она, по некоторым причинам, стала отдаляться от нее; Жюли, которая была в Москве и к которой княжна Марья писала пять лет сряду, оказалась совершенно чуждой ей, когда княжна Марья вновь сошлась с нею лично. Жюли в это время, по случаю смерти братьев, сделавшись одной из самых богатых невест в Москве, находилась во всем разгаре светских удовольствий. Она была окружена молодыми людьми, которые, как она думала, вдруг оценили ее достоинства. Жюли находилась в том периоде стареющейся светской барышни, которая чувствует, что наступил последний шанс замужества и теперь или никогда должна решиться ее участь. Княжна Марья с грустной улыбкой вспоминала по четвергам, что ей теперь писать не к кому, так как Жюли, Жюли, от присутствия которой ей не было никакой радости, была здесь и виделась с нею каждую неделю. Она, как старый эмигрант, отказавшийся жениться на даме, у которой он проводил несколько лет свои вечера, потому что он, женившись, не знал бы, где проводить свои вечера, жалела о том, что Жюли была здесь и ей некому писать. Княжне Марье в Москве не с кем было поговорить, некому поверить своего горя, а горя много прибавилось нового за это время. Срок возвращения князя Андрея и его женитьбы приближался, а его поручение приготовить к тому отца не только не было исполнено, но дело, напротив, казалось совсем испорчено, и напоминание о графине Ростовой выводило из себя старого князя, и так уже большую часть времени бывшего не в духе. Новое горе, прибавившееся в последнее время для княжны Марьи, были уроки, которые она давала шестилетнему племяннику. В своих отношениях с Николушкой она с ужасом узнавала в себе свойство раздражительности своего отца. Сколько раз она ни говорила себе, что не надо позволять себе горячиться, уча племянника, почти всякий раз, как она садилась с указкой за французскую азбуку, ей так хотелось поскорее, полегче перелить из себя свое знание в ребенка, уже боявшегося, что вот-вот тетя рассердится, что она при малейшем невнимании со стороны мальчика вздрагивала, торопилась, горячилась, возвышала голос, иногда дергала его за ручку и ставила в угол. Поставив его в угол, она сама начинала плакать над своею злой, дурной натурой, и Николушка, подражая ей рыданьями, без позволенья выходил из угла, подходил к ней и отдергивал от лица ее мокрые руки и утешал ее. Но более, более всего горя доставляла княжне раздражительность ее отца, всегда направленная против дочери и дошедшая в последнее время до жестокости. Ежели бы он заставлял ее все ночи класть поклоны, ежели бы он бил ее, заставлял таскать дрова и воду — ей бы и в голову не пришло, что ее положение трудно; но этот любящий мучитель, — самый жестокий оттого, что он любил и за то мучил себя и ее, — умышленно умел не только оскорбить, унизить ее, но и доказать ей, что она всегда и во всем была виновата. В последнее время в нем появилась новая черта, более всего мучившая княжну Марью, — это было его большее сближение с m-lle Bourienne. Пришедшая ему в первую минуту по получении известия о намерении своего сына мысль-шутка о том, что ежели Андрей женится, то и он сам женится на Bourienne, видимо, понравилась ему, и он с упорством последнее время (как казалось княжне Марье), только для того, чтоб ее оскорбить, выказывал особенную ласку к m-lle Bourienne и выказывал свое недовольство к дочери выказываньем любви к Bourienne.

Однажды в Москве, в присутствии княжны Марьи (ей казалось, что отец нарочно при ней это сделал), старый князь поцеловал у m-lle Bourienne руку и, притянув ее к себе, обнял, лаская. Княжна Марья вспыхнула и выбежала из комнаты. Через несколько минут m-lle Bourienne вошла к княжне Марье, улыбаясь и что-то весело рассказывая своим приятным голосом. Княжна Марья поспешно отерла слезы, решительными шагами подошла к Bourienne и, видимо сама того не зная, с гневной поспешностью и взрывами голоса начала кричать на француженку:

— Это гадко, низко, бесчеловечно пользоваться слабостью... — Она не договорила. — Уйдите вон из моей комнаты, — прокричала она и зарыдала.

На другой день князь ни слова не сказал своей дочери; но она заметила, что за обедом он приказал подавать кушанье, начиная с m-lle Bourienne. В конце обеда, когда буфетчик, по прежней привычке, опять подал кофе, начиная с княжны, князь вдруг пришел в бешенство, бросил костылем в Филиппа и тотчас же сделал распоряжение об отдаче его в солдаты...

— Не слышат... два раза сказал!.. не слышат! Она — первый человек в этом доме; она — мой лучший друг, — кричал князь. — И ежели ты позволишь себе, — закричал он в гневе, в первый раз обращаясь к княжне Марье, — еще раз, как вчера ты осмелилась... забыться перед ней, то я тебе покажу, кто хозяин в доме. Вон! чтоб я не видал тебя; проси у нее прощенья!

Княжна Марья просила прощенья у Амальи Евгениевны и у отца за себя и за Филиппа-буфетчика, который просил заступы.

В такие минуты в душе княжны Марьи собиралось чувство, похожее на гордость жертвы. И вдруг в такие-то минуты, при ней, этот отец, которого она осуждала, или искал очки, ощупывая подле них и не видя, или забывал то, что сейчас было, или делал слабевшими ногами неверный шаг и оглядывался, не видал ли кто его слабости, или, что было хуже всего, он за обедом, когда не было гостей, возбуждавших его, вдруг задремывал, выпуская салфетку, и склонялся над тарелкой трясущейся головой. «Он стар и слаб, а я смею осуждать его!» — думала она с отвращением к самой себе в такие минуты.

III

В 1811-м году в Москве жил быстро вошедший в моду французский доктор, огромный ростом, красавец, любезный, как француз, и, как говорили все в Москве, врач необыкновенного искусства — Метивье. Он был принят в домах высшего общества не как доктор, а как равный.

Князь Николай Андреич, смеявшийся над медициной, последнее время, по совету m-lle Bourienne, допустил к себе этого доктора и привык к нему. Метивье раза два в неделю бывал у князя.

В Николин день, в именины князя, вся Москва была у подъезда его дома, но он никого не велел принимать; а только немногих, список которых он передал княжне Марье, велел звать к обеду.

Метивье, приехавший утром с поздравлением, в качестве доктора нашел приличным de forcer la consigne[1], как он сказал княжне Марье, и вошел к князю. Случилось так, что в это именинное утро старый князь был в одном из своих самых дурных расположений духа. Он целое утро устало ходил по дому, придираясь ко всем и делая вид, что он не понимает того, что ему говорят, и что его не понимают. Княжна Марья слишком твердо знала это состояние духа тихой и озабоченной ворчливости, которая обыкновенно разрешалась взрывом бешенства, и как перед заряженным, с взведенным курком ружьем ходила все это утро, ожидая неизбежного выстрела. Утро до приезда доктора прошло благополучно. Пропустив доктора, княжна Марья села с книгой в гостиной у двери, от которой она могла слышать все то, что происходило в кабинете.

Сначала она слышала один голос Метивье, потом голос отца; потом оба голоса заговорили вместе, дверь распахнулась, и на пороге показалась испуганная красивая фигура Метивье с его черным хохлом и фигура князя в колпаке и халате с изуродованным бешенством лицом и опущенными зрачками глаз.

— Не понимаешь? — кричал князь. — А я понимаю! Французский шпион! Бонапартов раб, шпион, вон из моего дома — вон, я говорю! — И он захлопнул дверь.

Метивье, пожимая плечами, подошел к mademoiselle Bourienne, прибежавшей на крик из соседней комнаты.

— Князь не совсем здоров, — la bile et le transport au cerveau. Tranquillisez-vous, je repasserai demain[2], — сказал Метивье и, приложив палец к губам, поспешно вышел.

За дверью слышались шаги в туфлях и крики: «Шпионы, изменники, везде изменники! В своем доме нет минуты покоя!»

---

[1] силою нарушить приказ.
[2] желчь и прилив к голове. Не беспокойтесь, я заеду завтра.

После отъезда Метивье старый князь позвал к себе дочь, и вся сила его гнева обрушилась на нее. Она была виновата в том, что к нему пустили шпиона. Ведь он сказал, ей сказал, чтобы она составила список и тех, кого не было в списке, чтобы не пускали. Зачем же пустили этого мерзавца! Она была причиной всего. «С ней он не мог иметь ни минуты покоя, не мог умереть спокойно», — говорил он.

— Нет, матушка, разойтись, разойтись, это вы знайте, знайте! Я теперь больше не могу, — сказал он и вышел из комнаты. И как будто боясь, чтоб она не сумела как-нибудь утешиться, он вернулся к ней и, стараясь принять спокойный вид, прибавил: — Не думайте, чтоб я это сказал вам в минуту сердца, а я спокоен, и я обдумал это; и это будет, — разойтись, поищите себе места!.. — Но он не выдержал и с тем озлоблением, которое может быть только у человека, который любит, он, видимо сам страдая, затряс кулаками и прокричал ей:

— И хоть бы какой-нибудь дурак взял ее замуж! — Он хлопнул дверью, позвал к себе m-lle Bourienne и затих в кабинете.

В два часа съехались избранные шесть персон к обеду. Гости — известный граф Растопчин, князь Лопухин с своим племянником, генерал Чатров, старый боевой товарищ князя, и из молодых Пьер и Борис Друбецкой — ждали его в гостиной.

На днях приехавший в Москву в отпуск Борис пожелал быть представленным князю Николаю Андреичу и сумел до такой степени снискать его расположение, что князь для него сделал исключение из всех холостых молодых людей, которых он не принимал к себе.

Дом князя был не то, что называется «свет», но это был такой маленький кружок, о котором хотя и не слышно было в городе, но в котором лестнее всего было быть принятым. Это понял Борис неделю тому назад, когда при нем Растопчин сказал главнокомандующему, звавшему графа обедать в Николин день, что он не может быть:

— В этот день уж я всегда езжу прикладываться к мощам князя Николая Андреича.

— Ах, да, да, — отвечал главнокомандующий. — Что он?..

Небольшое общество, собравшееся в старомодной высокой, с старой мебелью, гостиной перед обедом было похоже на собравшийся торжественный совет судилища. Все молчали, и ежели говорили, то говорили тихо. Князь Николай Андреич вышел серьезен и молчалив. Княжна Марья еще более казалась тихою и робкою, чем обыкновенно. Гости неохотно обращались к ней, потому что видели, что ей было не до их разговоров. Граф Растопчин один держал нить разговора, рассказывая о последних то городских, то политических новостях.

Лопухин и старый генерал изредка принимали участие в разговоре. Князь Николай Андреич слушал, как верховный судья слушает доклад, который делают ему, только изредка мычанием или коротким словцом заявляя, что он принимает к сведению то, что ему докладывают. Тон разговора был такой, что понятно было, никто не одобрял того, что делалось в политическом мире. Рассказывали о событиях, очевидно подтверждающих то, что все шло хуже и хуже; но во всяком рассказе и суждении было поразительно то, как рассказчик останавливался или бывал останавливаем всякий раз на той границе, где осуждение могло относиться к лицу государя императора.

За обедом разговор зашел о последней политической новости, о захвате Наполеоном владений герцога Ольденбургского и о русской, враждебной Наполеону ноте, посланной ко всем европейским дворам.

— Бонапарт поступает с Европой, как пират на завоеванном корабле, — сказал граф Растопчин, повторяя уже несколько раз говоренную им фразу. — Удивляешься только долготерпению или ослеплению государей. Теперь дело доходит до папы, и Бонапарт, уже не стесняясь, хочет низвергнуть главу католической религии, и все молчат. Один наш государь протестовал против захвата владений герцога Ольденбургского. И то... — Граф Растопчин замолчал, чувствуя, что он стоял на том рубеже, где уже нельзя осуждать.

— Предложили другие владения заместо Ольденбургского герцогства, — сказал князь Николай Андреич. — Точно я мужиков из Лысых Гор переселял в Богучарово и в рязанские, так и он герцогов.

— Le duc d'Oldenbourg supporte son malheur avec une force de caractère et une résignation admirable[1], — сказал Борис, почтительно вступая в разговор. Он сказал это потому, что проездом из Петербурга имел честь представляться герцогу. Князь Николай Андреич посмотрел на молодого человека так, как будто он хотел бы ему сказать кое-что на это, но раздумал, считая его слишком для того молодым.

— Я читал наш протест об Ольденбургском деле и удивлялся плохой редакции этой ноты, — сказал граф Растопчин небрежным тоном человека, судящего о деле, ему хорошо знакомом.

Пьер с наивным удивлением посмотрел на Растопчина, не понимая, почему его беспокоила плохая редакция ноты.

— Разве не все равно, как написана нота, граф? — сказал он, — ежели содержание ее сильно.

— Mon cher, avec nos 500 mille hommes de troupes, il serait facile d'avoir un beau style[2], — сказал граф Растопчин. Пьер понял, почему графа Растопчина беспокоила редакция ноты.

— Кажется, писак довольно развелось, — сказал старый князь, — там в Петербурге все пишут, не только ноты — новые законы все пишут. Мой Андрюша там для России целый волюм законов написал. Ныне все пишут! — И он неестественно засмеялся.

Разговор замолк на минуту; старый генерал прокашливаньем обратил на себя внимание.

— Изволили слышать о последнем событии на смотру в Петербурге? Как себя новый французский посланник показал!

— Что? Да, я слышал что-то; он что-то неловко сказал при его величестве.

— Его величество обратил его внимание на гренадерскую дивизию и церемониальный марш, — продолжал генерал, — и будто посланник никакого внимания не обратил и будто позволил себе сказать, что мы у себя во

---

1 Герцог Ольденбургский переносит свое несчастие с удивительною силой характера и спокойствием.

2 Мой милый, с 500 тысячами войска было бы легко иметь хороший слог.

Франции на такие пустяки не обращаем внимания. Государь ничего не изволил сказать. На следующем смотру, говорят, государь ни разу не изволил обратиться к нему.

Все замолчали: на этот факт, относившийся лично до государя, нельзя было заявлять никакого суждения.

— Дерзки! — сказал князь. — Знаете Метивье? Я нынче выгнал его от себя. Он здесь был, пустили ко мне, как я ни просил никого не пускать, — сказал князь, сердито взглянув на дочь. И он рассказал весь свой разговор с французским доктором и причины, почему он убедился, что Метивье шпион. Хотя причины эти были очень недостаточны и не ясны, никто не возражал.

За жарким подали шампанское. Гости встали с своих мест, поздравляя старого князя. Княжна Марья тоже подошла к нему.

Он взглянул на нее холодным, злым взглядом и подставил ей сморщенную, выбритую щеку. Все выражение его лица говорило ей, что утренний разговор им не забыт, что решенье его осталось в прежней силе и что только благодаря присутствию гостей он не говорит ей этого теперь.

Когда вышли в гостиную к кофе, старики сели вместе.

Князь Николай Андреич более оживился и высказал свой образ мыслей насчет предстоящей войны.

Он сказал, что войны наши с Бонапартом до тех пор будут несчастливы, пока мы будем искать союзов с немцами и будем соваться в европейские дела, в которые нас втянул Тильзитский мир. Нам ни за Австрию, ни против Австрии не надо было воевать. Наша политика вся на Востоке, а в отношении Бонапарта одно — вооружение на границе и твердость в политике, и никогда он не посмеет переступить русскую границу, как в седьмом году.

— И где нам, князь, воевать с французами! — сказал граф Растопчин. — Разве мы против наших учителей и богов можем ополчиться? Посмотрите на нашу молодежь, посмотрите на наших барынь. Наши боги — французы, наше царство небесное — Париж.

Он стал говорить громче, очевидно, для того, чтоб его слышали все.

— Костюмы французские, мысли французские, чувства французские! Вы вот Метивье взашеи выгнали, потому что он француз и негодяй, а наши барыни за ним ползком ползают. — Вчера я на вечере был, так из пяти барынь три католички и, по разрешению папы, в воскресенье по канве шьют. А сами чуть не голые сидят, как вывески торговых бань, с позволенья сказать. Эх, поглядишь на нашу молодежь, князь, взял бы старую дубину Петра Великого из кунсткамеры да по-русски бы обломал бока, вся бы дурь соскочила!

Все замолчали. Старый князь с улыбкой на лице смотрел на Растопчина и одобрительно покачивал головой.

— Ну, прощайте, ваше сиятельство, не хворайте, — сказал Растопчин, с свойственными ему быстрыми движениями поднимаясь и протягивая руку князю.

— Прощай, голубчик, — гусли, всегда заслушаюсь его! — сказал старый князь, удерживая его за руку и подставляя ему для поцелуя щеку. С Растопчиным поднялись и другие.

IV

Княжна Марья, сидя в гостиной и слушая эти толки и пересуды стариков, ничего не понимала из того, что она слышала; она думала только о том, не замечают ли все гости враждебных отношений ее отца к ней. Она даже не заметила особенного внимания и любезностей, которые ей во все время этого обеда оказывал Друбецкой, уже третий раз бывший в их доме.

Княжна Марья с рассеянным, воспросительным взглядом обратилась к Пьеру, который, последний из гостей, с шляпой в руке и с улыбкой на лице, подошел к ней после того, как князь вышел, и они одни оставались в гостиной.

— Можно еще посидеть? — сказал он, своим толстым телом валясь в кресло подле княжны Марьи.

— Ах да, — сказала она. «Вы ничего не заметили?» — сказал ее взгляд.

Пьер находился в приятном послеобеденном состоянии духа. Он глядел перед собою и тихо улыбался.

— Давно вы знаете этого молодого человека, княжна? — сказал он.

— Какого?

— Друбецкого.

— Нет, недавно...

— Что, он вам нравится?

— Да, он приятный молодой человек... Отчего вы у меня это спрашиваете? — сказала княжна Марья, продолжая думать о своем утреннем разговоре с отцом.

— Оттого, что я сделал наблюдение: молодой человек обыкновенно из Петербурга приезжает в Москву в отпуск только с целью жениться на богатой невесте.

— Вы сделали это наблюдение? — сказала княжна Марья.

— Да, — продолжал Пьер с улыбкой, — и этот молодой человек теперь себя так держит, что, где есть богатые невесты, — там и он. Я как по книге читаю в нем. Он теперь в нерешительности, кого ему атаковать: вас или mademoiselle Жюли Карагин. Il est très assidu auprès d'elle[1].

— Он ездит к ним?

— Да, очень часто. И знаете вы новую манеру ухаживать? — с веселой улыбкой сказал Пьер, видимо находясь в том веселом духе добродушной насмешки, за который он так часто в дневнике упрекал себя.

— Нет, — сказала княжна Марья.

— Теперь, чтобы понравиться московским девицам, il faut être mélancolique. Et il est très mélancolique auprès de m-lle Карагин[2], — сказал Пьер.

— Vraiment?[3] — сказала княжна Марья, глядя в доброе лицо Пьера и не переставая думать о своем горе. «Мне бы легче было, — думала она, — ежели бы я решилась поверить кому-нибудь все, что я чувствую. И я бы желала именно Пьеру сказать все. Он так добр и благороден. Мне бы легче стало. Он мне подал бы совет!»

— Пошли бы вы за него замуж? — спросил Пьер.

— Ах, Боже мой, граф! есть такие минуты, что я пошла бы за всякого, — вдруг неожиданно для самой себя, со слезами в голосе, сказала княжна Марья. — Ах, как тяжело бывает любить человека близкого и чувствовать, что... ничего (продолжала она дрожащим голосом) не можешь для него сделать, кроме горя, когда знаешь, что не можешь этого переменить. Тогда одно — уйти, а куда мне уйти?

---

1 Он к ней очень внимателен.
2 надо быть меланхоличным. Он очень меланхоличен при ней.
3 Правда?

— Что вы, что с вами, княжна?

Но княжна, не договорив, заплакала.

— Я не знаю, что со мной нынче. Не слушайте меня, забудьте, что я вам сказала.

Вся веселость Пьера исчезла. Он озабоченно расспрашивал княжну, просил ее высказать все, поверить ему свое горе; но она только повторяла, что просит его забыть то, что она сказала, что она не помнит, что она сказала, и что у нее нет горя, кроме того, которое он знает, — горя о том, что женитьба князя Андрея угрожает поссорить отца с сыном.

— Слышали ли вы про Ростовых? — спросила она, чтобы переменить разговор. — Мне говорили, что они скоро будут. André я тоже жду каждый день. Я бы желала, чтоб они увиделись здесь.

— А как он смотрит теперь на это дело? — спросил Пьер, под *он* разумея старого князя. Княжна Марья покачала головой.

— Но что же делать? До года остается только несколько месяцев. И это не может не быть. Я бы только желала избавить брата от первых минут. Я желала бы, чтоб они скорее приехали. Я надеюсь сойтись с нею... Вы их давно знаете, — сказала княжна Марья, — скажите мне, положа руку на сердце, всю истинную правду, что это за девушка и как вы находите ее? Но всю правду; потому что, вы понимаете, Андрей так много рискует, делая это против воли отца, что я бы желала знать...

Неясный инстинкт сказал Пьеру, что в этих оговорках и повторяемых просьбах сказать *всю правду* выражалось недоброжелательство княжны Марьи к своей будущей невестке, что ей хотелось, чтобы Пьер не одобрил выбора князя Андрея; но Пьер сказал то, что он скорее чувствовал, чем думал.

— Я не знаю, как отвечать на ваш вопрос, — сказал он, покраснев, сам не зная отчего. — Я решительно не знаю, что это за девушка; я никак не могу анализировать ее. Она обворожительна. А отчего, я не знаю: вот все, что можно про нее сказать. — Княжна Марья вздохнула, и выражение ее лица сказало: «Да, я этого ожидала и боялась».

— Умна она? — спросила княжна Марья. Пьер задумался.

— Я думаю, нет, — сказал он, — а впрочем — да. Она не удостоивает быть умной... Да нет, она обворожительна, и больше ничего. — Княжна Марья опять неодобрительно покачала головой...

— Ах, я так желаю любить ее! Вы ей это скажите, ежели увидите ее прежде меня.

— Я слышал, что они на днях будут, — сказал Пьер.

Княжна Марья сообщила Пьеру свой план о том, как она, только что приедут Ростовы, сблизится с будущей невесткой и постарается приучить к ней старого князя.

V

Женитьба на богатой невесте в Петербурге не удалась Борису, и он с этой целью приехал в Москву. В Москве Борис находился в нерешительности между двумя самыми богатыми невестами — Жюли и княжной Марьей. Хотя княжна Марья, несмотря на свою некрасивость, и казалась ему привлекательнее Жюли, ему почему-то неловко было ухаживать за Болконской. В последнее свое свидание с ней, в именины старого князя, на все его попытки заговорить с ней о чувствах она отвечала ему невпопад и, очевидно, не слушала его.

Жюли, напротив, хотя и особенным, одной ей свойственным способом, но охотно принимала его ухаживанье.

Жюли было двадцать семь лет. После смерти своих братьев она стала очень богата. Она была теперь совершенно некрасива; но думала, что она не только так же хороша, но еще гораздо больше привлекательна теперь, чем была прежде. В этом заблуждении поддерживало ее то, что, во-первых, она стала очень богатой невестой, а во-вторых, то, что чем старее она становилась, чем она была безопаснее для мужчин, тем свободнее было мужчинам обращаться с нею и, не принимая на себя никаких обязательств, пользоваться ее ужинами, вечерами и оживленным обществом, собиравшимся у нее. Мужчина, который десять лет тому назад побоялся бы ездить каждый день в дом, где была семнадцатилетняя барышня, чтобы не компрометировать ее и не связать себя, теперь ездил к ней смело каждый день и обращался с ней не как с барышней-невестой, а как с знакомой, не имеющей пола.

Дом Карагиных был в эту зиму в Москве самым приятным и гостеприимным домом. Кроме званых вечеров и обедов, каждый день у Карагиных собиралось большое общество, в особенности мужчин, ужинающих в двенадцатом часу ночи и засиживающихся до третьего часа. Не было бала, театра, гулянья, который бы пропускала Жюли. Туалеты ее были всегда самые модные. Но, несмотря на это, Жюли казалась разочарована во всем, говорила всякому, что она не верит ни в дружбу, ни в любовь, ни в какие радости жизни и ожидает успокоения только *там*. Она усвоила себе тон девушки, понесшей великое разочарование, девушки, как будто потерявшей любимого человека или жестоко обманутой им. Хотя ничего подобного с ней не случалось, на нее смотрели, как на таковую, и сама она даже верила, что она много пострадала в жизни. Эта меланхолия, не мешавшая ей веселиться, не мешала бывавшим у нее молодым людям приятно проводить время. Каждый гость, приезжая к ним, отдавал свой долг меланхолическому настроению хозяйки и потом занимался и светскими разговорами, и танцами, и умственными играми, и турнирами буриме, которые были в моде у Карагиных. Только некоторые молодые люди, в числе которых был и Борис, более углублялись в меланхолическое настроение Жюли, и с этими молодыми людьми она имела более продолжительные и уединенные разговоры о тщете всего мирского и им открывала свои альбомы, исполненные грустных изображений, изречений и стихов.

Жюли была особенно ласкова к Борису; жалела о его раннем разочаровании в жизни, предлагала ему те утешения дружбы, которые она могла предложить, сама так много пострадав в жизни, и открыла ему свой альбом. Борис нарисовал ей в альбоме два дерева и написал: «Arbres rustiques, vos sombres rameaux secouent sur moi les ténèbres et la mélancolie»[1].

В другом месте он нарисовал гробницу и написал:

La mort est secourable et la mort est tranquille.
Ah! contre les douleurs il n'y a pas d'autre asile[2].

---

[1] «Сельские деревья, ваши темные сучья стряхивают на меня мрак и меланхолию».

[2] Смерть спасительна и смерть спокойна.
О! против страданий нет другого убежища.

Жюли сказала, что это прелестно.

— Il y a quelque chose de si ravissant dans le sourire de la mélancolie![1] — сказала она Борису слово в слово выписанное ею место из книги.

— C'est un rayon de lumière dans l'ombre, une nuance entre la douleur et le désespoir, qui montre la consolation possible[2].

На это Борис написал ей стихи:

Aliment de poison d'une âme trop sensible,
Toi, sans qui le bonheur me serait impossible,
Tendre mélancolie, ah! viens me consoler,
Viens calmer les tourments de ma sombre retraite
Et mêle une douceur secrète
A ces pleurs, que je sens couler[3].

Жюли играла Борису на арфе самые печальные ноктюрны. Борис читал ей вслух «Бедную Лизу» и не раз прерывал чтение от волнения, захватывающего его дыханье. Встречаясь в большом обществе, Жюли и Борис смотрели друг на друга как на единственных людей в море равнодушных, понимавших один другого.

Анна Михайловна, часто ездившая к Карагиным, составляя партию матери, между тем наводила верные справки о том, что отдавалось за Жюли (отдавались оба пензенские имения и нижегородские леса). Анна Михайловна с преданностью воле Провидения и умилением смотрела на утонченную печаль, которая связывала ее сына с богатой Жюли.

—Toujours charmante et mélancolique, cette chère Julie[4], — говорила она дочери. — Борис говорит, что он отдыхает душой в вашем доме. Он так много понес разочарований и так чувствителен, — говорила она матери.

— Ах, мой друг, как я привязалась к Жюли последнее время, — говорила она сыну, — не могу тебе описать! Да

---

1 Есть что-то бесконечно-обворожительное в улыбке меланхолии!

2 Это луч света в тени, оттенок между печалью и отчаянием, который указывает на возможность утешения.

3 Ядовитая пища слишком чувствительной души,
Ты, без которой счастье было бы для меня невозможно,
Нежная меланхолия, о, приди меня утешить,
Приди, утиши муки моего мрачного уединения
И присоедини тайную сладость
К этим слезам, которых я чувствую течение.

4 Все так же прелестна и меланхолична, наша милая Жюли.

и кто может не любить ее? Это такое неземное существо! Ах, Борис, Борис! — Она замолкала на минуту. — И как мне жалко ее maman, — продолжала она, — нынче она показывала мне отчеты и письма из Пензы (у них огромное имение), и она, бедная, все сама одна: ее так обманывают!

Борис чуть заметно улыбался, слушая мать. Он кротко смеялся над ее простодушной хитростью, но выслушивал и иногда выспрашивал ее внимательно о пензенских и нижегородских имениях.

Жюли уже давно ожидала предложенья от своего меланхолического обожателя и готова была принять его; но какое-то тайное чувство отвращения к ней, к ее страстному желанию выйти замуж, к ее ненатуральности, и чувство ужаса перед отречением от возможности настоящей любви еще останавливало Бориса. Срок его отпуска уже кончался. Целые дни и каждый Божий день он проводил у Карагиных, и каждый день, рассуждая сам с собою, Борис говорил себе, что он завтра сделает предложение. Но в присутствии Жюли, глядя на ее красное лицо и подбородок, почти всегда осыпанный пудрой, на ее влажные глаза и на выражение лица, изъявлявшего всегдашнюю готовность из меланхолии тотчас же перейти к неестественному восторгу супружеского счастия, Борис не мог произнести решительного слова; несмотря на то, что он уже давно в воображении своем считал себя обладателем пензенских и нижегородских имений и распределял употребление с них доходов. Жюли видела нерешительность Бориса, и иногда ей приходила мысль, что она противна ему; но тотчас же женское самообольщение представляло ей утешение, и она говорила себе, что он застенчив только от любви. Меланхолия ее, однако, начинала переходить в раздражительность, и незадолго перед отъездом Бориса она предприняла решительный план. В то самое время, как кончался срок отпуска Бориса, в Москве и, само собой разумеется, в гостиной Карагиных появился Анатоль Курагин, и Жюли, неожиданно оставив меланхолию, стала очень весела и внимательна к Курагину.

— Mon cher, — сказала Анна Михайловна сыну, — je sais de bonne source que le prince Basile envoie son fils à Moscou pour lui faire épouser Julie[1]. Я так люблю Жюли,

[1] Мой милый, я знаю из верных источников, что князь Василий присылает сына затем, чтобы женить его на Жюли.

что мне жалко было бы ее. Как ты думаешь, мой друг? — сказала Анна Михайловна.

Мысль остаться в дураках и даром потерять весь этот месяц тяжелой меланхолической службы при Жюли и видеть все расписанные уже и употребленные как следует в его воображении доходы с пензенских имений в руках другого — в особенности в руках глупого Анатоля — оскорбляла Бориса. Он поехал к Карагиным с твердым намерением сделать предложение. Жюли встретила его с веселым и беззаботным видом, небрежно рассказывала о том, как ей весело было на вчерашнем бале, и спрашивала, когда он едет. Несмотря на то, что Борис приехал с намерением говорить о своей любви и потому намеревался быть нежным, он раздражительно начал говорить о женском непостоянстве: о том, как женщины легко могут переходить от грусти к радости и что у них расположение духа зависит только от того, кто за ними ухаживает. Жюли оскорбилась и сказала, что это правда, что для женщины нужно разнообразие, что все одно и то же надоест каждому.

— Для этого я бы советовал вам... — начал было Борис, желая сказать ей колкость; но в ту же минуту ему пришла оскорбительная мысль, что он может уехать из Москвы, не достигнув своей цели и даром потеряв свои труды (чего с ним никогда ни в чем не бывало). Он остановился в середине речи, опустил глаза, чтобы не видать ее неприятно-раздраженного и нерешительного лица, и сказал: — Я совсем не с тем, чтобы ссориться с вами, приехал сюда. Напротив... — Он взглянул на нее, чтоб увериться, можно ли продолжать. Все раздражение ее вдруг исчезло, и беспокойные, просящие глаза были с жадным ожиданием устремлены на него. «Я всегда могу устроиться так, чтобы редко видеть ее, — подумал Борис. — А дело начато и должно быть сделано!» Он вспыхнул румянцем, поднял на нее глаза и сказал ей: — Вы знаете мои чувства к вам! — Говорить больше не нужно было: лицо Жюли сияло торжеством и самодовольством; но она заставила Бориса сказать ей все, что говорится в таких случаях, сказать, что он любит ее и никогда ни одну женщину не любил более ее. Она знала, что за пензенские имения и нижегородские леса она могла требовать этого, и она получила то, что требовала.

Жених с невестой, не поминая более о деревьях, обсыпающих их мраком и меланхолией, делали планы о будущем устройстве блестящего дома в Петербурге, делали визиты и приготавливали все для блестящей свадьбы.

VI

Граф Илья Андреич в конце января с Наташей и Соней приехал в Москву. Графиня все была нездорова и не могла ехать, — а нельзя было ждать ее выздоровления: князя Андрея ждали в Москву каждый день; кроме того, нужно было закупать приданое, нужно было продавать подмосковную и нужно было воспользоваться присутствием старого князя в Москве, чтобы представить ему его будущую невестку. Дом Ростовых в Москве был нетоплен; кроме того, они приехали на короткое время, графини не было с ними, а потому Илья Андреич решился остановиться в Москве у Марьи Дмитриевны Ахросимовой, давно предлагавшей графу свое гостеприимство.

Поздно вечером четыре возка Ростовых въехали во двор Марьи Дмитриевны в Старой Конюшенной. Марья Дмитриевна жила одна. Дочь свою она уже выдала замуж. Сыновья ее все были на службе.

Она держалась все так же прямо, говорила так же прямо, громко и решительно всем свое мнение и всем своим существом как будто упрекала других людей за всякие слабости, страсти и увлечения, которых возможности она не признавала. С раннего утра — в куцавейке, она занималась домашним хозяйством, потом ездила по праздникам к обедне и от обедни в остроги и тюрьмы, где у нее бывали дела, о которых она никому не говорила, а по будням, одевшись, дома принимала просителей разных сословий, которые каждый день приходили к ней, и потом обедала; за обедом, сытным и вкусным, всегда бывало человека три-четыре гостей; после обеда делала партию в бостон; на ночь заставляла себе читать газеты и новые книги, а сама вязала. Редко она делала исключения для выездов, и ежели выезжала, то ездила только к самым важным лицам в городе.

Она еще не ложилась, когда приехали Ростовы и в передней завизжала дверь на блоке, пропуская входивших с холода Ростовых и их прислугу. Марья Дмитриевна, с очками, спущенными на нос, закинув назад голову, стояла в дверях залы и с строгим, сердитым видом смотрела на входящих. Можно бы было подумать, что она озлоблена против приезжих и сейчас выгонит их, ежели бы она не отдавала в это время заботливых приказаний людям о том, как разместить гостей и их вещи.

— Графские? Сюда неси, — говорила она, указывая на чемоданы и ни с кем не здороваясь. — Барышни, сюда, налево. Ну, вы что лебезите! — крикнула она на девок. — Самовар чтобы согреть! Пополнела, похорошела, — проговорила она, притянув к себе за капор разрумянившуюся с мороза Наташу. — Фу, холодная! Да раздевайся же скорее, — крикнула она на графа, хотевшего подойти к ее руке. — Замерз небось. Рому к чаю подать! Сонюшка, bonjour, — сказала она Соне, этим французским приветствием оттеняя свое слегка презрительное и ласковое отношение к Соне.

Когда все, раздевшись и оправившись с дороги, пришли к чаю, Марья Дмитриевна по порядку перецеловала всех.

— Душой рада, что приехали и что у меня остановились, — говорила она. — Давно пора, — сказала она, значительно взглянув на Наташу... — Старик здесь, и сына ждут со дня на день. Надо, надо с ним познакомиться. Ну, да об этом после поговорим, — прибавила она, оглянув Соню взглядом, показывавшим, что она при ней не желает говорить об этом. — Теперь слушай, — обратилась она к графу, — завтра что же тебе надо? За кем пошлешь? Шиншина? — она загнула один палец, — плаксу Анну Михайловну — два. Она здесь с сыном. Женится сын-то! Потом Безухова, что ль? И он здесь с женой. Он от нее убежал, а она за ним прискакала. Он обедал у меня в середу. Ну, а их, — она указала на барышень, — завтра свожу к Иверской, а потом и к Обер-Шельме заедем. Ведь небось все новое делать будете? С меня не берите, нынче рукава — вот что! Намедни княжна Ирина Васильевна молодая ко мне приехала: страх глядеть, точно два бочонка на руки надела. Ведь нынче что день — новая мода. Да у тебя-то у самого какие дела? — обратилась она строго к графу.

— Все вдруг подошло, — отвечал граф. — Тряпки покупать, а тут еще покупатель на подмосковную и на дом.

Уж ежели милость ваша будет, я времечко выберу, съезжу в Марьинское на денек, вам девчат моих прикину.

— Хорошо, хорошо, у меня целы будут. У меня как в Опекунском совете. Я их и вывезу куда надо, и побраню, и поласкаю, — сказала Марья Дмитриевна, дотрагиваясь большой рукой до щеки любимицы и крестницы своей Наташи.

На другой день утром Марья Дмитриевна свозила барышень к Иверской и m-me Обер-Шальме, которая так боялась Марьи Дмитриевны, что всегда в убыток уступала ей наряды, только бы поскорее выжить ее от себя. Марья Дмитриевна заказала почти все приданое. Вернувшись, она выгнала всех, кроме Наташи, из комнаты и подозвала свою любимицу к своему креслу.

— Ну, теперь поговорим. Поздравляю тебя с женишком. Подцепила молодца! Я рада за тебя; и его с таких лет знаю (она указала на аршин от земли). — Наташа радостно краснела. — Я его люблю и всю семью его. Теперь слушай. Ты ведь знаешь, старик князь Николай очень не желал, чтобы сын женился. Нравный старик! Оно, разумеется, князь Андрей не дитя и без него обойдется, да против воли в семью входить нехорошо. Надо мирно, любовно. Ты умница, сумеешь обойтись, как надо. Ты добренько и умненько обойдись. Вот все и хорошо будет.

Наташа молчала, как думала Марья Дмитриевна, от застенчивости, но, в сущности, Наташе было неприятно, что вмешивались в ее дело любви князя Андрея, которое представлялось ей таким особенным от всех людских дел, что никто, по ее понятиям, не мог понимать его. Она любила и знала одного князя Андрея, он любил ее и должен был приехать на днях и взять ее. Больше ей ничего не нужно было.

— Ты видишь ли, я его давно знаю, и Машеньку, твою золовку, люблю. Золовки — колотовки, ну а уж эта мухи не обидит. Она меня просила ее с тобой свести. Ты завтра с отцом к ней поедешь, да приласкайся хорошенько: ты моложе ее. Как твой-то приедет, а уж ты и с сестрой и с отцом знакома и тебя полюбили. Так или нет? Ведь лучше будет?

— Лучше, — неохотно отвечала Наташа.

VII

На другой день, по совету Марьи Дмитриевны, граф Илья Андреич поехал с Наташей к князю Николаю Андреичу. Граф с невеселым духом собирался на этот визит: в душе ему было страшно. Последнее свидание во время ополчения, когда граф в ответ на свое приглашение к обеду выслушал горячий выговор за недоставление людей, было памятно графу Илье Андреичу. Наташа, одевшись в свое лучшее платье, была, напротив, в самом веселом расположении духа. «Не может быть, чтоб они не полюбили меня, — думала она, — меня все всегда любили. И я так готова сделать для них все, что они пожелают, так готова полюбить его — за то, что он отец, а ее за то, что она сестра, что не за что им не полюбить меня!»

Они подъехали к старому, мрачному дому на Вздвиженке и вошли в сени.

— Ну, Господи благослови, — проговорил граф полушутя, полусерьезно; но Наташа заметила, что отец ее заторопился, входя в переднюю, и робко, тихо спросил, дома ли князь и княжна. После доклада о их приезде между прислугой князя произошло смятение. Лакей, побежавший докладывать о них, был остановлен другим лакеем в зале, и они шептали о чем-то. В залу выбежала горничная девушка и торопливо тоже говорила что-то, упоминая о княжне. Наконец один старый с сердитым видом лакей вышел и доложил Ростовым, что князь принять не может, а княжна просит к себе. Первая навстречу гостям вышла m-lle Bourienne. Она особенно учтиво встретила отца с дочерью и проводила их к княжне. Княжна с взволнованным, испуганным и покрытым красными пятнами лицом выбежала, тяжело ступая, навстречу к гостям, и тщетно пыталась казаться свободной и радушной. Наташа с первого взгляда не понравилась княжне Марье. Она ей показалась слишком нарядной, легкомысленно-веселой и тщеславной. Княжна Марья не знала, что прежде, чем она увидала свою будущую невестку, она уже была дурно расположена к ней по невольной зависти к ее красоте, молодости и счастию и по ревности к любви своего брата. Кроме этого непреодолимого чувства антипатии к ней, княжна Марья в эту минуту была взволнована еще тем, что при докладе о приезде Ростовых князь закричал, что ему их не нужно, что пусть княжна Марья принимает, если хочет, а чтобы к нему их не пускали. Княжна Марья решилась принять Ростовых, но всякую минуту боялась, как бы князь не сделал какую-нибудь выходку, так как он казался очень взволнованным приездом Ростовых.

— Ну вот, я вам, княжна милая, привез мою певунью, — сказал граф, расшаркиваясь и беспокойно оглядываясь, как будто он боялся, не взойдет ли старый князь. — Уж как я рад, что вы познакомитесь. Жаль, жаль, что князь все нездоров, — и, сказав еще несколько общих фраз, он встал. — Ежели позволите, княжна, на четверть часика вам прикинуть мою Наташу, я бы съездил, тут два шага, на Собачью Площадку, к Анне Семеновне, и заеду за ней.

Илья Андреич придумал эту дипломатическую хитрость для того, чтобы дать простор будущей золовке объясниться с своей невесткой (как он сказал это после дочери), и еще для того, чтоб избежать возможности встречи с князем, которого он боялся. Он не сказал этого дочери, но Наташа поняла этот страх и беспокойство своего отца и почувствовала себя оскорбленною. Она покраснела за своего отца, еще более рассердилась за то, что покраснела, и смелым, вызывающим взглядом, говорившим про то, что она никого не боится, взглянула на княжну. Княжна сказала графу, что очень рада и просит его только пробыть подольше у Анны Семеновны, и Илья Андреич уехал.

M-lle Bourienne, несмотря на беспокойные, бросаемые на нее взгляды княжны Марьи, желавшей с глазу на глаз поговорить с Наташей, не выходила из комнаты и держала твердо разговор о московских удовольствиях и театрах. Наташа была оскорблена замешательством, происшедшим в передней, беспокойством своего отца и неестественным тоном княжны, которая — ей казалось — делала милость, принимая ее. И потому все ей было неприятно. Княжна Марья ей не нравилась. Она казалась ей очень дурной собой, притворной и сухою. Наташа вдруг нравственно съежилась и приняла невольно такой небрежный тон, который еще более отталкивал от нее княжну Марью. После пяти минут тяжелого, притворного разговора послышались приближающиеся быстрые шаги в туфлях. Лицо княжны Марьи выразило испуг, дверь комнаты отворилась, и вошел князь в белом колпаке и халате.

— Ах, сударыня, — заговорил он, — сударыня, графиня... графиня Ростова, коли не ошибаюсь... прошу извинить, извинить... не знал, сударыня. Видит Бог, не знал, что вы удостоили нас своим посещением, к дочери зашел в таком костюме. Извинить прошу... видит Бог, не знал, — повторил он так ненатурально, ударяя на слово Бог, и так неприятно, что княжна Марья стояла, опустив глаза, не смея взглянуть ни на отца, ни на Наташу. Наташа, встав и присев, тоже не знала, что ей делать. Одна m-lle Bourienne приятно улыбалась.

— Прошу извинить! прошу извинить! Видит Бог, не знал, — пробурчал старик и, осмотрев с головы до ног Наташу, вышел. M-lle Bourienne первая нашлась после этого появления и начала разговор про нездоровье князя. Наташа и княжна Марья молча смотрели друг на друга, и чем дольше они молча смотрели друг на друга, не высказывая того, что им нужно было высказать, тем недоброжелательнее они думали друг о друге.

Когда граф вернулся, Наташа неучтиво обрадовалась ему и заторопилась уезжать: она почти ненавидела в эту минуту эту старую сухую княжну, которая могла поставить ее в такое неловкое положение и провести с ней полчаса, ничего не сказав о князе Андрее. «Ведь я не могла же начать первая говорить о нем при этой француженке», — думала Наташа. Княжна Марья между тем мучилась тем же самым. Она знала, что ей надо было сказать Наташе, но она не могла этого сделать и потому, что m-lle Bourienne мешала ей, и потому, что она сама не знала, отчего ей так тяжело было начать говорить об этом браке. Когда уже граф выходил из комнаты, княжна Марья быстрыми шагами подошла к Наташе, взяла ее за руки и, тяжело вздохнув, сказала: «Постойте, мне надо...» Наташа насмешливо, сама не зная над чем, смотрела на княжну Марью.

— Милая Натали, — сказала княжна Марья, — знайте, что я рада тому, что брат мой нашел счастье... — Она остановилась, чувствуя, что она говорит неправду. Наташа заметила эту остановку и угадала причину ее.

— Я думаю, княжна, что теперь неудобно говорить об этом, — сказала Наташа с внешним достоинством и холодностью и с слезами, которые она чувствовала в горле.

«Что я сказала, что я сделала!» — подумала она, как только вышла из комнаты.

Долго ждали в этот день Наташу к обеду. Она сидела в своей комнате и рыдала, как ребенок, сморкаясь и всхлипывая. Соня стояла над ней и целовала ее в волоса.

— Наташа, о чем ты? — говорила она. — Что тебе за дело до них? Все пройдет, Наташа.

— Нет, ежели бы ты знала, как это обидно... точно я...

— Не говори, Наташа, ведь ты не виновата, так что тебе за дело? Поцелуй меня, — сказала Соня.

Наташа подняла голову и, в губы поцеловав свою подругу, прижала к ней свое мокрое лицо.

— Я не могу сказать, я не знаю. Никто не виноват, — говорила Наташа, — я виновата. Но все это больно ужасно. Ах, что он не едет!..

Она с красными глазами вышла к обеду. Марья Дмитриевна, знавшая о том, как князь принял Ростовых, сделала вид, что она не замечает расстроенного лица Наташи, и твердо и громко шутила за столом с графом и другими гостями.

VIII

В этот вечер Ростовы поехали в оперу, на которую Марья Дмитриевна достала билет.

Наташе не хотелось ехать, но нельзя было отказаться от ласковости Марьи Дмитриевны, исключительно для нее предназначенной. Когда она, одетая, вышла в залу, дожидаясь отца, и, поглядевшись в большое зеркало, увидала, что она хороша, очень хороша, ей еще более стало грустно; но грустно сладостно и любовно.

«Боже мой! ежели бы он был тут, тогда бы я не так, как прежде, с какой-то глупой робостью перед чем-то, а по-новому, просто, обняла бы его, прижалась бы к нему, заставила бы его смотреть на меня теми искательными любопытными глазами, которыми он так часто смотрел на меня, и потом заставила бы его смеяться, как он смеялся тогда, и глаза его — как я вижу эти глаза! — думала Наташа. — И что мне за дело до его отца и сестры: я люблю его одного, его, его, с этим лицом и глазами, с его улыбкой, мужской и вместе детской... Нет, лучше не думать о нем, не думать, забыть, совсем забыть на это время. Я не вынесу этого ожидания, я сейчас зарыдаю, — и она отошла от зеркала, делая над собой усилия, чтобы не заплакать. — И как может Соня так ровно, спокойно любить Николеньку и ждать так долго и терпеливо! — подумала она, глядя на входившую, тоже одетую, с веером в руках Соню. — Нет, она совсем другая. Я не могу!»

Наташа чувствовала себя в эту минуту такою размягченной и разнеженной, что ей мало было любить и знать, что она любима: ей нужно теперь, сейчас нужно было обнять любимого человека и говорить и слышать от него слова любви, которыми было полно ее сердце. Пока она ехала в карете, сидя рядом с отцом, и задумчиво глядела на мелькавшие в мерзлом окне огни фонарей, она чувствовала себя еще влюбленнее и грустнее и забыла, с кем и куда она едет. Попав в вереницу карет, медленно визжа колесами по снегу, карета Ростовых подъехала к театру. Поспешно выскочили Наташа и Соня, подбирая платья; вышел граф, поддерживаемый лакеями, и между входившими дамами и мужчинами и продающими афиши все трое пошли в коридор бенуара. Из-за притворенных дверей уже слышались звуки музыки.

— Nathalie, vos cheveux[1], — прошептала Соня. Капельдинер учтиво и поспешно боком проскользнул перед дамами и отворил дверь ложи. Музыка ярче стала слышна, в дверь блеснули освещенные ряды лож с обнаженными плечами и руками дам и шумящий и блестящий мундирами партер. Дама, входившая в соседний бенуар, оглянула Наташу женским завистливым взглядом. Занавесь еще не поднималась, и играли увертюру. Наташа, оправляя платье, прошла вместе с Соней и села, оглядывая освещенные ряды противуположных лож. Давно не испытанное ею ощущение того, что сотни глаз смотрят на ее обнаженные руки и шею, вдруг и приятно и неприятно охватило ее, вызывая целый рой соответствующих этому ощущению воспоминаний, желаний и волнений.

---

[1] Наташа, твои волосы.

Две замечательно хорошенькие девушки, Наташа и Соня, с графом Ильей Андреичем, которого давно не видно было в Москве, обратили на себя общее внимание. Кроме того, все знали смутно про сговор Наташи с князем Андреем, знали, что с тех пор Ростовы жили в деревне, и с любопытством смотрели на невесту одного из лучших женихов России.

Наташа похорошела в деревне, как все ей говорили, а в этот вечер, благодаря своему взволнованному состоянию, была особенно хороша. Она поражала полнотой жизни и красоты в соединении с равнодушием ко всему окружающему. Ее черные глаза смотрели на толпу, никого не отыскивая, а тонкая обнаженная выше локтя рука, облокоченная на бархатную рампу, очевидно бессознательно, в такт увертюры, сжималась и разжималась, комкая афишу.

— Посмотри, вот Аленина, — говорила Соня, — с матерью, кажется.

— Батюшка! Михаил Кирилыч-то еще потолстел! — говорил старый граф.

— Смотрите! Анна Михайловна наша в токе какой!

— Карагины, Жюли и Борис с ними. Сейчас видно жениха с невестой.

— Друбецкой сделал предложение! Как же, нынче узнал, — сказал Шиншин, входивший в ложу Ростовых.

Наташа посмотрела по тому направлению, по которому смотрел отец, и увидала Жюли, которая с жемчугами на толстой красной шее (Наташа знала, обсыпанной пудрой) сидела с счастливым видом рядом с матерью. Позади их, с улыбкой, наклоненная ухом ко рту Жюли, виднелась гладко причесанная, красивая голова Бориса. Он исподлобья смотрел на Ростовых и, улыбаясь, говорил что-то своей невесте.

«Они говорят про нас, про меня с ним! — подумала Наташа. — И он, верно, успокоивает ревность ко мне своей невесты. Напрасно беспокоятся! Ежели бы они знали, как мне ни до кого из них нет дела».

Сзади сидела в зеленой токе, с преданным воле Божией и счастливым, праздничным лицом, Анна Михайловна. В ложе их стояла та атмосфера — жениха с невестой, которую так знала и любила Наташа. Она отвернулась, и вдруг все, что было унизительного в ее утреннем посещении, вспомнилось ей.

«Какое право он имеет не хотеть принять меня в свое родство? Ах, лучше не думать об этом, не думать до его приезда!» — сказала она себе и стала оглядывать знакомые и незнакомые лица в партере. Впереди партера, в самой середине, облокотившись спиной к рампе, стоял Долохов с огромной, кверху зачесанной копной курчавых волос, в персидском костюме. Он стоял на самом виду театра, зная, что он обращает на себя внимание всей залы, так же свободно, как будто он стоял в своей комнате. Около него, столпившись, стояла самая блестящая московская молодежь, и он, видимо, первенствовал между ними.

Граф Илья Андреич, смеясь, подтолкнул краснеющую Соню, указывая ей на прежнего обожателя.

— Узнала? — спросил он. — И откуда он взялся, — обратился граф к Шиншину, — ведь он пропадал куда-то.

— Пропадал, — отвечал Шиншин. — На Кавказе был, а там бежал и, говорят, у какого-то владетельного князя был министром в Персии, убил там брата шахова; ну, с ума все и сходят московские барыни! Dolochoff le Persan[1], да и кончено. У нас теперь нет слова без Долохова: им клянутся, на него зовут, как на стерлядь, — говорил Шиншин. — Долохов да Курагин Анатоль — всех у нас барынь с ума свели.

В соседний бенуар вошла высокая красивая дама, с огромной косой и очень оголенными белыми, полными плечами и шеей, на которой была двойная нитка больших жемчугов, и долго усаживалась, шумя своим толстым шелковым платьем.

Наташа невольно вглядывалась в эту шею, плечи, жемчуги, прическу и любовалась красотой плеч и жемчугов. В то время как Наташа второй раз вглядывалась в нее, дама оглянулась и, встретившись глазами с графом Ильей Андреичем, кивнула ему головой и улыбнулась. Это была графиня Безухова, жена Пьера. Илья Андреич, знавший всех на свете, перегнувшись к ней, заговорил.

— Давно пожаловали, графиня? — заговорил он. — Приду, приду, ручку поцелую. А я вот приехал по делам,

---

[1] Персиянин Долохов.

да вот и девочек своих с собой привез. Бесподобно, говорят, Семенова играет, — говорил Илья Андреич. — Граф Петр Кириллович нас никогда не забывал. Он здесь?

— Да, он хотел зайти, — сказала Элен и внимательно посмотрела на Наташу.

Граф Илья Андреич опять сел на свое место.

— Ведь хороша? — шепотом сказал он Наташе.

— Чудо! — сказала Наташа. — Вот влюбиться можно! — В это время зазвучали последние аккорды увертюры и застучала палочка капельмейстера. В партер прошли на места запоздавшие мужчины, и поднялась занавесь.

Как только поднялась занавесь, в ложах и партере все замолкло, и все мужчины, старые и молодые, в мундирах и фраках, все женщины, в драгоценных каменьях на голом теле, с жадным любопытством устремили все внимание на сцену. Наташа тоже стала смотреть.

IX

На сцене были ровные доски посередине, с боков стояли крашеные картоны, изображавшие деревья, позади было протянуто полотно на досках. В середине сцены сидели девицы в красных корсажах и белых юбках. Одна, очень толстая, в шелковом белом платье, сидела особо, на низкой скамеечке, к которой был приклеен сзади зеленый картон. Все они пели что-то. Когда они кончили свою песню, девица в белом подошла к будочке суфлера, и к ней подошел мужчина в шелковых в обтяжку панталонах на толстых ногах, с пером и кинжалом и стал петь и разводить руками.

Мужчина в обтянутых панталонах пропел один, потом пропела она. Потом оба замолкли, заиграла музыка, и мужчина стал перебирать пальцами руку девицы в белом платье, очевидно выжидая опять такта, чтобы начать свою партию вместе с нею. Они пропели вдвоем, и все в театре стали хлопать и кричать, а мужчина и женщина на сцене, которые изображали влюбленных, стали, улыбаясь и разводя руками, кланяться.

После деревни и в том серьезном настроении, в котором находилась Наташа, все это было дико и удивительно ей. Она не могла следить за ходом оперы, не могла даже слышать музыку: она видела только крашеные картоны и странно наряженных мужчин и женщин, при ярком свете странно двигавшихся, говоривших и певших; она знала, что все это должно было представлять, но все это было так вычурно-фальшиво и ненатурально, что ей становилось то совестно за актеров, то смешно на них. Она оглядывалась вокруг себя, на лица зрителей, отыскивая в них то же чувство насмешки и недоумения, которое было в ней; но все лица были внимательны к тому, что происходило на сцене, и выражали притворное, как казалось Наташе, восхищение. «Должно быть, это так надобно!» — думала Наташа. Она попеременно оглядывалась то на эти ряды припомаженных голов в партере, то на оголенных женщин в ложах, в особенности на свою соседку Элен, которая, совершенно раздетая, с тихой и спокойной улыбкой, не спуская глаз, смотрела на сцену, ощущая яркий свет, разлитый по всей зале, и теплый, толпою согретый воздух. Наташа мало-помалу начинала приходить в давно не испытанное ею состояние опьянения. Она не помнила, что она и где она и что перед ней делается. Она смотрела и думала, и самые странные мысли неожиданно, без связи, мелькали в ее голове. То ей приходила мысль вскочить на рампу и пропеть ту арию, которую пела актриса, то ей захотелось зацепить веером недалеко от нее сидевшего старичка, то перегнуться к Элен и защекотать ее.

В одну из минут, когда на сцене все затихло, ожидая начала арии, скрипнула входная дверь, и по ковру партера на той стороне, на которой была ложа Ростовых, зазвучали шаги запоздавшего мужчины. «Вот он, Курагин!» — прошептал Шиншин. Графиня Безухова обернулась, улыбаясь входящему. Наташа посмотрела по направлению глаз графини Безуховой и увидала необыкновенно красивого адъютанта, с самоуверенным и вместе учтивым видом подходящего к их ложе. Это был Анатоль Курагин, которого она давно видела и заметила на петербургском бале. Он был теперь в адъютантском мундире с одной эполетой и эксельбантом. Он шел сдержанной, молодецкой походкой, которая была бы смешна, ежели бы он не был так хорош собой и ежели бы на его прекрасном лице не было бы такого выражения добродушного довольства и веселья. Несмотря на то, что действие шло, он, не торопясь, слегка побрякивая шпорами и саблей, плавно и высоко неся свою надушенную красивую голову, шел по наклонному ковру коридора. Взглянув на Наташу, он подошел к сестре, положил руку в облитой перчатке на край ее ложи, тряхнул ей головой и, наклонясь, спросил что-то, указывая на Наташу.

— Mais charmante![1] — сказал он, очевидно, про Наташу, как не столько слышала она, сколько поняла по движению его губ. Потом он прошел в первый ряд и сел подле Долохова, дружески и небрежно толкнув локтем того Долохова, с которым так заискивающе обращались другие. Он, весело подмигнув, улыбнулся ему и уперся ногой в рампу.

— Как похожи брат с сестрой! — сказал граф. — И как хороши оба.

Шиншин вполголоса начал рассказывать графу какую-то историю интриги Курагина в Москве, к которой Наташа прислушалась именно потому, что он сказал про нее charmante.

Первый акт кончился, в партере все встали, перепутались и стали ходить и выходить.

Борис пришел в ложу Ростовых, очень просто принял поздравления и, приподняв брови, с рассеянной улыбкой, передал Наташе и Соне просьбу его невесты, чтобы они были на ее свадьбе, и вышел. Наташа с веселой и кокетливой улыбкой разговаривала с ним и поздравляла с женитьбой того самого Бориса, в которого она была влюблена прежде. В том состоянии опьянения, в котором она находилась, все казалось просто и естественно.

Голая Элен сидела подле нее и одинаково всем улыбалась; и точно так же улыбнулась Наташа Борису.

Ложа Элен наполнилась и окружилась со стороны партера самыми знатными и умными мужчинами, которые, казалось, наперерыв желали показать всем, что они знакомы с ней.

Курагин весь этот антракт стоял с Долоховым впереди у рампы, глядя на ложу Ростовых. Наташа знала, что он говорил про нее, и это доставляло ей удовольствие.

---

[1] Очень, очень мила!

Она даже повернулась так, чтоб ему виден был ее профиль, по ее понятиям, в самом выгодном положении. Перед началом второго акта в партере показалась фигура Пьера, которого еще с приезда не видали Ростовы. Лицо его было грустно, и он еще потолстел, с тех пор как его последний раз видела Наташа. Он, никого не замечая, прошел в первые ряды. Анатоль подошел к нему и стал что-то говорить ему, глядя и указывая на ложу Ростовых. Пьер, увидав Наташу, оживился и поспешно, по рядам, пошел к их ложе. Подойдя к ним, он облокотился и, улыбаясь, долго говорил с Наташей. Во время своего разговора с Пьером Наташа услыхала в ложе графини Безуховой мужской голос и почему-то узнала, что это был Курагин. Она оглянулась и встретилась с ним глазами. Он, почти улыбаясь, смотрел ей прямо в глаза таким восхищенным, ласковым взглядом, что казалось, странно быть от него так близко, так смотреть на него, быть так уверенной, что нравишься ему, и не быть с ним знакомой.

Во втором акте были картоны, изображающие монументы, и была дыра в полотне, изображающая луну, и абажуры на рампе подняли, и стали играть в басу трубы и контрабасы, и справа и слева вышло много людей в черных мантиях. Люди стали махать руками, а в руках у них было что-то вроде кинжалов; потом прибежали еще какие-то люди и стали тащить прочь ту девицу, которая была прежде в белом, а теперь в голубом платье. Они не утащили ее сразу, а долго с ней пели, а потом уже ее утащили, и за кулисами ударили три раза во что-то железное, и все стали на колена и запели молитву. Несколько раз все эти действия прерывались восторженными криками зрителей.

Во время этого акта Наташа всякий раз, как взглядывала в партер, видела Анатоля Курагина, перекинувшего руку через спинку кресла и смотревшего на нее. Ей приятно было видеть, что он так пленен ею, и не приходило в голову, чтобы в этом было что-нибудь дурное.

Когда второй акт кончился, графиня Безухова встала, повернулась к ложе Ростовых (грудь ее совершенно была обнажена), пальчиком в перчатке поманила к себе старого графа и, не обращая внимания на вошедших к ней в ложу, начала, любезно улыбаясь, говорить с ним.

— Да познакомьте же меня с вашими прелестными дочерьми, — сказала она. — Весь город про них кричит, а я их не знаю.

Наташа встала и присела великолепной графине. Наташе так приятна была похвала этой блестящей красавицы, что она покраснела от удовольствия.

— Я теперь тоже хочу сделаться москвичкой, — говорила Элен. — И как вам не совестно зарыть такие перлы в деревне!

Графиня Безухова по справедливости имела репутацию обворожительной женщины. Она могла говорить то, чего не думала, и в особенности льстить, совершенно просто и натурально.

— Нет, милый граф, вы мне позвольте заняться вашими дочерьми. Я хоть теперь здесь не надолго. И вы тоже. Я постараюсь повеселить ваших. Я еще в Петербурге много слышала о вас и хотела вас узнать, — сказала она Наташе с своей однообразно красивой улыбкой. — Я слышала о вас и от моего пажа — Друбецкого, — вы слышали, он женится, — и от друга моего мужа — Болконского, князя Андрея Болконского, — сказала она с особенным ударением, намекая этим на то, что она знала отношения его к Наташе. Она попросила, чтобы ей лучше познакомиться, позволить одной из барышень посидеть остальную часть спектакля в ее ложе, и Наташа перешла к ней.

В третьем акте был на сцене представлен дворец, в котором горело много свечей и повешены были картины, изображавшие рыцарей с бородками. Впереди стояли, вероятно, царь и царица. Царь замахал правою рукой и, видимо робея, дурно пропел что-то и сел на малиновый трон. Девица, бывшая сначала в белом, потом в голубом, теперь была одета в одной рубашке, с распущенными волосами, и стояла около трона. Она о чем-то горестно пела, обращаясь к царице; но царь строго махнул рукой, и с боков вышли мужчины с голыми ногами и женщины с голыми ногами и стали танцевать все вместе. Потом скрипки заиграли очень тонко и весело. Одна из девиц, с голыми толстыми ногами и худыми руками, отделившись от других, отошла за кулисы, поправила корсаж, вышла на середину и стала прыгать и скоро бить одной ногой о другую. Все в партере захлопали руками и закричали браво. Потом один мужчина стал в угол. В оркестре заиграли громче в цимбалы и трубы, и один этот мужчина с голыми ногами стал прыгать очень высоко и семенить ногами. (Мужчина этот был Duport, получавший шестьдесят тысяч рублей серебром за это искусство.) Все в партере, в ложах и райке стали хлопать и кричать из всех сил, и мужчина остановился и стал улыбаться и кланяться на все стороны. Потом танцевали еще другие, с голыми ногами, мужчины и женщины, потом опять один из царей закричал что-то под музыку, и все стали петь. Но вдруг сделалась буря, в оркестре послышались хроматические гаммы и аккорды уменьшенной септимы, и все побежали и потащили опять одного из присутствующих за кулисы, и занавесь опустилась. Опять между зрителями поднялся страшный шум и треск, и все с восторженными лицами стали кричать:

— Дюпора, Дюпора! Дюпора!

Наташа уже не находила этого странным. Она с удовольствием, радостно улыбаясь, смотрела вокруг себя.

— N'est ce pas qu'il est admirable — Duport?[1] — сказала Элен, обращаясь к ней.

— Oh, oui[2], — отвечала Наташа.

X

В антракте в ложе Элен пахнуло холодом, отворилась дверь, и, нагибаясь и стараясь не зацепить кого-нибудь, вошел Анатоль.

— Позвольте мне вам представить брата, — беспокойно перебегая глазами с Наташи на Анатоля, сказала Элен. Наташа через голое плечо оборотила к красавцу свою хорошенькую головку и улыбнулась. Анатоль, который вблизи был так же хорош, как и издали, подсел к ней и сказал, что давно желал иметь это удовольствие, еще с нарышкинского бала, на котором имел удовольствие, которое он не забыл, видеть ее. Курагин с женщинами был гораздо умнее и проще, чем в мужском обществе. Он говорил смело и просто, и Наташу странно и приятно поразило то, что не только ничего не было такого страшного в этом че-

---

[1] Не правда ли, что Дюпор восхитителен?
[2] О, да.

ловеке, про которого так много рассказывали, но что, напротив, у него была самая наивно-веселая и добродушная улыбка.

Анатоль Курагин спросил про впечатление спектакля и рассказал ей про то, как в прошлый спектакль Семенова, играя, упала.

— А знаете, графиня, — сказал он, вдруг обращаясь к ней, как к старой, давнишней знакомой, — у нас устраивается карусель в костюмах; вам бы надо участвовать в нем: будет очень весело. Все собираются у Архаровых. Пожалуйста, приезжайте, право, а? — проговорил он.

Говоря это, он не спускал улыбающихся глаз с лица, с шеи, с оголенных рук Наташи. Наташа несомненно знала, что он восхищается ею. Ей было это приятно, но почему-то ей тесно, жарко и тяжело становилось от его присутствия. Когда она не смотрела на него, она чувствовала, что он смотрел на ее плечи, и она невольно перехватывала его взгляд, чтоб он уж лучше смотрел на ее глаза. Но, глядя ему в глаза, она со страхом чувствовала, что между им и ею совсем нет той преграды стыдливости, которую всегда она чувствовала между собой и другими мужчинами. Она, сама не зная как, через пять минут чувствовала себя страшно близкой к этому человеку. Когда она отворачивалась, она боялась, как бы он сзади не взял ее за голую руку, не поцеловал бы ее в шею. Они говорили о самых простых вещах, а она чувствовала, что они близки, как она никогда не была с мужчиной. Наташа оглядывалась на Элен и на отца, как будто спрашивая их, что такое это значило; но Элен была занята разговором с каким-то генералом и не ответила на ее взгляд, а взгляд отца ничего не сказал ей, как только то, что он всегда говорил: «Весело, ну я и рад».

В одну из минут неловкого молчания, во время которых Анатоль своими выпуклыми глазами спокойно и упорно смотрел на нее, Наташа, чтобы прервать это молчание, спросила его, как ему нравится Москва. Наташа спросила и покраснела. Ей постоянно казалось, что что-то неприличное она делает, говоря с ним. Анатоль улыбнулся, как бы ободряя ее.

— Сначала мне мало нравилась, потому что чтó делает город приятным? Ce sont les jolies femmes[1], не правда ли?

---

[1] Это хорошенькие женщины.

Ну, а теперь очень нравится, — сказал он, значительно глядя на нее. — Поедете на карусель, графиня? Пожалуйста, поезжайте, — сказал он и, протянув руку к ее букету и понижая голос, сказал: — Vous serez la plus jolie. Venez, chère comtesse, et comme gage donnez moi cette fleur[1].

Наташа не поняла того, что он сказал, так же как он сам, но она чувствовала, что в непонятных словах его был неприличный умысел. Она не знала, что сказать, и отвернулась, как будто не слыхала того, что он сказал. Но только что она отвернулась, она подумала, что он тут сзади, так близко от нее.

«Что он теперь? Он сконфужен? Рассержен? Надо поправить это?» — спрашивала она сама себя. Она не могла удержаться, чтобы не оглянуться. Она прямо в глаза взглянула ему, и его близость, и уверенность, и добродушная ласковость улыбки победили ее. Она улыбнулась тоже, так же, как и он, глядя прямо в глаза ему. И опять она с ужасом чувствовала, что между ним и ею нет никакой преграды.

Опять поднялась занавесь. Анатоль вышел из ложи, спокойный и веселый. Наташа вернулась к отцу в ложу, совершенно уже подчиненная тому миру, в котором она находилась. Все, что происходило перед нею, уже казалось ей вполне естественным; но зато все прежние мысли ее о женихе, о княжне Марье, о деревенской жизни ни разу не пришли ей в голову, как будто все то было давно, давно прошедшее.

В четвертом акте был какой-то черт, который пел, махая рукою до тех пор, пока не выдвинули под ним доски и он не опустился туда. Наташа только это и видела из четвертого акта: что-то волновало и мучило ее, и причиной этого волнения был Курагин, за которым она невольно следила глазами. Когда они выходили из театра, Анатоль подошел к ним, вызвал их карету и подсаживал их. Подсаживая Наташу, он пожал ей руку выше кисти. Наташа, взволнованная, красная и счастливая, оглянулась на него. Он, блестя своими глазами и нежно улыбаясь, смотрел на нее.

---

[1] Вы будете самая хорошенькая. Поезжайте, милая графиня, и в залог дайте мне этот цветок.

Только приехав домой, Наташа могла ясно обдумать все то, что с ней было, и, вдруг вспомнив о князе Андрее, она ужаснулась и при всех, за чаем, за который все сели после театра, громко ахнула и, раскрасневшись, выбежала из комнаты. «Боже мой! Я погибла! — сказала она себе. — Как я могла допустить до этого?» — думала она. Долго она сидела, закрыв раскрасневшееся лицо руками, стараясь дать себе ясный отчет в том, что было с нею, и не могла ни понять того, что с ней было, ни того, что она чувствовала. Все казалось ей темно, неясно и страшно. Там, в этой огромной освещенной зале, где по мокрым доскам прыгал под музыку с голыми ногами Duport в курточке с блестками, и девицы, и старики, и голая, с спокойной и гордой улыбкой Элен в восторге кричали браво, — там, под тенью этой Элен, там это было все ясно и просто; но теперь одной, самой с собой, это было непонятно. «Что это такое? Что такое этот страх, который я испытывала к нему? Что такое эти угрызения совести, которые я испытываю теперь?» — думала она.

Одной старой графине Наташа в состоянии была бы ночью в постели рассказать все, что она думала. Соня, она знала, с своим строгим и цельным взглядом, или ничего бы не поняла, или ужаснулась бы ее признанию. Наташа одна сама с собой старалась разрешить то, что ее мучило.

«Погибла ли я для любви князя Андрея или нет?» — спрашивала она себя и с успокоительной усмешкой отвечала себе: «Что я за дура, что я спрашиваю это? Что ж со мной было? Ничего. Я ничего не сделала, ничем не вызвала этого. Никто не узнает, и я его больше не увижу никогда, — говорила она себе. — Стало быть, ясно, что ничего не случилось, что не в чем раскаиваться, что князь Андрей может любить меня и *такою*. Но какою *такою*? Ах Боже, Боже мой! Зачем его нет тут!» Наташа успокоивалась на мгновенье, но потом опять какой-то инстинкт говорил ей, что хотя все это и правда и хотя ничего не было, — инстинкт говорил ей, что вся прежняя чистота любви ее к князю Андрею погибла. И она опять в своем воображении повторяла весь свой разговор с Курагиным и представляла себе лицо, жест и нежную улыбку этого красивого и смелого человека, в то время как он пожал ее руку.

XI

Анатоль Курагин жил в Москве, потому что отец отослал его из Петербурга, где он проживал более двадцати тысяч в год деньгами и столько же долгами, которых кредиторы требовали у отца.

Отец объявил сыну, что он в последний раз платит половину его долгов; но только с тем, чтоб он ехал в Москву в должность адъютанта главнокомандующего, которую он ему выхлопотал, и постарался бы там, наконец, сделать хорошую партию. Он указал ему на княжну Марью и Жюли Карагину.

Анатоль согласился и поехал в Москву, где остановился у Пьера. Пьер принял Анатоля сначала неохотно, но потом привык к нему, иногда ездил с ним на его кутежи и, под предлогом займа, давал ему деньги.

Анатоль, как справедливо говорил про него Шиншин, с тех пор как приехал в Москву, сводил с ума всех московских барынь в особенности тем, что он пренебрегал ими и, очевидно, предпочитал им цыганок и французских актрис, с главою которых, с mademoiselle Georges, как говорили, он был в близких сношениях. Он не пропускал ни одного кутежа у Долохова и других весельчаков Москвы, напролет пил целые ночи, перепивая всех, и бывал на всех вечерах и балах высшего света. Рассказывали про несколько интриг его с московскими дамами, и на балах он ухаживал за некоторыми. Но с девицами, в особенности с богатыми невестами, которые были большей частью дурны, он не сближался, тем более что Анатоль, чего никто не знал, кроме самых близких друзей его, был два года тому назад женат. Два года тому назад, во время стоянки его полка в Польше, один польский небогатый помещик заставил Анатоля жениться на своей дочери.

Анатоль весьма скоро бросил свою жену и за деньги, которые он условился высылать тестю, выговорил себе право слыть за холостого человека.

Анатоль был всегда доволен своим положением, собою и другими. Он был инстинктивно, всем существом своим убежден в том, что ему нельзя было жить иначе, чем так, как он жил, и что он никогда в жизни не сделал ничего дурного. Он не был в состоянии обдумать ни того, как его поступки могут отзываться на других, ни того, что может выйти из такого или такого его поступка. Он был убежден, что как утка сотворена так, что она всегда должна жить в воде, так и он сотворен Богом так, что должен жить в тридцать тысяч дохода и занимать всегда высшее положение в обществе. Он так твердо верил в это, что, глядя на него, и другие были убеждены в этом и не отказывали ему ни в высшем положении в свете, ни в деньгах, которые он, очевидно без отдачи, занимал у встречного и поперечного.

Он не был игрок, по крайней мере, никогда не желал выигрыша, даже не жалел проигрыша. Он не был тщеславен. Ему было совершенно все равно, что бы о нем ни думали. Еще менее он мог быть повинен в честолюбии. Он несколько раз дразнил отца, портя свою карьеру, и смеялся над всеми почестями. Он был не скуп и не отказывал никому, кто просил у него. Одно, что он любил, — это было веселье и женщины; и так как, по его понятиям, в этих вкусах не было ничего неблагородного, а обдумать то, что выходило для других людей из удовлетворения его вкусов, он не мог, то в душе своей он считал себя безукоризненным человеком, искренно презирал подлецов и дурных людей и с спокойной совестью высоко носил голову.

У кутил, у этих мужских магдалин, есть тайное чувство сознания невинности, такое же, как и у магдалин-женщин, основанное на той же надежде прощения. «Ей все простится, потому что она много любила; и ему все простится, потому что он много веселился».

Долохов, в этом году появившийся опять в Москве после своего изгнания и персидских похождений и ведший роскошную игорную и кутежную жизнь, сблизился с старым петербургским товарищем Курагиным и пользовался им для своих целей.

Анатоль искренно любил Долохова за его ум и удальство; Долохов, которому были нужны имя, знатность, связи Анатоля Курагина для приманки в свое игорное общество богатых молодых людей, не давая ему этого чувствовать, пользовался и забавлялся Курагиным. Кроме расчета, по которому ему был нужен Анатоль, самый процесс управления чужою волей был наслаждением, привычкой и потребностью для Долохова.

Наташа произвела сильное впечатление на Курагина. Он за ужином после театра с приемами знатока разобрал перед Долоховым достоинство ее рук, плеч, ног и волос и объявил свое решение приволокнуться за нею. Что могло выйти из этого ухаживания — Анатоль не мог обдумать и знать, как он никогда не знал того, что выйдет из каждого его поступка.

— Хороша, брат, да не про нас, — сказал ему Долохов.

— Я скажу сестре, чтоб она позвала ее обедать, — сказал Анатоль. — А?

— Ты подожди лучше, как замуж выйдет...

— Ты знаешь, — сказал Анатоль, — j'adore les petites filles[1]: сейчас потеряется.

— Ты уж попался раз на petite fille, — сказал Долохов, знавший про женитьбу Анатоля. — Смотри.

— Ну, уж два раза нельзя! А? — сказал Анатоль, добродушно смеясь.

XII

Следующий после театра день Ростовы никуда не ездили, и никто не приезжал к ним. Марья Дмитриевна о чем-то, скрывая от Наташи, переговаривалась с ее отцом. Наташа догадывалась, что они говорили о старом князе и что-то придумывали, и ее беспокоило и оскорбляло это. Она всякую минуту ждала князя Андрея и два раза в этот день посылала дворника на Вздвиженку узнавать, не приехал ли он. Он не приезжал. Ей было теперь тяжелее, чем первые дни своего приезда. К нетерпению и грусти ее о нем присоединились неприятное воспоминание о свидании с княжной Марьей и с старым князем и страх и беспокойство, которым она не знала причины. Ей все казалось, что или он никогда не приедет, или что, прежде чем он приедет, с ней случится что-нибудь. Она не могла, как прежде, спокойно и продолжительно, одна сама с собой, думать о нем. Как только она начинала думать о нем, к воспоминанию о нем присоединялось воспоминание о старом князе, о княжне Марье, и о последнем спектакле, и о Курагине. Ей опять представлялся вопрос, не виновата

---

[1] я обожаю девочек.

ли она, не нарушена ли уже ее верность князю Андрею, и опять она заставала себя до малейших подробностей воспоминающею каждое слово, каждый жест, каждый оттенок игры выражения на лице этого человека, умевшего возбудить в ней непонятное для нее и страшное чувство. На взгляд домашних, Наташа казалась оживленнее обыкновенного, но она далеко была не так спокойна и счастлива, как была прежде.

В воскресенье утром Марья Дмитриевна пригласила своих гостей к обедне в свой приход Успения на Могильцах.

— Я этих модных церквей не люблю, — говорила она, видимо гордясь своим свободомыслием. — Везде Бог один. Поп у нас прекрасный, служит прилично, так это благородно, и дьякон тоже. Разве от этого святость какая, что концерты на клиросе поют? Не люблю, одно баловство!

Марья Дмитриевна любила воскресные дни и умела праздновать их. Дом ее бывал весь вымыт и вычищен в субботу; люди и она не работали, все были празднично разряжены, и все бывали у обедни. К господскому обеду прибавлялись кушанья, и людям давалась водка и жареный гусь или поросенок. Но ни на чем во всем доме так не бывал заметен праздник, как на широком, строгом лице Марьи Дмитриевны, в этот день принимавшем неизменяемое выражение торжественности.

Когда напились кофе после обедни, в гостиной с снятыми чехлами, Марье Дмитриевне доложили, что карета готова, и она с строгим видом, одетая в парадную шаль, в которой она делала визиты, поднялась и объявила, что едет к князю Николаю Андреевичу Болконскому, чтоб объясниться с ним насчет Наташи.

После отъезда Марьи Дмитриевны к Ростовым приехала модистка от мадам Шальме, и Наташа, затворив дверь в соседней с гостиной комнате, очень довольная развлечением, занялась примериваньем новых платьев. В то время как она, надев сметанный на живую нитку еще без рукавов лиф и загибая голову, гляделась в зеркало, как сидит спинка, она услыхала в гостиной оживленные звуки голоса отца и другого, женского голоса, который заставил ее покраснеть. Это был голос Элен. Не успела Наташа снять примериваемый лиф, как дверь отворилась и в комнату вошла графиня Безухова, сияющая добродушной и ласковой улыбкой, в темно-лиловом, с высоким воротом, бархатном платье.

— Ah, ma délicieuse![1] — сказала она красневшей Наташе. — Charmante![2] Нет, это ни на что не похоже, мой милый граф, — сказала она вошедшему за ней Илье Андреичу. — Как жить в Москве и никуда не ездить? Нет, я от вас не отстану! Нынче вечером у меня m-lle Georges декламирует и соберутся кое-кто; и ежели вы не привезете своих красавиц, которые лучше m-lle Georges, то я вас знать не хочу. Мужа нет, он уехал в Тверь, а то бы я его за вами прислала. Непременно приезжайте, непременно, в девятом часу. — Она кивнула головой знакомой модистке, почтительно присевшей ей, и села на кресло подле зеркала, живописно раскинув складки своего бархатного платья. Она не переставала добродушно и весело болтать, беспрестанно восхищаясь красотой Наташи. Она рассмотрела ее платья и похвалила их, похвалилась и своим новым платьем en gaz métallique[3], которое она получила из Парижа, и советовала Наташе сделать такое же.

— Впрочем, вам все идет, моя прелестная, — говорила она.

С лица Наташи не сходила улыбка удовольствия. Она чувствовала себя счастливой и расцветающей под похвалами этой милой графини Безуховой, казавшейся ей прежде такою неприступной и важной дамой и бывшей теперь такою доброй с ней. Наташе стало весело, и она чувствовала себя почти влюбленной в эту такую красивую и такую добродушную женщину. Элен с своей стороны искренно восхищалась Наташей и желала повеселить ее. Анатоль просил ее свести его с Наташей, и для этого она приехала к Ростовым. Мысль свести брата с Наташей забавляла ее.

Несмотря на то, что прежде у нее была досада на Наташу за то, что она в Петербурге отбила у нее Бориса, она теперь и не думала об этом и всей душой, по-своему, желала добра Наташе. Уезжая от Ростовых, она отозвала в сторону свою protégée.

---

[1] О, моя восхитительная!
[2] Прелесть!
[3] из металлического газа.

— Вчера брат обедал у меня — мы помирали со смеха — ничего не ест и вздыхает по вас, моя прелесть. Il est fou, mais fou amoureux de vous, ma chère[1].

Наташа багрово покраснела, услыхав эти слова.

— Как краснеет, как краснеет, ma délicieuse![2] — проговорила Элен. — Непременно приезжайте. Si vous aimez quelqu'un, ma délicieuse, ce n'est pas une raison pour se cloitrer. Si même vous êtes promise, je suis sûre que votre promis aurait désiré que vous alliez dans le monde en son absence plutôt que de dépérir d'ennui[3].

«Стало быть, она знает, что я невеста, стало быть, и они с мужем, с Пьером, с этим справедливым Пьером, — думала Наташа, — говорили и смеялись про это. Стало быть, это ничего». И опять, под влиянием Элен, то, что прежде представлялось страшным, показалось простым и естественным. «И она такая grande dame[4], такая милая и так, видно, всей душой любит меня, — думала Наташа. — И отчего не веселиться?» — думала Наташа, удивленными, широко раскрытыми глазами глядя на Элен.

К обеду вернулась Марья Дмитриевна, молчаливая, серьезная, очевидно понесшая поражение у старого князя. Она была еще слишком взволнована от происшедшего столкновения, чтобы быть в силах спокойно рассказать дело. На вопрос графа она отвечала, что все хорошо и что она завтра расскажет. Узнав о посещении графини Безуховой и приглашении на вечер, Марья Дмитриевна сказала:

— С Безуховой водиться я не люблю и не посоветую; ну, да уж если обещала, поезжай, рассеешься, — прибавила она, обращаясь к Наташе.

XIII

Граф Илья Андреич повез своих девиц к графине Безуховой. На вечере было довольно много народу. Но все общество было почти незнакомо Наташе. Граф Илья Андреич с неудовольствием заметил, что все это общество со-

---

1 Он без ума, ну истинно без ума влюблен в вас.

2 моя прелесть!

3 Если вы кого-нибудь любите, моя прелестная, это еще не причина, чтобы запереть себя. Даже если вы невеста, я уверена, что ваш жених желал бы скорее, чтобы вы ездили в свет, чем пропадали со скуки.

4 важная барыня.

стояло преимущественно из мужчин и дам, известных вольностью обращения. M-lle Georges, окруженная молодежью, стояла в углу гостиной. Было несколько французов и между ними Метивье, бывший, со времени приезда Элен, домашним человеком у нее. Граф Илья Андреич решился не садиться за карты, не отходить от дочерей и уехать, как только кончится представление Georges.

Анатоль, очевидно, у двери ожидал входа Ростовых. Он тотчас же, поздоровавшись с графом, подошел к Наташе и пошел за ней. Как только Наташа его увидала, то же, как и в театре, чувство тщеславного удовольствия, что она нравится ему, и страха от отсутствия нравственных преград между ею и им охватило ее.

Элен радостно приняла Наташу и громко восхищалась ее красотой и туалетом. Вскоре после их приезда m-lle Georges вышла из комнаты, чтобы одеться. В гостиной стали расстанавливать стулья и усаживаться. Анатоль подвинул Наташе стул и хотел сесть подле, но граф, не спускавший глаз с Наташи, сел подле нее. Анатоль сел сзади.

M-lle Georges, с оголенными, с ямочками, толстыми руками, в красной шали, надетой на одно плечо, вышла в оставленное для нее пустое пространство между кресел и остановилась в ненатуральной позе. Послышался восторженный шепот.

M-lle Georges строго и мрачно оглянула публику и начала говорить по-французски какие-то стихи, где речь шла о ее преступной любви к своему сыну. Она местами возвышала голос, местами шептала, торжественно поднимая голову, местами останавливалась и хрипела, выкатывая глаза.

— Adorable, divin, délicieux![1] — слышалось со всех сторон. Наташа смотрела на толстую Georges, но ничего не слышала, не видела и не понимала ничего из того, что делалось перед ней; она только чувствовала себя опять вполне безвозвратно в том странном, безумном мире, столь далеком от прежнего, в том мире, в котором нельзя было знать, что хорошо, что дурно, что разумно и что безумно. Позади ее сидел Анатоль, и она, чувствуя его близость, испуганно ждала чего-то.

---

[1] Восхитительно, божественно, чудесно!

После первого монолога все общество встало и окружило m-lle Georges, выражая ей свой восторг.

— Как она хороша! — сказала Наташа отцу, который вместе с другими встал и сквозь толпу подвигался к актрисе.

— Я не нахожу, глядя на вас, — сказал Анатоль, следуя за Наташей. Он сказал это в такое время, когда она одна могла его слышать. — Вы прелестны... с той минуты, как я увидал вас, я не переставал...

— Пойдем, пойдем, Наташа, — сказал граф, возвращаясь за дочерью. — Как хороша!

Наташа, ничего не говоря, подошла к отцу и вопросительно-удивленными глазами смотрела на него.

После нескольких приемов декламации m-lle Georges уехала, и графиня Безухова попросила общество в залу.

Граф хотел уехать, но Элен умоляла не испортить ее импровизированного бала. Ростовы остались. Анатоль пригласил Наташу на вальс, и во время вальса он, пожимая ее стан и руку, сказал ей, что она ravissante[1] и что он любит ее. Во время экосеза, который она опять танцевала с Курагиным, когда они остались одни, Анатоль ничего не говорил ей и только смотрел на нее. Наташа была в сомнении, не во сне ли она видела то, что он сказал ей во время вальса. В конце первой фигуры он опять пожал ей руку. Наташа подняла на него испуганные глаза, но такое самоуверенно-нежное выражение было в его ласковом взгляде и улыбке, что она не могла, глядя на него, сказать того, что она имела сказать ему. Она опустила глаза.

— Не говорите мне таких вещей, я обручена и люблю другого, — проговорила она быстро... Она взглянула на него. Анатоль не смутился и не огорчился тем, что она сказала.

— Не говорите мне про это. Что мне за дело? — сказал он. — Я говорю, что безумно, безумно влюблен в вас. Разве я виноват, что вы восхитительны?.. Нам начинать.

Наташа, оживленная и тревожная, широко раскрытыми, испуганными глазами смотрела вокруг себя и казалась веселее, чем обыкновенно. Она почти ничего не помнила из того, что было в этот вечер. Танцевали экосез и грос-

---

[1] обворожительна.

фатер, отец приглашал ее уехать, она просила остаться. Где бы она ни была, с кем бы ни говорила, она чувствовала на себе его взгляд. Потом она помнила, что попросила у отца позволения выйти в уборную оправить платье, что Элен вышла за ней, говорила ей, смеясь, о любви ее брата и что в маленькой диванной ей опять встретился Анатоль, что Элен куда-то исчезла, они остались вдвоем, и Анатоль, взяв ее за руку, нежным голосом сказал:

— Я не могу к вам ездить, но неужели я никогда не увижу вас? Я безумно люблю вас. Неужели никогда?.. — И он, заслоняя ей дорогу, приближал свое лицо к ее лицу.

Блестящие большие мужские глаза его так близки были от ее глаз, что она не видела ничего, кроме этих глаз.

— Натали?! — прошептал вопросительно его голос, и кто-то больно сжимал ее руки. — Натали?!

«Я ничего не понимаю, мне нечего говорить», — сказал ее взгляд.

Горячие губы прижались к ее губам, и в ту же минуту она почувствовала себя опять свободною, и в комнате послышался шум шагов и платья Элен. Наташа оглянулась на Элен, потом, красная и дрожащая, взглянула на него испуганно-вопросительно и пошла к двери.

— Un mot, un seul, au nom de dieu[1], — говорил Анатоль.

Она остановилась. Ей так нужно было, чтоб он сказал это слово, которое бы объяснило ей то, что случилось, и на которое она бы ему ответила.

— Nathalie, un mot, un seul[2], — все повторял он, видимо, не зная, что сказать, и повторял его до тех пор, пока к ним подошла Элен.

Элен вместе с Наташей опять вышла в гостиную. Не оставшись ужинать, Ростовы уехали.

Вернувшись домой, Наташа не спала всю ночь; ее мучил неразрешимый вопрос, кого она любила: Анатоля или князя Андрея? Князя Андрея она любила — она помнила ясно, как сильно она любила его. Но Анатоля она любила тоже, это было несомненно. «Иначе разве все это могло бы быть? — думала она. — Ежели я могла после этого, прощаясь с ним, могла улыбкой ответить на его

---

[1] Одно слово, только одно, ради Бога.
[2] Натали, одно слово, одно.

улыбку, ежели я могла допустить до этого, то значит, что я с первой минуты полюбила его. Значит, он добр, благороден и прекрасен, и нельзя было не полюбить его. Что же мне делать, когда я люблю его и люблю другого?» — говорила она себе, не находя ответов на эти страшные вопросы.

XIV

Пришло утро с его заботами и суетой. Все встали, задвигались, заговорили, опять пришли модистки, опять вышла Марья Дмитриевна и позвали к чаю. Наташа широко раскрытыми глазами, как будто она хотела перехватить всякий устремленный на нее взгляд, беспокойно оглядывалась на всех и старалась казаться такою же, какою она была всегда.

После завтрака Марья Дмитриевна (это было лучшее время ее), сев на свое кресло, подозвала к себе Наташу и старого графа.

— Ну-с, друзья мои, теперь я все дело обдумала, и вот вам мой совет, — начала она. — Вчера, как вы знаете, была я у князя Николая; ну-с и поговорила с ним... Он кричать вздумал. Да меня не перекричишь! Я все ему выпела!

— Да что же он? — спросил граф.

— Он-то что? сумасброд... слышать не хочет; ну, да что говорить, и так мы бедную девочку измучили, — сказала Марья Дмитриевна. — А совет мой вам, чтобы дела покончить и ехать домой, в Отрадное... и там ждать...

— Ах, нет! — вскрикнула Наташа.

— Нет, ехать, — сказала Марья Дмитриевна. — И там ждать. Если жених теперь сюда приедет — без ссоры не обойдется, а он тут один на один с стариком все переговорит и потом к вам приедет.

Илья Андреич одобрил это предложение, тотчас поняв всю разумность его. Ежели старик смягчится, то тем лучше будет приехать к нему в Москву или Лысые Горы уже после; если нет, то венчаться против его воли можно будет только в Отрадном.

— И истинная правда, — сказал он. — Я и жалею, что к нему ездил и ее возил, — сказал старый граф.

— Нет, чего ж жалеть? Бывши здесь, нельзя было не сделать почтения. Ну, а не хочет, его дело, — сказала Марья Дмитриевна, что-то отыскивая в ридикюле. — Да и приданое готово, чего вам еще ждать, а что не готово, я вам перешлю. Хоть и жалко мне вас, а лучше с Богом поезжайте. — Найдя в ридикюле то, что она искала, она передала Наташе. Это было письмо от княжны Марьи. — Тебе пишет. Как мучается, бедняжка! Она боится, чтоб ты не подумала, что она тебя не любит.

— Да она и не любит меня, — сказала Наташа.

— Вздор не говори, — крикнула Марья Дмитриевна.

— Никому не поверю: я знаю, что не любит, — смело сказала Наташа, взяв письмо, и в лице ее выразилась сухая и злобная решительность, заставившая Марью Дмитриевну пристальнее посмотреть на нее и нахмуриться.

— Ты, матушка, так не отвечай, — сказала она. — Что я говорю, то правда. Напиши ответ.

Наташа не отвечала и пошла в свою комнату читать письмо княжны Марьи.

Княжна Марья писала, что она была в отчаянии от происшедшего между ними недоразумения. Какие бы ни были чувства отца, писала княжна Марья, она просила Наташу верить, что она не могла не любить ее как ту, которую выбрал ее брат, для счастия которого она всем готова была пожертвовать.

«Впрочем, — писала она, — не думайте, чтобы отец мой был дурно расположен к вам. Он больной и старый человек, которого надо извинять; но он добр, великодушен и будет любить ту, которая сделает счастье его сына». Княжна Марья просила далее, чтобы Наташа назначила время, когда она может опять увидаться с ней.

Прочтя письмо, Наташа села к письменному столу, чтобы написать ответ. «Chère princesse!»[1], — быстро механически написала она и остановилась. Что же дальше могла написать она после всего того, что было вчера? «Да, да, все это было, и теперь уже все другое, — думала она, сидя над начатым письмом. — Надо отказать ему? Неужели надо? Это ужасно!..» И, чтобы не думать этих страшных мыслей, она пошла к Соне и с ней вместе стала разбирать узоры.

---

[1] Милая княжна!

После обеда Наташа ушла в свою комнату и опять взяла письмо княжны Марьи. «Неужели все уже кончено? — думала она. — Неужели так скоро все это случилось и уничтожило все прежнее?» Она во всей прежней силе вспоминала свою любовь к князю Андрею и вместе с тем чувствовала, что любила Курагина. Она живо представляла себя женою князя Андрея, представляла себе столько раз повторенную ее воображением картину счастия с ним и вместе с тем, разгораясь от волнения, представляла себе все подробности своего вчерашнего свидания с Анатолем.

«Отчего же бы это не могло быть вместе? — иногда, в совершенном затмении, думала она. — Тогда только я бы была совсем счастлива, а теперь я должна выбрать, и ни без одного из обоих я не могу быть счастлива. Одно, — думала она, — сказать то, что было, князю Андрею или скрыть — одинаково невозможно. А с *этим* ничего не испорчено. Но неужели расстаться навсегда с этим счастьем любви к князю Андрею, которым я жила так долго?»

— Барышня, — шепотом, с таинственным видом сказала девушка, входя в комнату. — Мне один человек велел передать. — Девушка подала письмо. — Только ради Христа, барышня... — говорила еще девушка, когда Наташа, не думая, механическим движением сломала печать и читала любовное письмо Анатоля, из которого, она, не понимая ни слова, понимала только одно, что это письмо было от него, от того человека, которого она любит. «Да, она любит, иначе разве могло бы случиться то, что случилось? Разве могло бы быть в ее руке любовное письмо от него?»

Трясущимися руками Наташа держала это страстное, любовное письмо, сочиненное для Анатоля Долоховым, и, читая его, находила в нем отголоски всего того, что, ей казалось, она сама чувствовала.

«Со вчерашнего вечера участь моя решена: быть любимым вами или умереть. Мне нет другого выхода», — начиналось письмо. Потом он писал, что знает про то, что родные ее не отдадут ему, что на это есть тайные причины, которые он ей одной может открыть, но что ежели она его любит, то ей стоит сказать это слово *да*, и никакие силы людские не помешают их блаженству. Любовь победит все. Он похитит и увезет ее на край света.

«Да, да, я люблю его!» — думала Наташа, перечитывая двадцатый раз письмо и отыскивая какой-то особенный глубокий смысл в каждом его слове.

В этот вечер Марья Дмитриевна ехала к Архаровым и предложила барышням ехать с нею. Наташа под предлогом головной боли осталась дома.

XV

Вернувшись поздно вечером, Соня вошла в комнату Наташи и, к удивлению своему, нашла ее не раздетою, спящею иа диване. На столе подле нее лежало открытое письмо Анатоля. Соня взяла письмо и стала читать его.

Она читала и взглядывала на спящую Наташу, на лице ее отыскивая объяснения того, что она читала, и не находила его. Лицо было тихое, кроткое и счастливое. Схватившись за грудь, чтобы не задохнуться, Соня, бледная и дрожащая от страха и волнения, села на кресло и залилась слезами.

«Как я не видала ничего? Как могло это зайти так далеко? Неужели она разлюбила князя Андрея? И как могла она допустить до этого Курагина? Он обманщик и злодей, это ясно. Что будет с Nicolas, с милым, благородным Nicolas, когда он узнает про это? Так вот что значило ее взволнованное, решительное и неестественное лицо третьего дня, и вчера, и нынче, — думала Соня. — Но не может быть, чтоб она любила его! Вероятно, не зная от кого, она распечатала это письмо. Вероятно, она оскорблена. Она не может этого сделать!»

Соня утерла слезы и подошла к Наташе, опять вглядываясь в ее лицо.

— Наташа! — сказала она чуть слышно.

Наташа проснулась и увидала Соню.

— А, вернулась?

И с решительностью и нежностью, которая бывает в минуты пробуждения, она обняла подругу. Но, заметив смущение на лице Сони, лицо Наташи выразило смущение и подозрительность.

— Соня, ты прочла письмо? — сказала она.

— Да, — тихо сказала Соня.

Наташа восторженно улыбнулась.

— Нет, Соня, я не могу больше! — сказала Наташа. — Я не могу скрывать больше от тебя. Ты знаешь, мы любим друг друга!.. Соня, голубушка, он пишет... Соня...

Соня, как бы не веря своим ушам, смотрела во все глаза на Наташу.

— А Болконский? — сказала она.

— Ах, Соня, ах, коли бы ты могла знать, как я счастлива! — сказала Наташа. — Ты не знаешь, что такое любовь...

— Но, Наташа, неужели *то* все кончено?

Наташа большими, открытыми глазами смотрела на Соню, как будто не понимая ее вопроса.

— Что ж, ты отказываешь князю Андрею? — сказала Соня.

— Ах, ты ничего не понимаешь, ты не говори глупости, ты слушай, — с мгновенной досадой сказала Наташа.

— Нет, я не могу этому верить, — повторила Соня. — Я не понимаю. Как же ты год целый любила одного человека и вдруг... Ведь ты только три раза видела его. Наташа, я тебе не верю, ты шутишь. В три дня забыть все и так...

— Три дня, — сказала Наташа. — Мне кажется, я сто лет люблю его. Мне кажется, что я никого никогда не любила прежде его. Да и не любила никого так, как его. Ты этого не можешь понять, Соня, постой, садись тут. — Наташа обняла и поцеловала ее. — Мне говорили, что это бывает, и ты, верно, слышала, но я теперь только испытала эту любовь. Это не то, что прежде. Как только я увидала его, я почувствовала, что он мой властелин, а я раба его и что я не могу не любить его. Да, раба! Что он мне велит, то я и сделаю. Ты не понимаешь этого. Что ж мне делать? Что ж мне делать, Соня? — говорила Наташа с счастливым и испуганным лицом.

— Но ты подумай, что ты делаешь, — говорила Соня, — я не могу этого так оставить. Эти тайные письма... Как ты могла его допустить до этого? — говорила она с ужасом и с отвращением, которое она с трудом скрывала.

— Я тебе говорила, — отвечала Наташа, — что у меня нет воли, как ты не понимаешь этого: я его люблю!

— Так я не допущу до этого, я расскажу, — с прорвавшимися слезами вскрикнула Соня.

— Что ты, ради Бога... Ежели ты расскажешь, ты мой враг, — заговорила Наташа. — Ты хочешь моего несчастия, ты хочешь, чтобы нас разлучили...

Увидав этот страх Наташи, Соня заплакала слезами стыда и жалости за свою подругу.

— Но что было между вами? — спросила она. — Что он говорил тебе? Зачем он не ездит в дом?

Наташа не отвечала на ее вопрос.

— Ради Бога, Соня, никому не говори, не мучай меня, — упрашивала Наташа. — Ты помни, что нельзя вмешиваться в такие дела. Я тебе открыла...

— Но зачем эти тайны? Отчего же он не ездит в дом? — спрашивала Соня. — Отчего он прямо не ищет твоей руки? Ведь князь Андрей дал тебе полную свободу, ежели уж так; но я не верю этому. Наташа, ты подумала, какие могут быть *тайные причины*?

Наташа удивленными глазами смотрела на Соню. Видно, ей самой в первый раз представлялся этот вопрос, и она не знала, что отвечать на него.

— Какие причины, не знаю. Но, стало быть, есть причины!

Соня вздохнула и недоверчиво покачала головой.

— Ежели бы были причины... — начала она. Но Наташа, угадывая ее сомнения, испуганно перебила ее.

— Соня, нельзя сомневаться в нем, нельзя, нельзя, ты понимаешь ли? — прокричала она.

— Любит ли он тебя?

— Любит ли? — повторила Наташа с улыбкой сожаления о непонятливости своей подруги. — Ведь ты прочла письмо, ты видела его?

— Но если он неблагородный человек?

— *Он* — неблагородный человек? Коли бы ты знала! — говорила Наташа.

— Если он благородный человек, то он или должен объявить свое намерение, или перестать видеться с тобой; и ежели ты не хочешь этого сделать, то я сделаю это, я напишу ему и скажу папа, — решительно сказала Соня.

— Да я жить не могу без него! — закричала Наташа.

— Наташа, я не понимаю тебя. И что ты говоришь! Вспомни об отце, о Nicolas.

— Мне никого не нужно, я никого не люблю, кроме его. Как ты смеешь говорить, что он неблагороден? Ты разве не знаешь, что я его люблю? — кричала Наташа. — Соня, уйди, я не хочу с тобой ссориться, уйди, ради Бога, уйди: ты видишь, как я мучаюсь, — злобно кричала Наташа сдержанно-раздраженным и отчаянным голосом. Соня разрыдалась и выбежала из комнаты.

Наташа подошла к столу и, не думав ни минуты, написала тот ответ княжне Марье, который она не могла написать целое утро. В письме этом она коротко писала княжне Марье, что все недоразумения их кончены, что, пользуясь великодушием князя Андрея, который, уезжая, дал ей свободу, она просит ее забыть все и простить ее, ежели она перед нею виновата, но что она не может быть его женой. Все это ей казалось так легко, просто и ясно в эту минуту.

В пятницу Ростовы должны были ехать в деревню, а граф в среду поехал с покупщиком в свою подмосковную.

В день отъезда графа Соня с Наташей были званы на большой обед к Курагиным, и Марья Дмитриевна повезла их. На обеде этом Наташа опять встретилась с Анатолем, и Соня заметила, что Наташа говорила с ним что-то, желая не быть услышанной, и все время обеда была еще более взволнована, чем прежде. Когда они вернулись домой, Наташа начала первая с Соней то объяснение, которого ждала ее подруга.

— Вот ты, Соня, говорила разные глупости про него, — начала Наташа кротким голосом, тем голосом, которым говорят дети, когда хотят, чтоб их похвалили. — Мы объяснились с ним нынче.

— Ну, что же, что? Ну что ж он сказал? Наташа, как я рада, что ты не сердишься на меня. Говори мне все, всю правду. Что же он сказал?

Наташа задумалась.

— Ах, Соня, если бы ты знала его так, как я! Он сказал... Он спрашивал меня о том, как я обещала Болконскому. Он обрадовался, что от меня зависит отказать ему.

Соня грустно вздохнула.

— Но ведь ты не отказала Болконскому? — сказала она.

— А может быть, я и отказала! Может быть, с Болконским все кончено. Почему ты думаешь про меня так дурно?

— Я ничего не думаю, я только не понимаю этого...

— Подожди, Соня, ты все поймешь. Увидишь, какой он человек. Ты не думай дурное ни про меня, ни про него.

— Я ни про кого не думаю дурное: я всех люблю и всех жалею. Но что ж мне делать?

Соня не сдавалась на нежный тон, с которым к ней обращалась Наташа. Чем размягченнее и искательнее было выражение лица Наташи, тем серьезнее и строже было лицо Сони.

— Наташа, — сказала она, — ты просила меня не говорить с тобой, я и не говорила, теперь ты сама начала. Наташа, я не верю ему. Зачем эта тайна?

— Опять, опять! — перебила Наташа.

— Наташа, я боюсь за тебя.

— Чего бояться?

— Я боюсь, что ты погубишь себя, — решительно сказала Соня, сама испугавшись того, что она сказала.

Лицо Наташи опять выразило злобу.

— И погублю, погублю, как можно скорее погублю себя. Не ваше дело. Не вам, а мне дурно будет. Оставь, оставь меня. Я ненавижу тебя.

— Наташа! — испуганно взывала Соня.

— Ненавижу, ненавижу! И ты мой враг навсегда!

Наташа выбежала из комнаты.

Наташа не говорила больше с Соней и избегала ее. С тем же выражением взволнованного удивления и преступности она ходила по комнатам, принимаясь то за то, то за другое занятие и тотчас же бросая их.

Как это ни тяжело было для Сони, но она, не спуская глаз, следила за своей подругой.

Накануне того дня, в который должен был вернуться граф, Соня заметила, что Наташа сидела все утро у окна гостиной, как будто ожидая чего-то, и что она сделала какой-то знак проехавшему военному, которого Соня приняла за Анатоля.

Соня стала еще внимательнее наблюдать свою подругу и заметила, что Наташа была все время обеда и вечер в странном и неестественном состоянии (отвечала невпопад на делаемые ей вопросы, начинала и не доканчивала фразы, всему смеялась).

После чая Соня увидала робеющую горничную девушку, выжидавшую ее у двери Наташи. Она пропустила ее и, подслушав у двери, узнала, что опять было передано письмо.

И вдруг Соне стало ясно, что у Наташи был какой-нибудь страшный план на нынешний вечер. Соня постучалась к ней. Наташа не пустила ее.

«Она убежит с ним! — думала Соня. — Она на все способна. Нынче в лице ее было что-то особенно жалкое и решительное. Она заплакала, прощаясь с дяденькой, — вспоминала Соня. — Да, это верно, она бежит с ним, — но что мне делать? — думала Соня, припоминая теперь те признаки, которые ясно доказывали ей, что у Наташи было какое-то страшное намерение. — Графа нет. Что мне делать? Написать к Курагину, требуя от него объяснения? Но кто велит ему ответить мне? Писать Пьеру, как просил князь Андрей в случае несчастия?.. Но, может быть, в самом деле она уже отказала Болконскому (она вчера отослала письмо княжне Марье). Дяденьки нет!»

Сказать Марье Дмитриевне, которая так верила в Наташу, Соне казалось ужасно.

«Но так или иначе, — думала Соня, стоя в темном коридоре, — теперь или никогда пришло время доказать, что я помню благодеяния их семейства и люблю Nicolas. Нет, я хоть три ночи не буду спать, а не выйду из этого коридора, и силой не пущу ее, и не дам позору обрушиться на их семейство», — думала она.

XVI

Анатоль последнее время переселился к Долохову. План похищения Ростовой уже несколько дней был обдуман и приготовлен Долоховым, и в тот день, когда Соня, подслушав у двери Наташу, решилась оберегать ее, план этот должен был быть приведен в исполнение. Наташа в десять часов вечера обещала выйти к Курагину на заднее крыльцо. Курагин должен был посадить ее в приготовленную тройку и везти за шестьдесят верст от Москвы, в село Каменку, где был приготовлен расстриженный поп, который должен был обвенчать их. В Каменке была готова подстава, которая должна была вывезти их на Варшавскую дорогу, и там на почтовых они должны были скакать за границу.

У Анатоля были и паспорт, и подорожная, и десять тысяч денег, взятых у сестры, и десять тысяч, занятых через посредство Долохова.

Два свидетеля — Хвостиков, бывший приказный, которого употреблял для игры Долохов, и Макарин, отставной гусар, добродушный и слабый человек, питавший беспредельную любовь к Курагину, — сидели в первой комнате за чаем.

В большом кабинете Долохова, убранном от стен до потолка персидскими коврами, медвежьими шкурами и оружием, сидел Долохов, в дорожном бешмете и сапогах, перед раскрытым бюро, на котором лежали счеты и пачки денег. Анатоль в расстегнутом мундире ходил из той комнаты, где сидели свидетели, через кабинет в заднюю комнату, где его лакей-француз с другими укладывал последние вещи. Долохов считал деньги и записывал.

— Ну, — сказал он. — Хвостикову надо дать две тысячи.

— Ну и дай, — сказал Анатоль.

— Макарка (они так звали Макарина), этот бескорыстно за тебя в огонь и в воду. Ну вот, и кончены счеты, — сказал Долохов, показывая ему записку. — Так?

— Да, разумеется, так, — сказал Анатоль, видимо не слушавший Долохова и с улыбкой, не сходившей у него с лица, смотревший впереди себя.

Долохов захлопнул бюро и обратился к Анатолю с насмешливой улыбкой.

— А знаешь что — брось все это: еще время есть! — сказал он.

— Дурак! — сказал Анатоль. — Перестань говорить глупости. Ежели бы ты знал... Это черт знает что такое!

— Право, брось, — сказал Долохов. — Я тебе дело говорю. Разве это шутка, что ты затеял?

— Ну, опять, опять дразнить? Пошел к черту! А?.. — сморщившись, сказал Анатоль. — Право, не до твоих дурацких шуток. — И он ушел из комнаты.

Долохов презрительно и снисходительно улыбался, когда Анатоль вышел.

— Ты постой, — сказал он вслед Анатолю, — я не шучу, а дело говорю, поди, поди сюда.

Анатоль опять вошел в комнату и, стараясь сосредоточить внимание, смотрел на Долохова, очевидно, невольно покоряясь ему.

— Ты меня слушай, я тебе последний раз говорю. Что мне с тобой шутить? Разве я тебе перечил? Кто тебе все устроил, кто попа нашел, кто паспорт взял, кто денег достал? Все я.

— Ну и спасибо тебе. Ты думаешь, я тебе не благодарен? — Анатоль вздохнул и обнял Долохова.

— Я тебе помогал, но все же я тебе должен правду сказать: дело опасное и, если разобрать, глупое. Ну, ты ее увезешь, хорошо. Ведь разве это так оставят? Узнается дело, что ты женат. Ведь тебя под уголовный суд подведут...

— Ах! глупости, глупости! — опять сморщившись, заговорил Анатоль. — Ведь я тебе толковал. А? — И Анатоль с тем особенным пристрастием, которое бывает у людей тупых к умозаключению, до которого они дойдут своим умом, повторил то рассуждение, которое он раз сто повторял Долохову. — Ведь я тебе толковал, я решил: ежели этот брак будет недействителен, — сказал он, загибая палец, — значит, я не отвечаю; ну, а ежели действителен, все равно: за границей никто этого не будет знать, ну, ведь так? И не говори, не говори, не говори!

— Право, брось! Ты только себя свяжешь...

— Убирайся к черту, — сказал Анатоль и, взявшись за волосы, вышел в другую комнату и тотчас же вернулся и с ногами сел на кресло близко перед Долоховым. — Это черт знает что такое! А? Ты посмотри, как бьется! — Он взял руку Долохова и приложил к своему сердцу. — Ah! quel pied, mon cher, quel regard! Une déesse!![1] А?

Долохов, холодно улыбаясь и блестя своими красивыми, наглыми глазами, смотрел на него, видимо желая еще повеселиться над ним.

— Ну, деньги выйдут, тогда что?

— Тогда что? А? — повторил Анатоль с искренним недоуменьем перед мыслью о будущем. — Тогда что? Там я не знаю что... Ну что глупости говорить! — Он посмотрел на часы. — Пора!

Анатоль пошел в заднюю комнату.

— Ну, скоро ли вы? Копаетесь тут! — крикнул он на слуг.

Долохов убрал деньги и, крикнув человека, чтобы велеть подать поесть и выпить на дорогу, вышел в ту комнату, где сидели Макарин и Хвостиков.

---

[1] Какая ножка, любезный друг, какой взгляд! Богиня!!

Анатоль в кабинете лежал, облокотившись на руку, на диване, задумчиво улыбался и что-то нежно про себя шептал.

— Иди съешь что-нибудь. Ну выпей! — кричал ему из другой комнаты Долохов.

— Не хочу! — ответил Анатоль, все продолжая улыбаться.

— Иди, Балага приехал.

Анатоль встал и вышел в столовую. Балага был известный троечный ямщик, уже лет шесть знавший Долохова и Анатоля и служивший им своими тройками. Не раз он, когда полк Анатоля стоял в Твери, с вечера увозил его из Твери, к рассвету доставлял в Москву и увозил на другой день ночью. Не раз он увозил Долохова от погони, не раз он по городу катал их с цыганами и дамочками, как называл Балага. Не раз он с их работой давил по Москве народ и извозчиков, и всегда его выручали его господа, как он называл их. Не одну лошадь он загнал под ними. Не раз был бит ими, не раз напаиван ими шампанским и мадерой, которую он любил, и не одну штуку он знал за каждым из них, которая обыкновенному человеку давно бы заслужила Сибирь. В кутежах своих они часто зазывали Балагу, заставляли его пить и плясать у цыган, и не одна тысяча их денег перешла через его руки. Служа им, он двадцать раз в году рисковал и своей жизнью, и своей шкурой, и на их работе переморил больше лошадей, чем они ему переплатили денег. Но он любил их, любил эту безумную езду, по восемнадцати верст в час, любил перекувырнуть извозчика, и раздавить пешехода по Москве, и во весь скок пролететь по московским улицам. Он любил слышать за собой этот дикий крик пьяных голосов: «Пошел! пошел!», тогда как уж и так нельзя было ехать шибче; любил вытянуть больно по шее мужика, который и так, ни жив ни мертв, сторонился от него. «Настоящие господа!» — думал он.

Анатоль и Долохов тоже любили Балагу за его мастерство езды и за то, что он любил то же, что и они. С другими Балага рядился, брал по двадцати пяти рублей за двухчасовое катанье, и с другими только изредка ездил сам, а больше посылал своих молодцов. Но с своими господами, как он называл их, он всегда ехал сам и никогда ничего не требовал за свою работу. Только узнав через камердинеров время, когда были деньги, он раз в несколько месяцев приходил поутру, трезвый, и, низко кланяясь, просил выручить его. Его всегда сажали господа.

— Уж вы меня вызвольте, батюшка Федор Иваныч, или ваше сиятельство, — говорил он. — Обезлошадничал вовсе, на ярманку ехать, уж ссудите, что можете.

И Анатоль и Долохов, когда бывали в деньгах, давали ему по тысяче и по две рублей.

Балага был русый, с красным лицом и в особенности красной толстой шеей, приземистый курносый мужик, лет двадцати семи, с блестящими маленькими глазами и маленькой бородкой. Он был одет в тонком синем кафтане на шелковой подкладке, надетом на полушубке.

Он перекрестился на передний угол и подошел к Долохову, протягивая черную небольшую руку.

— Федору Ивановичу! — сказал он, кланяясь.

— Здорово, брат. Ну вот и он.

— Здравствуй, ваше сиятельство, — сказал он входившему Анатолю и тоже протянул руку.

— Я тебе говорю, Балага, — сказал Анатоль, кладя ему руки на плечи, — любишь ты меня или нет? А? Теперь службу сослужи... На каких приехал? А?

— Как посол приказал, на ваших на зверьях, — сказал Балага.

— Ну, слышишь, Балага! Зарежь всю тройку, а чтобы в три часа приехать. А?

— Как зарежешь, на чем поедем? — сказал Балага, подмигивая.

— Ну, я тебе морду разобью, ты не шути! — вдруг, выкатив глаза, крикнул Анатоль.

— Что ж шутить, — посмеиваясь, сказал ямщик. — Разве я для своих господ пожалею? Что мочи скакать будет лошадям, то и ехать будем.

— А! — сказал Анатоль. — Ну садись.

— Что ж, садись! — сказал Долохов.

— Постою, Федор Иванович.

— Садись, врешь, пей, — сказал Анатоль и налил ему большой стакан мадеры. Глаза ямщика засветились на вино. Отказываясь для приличия, он выпил и отерся шелковым красным платком, который лежал у него в шапке.

— Что ж, когда ехать-то, ваше сиятельство?

— Да вот... (Анатоль посмотрел на часы) сейчас и ехать. Смотри же, Балага. А? Поспеешь?

— Да как выезд — счастлив ли будет, а то отчего же не поспеть? — сказал Балага. — Доставляли же в Тверь, в семь часов поспевали. Помнишь небось, ваше сиятельство.

— Ты знаешь ли, на Рождество из Твери я раз ехал, — сказал Анатоль с улыбкой воспоминания, обращаясь к Макарину, который во все глаза умиленно смотрел на Курагина. — Ты веришь ли, Макарка, что дух захватывало, как мы летели. Въехали в обоз, через два воза перескочили. А?

— Уж лошади ж были! — продолжал рассказ Балага. — Я тогда молодых пристяжных к каурому запрег, — обратился он к Долохову, — так веришь ли, Федор Иваныч, шестьдесят верст звери летели; держать нельзя, руки закоченели, мороз был. Бросил вожжи — держи, мол, ваше сиятельство, сам, так в сани и повалился. Так ведь не то что погонять, до места держать нельзя. В три часа донесли, черти. Издохла левая только.

XVII

Анатоль вышел из комнаты и через несколько минут вернулся в подпоясанной серебряным ремнем шубке и собольей шапке, молодцевато надетой набекрень и очень шедшей к его красивому лицу. Поглядевшись в зеркало и в той самой позе, которую он взял перед зеркалом, став перед Долоховым, он взял стакан вина.

— Ну, Федя, прощай, спасибо за все, прощай, — сказал Анатоль. — Ну, товарищи, друзья... — он задумался... — молодости... моей, прощайте, — обратился он к Макарину и другим.

Несмотря на то, что все они ехали с ним, Анатоль, видимо, хотел сделать что-то трогательное и торжественное из этого обращения к товарищам. Он говорил медленным, громким голосом и, выставив грудь, покачивал одной ногой.

— Все возьмите стаканы; и ты, Балага. Ну, товарищи, друзья молодости моей, покутили мы, пожили, покутили. А? Теперь когда свидимся? за границу уеду. Пожили, прощай, ребята... За здоровье! Ура!.. — сказал он, выпил свой стакан и хлопнул его об землю.

— Будь здоров, — сказал Балага, тоже выпив свой стакан и обтираясь платком. Макарин со слезами на глазах обнимал Анатоля.

— Эх, князь, уж как грустно мне с тобой расстаться, — проговорил он.

— Ехать, ехать! — закричал Анатоль.

Балага было пошел из комнаты.

— Нет, стой, — сказал Анатоль. — Затвори двери, сесть надо. Вот так. — Затворили двери, и все сели.

— Ну, теперь марш, ребята! — сказал Анатоль, вставая. Лакей Joseph подал Анатолю сумку и саблю, и все вышли в переднюю.

— А шуба где? — сказал Долохов. — Эй, Игнашка! Поди к Матрене Матвеевне, спроси шубу, салоп соболий. Я слыхал, как увозят, — сказал Долохов, подмигнув. — Ведь она выскочит ни жива ни мертва, в чем дома сидела; чуть замешкался — тут и слезы, и папаша, и мамаша, и сейчас озябла, и назад, — а ты в шубу принимай сразу и неси в сани.

Лакей принес женский лисий салоп.

— Дурак, я тебе сказал соболий. Эй, Матрешка, соболий! — крикнул он так, что далеко по комнатам раздался его голос.

Красивая, худая и бледная цыганка, с блестящими черными глазами и с черными курчавыми, сизого отлива, волосами, в красной шали, выбежала с собольим салопом на руке.

— Что ж, мне не жаль, ты возьми, — сказала она, видимо робея перед своим господином и жалея салопа.

Долохов, не отвечая ей, взял шубу, накинул ее на Матрешу и закутал ее.

— Вот так, — сказал Долохов. — И потом вот так, — сказал он и поднял ей около головы воротник, оставляя его только перед лицом немного открытым. — Потом вот так, видишь? — и он придвинул голову Анатоля к отверстию, оставленному воротником, из которого виднелась блестящая улыбка Матреши.

— Ну, прощай, Матреша, — сказал Анатоль, целуя ее. — Эх, кончена моя гульба здесь! Стешке кланяйся. Ну, прощай! Прощай, Матреша; ты мне пожелай счастья.

— Ну, дай-то вам Бог, князь, счастья большого, — сказала Матреша Анатолю с своим цыганским акцентом.

У крыльца стояли две тройки, двое молодцов ямщиков держали их. Балага сел на переднюю тройку и, высоко поднимая локти, неторопливо разобрал вожжи. Анатоль и Долохов сели к нему. Макарин, Хвостиков и лакей сели в другую тройку.

— Готовы, что ль? — спросил Балага.

— Пущай! — крикнул он, заматывая вокруг рук вожжи, и тройка понесла бить вниз по Никитскому бульвару.

— Тпрру! Поди, эй!.. Тпрру! — только слышался крик Балаги и молодца, сидевшего на козлах. На Арбатской площади тройка зацепила карету, что-то затрещало, послышался крик, и тройка полетела по Арбату.

Дав два конца по Подновинскому, Балага стал сдерживать и, вернувшись назад, остановил лошадей у перекрестка Старой Конюшенной.

Молодец соскочил держать под уздцы лошадей, Анатоль с Долоховым пошли по тротуару. Подходя к воротам, Долохов свистнул. Свисток отозвался ему, и вслед за тем выбежала горничная.

— На двор войдите, а то, видно, сейчас выйдет, — сказала она.

Долохов остался у ворот. Анатоль вошел за горничной на двор, поворотил за угол и вбежал на крыльцо.

Гаврило, огромный выездной лакей Марьи Дмитриевны, встретил Анатоля.

— К барыне пожалуйста, — басом сказал лакей, загораживая дорогу от двери.

— К какой барыне? Да ты кто? — запыхавшимся шепотом спрашивал Анатоль.

— Пожалуйте, приказано привесть.

— Курагин! назад! — кричал Долохов. — Измена! Назад!

Долохов у калитки, у которой он остановился, боролся с дворником, пытавшимся запереть за вошедшим Анатолем калитку. Долохов последним усилием оттолкнул дворника и, схватив за руку выбежавшего Анатоля, выдернул его за калитку и побежал с ним назад к тройке.

XVIII

Марья Дмитриевна, застав заплаканную Соню в коридоре, заставила ее во всем признаться. Перехватив записку Наташи и прочтя ее, Марья Дмитриевна с запиской в руке вошла к Наташе.

— Мерзавка, бесстыдница, — сказала она ей. — Слышать ничего не хочу! — Оттолкнув удивленными, но сухими глазами глядящую на нее Наташу, она заперла ее на ключ и, приказав дворнику пропустить в ворота тех людей, которые придут нынче вечером, но не выпускать их, а лакею приказав привести этих людей к себе, села в гостиной, ожидая похитителей.

Когда Гаврило пришел доложить Марье Дмитриевне, что приходившие люди убежали, она, нахмурившись, встала и, заложив назад руки, долго ходила по комнатам, обдумывая то, что ей делать. В двенадцатом часу ночи она, ощупав ключ в кармане, пошла к комнате Наташи. Соня, рыдая, сидела в коридоре.

— Марья Дмитриевна, пустите меня к ней, ради Бога! — сказала она. Марья Дмитриевна, не отвечая ей, отперла дверь и вошла. «Гадко, скверно... в моем доме, мерзавка девчонка... только отца жалко! — думала Марья Дмитриевна, стараясь утолить свой гнев. — Как ни трудно, уж велю всем молчать и скрою от графа». Марья Дмитриевна решительными шагами вошла в комнату. Наташа лежала на диване, закрыв голову руками, и не шевелилась. Она лежала в том самом положении, в котором оставила ее Марья Дмитриевна.

— Хороша, очень хороша! — сказала Марья Дмитриевна. — В моем доме любовникам свиданья назначать! Притворяться-то нечего. Ты слушай, когда я с тобой говорю. — Марья Дмитриевна тронула ее за руку. — Ты слушай, когда я говорю. Ты себя осрамила, как девка самая последняя. Я бы с тобой то́ сделала, да мне твоего отца жалко. Я скрою. — Наташа не переменила положения, но только все тело ее стало вскидываться от беззвучных, судорожных рыданий, которые душили ее. Марья Дмитриевна оглянулась на Соню и присела на диване подле Наташи.

— Счастье его, что он от меня ушел; да я найду его, — сказала она своим грубым голосом. — Слышишь ты, что ли, что я говорю? — Она поддела своею большой рукой под лицо Наташи и повернула ее к себе. И Марья Дмитриевна и Соня удивились, увидав лицо Наташи. Глаза ее были блестящие и сухие, губы поджаты, щеки опустились.

— Оставь...те... что мне... я... умру... — проговорила она, злым усилием вырвалась от Марьи Дмитриевны и легла в свое прежнее положение.

— Наталья!.. — сказала Марья Дмитриевна. — Я тебе добра желаю. Ты лежи, ну лежи так, я тебя не трону, и слушай... Уж я не стану говорить, как ты виновата. Ты сама знаешь. Ну да теперь отец твой завтра приедет, что я скажу ему? А?

Опять тело Наташи заколебалось от рыданий.

— Ну, узнает он, ну брат твой, жених!

— У меня нет жениха, я отказала, — прокричала Наташа.

— Все равно, — продолжала Марья Дмитриевна. — Ну, они узнают, что ж, они так оставят? Ведь он, отец твой, я его знаю, ведь он его на дуэль вызовет, хорошо это будет? А?

— Ах, оставьте меня, зачем вы всему помешали! Зачем? зачем? кто вас просил? — кричала Наташа, приподнявшись на диване и злобно глядя на Марью Дмитриевну.

— Да чего ж ты хотела? — вскричала, опять горячась, Марья Дмитриевна. — Что ж, тебя запирали, что ль? Ну кто ж ему мешал в дом ездить? Зачем же тебя, как цыганку какую, увозить?.. Ну, увез бы он тебя, что ж ты думаешь, его бы не нашли? Твой отец, или брат, или жених? А он мерзавец, негодяй, вот что!

— Он лучше всех вас, — вскрикнула Наташа, приподнимаясь. — Если бы вы не мешали... Ах, Боже мой, что это, что это! Соня, за что? Уйдите!.. — И она зарыдала с таким отчаянием, с каким оплакивают люди только такое горе, которого они чувствуют сами себя причиной. Марья Дмитриевна начала было опять говорить; но Наташа закричала: «Уйдите, уйдите, вы все меня ненавидите, презираете!» — И опять бросилась на диван.

Марья Дмитриевна продолжала еще несколько времени усовещивать Наташу и внушать ей, что все это надо скрыть от графа, что никто не узнает ничего, ежели только Наташа возьмет на себя все забыть и не показывать ни перед кем вида, что что-нибудь случилось. Наташа не отвечала. Она и не рыдала больше, но с ней сделались озноб и дрожь. Марья Дмитриевна подложила ей подушку, накрыла ее двумя одеялами и сама принесла ей липового цвета, но Наташа не откликнулась ей.

— Ну, пускай спит, — сказала Марья Дмитриевна, уходя из комнаты, думая, что она спит. Но Наташа не спала и остановившимися раскрытыми глазами из бледного лица прямо смотрела перед собою. Всю эту ночь Наташа не спала, и не плакала, и не говорила с Соней, несколько раз встававшей и подходившей к ней.

На другой день к завтраку, как и обещал граф Илья Андреич, он приехал из подмосковной. Он был очень весел: дело с покупщиком ладилось и ничто уже не задерживало его теперь в Москве и в разлуке с графиней, по которой он соскучился. Марья Дмитриевна встретила его и объявила ему, что Наташа сделалась очень нездорова вчера, что посылали за доктором, но что теперь ей лучше. Наташа в это утро не выходила из своей комнаты. С поджатыми растрескавшимися губами, сухими остановившимися глазами, она сидела у окна и беспокойно вглядывалась в проезжающих по улице и торопливо оглядывалась на входивших в комнату. Она, очевидно, ждала известий о нем, ждала, что он сам приедет или напишет ей.

Когда граф взошел к ней, она беспокойно оборотилась на звук его мужских шагов, и лицо ее приняло прежнее холодное и даже злое выражение. Она даже не поднялась навстречу ему.

— Что с тобой, мой ангел, больна? — спросил граф.

Наташа помолчала.

— Да, больна, — отвечала она.

На беспокойные расспросы графа о том, почему она такая убитая и не случилось ли чего-нибудь с женихом, она уверяла его, что ничего, и просила его не беспокоиться. Марья Дмитриевна подтвердила графу уверения Наташи, что ничего не случилось. Граф, судя по мнимой болезни, по расстройству дочери, по сконфуженным лицам Сони и Марьи Дмитриевны, ясно видел, что в его отсутствие должно было что-нибудь случиться; но ему так страшно было думать, что что-нибудь постыдное случилось с его любимой дочерью, он так любил свое веселое спокойствие, что он избегал расспросов и все старался уверить себя, что ничего особенного не было, и только тужил о том, что по случаю ее нездоровья откладывался их отъезд в деревню.

XIX

Со дня приезда своей жены в Москву Пьер сбирался уехать куда-нибудь, только чтобы не быть с ней. Вскоре после приезда Ростовых в Москву впечатление, которое производила на него Наташа, заставило его поторопиться исполнить свое намерение. Он поехал в Тверь ко вдове Иосифа Алексеевича, которая обещала давно передать ему бумаги покойного.

Когда Пьер вернулся в Москву, ему подали письмо от Марьи Дмитриевны, которая звала его к себе по весьма важному делу, касающемуся Андрея Болконского и его невесты. Пьер избегал Наташи. Ему казалось, что он имел к ней чувство более сильное, чем то, которое должен был иметь женатый человек к невесте своего друга. И какая-то судьба постоянно сводила его с нею.

«Что такое случилось? И какое им до меня дело? — думал он, одеваясь, чтобы ехать к Марье Дмитриевне. — Поскорее бы приехал князь Андрей и женился бы на ней!» — думал Пьер дорогой к Ахросимовой.

На Тверском бульваре кто-то окликнул его.

— Пьер! Давно приехал! — прокричал ему знакомый голос. Пьер поднял голову. В парных санях, на двух серых рысаках, закидывающих снегом головашки саней, промелькнул Анатоль с своим всегдашним товарищем Макариным. Анатоль сидел прямо, в классической позе военных щеголей, закутав низ лица бобровым воротником и немного пригнув голову. Лицо его было румяно и свежо, шляпа с белым плюмажем была надета набок, открывая завитые, напомаженные и осыпанные мелким снегом волосы.

«И право, вот настоящий мудрец! — подумал Пьер, — ничего не видит дальше настоящей минуты удовольствия, ничего не тревожит его, — и оттого всегда весел, доволен и спокоен. Что бы я дал, чтобы быть таким, как он!» — с завистью думал Пьер.

В передней Ахросимовой лакей, снимая с Пьера его шубу, сказал, что Марья Дмитриевна просят к себе в спальню.

Отворив дверь в залу, Пьер увидал Наташу, сидевшую у окна, с худым, бледным и злым лицом. Она оглянулась на него, нахмурилась и с выражением холодного достоинства вышла из комнаты.

— Что случилось? — спросил Пьер, входя к Марье Дмитриевне.

— Хорошие дела, — отвечала Марья Дмитриевна. — Пятьдесят восемь лет прожила на свете, такого сраму не видала. — И, взяв с Пьера честное слово молчать обо всем, что он узнает, Марья Дмитриевна сообщила ему, что Наташа отказала своему жениху без ведома родителей, что причиной этого отказа был Анатоль Курагин, с которым сводила ее жена Пьера и с которым Наташа хотела бежать в отсутствие своего отца, с тем чтобы тайно обвенчаться.

Пьер, приподняв плечи и разинув рот, слушал то, что говорила ему Марья Дмитриевна, не веря своим ушам. Невесте князя Андрея, так сильно любимой, этой прежде милой Наташе Ростовой, променять Болконского на дурака Анатоля, уже женатого (Пьер знал тайну его женитьбы), и так влюбиться в него, чтобы согласиться бежать с ним! — этого Пьер не мог понять и не мог себе представить.

Милое впечатление Наташи, которую он знал с детства, не могло соединиться в его душе с новым представлением о ее низости, глупости и жестокости. Он вспомнил о своей жене. «Все они одни и те же», — сказал он сам себе, думая, что не ему одному достался печальный удел быть связанным с гадкой женщиной. Но ему все-таки до слез жалко было князя Андрея, жалко было его гордости. И чем бóльше он жалел своего друга, тем с бóльшим презрением и даже отвращением думал об этой Наташе, с таким выражением холодного достоинства сейчас прошедшей мимо него по зале. Он не знал, что душа Наташи была преисполнена отчаяния, стыда, унижения и что она не виновата была в том, что лицо ее нечаянно выражало спокойное достоинство и строгость.

— Да как обвенчаться! — проговорил Пьер на слова Марьи Дмитриевны. — Он не мог обвенчаться: он женат.

— Час от часу не легче, — проговорила Марья Дмитриевна. — Хорош мальчик! То-то мерзавец! А она ждет, второй день ждет. По крайней мере, ждать перестанет, надо сказать ей.

Узнав от Пьера подробности женитьбы Анатоля, излив свой гнев на него ругательными словами, Марья Дмитриевна сообщила ему то, для чего она вызвала его. Марья Дмитриевна боялась, чтобы граф или Болконский, который мог всякую минуту приехать, узнав дело, которое она намерена была скрыть от них, не вызвали на дуэль Курагина, и потому просила его приказать от ее имени его шурину уехать из Москвы и не сметь показываться ей на глаза. Пьер обещал ей исполнить ее желание, только теперь поняв опасность, которая угрожала и старому графу, и Николаю, и князю Андрею. Кратко и точно изложив ему свои требования, она выпустила его в гостиную.

— Смотри же, граф ничего не знает. Ты делай, как будто ничего не знаешь, — сказала она ему. — А я пойду сказать ей, что ждать нечего! Да оставайся обедать, коли хочешь, — крикнула Марья Дмитриевна Пьеру.

Пьер встретил старого графа. Он был смущен и расстроен. В это утро Наташа сказала ему, что она отказала Болконскому.

— Беда, беда, mon cher[1], — говорил он Пьеру, — беда с этими девками без матери; уж я так тужу, что приехал. Я с вами откровенен буду. Слышали, отказала жениху, ни у кого не спросивши ничего. Оно, положим, я никогда этому браку очень не радовался. Положим, он хороший человек, но что ж, против воли отца счастья бы не было, и Наташа без женихов не останется. Да все-таки долго уже так продолжалось, да и как же это без отца, без матери, такой шаг! А теперь больна и Бог знает что! Плохо, граф, плохо с дочерьми без матери.. — Пьер видел, что граф был очень расстроен, старался перевести разговор на другой предмет, но граф опять возвращался к своему горю.

Соня с встревоженным лицом вошла в гостиную.

— Наташа не совсем здорова; она в своей комнате и желала бы вас видеть. Марья Дмитриевна у нее и просит вас тоже.

— Да, ведь вы очень дружны с Болконским, верно чтонибудь передать хочет, — сказал граф. — Ах, Боже мой, Боже мой! Как все хорошо было! — И, взявшись за редкие виски седых волос, граф вышел из комнаты.

---

[1] дружок.

Марья Дмитриевна объявила Наташе о том, что Анатоль был женат. Наташа не хотела верить ей и требовала подтверждения этого от самого Пьера. Соня сообщила это Пьеру в то время, как она через коридор провожала его в комнату Наташи.

Наташа, бледная, строгая, сидела подле Марьи Дмитриевны и от самой двери встретила Пьера лихорадочно блестящим, вопросительным взглядом. Она не улыбнулась, не кивнула ему головой, она только упорно смотрела на него, и взгляд ее спрашивал его только про то: друг ли он, или такой же враг, как и все другие, по отношению к Анатолю? Сам по себе Пьер, очевидно, не существовал для нее.

— Он все знает, — сказала Марья Дмитриевна, указывая на Пьера и обращаясь к Наташе. — Он пускай тебе скажет, правду ли я говорила.

Наташа, как подстреленный, загнанный зверь смотрит на приближающихся собак и охотников, смотрела то на ту, то на другого.

— Наталья Ильинична, — начал Пьер, опустив глаза и испытывая чувство жалости к ней и отвращения к той операции, которую он должен был делать, — правда это или не правда, это для вас должно быть все равно, потому что...

— Так это не правда, что он женат?

— Нет, это правда.

— Он женат был, и давно? — спросила она. — Честное слово?

Пьер дал ей честное слово.

— Он здесь еще? — спросила она быстро.

— Да, я его сейчас видел.

Она, очевидно, была не в силах говорить и делала руками знаки, чтоб оставили ее.

XX

Пьер не остался обедать, а тотчас же вышел из комнаты и уехал. Он поехал отыскивать по городу Анатоля Курагина, при мысли о котором теперь вся кровь у него приливала к сердцу и он испытывал затруднение переводить дыхание. На горах, у цыган, у Comoneno — его не было. Пьер поехал в клуб. В клубе все шло своим обыкновенным порядком: гости, съехавшиеся обедать, сидели группами и здоровались с Пьером и говорили о городских новостях. Лакей, поздоровавшись с ним, доложил ему, зная его знакомство и привычки, что место ему оставлено в маленькой столовой, что князь Михаил Захарыч в библиотеке, а Павел Тимофеич не приезжали еще. Один из знакомых Пьера между разговором о погоде спросил у него, слышал ли он о похищении Курагиным Ростовой, про которое говорят в городе, правда ли это? Пьер, засмеявшись, сказал, что это вздор, потому что он сейчас только от Ростовых. Он спрашивал у всех про Анатоля; ему сказал один, что не приезжал еще, другой — что он будет обедать нынче. Пьеру странно было смотреть на эту спокойную, равнодушную толпу людей, не знавшую того, что делалось у него в душе. Он прошелся по залам, дождался, пока все съехались, и, не дождавшись Анатоля, не стал обедать и поехал домой.

Анатоль, которого он искал, в этот день обедал у Долохова и совещался с ним о том, как поправить испорченное дело. Ему казалось необходимо увидаться с Ростовой. Вечером он поехал к сестре, чтобы переговорить с ней о средствах устроить это свидание. Когда Пьер, тщетно объездив всю Москву, вернулся домой, камердинер доложил ему, что князь Анатоль Васильевич у графини. Гостиная графини была полна гостей.

Пьер, не здороваясь с женою, которой он не видал после приезда (она больше чем когда-нибудь ненавистна была ему в эту минуту), вошел в гостиную и, увидав Анатоля, подошел к нему.

— Ah, Pierre, — сказала графиня, подходя к мужу. — Ты не знаешь, в каком положении наш Анатоль... — Она остановилась, увидав в опущенной голове, в лице мужа, в его блестящих глазах, в его решительной походке то страшное выражение бешенства и силы, которое она знала и испытала на себе после дуэли с Долоховым.

— Где вы — там разврат, зло, — сказал Пьер жене. — Анатоль, пойдемте, мне надо поговорить с вами, — сказал он по-французски.

Анатоль оглянулся на сестру и покорно встал, готовый следовать за Пьером.

Пьер, взяв его за руку, дернул к себе и пошел из комнаты.

— Si vous vous permettez dans mon salon...[1], — шепотом проговорила Элен; но Пьер, не отвечая ей, вышел из комнаты.

---

[1] Ежели вы позволите себе в моей гостиной...

Анатоль шел за ним обычной, молодцеватой походкой. Но на лице его было заметно беспокойство.

Войдя в свой кабинет, Пьер затворил дверь и обратился к Анатолю, не глядя на него:

— Вы обещали графине Ростовой жениться на ней? хотели увезти ее?

— Мой милый, — отвечал Анатоль по-французски (как и шел весь разговор), — я не считаю себя обязанным отвечать на допросы, делаемые в таком тоне.

Лицо Пьера, и прежде бледное, исказилось бешенством. Он схватил своей большой рукой Анатоля за воротник мундира и стал трясти из стороны в сторону до тех пор, пока лицо Анатоля не приняло достаточное выражение испуга.

— Когда я говорю, что *мне надо* говорить с вами... — повторял Пьер.

— Ну что, это глупо. А? — сказал Анатоль, ощупывая оторванную с сукном пуговицу воротника.

— Вы негодяй и мерзавец, и не знаю, что меня воздерживает от удовольствия размозжить вам голову вот этим, — говорил Пьер, выражаясь так искусственно потому, что он говорил по-французски. Он взял в руку тяжелое пресс-папье и угрожающе поднял и тотчас же торопливо положил его на место.

— Обещали вы ей жениться?

— Я, я, я не думал; впрочем, я никогда не обещался, потому что...

Пьер перебил его.

— Есть у вас письма ее? Есть у вас письма? — повторил Пьер, подвигаясь к Анатолю.

Анатоль взглянул на него и тотчас же, засунув руку в карман, достал бумажник.

Пьер взял подаваемое ему письмо и, оттолкнув стоявший на дороге стол, повалился на диван.

— Je ne serai pas violent, ne craignez rien[1], — сказал Пьер, отвечая на испуганный жест Анатоля. — Письма — раз, — сказал Пьер, как будто повторяя урок для самого себя. — Второе, — после минутного молчания продолжал он, опять вставая и начиная ходить, — вы завтра должны уехать из Москвы.

— Но как же я могу...

[1] Я ничего не сделаю, не бойтесь.

— Третье, — не слушая его, продолжал Пьер, — вы никогда ни слова не должны говорить о том, что было между вами и графиней. Этого, я знаю, я не могу запретить вам, но ежели в вас есть искра совести... — Пьер несколько раз молча прошел по комнате. Анатоль сидел у стола и, нахмурившись, кусал себе губы.

— Вы не можете не понять наконец, что, кроме вашего удовольствия, есть счастье, спокойствие других людей, что вы губите целую жизнь из того, что вам хочется веселиться. Забавляйтесь с женщинами, подобными моей супруге, — с этими вы в своем праве, они знают, чего вы хотите от них. Они вооружены против вас тем же опытом разврата; но обещать девушке жениться на ней... обмануть, украсть... Как вы не понимаете, что это так же подло, как прибить старика или ребенка!..

Пьер замолчал и взглянул на Анатоля уже не гневным, но вопросительным взглядом.

— Этого я не знаю. А? — сказал Анатоль, ободряясь по мере того, как Пьер преодолевал свой гнев. — Этого я не знаю и знать не хочу, — сказал он, не глядя на Пьера и с легким дрожанием нижней челюсти, — но вы сказали мне такие слова: подло и тому подобное, которые я, comme un homme d'honneur[1], никому не позволю.

Пьер с удивлением посмотрел на него, не в силах понять, чего ему было нужно.

— Хотя это и было с глазу на глаз, — продолжал Анатоль, — но я не могу...

— Что ж, вам нужно удовлетворение? — насмешливо сказал Пьер.

— По крайней мере, вы можете взять назад свои слова. А? Ежели вы хотите, чтоб я исполнил ваши желанья. А?

— Беру, беру назад, — проговорил Пьер, — и прошу вас извинить меня. — Пьер взглянул невольно на оторванную пуговицу. — И денег, ежели вам нужно на дорогу. — Анатоль улыбнулся.

Это выражение робкой и подлой улыбки, знакомой ему по жене, взорвало Пьера.

— О, подлая, бессердечная порода! — проговорил он и вышел из комнаты.

На другой день Анатоль уехал в Петербург.

---

[1] как честный человек.

XXI

Пьер поехал к Марье Дмитриевне, чтобы сообщить об исполнении ее желанья — об изгнании Курагина из Москвы. Весь дом был в страхе и волнении. Наташа была очень больна, и, как Марья Дмитриевна под секретом сказала ему, она в ту же ночь, как ей было объявлено, что Анатоль женат, отравилась мышьяком, который она тихонько достала. Проглотив его немного, она так испугалась, что разбудила Соню и объявила ей то, что она сделала. Вовремя были приняты нужные меры против яда, и теперь она была вне опасности; но все-таки слаба так, что нельзя было думать везти ее в деревню, и послано было за графиней. Пьер видел растерянного графа и заплаканную Соню, но не мог видеть Наташи.

Пьер в этот день обедал в клубе и со всех сторон слышал разговоры о попытке похищения Ростовой и с упорством опровергал эти разговоры, уверяя всех, что больше ничего не было, как только то, что его шурин сделал предложение Ростовой и получил отказ. Пьеру казалось, что на его обязанности лежит скрыть все дело и восстановить репутацию Ростовой.

Он со страхом ожидал возвращения князя Андрея и каждый день заезжал наведываться о нем к старому князю.

Князь Николай Андреич знал через m-lle Bourienne все слухи, ходившие по городу, и прочел ту записку к княжне Марье, в которой Наташа отказывала своему жениху. Он казался веселее обыкновенного и с большим нетерпением ожидал сына.

Через несколько дней после отъезда Анатоля Пьер получил записку от князя Андрея, извещавшего его о своем приезде и просившего Пьера заехать к нему.

Князь Андрей, приехав в Москву, в первую же минуту своего приезда получил от отца записку Наташи к княжне Марье, в которой она отказывала жениху (записку эту похитила у княжны Марьи и передала князю m-lle Bourienne), и услышал от отца с прибавлениями рассказы о похищении Наташи.

Князь Андрей приехал вечером накануне. Пьер приехал к нему на другое утро. Пьер ожидал найти князя

Андрея почти в том же положении, в котором была и Наташа, и потому он был удивлен, когда, войдя в гостиную, услыхал из кабинета громкий голос князя Андрея, оживленно говорившего что-то о какой-то петербургской интриге. Старый князь и другой чей-то голос изредка перебивали его. Княжна Марья вышла навстречу к Пьеру. Она вздохнула, указывая глазами на дверь, где был князь Андрей, видимо желая выразить свое сочувствие к его горю; но Пьер видел по лицу княжны Марьи, что она была рада и тому, что случилось, и тому, как ее брат принял известие об измене невесты.

— Он сказал, что ожидал этого, — сказала она, — я знаю, что гордость его не позволит ему выразить своего чувства, но все-таки лучше, гораздо лучше он перенес это, чем я ожидала. Видно, так должно было быть...

— Но неужели совершенно все кончено? — сказал Пьер.

Княжна Марья с удивлением посмотрела на него. Она не понимала даже, как можно было об этом спрашивать. Пьер вошел в кабинет. Князь Андрей, весьма изменившийся, очевидно поздоровевший, но с новой, поперечной морщиной между бровей, в штатском платье, стоял против отца и князя Мещерского и горячо спорил, делая энергические жесты.

Речь шла о Сперанском, известие о внезапной ссылке и мнимой измене которого только что дошло до Москвы.

— Теперь судят и обвиняют его (Сперанского) все те, которые месяц тому назад восхищались им, — говорил князь Андрей, — и те, которые не в состоянии были понимать его целей. Судить человека в немилости очень легко и взваливать на него все ошибки других; а я скажу, что ежели что-нибудь сделано хорошего в нынешнее царствованье, то все хорошее сделано им — им одним... — Он остановился, увидав Пьера. Лицо его дрогнуло и тотчас же приняло злое выражение. — И потомство отдаст ему справедливость, — договорил он и тотчас же обратился к Пьеру.

— Ну, ты как? Все толстеешь, — говорил он оживленно, но вновь появившаяся морщина еще глубже вырезалась на его лбу. — Да, я здоров, — отвечал он на вопрос Пьера и усмехнулся. Пьеру ясно было, что усмешка его говорила: «Здоров, но здоровье мое никому не нужно». Сказав несколько слов с Пьером об ужасной дороге от границ Польши, о том, как он встретил в Швейцарии людей, знавших Пьера, и о господине Десале, которого он воспитателем для сына привез из-за границы, князь Андрей опять с горячностью вмешался в разговор о Сперанском, продолжавшийся между двумя стариками.

— Ежели бы была измена и были бы доказательства его тайных сношений с Наполеоном, то их всенародно объявили бы, — с горячностью и поспешностью говорил он. — Я лично не люблю и не любил Сперанского, но я люблю справедливость. — Пьер узнавал теперь в своем друге слишком знакомую ему потребность волноваться и спорить о деле для себя чуждом только для того, чтобы заглушить слишком тяжелые задушевные мысли.

Когда князь Мещерский уехал, князь Андрей взял под руку Пьера и пригласил его в комнату, которая была отведена для него. В комнате видна была разбитая кровать и раскрытые чемоданы и сундуки. Князь Андрей подошел к одному из них и достал шкатулку. Из шкатулки он достал связку в бумаге. Он все делал молча и очень быстро. Он приподнялся и прокашлялся. Лицо его было нахмурено и губы поджаты.

— Прости меня, ежели я тебя утруждаю... — Пьер понял, что князь Андрей хотел говорить о Наташе, и широкое лицо его выразило сожаление и сочувствие. Это выражение лица Пьера рассердило князя Андрея; он решительно, звонко и неприятно продолжал: — Я получил отказ от графини Ростовой, и до меня дошли слухи об искании ее руки твоим шурином или тому подобное. Правда ли это?

— И правда и неправда, — начал Пьер; но князь Андрей перебил его.

— Вот ее письма, — сказал он, — и портрет. — Он взял связку со стола и передал Пьеру.

— Отдай графине... ежели ты увидишь ее.

— Она очень больна, — сказал Пьер.

— Так она здесь еще? — сказал князь Андрей. — А князь Курагин? — спросил он быстро.

— Он давно уехал. Она была при смерти...

— Очень сожалею об ее болезни, — сказал князь Андрей. Он холодно, зло, неприятно, как его отец, усмехнулся.

— Но господин Курагин, стало быть, не удостоил своей руки графиню Ростову? — сказал Андрей. Он фыркнул носом несколько раз.

— Он не мог жениться, потому что он был женат, — сказал Пьер.

Князь Андрей неприятно засмеялся, опять напоминая своего отца.

— А где же он теперь находится, ваш шурин, могу ли я узнать? — сказал он.

— Он уехал в Петер... впрочем, я не знаю, — сказал Пьер.

— Ну, да это все равно, — сказал князь Андрей. — Передай графине Ростовой, что она была и есть совершенно свободна и что я желаю ей всего лучшего.

Пьер взял в руки связку бумаг. Князь Андрей, как будто вспоминая, не нужно ли ему сказать еще что-нибудь, или ожидая, не скажет ли чего-нибудь Пьер, остановившимся взглядом смотрел на него.

— Послушайте, помните вы наш спор в Петербурге, — сказал Пьер, — помните о...

— Помню, — поспешно отвечал князь Андрей, — я говорил, что падшую женщину надо простить, но я не говорил, что я могу простить. Я не могу.

— Разве можно это сравнивать?.. — сказал Пьер. Князь Андрей перебил его. Он резко закричал:

— Да, опять просить ее руки, быть великодушным и тому подобное?.. Да, это очень благородно, но я не способен идти sur les brisées de monsieur[1]. Ежели ты хочешь быть моим другом, не говори со мной никогда про эту... про все это. Ну, прощай. Так ты передашь?..

Пьер вышел и пошел к старому князю и княжне Марье.

Старик казался оживленнее обыкновенного. Княжна Марья была такая же, как и всегда, но из-за сочувствия к брату Пьер видел в ней радость к тому, что свадьба ее брата расстроилась. Глядя на них, Пьер понял, какое презрение и злобу они имели все против Ростовых, и понял, что нельзя было при них даже и упоминать имя той, которая могла на кого бы то ни было променять князя Андрея.

За обедом речь зашла о войне, приближение которой уже становилось очевидно. Князь Андрей не умолкая говорил и спорил то с отцом, то с Десалем, швейцарцем-воспитателем, и казался оживленнее обыкновенного — тем оживлением, которого нравственную причину так хорошо знал Пьер.

---

[1] по следам этого господина.

XXII

В этот вечер Пьер поехал к Ростовым, чтобы исполнить свое поручение. Наташа была в постели, граф был в клубе, и Пьер, передав письма Соне, пошел к Марье Дмитриевне, интересовавшейся узнать о том, как князь Андрей принял известие. Через десять минут Соня вошла к Марье Дмитриевне.

— Наташа непременно хочет видеть графа Петра Кирилловича, — сказала она.

— Да как же, к ней, что ли, его свести? Там у вас не прибрано, — сказала Марья Дмитриевна.

— Нет, она оделась и вышла в гостиную, — сказала Соня.

Марья Дмитриевна только пожала плечами.

— Когда это графиня приедет, измучила меня совсем. Ты, смотри ж, не говори ей всего, — обратилась она к Пьеру. — И бранить-то ее духу не хватает, так жалка, так жалка!

Наташа, исхудавшая, с бледным и строгим лицом (совсем не пристыженная, какою ее ожидал Пьер), стояла посередине гостиной. Когда Пьер показался в двери, она заторопилась, очевидно, в нерешительности, подойти ли к нему или подождать его.

Пьер поспешно подошел к ней. Он думал, что она ему, как всегда, подаст руку; но она, близко подойдя к нему, остановилась, тяжело дыша и безжизненно опустив руки, совершенно в той же позе, в которой она выходила на середину залы, чтобы петь, но совсем с другим выражением.

— Петр Кирилыч, — начала она быстро говорить, — князь Болконский был вам друг, он и есть вам друг, — поправилась она (ей казалось, что все только было и что теперь все другое). — Он говорил мне тогда, чтоб обратиться к вам...

Пьер молча сопел носом, глядя на нее. Он до сих пор в душе своей упрекал и старался презирать ее; но теперь ему сделалось так жалко ее, что в душе его не было места упреку.

— Он теперь здесь, скажите ему... чтоб он прост... простил меня. — Она остановилась и еще чаще стала дышать, но не плакала.

— Да... я скажу ему, — говорил Пьер, — но... — Он не знал, что сказать.

Наташа, видимо, испугалась той мысли, которая могла прийти Пьеру.

— Нет, я знаю, что все кончено, — сказала она поспешно. — Нет, это не может быть никогда. Меня мучает только зло, которое я ему сделала. Скажите только ему, что я прошу его простить, простить, простить меня за все... — Она затряслась всем телом и села на стул.

Еще никогда не испытанное чувство жалости переполнило душу Пьера.

— Я скажу ему, я все еще раз скажу ему, — сказал Пьер, — но... я бы желал знать одно...

«Что знать?» — спросил взгляд Наташи.

— Я бы желал знать, любили ли вы... — Пьер не знал, как назвать Анатоля, и покраснел при мысли о нем, — любили ли вы этого дурного человека?

— Не называйте его дурным, — сказала Наташа. — Но я ничего, ничего не знаю... — Она опять заплакала.

И еще больше чувство жалости, нежности и любви охватило Пьера. Он слышал, как под очками его текли слезы, и надеялся, что их не заметят.

— Не будем больше говорить, мой друг, — сказал Пьер.

Так странно вдруг для Наташи показался этот его кроткий, нежный, задушевный голос.

— Не будем говорить, мой друг, я все скажу ему; но об одном прошу вас — считайте меня своим другом, и ежели вам нужна помощь, совет, просто нужно будет излить свою душу кому-нибудь — не теперь, а когда у вас ясно будет в душе, — вспомните обо мне. — Он взял и поцеловал ее руку. — Я счастлив буду, ежели в состоянии буду... — Пьер смутился.

— Не говорите со мной так: я не стою этого! — вскрикнула Наташа и хотела уйти из комнаты, но Пьер удержал ее за руку. Он знал, что ему нужно что-то еще сказать ей. Но когда он сказал это, он удивился сам своим словам.

— Перестаньте, перестаньте, вся жизнь впереди для вас, — сказал он ей.

— Для меня? Нет! Для меня все пропало, — сказала она со стыдом и самоунижением.

— Все пропало? — повторил он. — Ежели бы я был не я, а красивейший, умнейший и лучший человек в мире и был бы свободен, я бы сию минуту на коленях просил руки и любви вашей.

Наташа в первый раз после многих дней заплакала слезами благодарности и умиления и, взглянув на Пьера, вышла из комнаты.

Пьер тоже вслед за нею почти выбежал в переднюю, удерживая слезы умиления и счастья, давившие его горло, не попадая в рукава, надел шубу и сел в сани.

— Теперь куда прикажете? — спросил кучер.

«Куда? — спросил себя Пьер. — Куда же можно ехать теперь? Неужели в клуб или в гости?» Все люди казались так жалки, так бедны в сравнении с тем чувством умиления и любви, которое он испытывал; в сравнении с тем размягченным, благодарным взглядом, которым она последний раз из-за слез взглянула на него.

— Домой, — сказал Пьер, несмотря на десять градусов мороза распахивая медвежью шубу на своей широкой, радостно дышавшей груди.

Было морозно и ясно. Над грязными, полутемными улицами, над черными крышами стояло темное звездное небо. Пьер, только глядя на небо, не чувствовал оскорбительной низости всего земного в сравнении с высотой, на которой находилась его душа. При въезде на Арбатскую площадь огромное пространство звездного темного неба открылось глазам Пьера. Почти в середине этого неба над Пречистенским бульваром, окруженная, обсыпанная со всех сторон звездами, но отличаясь от всех близостью к земле, белым светом и длинным, поднятым кверху хвостом, стояла огромная яркая комета 1812-го года, та самая комета, которая предвещала, как говорили, всякие ужасы и конец света. Но в Пьере светлая звезда эта с длинным лучистым хвостом не возбуждала никакого страшного чувства. Напротив, Пьер радостно, мокрыми от слез глазами, смотрел на эту светлую звезду, которая как будто с невыразимой быстротой пролетев неизмеримые пространства по параболической линии, вдруг, как вонзившаяся стрела в землю, влепилась тут в одно избранное ею место на черном небе и остановилась, энергично подняв кверху хвост, светясь и играя своим белым светом между бесчисленными другими мерцающими звездами. Пьеру казалось, что эта звезда вполне отвечала тому, что было в его расцветшей к новой жизни, размягченной и ободренной душе.

СОДЕРЖАНИЕ

ТОМ ПЕРВЫЙ

Часть первая 7
Часть вторая 139
Часть третья. 245

ТОМ ВТОРОЙ

Часть первая 363
Часть вторая 423
Часть третья. 510
Часть четвертая 596
Часть пятая 652

Литературно-художественное издание

РУССКАЯ КЛАССИКА

Толстой Лев Николаевич

ВОЙНА И МИР

Т. I—II

Ответственный редактор *Н. Розман*
Художественный редактор *Н. Ярусова*
Технический редактор *Е. Триско*
Корректоры *Г. Высоцкая, Л. Иванова*

ООО «Издательство «Эксмо»
127299, Москва, ул. Клары Цеткин, д. 18/5. Тел. 411-68-86, 956-39-21.
Home page: **www.eksmo.ru** E-mail: **info@eksmo.ru**

Оптовая торговля книгами «Эксмо»:
ООО «ТД «Эксмо». 142702, Московская обл., Ленинский р-н, г. Видное,
Белокаменное ш., д. 1, многоканальный тел. 411-50-74.
E-mail: **reception@eksmo-sale.ru**

По вопросам приобретения книг «Эксмо» зарубежными оптовыми покупателями *обращаться в отдел зарубежных продаж ТД «Эксмо»*
E-mail: **international@eksmo-sale.ru**

International Sales: *International wholesale customers should contact Foreign Sales Department of Trading House «Eksmo» for their orders.*
international@eksmo-sale.ru

По вопросам заказа книг корпоративным клиентам, в том числе в специальном оформлении, *обращаться по тел. 411-68-59, доб. 2299, 2205, 2239, 1251.*
E-mail: **vipzakaz@eksmo.ru**

Оптовая торговля бумажно-беловыми и канцелярскими товарами для школы и офиса «Канц-Эксмо»: Компания «Канц-Эксмо»: 142700, Московская обл., Ленинский р-н, г. Видное-2, Белокаменное ш., д. 1, а/я 5. Тел./факс +7 (495) 745-28-87 (многоканальный). e-mail: **kanc@eksmo-sale.ru**, сайт: **www.kanc-eksmo.ru**

Полный ассортимент книг издательства «Эксмо» для оптовых покупателей:
В Санкт-Петербурге: ООО СЗКО, пр-т Обуховской Обороны, д. 84Е.
Тел. (812) 365-46-03/04. **В Казани:** Филиал ООО «РДЦ-Самара»,
ул. Фрезерная, д. 5. Тел. (843) 570-40-45/46. **В Самаре:** ООО «РДЦ-Самара»,
пр-т Кирова, д. 75/1, литера «Е». Тел. (846) 269-66-70.
В Екатеринбурге: ООО «РДЦ-Екатеринбург», ул. Прибалтийская, д. 24а.
Тел. +7 (343) 272-72-01/02/03/04/05/06/07/08.
В Новосибирске: ООО «РДЦ-Новосибирск», Комбинатский пер., д. 3.
Тел. +7 (383) 289-91-42. E-mail: **eksmo-nsk@yandex.ru**.
В Киеве: ООО «РДЦ Эксмо-Украина», Московский пр-т, д. 6.
Тел./факс: (044) 498-15-70/71. **В Донецке:** ул. Артема, д. 160. Тел. +38 (062) 381-81-05.
В Харькове: ул. Гвардейцев Железнодорожников, д. 8. Тел. +38 (057) 724-11-56.
Во Львове: ул. Бузкова, д. 2. Тел. +38 (032) 245-01-71.
Интернет-магазин: www.knigka.ua. Тел. +38 (044) 228-78-24. В Казахстане:
ТОО «РДЦ-Алматы», ул. Домбровского, д. 3а. Тел./факс (727) 251-59-90/91.
RDC-Almaty@eksmo.kz

Подписано в печать 19.07.2012. Формат 84x108 $^{1}/_{32}$.
Гарнитура «Таймс». Печать офсетная. Усл. печ. л. 38,64.
Доп. тираж 4500 экз. Заказ 308

Отпечатано с электронных носителей издательства.
ОАО «Тверской полиграфический комбинат». 170024, г. Тверь, пр-т Ленина, 5.
Телефон: (4822) 44-52-03, 44-50-34, Телефон/факс: (4822) 44-42-15.
Home page – www.tverpk.ru Электронная почта (E-mail) sales@tverpk.ru

ISBN 978-5-699-40473-5

9 785699 404735 >